Selma Rose · Formwandler

Selma Rose

Formwandler

Roman

FOUQUÉ PUBLISHERS NEW YORK

Copyright ©2011 by Fouqué Publishers New York
Originally published as *Formwandler, 2010*
by August von Goethe Literaturverlag

First American Edition
Printed on acid-free paper

Library of Congress Cataloging-in-Publication Data
Rose, Selma
[Formwandler / Selma Rose. German]
1st American ed.

ISBN 978-0-578-09316-1

1

Krächzende Raben zuhauf. Sie schienen etwas mitteilen zu wollen. Gurrende Tauben. Es dauerte nicht lange, und ein beharrliches Durcheinander an Vogelgezwitscher rundete die Geräuschkulisse ab. Die entstandene Atmosphäre erinnerte an eine leidenschaftliche Debatte extrem gegensätzlicher Meinungsträger. Es war, als würde jeder Beteiligte seinen Standpunkt, wenn nötig, auch auf Kosten des anderen durchsetzen wollen. Nur wenige Sekunden später kamen unterschiedliche Motor- und Hupgeräusche hinzu. Autotüren wurden ständig geöffnet und zugeschlagen. Zwischendurch waren laute Schuhabsätze zu hören, deren Besitzer es eilig zu haben schienen. Der stadtspezifische Verkehrslärm setzte sich durch und beherrschte den Moment. „Was für ein Krach!", ging es ihr durch den Kopf, während sie versuchte, die Augen aufzuschlagen. „Und das am frühen Morgen", dachte sie und reckte sich. Sie schaute auf den Wecker. Kurz vor acht. Auch wenn sie für ihre Verhältnisse schon spät dran war, wollte sie sich nicht von der Hektik außerhalb ihrer vier Wände mitreißen lassen. Sie war erst am frühen Morgen eingeschlafen. Aber nur eine Sekunde war nötig gewesen, um sie erbarmungslos aus ihrem Schlaf zu reißen. Sie blieb liegen und starrte zur Decke. Keine zwei Stunden Schlaf. So viele Sachen waren ihr durch den Kopf gegangen. Ereignisse, mit denen sie nicht gerechnet hatte. Die ganze Nacht hatte sie gegrübelt. Ihr ganzes Dasein war mit einem Male infrage gestellt. Sie konnte und wollte es einfach nicht wahrhaben. Egal, wie sie sich das Geschehene auch zurechtlegte, es endete immer mit dem gleichen Resultat. Selbstmitleid wäre wider ihr Naturell – sie musste handeln. Sie stand auf und ging zum Spiegel, der über der Kommode angebracht war. Die dunklen Ränder unter ihren Augen erinnerten sie abermals daran, was sie noch wenige Stunden zuvor in schieres Entsetzen, in Verzweiflung und auch Angst versetzt hatte. Sie musste sich an der Kommode festhalten, um ihr Gleichgewicht nicht zu verlieren. Sie senkte ihr Haupt. Warum sollte sie dem Spiegel gestatten, ihr erneut vor Augen zu führen, was sie in diese erbärmliche Verfassung gebracht hatte? Sie spürte, wie sich ein weiterer Weinkrampf bemerkbar machte, und schüttelte ihren Kopf so lange, bis sie wieder einigermaßen klar denken konnte. So vieles war noch zu erledigen. Nein, sie wollte nichts unversucht lassen, um ihrer gegenwärtigen Trostlosigkeit zu entkommen. Mit einem Male hallte die Stimme ihrer Gynäkologin in ihren Ohren. Als würde die Diagnose abermals offenbart werden. Je mehr sie das Gespräch Revue passieren ließ, desto lauter schallte die Stimme der Ärztin. „Sie müssen sofort unters Messer", sagte die Stimme und verließ das Untersuchungszimmer. Sie erinnerte sich daran, dass sie sich wie in Trance angezogen hatte und der Ärztin in das Besprechungszimmer gefolgt war, die Tragweite der ausgesprochenen Worte noch nicht ganz verstehend. Ihr schockähnlicher Zustand hatte sie davon abgehalten, zu begreifen, was die Ultraschalluntersuchung angeblich gezeigt hatte. Sie erinnerte sich, dass sie kaum die Tür hinter sich geschlossen hatte, als die Ärztin ihrer Diagnose noch die Worte hinzugefügt hatte: „Es kann auch sein, dass der gesamte Eierstock entfernt wird. Kommt drauf an, wie groß die Zyste ist, ob sie den Eierstock schon umschlossen hat oder nicht. Aber halb so schlimm, Sie haben ja im günstigsten Fall noch einen zweiten. Und denken Sie immer daran, eher auf einen verzichten, als durch eine mögliche Fehlbehandlung den Krebs fördern. Ich bin mir nicht sicher, ob es wirklich nur eine Zyste ist. Es ist etwas merkwürdig. Wollen wir mal hoffen, dass es nur der eine Eierstock ist. Ich schreibe Ihnen gleich eine Einweisung für das Marien-Krankenhaus. Es ist das hiesige für Frauenheilkunde und genießt einen hervorragenden Ruf." „Wie kann man nur so unsensibel sein, sogar die Wettervorhersage wird mit viel mehr Vorsicht vorgetragen", murmelte sie vor sich hin und hob den Blick, um sich ihrem Spiegelbild zu stellen. Als sie sich selbst in die Augen sah, konnte sie nicht mehr anders und musste ihren Tränen freien Lauf lassen. Zum wiederholten Male. Es dauerte einige Minuten, bis sie sich wieder halbwegs im Griff hatte und sich dazu durchringen konnte, endlich eine zweite Meinung einzuholen, die erste Diagnose bestätigen bzw. widerlegen zu lassen. „Es werden viel zu viele Patienten in die Chirurgie überwiesen, schließlich sind nur wenige Ärzte daran interessiert, die eigene Diagnose überprüfen zu lassen, um Fehler zu vermeiden. Und nicht zu vergessen, es gibt sogar einige, eher viele Ärzte, die für jeden überwiesenen Patienten eine satte Provision erhalten. Warum sonst das Marien-Krankenhaus? In was für einer Zeit leben wir eigentlich? Hippokratischer Eid? Dem Menschen helfen, gesund zu werden? Ha, das ich nicht lache! Der Mensch ist nur eine Nummer in der monatlichen Abrechnung", dachte sie und griff zum Telefonbuch. Sie blätterte, bis sie die richtige Rubrik gefunden hatte, und pickte sich eine Gynäkologiepraxis heraus, die zu ihrer Freude nicht weit von ihrer Wohnung war, rief dort sofort an und vereinbarte einen Termin, wobei sie wieder ein wenig Hoffnung schöpfte, doch mit einer Fehldiagnose konfrontiert worden zu sein. Danach rief sie bei ihrem Arbeitgeber, einem Museum für klassische und moderne Kunst, an und meldete sich für den Arbeitstag, einen Freitag, unpässlich, mit dem Zusatz, den Arzt aufsuchen zu wollen. Nachdem sie kurz geduscht und sich schnell angezogen hatte, schaute sie ein letztes Mal in den Spiegel, um sich zu vergewissern, dass auch alles zusammenpasste. Sie konnte sich ein gequältes Lächeln nicht verkneifen, zwinkerte sich kurz zu und sagte selbstbewusst: „Das wird schon, ich und Krebs? In meinem Alter? Sie hat sich bestimmt geirrt! Oder sie will nur die Provision kassieren – soll sie doch daran ersticken!" Sie nickte ihrem Spiegelbild zu und verließ daraufhin die Wohnung. Sie hatte nur wenige Minuten gebraucht, bis sie die Praxis der Gynäkologin erreicht hatte, die ihr bestätigen sollte, dass eine Fehldiagnose vorliegen würde. Schließlich hatte sie bisher noch nicht einmal den Hauch eines Schmerzes gespürt. Sie trat in die Praxis ein und ging zur Anmeldung. Nachdem die Formalität mit der Krankenversichertenkarte geklärt war, teilte die Sprechstundenhilfe ihr mit, dass sie mit einer Wartezeit von mindestens einer Stunde rechnen müsste, da einige akute Krankheitsfälle dazwischengekommen waren. „Als wäre mein Fall nicht akut", dachte sie sich noch und setzte sich in den Warteraum. Die Stunde kam ihr vor, als würde sie nie zu Ende gehen wollen, was ihr zu viel Zeit gab, sich über die verschiedensten Sachen Gedanken zu machen. Sie war so sehr in Gedanken versunken, dass sie ihren Namen nicht gleich hörte. Erst als ihr Name ein zweites Mal aufgerufen wurde, konnte sie sich ihren Gedanken entreißen. Sie stand auf und folgte der Sprechstundenhilfe ins Besprechungszimmer, wo sie abermals einige Minuten warten musste, bis die Gynäkologin endlich eintrat. „Kristin Rosenzweig?", fragte die Ärztin, als sie eintrat. Kristin stand auf und begrüßte die Ärztin mit einem gezwungenen Lächeln. „Was kann ich für Sie tun, Frau Rosenzweig?" fragte die Ärztin mit einem freundlichen Lächeln. „Nun, ich bin ganz ehrlich", fing Kristin an und atmete tief durch. „Ich benötige eine zweite Meinung. Ich war gestern bei meiner Gynäkologin, und sie hat mir eine Zyste in Form einer Mandarine diagnostiziert. Sie sagte, ich müsse sofort unters Messer, ohne mir Näheres zu erläutern. Ich glaube, mich erinnern zu können, gehört zu haben, dass so etwas auch mit einer Medikamententherapie behandelt werden kann?", fuhr sie fort und ignorierte den aufkommenden Gedanken, den Krebsverdacht nicht unerwähnt zu lassen. Sie fühlte sich schon unbehaglich genug, eine fremde Gynäkologin wegen einer zweiten Meinung konsultieren zu müssen. Und außerdem wollte sie die zweite Fachfrau für Frauenheilkunde testen. Würde sie ebenfalls zur gleichen Diagnose kommen? Die Ärztin lächelte verständnisvoll und bat Kristin zur Untersuchung in den Nebenraum, ins Behandlungszimmer. Nachdem Kristin sich frei gemacht hatte, setzte sie sich leicht widerwillig auf den gynäkologischen Stuhl. Sie hatte auf einmal Angst, dass der vermeintliche Befund doch noch bestätigt werden könnte. „Entspannen Sie sich, Frau Rosenzweig. Schauen wir mal, ob die Kollegin recht hatte oder nicht?", sagte die Ärztin freundlich und fing mit der Untersuchung an. Am Gesichtsausdruck der Ärztin konnte Kristin sehr bald ablesen, dass sie sich keine Hoffnung auf eine Fehldiagnose machen durfte. Noch während der Untersuchung sagte die Gynäkologin, „Es tut mir leid, aber ich muss der Kollegin recht geben, die Zyste muss raus, sie ist zu groß. Wenn sie diese nicht entfernen lassen, besteht nicht nur die Gefahr, dass diese platzt und somit eine Sepsis verursachen kann, was bei nicht rechtzeitigem Einschreiten Schlimmeres nach sich ziehen würde. Außerdem müssen wir auch ins Auge fassen, dass der gesamte Eierstock entfernt werden muss. Ich will Ihnen keine Angst machen, aber durch die Ultraschalluntersuchung kann man leider nicht sehen, inwieweit die Zyste den Eierstock angegriffen hat. Frau Rosenzweig, nur durch einen operativen Eingriff kann man hundertprozentige Sicherheit geben, ob die Zyste gut- oder bösartig beziehungsweise, dass an Ihrem Eierstock keine weitere Geschwulst oder gar Krebs ist. Um jegliche Komplikationen zu vermeiden, muss der Eingriff vorgenommen werden. Es tut mir leid, wenn ich Ihnen keine angenehmere Nachricht überbringen kann. Ich schreibe Ihnen umgehend eine Einweisung für das Krankenhaus, während Sie sich anziehen!", sagte die Ärztin mitfühlend und wollte den Raum verlassen, um die Papiere vorzubereiten. „Brauchen Sie nicht, die Einweisung habe ich bereits gestern Abend bekommen", entgegnete Kristin und konnte ihre Enttäuschung nicht verbergen. Die Bestätigung der ersten Diagnose hatte sie sichtlich mitgenommen. Sie zog sich an und bedankte sich beim Rausgehen bei der Ärztin für die zweite Meinung. „Frau Rosenzweig", fing die Ärztin an, die Hand am Türknauf, um diese zu öffnen. „Es kann genauso gut sein, dass nur die Zyste entfernt wird und diese zudem auch noch gutartig ist. Die Kollegen im Krankenhaus werden Ihnen hierzu nähere Informationen geben können. Nur Mut und alles Gute", sagte die Ärztin abschließend, öffnete die Tür und verabschiedete Kristin. Kristin lächelte ihr gequält zu und verließ die Praxis. „Es ist ja auch nicht

9

dein Eierstock, dein Leben, deine Option auf mögliche Kinder. Nicht dass ich unbedingt Kinder haben möchte, aber ich will mir nicht die Option darauf nehmen oder vermindern lassen", dachte sie sich, während sie die Praxis verließ. Draußen auf der Straße angelangt, atmete sie tief durch und war einfach nur fassungslos. Sie wusste im ersten Moment nicht, was sie machen sollte. Sollte sie nach Hause gehen und eine kleine Tasche für das Krankenhaus packen? Sollte sie ins Museum gehen und ihren Arbeitgeber erst mal informieren? Oder gar erst mal in Ruhe etwas frühstücken? Letztere Option kam für sie nicht Frage, da sie keinen Appetit auf irgendetwas hatte. Sie beschloss, ins Museum zu gehen und ihren Chef zu benachrichtigen. Vor allem auch deswegen, weil das Museum nur wenige Fußminuten von der Praxis entfernt lag und sie es somit schnell hinter sich bringen würde. Sie setzte sich in Richtung Museum in Bewegung. Erst auf dem Weg zum Museum merkte sie, dass das Wetter alles andere als angenehm war. Es war bewölkt und kühl. Kurz bevor sie das Museum erreichte, kamen die ersten Tropfen Regen vom Himmel herunter. Sie hatte es gerade noch zum Haupteingang des Museums geschafft, als aus den wenigen Tropfen ein richtiger Guss wurde. Ihre Kolleginnen staunten nicht schlecht, dass sie trotz angekündigter Unpässlichkeit doch noch im Museum erschienen war. „Wo ist denn unser Chef, ich muss mit ihm reden!", sagte Kristin und versuchte Haltung zu bewahren. „Er führt gerade erlesene Gäste durch die Sammlung von Burgund. Dauert bestimmt noch eine halbe Stunde", antwortete die Kollegin am Empfang etwas arrogant. Kristin konnte ihre Neugier an ihren Augen ablesen, war aber nicht gewillt, dieses doch sehr persönliche Problem mit der ganzen Welt zu besprechen, schon gar nicht mit der am besten funktionierenden Nachrichtenverbreitung, ihrer Kollegin am Empfang. „Dann bleibt wohl nichts anderes übrig, als zu warten, oder?", antwortete sie leicht gequält und wandte sich von ihrer Kollegin ab. Sie ging ein paar Schritte und überlegte, ob sie ihrem Vorgesetzten eine Nachricht hinterlassen sollte. Schließlich hatte sie die ärztliche An-

10

weisung, unverzüglich ins Krankenhaus zu gehen. Sie setzte sich auf eine der Sitzbänke in der Eingangshalle, schlug die Beine übereinander und fing an zu überlegen, was sie ihrem Vorgesetzten sagen oder schreiben sollte. Allerdings schweiften ihre Gedanken sehr schnell ab, und sie fing an, darüber nachzudenken, wie lange sie schon im Museum arbeitete. Doch es wollte ihr nicht so recht einfallen. Auf einmal kam ihr alles so fremd vor, als wäre sie noch nie in diesem Museum gewesen. Bestenfalls war sie eher daran vorbeigelaufen. Auch wenn sie das Gefühl hatte, dass sie schon seit Stunden wartete, reichte ein Blick auf ihre Uhr, um sie zu überzeugen, dass erst wenige Minuten vergangen waren. Sie schaute etwas verwundert drein, ließ ihren Gedanken wieder freien Lauf, die nur einen Bruchteil später wieder mit ihrer Dienstzeit im Museum beschäftigt waren. Sie konnte sich an die vergangenen Tage im Museum erinnern, an verschiedene Führungen, die sie selbst durchgeführt hatte, aber sonst an NICHTS. Plötzlich hörte sie Schritte, was sie aus ihren Gedanken riss. Sie drehte ihren Kopf in die Richtung, aus der sie die Schritte hörte, und sah einen kurzen Moment später ein älteres Ehepaar aus dem Museum in die Eingangshalle treten. Sie musste unweigerlich lächeln, da der Anblick des Mannes sie an ihren Onkel und Ziehvater erinnerte. „Mein liebster Onkel", dachte sie noch und dankte ihm innerlich dafür, dass er sie nach dem Unfalltod ihrer Eltern zu sich genommen und nicht alleine gelassen hatte; sie war gerade mal zwei Monate alt gewesen. Unverhofft wurde sie daran erinnert, dass sie ihn noch gar nicht informiert hatte, und schüttelte den Kopf, nicht verstehend, warum sie so rücksichtslos handeln konnte. Sie stand auf und wollte zum Münztelefon, das in einer der Ecken der Eingangshalle montiert war, um ihn wenigstens telefonisch informieren zu können. Er wohnte weiter draußen auf dem Lande und war kein Freund des Stadtlebens, hatte aber wenigstens ein Telefon, um mit ihr den Kontakt halten zu können. Sie erinnerte sich kurz an die schwierige Diskussion, die sie durch ihre Ankündigung, in die Stadt ziehen zu wollen, ausgelöst hatte.

11

Erst das Versprechen, einander regelmäßig zu kontaktieren und zu besuchen, hatte ihn am Ende etwas milder gestimmt. „Was für ein Akt", murmelte sie noch, als sie sich in Bewegung setzte. Nach zwei Schritten verspürte sie einen stechenden Schmerz im linken Teil ihres Unterleibs. Instinktiv führte sie ihre Hand dorthin und legte sie auf die schmerzende Stelle, unterbewusst hoffend, dass der Schmerz sich so lindern würde. Plötzlich bekam sie einen Schweißausbruch, und der stechende Schmerz wurde um einiges heftiger, was sie dazu zwang, den Körper nach vorne zu krümmen. Sie fiel auf die Knie und fast vornüber. „Bitte helfen Sie mir", konnte sie gerade noch etwas lauter, wenn auch verzerrt vor Schmerzen, von sich geben. Keine Sekunde später war der Schmerz so rasend, dass sie ihr Gleichgewicht auf den Knien nicht mehr halten konnte. Noch während sie fiel, verlor sie ihr Bewusstsein. Es wurde dunkel. Die Dunkelheit breitete sich aus und machte ihre Vorherrschaft geltend.

***

Schwarz! Nichts! Urplötzlich Lichtkugeln. Erst vereinzelt. Schlagartige Vervielfachung. Kleine Lichtblitze versuchten der Dunkelheit ihre Vormachtstellung streitig zu machen und ließen hoffen, diesen Zweikampf für sich zu entscheiden. Und doch gelang es nicht. Im ersten Moment jedenfalls. Es wurde wieder dunkler. Unendliche Finsternis. Jäh wurde es gleißend hell, wenn auch nur für den Bruchteil einer Sekunde. Erneut ausbreitende Schwärze, die den Raum für sich beanspruchte. Hier und da hell leuchtende Sterne, die sich auf einmal in rasanter Geschwindigkeit vermehrten und zu flackern begannen. Stimmen tauchten unverhofft auf. Stimmen, die erst fern klangen, aber mit jeder verstreichenden Sekunde lauter wurden. Männliche Stimmen. Anfangs noch verzerrt, klangen die Stimmen immerzu vertrauter. „Wird sie es überleben?", fragte eine der Stimmen. „Hoffen wir es, sonst erfahren wir nie, wer sonst noch Bescheid weiß, und was das bedeutet, wissen wir alle, oder?", antwortete eine tiefere Stimme, leise, wenn auch mit zischendem Unterton. „Ja, unzählige Nachforschungen, bis wir alle haben, und dabei hatten wir sie fast so weit", antwortete die dritte Stimme. „Was wenn es nicht mehr wirkt? Wenn sie sich wieder erinnert?", mischte sich eine neue Stimme ein, dieses Mal weiblich. „Das dürfen Sie noch nicht einmal in ihren kühnsten Träumen annehmen, ist das klar?", antwortete die tiefe Stimme, zwar wiederum leise, aber sehr verärgert. Eine Klinke wurde heruntergedrückt, eine Tür schwang auf, und eine weitere Stimme gesellte sich zu den anderen. „Ich bitte Sie alle, nun zu gehen, die Patientin benötigt Ruhe, und da Sie keine Familienangehörigen sind, können Sie nicht länger bleiben. Bitte", sprach die neue Stimme, erneut weiblich, gedämpft, höflich, aber auffordernd. Die Stimme hatte warme, vertrauenerweckende Schwingungen. Wieder waren Schritte zu hören, die sich aber entfernten. Es wurde erneut kurz dunkel und begann einen Moment später nachzulassen. Nur gemächlich wurde es heller, im angenehmen Tempo. Aus langsam heller werdenden Punkten wurden Farbkombinationen. Leichtes Flackern. Eine Zimmerdecke, eine Wand, ein Stuhl wurden erkennbar. Ohne jede Vorwarnung erschien auf einmal ein weibliches, älteres Gesicht, das freundlich lächelte. „Hallo Frau Rosenzweig, schön dass Sie wieder bei uns sind! Sie haben uns einen kleinen Schrecken eingejagt, aber nun ist alles wieder in Ordnung! Ich bin Schwester Agnes", sagte die Krankenschwester und fing an, bei ihrer Patientin Puls und Blutdruck zu messen. Kristin schloss ihre Augen, um sie kurz zu entspannen. Beim Versuch, sie wieder zu öffnen, hatte sie einige Mühe. Sie blinzelte einige Male und schaute die Krankenschwester fragend an. „Die Zyste ist geplatzt, während Sie bei Ihrem Arbeitgeber waren. Sie wurden ohnmächtig. Bei der Durchsuchung ihrer Tasche, na ja, wegen der Personalien müssen wir, das heißt die Kollegen vom Rettungsdienst, so was machen, jedenfalls wurde die Einweisung für das Krankenhaus gefunden, zu Ihrem Glück. Was uns wertvolle Zeit erspart hat und worauf wir sofort handeln konnten, um Sie zu retten", antwortete

Schwester Agnes auf den fragenden Blick ihrer Patientin. „Danke",
hauchte Kristin etwas lächelnd. Ein leises Klopfen war zu hören,
die Zimmertür ging auf, und Kristins Augen füllten sich mit Tränen,
diese Mal aber vor Freude. Schwester Agnes stellte sich mit stren-
gem Blick schützend vor ihre Patientin und wollte den Eintretenden
zum Gehen auffordern, als dieser ihr ins Wort fiel und sagte, „Ich
bin ihr Onkel, ihr Ziehvater, ihr einziger Verwandter." Schwester
Agnes' Miene hellte sofort etwas auf, und sie trat beiseite. „Machen
Sie aber nicht so lange, sie muss sich noch etwas schonen", sagte sie
ihm leise ins Ohr, bevor sie den Raum verließ. „Onkel Reinhold, ich
wollte dich noch anrufen, aber", sagte Kristin mit kratziger Stimme,
als ihr Onkel ihr den Zeigefinger auf die Lippen legte und sie somit
aufforderte, zu schweigen. Er nahm ihr Gesicht in seine Hände und
küsste sie auf die Stirn. Er drückte sie fest an sich, um somit die
Angst, die ihn zu Hause mit einem Male überwältigt hatte, von sich
zu schütteln. Er löste sich von ihr und lächelte sie an. „Wir werden morgen reden, die Operation ist noch zu frisch, und du musst
dich ausruhen. Keine Anstrengungen! Ich bin ja jetzt bei dir, schla-
fe ohne Frucht, dir kann nichts mehr geschehen, ich wache über
dich", sagte er sanft und strich ihr mit der Innenseite seiner rechten
ausgestreckten Hand über das Gesicht, von der Stirn bis zum Kinn.
Kristin, mit einem Male an ihre Kindheit erinnert, war nun innerlich entspannt, schloss die Augen und schlief ein.

***

Es kam ihr vor, als hätte sie eben erst die Augen zum Schlaf geschlossen, als sie erneut Schmerzen verspürte, die zudem auch noch mit
jeder weiteren Sekunde stärker wurden. Sie spürte an drei Stellen
in ihrem Unterleib stechende Schmerzen, die sich an Intensität zu
übertrumpfen schienen. Doch dabei blieb es nicht. Kristin fing an,
Bilder zu sehen. Bilder, die lebendig wurden. Eine Königin, deren vo-
rangeschrittenes Alter nicht verbergen konnte, welche Schönheit sie

in jüngeren Jahren gewesen sein musste, tauchte aus dem Nichts auf. Ein König, auch reich an Lebensjahren, dessen Attraktivität nichtsdestotrotz für Kristin außer Frage stand, gesellte sich zur Königin. Er legte seinen linken Arm um ihre Schulter und schaute besorgt drein. Die Königin rang um ihre Fassung und konnte einige Tränen nicht verhindern. Kristins Kehle schnürte sich zu, sie hatte auf einmal einen Kloß im Hals. Das Königspaar lächelte gezwungen und sprach fast gleichzeitig. Kristin verstand keines ihrer Worte, auch wenn sie deutlich ausgesprochen wurden. Sie fragte sich, wer das Königspaar war und was es gesagt hatte. Sie setzte schon zu einer Frage an, als das Paar sich fast schon schwebend entfernte. Nebel tauchte auf und blockierte Kristin die Sicht. So schnell wie der Nebel aufgetaucht war, war er auch wieder verschwunden. Wieder Bilder! Unzählige. Überall. Ein Großraumbüro erschien mit einem Male vor ihrem geistigen Auge. Es dauerte nur den Bruchteil einer Sekunde, bis sich das Bild eines riesigen, wenn auch sehr hässlichen Gebäudes in den Vordergrund drängte. Urplötzlich erschien ein modernes Emblem, das sie mit einer Großbank assoziierte. Doch konnte sie nicht mit Bestimmtheit sagen, welche der ihr geläufigen Großbanken das Gebäude beherbergen könnte. Sie war sich sicher, dass gerade Großbanken darauf bedacht waren, ihren Sitz in modernen Bauten mit vielen Glaselementen zu haben. Obwohl sie das Gefühl hatte, dass es wichtig sein könnte zu wissen, was in diesem Gebäude untergebracht war, wollte sie sich damit nicht länger beschäftigen. Doch es dauerte keinen weiteren Augenblick, als ihr Unterbewusstsein heftig rebellierte, sich nicht mit der spärlichen Information abzugeben, und sie zwang, etwas genauer auf das Gebäude zu schauen. Es bedurfte nur einer weiteren Sekunde und sie wusste, was in diesem Gebäude, das sie stark an einen Plattenbau erinnerte, untergebracht war. Sie stand vor dem Haupteingang, der von mehreren Sicherheitsbeamten flankiert wurde, und konnte den Schriftzug, der in die Außenmauer gemeißelt war, entziffern – **Hauptsitz der Zentralbank**. Sie stutzte einen kurzen Moment, doch dann fiel es ihr wie Schuppen

15

von den Augen. Sie sah Unmengen an Paletten, die meterhoch mit Geldscheinen, aber auch zum Teil mit Goldbarren beladen waren. Sie schätzte ihren Wert auf mehrere Milliarden. Dann urplötzlich Zahlenkolonnen, Bilanzen, Buchungssätze, Überweisungsträger, Konten, Zahlungseingänge. Massenhaft Belege, die vom Himmel herunterflatterten und ihr zu Füßen fielen. Viele Menschen in dunklen Anzügen, Kostümen liefen hin und her, hinderten sie teilweise am Weitergehen, drängten sie in eine Richtung, die sie nur widerwillig einzuschlagen schien. Unverhofft tauchten massenhaft Männer in Spezialausrüstungen auf, voll bewaffnet. Kristin konnte erkennen, dass sie eine militärische Einheit bildeten, wenn auch ihre Uniformen nicht den offiziellen landesüblichen dienstlichen Vorschriften entsprachen. Die Soldaten kamen auf sie zu und kurz vor ihr zu stehen. Fast gleichzeitig hoben sie ihre Maschinengewehre und zielten auf sie. Ein kurzer Moment des Stillstands. „Feuer", brüllte eine tiefe Stimme. Im nächsten Moment sah Kristin den Kugelhagel auf sich zukommen und fing an zu schreien. Sie öffnete entsetzt ihre Augen und sah ihren Onkel besorgt auf dem Bettrand sitzen. Ihr Herz raste, sie war schweißüberströmt. „Alles in Ordnung, es war nur ein böser Traum", sagte Reinhold sanft und versuchte sie zu beruhigen, auch wenn er selbst seinen eigenen Worten keinen Glauben schenken wollte. Er konnte es nicht verhindern, aber eine dunkle Vorahnung breitete sich in ihm aus. „Der Tag rückt immer näher", dachte er sich noch, als er merkte, dass Kristin sich leicht aufrichtete. „Aber es war alles so echt", entgegnete sie noch, als er sie schon tröstend in die Arme nahm. „Schschsch, es wird alles wieder gut", sagte er nur und streichelte ihr sanft über das schwarz gelockte kurze Haar. „Wir reden, sobald es dir etwas besser geht, einverstanden?", fragte er und schaute ihr dabei in die Augen. Sie nickte sanft und legte sich wieder hin. Sie schaute ihn an und sah einen älteren Mann, dem der Schrecken noch im Gesicht abzulesen war.

***

Ihre Schmerzen holten sie wieder in die Realität zurück und verzerrten ihr Gesicht. Sie wollte schon nach der Klingel greifen, die an einer Kabelschnur oberhalb ihres Bettes angebracht worden war, als die Tür leise aufging und eine jüngere Krankenschwester das Krankenzimmer betrat. „Hallo, ich bin Schwester Julia, die Nachtschwester. Ich wollte nachfragen, ob Sie noch etwas brauchen, etwas zu trinken, eine Schmerztablette vielleicht?", fragte die junge, etwas mollige Krankenschwester. „Ich habe Schmerzen", antwortete Kristin nur und sah die Schwester schon im nächsten Moment, ihr eine Tablette reichen. Kristin nahm sie dankend entgegen, schluckte sie mit reichlich Wasser runter und hoffte darauf, dass die Schmerzen nachlassen würden. Sie sah noch etwas gequält zu ihrem Onkel und schloss die Augen, um ihrem Onkel zu signalisieren, dass sie wieder schlafen wolle. Dabei waren ihre Augen nur geschlossen, ihr Gehirn aber arbeitete. Da die Wirkung der Schmerztablette noch nicht eingesetzt hatte und sie die Schmerzen nur allzu deutlich spürte, kreisten ihre Gedanken anfangs um ihren Onkel, dann unweigerlich um das Königspaar. Aus irgendeinem Grund hatte sie das Gefühl, dass dieses Paar keine Einbildung war, dass sie wirklich existierten. Noch während sie darüber nachdachte, schlief sie ein. Wieder lösten die Bilder der Zentralbank die vorangegangenen Bilder ab, wieder tauchte die Spezialeinheit auf. Eine dunkle, große, stählerne Tür wurde von dieser beschützt. Merkwürdige Zeichen erschienen plötzlich in der Luft, direkt vor ihrem Augen und lenkten sie von der Tür ab. Sie erschrak im ersten Moment, als sie Schritte hörte, die noch etwas entfernt klangen, und schaute sich um. Kristin versuchte sich zu verstecken, aber sie fand nichts, was ihr auch nur annähernd Schutz hätte bieten können. Panik stieg in ihr auf, ihr Herz raste umso schneller, je näher die Schritte kamen. Sie wusste nicht wohin und gab sich mit dem Gedanken ab, ertappt zu werden. Plötzlich gleißendes Licht, das wenige Sekunden später nachließ. Ihre Augen brauchten etwas länger, als ihr lieb war, um sich von der plötzlichen Helligkeit zu erholen. Sie schaute sich erneut um.

Sie befand sich in einem Büro, eine Art Vorzimmer, aber keine Sekretärin weit und breit. Drei Türen waren zu sehen. Eine größere Tür aus edlem dunklem Holz, mit aufwendigen Schnitzereien, zwei normale Türen, davon eine geschlossen, die andere leicht geöffnet. Sie hörte eine weibliche Stimme. „Frau Rosenzweig, Kaffee?", fragte die Stimme. Kristin schaute sich um, sah aber keine Person in ihrem Umfeld. Ein weiblicher Kopf, mit strenger Frisur, tauchte unverhofft im Türspalt der leicht geöffneten Tür auf und blickte sie fragend an. Kristin erschrak im ersten Moment, schüttelte dann aber dankend den Kopf. Wieder kam Nebel auf, der nur einen Augenblick später durch eine schnelle Abfolge von Bildern abgelöst wurde, als würde man eine Videokassette mit Bild vorspulen. Dann auf einmal befand sie sich in einem großen Raum mit sperrigen Holzmöbeln und einer schwarzen Ledergarnitur. Vier Männer in dunklen Anzügen standen vor ihr. Der größte von ihnen hatte eine rote Akte in den Händen. Sie konnte einen Blick auf die Vorderseite erhaschen. „VERTRAULICH" stand drauf. Genau in diesem Moment begann sie sich zu fragen, was sie dort machte. Doch die Antwort bekam sie von einem der anwesenden Männer, einem untersetzten Mann mit unscheinbarem Aussehen. Sie schaute ihn etwas genauer an und erkannte wenige Sekunden später ihren Vorgesetzten, den Museumsleiter für klassische und moderne Kunst. „Frau Rosenzweig, wir sind hoch erfreut, eine so fähige Mitarbeiterin in unserem Controlling zu wissen, die mit so viel Einsatz unsere Bücher verwaltet. Aber in diesem gesonderten Fall müssen wir sie darauf hinweisen, dass manche Dinge anders gehandhabt werden", fing der Museumsleiter mit bedachter Stimme an. Sie runzelte die Stirn und fragte sich, was der Museumsleiter im Kreise der anderen zu suchen hatte. Ein dicklicher Mann mit Halbglatze, um einiges größer als der Museumsleiter, schob sich in den Vordergrund. „Was er damit sagen will ist, wenn Sie auch nur jemandem davon erzählen, sind Sie Geschichte", fügte er hinzu und versuchte dabei bedrohlich zu wirken. Kristin fuhr auf einmal zusammen und hörte kurz darauf die tröstende Stimme ihres

Onkels, wenn sie auch etwas entfernt klang. Sie beruhigte sich wieder und fiel in einen traumlosen Schlaf.

***

Irgendetwas zerrte an ihrem Arm. Kristin versuchte es zu ignorieren, schaffte es aber nicht. Nach einer kurzen Phase erfolgreichen Widerstands gab sie der Penetranz der Störung nach und öffnete ihre Augen. Wieder eine neue Krankenschwester, die sich namentlich mit Martha vorstellte. Kristin schaute sie etwas verwirrt an und wunderte sich über das Aussehen der Krankenschwester. Sie sah eine hoch gewachsene, dürre Frau mit auffallend dunkelroten langen Haaren, die unter der Schwesternhaube hochgesteckt waren. Kristin konnte sie weder als Schönheit noch als hässliches Individuum bezeichnen, geschweige denn ihr Alter schätzen. Daher reihte sie die Schwester in die Rubrik „reiferes Alter" ein. Das einzige, was sie aber mit Bestimmtheit sagen konnte, war, dass diese Schwester mit ihren manikürten, langen und weiß lackierten Fingernägel sowie dem professionellen Make-up, wenn überhaupt, nur im geringen Maße mit der Pflege von Patienten beschäftigt war. „Diese Frau hat mit einer Krankenschwester so viel gemein wie ein Hund mit einer Katze", schoss es Kristin durch den Kopf. Auf einmal war sie sicher, dass sie sich vor dieser Frau in Acht nehmen musste. Kristin schaute sich um, in der Hoffnung, ihren Onkel zu finden. Daraufhin lächelte die Krankenschwester sie an und erwiderte auf Kristins Reaktion: „Er ist draußen und wartet darauf, dass er wieder reinkann." Kristin konnte sich ein Lächeln abgewinnen, war innerlich aber zutiefst beunruhigt. Was sie verunsicherte, war die Stimme der Krankenschwester, die ihr mit einem Male so vertraut vorkam. Ihre Gedanken rasten, und dann plötzlich hatte sie eine Assoziation, wobei sie versuchte, sich nichts anmerken zu lassen. Die Stimme, die die Wirkung des Mittels in Frage gestellt hatte, hallte in ihren Ohren. Kristin saß innerlich auf heißen Kohlen, versuchte nach außen hin

19

kühl zu wirken. Sie zwang sich zu einem müden Lächeln. „Sie hatten ja eine Notoperation. Ist ja noch mal gut gegangen", fing die Krankenschwester an und hatte schon Kristins Handgelenk in der Hand, um den Puls zu messen. Nachdem der Puls gemessen war, fuhr die Krankenschwester mit ihrem Gespräch fort. „Sind Sie berufstätig? Wenn ja, sollten wir dann nicht Ihren Arbeitgeber informieren?", fragte sie Kristin. Kristin war sich nun ziemlich sicher, dass es sich um die gleiche Stimme handelte, und antwortete mit Vorsicht: „Nicht nötig, ich bin ja bei meinem Arbeitgeber zusammengebrochen, er ist somit zwangsläufig informiert. Ich arbeite in einem Museum für klassische und moderne Kunst. Führungen sind meine Hauptaufgabe." Die Krankenschwester, die anfangs noch etwas ungeduldig auf die Antwort wartete, entspannte sichtlich. Sie lächelte Kristin an, beendete ihre Arbeit etwas zu hastig für Kristins Geschmack und verließ eilig das Zimmer. Es dauerte keinen Moment, und ihr Onkel kam rein. „Guten Morgen mein Schatz", begrüßte er sie mit einem Lächeln auf den Lippen. „Guten Morgen Onkel", antwortete Kristin liebevoll. „Kleines, ich habe mit den Ärzten gesprochen, und die haben mir gesagt, wenn du weiterhin solche Fortschritte machst, kann ich dich bald mit nach Hause nehmen", erzählte er voller Freude und nippte an seinem Kaffee. Kristin war sichtlich verwirrt. „So schnell", antwortete sie fragend. „Ich bin doch gerade mal einen Tag hier", fügte sie verwirrt hinzu. Am Gesichtsausdruck ihres Onkels konnte sie erkennen, dass sie wohl falsch lag. „Die Notoperation war vor drei Tagen, ich bin ja schon seit zwei Tagen hier. Du hast lange geschlafen, auch wenn du hin und wieder kurz aufgewacht bist. Leider nicht lange genug, um etwas zu essen, du bist nur noch Haut und Knochen", entgegnete ihr Onkel, setzte sich zu ihr an den Bettrand und küsste sie auf die Stirn. Es klopfte, die Tür schwang auf, und ein Tablett wurde hereingetragen. „Frühstück", sagte eine jüngere Lernschwester, die in Begleitung von Schwester Agnes hereinkam und ihre Anweisungen befolgte. „Aber bevor es Frühstück gibt, muss ich Puls, Blutdruck

20

und Fieber messen", sagte Schwester Agnes und schnappte sich Kristins Handgelenk. Kristin sah ihren Onkel Anstalten machen einzuschreiten und schaute ihn mit einem Blick an, der ihn darum bat, sich zurückzuhalten. Sie sah ihn nicken und war froh darüber, dass er ihr Verhalten nicht in Frage stellte. Kristin ließ die Prozedur ein zweites Mal über sich ergehen und versuchte im Anschluss ihr Frühstück zu genießen. Allerdings gelang es ihr nicht sonderlich gut, was nicht nur am Krankenhausambiente lag. Sie hatte ihrem Onkel etwas von ihrem Frühstück angeboten, aber er war der Typ, der nur Kaffee zum Frühstück nahm. Es dauerte auch keinen Moment, und er bedeutete ihr, sie kurz zu verlassen, um sich eine Tasse Kaffee aus der Cafeteria zu holen, um ihr beim Frühstück Gesellschaft leisten zu können. Er verließ umgehend den Raum, und Kristin war alleine mit ihrem Frühstück, mit ihren Überlegungen. Sie hatte so viele unbeantwortete Fragen vor ihrem geistigen Auge, dass sie noch nicht einmal merkte, dass ihr Onkel wieder ins Zimmer eingetreten war und sie mit besorgter Miene anschaute. Erst als ihr Blick vom Frühstücksbrötchen zum Fenster schweifte und sie dabei kurz ihren Onkel mit einem flüchtigen Blick bedachte, wusste sie mit Sicherheit, dass er ihr etwas verheimlichte, etwas mit ihr nicht stimmte. „Es wird nichts mehr wie früher sein", schoss es ihr durch den Kopf. Sie spürte eine gewaltige Veränderung auf sie zueilen, auch wenn sie sich nicht ausmalen konnte, wie diese Veränderung aussehen mochte. Sie wandte sich vom Fenster ab, schaute ihn an und sagte mit ruhiger, aber flüsternder Stimme, „Ich spüre, dass es an der Zeit ist. Was es ist, wirst du mir wohl sagen, wenn der richtige Moment gekommen ist." Er nickte, schaute sie dabei voller Liebe an und wollte gerade zum Sprechen ansetzen, als Kristin im nächsten Moment einen beunruhigenden Gedanken hatte. Instinktiv führte sie ihren Zeigefinger an ihre Lippen. Er sollte nicht antworten. Dann teilte sie ihm in Gebärdensprache mit, keinen Laut von sich zu geben, da sie sich nicht sicher war, ob im Zimmer Wanzen installiert waren. „Was, wenn wir beobachtet werden?", schoss es ihr dann

21

durch den Kopf. Mittels Gebärdensprache bat sie um Papier und etwas zu schreiben. Ihr Onkel reagierte, ohne sich großartig zu wundern, schließlich kannte er ihren Hang zu Vorsichtsmaßnahmen, der aus ihrem beruflichen Hintergrund rührte. Kristin konnte nicht mit genauer Gewissheit sagen, warum sie so geheimnisvoll reagierte, aber eine laute innere Stimme riet ihr zur Vorsicht. Sie nahm den Zettel und den Kugelschreiber und schrieb einen Satz drauf. Ihr Onkel nahm den Zettel entgegen und war noch nicht einmal erstaunt darüber, was er zu lesen bekam. Er nickte verstehend. Kristin allerdings wunderte sich kurz über das lässige Verhalten ihres Onkels und schaute leicht verwirrt. Reinhold blickte nochmals auf den Zettel und verinnerlichte den Satz, der auf dem Zettel stand: „Wir können hier nicht reden, irgendetwas stimmt hier nicht." Er lächelte, ging auf sie zu und setzte sich zu ihr auf den Bettrand. Doch in Gedanken beschäftigte er sich mit der Frage, was sie dazu bewogen hatte, ihm diesen Satz auf den Zettel zu schreiben. „War es nur instinktiv? Wusste sie was Konkretes? Erinnerte sie sich etwa?", schoss es ihm durch den Kopf. Kristin aber bettete ihren Kopf zufrieden auf ihr Kissen. Doch bevor sie wieder grübeln konnte, klopfte es kurz, und die Tür schwang auf. Kristin schaute zur Tür und sah eine Horde von Ärzten hereinkommen. Ihr Onkel wurde gebeten, draußen zu warten, und verließ erneut das Krankenzimmer. Keinen Moment später fing der Oberarzt mit der Visite an. „Frau Rosenzweig, es freut uns, dass sie die Operation so gut überstanden haben. Folgendes zu unserer Vorgehensweise: Als wir sie endoskopisch operierten, haben wir durch die Kamera gesehen, dass nicht nur der Inhalt der große Zyste zu entfernen war. Der linke Eierstock war bedauerlicherweise schon zu sehr angegriffen, so dass wir gezwungen waren, diesen vorsichtshalber mit zu entfernen, um möglichen Risiken vorzubeugen. Hierfür mussten wir leider mit dem Skalpell arbeiten, so dass sie von der Operation sichtbare Narben davontragen werden. Bei dieser Gelegenheit haben wir auch den rechten Eierstock sowie Ihren Uterus untersucht, und ich kann ihnen mitteilen, dass diese vollkommen gesund sind. Der entfernte Eierstock sowie der Rest der Zyste sind bereits in der Pathologie, zur Untersuchung, hier geht noch mal gesondert Post an Sie, im Falle eines Falles", begann der Oberarzt mit seiner Ausführung hinsichtlich der durchgeführten Operation und zeigte Kristin dann ein Bild von ihrem linken entfernten Eierstock, was ihren Magen in Wallung brachte. Sie war sichtlich geschockt, weil sie nicht damit gerechnet hatte, dass sie diesen komplett entfernen würden, und wendete ihren verstörten Blick ab, was den Oberarzt dazu verleitete, seinen Bericht abzuschließen. „Wir würden Sie gerne heute noch hier behalten, zur Beobachtung und wenn alles so verläuft, wie wir es hoffen, können wir sie am Mittwoch, also morgen, entlassen. Ihr Onkel hat uns zugesichert, dass er sich um sie kümmern wird, was uns die Sorge um die nötige Ruhe und Pflege nimmt! Einverstanden?", beendete der Oberarzt seine Stippvisite nüchtern und schaute Kristin fragend an, die daraufhin nur nickend antworten konnte. Er lächelte ihr zu und sagte in einem mitfühlenden Ton: „Frau Rosenzweig, ich möchte Ihnen versichern, dass Sie auch mit nur einem Eierstock ganz normal, ohne Komplikationen schwanger werden können. Bitte machen Sie sich deswegen keine Gedanken!". Kristin mochte ihm nicht ganz Glauben schenken, wollte ihm aber auch nicht die Schuld am Verlust ihres Eierstocks geben. „Er hat nur seinen Job gemacht", dachte sie und versuchte ihre aufkommenden Tränen zu unterdrücken, was ihr nicht sonderlich gelang. Der Oberarzt entschied, der Patientin die Möglichkeit zu geben, die Informationen zu verdauen, verabschiedete sich und verließ mit der gesamten Schar das Krankenzimmer. Kristin, trotz allem leicht beeindruckt vom Procedere der Stippvisite, war heilfroh, als ihr Onkel wieder ins Zimmer kam. Er schaute sie erwartungsvoll an. „Sie wollen mich noch einen Tag hier behalten, zur Beobachtung, aber ich darf morgen raus, wenn die Genesung weiterhin voranschreitet", teilte sie ihm mit und versuchte dabei zu lächeln. Stattdessen rollten ihr die Tränen die Wangen herunter. Ihr Onkel setzte sich zu ihr auf den Bettrand und nahm sie in die Arme, wo sie ihren Tränen freien Lauf ließ. Der Oberarzt hatte ihn schon im Vorfeld über den Verlauf der Operation in Kenntnis gesetzt, so dass er mit diesem Gefühlsausbruch gerechnet hatte. Er wusste, dass er nun versuchen musste, sie wieder aufzumuntern. Er hielt sie von sich ab und merkte dabei, dass man ihr die Kanüle aus der Vene der rechten Hand gezogen hatte. „Magst du mal ein wenig laufen?", fragte er sie, woraufhin sie sofort zustimmte und Anstalten machte, aus dem Bett zu steigen. Jedoch gelang es ihr nicht beim ersten Versuch. Beim zweiten Mal gelang es ihr mithilfe ihres Onkels, der auch gleich zu ihrem Schrank eilte, um den Morgenmantel zu holen, den er eigens für sie gekauft hatte. Sie schaute etwas verwundert, als er ihr den Morgenmantel reichte. „Ich war, während du so lange geschlafen hattest, bei dir zu Hause, aber ich habe nichts Vergleichbares gefunden, daher war ich kurzerhand einkaufen", erklärte er ihr und schämte sich leicht, da er ihre Wohnung ohne ihre Erlaubnis betreten hatte. Sie nahm den Morgenmantel, zog ihn an, schlang ihre Arme um ihn und küsste ihn auf die Wange. „Ich liebe dich", erwiderte sie und zog ihn aus dem Krankenzimmer heraus. Sie passierten gemeinsam den Flur der Station, wobei Reinhold sie stützte, und kamen durch eine große Glastür zum Treppengeländer, das Teil eines zweistöckigen riesigen Aufenthaltsraumes für Besucher war. Kristin bemerkte die Helligkeit des Aufenthaltsraumes, deren Ursprung die riesigen Fenster waren, die als Hauswand zum Innenhof dienten. Sie setzten sich auf eine Sitzbank mit Blick zum Innenhof der Frauenklinik und ließen einige Minuten verstreichen, ohne auch nur ein Wort von sich zu geben. Dann konnte Reinhold aber nicht mehr länger schweigen und fing an, von ihren Kindheitstagen zu erzählen. Kein Tag war vergangen, ohne dass er sich hätte Sorgen machen müssen, was sie nun wieder angestellt hatte oder wo sich wieder verletzt hätte. So verbrachten sie eine Stunde voller Heiterkeit, auch wenn sie hin und wieder leicht nostalgisch wurden. Plötzlich wurde Reinhold sehr ernst, schaute seine Nichte an und sagte schon fast flüsternd: „Ich habe deine Wohnung gekündigt und die Miete im Voraus bar beglichen. Deine persönlichen Sachen habe ich bereits zusammengepackt und nach Hause gebracht. Du kommst mit nach Hause, keine Widerworte! Es werden große Veränderungen auf dich zukommen, aber hierzu später. Vertraue mir einfach, dass es so am besten ist!". Kristin nickte nur, dass sie verstanden hätte, griff sich geistesabwesend an ihren Unterleib, was Reinhold als Möglichkeit nutzen wollte, sie wieder ins Bett zurückzubringen, da er sie nicht überanstrengen wollte. Er forderte sie mit einer Handbewegung auf, ihm zu folgen. Sie hakte sich ohne Widerworte bei ihm ein und ließ sich langsam zu ihrem Zimmer führen, was ihn wunderte, da er ihre Widerspenstigkeit gewohnt war. Allerdings merkte er, als sie sich ins Bett legte, dass sie erschöpft war und aus diesem Grunde keine Energie mit eventuellen Diskussionen hatte verschwenden wollen. Sie schloss kurz die Augen, öffnete diese schnell wieder und schaute ihren Onkel an, der sich ans Ende des Bettes gesetzt hatte. „Ich werde dich nochmals kurz verlassen müssen, um die restlichen Formalitäten zu erledigen – geht das für dich in Ordnung?", fragte er sie. Just in diesem Moment klopfte es erneut, die Tür schwang wieder auf, und das Mittagsessen wurde angekündigt. „Es geht mir so weit gut, heute wird mit mir wohl nicht mehr so viel anzufangen sein. Ich werde nach dem Essen ein wenig schlafen", erwiderte sie nur. Er nickte und antwortete: „Ich hole dich morgen früh ab, sobald die Visite da war", küsste sie zum Abschied und verschwand, noch ehe die Schwester den Deckel vom Tablett entfernen konnte, auf dem das Mittagessen serviert wurde. Der Geruch des Mittagessens erinnerte ihren Magen daran, dass er Heißhunger hatte, was er Kristin auch gleich wissen ließ. Kristin dachte an ihr Frühstück, das sie nur spärlich zu sich genommen hatte, und musste ihrem Magen recht geben. Sie stand auf und setzte sich an den kleinen viereckigen Tisch, auf den das Tablett gestellt worden war, und aß das üppige Mittagessen, bestehend aus einer Tasse Suppe, zwei Stück Hähnchenbrustfilet mit gedünstetem Gemüse in weniger als fünfzehn Minuten. Das

Dessert, einen Schokopudding, verzehrte sie genüsslich. Das Stück Obst, das ihr als Zwischenmahlzeit auf das Tablett gelegt worden war, legte sie auf ihren Beistelltisch, für später. Sie ging noch einmal kurz in das Badezimmer und erleichterte sich. Die Schmerzen in ihrem Unterleib begleiteten sie, aber sie waren um einiges erträglicher. Als sie sich die Hände waschen wollte, bemerkte sie, dass ihre Hygieneartikel am Badezimmerspiegel aufgereiht worden waren, von der Zahnbürste, der Zahnpasta bis hin zu Waschlappen, Duschgel, Shampoo. „Sogar an die Gesichtscreme hat er gedacht", ging es ihr durch den Kopf. Plötzlich hatte Kristin ein mulmiges Gefühl in ihrem Unterleib und vermutete, ihr Verdauungssystem hätte das üppige Mahl nicht vertragen. Sie setzte sich erneut auf die Toilette. Doch einen Moment später merkte sie, dass sie blutete. „Zwei Wochen zu früh", bestätigte sie für sich in Gedanken. Auch im Bad war eine Klingel für die Schwestern angebracht. Sie betätigte diese, und es dauerte keinen weiteren Augenblick und Schwester Agnes kam. Sie klopfte, bevor sie das Badezimmer betrat. „Ich bin mir nicht sicher, aber ich glaube, ich habe meine Tage bekommen? Die sind aber zu früh", teilte Kristin ihr mit. Schwester Agnes lächelte und verschwand kurz. Kristin hörte, dass sie eine Schranktür öffnete. Keinen Moment später reichte Schwester Agnes ihr eine Binde und entgegnete: „Nach solchen Operationen ist es nur normal, dass die Menstruation einsetzt. Der Eingriff in den Zyklus eines weiblichen Körpers bringt Veränderungen mit sich, die vom Körper erst einmal verarbeitet werden müssen. Daher bitte keine Angst, es ist der normale Gang. Weitere Utensilien finden sie im Vorratsschrank, der neben ihrem persönlichen Schrank ist." „Danke! Es tut mir leid, wenn ich Sie hierfür hierherbemühen musste", sagte Kristin und lächelte verlegen. Schwester Agnes winkte lächelnd ab und verließ das Krankenzimmer. „Woher soll ich denn so etwas wissen", ging es Kristin durch den Kopf, als sie sich wieder in ihr Bett legte. „Als wäre die OP nicht schon genug, kommt die Menstruation mit sämtlichen Nebenwirkungen dazu", fuhr sie in Gedanken verständnislos fort. Sie schaute aus dem Fenster hinaus und dachte über ihr plötzliches Misstrauen nach, den Verdacht, abgehört zu werden. Instinktiv schaute sie sich im Zimmer um und suchte nach möglichen angebrachten Überwachungskameras. „Was ist nur mit mir los? Warum bin ich so misstrauisch? Warum suche ich nach Wanzen? Ü-Kameras? Was sind denn das für komische Träume? Ich erkenne mich ja nicht wieder?", fragte sie sich innerlich. Das Königspaar fiel ihr prompt ein, was sie sehr verwunderte. „Sie waren so real", murmelte sie vor sich hin. Ihre Lider wurden schwerer, sie döste leicht vor sich hin, und es dauerte auch nicht mehr lange, und sie war eingeschlafen.

***

Wieder Träume voller Bilder, deren Aneinanderreihung für sie rätselhaft schien. Die vier Männer in den dunklen Anzügen tauchten erneut auf, aber dieses Mal vor neuer Kulisse. Jetzt konnte sie auch die beiden anderen Männer etwas näher betrachten. Der dritte Mann war von Standardgröße, stark übergewichtig, kahl mit einem Monokel am rechten Auge. Der letzte im Bunde war im Vergleich zu seinen Kumpanen attraktiv, hoch gewachsen und hatte dunkles volles, leicht gewelltes Haar. Die stählerne bewachte Tür war nun offen, und die Männer befanden sich im Raum dahinter, alleine, bemerkten ihre Anwesenheit nicht. Sie schlich an die Tür, schaute sich dabei immer wieder um, sah aber keinen von der Spezialtruppe, die sie in ihrem ersten Traum vor der stählernen Tür gesehen hatte. Sie wunderte sich noch, wie sie bis dorthin gekommen war, ohne auch nur von jemandem gesehen worden zu sein. Doch die Antwort ließ nicht lange sich warten. Sie war schon fast an der Tür. Kristin sah die vier Männer mit dem Rücken zu ihr stehen und ging vorsichtig weiter, bis sie den Türrahmen erreichte. Nun, im Türrahmen stehend, konnte sie ihren Augen keinen Glauben schenken. Was sie durch die Tür in der Mitte des Raumes sah, verschlug ihr schlicht den Atem. Eine riesige silberfarbene breite Arkade füllte den Raum aus. Für Kristin waren auf den ersten Blick undefinierbare, unzählige Verzierungen auf der Arkade erkennbar. Doch je länger sie diese betrachtete, desto vertrauter kamen ihr diese vor. Sie bemerkte, dass einige der Verzierungen auch mit Edelsteinen geschmückt waren. Urplötzlich funkelndes Licht und das Innere der Arkade veränderte sich. Etwas Schimmerndes entstand mit einem Male, als wäre es eine glitzernde Folie. Sie sah, wie schwer bewaffnete Männer aus der Arkade heraustraten. Es dauerte keinen weiteren Moment, und sie war umzingelt. Die Männer traten so schnell an sie heran, dass sie nicht anders reagieren konnte, als sich gleich zu ergeben. Die vier Männer in ihren dunklen Anzügen drehten sich erschrocken um und schauten sie verdattert an, nicht fassend, dass sie sie nicht bemerkt hatten. Dann auf einmal wurde sie gerüttelt.

***

Kristin wurde unsanft, mit Herzklopfen begleitet, aus ihrem Traum herausgerissen. Sie öffnete die Augen, war anfangs leicht verwirrt, sah aber sehr schnell, dass die Krankenschwestern das Abendessen servierten. Sie verspürte Hunger und begann zu Abend zu essen, wobei ihre Gedanken immer wieder um den Traum kreisten. Es war ihr alles so real vorgekommen. „Seit ich hier bin, scheint meine Fantasie beflügelt", sprach sie in Gedanken zu sich. Es faszinierte sie, zu welchen Gedanken ihr Gehirn in der Lage war, wenn man die Umstände bedachte. Und doch verharrte die Erkenntnis, alles sei real, so hartnäckig, was sie immer mehr grübeln ließ. Sie trank etwas geistesabwesend ihren Pfefferminztee und schaltete, um sich von ihrem Traum abzulenken, den Fernseher an. Sie wechselte von einem zum anderen Programmsender und blieb dann bei den Abendnachrichten hängen. Der Nachrichtensprecher beendete gerade den Beitrag über den geplanten Haushaltsetat der Regierung und begann über Foltervorwürfe gegenüber hochrangigen Offizieren zu

berichten, was Kristin mit einem Schlag von ihrem Traum entfernte. Ihre Aufmerksamkeit war erregt, sie fing an, sich auf den Bericht
zu konzentrieren. Je mehr sie sah, desto mehr empörte sie sich über
die Offiziere, die vermeintlichen Täter. „Keiner, egal was er getan
hat, darf so behandelt werden", dachte sie noch, als sie unverhofft
Bilder in einer schwindelerregenden Geschwindigkeit vor ihrem
Auge entstehen sah. Bilder, die nichts mit der Berichterstattung zu
tun hatten. Bilder, die ihr noch grausamer vorkamen, als das, was sie
im Fernsehen gesehen hatte. Sie zuckte heftig zusammen und musste ihre Schläfen mit ihren Fingern abdecken, intuitiv hoffend, dass
diese somit nicht auseinandersprengen würden. Ihre Schläfen poch-
ten, Kopfschmerzen machten sich breit, ihr Herz raste, sie konnte
ihren Puls am Hals deutlich spüren. In diesem Augenblick wusste
sie, was mit ihr nicht stimmte, was passiert war, warum ihr Gehirn
sich vermeintlichen Fantasien geöffnet hatte.

2

Kristin durchlebte eine sehr unruhige Nacht, die in keiner Weise mit ihren OP-Schmerzen zu tun hatte. Sie war heilfroh, als der Morgen anbrach und die Schwestern auch nicht mehr lange auf sich warten ließen, um die morgendliche Routine anzufangen. Ungefähr fünfzehn Minuten nach Abräumen des Frühstückstabletts trat die Morgenvisite mit erfrischendem Schwung ins Krankenzimmer, der Oberarzt mit fast schon übertrieben guter Laune am frühen Morgen. Er begrüßte Kristin sehr freundlich, las kurz über das Krankenblatt und sagte: „Nun Frau Rosenzweig, Ihre Werte zeigen, dass es Ihnen um einiges besser zu gehen scheint, was uns alle sehr freut. Schwester Agnes teilte mir mit, dass bei Ihnen die Regelblutung auch schon eingesetzt hat, obwohl ich ehrlich sagen muss, dass ich ein wenig früher damit gerechnet hatte, aber halb so schlimm. Wir werden Sie, wie gestern besprochen, heute entlassen können. Ich bitte darum, daran zu denken, dass Ruhe für Sie zurzeit das Wichtigste ist, das heißt, bitte keine Hausarbeiten oder dergleichen erledigen. Hinsichtlich der weiteren Vorgehensweise, sprich Kontrolle und Ziehen der Fäden, etc., bitte ich darum, mit Ihrer Gynäkologin einen Termin zu vereinbaren. Schwester Agnes wird ihre Entlassungspapiere fertig machen. Ich wünsche Ihnen alles Gute!" Kristin schaute der Ärzteschar noch kurz hinterher, die mit gleichem Schwung wieder aus dem Zimmer trat. Sie schüttelte leicht amüsiert den Kopf, war aber erleichtert, nach Hause gehen zu dürfen. „Es wird zum Glück keinen großen Aufwand machen, die Stadt zu verlassen", dachte sie. Sie erinnerte sich, dass sie vor wenigen Monaten ein 60 qm großes möbliertes Appartement angemietet hatte, dessen Vermieter es vollkommen ausreichte, ein Woche vor Auszugstermin davon in Kenntnis gesetzt zu werden. Aber dann fiel ihr ein, dass ihr Onkel sich darum bereits gekümmert hatte. Sie stand auf und ging zum Badezimmer, wo sie sich frisch machte. Kaum, dass sie aus dem Badezimmer getreten war, klopfte es auch schon an der Tür, und ihr Onkel trat ein. Sie umarmte ihn zur Begrüßung und sagte: „Ich darf gleich raus, ich brauche nur noch die Entlassungspapiere." Er freute sich sehr darüber und machte sogleich die Sporttasche auf, die er mitgebracht hatte. Es war kaum was drin, nur eine graue Jogginghose, der dazugehörige Pullover, Strümpfe, Freizeitschuhe und Unterwäsche. Er reichte ihr umgehend die Sachen, die Kristin verwundert entgegennahm. Er schmunzelte leicht beschämt und meinte nur: „Ich war zu voreilig und hatte deine gesamte Garderobe schon nach Hause transportieren lassen. Daher die neuen Sachen." Kristin war heilfroh, dass er daran gedacht hatte, saubere Unterwäsche mitzubringen. Sie nahm die Sachen an sich und verschwand damit im Bad. Während sie sich anzog, hörte sie Geräusche aus ihrem Krankenzimmer, die sie vermuten ließen, ihr Onkel würde ihre Sachen zusammenpacken. Fertig angezogen trat sie aus dem Badezimmer und sah, dass sie richtig vermutet hatte. Er hatte schon fast alles zusammengepackt; was fehlte, waren nur noch die Sachen, die sie im Bad ausgezogen hatte. Nachdem auch diese verstaut waren, mussten sie nur noch wenige Minuten warten, bis Schwester Agnes mit den Entlassungspapieren ankam. „Passen Sie bitte auf sich auf und befolgen Sie die Anweisungen des Arztes. Alles Gute!", sagte Schwester Agnes zu Kristin und nickte ihr zum Abschied freundlich zu. Kristin erwiderte den Abschiedsgruß freundlich und verließ mit ihrem Onkel zusammen das Krankenhaus.

**

Vor dem Gebäude sahen sie mehrere Taxen in Warteschlange. Kristin wollte schon eines herbeiwinken, als ihr Onkel dazwischenging und ihr die Gegenrichtung deutete. Noch ehe sie nachfragen konnte, setzte er sich schon in Bewegung und steuerte auf einen silberfarbenen Geländewagen zu. Kristin folgte ihm, setzte sich auf den Beifahrersitz und schaute ihren Onkel fragend an. „Ich weiß, moderne Fortbewegungsmittel sind nicht mein Fall, aber ich dachte, es wäre höchste Zeit, eines mal auszuprobieren. Der Wagen ist nur gemietet", antwortete er leicht verlegen. „Du kannst Auto fahren?", entgegnete sie leicht amüsiert. „Ich bin ein Naturtalent", war das Einzige, was er darauf erwiderte, bevor er den Wagen startete und losfuhr. Die Fahrt dauerte mit einigen Unterbrechungen etwas länger als vier Stunden, bis sie an ihrem Ziel, einem bescheidenen Landsitz, angelangt waren. Seit Kristin ihr Erinnerungsvermögen fast wieder komplett für sich hatte, hatte sie die Stadt so schnell wie möglich verlassen wollen. Hier und da hatte sie zwar noch einige Lücken, aber sie war sich sicher, dass sich diese auch bald schließen würden. Beim Aussteigen schaute sie sich mehrmals unruhig um, was ihrem Onkel nicht entging. „Es ist uns keiner gefolgt, keine Bange", sagte er ihr, nahm ihr Gepäck und ging auf das Landhaus zu. Er schloss die Eingangstür auf und trat vor ihr ins Haus. Sie atmete tief durch und folgte ihm. „So, nun lege dich auf die Couch und ruhe dich aus. Ich mache uns einen Tee, dann können wir reden", teilte ihr Onkel mit und ging in die Küche, um den Kessel mit Wasser aufzusetzen. Kristin schaute ihm nur kurz hinterher und blickte sich dann im Raum um. Sie war froh, wieder daheim zu sein, sich in Geborgenheit zu wissen. Sie legte sich auf die Couch, da ihr Unterleib Schmerzen meldete. Kristin streifte mit ihrem Blick den gesamten Wohnzimmerbereich und dachte an ihre Kindheit. Doch urplötzlich wurde sie an die Ereignisse der letzten Tage erinnert. Ihr Einsatz in der Zentralbank, das Museum. Zweifel stiegen in ihr auf. Zweifel, ob der Landsitz nicht einer Überwachung unterzogen worden war. „Vielleicht werden wir abgehört", schoss es ihr durch den Kopf. Sie ließ ihren Blick erneut, dieses Mal aber konzentrierter, durch das Wohnzimmer streifen. Doch sie konnte nichts mit bloßem Auge erkennen. Allerdings konnte sie sich auch nicht in Sicherheit wiegen, ob es nicht doch Überwachungskameras in der Wohnung gab. Schließlich waren diese im Zuge des Fortschritts immer kleiner und somit für das Auge eine Herausforderung geworden. Sie dachte kurz nach, wie sie das so unauffällig wie möglich prüfen konnte, ohne gleich gesehen zu werden. Sie erinnerte sich, dass ihr Handy mit einer Spezialfunktion ausgestattet war, das diese Dinge orten konnte, ohne selbst aufzufallen. Ihr Vorgesetzter hatte ihr im Zuge der Vorbereitung auf den Einsatz das präparierte Handy ausgehändigt, um sich so vor ungewollten Überwachungen schützen zu können. Der Gedanke an den Einsatz erinnerte sie an bittere Erfahrungen, die sie hatte machen müssen, als sie erwischt worden war. Sie richtete sich auf und kramte in ihrer Handtasche, die sie neben die Couch gelegt hatte, und fischte das Handy raus. Beim Öffnen des Klapphandys sollte schon die Meldung über die Anwesenheit der Kameras erkennbar sein, durch die rote Beleuchtung des Displays, das im Normalfall sonst immer blau aufleuchtete. Sie klappte das Handy auf, aber nichts geschah. Der Akku hatte sich während ihrem Krankenhausaufenthalt entladen. Ihr Onkel schüttelte leicht den Kopf und sagte: „Die Jugend kommt ohne die Dinger nicht mehr aus, so auch du." Er konnte den Trubel um die Mobiltelefone nicht verstehen. Kristin kramte weiter in ihrer Tasche nach dem Stromkabel, um das Akkugerät aufladen zu können. Reinhold reagierte darauf und ging auf sie zu. Er drückte ihren Oberkörper wieder auf die Couch und sagte entschuldigend: „Es tut mir leid, aber dein Handy ist kaputt. Es hatte einen Tag nach der OP geklingelt, und da die Benutzung von Handys in Krankenhäusern verboten ist, wollte ich es ausschalten. Dabei ist es mir aus der Hand geglitten, auf den Boden und auseinandergefallen. Ich habe versucht, es zusammenzusetzen, aber es hat nicht funktioniert. Deswegen bin ich in ein Fachgeschäft und habe einen Experten gebeten, sich das Ding mal anzuschauen. Er meinte nur, dass das Gerät hinüber wäre, ich könne es vergessen." „Da kann man wohl nichts machen. Man muss ja auch nicht immer erreichbar sein, oder?", entgegnete Kristin und versuchte dabei zu lächeln. Innerlich aber sah sie sich schon vor ihrem Vorgesetzten stehen und den Verlust des teuren Handys erklären. Er streckte ihr den Tee entgegen, den er zwischenzeitlich fertig gemacht hatte, versuchte sich nichts anmerken zu lassen und erwiderte: „Ich freue mich so sehr, dass es dir wieder besser geht, und keine Angst, dieses Haus und das gesamte Anwesen sind sehr besonders, somit abhörsicher." Er zwinkerte ihr zu und brachte sie so zum Lachen. Sie nahm die Tasse dankend entgegen und merkte, dass er Anstalten machte, ein Gespräch anzufangen. Da Kristin ihm gegenüber nie Geheimnisse gehabt hatte, wusste er auch, dass sie für eine geheime Sondereinheit der Regierung arbeitete. Reinhold wunderte sich schon gar nicht mehr über ihr Verhalten. Auch wenn er anfangs nicht recht mit ihrer Berufswahl einverstanden gewesen war, war er sehr schnell zur Einsicht gelangt, dass sie in ihrem späteren Leben gerade aus diesen Erfahrungen noch Nutzen ziehen könnte. Nun war es an ihm, das größte Geheimnis, dass er so viele Jahre für sich hatte behalten müssen, offen darzulegen, aber er wusste nicht wie. Daher fing er an, über Banalitäten zu reden. Kristin war leicht enttäuscht, da sie gedacht hatte, er würde sie fragen, warum sie ihm den Zettel im Krankenhaus zugesteckt hatte. Aber sie war auch nicht böse drum, die vertraute Harmonie noch eine Weile zu genießen. Er würde es früh genug erfahren. Sie hörte ihm zu und trank dabei ihren Tee. Sie wunderte sich über den Geschmack des Tees und konnte nicht verstehen, was die Menschen so sehr an Kräutertees faszinierte. Während ihr Onkel erzählte, kuschelte sie sich immer mehr in die Couch, bis sie kurz nach Abstellen ihrer Tasse auf den Tisch ihre Augen kurz schloss, um diese zu entspannen. Beim Öffnen ihrer Lider sagte sie: „Ich müsste bei meiner Gynäkologin einen Termin vereinbaren, weil die Fäden noch gezogen werden müssen." „Das kann ich auch machen, vertrau mir", entgegnete Reinhold. Kristin war einerseits über den Unterton in seiner Antwort überrascht, ließ es sich aber nicht anmerken. Andererseits jedoch wusste sie, dass sie sich vollends auf ihn verlassen konnte. Sie erinnerte sich, dass ihr Onkel ihre Wunden in ihren Kindheitstagen stets mit einer speziellen Salbe im Nu geheilt hatte. Da sie weit draußen auf dem Lande

34

aufgewachsen war, hatte ihr Onkel sie meist schon verarztet, bevor der Landarzt hätte zur Stelle sein können. Ohne es zu merken, hatte sie ihre Augen wieder geschlossen und war im Nu eingeschlafen.

***

Sie hatte einen traumlosen Schlaf. Ihr Körper erholte sich immer mehr, und Kristin war, als sie ihre Augen wieder aufgemacht hatte, ausgeschlafener denn je und voller Energie. Sie spürte leichte Schmerzen in ihrem Unterleib. Sie blickte sich um und sah ihren Onkel in der Küche stehen und etwas kochen. Sie stand auf, lächelte ihrem Onkel zu, als dieser sich umdrehte, und ging ins Badezimmer. Sie bemerkte, dass sie beim Gehen kaum noch Schmerzen verspürte und war mit einem Male voller Bewunderung für die Ärzte, die sie operiert hatten. Nachdem sie sich ein wenig frisch gemacht hatte, fiel ihr auf, dass sie gar keinen Schmerz mehr spürte. Sie fing an zu grübeln, ob sie möglicherweise zwischenzeitlich eine Schmerztablette eingenommen hatte und sich nur nicht mehr erinnern konnte. Sie ging wieder zurück ins Wohnzimmer und schaute etwas irritiert zu ihrem Onkel rüber, der sie anlächelte. Sie fragte sich gerade, ob ihr Onkel etwas damit zu tun hatte, und bekam prompt die Antwort. „Ich hoffe, der Tee hat dir gut getan?", fragte er im nächsten Moment und zwinkerte dabei. Jetzt erst fiel ihr auf, dass er keinen Schluck Tee getrunken, sondern für sich nur einen Cappuccino zubereitet hatte. Sie lächelte leicht beschämt, weil sie die Fähigkeiten ihres Onkels und auch sein Faible für die Naturheilkunde zeitweilig vergessen hatte. Sie wollte sich etwas Bequemeres anziehen und fragte ihren Onkel nach ihrer Garderobe. Dieser meinte nur: „Die habe ich zur Kleiderspende gegeben. Da wo wir hingehen werden, wirst du das Zeug nicht gebrauchen können!" Mit einem Male sah sie es klar und deutlich vor ihrem geistigen Auge – sie würde nie wieder zu ihrem bisherigen Leben zurückkehren. Allerdings machte es ihr auch zu schaffen, sich vom Großteil ihrer noch fast neuen Garderobe verabschieden zu müssen. Sie bereitete sich innerlich schon auf einen lautstarken Protest vor und merkte deswegen auch nicht, als ihr Onkel zu ihr trat und tröstend die Hand auf ihre Schulter legte. „Ich habe dir ein paar Sachen auf dein Bett gelegt, die du bei Reiseantritt anziehen wirst, mehr brauchst du vorerst nicht, vertraue mir einfach. Alles was in dieser Welt von Belang ist, kümmert die unsrige nicht", sagte er nüchtern und ging in die Küche. Kristin schaute verdattert drein und hatte Schwierigkeiten, die rätselhaften Worte ihres Onkels zu verstehen. Sie folgte ihm in die Küche und fischte aus dem Schrank zwei Teller, Besteck und zwei Gläser heraus, um wenigstens für das Abendessen den Tisch zu decken. Ihr Onkel eilte ihr auch schon zu Hilfe. „Es geht mir gut, du hast schon genug getan", erwiderte Kristin auf seine Reaktion, ihr die Arbeit abnehmen zu wollen. „Nein, ich mache mir jetzt darüber keinen Kopf. Der hat so was schon öfter gebracht", murmelte sie vor sich hin und versuchte sich etwas zu beruhigen, um am Ende nicht falsch zu reagieren und ihren Onkel vor den Kopf zu stoßen. Sie setzten sich gemeinsam an den Tisch und aßen zu Abend. Sie schwiegen während des Abendessens. Reinhold hauptsächlich nur, um nicht unnötig Zeit mit Reden zu verschwenden, und Kristin, weil sie komplett verwirrt war. Nach dem Essen wurde kurz abgewaschen, der Müll wurde zusammen- und rausgetragen, und beide gingen ins Wohnzimmer rüber. Wenn auch etwas widerwillig tat Kristin so, als würde sie die Aktion ihres Onkels nicht in Frage stellen. Innerlich aber ärgerte sie sich langsam über das Verhalten ihres Onkels, über ihren Kopf hinweg entschieden zu haben. Sie versuchte sich innerlich mit den Worten „er wird schon einen Grund haben, und den sollte er mir so bald wie möglich mitteilen" zu besänftigen. „Ganz ruhig, Mädchen", sprach sie zu sich selbst, setzte sich auf den Sessel rechts vom Kamin und schaute ihren Onkel erwartungsvoll an. Reinhold brauchte nur wenige Sekunden, um das Feuer zu schüren, und nahm dann auf dem Sessel links vom Kamin Platz. Er schaute sie kurz an und überlegte, wie er am besten anfangen sollte, entschied sich aber schon im nächsten Moment dafür, direkt und ohne Umschweife zum Thema zu kommen. Trotz der gebotenen Eile erinnerte er sich noch mal kurz an die vergangenen Jahre, in denen er unzählige Stunden mit seiner Nichte vor dem Kamin verbracht und ihr Geschichten von Fabelwesen, Prinzen, Königen, mutigen Helden vorgetragen hatte. Es dauerte einige Minuten, bis Reinhold sich räusperte und das Wort ergriff. „Bereit, mein Kind?", fragte er und schaute sie an. Er schmunzelte leicht, als er sich an ihren stets begeisterten Gesichtsausdruck erinnerte. Mit den Jahren waren diese gemeinsamen Stunden immer weniger geworden, schloss er für sich in Gedanken ab, als er den verwirrten Blick seiner Nichte sah. Er atmete tief durch und sagte mit einem sehr ernsten Gesichtsausdruck: „Ich habe eine Bitte, bevor ich beginne." Er hielt inne und schaute Kristin an. „Ich bitte dich, aussprechen zu dürfen. Bitte unterbreche mich nicht und höre einfach zu. Wenn ich mit meiner Geschichte fertig bin, kannst du mich alles fragen. Einverstanden?" Kristin wusste nicht, was ihr Onkel beabsichtigte, und wurde leicht skeptisch, nickte ihm aber zustimmend zu. Reinhold hatte Angst davor, Kristin mit ihrer Vergangenheit zu konfrontieren, aber ihm blieb nichts anderes übrig. Sie schlug die Beine übereinander und verschränkte die Arme vor der Brust. Ihr Blick wurde mit jeder verstreichenden Sekunde immer misstrauischer. Für Reinhold das Zeichen, sofort mit seiner Geschichte zu beginnen, bevor Kristin innerlich immer mehr blockierte und so die Gefahr bestand, seine Ausführungen nicht ernst zu nehmen. Er kannte seine Nichte nur zu gut. Er atmete nochmals tief durch und begann.

***

„Ich weiß nicht so recht, wie ich anfangen soll. Daher denke ich, dass in diesem Falle der direkte Weg der bessere ist. Kurzum, wir sind nicht von dieser Welt und irgendwie schon. Keine Angst, wir sind keine Außerirdischen oder Ähnliches. Am besten, ich fange beim Elementaren an …. Es existieren zwei voneinander unabhängige Welten, die auf einer Erdkugel zu finden sind. Sprich, sie bestehen parallel zueinander, sind unterschiedlichen Zeitempfinden, Fortschritten und Kulturen unterworfen. Diese dir bekannte Welt ist die weniger facettenreiche, sprich, die meine und eigentlich auch deine Welt ist reicher an Pflanzen- und Tierarten, da der Mensch dort in das Naturgeschehen noch nicht so eingegriffen und es ausgebeutet hat, wie es hier der Fall ist. Es gibt eigentlich keinen natürlichen Übergang von der einen in die andere Welt, aber irgendwie gibt es irgendwo immer ein Hintertürchen, manchmal verdammt gut versteckt, hin und wieder aber auch zu offensichtlich. Das ist vergleichbar mit der Steuererklärung, wenn du die richtigen Leute kennst, die an den richtigen Stellen schrauben …. Ähm …. Was ich damit sagen will, es gibt einen künstlich geschaffenen Übergang, aber dazu später. Wie soll ich es dir sagen, hmh, ich bin dein Onkel, aber nicht dein einziger Verwandter, und ich heiße auch nicht Reinhold, so wenig wie du Kristin heißt. Auch der Nachname ist nur eine Erfindung, um uns vor ungewollten und lästigen Fragen zu schützen. Himmel, das ist zum Mäusemelken, in dieser Welt muss man immer alles mit irgendwelchen Dokumenten belegen", sagte Reinhold, der eigentlich nicht Reinhold hieß, und hielt kurz inne. Er musste versuchen, seine aufkommenden schmerzhaften Erinnerungen in den Griff zu bekommen. Seine Augen waren auf einmal von einer solchen Traurigkeit erfasst, dass Kristin ihre Arme aus der Verschränkung löste und die Beine nebeneinander aufstellte. Sie war von der Traurigkeit, die sich in der Haltung ihres Onkels und in seinen Augen widerspiegelte, unerwartet tief getroffen. Er sah so niedergeschlagen aus, dass sie urplötzlich tiefstes Mitgefühl für ihn empfand, ohne die Tragweite seiner Worte wirklich verstanden zu haben. Sie hatte zwar gehört, was er gesagt hatte, ihm aber nicht richtig zugehört. Instinktiv wappnete sie sich, um ihm die Frage zu stellen, was denn los sei, aber sie erinnerte sich an seine Bitte, bekämpfte ihren innerlichen Drang und wartete geduldig. Er ließ auch nicht lange auf sich warten, wischte sich zwei Tränen vom Gesicht und atmete abermals tief durch, bevor er fortfuhr. Er schaute sie an, seine Augen strahlten so viel Liebe aus, dass sie sich leicht entspannte. „Ich sehe eigentlich auch etwas anders aus, bin ein wenig älter, als mein jetziges Aussehen vermuten lässt. Auch wenn es für dich schwer nachzuvollziehen ist, glaube mir, mein Kind! Dein Schicksal nahm seinen Lauf, als machtgierige Menschen von der Existenz der Parallelwelten erfuhren und nach Möglichkeiten suchten, beide für sich zu beanspruchen. Seit Menschengedenken forschten sie nach Möglichkeiten, in die andere Welt zu reisen, bisher vergebens, zum Glück für uns. Lange Jahre vergingen, und dieses Wissen geriet in Vergessenheit. Dass zwei parallele Welten existierten, wurde immer mehr zu einem Hirngespinst von einigen wenigen, war nur noch Thema in einigen Spelunken, von betrunkenen Möchtegernhelden, nach Aufmerksamkeit lechzenden Menschen. Bis eines Tages eine Pergamentrolle gefunden wurde. Angeblich war sie mehrere Hundert Meter unter der Erdoberfläche begraben, im tiefsten Innern der Erde. Es ist mir bis zum heutigen Tage nicht bekannt, wer das Pergament damals gefunden hatte. Ob gezielt oder zufällig, es ist mir ein Rätsel. Auch der Fundort lässt einen zweifeln – wer kann schon so tief graben und dabei auch noch zielgenau arbeiten? Doch die Entdeckung eines solchen Schatzes bleibt nicht lange verborgen, sodass auch mir irgendwann zu Ohren kam, dass es existieren würde und gefunden worden sei. Hierzu aber später. Jedenfalls, in dieser Pergamentrolle gibt es Anweisungen, wie man in die andere Welt reisen kann, auch wenn der Übergang zeitlich begrenzt ist. Das bedeutet, es wird unheimlich viel Energie gebraucht, um zwischen den Welten wechseln zu können. Und damit meine ich nicht Stromzufuhr oder Ähnliches, sondern Energie, die nur von besonderen Menschen geschaffen werden kann, aus eigenem Antrieb heraus, wobei hier aber auch diverse Utensilien nötig sein können. Nicht jeder kann die Reise antreten, nur wenige sind auserwählt, und nicht alle brauchen diese Utensilien. Es hört sich etwas verwirrend an, ich weiß, aber wenn du erst mal alles weißt, ist es ziemlich plausibel. Es gibt in jeder Welt ein riesiges arkadenförmiges Tor! In der unseren schimmert es golden, hier in dieser Welt erinnert es an Silber", erzählte Reinhold, dessen Name eigentlich anders lautete, und hielt kurz inne, da er den entsetzten Blick seiner Nichte wahrnahm. Ihr Blick beunruhigte ihn, da er ihn nicht deuten konnte. Er schaute sie fragend an. „Ich habe das silberne Tor gesehen", begann sie mit zittriger Stimme und erzählte ihm von ihrem Traum, der eigentlich keiner gewesen war. Sie war sich nun sicher, dass es sich dabei um ein temporär verdrängtes Erlebnis handelte. Nachdem sie mit ihren Ausführungen fertig war, saßen sie einige Minuten schweigend da und hingen ihren Gedanken nach. Er, der weder Reinhold hieß noch ihr einziger Verwandter war, ergriff die Gelegenheit, um mit seinen Erläuterungen fortfahren zu können. Er schaute sie an und konnte an ihren Augen erkennen, dass sie nun so weit war, mit ihrer Vergangenheit konfrontiert zu werden. Auch wenn er im ersten Moment erleichtert war, dass sie nur das Tor gesehen hatte und nichts Weiteres, musste er sich nun überwinden und ihr die gesamte Wahrheit sagen. Er räusperte sich nochmals kurz und sagte mit leicht zittriger Stimme: „Deine Eltern sind am Leben, wenn auch fernab von hier." Doch weiter kam er nicht, da er die Fassungslosigkeit in ihren Augen sah, gepaart mit einem Hauch von Freude. Tiefe Emotionen machten sich breit. Sie merkte es nicht, aber er sah nur zu deutlich Tränen über ihre Wangen kullern. Gerade als er diese wegwischen wollte, hielt sie ihm eine abwehrende Hand entgegen und bat ihn mit einer auffordernde Kopfbewegung, weiter zu erzählen. Er nickte und fuhr fort: „Als du damals das Licht der Welt erblickt hast, waren wir alle sehr glücklich und blind für die Entwicklungen um uns herum. Deine Eltern blieben nach ihrer Hochzeit jahrelang kinderlos, bis sie im sechsten Jahr ihrer Ehe das erste Kind bekommen sollten. Ein prächtiger Junge wurde geboren. Doch war unser aller Glück nicht von langer Dauer. Eines Tages hatte uns die allgemeine Unachtsamkeit und die Gutgläubigkeit deiner Eltern das Leben deines älteren Bruders gekostet. Ich weiß nicht genau, wie es passierte, aber irgendwann brannte es in seinem Kinderzimmer lichterloh, am helllichten Tage. Als das Feuer unter Kontrolle war und gelöscht werden konnte, war es für den Kleinen schon zu spät. Wir hatten seinen kleinen, bis zur Unkenntlichkeit verkohlten Körper unter dem ebenfalls verkohlten Leichnam der Amme gefunden. Wir gehen davon aus, dass er schon tot war, bevor das Feuer sich ausgebreitet hatte. Wir hätten von einem Unfall ausgehen können, aber dann entdeckten wir, dass in seiner kleinen Brust ein Dolch steckte, mitten im Herzen. Auch denken wir immer noch, dass der oder die Attentäter einen Kontaktmann in den Privatgemächern hatten, sich somit Eintritt verschaffen konnten, um diese Untat so unauffällig wie möglich durchziehen zu können. Dein Bruder war gerade mal sechs Monate alt. Die Trauer war unvorstellbar groß. Deine Mutter brauchte sehr lange Zeit, bis sie über den Verlust ihres ersten Kindes hinwegkam, sofern sie es denn wirklich geschafft hat. Weitere drei schmerzvolle Jahre vergingen. Als sie wusste, dass sie mit dir schwanger war, war sie wie ausgewechselt. Die Nachricht hatten wir an einem schönen Frühjahrsmorgen erhalten. Im zehnten Monat des Jahres gebar sie dich, ein wunderschönes kerngesundes Mädchen. Dieses Mal wollten wir kein Risiko eingehen, und es wurde veranlasst, dass Tag und Nacht ein Leibwächter an deiner Seite sein sollte, dessen einzige Aufgabe darin bestand, darauf zu achten, dass es dir gut ging." „Meine Eltern konnten sich Tag und Nacht einen Bodyguard leisten?", unterbrach sie ihn, leicht irritiert darüber, warum ihre Eltern sich nicht persönlich um sie gekümmert hatten. Er musste unweigerlich schmunzeln. „Stimmt, das Wichtigste habe ich ja noch nicht erzählt", dachte er. „Deine Eltern sind kurz gesagt wohlhabend, Handelsleute. Sie haben eine Art Import/Export-Geschäft", antwortete er, bevor er wegen ihres erstaunten Gesichtsausdrucks kurz innehalten musste. Aber er wollte nicht zu viel Zeit vergeuden und erzählte weiter. „Wenige Wochen nach deiner Geburt sollten wir erfahren, dass wir damals eine richtige Entscheidung getroffen hatten. Irgendwie hatte ich eines Tages ein eigenartiges, mulmiges Gefühl, sodass dein Vater umgehend anordnete, einen zweiten Leibwächter für dich abzustellen. Vor allem während der Nacht wollte er diesen zusätzlich an deiner Seite wissen. Noch in der gleichen Nacht, als der zweite Leibwächter das erste Mal seinen Dienst antrat, in jener schicksalhaften Nacht passierte etwas, was keiner auch nur in seinen kühnsten Träume hätte erahnen können. Ein kräftiger Windstoß hatte die Fenster aufgeschlagen und das Kaminfeuer mit einem Male gelöscht. Deine Amme, die kurzweilig eingenickt war, wurde durch den Lärm der Fenster aufgeschreckt. Sie war sofort bei dir, aber du hattest trotz allem tief geschlafen. Just in dem Moment, als sie sich dem Feuer im Kamin zuwandte, um es erneut zu schüren, erschien im Dunkeln eine schwarz verhüllte Person, die zeitgleich dem Leibwächter, der an deinem Bettchen wachte, die Kehle durchschnitt. Deine Amme, die sich wegen der plötzlichen Eiseskälte im Raum unbehaglich gefühlt hatte, ahnte nichts Gutes, drehte sich um und schaute ihrem Mörder direkt ins Antlitz. Nur einen Moment später hatte die verhüllte Person deine Amme an der Gurgel gepackt und würgte sie. Der andere Leibwächter erkannte die Gefahr eine Spur zu spät, da die verhüllte Person lautlos und geschmeidig wie eine Katze aus dem Dunkeln an die Amme herangetreten war. Er war im hintersten Winkel des Zimmers postiert, um den Raum im Überblick zu haben, und reagierte geistesgegenwärtig, in dem er erst versuchte, dich in Sicherheit zu bringen. Er nahm dich aus deinem Bettchen, legte dich in ein Körbchen, eilte mit dir im Körbchen auf die nächstgelegene Wand zu. Er wäre beinahe gescheitert, da die verhüllte Person auf ihn aufmerksam geworden war. Blitzartig hatte der Fremde deiner Amme die Kehle durchgeschnitten und war mit einem Satz bei deinem Leibwächter. Den Bruchteil einer Sekunde hatte der Leibwächter nur zur Verfügung, um sich zu entscheiden, ob er erst dich in Sicherheit bringen oder den Alarm auslösen sollte. Er rannte zur Wand und konnte dich gerade noch durch einen Spezialmechanismus in einen geheimen Raum verschwinden lassen, bevor er nach hinten gerissen und auf den Boden geschleudert wurde. Nur eine Sekunde später, und auch du wärest in die Fänge von wer weiß wem geraten. Die verhüllte Person hatte vorübergehend den Leibwächter vergessen und war fieberhaft damit beschäftigt, den Spezialmechanismus zu finden. Dein Leibwächter ergriff die günstige Gelegenheit und rannte zur Tür, um die Alarmglocke zu läuten. Doch kaum, dass er die Tür erreichte, rammte ihm der Unbekannte ein Schwert in seinen Rücken. Dein Leibwächter fiel vornüber und blieb so liegen. Die verhüllte Person hatte sich wieder auf die Wand konzentriert, hinter der du versteckt warst, sodass er gar nicht mitbekam, dass dein Leibwächter seine letzten Kräfte mobilisierte und zur Tür robbte. Zum Glück war er weniger als zwei Meter davon entfernt. Er zog mehrmals an der Kordel neben der Tür und löste den Alarm aus. Doch dieser war nicht in deinem Zimmer zu hören. Erst als wenige Sekunden später der große Alarm ausgelöst worden war, wurde der Fremde dessen gewahr und eilte auf den Leibwächter, um ihn endgültig zu töten. Doch die Verstärkung war schneller, sodass der verhüllten Person nur noch die Flucht blieb. Die Männer, die zur Hilfe geeilt waren, sahen nur noch einen Umhang aus dem Fenster flattern. Die meisten Informationen haben wir von deinem Leibwächter, der nur wenige Zeit später an den Folgen seiner Verletzung starb. Wie diese einzelne Person die beiden Leibwächter hatte überwältigen können, wissen wir bis heute nicht. Wer auch immer das war, soll klein und zierlich gewesen sein. Wie sie hereingekommen ist? Unverständlich! Du musst wissen, dein Zimmer lag ziemlich weit oben, somit eigentlich vom Boden aus nicht so leicht erreichbar. Ganz zu schweigen von den vielen Wachen, die rund um das Anwesen patrouillierten. Als die Männer dann aus dem Fenster geschaut hatten, war keiner weit und breit zu sehen. Diese Person scheint sich in Luft aufgelöst zu haben. Nicht mehr als ein Schatten. Ein Phantom. Wir wissen nicht, wer diese Person war, ob Mann oder Frau, für wen sie gearbeitet oder ob sie im eigenen Auftrag gehandelt hat. Wir hatten von deinem Leibwächter noch erfahren können, dass du in einem der Geheimkammern warst, und haben dich dort herausgenommen. Du hattest von alledem nichts mitbekommen und friedlich geschlafen. Die Ereignisse von jener Nacht haben uns immer wieder grübeln lassen, ob der Mord an deinem Bruder im Zusammenhang zu dem stand, was dir beinahe widerfahren wäre. Das werden wir wohl auch weiterhin nur mutmaßen können. Von jenem Moment an haben wir verstärkt an deiner Seite gewacht. Mehr als zehn Tage ging es gut, als uns eine beunruhigende Nachricht erreichte", berichtete er, als er von ihr unterbrochen wurde. „Was soll das? Parallele Welten? Wohlhabende Eltern? Attentäter? Haben wir jetzt Märchenstunde oder was?", fuhr sie ihn leicht genervt an und war desillusioniert, da der Mann, den sie jahrelang als ihren Onkel, ihren einzig lebenden Verwandten kannte, mit einem Schlag zu einem Fremden geworden war, der ihr von absurden Geschehnissen erzählte. Er verzog sein Gesicht leicht gequält. Aber da musste er jetzt durch und antwortete: „Ich bin dein Onkel, mütterlicherseits. Als du damals geboren wurdest, hat deine Mutter meine Frau und mich gebeten, dich zu segnen, was wir uns natürlich nicht nehmen ließen. Somit haben wir deine Patenschaft übernommen. Meine Frau und ich hatten leider nicht das Glück, eigene Kinder zu bekommen." Er hielt inne und schaute sie betrübt an. Seine Augen füllten sich mit Tränen. Kristin konnte ihre Gedanken nicht mehr in den Griff bekommen. Sie schwirrten umher, als wären sie frei von jeglicher Logik und Reihenfolge. „Könnte an seinen Worten doch ein Fünkchen Wahrheit sein", fragte sie sich. Auch ihre Augen füllten sich mit Tränen. Sie schluckte schwer und schaute ihn fragend an. „Mütterlicherseits?", war das Einzige, was sie mit Ach und Krach herausbrachte. Er nickte nur und schluckte die Tränen runter, im höchsten Maße erleichtert, seiner Nichte beinahe die ganze Wahrheit gesagt zu haben. Sie kämpfte noch um ihre Fassung und brauchte einige Minuten, um sich wieder unter Kontrolle zu bekommen. Sie wusste nicht, was sie nun machen sollte. Sie war total durcheinander und fühlte sich mit der neuen Situation überfordert. Auch wenn Eile geboten war, wollte er diesen Augenblick nicht einfach übergehen, sondern dieser Wahrheit einige Zeit widmen, damit sie vor allem im Geiste seiner Nichte Fuß fassen konnte und somit ein Fundament bildete, um sie gegen das zu wappnen, was er ihr noch zu erzählen hatte. Dafür musste sie stark sein, sonst würde sie später nicht überleben können. Kristin atmete tief durch und blickte zu ihrem Onkel. Anfangs konnte er ihren Blick nicht deuten, doch glaubte er einige Augenblicke später, in ihren Augen die Bitte, mit den Erklärungen fortzufahren, ablesen zu können. Gerade wollte er anfangen, als sie den Zeigefinger auf ihren Mund legte, um ihn von seinem Vorhaben abzuhalten. „Nehmen wir mal an, dass das alles so ist, wie du erzählt hast, dass wir nicht hierher gehören, und so weiter. Warum wollte man mich entführen oder gar töten?", fragte sie und versuchte, ihre aufkommenden Gefühle unter Kontrolle zu halten. Innerlich brodelte es in ihr. Ein Gefühl des Betruges keimte in ihr auf. Sie fühlte sich mit jedem verstreichenden Moment um ihre Beziehung, ihre Liebe zu ihren Eltern betrogen. Jahrelang hatte sie geglaubt, alleine zu sein, nur einen Onkel zu haben, keine weiteren Verwandten. Er ging kurz in sich und machte sich innerlich Mut, den Rest der verschwiegenen Wahrheit zu erzählen. „Du warst damals gerade mal zwei Monate alt, als die Nachricht sich flugs über das Land verbreitete. Der Herbst hatte es damals sehr eilig, den Sommer davonzujagen. Nahezu alle Kinder, die während der damaligen Sonnenfinsternis, kurz vor oder kurz danach geboren wurden, waren innerhalb kürzester Zeit auf mysteriöse Weise ums Leben gekommen. Unfälle, missliche Umstände, eigenartige, bis dahin nicht gekannte Krankheiten häuften sich. Die Kinder starben, und keiner wusste mit Gewissheit zu sagen, was denn die Ursache hierfür war. Erst glaubten alle an einen dummen Zufall, dann an einen Fluch. Und doch gab es einige wenige, die in diesen unruhigen Zeiten einen klaren Verstand bewiesen und davon überzeugt waren, dass Fremde ihre Finger im Spiel hatten. Fremde, die aus reiner Machtgier ein einziges Ziel verfolgten – beide Welten unter die eigene Herrschaft zu bringen. Zu diesem Zeitpunkt hatten wir alle beschlossen, dass du mit deiner Mutter zu uns kommen solltest, jedenfalls so lange, bis wir diese unglückseligen Vorfälle aufklären konnten. Jetzt wirst du dich fragen, was die Kinder mit den Fremden zu tun hatten. Ganz einfach, ein Zusatz auf der Pergamentrolle besagte zum einen, dass diese beiden Welten nur während der Sonnenfinsternis die Tore automatisch öffnen und somit die Reise für jedermann ermöglichen. Und zum anderen, dass ein Lebewesen, geboren während einer totalen Sonnenfinsternis, eine herausgehobene Lebensform darstellt. Sie bedürften eines besonderen Augenmerks. Anfängliche negative Interpretationen der Schrift haben dazu geführt, dass viele dieser Kinder getötet wurden, um den Machthungrigen nicht in die Quere zu kommen. Ich hoffe, du weißt, dass eine totale Sonnenfinsternis nicht so häufig stattfindet. Teilweise vergehen mehrere Jahrzehnte, bis sich ein solches Ereignis wiederholt, in jeder Welt. Die Sonnenfinsternis findet erst in der unseren Welt statt, dann immer dreißig Jahre später in dieser, die dir fast ein ganzes Leben lang eine Heimat gewesen ist. In dieser Welt wird sie in weniger als einem Monat stattfinden. In der unseren fand sie somit vor dreißig Jahren statt. Ja, du hast richtig gehört, vor dreißig Jahren. Du bist während der Sonnenfinsternis geboren. In einem Land von solcher Größe, das viele vor Ehrfurcht auf die Knie sinken lässt. Bis zum heutigen Tage hat diese Weltmacht noch nie Gebrauch von Waffen gemacht, geschweige denn Soldaten marschieren lassen. Ein Land, das von seinen Nachbarn stets geachtet und geehrt worden ist, woran sich bis zum heutigen Tage nichts geändert hat. Wir waren alle da und hatten uns über den Zeitpunkt deiner Geburt gewundert, aber die Freude hatte sämtliche Besorgnis weggefegt, als uns ein gesundes Mädchen präsentiert worden war. Wir waren unachtsam, was dir beinahe das Leben gekostet hätte. Wir waren unachtsam, obwohl wir von dem Pergament wussten. Wir haben dich somit um dein eigentliches Leben im Kreise deiner Eltern, deiner Verwandten gebracht", sagte er, und mit jedem einzelnen Wort, das er hervorbrachte, wurde seine Stimme immer leiser. Er hatte gemerkt, dass seine Nichte immer mehr resignierte und ungläubig mit den Augen rollte. Er wusste nicht, wie er ihr die Wahrheit begreiflich machen konnte, aber er musste sich zusammenreißen, denn nun hatte er von jenen dramatischen Ereignissen zu erzählen, die sein Leben im Bruchteil einer Sekunde schlagartig verändert hatten. Sie nutzte die kleine Atempause, um ihre Gedanken zu ordnen, nachzuvollziehen, warum sie, fernab von ihren Eltern, von ihrem Onkel aufgezogen worden war. Die Stille hielt länger an, als von ihrem Onkel beabsichtigt, sodass ihr unwohl zumute war. Sie beruhigte sich etwas, als sie sah, dass er Anstalten machte, weiterzureden. Er schaute sie an, aber sein Blick ließ ihr einen Schauer über den Rücken laufen. Er starrte sie mit einem leeren Blick an. Was sie nicht wusste war, dass er innerlich mit sich kämpfte, was er ihr alles erzählen sollte, ohne sie zu sehr zu belasten. Sie hingegen kam zum Entschluss, dass sie seinen Worten keinen Glauben schenken wollte, hielt es aus diesem Grunde auch nicht mehr aus und fragte etwas trotzig: „Wer wollte mich umbringen? Was ist nach eurem Entschluss, meine Mutter und mich bei euch unterzubringen, passiert?" Auch wenn sie seine Ausführungen schon als Humbug abgestempelt hatte, war sie zu neugierig zu erfahren, wie ihr Onkel sich aus dieser Geschichte manövrieren würde. Ihr Onkel schaute kurz auf die Uhr über dem Kamin und bemerkte, dass die Zeit im Eiltempo voranschritt. Er schaute wieder zu seiner Nichte und entschied ohne weitere Umschweife das Wichtigste grob zusammenzufassen und Details auf später zu verschieben. Wenn sie erst einmal in seiner Welt wären, hätte er alle Zeit, ihr die fehlenden Details nahezubringen, sie von der Richtigkeit der Geschichte zu überzeugen. Sie mussten so bald wie möglich aufbrechen. Er schob seinen Sessel so nah wie möglich an den seiner Nichte heran, setzte

47

sich, schaute sie dabei sehr ernst an und begann mit dem letzten Teil seiner Ausführungen. Er schluckte den Kloß, den er bei dem Gedanken an die dramatischen Ereignisse gespürt hatte, herunter und fuhr fort. „Wer, das vermag ich bis zum heutigen Tage nicht zu sagen! Warum, kann ich nur spekulieren. Das Land, in dem du geboren worden bist, ist reich an Rohstoffvorkommen, Bodenschätzen und sehr fruchtbar. Aber davon wirst du dich selbst mit deinen eigenen Augen überzeugen können. Als in den vergangenen Jahrzehnten immer mehr Menschen von der Existenz der Parallelwelten, der Zugangstore erfuhren, wuchs somit auch die Gier der Menschen, sich an dieser Tatsache zu bereichern. Da aber nicht jeder Zugang zur anderen Welt hat, hat man sich vor allem auf solche Ereignisse wie die Sonnenfinsternis spezialisiert. Zu spät haben diese Machtgierigen verstanden, die Schrift falsch ausgelegt ‚und die Kinder frühzeitig aus dem Weg geräumt zu haben. Man hätte sie benutzen können, um das Tor unbegrenzt, fernab von geeigneten Umständen, zu passieren, auch wenn ein kleines Restrisiko, näher beschrieben in jenem alten Pergament, an dessen Existenz schon fast keiner mehr geglaubt hatte, bestehen würde. Die wenigen noch lebenden Auserwählten sind von diesen Machthungrigen teilweise bestochen, teilweise dazu gezwungen worden, das Tor zu öffnen. Wie auch immer, wenn das Tor erst einmal gangbar ist, können so viele Personen wie möglich durch dieses in die andere Welt. Hierfür muss der Auserwählte nur im Bogen stehen bleiben, sprich, die Person hält den anderen die Tür auf, bis alle durch sind. Aber das Pergament besagt auch, dass eine jede dieser herausgehobenen Lebensformen zu mehr imstande ist. Auch hier gehen die Interpretationen weit auseinander. Nicht wenige glauben, dass jeder, der während einer Sonnenfinsternis geboren wurde, die Arkaden, die Tore in die andere Welt, nicht nur zugänglich, sondern auch unschädlich, unbrauchbar machen, sozusagen ausschalten kann, damit nicht mehr nach Belieben Menschen von der einen in die andere Welt wandern können, oder noch schlimmer, die eine Welt von den Machthungrigen der ande-

48

ren ausgebeutet werden kann. Ich glaube, dass man dich, weil du eine potenzielle Bedrohung warst, ausschalten wollte, damit du ihnen nicht irgendwann in die Quere kommst", erzählte er und hielt kurz inne. „Was ist denn damals schiefgelaufen, dass wir beide hier gelandet sind?", fragte sie geistesgegenwärtig, mit einem fast schon sachlichen Unterton. Die Ermittlerin in ihr war wieder zum Leben erweckt worden. Das war für den Onkel das Zeichen, auf das er innerlich gewartet hatte, um vom traurigen Rest zu berichten. „Kein Aufschub mehr", mahnte er sich selbst zur Eile. Er atmete mehrmals tief durch, bevor er mit dem letzten Teil endgültig anfangen wollte.

3

„Eure Reise wurde von einem mittelgroßen Heer begleitet. Der da-
malige Regent hatte deiner Mutter angeboten, im Schutze einer
Spezialeinheit mitzureisen. Wie gesagt, deine Eltern waren und sind
immer noch sehr angesehene Handelsleute. Ich war bei deiner Mutter, um mit ihr die weitere Vorgehensweise zu besprechen. Mein Vater hatte mich beauftragt, dich und deine Mutter sicher nach Hause
zu bringen. Deine Großmutter war damals auch bei uns. Wir sollten
den kürzesten Weg nach Hause nehmen, und das war glücklicherweise der Weg, den die Spezialeinheit ebenfalls zurücklegen sollte.
Diese Route beinhaltet eine nicht gerade ungefährliche Passage
durch ein Gebirge. Aber für Kenner dieser Region ist die Passage
keine große Herausforderung, vorausgesetzt, es gibt dort keinen
Hinterhalt, der von den dunkelsten Kreaturen begleitet wird. Mit
Wegelagerern und finsteren Gesellen wären wir ohne großen Aufwand fertig geworden. Sie hatten uns aufgelauert. Schrecklich ver-
unstaltete Kreaturen, die nur darauf programmiert waren, zu töten.
Von allen Himmelsrichtungen haben sie uns angegriffen, es schien
unmöglich, lebend herauszukommen. Die Passage ist ungefähr zweihundert Meter über einem steilen Abgrund. Deine Mutter hatte
es geschafft, dich aus der kämpfenden Menge herauszubringen. Sie
lief Richtung Abgrund, da dort eine Hängebrücke war. Sie wollte
dich auf die andere Seite, in Sicherheit bringen. Allerdings waren
unsere Angreifer schneller. Sie hatten deine Mutter rasch eingeholt,
und bei dem Versuch, dich zu beschützen, wurde sie schwer verletzt. Meine Schwester wollte dich nicht den Angreifern überlassen
und sprang mit dir in den Abgrund, wohl wissend, dass unten ein
reißender Fluss auf euch wartete. Unsere Widersacher sind davon
ausgegangen, dass ihr den Sturz nicht hättet überleben können, und
haben von euch abgelassen. Als deine Großmutter euren Sprung ge-

sehen hatte, entschloss sie sich zur Flucht und konnte mithilfe ihres Dieners entkommen. Ich habe keine Ahnung, wie meine Schwester es schaffte, aber das Täuschungsmanöver hatte gefruchtet. Sie war auf einem der Felsvorsprünge gelandet und hatte sich in eine kleine Höhle zurückziehen können. Meine Mutter hat euch nicht gleich gefunden. Mehr als ein Tag war vergangen, bis sie dein Wimmern hören konnte. Du musst wissen, auch du warst verletzt und mehr als geschwächt. Es ist ein Wunder, dass du überhaupt noch einen Ton von dir geben konntest. Meine Schwester hatte durchgehalten, bis Mutter euch fand, und starb nur kurze Zeit später. Mutter versteckte sich mit dir und dem Leichnam ihrer Tochter, darauf hoffend, dass wir sie schon finden würden. Um es kurz zu fassen: Der Spezialtrupp wurde niedergemetzelt, keiner überlebte, außer mir. Im Eifer des Gefechts war ich die Böschung heruntergefallen. Da ich mein Bewusstsein verloren hatte und leblos wirkte, sind sie davon ausgegangen, dass auch ich nicht mehr am Leben sei. Als ich später zu mir kam, waren sie schon über alle Berge. Es dauerte zwar eine halbe Ewigkeit, bis ich das Schlachtfeld wieder erreichte; aber wenn ich gewusst hätte, was mich dort erwarten würde, hätte ich den beschwerlichen Aufstieg nicht auf mich genommen. Alle waren sie tot und dem heimtückischen Überfall zum Opfer gefallen, aus welchen Gründen auch immer. Ich glaubte euch tot und fing an, nach euch zu suchen. Wenigstens eure Körper wollte ich begraben; kein Aasgeier sollte sich an euch nähren. Zu diesem Zeitpunkt wusste ich noch nicht, dass du am Leben warst und deine Großmutter über dich wachte. Auf der Suche nach euch habe ich erst das Ausmaß des Massakers wahrgenommen – nicht unweit vom Abgrund lag meine Frau, als hätte sie auf mich gewartet. Sie starb nur wenige Augenblicke später in meinen Armen. Nachdem ich sie begraben hatte, habe ich mehr als zwei Stunden gebraucht, bis ich wieder einigermaßen klar denken konnte. Nun galt es euch zu finden. Die Abenddämmerung hatte schon begonnen, und weit und breit war nichts von euch zu sehen. Ich irrte stundenlang durch die Gegend,

51

bis ich durch einen dummen Zufall auf euch gestoßen bin. Deine Mutter tot. Du und deine Großmutter verletzt und dadurch stark geschwächt. Der Diener weit und breit nicht zu sehen. Wir haben ihn später gefunden – er war einem Raubtier zum Opfer gefallen. Na ja, jedenfalls glaubte ich deine Großmutter in ihren letzten Atemzügen. Ihre Worte hatten mich dazu bewogen, dich hierher zu bringen und deine Existenz zu verschweigen, deinen Vater und alle anderen im Glauben zu lassen, du hättest nicht überlebt, um dir somit die Möglichkeit zu geben, aufzuwachsen, älter zu werden. Deine Großmutter hat sich, glaube ich jedenfalls, seelisch nie richtig von dem Massaker erholt, aber sie ist am Leben", berichtete er mit starkem innerlichem Schmerz; er war kurz vor einem emotionalen Zusammenbruch.

***

„Wie soll ich denn das alles glauben? Das ist doch aberwitzig! Was denkt er sich denn? Dass ich alles so hinnehme, wie er es erzählt? Mich glücklich zu schätzen, dass ich überlebt habe? Dass so viele Menschen wegen mir den Tod gefunden haben sollen?", überlegte sie, als sie ihn mit ihren Augen fixierte. Kristin fing schon an, ihr unsensibles Verhalten zu bedauern, und fragte zögerlich: „Was hat Großmutter gesagt?" Er starrte sie mit Tränen in den Augen an. „Bring sie in Sicherheit, in die andere Welt, damit sie eine Überlebenschance hat", antwortete er mit erstickter Stimme und senkte sein Haupt. Kirstin hatte mit einem Male ein schlechtes Gewissen, weil sie glaubte, dass er weinte. Und dennoch war sie sich nicht sicher, ob ihr Onkel die Wahrheit sagte oder sie wieder mal, wie so oft, auf die Schippe nahm. Er hatte schon viel zu viele Geschichten erzählt, und immer sollte es die einzig wahre sein. Kristin wusste nicht mehr, was sie glauben sollte, und lehnte sich in ihrem Sessel zurück. Sie verschränkte abwehrend die Arme vor der Brust und wartete darauf, dass sich ihr Onkel wieder beruhigte. Sie war nicht gewillt, tröstend einzuschreiten. Sie war sauer auf ihn, da er, ihrer Meinung nach, ohne auch nur im Ansatz rot zu werden, hanebüchene Geschichten auftischte. Außerdem ärgerte es sie, dass er, ohne sie zu konsultieren, ihre Wohnung gekündigt und ihre gesamte Garderobe der Kleiderspende übergeben hatte. Sie mochte es nicht, fremdbestimmt und vor allem für dumm verkauft zu werden. Mit einem Male kamen wieder die ganzen Einzelheiten vor ihrem geistigen Auge zutage, wegen derer sie hatte ausziehen und somit ihren eigenen Freiraum hatte beanspruchen wollen. „Er hatte mich in allem zu sehr eingeengt, egal, was ich gemacht habe“, sprach sie in Gedanken zu sich. „Wer weiß, warum er solch haarsträubende Geschichten erfindet?“, fragte sie sich. „Vielleicht will er, dass ich wieder nach Hause komme? Aufmerksamkeitsdefizitsyndrom?“, antwortete ihre innere Stimme. Es dauerte nur wenige Momente, bis sich Reinhold, dessen Name angeblich anders lautete, in den Griff bekam und sich bei seiner Nichte für seinen Gefühlsausbruch entschuldigte. Kristin winkte ab und zuckte gleichgültig mit den Schultern. Ihre Geduld war bereits überstrapaziert. Auch wenn sie bis vor wenigen Minuten noch gedacht hatte, der Traum mit dem silberfarben schimmernden Tor wäre keiner gewesen und – seiner Erzählung würde es an Plausibilität fehlen, wollte sie den Ausführungen ihres Onkels keinen Glauben schenken. „Er hat mir all die Jahre weisgemacht, es gebe nichts Sinnigeres als rational und logisch zu denken, und nun sowas“, schoss es ihr durch den Kopf. „Nun soll ich glauben, es gebe andere Welten auf dem gleichen Planeten, ich wäre jemand, den man hatte umbringen wollte, bla bla bla“, dachte sie und ärgerte sich zunehmend über ihren Onkel. „Glaubt der, ich wäre so doof und würde ihm alles glauben?“, fuhr sie in Gedanken fort. „Ich habe doch wahrlich andere, wichtigere Probleme, um die ich mich kümmern muss“, antwortete sie sich selbst. Sie hatte nicht gemerkt, dass sie diesen Satz, zwar leise, aber laut genug ausgesprochen hatte. Ihr Onkel schaute sie erstaunt und leicht verwirrt an. „Wie meinst du das?“, fragte er ernst. Kristin musste sich zusammenreißen, um Haltung bewahren zu können. Wenn sie eines während ihrer Ausbildung in der Sondereinheit gelernt hatte, dann war es bedacht zu handeln und einen kühlen Kopf zu bewahren. Zu starke Emotionen durfte sie sich jetzt nicht leisten und antwortete ruhig und gelassen, „Mein lieber Onkel, ich weiß nicht warum, aber ich glaube dir, dass du mein Onkel bist. Mit dem Rest allerdings habe ich so meine Probleme. Bitte nicht persönlich nehmen! Dass ich von einem scheinbar silbernen Tor Kenntnisse hatte, kannst du auch während meines Krankenhausaufenthalts erfahren haben, als ich geschlafen und gerade davon geträumt hatte. Der Rest ist noch abgehobener, als ich mir je vorstellen könnte, und du weißt das. Wie oft hast du mir in der Vergangenheit irgendwelche verworrenen Geschichten erzählt und mir am Ende immer ein Rätsel aufgegeben? Um mein logisches Denken zu schulen, mir zu helfen, rational zu denken! Wie oft, um Himmels willen? Und jetzt willst du mir glaubhaft machen, dass ich mit meiner Geburt nur Unglück über meine ganze Familie gebracht habe? Dass so viele Menschen wegen mir sterben mussten! Ich aus diesem Grunde weggebracht werden musste, damit nicht noch Schlimmeres passiert? Was meinst du damit? Das ist bei Weitem alles andere als aufbauend! Ist dir mein seelischer Knacks noch nicht genug? Übrigens, ich warte auf das Rätsel!" Sie hielt kurz inne, da sie merkte, dass sie sich hineinsteigerte und Gefahr lief, die Fassung endgültig zu verlieren. Sie sah, wie ihr Onkel sich in seinem Sessel aufrichtete, und winkte mit der Hand ab. „Nein, jetzt lässt du mich ausreden! Ich habe wirklich andere Probleme am Hals und muss mich so schnell wie möglich mit meinem Vorgesetzten in Verbindung setzen. Onkel, ich habe keine Lust auf deine Spielchen, dafür bin ich inzwischen zu alt – drehen wir den Spieß mal um! Hier eine kleine Geschichte mal zur Abwechslung von mir. Ich kann mich noch nicht an alles erinnern, was in den vergangenen Wochen passiert ist, aber eines weiß ich sicher. Ich habe in der Bankenbranche verdeckt ermittelt, war auch recht schnell auf einer heißen Spur, wurde dummerweise erwischt und zeitweilig

ausgeschaltet. Details möchte ich sowohl dir als auch mir erspa-
ren, das tut hier auch nichts zur Sache. Was das Museum damit zu
tun hatte, wie ich dahin gekommen bin – keine Ahnung! Aber das
wird mir mit der Zeit einfallen. Jedenfalls habe ich die Übeltäter, die
mich aus dem Verkehr gezogen hatten und auch gleichzeitig meine
Peiniger waren, wiedererkannt. Stell dir vor, sie waren an meinem
Krankenbett und wollten sich vergewissern, ob ich irgendjemanden
etwas erzählt habe. Ich habe sie zwar nicht alle gesehen, aber umso
besser gehört. Warum ich noch lebe? Ich weiß es nicht, aber es wird
einen Grund hierfür geben. Interessiert mich zurzeit auch nicht, da
ich einfach nur froh bin, dass ich am Leben bin. Anscheinend hatte
ich einen vorübergehenden Gedächtnisverlust, aber im Krankenhaus ist mir vieles wieder eingefallen. Vieles, was ich recherchiert
hatte, was unbedingt weitergegeben werden muss! Und ich muss
diese Informationen so schnell wie möglich weitergeben, damit die
Schweine erwischt und eingelocht werden können. Deshalb ver-
schone mich bitte mit dem Quatsch, ich wäre aus einer anderen
Welt!", erzählte sie und schaute ihren Onkel leicht aufgebracht an.
Dieser nickte nur ernst und meinte: „Das erklärt so einiges, könnte
ich jetzt sagen, aber ich will nicht lügen. Daher will ich an dieser
Stelle nur mitteilen, mir ist bekannt, was dir widerfahren ist. Aber
das alles ist jetzt nicht so relevant, wie du denkst. Wie du schon
sagtest, es gibt wirklich Wichtigeres zu tun." „Bitte?", entgegnete
Kristin verdattert.

✳✳✳

Ihr Onkel lachte mit einem Male laut auf, sodass sich Kristin fassungslos in ihren Sessel drückte. „Du musst noch so viel lernen! Ich
muss dir noch so viel beibringen, so viel erklären", erwiderte er lächelnd auf ihr Verhalten und hatte die Trauer, die ihn vor Kurzem
noch so stark umklammert hatte, mit einem Male von sich geschüt-
telt. „Sag mal, geht's noch?", war das Einzige, was Kristin unter den

gegebenen Umständen hervorbrachte. Ihr Onkel stand auf und lehnte sich mit einem Arm an den Kaminsims, schaute sich für wenige Sekunden das Feuerspiel an, bevor er sich an seine Nichte wandte und nüchtern mitteilte: „Mein liebes Kind, du hast einiges mehr in Erfahrung gebracht, als dir lieb ist, und aus diesem Grunde hat man auch versucht, dich aus dem Weg zu räumen." Er hielt kurz inne, atmete tief durch und fuhr fort: „Im Gegensatz zu dir kann ich genau sagen, was passiert ist, bis auf die wenigen Stunden, in denen ich nicht wusste, wo genau du warst. Aber ich habe gesehen, was man dir angetan hat, und habe mein Bestes versucht, dich das vergessen zu lassen. Es war nicht einfach, aber es ist mir anscheinend gut gelungen, und wäre die OP nicht dazwischengekommen, hättest du dich an diese schrecklichen Momente zeitlebens nicht mehr erinnert. Körperliche Narben verheilen im Vergleich zu seelischen relativ schnell." Sie wusste nicht mehr, was sie denken oder sagen sollte. Die anfängliche Fassungslosigkeit in ihrem Ausdruck wich einer Angst, die sie bis zu jenem Zeitpunkt nicht einmal gekannt hatte. Wer war dieser Mann, der sich ihr Onkel nannte, dem sie ihr Leben lang Vertrauen geschenkt hatte? Der sie die Werte des Lebens gelehrt hatte, ihr beigebracht hatte, was richtig und falsch war. „Wohlgemerkt alles nur von seiner Sichtweise aus", korrigierte sie sich in Gedanken. „Vielleicht ist er ein Schläfer, ein Terrorist, der nur auf seinen Einsatzbefehl gewartet und sich die Zeit bis dahin mit meiner Erziehung vertrieben hat", schoss es ihr durch den Kopf. „Oder er wartet auf den Befehl, dich nun endgültig um die Ecke zu bringen, weil er die Kontrolle über dich verloren hat – bin wohl zu nichts mehr nütze", meldete sich ein Gegengedanke in ihrem Kopf. Sie hatte mit einem Mal das Gefühl, in einem schlechten Film zu stecken. Reinhold erfasste die Situation sehr schnell und kniete sich vor ihr nieder. Er versuchte ihre Hände zu fassen, was ihm aber nicht gelang, da sie diese wegzog und sich immer mehr in ihren Sessel reindrückte. Doch er ließ sich nicht entmutigen und sagte: „Ich bin auf deiner Seite, habe immer für dein Wohl gekämpft und würde mein Leben für dich geben, wenn ich wüsste, dass ich deines damit retten kann. Bitte glaube mir! Als ich gemerkt hatte, dass deine verdeckte Ermittlung aufgeflogen war, wusste ich, dass ich reagieren musste, um Schlimmeres zu vermeiden. Was du nicht weißt ist, dass ich zeitgleich mit dir bei der Zentralbank, in der du im Controlling gearbeitet hast, im Sicherheitsbereich angefangen hatte. Ich konnte somit immer ein Auge auf dich haben und im Falle eines Falles einschreiten. Innerhalb kürzester Zeit wusste ich, was ein Teil des Direktoriums trieb, da ich nur wenige Tage nach meinem Amtsantritt in die Sicherheitseinheit versetzt worden bin, die durch das silberne Tor ein- und ausging. Sie hatten meinen Wechsel in die andere Gruppe mit meinen militärischen Erfahrungen begründet, die zwar von vorne bis hinten erfunden waren, aber was soll's. Diese Hunde waren sehr schnell in die Falle gelaufen. Man muss nur wissen, welchen Köder man auslegt. Meine Köder waren die unzähligen Auszeichnungen wegen herausragender Einsätze während meines Militärdienstes. Wie auch immer, anfangs durfte ich nicht mit, wurde als Wache eingeteilt. Aber dann, einige Tage später, passierte ich zum ersten Mal mit ihnen das silberne Tor und habe somit den Schock meines Lebens bekommen, den ich bis an mein Lebensende nicht vergessen werde. Ich musste versuchen, Contenance zu wahren, aber es war nicht so einfach, und auch ich wäre beinahe aufgeflogen, als wir wieder in die hiesige Welt wechselten. Sie hatten dich erspäht und auch sogleich überwältigt. Das war der zweite Schock an dem Tag, der mich um einige Jahre hat altern lassen. Du wurdest in eine Geheimkammer geschleppt und gefesselt. Sie haben dich gefoltert, weil sie Informationen über dich und deine Auftraggeber haben wollten, das ist wahr. Sie wollten wissen, was du schon in Erfahrung gebracht und vor allem, wem du was erzählt hattest. Vier Sicherheitsleute wurden in die Geheimkammer zu ihrem Schutz beordert. Weitere zehn wurden auf dem Gang postiert, für den Fall, dass du es schaffen solltest, zu entfliehen. Du scheinst ihnen mit der Schießerei im Büro soviel Paroli geboten zu haben, dass sie zutiefst beeindruckt, wenn nicht sogar leicht eingeschüchtert gewesen waren. Warum sonst die Sicherheitsvorkehrungen deine Person betreffend? Ich war in der Geheimkammer, stand hinten links von dir. Dank meinem Gesichtsschutz konntest du mich nicht erkennen, zum Glück, sonst wäre das eine oder andere vielleicht anders ausgegangen. Aber sei gewiss, hätte für dein Leben auch nur ein Hauch von Gefahr bestanden, wäre ich ohne Umschweife eingeschritten, das kannst du mir glauben. Aber alles war im tolerablen Bereich, sodass ich abwarten konnte. Es dauerte auch nicht lange. Eine knappe halbe Stunde hatten sie dich in der Mangel. Erst haben sie es mit herkömmlichen Methoden versucht: leichte Folter, hier und da einige Schläge. Sie haben dir sogar Geld geboten. Aber nur kurze Zeit später wurden sie, vor allem die Frau, ungeduldig und haben dir ein Wahrheitsserum gespritzt. Ich bin so stolz auf dich, du hast keine Informationen preisgegeben. Das Einzige, was du von dir gegeben hattest war, sie mögen sich doch gegenseitig am Arsch lecken. Verzeih den Ausdruck, aber ich habe dich nur zitiert. Vier Männer und eine Frau waren es, die Informationen von dir wollten, und ich habe mir ihre Gesichter genauestens eingeprägt. Jetzt wissen wir, wer hier im Hintergrund die Fäden spinnt. Aber dazu später. Eines war zu dem Zeitpunkt nicht mehr zu übersehen: Sie waren stinksauer auf dich, weil sie von dir nichts hatten erfahren können. Doch sie konnten und wollten kein Risiko eingehen und dich umbringen lassen. Schließlich wussten sie nicht, wer von deinem Einsatz alles wusste und was schon durchgesickert war. Und sie hatten noch die Idee, dich auf ihre Seite ziehen zu wollen. Mit deinem Wissen und Können hättest du ihnen sehr dienlich sein können. Sie entschieden vorerst, nur dein Erinnerungsvermögen zu manipulieren. Die Frau hatte vorgeschlagen, das neue Medikament, das sie eigens für diesen Zweck entwickelt hatte, an dir zu testen. Im ersten Moment war ich erschüttert und wollte einschreiten, aber dann erzählte sie den vier Männern, dass es aus einer bestimmten Pflanze hergestellt worden sei, die es in der hiesigen Welt nicht gäbe. Das blöde Huhn

58

hatte dabei gar nicht daran gedacht, dass auch wir, die Sicherheitsleute, im Raum waren. Sie schwärmte von der Wirkung der Pflanze,
die in der Parallelwelt, also meiner Welt, beheimatet und mir somit
bestens vertraut ist. Ich wusste, die herbeigeführte Amnesie, eher
gesagt, das neue Gedächtnis würde bei dir nur temporär, nicht endgültig sein und dass du noch nicht einmal irgendeinen Schaden davontragen würdest. Sie hat dir das flüssige Medikament direkt durch
das Ohr ins Gehirn gespritzt. Nur eine Sekunde später bist du in
einen tiefen Schlaf gefallen. Mittels einer speziellen Hypnose wurde
dir suggeriert, welcher Tätigkeit du die ganze Zeit nachgegangen
warst, nämlich Führungen im Museum zu halten. Uns gaben sie den
Auftrag, dich in deine Wohnung zu verfrachten und alles Verdäch-
tige verschwinden zu lassen, als hättest du dein vorheriges, eigentliches Leben nicht gehabt. Den Job im Museum haben die eingefädelt, um dich in ihrer Nähe zu haben und für den Fall des Nachlas-
sens der Wirkung des Medikaments und deinem eventuellen Erinnern kontaktiert werden konntest. Der Zentralbankchef ist, wie
könnte es auch anders sein, zugleich der Museumsdirektor. Den
Mitarbeitern haben sie beträchtliche Summen bezahlt, sie somit bestochen und angewiesen, dich als ihre langjährige Kollegin anzusehen und dich auch so zu behandeln, obwohl du keine Minute im
Dienst warst und vor allem auch keine einzige Führung gehalten
hast. Diejenigen, die nicht mitspielen wollten, wurden sehr schnell
eines Besseren belehrt: ein Toter und zwei Schwerverletzte, die beide immer noch im Koma liegen. Kristin, was ich dir damit klarma-
chen will ist, alles war präpariert, damit die wussten, wo du warst.
Von Anfang bis Ende durchgeplant. Deine Garderobe war komplett
verwanzt, deswegen habe ich alles weggeben. Dann kam der Zwi-
schenfall mit der Zyste. Als wir erfahren hatten, dass du ins Krankenhaus eingeliefert worden bist, wurde ich beauftragt, dich Tag
und Nacht zu bewachen, im Auge zu behalten und ihnen alle Einzelheiten zu übermitteln. Für den Fall, dass du aufwachen solltest,
wenn ich im Zimmer bin, hatte ich den Auftrag, mich als deinen

Onkel auszugeben. Sie haben gesagt, du würdest durch die Wirkung des Medikaments alles glauben, und wir hätten leichtes Spiel mit dir. Du siehst, ich war die ganze Zeit in deiner Nähe. Warum meinst du, war ich so schnell im Krankenhaus? Schließlich weiß keiner, dass du Verwandte hast!" Reinhold hielt inne, um zu sehen, wie seine Nichte auf seine Worte reagieren würde. Kristin schluckte schwer und schaute sich unauffällig im Wohnzimmer um.

***

„Alles erstunken und erlogen", schoss es ihr durch den Kopf. „Mein Leben, eine einzige Lüge", fügte sie in Gedanken hinzu. Es verstrichen einige Minuten des Schweigens. Reinhold kniete noch immer vor Kristin und versperrte ihr somit die Möglichkeit, aufzustehen und sich zu entfernen. Er studierte ihre Gesichtszüge genau und kam zur Einsicht, dass seine Nichte etwas falsch verstanden haben musste. Es war höchste Zeit einzuschreiten, wenn er ihr Vertrauen nicht für immer verlieren wollte. „Nicht, dass du da was falsch verstehst, mein Kind. Ich bin wirklich dein Onkel, und ich habe nichts anderes im Sinn, als dich in Sicherheit und wohlbehalten zu wissen. Deine Ideen, ausziehen und einen solch gefährlichen Beruf ausüben zu wollen, haben mich dazu bewogen, darüber nachzudenken, wie ich deine Wünsche tolerieren und zugleich gewährleisten kann, dass du fernab von jeglicher Gefahr bist. Als du damals ausgezogen bist, wusste ich mir nicht anders zu helfen, als dir von Job zu Job zu folgen, um dich beschützen zu können. Ich habe zeitgleich immer in deiner Nähe gearbeitet, im gleichen Betrieb oder in der Nachbarschaft. Ich bin auf deiner Seite, dein Verbündeter, nicht dein Feind. Wenn du Fragen haben solltest, nur zu. Ich werde sie alle beantworten", sprach er bedächtig. Kristin schaute ihn äußerst skeptisch an. „Frau, lass dich jetzt nicht aus der Bahn bringen, denke dran, was du gelernt hast, immer einen kühlen Kopf bewahren", sprach sie sich in Gedanken Mut zu. „Du hast zugelassen, dass sie mich gefoltert haben!", sagte sie zwar leise, aber vorwurfsvoll. „Wie gesagt, die Bandbreite war tolerabel", entgegnete er nur. Sie schüttelte verständnislos ihren Kopf. „Was für ein Spinner", sagte ihr Unterbewusstsein. „Langsam, nur nicht durchdrehen", entgegnete die rationale Hälfte ihres Gehirns. „Du bist mir immer gefolgt? Hast mir hinterherspioniert? Woher wusstest du, wo genau ich war? Ich habe nie über meine Einsätze gesprochen! Für wen arbeitest du?", wollte sie von ihm wissen. Ihre kleine Welt war mit einem Male zerbrochen. Sie saß einem Menschen gegenüber, den sie bis vor wenigen Minuten zu kennen glaubte. Und nun musste sie erfahren, dass alles, was bisher in ihrem Leben geschehen war, von Lug und Trug begleitet worden war.urde Er antwortete nach kurzem Nachdenken, leicht schmunzelnd: „Ich habe dich ausgependelt, der Rest war ein Leichtes! Und wenn ich schon für jemanden arbeiten soll, dann wohl für dich." Kristin wusste nicht, was er damit meinte, und schaute ihn verwirrt an. „Vielleicht ist das alles ein schlechter Traum, und ich werde gleich aufwachen, und alles ist in Ordnung", dachte sie. Er wusste, er würde ihr mit Worten nichts mehr begreiflich machen können, daher entschied er, Taten sprechen zu lassen. Er griff sie am rechten Oberarm und führte sie in sein Arbeitszimmer. Wenn auch nicht im Einverständnis mit der Handlungsweise ihres Onkels, ließ sich Kristin ins Arbeitszimmer führen. Sie war ein wenig ängstlich, aber auch neugierig genug, erfahren zu wollen, was ihr Onkel dort wollte. An seinem Schreibtisch angekommen ließ er sie los und kramte aus einer der Schubladen eine Karte und einen keilförmigen Kristall raus, der an einer hauchdünnen goldfarben glitzernden Kette hing. Der Kristall war nach ihrem Augenmaß ungefähr fünf Zentimeter lang und vollkommen klar. Reinhold breitete die Karte auf dem Tisch aus und ließ den Kristall an der Kette über der Karte im Kreis baumeln. Kristin beobachtete die ganze Prozedur verständnislos. Ihre Skepsis wuchs stetig weiter, weil sie sich nicht vorstellen konnte, was ihr Onkel damit beabsichtigte. Solche Spielereien kannte sie nur aus dem Fernsehen, aus Sendungen über Okkultismus, Hexen,

Séancen und dergleichen. Sie kam schnell zur Einsicht, dass entweder ihr Onkel oder sie, vielleicht auch beide nicht mehr alle Tassen im Schrank zu haben schienen. „Ja, das ist die logischste Erklärung, ich bin geistig nicht mehr ganz beisammen", sprach sie zu sich in Gedanken und wusste aber im tiefsten Inneren, dass sie ganz klar bei Verstand war. Dann urplötzlich, ohne jegliche Vorwarnung, vibrierte die Spitze des Kristalls und schnellte runter auf die Karte, wie ein Pfeil, der sein Ziel treffen sollte. Reinhold winkte seine Nichte zu sich und ließ sie einen Blick auf die Karte werfen, damit sie sehen konnte, wo die Spitze eingestochen hatte. Kristin konnte ganz deutlich erkennen, dass die Spitze des Kristalls ihren derzeitigen Wohnsitz auf der Karte markierte. Sie schaute erstaunt zu ihrem Onkel hoch, hatte aber für sich im nächsten Moment auch schon eine passende Antwort parat. „Irgendein Magnetismus", schoss es ihr durch den Kopf. „Aber es ist ein Kristall", widersprach sie sich in Gedanken. Da sie nicht glauben konnte, was sie gesehen hatte, zog sie den Kristall aus der Karte heraus und begutachtete ihn und vor allem seine Spitze. Doch sie konnte nichts erkennen, was einem Magnetismus entsprochen hätte. „Und wenn er doch recht hat", fragte sie sich in Gedanken. „Aber das würde ja bedeuten, dass Parapsychologie im Spiel wäre", antwortete ein Gegengedanke. „Ach Quatsch. Wurde im Vorfeld präpariert – er hatte ja Zeit genug, sich darauf vorzubereiten", schoss es aus ihrem Munde, und sie schaute sich Kristall und Karte noch misstrauischer als zuvor an. Sie hob ihren Kopf und schaute ihren Onkel ungläubig an. Doch ihr Onkel lächelte sie an, was sie noch mehr verunsicherte. Und plötzlich meinte Reinhold: „Nun, mein Kind, bist du über das Wichtigste informiert; Details können wir später klären. Wir müssen endlich aufbrechen, zieh dich bitte um!" „Moment mal", entgegnete Kristin, die sich mit einem Male überrumpelt fühlte. „Ich gehe nirgendwohin, bevor ich nicht mit meinem Vorgesetzten gesprochen habe", fuhr sie leicht verärgert fort. Reinhold wusste, dass die Zeit immer knapper wurde, aber diese letzte Information musste er ihr noch geben, damit sie ohne Wenn und Aber alles hinter sich lassen konnte. Doch wollte er dieses Mal nicht zu behutsam vorgehen, sondern die Fakten alsbald wie möglich darlegen. Zeit war das einzige, was er in der gegenwärtigen Lage nicht mehr hatte. Auch wurde seine Geduld auf eine harte Probe gestellt. Er hatte es sich bei Weitem nicht so schwierig vorgestellt, seiner Nichte reinen Wein einzuschenken. „Leider muss ich dir mitteilen, dass es nichts nützen wird, deinen Vorgesetzten zu kontaktieren. Er weilt nicht mehr unter uns!", fing er an und hielt kurz inne, weil er ihren Blick nicht recht interpretieren konnte. Die Mischung aus Frage, Angst und Zweifel in ihren Augen ließen ihn einen Augenblick darüber nachdenken, ob er ihr die Nachricht lieber doch schonender beibringen sollte. Doch im nächsten Moment schon war er sich sicher, dass er keine Zeit mehr verlieren durfte. „Sie werden bald hier sein", schoss es ihm durch den Kopf.

***

Er atmete tief ein und aus und fuhr fort, „Folgender Sachstand: Als er zum vereinbarten Termin nichts von dir gehört hatte, wurde er misstrauisch. Doch er wartete noch die intern vorgeschriebene Zeit für solche Zwischenfälle ab, um sicher zu sein, dass etwas nicht stimmte, bevor er sich an die nächsthöhere Instanz wenden und dich als vermisst melden konnte. Sie kamen überein, dass wohl etwas schief gelaufen sein musste, woraufhin sie den Vorsitzenden der Spezialeinheit informierten. Dieser hatte umgehend die Dienstaufsicht über dein Verschwinden informiert. Und dreimal darfst du raten, wer diese Kommission leitet. Einer der vier, deren Bekanntschaft du schon gemacht hast. Es war nur noch eine Frage der Zeit, herauszufinden, wer innerhalb der Organisation von der Operation Kenntnis hatte. Unfälle häuften sich, und dein Vorgesetzter war leider auch darunter. Wie bereits erwähnt, bei dir wussten sie nicht genau, wen du noch in dein Vertrauen gezogen hattest. Deswegen wurdest du anfangs verschont. Ja, du hast richtig gehört, anfangs. Denn als die sogenannten Mitwisser einer nach dem anderen das Zeitliche segneten, war diese Bande plötzlich der Meinung, auch dich aus dem Weg räumen zu können. Auch wenn sie dein Erinnerungsvermögen manipuliert hatten, wollten sie dich nicht mehr am Leben wissen, schließlich wärest du die unbekannte, vor allem auch unberechenbare Variable in der Gleichung, die alles durcheinanderbringen könnte. Dein Wissen und Können interessierten keinen mehr. Im Krankenhaus konnten sie nicht viel ausrichten, aber eine Lösung ist meistens nicht weit. Sie gaben mir den Auftrag, dich als dein Verwandter aus dem Krankenhaus abzuholen, mit dir weit raus aufs Land zu fahren und dich umzubringen. Das wäre meine Prüfung gewesen, um mich endgültig für ihr Projekt qualifizieren zu können und somit auch ihres Vertrauens würdig zu sein. Und du brauchst jetzt auch nicht zu denken, dass du mir nicht trauen kannst. Glaubst du, wenn ich für die arbeiten würde, würde ich hier stehen und dir alles erklären. Nein, meine Liebe, wenn deine Zweifel berechtigt gewesen wären, hättest du noch nicht einmal die Möglichkeit gehabt, diese aufkommen zu lassen. Du wärest schon längst unter der Erde und würdest dir über nichts mehr Gedanken machen." Er schaute sie an, bemerkte ihren überraschten und verängstigten Blick und schüttelte nur noch verständnislos den Kopf. „Woher ich weiß, was dein Vorgesetzter gedacht oder gemacht hat, willst du bestimmt wissen? Dein Vorgesetzter hatte dir heimlich Informationen über die gehäuften Unfälle zukommen lassen, mit dem Hinweis, dass er seines Lebens nicht mehr sicher sein könne. Er hatte davon berichtet, dass er versuchen wolle, sich abzusetzen. Die Mitteilungen hatte er für dich in einem Postfach hinterlegt. Es war nicht schwer, seinen Geheimcode zu knacken, den er auf einer Urlaubskarte verfasst hatte. Wie er es zum Vorgesetzten geschafft hat, begreife ich immer noch nicht, so ein Anfänger! Letztendlich hat auch er es mit seinem Leben bezahlt", erklärte er mit einem leicht arroganten Unterton, der Kristin aus ihrer Reserve rauslockte. „Er

64

war ein guter Mann! Wo sind die Informationen?", entgegnete sie schnippisch. Ihr Onkel überreichte ihr einen Umschlag, den er, wie zuvor die Karte, aus der gleichen Schublade rausholte. Kristin begutachtete den Inhalt des Umschlags und konnte sich vom Wahrheitsgehalt des Inhalts überzeugen. „Wenigstens die Story ist nicht erfunden, hoffe ich jedenfalls", dachte sie sich. Ihr Onkel entriss ihr im nächsten Moment die Unterlagen, die er ihr nur wenige Minuten vorher gereicht hatte, und ging damit ins Wohnzimmer, steuerte direkt auf den Kamin zu und schmiss die Sachen ins Feuer. „Was soll denn das?", fragte Kristin ihn verärgert, die ihm hinterhergeeilt war. „Wir müssen jetzt los! Geh in dein Zimmer und zieh dich um! Hier wirst du nichts mehr bewirken können, aber vielleicht schaffen wir es von der anderen Seite aus. Keine weiteren Fragen mehr, nicht zum jetzigen Zeitpunkt!", erwiderte er in einem herrischen Ton, den Kristin von ihrem Onkel noch nie zuvor gehört hatte. Sie mussten nun los, er hatte schon viel zu viel Zeit mit irgendwelchen Erklärungen verplempert. Wenn sie erst einmal drüben wären, würde er sich mehr Zeit für sie und ihre Fragen nehmen. Doch sie weigerte sich und blieb hinter dem Sessel stehen, auf dem sie vorher gesessen hatte. „Glaube nicht, dass ich nicht handgreiflich werde. Notfalls werde ich es tun, denn wir müssen jetzt wirklich von hier weg", sagte er zwar ruhig, schaute sie dabei aber recht zornig an. „Nein!", war das einzige, was sie trotzig erwiderte. Sie war nicht gewillt, seine Anweisungen zu befolgen, da sie für sich noch nicht einmal hatte darüber nachdenken können, ob sie ihm Glauben schenken wollte oder nicht. Er ging drei Schritte auf sie zu und wirkte dabei so bedrohlich, dass sie instinktiv eine Verteidigungsposition einnahm. Er schmunzelte, ließ sich davon aber nicht abschrecken, schließlich würde er im Notfall nicht davor zurückschrecken, Gewalt anzuwenden, um sie endlich in Sicherheit bringen zu können. Er machte einen Satz auf sie zu und bekam sie zu fassen. Sie wehrte sich mit Händen und Füßen, was ihm den einen oder anderen schmerzhaften Schlag einbrachte. „Am liebsten würde ich sie jetzt ausknocken, schultern und so nach Hause bringen", dachte er. Doch musste er diesen Gedanken schnell von sich weisen, schließlich würde er einerseits in ihrer Situation wahrscheinlich nicht anders reagieren, und andererseits musste sie beim Übergang bei vollem Bewusstsein sein. Wenigstens konnte er sie nur einen Moment später packen, schleppte sie in ihr Schlafzimmer und warf sie auf ihr Bett. „Zieh dich sofort um!", befahl er ihr. Seine Stimmlage ließ sie zusammenzucken, und sie hatte das Gefühl, wieder fünf Jahre alt zu sein. Trotzig schnappte sie sich die Kleidung, die er für sie auf das Bett gelegt hatte, und verschwand hinter dem Paravent. Ihre Nerven waren zum Bersten gespannt. Sie atmete einige Male ein und aus und versuchte innerlich zu entspannen. Sie wusste, dass sie in dieser angespannten Situation nicht überreagieren durfte, da sie sonst den Kürzeren ziehen und ihrem Onkel somit unterliegen würde. Kristin schaute sich die einfachen Sachen an, die in Farbe und Design bei weitem nicht das waren, was sie normalerweise trug, aber sie wollte ihren Onkel nicht noch mehr provozieren, wenigstens nicht zu diesem Zeitpunkt. Sie erkannte ihn nicht wieder. Solche Züge hatte sie zeit ihres Lebens noch nie an ihm beobachten können. Bei näherem Betrachten der Kleidung, die ihr Onkel für sie ausgesucht hatte, schüttelte sie immer wieder den Kopf. In der einen Hand hielt sie ein sehr weites, schlichtes Hemd, mit langen Ärmeln, fast schon hochgeschlossen, aber ohne Kragen, und in der anderen Hand die passende schlichte Hosen dazu. Beide Kleidungsstücke waren aus reinen Naturfasern in einem Gemisch von Grün und Braun gehalten, das farblich gesehen nicht anders definiert werden konnte. „Gehen wir zu einem Treffen mit den Ökos oder was", dachte sie und verzog beim Betrachten der schlichten Kleidung das Gesicht. „Was soll's!", sagte sie sich, zog ihre Sachen aus, die sie anhatte. Sie wollte sich auch schon ihrer Unterwäsche entledigen, als sie merkte, dass ihr Onkel hierfür keine Austauschwäsche vorgesehen hatte. Urplötzlich hatte sie den Drang, sich die Narben ihrer Notoperation anzuschauen und hielt ihren Slip von ihrem Bauch ab. Mit einem

Male war sie geschockt und verwirrt zugleich. Sie hatte nicht damit gerechnet, das vorzufinden, was sie vorgefunden hatte. Nämlich nichts. Keinerlei Beweise, aus denen man auf eine Notoperation schließen konnte. „Was ist denn hier nur los? Hat die OP etwa auch nicht stattgefunden, oder was?", schoss es ihr durch den Kopf. Sie hörte, wie ihr Onkel anfing, auf- und abzugehen. Sie spürte bereits die Nervosität, die sich in ihrem Onkel breitmachte. Sie entschied, diese kleine Entdeckung noch für sich zu behalten, und zog, wenn auch inzwischen wieder leicht verunsichert, die beiden viel zu großen Kleidungsstücke an und trat nur einen Augenblick später hinter dem Paravent hervor. Ihr Onkel reichte ihr noch die fehlende Fußbekleidung, Schuhe und Strümpfe, und schaute sie ungeduldig an. „Aber die sind zu groß", fing sie an und verstummte, als sie seinen zornigen Blick sah. Sie rollte entnervt mit den Augen und zog sich die Strümpfe und Schuhe, die eine merkwürdige Mischung aus Mokassins und Clogs zu sein schienen, an. „Wunderbar! Den Rest lass liegen! Folge mir!", gab Reinhold von sich und schaute sichtlich zufrieden. Er trat aus ihrem Zimmer heraus und wartete im Flur darauf, dass sie es ihm gleichtat. Kristin atmete tief durch und trat aus ihrem Zimmer. Sie vermied es, Reinhold auch nur anzuschauen, und folgte ihm herunter ins Wohnzimmer, wo er wiederum vor dem Kamin zum Stehen kam. Sie schaute weiterhin auf den Boden, um jeglichen Blickkontakt zu vermeiden. Kristin wollte ihm somit ihren Unwillen begreiflich machen. „Vertrau mir einfach", war das Einzige, was Reinhold sagte, bevor er sie erneut am Oberarm packte und Richtung Kamin drückte. Sie sah nur noch, dass das Feuer auf sie zuschnellte, und begann sich zu wehren. Sie hätte nie vermutet, dass er trotz unzähliger Beteuerungen, ihr nichts antun zu wollen, sie letztendlich doch umbringen und seinen Auftrag somit ausführen wollte. Blitzartig hasste sie sich dafür, dass sie ihm, trotz der erdrückenden Beweise gegen ihn, wenn auch nur einen Hauch, Vertrauen geschenkt hatte.

4

Noch bevor sie die brodelnde Wut ihrem Onkel gegenüber vertiefen konnte, hörte sie auf einmal ein merkwürdiges, aber sehr lautes Klicken, das sie zusammenfahren ließ. Sie wusste nicht, wie ihr geschah, was sie zu erwarten hatte. Urplötzlich stand sie alleine da. Keine Hand, die ihren Oberarm festhielt. Grell funkelndes Licht entstand ganz unerwartet dort, wo vorher Feuer war. Sie hob die linke Hand schützend vor ihre Augen, die sie gleichzeitig geschlossen hatte. Ohne jegliche Vorwarnung entwickelte sich ein solch starker Wind, der sie aus dem Gleichgewicht brachte. Sie strauchelte, fiel und verlor dabei ihre Schuhe. Kirstin spreizte ihre Arme instinktiv von ihrem Körper, um den Fall und den damit verbundenen zu erwartenden Aufprall etwas auffangen zu können. Aber es kam nichts, worauf sie hätte aufprallen können. Stattdessen nahm die Windstärke zu, und das grelle Licht verschwand im Nu, als hätte man einen Lichtschalter betätigt und das Licht ausgeschaltet. Plötzlich war es zappenduster. Sie öffnete die Augen und versuchte einen Boden oder Ähnliches auszumachen. Anfangs hatte sie Schwierigkeiten, überhaupt irgendetwas zu erahnen, geschweige denn zu sehen, aber sie hatte die Hoffnung, doch in der Lage zu sein, wenn sich ihre Augen erst mal an die Dunkelheit gewöhnt hätten. Aber nach einer kurzen Gewöhnungsphase für ihre Augen musste sie einsehen, dass sie nicht imstande war, etwas auch nur ansatzweise ausfindig zu machen. Das Einzige, was sie mit Sicherheit wusste, war, dass sie sich im freien Fall befand. Kein Boden, in welcher Form auch immer, war in Sicht! Sie hatte das Gefühl, in ein scheinbar bodenloses Etwas zu fallen und malte sich schon das schlimmste Szenario in ihrem Kopf aus. Sie hatte das Bild von ihrem zerschmetterten Körper auf Betonboden direkt vor Augen. Zu allem Übel entwickelte sich der Wind regelrecht zu einem Orkan, der sie in seinen Bewegungen mitriss und in einen spiralförmigen Sog einbettete. Sie konnte ihren Körper nicht mehr kontrollieren, wurde hin- und hergewirbelt, mehrmals um ihre eigene Achse gedreht und immer wieder gegen die eine oder andere Seitenwand geschleudert. Für einen Kampf gegen die aufkommende Übelkeit konnte sie keinen weiteren Gedanken verschwenden, da sich die Schmerzen an Schultern, Hüfte und Beinen häuften. „Ich bringe ihn um, Onkel hin oder her", war ihr einziger Gedanke, bevor sie wieder gegen eine Wand prallte. Sie wusste nun, dass sie sich in etwas befand, das keinen Boden zu haben schien, dafür aber unebene steinerne Seitenwände hatte. Allerdings war sie nicht in der Lage abzuschätzen, wie weit die Seitenwände auseinanderlagen, um sich wenigstens dagegen wappnen und somit den Aufprall abfedern zu können. Mal waren sie näher beieinander, mal weit auseinander. Sie wusste nicht mehr, was sie machen sollte, und reagierte instinktiv. Sie zog ihre Beine an ihren Oberkörper und versuchte sich, rund wie eine Kugel zu machen, um ihren Kopf wenigstens so im Schutz ihrer Arme und Oberschenkel zu bergen. Der orkanartige Wind nahm nochmals überdimensional an Stärke zu, sodass Kristin ihre Schutzhaltung noch nicht einmal wenige Sekunden halten konnte, bevor ihre Gliedmaßen auseinandergerissen wurden. Diese neue Position ermöglichte es dem Wind, mit Kristins Körper alles Mögliche machen zu können. Sie wurde immer ungestümer hin- und hergewirbelt und um die eigene Achse gedreht. Kristin hatte keine Kraft mehr, sich gegen den starken Orkan zu wehren, und beschloss, ihren Körper locker und entspannt zu lassen, was zur fatalen Folge hatte, dass sie im nächsten Moment mit einer solchen Wucht gegen die Seitenwand geschleudert wurde, dass auch der ungeschützte Kopf alles andere als sanft gegen die unebene Seitenwand geschmettert wurde. Kristin verlor sofort das Bewusstsein und bekam somit den harten Aufprall nicht mit, der nur den Bruchteil einer Sekunde später folgte und somit den vermissten Boden als gefunden erwies.

***

Stille trat unerwartet da ein, wo woher ein tosender Orkan zu hören war. Kein Geräusch, nichts mehr war zu hören! Vollkommene Schwärze hatte sich behauptet, die Schlacht für sich entschieden. Es dauerte eine ganze Weile, bis Kristin wieder zu sich kam. Sie versucht, sich zu orientieren, aber schaffte es nicht. Wie lange, vermochte Kristin nicht zu sagen, aber sie wusste, dass sie schon eine ganze Weile herumgeirrt war. Egal, wo sie hinblickte oder sich herantastete, es war einfach nur schwarz, pechschwarz. Keinerlei Bewegungen oder Schattierungen waren auszumachen. Finsternis umhüllte sie. Und dennoch wollte sie sich nicht entmutigen lassen. Sie versuchte verbissen einen Weg aus der Dunkelheit zu finden, was ihr aber nicht gelingen wollte. Nach einiger Zeit gab sie auf und hatte mit einem Male das Gefühl, sich trotz aller Anstrengungen nicht von der Stelle rühren zu können. Es war, als klebten ihre Füße auf dem Boden fest. Sie blickte verängstigt um sich und versuchte nach Hilfe zu schreien, aber ihre Stimme versagte. Sie bekam keinen Ton heraus und war kurz davor, zu verzweifeln. Die Dunkelheit gestattete keiner Wegweisung, Kristin aus dieser Lichtlosigkeit zu helfen. Nicht ein Hinweis, wie viel Zeit vergangen war. Dann plötzlich, Funken! Hier und da schwache Lichtkügelchen! Und doch wieder vollkommene Dunkelheit, dieses Mal aber kürzer. Flatterndes Licht! Ohne Vorwarnung Blitzlichtgewitter! Dann urplötzlich starke Schmerzen auf der linken Wange, keine Sekunde später auf der rechten. Und noch einmal Schmerzen auf der linken Wange. Allerdings wurden diese Schmerzen von einem Geräusch begleitet, dass Kristin an eine Ohrfeige erinnerte. Sie kam zu sich und versuchte ihre Augen zu öffnen. Ihr tat alles weh. Sie wusste nicht, welchen Teil ihres Körpers sie zuerst bedauern und bemitleiden sollte. Ihre Lider fühlten sich so schwer an, als wären sie mit Backsteinen beladen. Und im nächsten Moment kam auch schon der nächste Schmerz, den Kristin eindeutig einer weiteren Ohrfeige zuordnete. „Es reicht, bin ja schon wach", murmelte sie schwach und versuchte erneut die Lider zu öffnen. Die Dunkelheit vor ihrem Auge fing an zu verschwinden. An ihre Stelle traten Schattierungen, die sich aus dem Schwarzen entwickelten, heller wurden und bei einem grellen Gelb Kristin erneut dazu zwangen, die Augen erst zu schließen und dann ein wenig zu blinzeln. Nun war sie wenigstens in der Lage, Farbnuancen zu erspähen. Sie sah etwas, was sie an ein kleines Feuer erinnerte, das sie für eine Kerze aber als zu groß erachtete. Daher folgerte sie für sich, dass sie von einer Feuerfackel geblendet worden war und schöpfte Hoffnung, ihr Onkel hätte sie endlich gefunden. Plötzlich spürte sie, wie ihr Oberkörper hochgezogen wurde und jemand, dessen Stimme sie als die ihres Onkels identifizierte, sie anschrie. „Wo ist sie?", hörte sie ihren Onkel kreischen und spürte im nächsten Moment eine Faust in ihrer linken Gesichtshälfte. Kristin wurde mit einer solchen Wucht auf den Boden geworfen, dass sie sich vor lauter Schmerzen krümmte. „Was ist denn nur mit dem Kerl los? Er lässt zu, dass Fremde mich foltern, oder tut er es am Ende noch selbst?", überlegte sie, bevor sie einen neuen Versuch startete, die Augen zu öffnen. Dieses Mal gelang es ihr und sie konnte Schemen erkennen. Sie blinzelte noch einige Male, bevor sie wieder einigermaßen klar sehen konnte. Sie sah, wie ein älterer Mann mit einem grauen üppigen Vollbart sowie vollem und langem leicht gewellten Haar im gleichen Farbton wie ein aufgescheuchtes Huhn hin- und herlief. Kristin inspizierte blitzschnell die Umgebung, in der sie sich befand, und kam zu Einsicht, dass sie sich in einer Art Höhle von beträchtlicher Größe befand, die durch das große Feuer in der Mitte einen Blick auf die Wände ermöglichte. Sie konnte gerade noch einen Blick auf diese erhaschen und registrierte die leicht bunte Wandbemalung, die auf eine weit entwickelte Kultur schließen ließ. Ihr Blick wanderte wieder zum alten Mann, und sie bemerkte seine Kleidung, die sie für sich als etwas merkwürdig definierte, und wunderte sich über dessen Gebaren. Just in diesem Moment schaute jener Mann zu ihr und eilte schon im nächsten Augenblick auf sie zu. Er packte sie erneut, dieses Mal am Hals, und drückte zu. „Wo ist sie, du Hundesohn?", zischte er und schaute

Kristin mordlustig an. Kristin war verwirrt. „Wen meint der denn? Wer ist der Typ überhaupt?", fragte sie sich. „Und wo ist mein Onkel? Von wegen, er ist auf meine Sicherheit und mein Wohlbefinden bedacht", schoss es ihr durch den Kopf. „Der Alte bringt mich noch um", dachte sie gerade noch, als er sie erneut mit voller Wucht auf den Boden schleuderte, aufstand und wieder aufgeregt auf- und abging. Kristin hatte kaum noch Kraft, irgendetwas machen zu können, aber sie musste jetzt all ihre Reserven mobilisieren, um einem sicheren Tod entgehen zu können. Nur einen Augenaufschlag später merkte sie, dass der alte Mann Anstalten machte, erneut auf sie zuzukommen, und sie entschied einzuschreiten. Sie hielt abwehrend die Hände hoch und fragte entnervt, „Was ist denn hier los? Wer sind Sie und wer soll sie sein, die wer weiß wo ist??" Der Fremde stand im ersten Moment überrascht in sicherer Entfernung zu Kristin und wusste nicht, wie er reagieren sollte. Irgendwie kam ihm die ihm gegenüberstehende Person vertraut vor. Doch es dauerte nicht lange, bis er sich wieder unter Kontrolle hatte, und er erwiderte mit einem bedrohlichen Unterton: „Wo ist meine Nichte?" Dieses Mal war es Kristin, die überrascht war und verwirrt das Gesicht verzog. Doch als sie sah, dass er auf sie zukam, antwortete sie schnell, „Ich weiß nicht, wer ihre Nichte ist und wo sie sich zurzeit aufhält, aber haben sie zufällig meinen Onkel gesehen?". Der Mann schreckte im ersten Moment zurück, war im nächsten Moment aber schon blitzschnell bei Kristin und wiederum mit ihrer Gurgel beschäftigt. „Himmel ist der kräftig, und das in seinem Alter", dachte Kristin, die verzweifelt mit ihren Händen versuchte, seine Hand von ihrer Gurgel zu entfernen. Es dauerte zwar einen Augenblick, aber es gelang ihr, sich aus der bedrohlichen Situation zu befreien und eine sichere Distanz zu ihm zu schaffen. Inzwischen jedoch war sie durch seine Handlung so aggressiv geworden, dass sie sich nicht mehr zurückhalten wollte, wer auch immer dieser alte Mann sein mochte. Sie spürte, dass er sich innerlich darauf vorbereitete, sie anzugreifen und konnte seine Kampflust in seinen Augen regelrecht ablesen.

Kristin wollte ihm Einhalt gebieten und sagte mit einem leicht drohenden Unterton, „Ich warne Sie, ich werde mich nicht mehr zurückhalten. Wenn Sie mich noch einmal angreifen sollten, schlage ich zurück, ohne Rücksicht auf ihr Alter, das meine ich ernst. Aber vielleicht können wir uns wie erwachsene Menschen benehmen, und Sie sagen mir, warum sie denken, ich wüsste, wo ihre Nichte ist?" „Du Hund, wenn du ihr was getan hast, bringe ich dich um", kreischte der alte Mann und stürzte sich auf Kristin. „Was für ein unhöflicher alter Knacker!", schoss es ihr durch den Kopf, bevor sie sich um ihre Verteidigung bemühen musste. Sie wich ihm geschickt aus, aber drehte den Spieß nur kurze Zeit später um und machte ihre Drohung wahr. Sie verpasste ihm einige wenige Hiebe, sodass er kurzzeitig außerstande war, sich zu bewegen. Sie wollte die gewonnene Möglichkeit nutzen, ihn zu fragen, was denn mit ihm los sei. Sie sah, wie er sich vor Schmerzen krümmte, und wollte schon Mitleid mit ihm haben und ihre Vorgehensweise bedauern, aber dann wurde sie an ihre eigenen Schmerzen erinnert und verdrängte ihre aufkeimenden Gewissensbisse. „Ich weiß nicht, was mit Ihnen los ist? Es interessiert mich auch nicht, aber zu Ihrer Information, ich bin die letzte, die ihrer Nichte das antun würde, was sie vielleicht vermuten. Und wenn Sie nicht damit aufhören, mich ständig anzugreifen, wird das hier noch böse enden. Das Einzige, was mich derzeit beschäftigt, ist die Abwesenheit meines Onkels", krächzte sie. Ihr Hals tat ihr weh. „Lüg nicht, du Hund. Wo ist sie?", erwiderte der Mann, der sich wegen seiner Schmerzen nur mit Mühe auf den Beinen halten konnte, aber dem die Mordlust immer noch in seinen Augen deutlich abzulesen war. Kristin platzte der Kragen. „Bist du blind? Sehe ich aus wie ein Triebtäter oder was? Wie soll ich denn deiner Nichte etwas angetan haben, häh? Und überhaupt bin ich doch eben erst zu mir gekommen. Mir tut alles weh, und ich weiß noch nicht einmal, wo ich bin, vor allem wo mein Onkel ist. Und übrigens, mein Name ist Kristin Rosenzweig und nicht DU HUND!", konterte Kristin verärgert. Sie sah den zweifelnden und vor allem auch ungläubigen Blick des Mannes. „Ich glaube, du hast einen zuviel gegen die Birne bekommen ... DU HUND! Stehst wie ein Schrank vor mir und behauptest, du wärest meine Nichte .... Pfui, schäm dich! Ich will sofort wissen, wo mein Mädchen ist!", erwiderte der alte Mann, leicht angewidert vom Anblick seines Gegenüber. Mit einem Male erinnerte sich Kristin an die Worte ihres Onkels, dass er in Wirklichkeit etwas anders aussehen würde, vor allem etwas älter. Das Aussehen ihres Onkels hatte sie stets an einen jung gebliebenen Endvierziger erinnert. Doch ihr Gegenüber sah aus wie mindestens Sechzig. Auch wenn sie es nicht verstand, war sie nun überzeugt, dass der alte Mann tatsächlich ihr Onkel und die ganze Zeit bei ihr gewesen war. Die Stimme des alten Mannes war wie die ihres Onkels und konnte keinen Trugschluss zulassen. Zugleich kochte aber auch die Wut in ihr hoch, dass er sie geschlagen hatte. „Himmel, der hat zugelassen, dass Fremde mich foltern, und zu guter Letzt hat er selbst versucht, mich zusammenzuschlagen. Wer solche Verwandte hat, braucht wahrlich keine Feinde", dachte sie und war dennoch verwirrt, warum ihr Onkel sie nicht erkennen wollte. Sie wusste auch nichts mit seinen Worten anzufangen; sie würde wie ein Schrank vor ihm stehen. Kristin kam zur Einsicht, dass ihr Onkel bei dem, was ihnen während des Falls widerfahren war, wohl mit dem Kopf ein wenig zu heftig aufgeschlagen sein musste. Schließlich war sie trotz ihres durchtrainierten Körpers bei einer Größe von 1,70 m zwar normalgewichtig, aber im Vergleich zu ihrem Onkel von zierlicher Statur. Ihr Onkel war einen Kopf größer als sie und mindestens doppelt so breit. Seine Worte verstörten sie immer mehr, und bei näherem Betrachten des alten Mannes bemerkte sie plötzlich, dass er doch nicht so groß war, wie sie gedacht hatte. Vielmehr kam es ihr vor, als wären sie mindestens gleich groß.

***

„Es sind das gedämpfte Licht, das von der einzigen Feuerstelle in der dunklen Höhle ausstrahlt, und die Distanz, die Denkfehler zulassen!", argumentierte sie für sich und beschloss, ihren Onkel davon zu überzeugen, dass sie Kristin war und und dies auch jetzt immer noch war. Sie ging, schon leicht genervt, auf ihn zu, bückte sich, ließ ihn dabei aber nicht aus den Augen und krempelte das Hosenbein über ihr linkes Knie. Sie wunderte sich dabei noch über das kurze Hosenbein, zumal es ihr beim Anziehen überlang vorgekommen war, beließ es aber dabei. Sie schaute ihren Onkel an und meinte nur, „Hier sind die beiden Narben von der Knieoperation, die ich wegen einem Skiunfall während der Skifreizeit in der neunten Klasse hatte." Sie registrierte den erstaunten Blick ihres Onkels und schaute selbst auf ihr linkes Knie. „Oh, wie peinlich, ich habe meine Beine doch erst letztens enthaart. War recht schmerzhaft! Sind die so schnell nachgewachsen, in der Länge? Von wegen hält bis zu sechs Wochen. Scheiß Epiliergerät!!!" ging es ihr durch den Kopf. Sie schämte sich, ihrem Onkel in die Augen zu schauen, und blickte stattdessen auf ihr Knie. Sie schaute etwas konzentrierter hin und konnte keine Narben ausmachen. Sie hoffte inständig, dass diese nur wegen der Beinbehaarung nicht zu sehr ins Auge stachen. Aber dem war nicht so. Außerdem hatte sie das Gefühl, dass ihr linker Unterschenkel und ihr linker Fuß um einiges größer waren. Sie wunderte sich nicht nur über die muskulöse Wade, sondern auch über ihren umfangreichen Oberschenkel. Der darauffolgende Blick auf ihre Hände und Arme ließ sie zur Erkenntnis kommen, dass etwas mit ihr nicht stimmte. Sie schaute verwirrt auf ihren Körper, stand dabei unbewusst auf und ging auf das Feuer zu. Sie wollte sich im Schein des Feuers davon überzeugen, dass der leicht dunkle Teil der Höhle ihren Augen einen Streich gespielt hatte. Sie betrachtete ihren ganzen Körper, der mit einem Male so viel größer erschien, vor allem sehr viel kräftiger. Sie schloss verängstigt die Augen, schüttelte dabei den ganzen Körper, als würde sie einen schlechten Traum von sich abschütteln wollen. Danach tastete sie vorsichtig

75

ihren Brustkorb ab und war im ersten Moment erleichtert, dass ihre Brüste noch vorhanden waren. Aber bereits im nächsten Augenblick kamen in ihr Zweifel auf, da sich diese ziemlich muskulös anfühlten, nicht wie sonst. Sie versuchte unter ihr Hemd zu schauen, das ihr merkwürdig eng erschien, im Vergleich zu jenem Moment, als sie das sackähnliche Hemd das erste Mal angezogen hatte. Der Stoff riss ein wenig, sodass ein gewisser Ausschnitt es ihr ermöglichte zu sehen, dass dort, wo sie ihre Brüste wusste, keine mehr waren. Erst jetzt registrierte sie auch, dass das Hemd im Rücken komplett aufgerissen war. Hinzu kam ein dumpfer Schmerz, den sie im Schritt verspürte, für den sie aber keine Erklärung finden konnte, schließlich hatte sie eine sehr weite Hose angezogen, bevor sie in den Kamin gefallen war. Sie sah an sich herunter und merkte, dass die Seitennaht vor allem an der Hüfte und an den Oberschenkeln fast vollständig aufgeplatzt war, an beiden Hosenbeinen. Sie sah eine Ausbeulung an der Stelle der Hose, an der keine sein sollte. Sie wollte es nicht glauben, aber sie musste sich vergewissern. Sie griff sich verzweifelt etwas zu fest in den Schritt und wurde umgehend überzeugt, dass mit ihrem Körper nichts mehr stimmte. Nichts war da, wo es sein sollte, beziehungsweise war da, wo es nicht sein durfte! Der entstandene Schmerz ließ sie aufschreien und verschreckt zu dem alten Mann rüberschauen. „Welches kranke Spiel wird hier gespielt? Was ist mit mir los?", fragte sie ihn, der nur unwissend mit den Schultern zuckte. Der alte Mann verstand nicht, warum sein Gegenüber sich so verhielt. Aber langsam keimte in ihm ein Verdacht auf. Und je länger er darüber nachdachte, desto weniger Bedenken hatte er. „Raffiniert, aber nicht mit mir", murmelte er vor sich hin. Kristin wusste nicht, was sie denken oder tun sollte und machte das, was wohl jeder an ihrer Stelle getan hätte. Sie fing an laut zu schreien. Der alte Mann erschrak dermaßen, dass er beinahe das Gleichgewicht verloren hätte. Es war ein entsetzter und total verängstigter Schrei aus tiefster Seele, der so abrupt aufhörte, wie er angefangen hatte. Dann stand sie da, wie angewurzelt, und bewegte sich nicht. Der Blick war so leer, dass der alte Mann befürchtete, sein Gegenüber hätte seinen Verstand verloren. Nur wenige Sekunden später bewegte sich Kristin so unverhofft, dass der alte Mann vor lauter Überraschung zurückschreckte und ihm etwas mulmig zumute wurde. Kristin schaute an sich herunter, dann zu ihm hinüber und brachte nur ein „Oy" heraus, bevor sie in sich zusammensackte und ohnmächtig wurde.

**

Sie konnte nicht mit Bestimmtheit sagen, wie lange sie dieses Mal ohne Bewusstsein war, aber eines merkte sie, dass sie dieses Mal sanfter geweckt wurde. Als sie ihre Augen aufschlug, musste sie einige Male blinzeln, um sich zu vergewissern, dass sie keinerlei Wahrnehmungsstörungen hatte. Kristin sah, dass der gleiche Mann, der sie vor kurzem noch mordlustig angeschaut hatte, sie mit einem sanften Blick und gewinnenden Lächeln bedachte. Er half ihr, sich aufzurichten, und schaute sie leicht beschämt an. Er räusperte sich und stammelte: „Es tut mir so leid, aber woher sollte ich denn wissen, dass so etwas mit dir passieren würde!" Kristin schaute ihn an und war irritiert über seine Worte. Sie schluckte schwer, als sie ihren Blick wieder auf ihren eigenen Körper richtete. Es dauerte auch keine weitere Sekunde und sie fing an zu weinen. „Was ist denn mit mir los?", schluchzte sie. „Ich weiß es nicht", antwortete ihr Onkel und wirkte dabei unbeholfen. Sie schaute ihn an und meinte, fast schon objektiv: „Und du siehst auch ganz anders aus! Von wegen ein bisschen älter!" Ihr Onkel verzog das Gesicht, nicht so recht verstehend, was mit seiner Nichte passiert war. Dass seine Mutter in der Lage war, Mittel zusammenzubrauen, die das Alter eines Menschen verändern konnten, war ihm nicht fremd. Schließlich hatte er das an sich beobachten können. Aber dass sie in der Lage sein sollte, das Geschlecht eines Menschen zu ändern, war ihm nicht bekannt. „Vielleicht ist es so, aber ich könnte mich auch irren. Was weiß ich schon von den Künsten meiner Mutter?", sagte er mit innerer Stimme zu sich und versuchte so, sich das Geschehene verständlicher zu machen. Er sah den fragenden Blick seiner Nichte, die im Körper eines stattlichen Mannes gefangen schien. Er wusste nicht recht, was er seinem Gegenüber erzählen sollte, aber irgendetwas musste er jetzt sagen – er hatte noch einen langen Weg vor sich und musste vorher noch seine Nichte finden. Er hatte den Körper des ihm unbekannten Mannes während dessen Ohnmacht untersucht, um sich davon zu überzeugen, dass seine erste Annahme seine Nichte betreffend richtig gewesen war. Hierfür hatte er nur seinen Oberkörper freilegen müssen. Kristin hatte von Geburt an unterhalb des Brustbeins ein durchschnittlich großes Muttermal, das ein fast gleichschenkeliges Dreieck zu den jeweiligen Muttermalen auf der rechten und linken Hüfte bildete. Er hatte nichts dergleichen gefunden. Reinhold entschied, das Risiko einzugehen, und vorerst mitzuspielen. Früher oder später würde das Geheimnis um seine Nichte schon gelüftet werden. „Und im schlimmsten Fall aller Fälle hat ER sie. Und ER wird schon wissen, warum er diesen Weg gewählt hat", überlegte er, atmete tief durch und sagte, wenn auch leicht verunsichert: „Ich weiß nicht so recht, was passiert ist, aber eine mögliche Erklärung wäre, dass meine Mutter, also, ähm, deine Großmutter, dich mit einem Schutzzauber oder so belegt hat. Dass nicht jeder gleich von deiner Existenz Kenntnis hat, sobald wir unsere Welt betreten. Sie kann so einiges, unter anderem auch das Alter eines Menschen verändern, vor allem wenn er zwischen den Parallelwelten wandert. Das hast du ja an mir gesehen." Sie nickte zur Bestätigung. „Gewissheit werden wir aber erst haben, wenn wir bei deiner Großmutter sind. Mein liebes Kind, mehr kann ich dazu im Moment leider nicht sagen. Wir müssen vorläufig, wohl oder übel, mit dem Geschehenen umgehen lernen. Es ist etwas verwirrend, aber das ist bestimmt nur von kurzer Dauer", fuhr er fort, selbst immer noch irritiert über die Situation, in der er mal wieder steckte. „Meine Großmutter kann zaubern?", fragte Kristin verdattert. Ihr Onkel lächelte gezwungen. Kristin schüttelte verständnislos den Kopf und ließ ihren Blick abermals über ihren Körper wandern. „Er hat hoffentlich recht, und es wird nur von kurzer Dauer sein, ist bestimmt was schiefgelaufen. Also Nerven bewahren, wird sich schon wieder einrenken!", sprach sie sich in Gedanken Mut zu. Allerdings wusste sie, dass sie mit den Sachen, die sie vor ihrer Reise angezogen hatte, nirgends hinkonnte, da diese fast komplett zerrissen und voller Blut waren. Mit einem Male fühlte sie sich in der Gegenwart ihres Onkels sehr unbehaglich, da sie nahezu nackt vor ihm stand. Sie deutete auf ihre Kleidung und schaute ihn fragend an. Er verstand sofort, stand auf und verschwand für einige Sekunden im Dunkeln der Höhle. Bevor Kristin auch nur die Möglichkeit hatte, sich über ihre Lage Gedanken zu machen, war er auch schon wieder neben ihr. Er reichte ihr für sie fremdartige Kleidung und bat sie, diese anzuziehen. Sie nahm sie entgegen und schaute sie leicht argwöhnisch an. Er musste lächeln und meinte dann nur: „Das musst du über dieses anziehen und das drunter, zuallerletzt dann dieses, und vergiss das nicht." Während er Instruktionen gab, in welcher Reihenfolge sie die Garderobe anlegen musste, erinnerte sie sich urplötzlich an die nicht vorhandenen Narben ihrer Notoperation. Er drehte sich diskret um und gestattete ihr so, sich in Ruhe umziehen zu können. Sie wunderte sich über den Berg an Kleidung, den sie übereinander anziehen musste, und war heilfroh, dass auch die entsprechende Unterwäsche dazwischenlag. Sie zog ihr zerfetztes Hemd aus und entdeckte einen Teil ihres zerrissenen BHs, der unterhalb ihres rechten Armes herabhing. Sie gönnte sich einen kurzen Moment und blickte auf ihren gut gebauten und durchtrainierten Oberkörper. „Wahnsinn, ich habe ein Sixpack!", registrierte sie leicht bewundernd. Bevor sie ihren Oberkörper aber weiter untersuchen konnte, wurde sie durch den dumpfen Schmerz im Schritt an die viel zu enge Hose erinnert. Nur eine Sekunde später zog sie die Hose aus und fand auch hier Stofffetzen, die einmal ihr Slip gewesen waren. Sie konnte nicht anders, als auch diesen Teil ihres

Körpers zu begutachten. „Himmel, ich bin aber gut bestückt", schoss es ihr durch den Kopf, was sie leicht belustigte. Auch wenn sie neugierig auf ihren neuen Körper war, wollte sie nicht allzu lange nackt in der Gegend stehen. Sie griff sich die neue Kleidung und zog diese der Reihe nach an. Die Gewänder, die sie übereinander anzuziehen hatte, ergaben im Gesamtbild etwas, was sie nicht zuordnen konnte. Das Einzige, was sie mit Bestimmtheit sagen konnte, war, dass die Ersatzkleidung weitaus schlichter als das war, was ihr Onkel anhatte. „Sogar die Schuhe passen, als wäre es eine Einzelanfertigung", kam es ihr blitzartig in den Sinn. „So, fertig!", murmelte sie, für ihren Onkel das Zeichen, dass er sich ihr wieder zuwenden konnte. Er schaute sie an und hatte mit einem Male Tränen in den Augen, nicht wissend, ob er seine Nichte jemals wieder zu Gesicht bekommen würde. Sein Blick entging Kristin nicht. „Du bist doch sicher, dass der hiesige Umstand nur temporär ist, oder? Ich meine, ich bin doch in Wirklichkeit eine Frau, oder?", fragte sie ihn verunsichert. Er zuckte leicht mit den Schultern, was sie noch mehr beunruhigte. „Ich meine, uns wurde erzählt, dass du ein Mädchen bist. Gesehen habe ich es erst, als wir in der Parallelwelt waren, schließlich habe ich ja vorher auch keine Windeln gewechselt", antwortete er leicht zweifelnd. Sie konnte einen tiefen Seufzer nicht verhindern. „Hör zu, mein Schatz, das wird schon wieder. Wir müssen jetzt einen kühlen Kopf bewahren und zu meiner Mutter eilen", sagte er und versuchte somit beruhigend auf sie zu wirken. Sie nickte, atmete tief durch und meinte nur: „Weißt du, es wäre vielleicht besser, wenn du so was wie mein Schatz oder Ähnliches eine Zeitlang nicht sagen würdest. Könnte auf andere etwas merkwürdig wirken, so wie ich aussehe." Er nickte zustimmend und kratzte sich dabei am Kopf. „Wir sollten dir einen Namen zulegen, falls dich einer danach fragt", grübelte er laut vor sich hin. „Ich denke, ich habe einen Namen", entgegnete Kristin. Er schüttelte den Kopf. Kristin war schon wieder unsicher und wollte schon nachfragen, was er denn damit meinen würde. Doch er reagierte schneller und teilte ihr mit: „Bei uns ist es so, dass die Kinder ihren Namen erst an ihrem ersten Geburtstag erhalten. Bis dahin sind sie nur das Baby. Der Name eines Kindes steht zwar von Geburt an fest, sein Name ist sein Schicksal sozusagen. Aber der Name des Kindes offenbart sich erst, wenn der Zeitpunkt seiner Geburt sich zum ersten Mal gejährt hat. Und da wir vorher in die Parallelwelt aufgebrochen sind, hast du hier noch keinen Namen. Den Namen Kristin habe ich nur gewählt, weil die eine Geburtsurkunde mit allem Drum und Dran verlangt haben." „Na toll, als wäre es nicht schon genug, dass ich jetzt ein Kerl bin, nein, es wird noch absurder, ich habe keinen Namen", ging es ihr, die durch den Wechsel in die Parallelwelt zu einem ER geworden war, durch den Kopf. Mit einem Male war er wieder stinksauer. „Nun denn, ich werde mir wohl einen Namen aussuchen müssen, bis dahin bin ich der Namenlose", äußerte der Namenlose zickig und war trotz allem über den tiefen, aber warmen Klang seiner Stimme überrascht. Kein Krächzen mehr oder gar Halsschmerzen, die ihn vom Klang seiner Stimme hätten ablenken können. Auch die restlichen Schmerzen, die er beim Übergang hatte erleiden müssen, waren wie weggeblasen. Aus welchen Gründen auch immer. Aber darüber wollte sich der Namenlose nicht mehr wundern, schließlich hatte er in den vergangenen Stunden einiges Unerklärliche erlebt. Daher zog er es vor, den Umstand der Schmerzfreiheit zu genießen statt zu hinterfragen. „Und wie soll ich dich nennen, bis wir bei Großmutter angekommen sind? Weiterhin Onkel? Das wäre doch ziemlich verdächtig, oder?", fragte der Namenlose seinen Onkel. Dieser dachte kurz nach und stellte für sich fest, dass die Frage berechtigt war. „Es wäre wohl wirklich besser, wenn du mich die nächste Zeit anders nennst, warum sonst wurdest du in einen Mann verwandelt, wenn nicht zu deinem Schutz. Nenne mich bei meinem Namen. Mein Name ist Hrothgar", antwortete sein Onkel. Der Namenlose war überrascht über den Namen seines Onkels, der in seinen Ohren nicht nur fremd, sondern auch leicht kompliziert klang. Es behagte ihm nicht, seinen Onkel bei seinem Namen zu rufen, das hatte er sein bisheriges weibliches Leben lang nicht gemacht und würde es für die Dauer seines männlichen Daseins auch nicht machen wollen. Er empfand es als respektlos und entschied sich für eine andere Lösung. Er schüttelte ablehnend den Kopf und sagte sachlich: „Nein, bei allem Respekt, aber ich würde mich dabei nicht wohl fühlen. Wie wäre es, wenn ich dich, wie soll ich sagen, hmh, Meister nennen würde, und du würdest mich als deinen Gehilfen oder Ähnliches vorstellen, was meinst du?" Hrothgar dachte kurz darüber nach und nickte dann zustimmend. Er fand die Idee sehr gut und war sich nun sicher, ohne jegliche Probleme an das Ziel seiner Reise gelangen zu können. „Wie sollten jetzt aufbrechen, wir haben noch einen weiten Weg vor uns. Wir werden zwei Tage ostwärts reisen, dann anderthalb Tage Richtung Süden. Wenn alles gut geht, werden wir in spätestens vier Tagen in unseren eigenen sehr bequemen Betten schlafen", plapperte der Onkel, während er die Sachen zusammenpackte und sich der Feuerstelle zuwendete, um diese unschädlich zu machen. Der Namenlose wunderte sich über die Leichtigkeit, die mit einem Male über seinen Onkel gekommen war. Als wäre es nie anders gewesen. „Ob er wusste, dass ich ein Kerl werden würde? Aber warum hat er mich dann am Anfang so getriezt?", fragte er sich. „Kann ich dich vielleicht noch was fragen, wenn möglich auch zwei, drei Fragen stellen?", unterbrach der Namenlose ihn. Hrothgar hielt inne und blickte zu seiner Nichte, die biologisch betrachtet nun sein Neffe war, hinüber. Er nickte und wartete auf die Fragen. Der Neffe ging kurz in sich und war sich nicht sicher, welche Fragen er zuerst beantwortet haben wollte. So viele schwirrten in seinem Kopf herum und verlangten nach Aufklärung. Er wusste zwar, dass er in den kommenden Tagen noch viele Gelegenheiten haben würde, sich mit seinem Onkel zu unterhalten, aber drei Fragen brannten ihm seit einigen Minuten auf der Seele. „Warum sind die Narben von der Notoperation nicht mehr da, und die am Knie existierten immer noch, ich meine, als ich noch eine Frau war? Wusstest du, dass ich mich in einen Kerl verwandeln würde, wenn wir in diese Welt wechseln, sprich, habe ich dort deswegen diese komischen Klamotten bekommen? Und woher hattest du so schnell Ersatzkleidung?", wollte der Namelose wissen. Hrothgar wippte leicht hin und her und wunderte sich über die Wahl der Fragen. Er hätte in dieser Situation mit großer Wahrscheinlichkeit andere Fragen für wichtiger erachtet. „Er weiß von den Narben – ist sie es doch? Aber er könnte diese Informationen auch von ihr haben", dachte er und überlegte, wie er anfangen sollte. Er entschied abermals, kurz und knapp zu antworten. „Die Narben von der Notoperation konnte ich mit der Kräuterbehandlung heilen, weil sie noch sehr frisch waren. Als du in der Skifreizeit warst, war ich zum gleichen Zeitpunkt, wie du dich hoffentlich noch erinnern kannst, dienstlich verreist, aber in Wirklichkeit war ich bei meinen Eltern. Es gab hier einige Probleme. Ich dachte, du wärst im Klassenverband in einem anderen Land vor unseren Feinden sicher. Dummerweise habe ich nicht daran gedacht, dass du einen Unfall haben könntest. Ich war unglücklicherweise nicht zur Stelle, als du meine Hilfe brauchtest. Du glaubst nicht, wie sehr ich das bedaure. Es hätte alles Mögliche passieren können. Vom Skiunfall habe ich erst erfahren, als du schon lange operiert warst. Das war ein Riesenschock damals. Ihr wart im Skigebiet tagelang eingeschneit, die Telefonmaste waren auch in Mitleidenschaft gezogen, sprich, es gab keinerlei Verbindungen nach draußen. Du wurdest im dortigen Krankenhaus gleich operiert, um keine gravierenden Folgeschäden davonzutragen. Und der Lehrer der Parallelklasse hat mich erst erreichen können, als die Klasse schon auf dem Rückweg war. Ich hatte mich sofort auf den Weg gemacht und dich mit deinem Klassenlehrer, der bei dir geblieben war, im Skigebiet abgeholt. Aber all das hat nichts damit zu tun, dass du die Narben von der Knieoperation noch hast. Ich muss zu meiner Schande gestehen, dass die Narben deswegen noch an deinem Knie sind, ähm waren, weil ich damals noch nicht so viel Übung im Umgang mit der Kräuterheilkunde meiner Mutter hatte. Erst von jenem Moment an habe ich meine

Kenntnisse vertieft, damit so etwas nie wieder passieren konnte. Es hat mich mehr als zwei Jahre gekostet, einigermaßen mit dem Heilkunde vertraut zu werden. Aber für die Narben war es schon zu spät, da dein Körper den eigenen Heilungsprozess schon längst beendet hatte. Die Salben, die ich während deiner Kindheit immer verwendet hatte, waren von meiner Mutter vorbereitet worden. Und seit jenem Unfall reise ich dir auch jedes Mal hinterher. Die Kleidung, die du anziehen solltest, habe ich nicht ausgesucht, sondern meine Mutter. Deswegen bin ich auch der Ansicht, dass sie etwas mit deiner Verwandlung zu tun hat oder irgendetwas in die Richtung ahnte, schließlich hatte sie darauf bestanden, dass du diese Sachen anziehen solltest. Die Ersatzkleidung war nur deswegen so schnell zu Stelle, weil es meine Sachen sind. Ich habe immer eine komplette Garderobe zum Wechseln dabei", antwortete er und bat seinen Neffen mit einer Geste zum Aufbruch. Sein Neffe willigte mit einem Kopfnicken ein. Er befand die Erklärungen seines Onkels als plausibel und konnte nun besser verstehen, warum sein Onkel sich seit dem Skiunfall so fürsorglich, fast schon einengend, um ihn gekümmert hatte. Die beiden machten die Feuerstelle unkenntlich und traten nur kurze Zeit später gemeinsam durch eine schmale Öffnung, die sich zwanzig Meter vom Inneren der Höhle entfernt befand, in die freie Natur hinaus.

***

Der Namenlose spürte beim Austreten aus der Höhle die Hand seines Onkels an seinem rechten Oberarm und merkte, dass dieser ihn zurückhielt, einen weiteren Schritt zu machen. Er hob die linke Hand abschirmend vor seine Augen und musste einige Male blinzeln, da das ungewohnte helle Sonnenlicht im ersten Moment zu stark blendete. Doch als seine Augen sich an die Helligkeit gewöhnten, konnte er mit jedem verstreichenden Augenblick immer mehr von der Schönheit sehen, die die ihn umgebende Natur in sich barg. Anfangs war er überwältigt von dem atemberaubenden Panorama, das sich ihm bot. Er konnte auf eine gewaltige Bergwelt blicken, die sich zu seiner Linken bis ins Unendliche zu erstrecken schien. Die Gipfel der Bergkette konnte er nicht sonderlich erkennen, da diese in einem Dunst von Nebel verschwanden. Daher war er auch nicht in der Lage, ihre Höhe auszumachen. Der Blick in das Tal, das er weiter entfernt ausmachen konnte, beheimatete ein für ihn noch nie gesehenes sattes und dichtes Grün. Er wunderte sich über die dichte Population der niederen Pflanzen. Der Namenlose war sprachlos und konnte nicht glauben, wie weit er in die Ferne schauen konnte. Dann allerdings nahmen die Zweifel überhand. Er ging zwei kurze Schritte und schaute sich in seinem näheren Umfeld um. Die anfangs geglaubte dichte Population der niederen Pflanzen ergab bei näherem Betrachten die Gesamtheit der Baumkronen eines dichten Baumbestands. Dabei registrierte er, in welcher Höhe und vor allem, wo genau er sich befand. Er stand mittig auf einem knapp zwei Meter breiten Pfad, der aus dem Berg herausgearbeitet worden war. „Ach du Scheiße, nur ein weiterer Schritt, und ich hätte mir über nichts mehr Gedanken machen müssen, ganz zu schweigen davon, einen passenden Namen zu finden", dachte er sich und versuchte sich von der Höhe seines Standpunktes abzulenken. Er schaute leicht verängstigt zu seinem Onkel rüber und versuchte dabei zu lächeln. „Tja, mein Kind, ähm, Junge …. Hier muss man etwas vorsichtig sein. Wir befinden uns ungefähr tausend Meter über dem Boden, und diese Seite des Berges fällt ziemlich steil ab. Also aufpassen!", erklärte Hrothgar. Der Namenlose nickte kurz, um seinem Onkel zu signalisieren, dass er verstanden hätte. Allerdings konnte er es sich auch nicht verkneifen, wenigstens einmal über den Rand des herausgearbeiteten Pfades zu schauen, um ein Gefühl dafür zu bekommen, wie tief es denn wirklich war. Er wurde sehr schnell überzeugt, dass sein Onkel nicht übertrieben hatte, und machte ruckartig zwei Schritte rückwärts. Sicherheitshalber lehnte er sich an die steinerne Felswand am Eingang der Höhle und atmete mehrmals tief durch. Er versuchte zu entspannen. Hrothgar schüttelte verwundert den Kopf und musste dennoch kurz über die Tatsache lachen, dass er sein Mündel manchmal nur schwer mit Worten überzeugen konnte. Mit einem Male waren die anfänglichen Zweifel, einen wildfremden Menschen vor sich zu haben, dabei, sich aufzulösen. Er machte kreisende Bewegungen mit seiner rechten Hand und schaute dabei seinen Neffen ungeduldig an. Dieser sammelte sich umgehend, blickte nach oben, um zu schauen, wie hoch denn der Berg war, den sie noch zu besteigen hatten. Er seufzte tief. In Gedanken schon aufgebend begann er den Pfad hochzulaufen. „Wo willst du denn hin?", fragte Hrothgar irritiert. „Wollten wir nicht los?", entgegnete der Namenlose. „Ja, aber in die andere Richtung. Wir werden den Pfad runtersteigen. Es wird einige Zeit dauern, je nachdem, wie fit du bist. Es gibt leider keinen direkten Weg nach unten, das heißt, wir müssen um den Berg herumlaufen, um nach unten zu gelangen. Am Fuße des Berges müsste alles andere für die weitere Reise bereit stehen", antwortete Hrothgar und begann mit seinem Abstieg. Der Namenlose rollte leicht mit den Augen, war aber erleichtert, dass es bergab ging, was für ihn weniger Anstrengung bedeutete. „Auf denn, die Reise beginnt", dachte er sich, bevor auch er endgültig mit seinem Abstieg begann, wobei er sich aber auffällig nahe an der steinernen Felswand hielt.

5

Zu Anfang des Abstiegs traute sich der Namenlose nicht, auch nur einmal den Blick von stur geradeaus zur Seite zu richten, um sich die majestätische Landschaft anzuschauen, die sich zu seiner Linken erstreckte. Viel zu groß war seine Angst, den für ihn zu schmalen Pfad aus den Augen zu verlieren. Doch je weiter sie nach unten kamen, desto sicherer wurde er. Die karge Bergwand begann zu verschwinden, und verschiedenste Pflanzen- und Baumarten gesellten sich zu ihnen. Da er nicht mehr den steilen Abgrund zu seiner linken Seite hatte, konnte er sich immer mehr auf die Worte seines Onkels konzentrieren und kam nicht umhin, sich über dessen Kommunikationsbedarf zu wundern. Hrothgar erzählte fast ununterbrochen von den verschiedenen Pflanzenarten und ließ es sich nicht nehmen, von den alten hoheitlichen Riesenbäumen, die überwiegend Luftwurzeln hatten, zu schwärmen. Der Neffe hatte das Gefühl, dass sich diese ins Unermessliche zu erstrecken schienen. Er schätzte die Höhe der Bäume auf bis zu hundert Meter und widersprach sich im nächsten Moment selbst, da er überzeugt war, dass er falsch liegen musste. Auch wenn er selbst die genaue Höhe nicht bestimmen konnte, wusste er, dass er seinen Onkel damit nicht behelligen musste, schließlich konnte er mit eigenen Augen erkennen, dass die Bäume der Parallelwelt, im Vergleich zu seiner Welt, um einiges gewaltiger waren. Er dachte wieder an die Erklärung seines Onkels, dass die hiesige Fauna und Flora facettenreicher waren, und beschloss, sich diesbezüglich über nichts mehr zu wundern, sondern das Kommende als gegeben zu nehmen. Der Namenlose war anfangs noch davon überzeugt, sich keines der Details, die er von seinem Onkel erfahren hatte, merken zu können. Aber nur eine halbe Stunde später kamen ihm die Ausführungen nicht mehr so fremd vor. Es dauerte keine weitere Viertelstunde und er hatte ein stark ausgeprägtes Gefühl von Vertrautheit, als wäre er schon immer Teil der Natur gewesen, die ihn umgab. Als wäre er nie woanders gewesen. Er hörte seinem Onkel schon nicht mehr zu und war vollkommenen fasziniert von seinem Umfeld. Er drehte sich um und richtete den Blick in die Richtung, aus der sie gekommen waren, und sah in fast unmittelbarer Nähe hier und da einige Gämse, die sich von den beiden Wanderern nicht aus der Ruhe bringen ließen. „Merkwürdig, die habe ich vorhin gar nicht gesehen", überlegte er und wunderte sich über die Tiere und ihren Lebensraum. Doch es dauerte nicht lange, und er konzentrierte sich wieder auf den Abstieg. Er trottete einige Minuten gedankenleer hinter seinem Onkel den Pfad hinunter und sog die Impressionen seiner Umgebung in sich auf. Die Eindrücke, die er in der kurzen Zeit sammeln konnte, überrannten ihn dermaßen, dass er alles um sich herum vergaß. Das Gefühl, Teil der ihn umhüllenden Natur zu sein, wich der Gewissheit, endlich zu Hause angekommen zu sein. Total in seinem Hochgefühl gefangen merkte er deswegen auch nicht, dass sein Onkel kurz stehen geblieben war. Er stieß gegen seinen Onkel und schaute ihn gleich entschuldigend an. Doch dieser winkte ab und zeigte mit seinem ausgestreckten Arm in eine Richtung. Der Neffe folgte dem richtungweisenden Arm und konnte durch die Zweige fast umgehend eine riesige Lichtung entdecken, die aber in enormer Entfernung zu liegen schien. Er konnte verschiedene, wenn auch undefinierbare, Gestalten und Schemen ausmachen. Daher kniff er die Augen leicht zusammen, weil er hoffte, so besser sehen zu können, was sich genau auf der Lichtung befand. Es dauerte auch nur einen weiteren Moment, bis der Namenlose mit einem Male unzählige Tiere ausmachen konnte. „Als hätte ich das Bild herangezoomt", schoss es ihm durch den Kopf. Doch er tat den Gedanken schnell wieder ab und versuchte sich zu überzeugen, dass ihm seine Augen beim ersten Blick auf die Lichtung einen kleinen Streich gespielt hatten. Er schaute sich die Tiere genauer an und wunderte sich über deren Zusammenkunft. In der Welt, in der er sein bisheriges Leben verbracht hatte, war der natürliche Lebensraum dieser Tiere über verschiedene Länder und Kontinente verteilt. Er musste einige Male blinzeln, um sich davon zu überzeugen, dass er richtig sah, und kam nur kurze Zeit später zur Einsicht, dass er sich nicht täuschte. Er sah nicht nur unzählige Herden von Rentieren, Elchen, Rothirschen und Damhirschen, sondern auch Tiere, die er in seinem ganzen bisherigen Leben noch nie gesehen hatte. Auch wenn seine Augen ihm zeigten, dass es sich bei diesen Tieren wohl um Pflanzenfresser handelte, argumentierte sein Gehirn, er müsse sich täuschen, diese seien schon vor langer Zeit ausgestorben oder hätten nie existiert. Unverhofft setzte sich eine Herde in Bewegung, die der Namenlose ohne Zweifel in ein Verwandtschaftsverhältnis mit den ihm bekannten Elefanten brachte, auch wenn diese gewaltiger und haariger aussahen. Er schüttelte verwundert den Kopf und konzentrierte sich auf die Rehfamilien, die ein wenig abseits der Elefantenherde in einer Vielzahl zusammenstanden und gemeinsam ästen. Er konnte sogar deren Jungtiere, die im hohen Gras fast schon zu verschwinden drohten, mit bloßem Auge erfassen, ohne sich eines Fernglases bedienen zu müssen. Der Namenlose hatte schon immer über eine sehr gute Sehschärfe verfügt, war über die Leistungssteigerung seiner Augen aber so erfreut, dass er sich spontan Adlerauge nannte. „Ja, der Name hat was", dachte er, als er die Tiere weiterhin beobachtete, wie sie friedvoll nebeneinander grasten, ohne jegliche Revierkämpfe in Erwägung ziehen zu wollen. Von den Herden nicht weit entfernt entdeckte er massenhaft Pferde, die unterschiedlichen Rassen zugehörig schienen. Sie fraßen hier und da einzeln, standen aber sonst im Familienverband zusammen. Das Bild, das sich ihm bot, strahlte so viel Harmonie aus, dass es ihm nicht ganz geheuer war. Diese Idylle verwirrte den Namenlosen mehr, als ihm recht war, da sie ihn an die Ruhe vor dem Sturm erinnerte. Aber dann fiel ihm wieder ein, dass sein Onkel erwähnt hatte, dass beide Welten ein unterschiedliches Zeitempfinden und verschiedene Kulturen hatten. Sowohl Flora und Fauna als auch der Fortschritt beider Welten waren angeblich nicht miteinander konform. Abermals mahnte er sich, damit aufzuhören, sich über alles zu wundern, was ihm begegnete. „Wenn so etwas wie eine Geschlechtsumwandlung per Magie möglich ist, ist auch alles andere realistisch", dachte er, während er den Blick flüchtig auf den Boden vor ihm richtete. Doch nur wenige Sekunden später ließ der Namenlose seinen Blick in die Ferne schweifen und registrierte die fast unberührte Natur und fragte sich, wie weit entwickelt die Welt war, in der er sich gerade befand. „Onkel, ähm, Meister, welches Datum haben wir, ich meine, in welchen Jahr sind wir hier", wollte er im nächsten Moment wissen. Sein Onkel wendete sich ihm zu und war erstaunt über die Frage. Er bedeutete ihm, dass sie weitergehen mussten, und antwortete: „Welchen Tag wir genau haben, kann ich dir zurzeit nicht sagen, aber wir befinden uns im Spätfrühjahr des Jahres 11 zu Beginn der dritten Dekade."

∗∗∗

„Häh?", war die einzige Reaktion des Namenlosen. Hrothgar musste laut auflachen und brauchte einige Zeit, bis er sich wieder unter Kontrolle hatte. „Eine Dekade sind zehntausend Jahre. Das bedeutet wir haben das Jahr 20011", antwortete Hrothgar dann ganz sachlich. „Oha", entgegnete der Namenlose ungläubig. Wiederum konnte Hrothgar sich nicht zurückhalten und fing an zu lachen. Er hatte vollstes Verständnis für sein Mündel, er würde an dessen Stelle nicht anders reagieren, da war er sicher. Als er sich wieder einigermaßen eingekriegt hatte, startete er einen Versuch der Erklärung. „Wir sind hier, in dieser Welt, nicht in der Zukunft, das brauchst du nicht anzunehmen. Im Endeffekt haben wir die gleiche Zeitrechnung, sprich, ein Tag hat vierundzwanzig Stunden, eine Woche hat sieben Tage, ein Jahr 365 Tage. Wir messen hier mit Zeitmessern, die an Sonnenuhren erinnern, also nicht sekundengenau. Allerdings können wir hier, im Vergleich zur Parallelwelt, bes-

90

ser belegen, wann die hoch entwickelten Kulturen mit Aufzeichnungen angefangen haben, um uns so die Zeitrechnung zu ermöglichen. Unzählige Beweise, deren Wahrheitsgehalt außer Frage steht, liegen uns vor. Auch wurde in meiner Welt die Zeitrechnung nicht auf Null zurückgestellt, weil ein Messias oder Prophet auf weltlichem Boden gewandert ist. Hier haben Religionen keinerlei Einfluss auf die Zeitrechnung oder kulturelle Entwicklung", meinte Hrothgar und blickte dabei neugierig zu seinem Neffen, um erfühlen zu können, ob er sich mit der Erklärung zufriedengeben würde. Dieser allerdings nickte wider Erwarten, dass er verstanden hatte. Der Namenlose entschied für sich, künftig keine der Erklärungen seines Onkels zu hinterfragen. Warum sollte er auch die Echtheit der Aussagen bezweifeln, wenn er außer seinem Onkel keinen weiteren Zeitzeugen hatte. Er musste seinem Onkel wohl oder übel Glauben schenken. Die beiden Männer setzten ihren Abstieg ohne ein weiteres Wort fort. Sie hatten nur noch eine kurze Strecke von knapp fünfzig Metern hinter sich zu bringen, die zum größten Teil aus Stufen bestand, die am Fuße des Berges in den Berg gearbeitet waren. Hrothgar hielt inne und winkte seinen Neffen zu sich. Er senkte die Stimme und sagte, fast schon im Flüsterton: „Ab jetzt sind wir nicht mehr alleine, keine Angst, es besteht keine Gefahr. Sobald wir unten am Fuße des Berges angekommen sind, werden meine Freunde kommen und uns in Empfang nehmen. Den Rest der Route werden wir mit ihnen zurücklegen. Also hab Acht, was du von dir gibst." „Ich verstehe", war das Einzige, was Hrothgar zu hören bekam. Er klopfte seinem Neffen anerkennend auf die Schulter und schaute ihm kurz ernsthaft in die Augen, bevor er sich umdrehte und seinem Neffen zu verstehen gab, dass sie nun ihren Abstieg zu Ende führen würden. Der Namenlose hatte urplötzlich den Eindruck, dass Hrothgar leicht nervös wirkte, was wiederum ihn leicht verunsicherte, da er seinen Onkel bisher noch nie so erlebt hatte. Seit der Namenlose denken konnte, kannte er seinen Onkel nur als ruhigen und besonnenen Mann. Und doch hatte er vor nicht allzu langer

Zeit eine zornige, fast schon herrschsüchtige Seite an seinem Onkel erleben dürfen. „Ich kenne ihn mein Leben lang, und doch kenne ich ihn nicht", dachte er und kam nur einen Moment später zum Entschluss, dass er sich über Hrothgar nicht allzu viele Gedanken machen durfte. Jedenfalls jetzt nicht. Ihm fiel ein, dass sein Onkel von seinen Freunden erzählt hatte, die sie in Empfang nehmen würden. Mit einem Male überwältigte ihn seine Neugier, endlich in Kontakt mit den anderen, den Menschen der Parallelwelt zu kommen, derart, dass er dem Treffen schon entgegenfieberte und leichte Aufregung verspürte. Er fragte sich, mit welcher Art von Mensch oder Rasse er konfrontiert werden würde. Urplötzlich musste er an die zahllosen Fantasy- und Science-Fiction-Filme denken, die er vor allem als Teenager gesehen hatte. In denen waren die Vertreter der anderen Welt stets als merkwürdig aussehende Wesen dargestellt worden. Es gruselte ihn, sich vorzustellen, dass er solchen Gestalten in Kürze gegenüberstehen könnte. Er versuchte, den Gedanken abzuschütteln, und folgte seinem Onkel die Treppe hinunter, was sich als schwieriger erwies als anfangs gedacht. Die Treppe war recht steil, die Stufen nicht gleichhoch, und der Namenlose hatte wegen der bodenlangen wallenden Garderobe seines Onkels leichte Probleme, abzusteigen. Er hatte an der Kleidung seines Onkels von vornherein keinerlei Gefallen gefunden, aber er war froh, dass es ihm erspart geblieben war, in den Fetzen, die in ihrer Gesamtheit vor dem Übergang seine Kleidung gewesen waren, herumlaufen zu müssen. Kurzerhand zog er die langen Überröcke auf Höhe seiner Oberschenkel hoch, sodass seine lange Unterhose sichtbar wurde, deren Anblick ihm überhaupt nicht gefiel. Um dieser Aussicht nicht mehr so lange ausgesetzt zu sein, mahnte er sich zu Eile und war im Nu unten. Kaum, dass sie beide unten angekommen waren und der Namenlose seine Kleidung wieder in Ordnung bringen konnte, hörte er, wenn auch noch ein wenig gedämpft, ein donnerndes Geräusch, dass ihn an Pferdehufe erinnerte. Er schaute neugierig auf, blickte um sich und fragte sich, aus welcher Richtung die Freunde seines Onkels kommen würden. Der Onkel hingegen wusste nicht so recht, was die Aufmerksamkeit seines Neffen erregt hatte, und fragte: „Was ist?" „Hörst du es nicht, Pferde, jede Menge Pferde", antwortete der Neffe knapp. Hrothgar war zutiefst überwältigt vom guten Gehör des Mannes, der ihn nun als sein Neffe begleitete. Er hatte immer gedacht, er selbst würde jedes Geräusch hören, egal wie fern oder leise es auch sein mochte. Er strengte sich an und versuchte zu hören, was sein Neffe schon lange vorher wahrgenommen hatte. Doch es dauerte eine ganze weitere Minute, bis Hrothgar ein leises Geräusch hörte, dass an Pferdehufe erinnerte. Und das mit jeder verstreichenden Sekunde immer lauter wurde. Es dauerte nur wenige Minuten, bis die beiden Männer eine Schar von berittenen Soldaten erspähen konnten, die sich in beängstigender Geschwindigkeit näherten. Nur kurze Zeit später kamen die Reiter abrupt zu stehen und stiegen fast gleichzeitig ab. Schon beim nächsten Augenaufschlag konnte der Namenlose sehen, wie die ganze Truppe sich ehrfürchtig verneigte. Hrothgar dachte im ersten Augenblick gar nicht darüber nach, seinem Neffen ein wichtiges Detail seines Lebens zu erzählen, sondern war einfach nur heilfroh, dass nichts dazwischengekommen war und sie die Reise fortsetzen konnten. Der Neffe allerdings schaute etwas verwirrt um sich und wunderte sich über das Verhalten der ihm gegenüberstehenden Gruppe. Er wippte leicht unsicher hin und her und verschränkte zu guter Letzt die Arme vor der Brust. Er räusperte sich leicht, um die Aufmerksamkeit seines Onkels zu erlangen. Doch dieser ignorierte das Geräusch und ging auf den Reitertrupp zu. Hrothgar sagte etwas zu den Männern, was der Namenlose nicht verstanden hatte. Fast gleichzeitig erhoben sich die Reiter und verteilten sich etwas auf dem Gelände. Zwei waren direkt auf seinen Onkel zugegangen und unterhielten sich angespannt mit ihm. Der Namenlose wurde das Gefühl nicht los, dass die Männer Nachrichten überbrachten, die nicht im Sinne seines Onkels zu sein schienen. Und nur eine Sekunde später entstand ein Stimmengewirr, mit dem der Neffe nichts anfangen konnte. Er strengte sich an, aber er konnte kein Wort von dem verstehen, was die Männer von sich gaben. Fast schon fassungslos musste er sich nach wenigen Minuten eingestehen, dass er in einem fremden Land mit einer fremden Sprache konfrontiert war. Und sein Onkel sein einziger Ansprechpartner bleiben würde. Er schüttelte immer wieder den Kopf. „Vielleicht sprechen ja einige ein wenig Englisch?", fragte er sich im nächsten Moment. „Du Dussel, Englisch mag ja daheim eine Weltsprache sein, aber hier?", entgegnete er flüsternd. „Ritter Kangars, tretet näher. Es tut so gut, Euch wiederzusehen", rief Hrothgar laut, während er einige Schritte ging und die Ritter dabei zusammenwinkte. Der Namenlose wollte ihm erst folgen, blieb dann aber wie angewurzelt stehen. Mit einem Male war er glücklich. Er hatte sie doch verstanden, die Sprache, die ihn noch vor wenigen Sekunden beinahe in Verzweiflung gestürzt hätte. Er musste unweigerlich lächeln und konnte beobachten, wie die Männer zeitgleich ihre Helme abnahmen, die teilweise mit Adlerfedern und teilweise mit Rosshaar geschmückt waren. Er konnte sehen, dass sie aufwendig verarbeitete Brustschilde trugen und ihre Kleidung bei Weitem nicht das schlichte Material wie die Ersatzgarderobe seines Onkels hatte, die er nun am Leibe trug. Im nächsten Moment aber war er auch leicht enttäuscht, weil die Männer aussahen wie Männer, die er aus der Welt kannte, die ihm ein Leben lang Heimat gewesen war. Nur dass diese mit Schwertern und Schilden bewaffnet waren. Der Namenlose stellte fest, dass die Männer fast alle gleich groß, ein wenig größer oder kleiner als sein Onkel und bis auf einen durchtrainiert und schlank waren. Einer der Männer aber schien um einiges älter zu sein als die anderen, und sein leicht üppiger Bauch ließ die Annahme zu, dass er Speis und Trank nicht abgeneigt zu sein schien. Dem Namenlosen fiel auf, dass sogar das Brustschild dieses Mannes anders, vor allem teurer aussah. Daher glaubte er auch, in dieser Person den Anführer der Truppe gefunden zu haben. „Lange Haare sind hier wohl der neueste Schrei", überlegte er. Nachdem die vermeintliche Sprachbarriere nicht mehr exis-

94

tent war, konnte er sich nun voll und ganz auf die Männer konzentrieren und betrachtete sich diese etwas näher. Er war von dem guten Aussehen der Männer überwältigt und hätte beinahe einen großen Fehler gemacht. Er zupfte an seiner Kleidung und wollte gerade seine Haare auflockern, als ihm einfiel, dass er im Körper eines Mannes gefangen war. In diesem Augenblick bedauerte er seinen gegenwärtigen Zustand zutiefst. Er seufzte enttäuscht und beobachtete, wie sein Onkel einige der Männer persönlich begrüßte und umarmte. „Hat der eben Ritter gesagt?", schoss es dem Namelosen urplötzlich durch den Kopf. Er konnte ohne große Anstrengung erkennen, dass sein Onkel immer glücklicher zu werden schien. „So glücklich habe ich den ja noch nie erlebt", stellte er für sich fest und ließ seinen Onkel nicht mehr aus den Augen. Niemand hatte bisher von ihm Kenntnis genommen, was ihn äußerst verwirrte. „Und das bei meiner Größe", dachte er. Kaum hatte er den Gedanken gedacht, wurden die Ersten auf ihn aufmerksam und zogen ihre Schwerter. Sie fingen an, langsam auf ihn zuzugehen. Ihre Blicke verhärteten sich mit jedem Schritt, den sie auf ihn zu machten. Der Namenlose entschied einzuschreiten und meinte lässig: „Langsam Herrschaften, ich bin nicht euer Feind. Ich hatte gehofft, dass die Freunde meines Meisters auch mich freundlich begrüßen würden." Erst als er die Stimme seines Neffen hörte, reagierte Hrothgar und hasste sich dafür, dass er sein Mündel zeitweilig vergessen hatte. Er gebot den Männer Einhalt, die verständnislos dreinblickten. Hrothgar eilte zu seinem Neffen und blieb neben ihm stehen. Die komplette Truppe hatte Onkel und Neffen nahezu eingekreist und wartete geduldig. „Ritter Kangars, dieser Mann ist ein sehr guter Freund von mir und er genießt mein uneingeschränktes Vertrauen. Ihm würde ich ohne Umschweife mein Leben anvertrauen. Ich bitte euch, ihm mit dem gleichen Respekt zu begegnen, den ihr mir entgegenbringt", sprach Hrothgar laut und deutlich zu seinen Gefolgsleuten. Umgehend machte sich in der Menge ein Raunen breit. Selbst der Namenlose war über die Wortwahl seines Onkels über-

95

rascht. Er hatte damit gerechnet, als Gehilfe oder Schüler vorgestellt zu werden. Andererseits kam ihm die Handlungsweise seines Onkels logischer vor, da er für einen Gehilfen oder Schüler einfach zu alt aussehen könnte. „Euer Wunsch ist uns Befehl", entgegnete die Truppe und verneigte sich kurz vor dem Namenlosen. Der Neffe rollte leicht genervt mit den Augen und wünschte sich zum ersten Mal, seit er die neue Welt betreten hatte, etwas Ruhe und Privatsphäre. In den vergangenen Stunden waren einfach zu viele Informationen und Impressionen zusammengekommen, die er noch nicht hatte ordnen können. Immer wenn er gedacht hatte, für sich gerade den Durchblick gewonnen zu haben, wurde wieder alles durcheinandergewirbelt. Die Erlebnisse der vergangenen Stunden hatten ihn extrem verunsichert, sodass er wieder anfing, über seinen Onkel und Ziehvater nachzudenken. Er konnte nicht mehr mit Bestimmtheit sagen, wen genau er vor sich hatte, wer sein Onkel wirklich war. Langsam fing er an, infrage zu stellen, ob die Erzählungen Hrothgars seine Familie betreffend wahr waren. „Immerhin hat er verschwiegen, dass er der Anführer einer Art Gang ist, die sich Ritter nennt und wie solche rumlaufen, mit allem Drum und Dran", dachte er. Leicht in seine Gedanken vertieft bekam der Namenlose nicht mit, als einer der Ritter ihn etwas fragte. Erst als Hrothgar ihm die Hand auf die Schulter legte, fand er wieder in die Realität zurück und wunderte sich, warum er von den anderen so blöd angegafft wurde. „Der Hauptmann hat nach deinem Namen gefragt", sagte der Onkel zu seinem Neffen und wies ihn mit seinen Augen an, keinen Fehler zu machen. Der Namenlose ärgerte sich, dass er sich darüber keine Gedanken gemacht hatte. „Statt die Natur zu bewundern, hättest du über einen Namen nachdenken können", schimpfte er innerlich mit sich. „Wie soll ich denn auf die Schnelle einen Namen finden", grübelte er und verspürte schon einen Hauch der Verzweiflung in sich aufkeimen. Doch die Gesichter warteten geduldig. Urplötzlich erinnerte er sich an die Lichtung mit den verschiedenen Rotwildherden und fühlte sich wieder etwas entspannter. „Wie wäre es mit Adlerauge?" fragte er sich in Gedanken. „Quatsch, du bist doch kein Indianer!", antwortete er sich umgehend selbst. Die Verzweiflung wuchs mit jeder verstreichenden Sekunde. Dann, mit einem Male, fiel es ihm wie Schuppen von den Augen, und er wusste genau, wie er heißen wollte. Er räusperte sich kurz und erwiderte lässig: „Verzeiht, dass ich nicht gleich geantwortet habe, aber ich bin immer noch vom Umgang meines Meisters, dessen wahres Ich mir bisher verborgen geblieben war, zutiefst beeindruckt. Nennt mich Rehan!" Ein leichtes Raunen ging durch die Menge der Anwesenden. Der Namenlose, der nun von seinem Namen gefunden worden war, anfangs noch stolz auf seine relativ schnelle Reaktionsfähigkeit, wurde mit jeder verstreichenden Sekunde, in der nichts geschah, immer unsicherer. Er versuchte so gut wie möglich gelassen auszusehen, aber je länger er den Blick durch die Menge schweifen ließ, desto schwerer fiel es ihm, die Fassade aufrechtzuerhalten. Er war sich sogar sicher, den einen oder anderen Ritter schmunzeln gesehen zu haben. Einige hatten sich sogar weggedreht. Es schien ihm, als würden sich die Männer über seinen Namen amüsieren. Als sein Blick den des Hauptmanns traf, konnte dieser sich kaum noch zurückhalten und fing an zu lachen. Rehan schaute seinen Onkel fragend an, doch dieser zuckte nur mit den Schultern. Rehans Skepsis wuchs, und er fragte sich, ob er einen Fehler gemacht hatte. Hrothgar räusperte sich leicht, was den Hauptmann dazu veranlasste, sich zusammenzureißen. Er wurde schlagartig todernst und sagte zu Rehan, aber ohne jegliche Reue: „Verzeiht meinen Ausbruch, aber euer Name hört sich, wie soll ich sagen, etwas, hmh, weich an, fast schon weiblich. Entschuldigung, aber wenn man bedenkt, wie stattlich ihr seid! Im Vergleich zu einem scheuen, zierlichen Reh, ha ha ha!" Der Hauptmann hatte größte Mühe, sich zusammenzureißen, das konnte Rehan ihm ohne Probleme ansehen. Genau in dieser Sekunde hasste Rehan sich dafür, bei der Namensfindung nicht seinem ersten Impuls nachgegeben zu haben. „Adlerauge klingt maskulin, cool, kämpferisch. Vielleicht kann ich das ja noch korrigieren?", überlegte er. Aber schon im nächsten Augenblick musste er dem Hauptmann recht geben. „Ach scheiß drauf, aber der Name hätte schon etwas maskuliner klingen können! Meine Schuld, ich habe ihm die Vorlage geliefert. So ein arroganter Sack! Und dennoch, was hat der Name mit dem Wesen eines Menschen zu tun?", erwog Rehan für sich und beschloss, sich zum jetzigen Zeitpunkt nicht darüber zu ärgern. Im Gegenteil, er wollte den Spieß umdrehen. Er wollte es mit Humor nehmen und den Männern nicht die Möglichkeit geben, weiter über ihn zu lachen oder gar zu spotten. Allerdings wollte er auch nicht zu patzig reagieren, diese somit unnötig reizen und sich gleich Feinde schaffen. Er war der Ansicht, es wäre besser, wenigstens vorerst, alles im Guten zu versuchen. „Nicht doch, meine Eltern waren damals wohl leicht irritiert – ich war bei meiner Geburt relativ klein", erwiderte Rehan und lächelte dabei. Innerlich aber begann er zu brodeln und sich über das Gebaren der Männer zu ärgern. Diese aber sahen, dass Rehan mit Frohsinn konterte, und fingen an zu lachen. Selbst der Hauptmann lachte erneut und ging nur wenige Augenblicke später auf Rehan zu und klopfte ihm freundschaftlich auf die Schulter, bevor er sich an Hrothgar wendete. Wiederum schlagartig wurde er todernst. „Wir sollten los", war das Einzige, was er von sich gab. Er hielt den Blick auf Hrothgar gerichtet. Hrothgar nickte kurz und gab dem Hauptmann mit einer Geste zu verstehen, dass sie sich beeilen mussten. Sie hatten schon zu viel Zeit vergeudet. Der Hauptmann rief mit einem Male so laut, dass Rehan leicht zusammenzuckte. Er hatte zwar nicht verstanden, was der Hauptmann befohlen hatte, aber es dauerte nur wenige Sekunden, bis Rehan wusste, wonach der Hauptmann verlangt hatte. Einige der Ritter gingen lächelnd an Rehan vorbei und schauten ihn belustigt an. Rehan konnte ihr Verhalten anfangs nicht zuordnen, aber es dauerte nur einen weiteren Moment, und er wusste, was Sache war. „Hast du gesehen, wie er zusammengezuckt ist?", fragte ein Ritter die anderen im Flüsterton, als sie an Rehan vorbeigegangen waren. „Wie

98

ein kleines Reh!", antwortete ein anderer, und die Gruppe lachte laut auf. Rehan verdrehte verärgert die Augen. „Lass die Hornochsen, die sind es nicht wert! Männer!", dachte er und mahnte sich zur Ruhe. Hrothgar indes war gedanklich woanders und wollte sich auf den Weg zu seinem Pferd machen, als Rehan ihn am Oberarm zurückhielt. „Kann ich dich mal kurz sprechen", flüsterte er seinem Onkel ins Ohr. Dieser war im ersten Moment irritiert und konnte nicht erahnen, was sein Neffe von ihm wollte. Als der Hauptmann Anstalten machte, sich um das Wohl seines Herrn zu bemühen, winkte dieser nur ab und meinte: „Macht alles bereit, wir müssen nur kurz was besprechen." Der Hauptmann und die restlichen Ritter stiegen auf ihre Pferde und entfernten sich, ohne ein weiteres Wort darüber zu verlieren. Als die Männer in sicherer Entfernung stehen blieben und die beiden Männer kritisch betrachteten, wendete sich Rehan seinem Onkel zu und meinte mit leiser Stimme: „Ich sehe nur ein Pferd, das bedeutet, die haben nur dich erwartet. Hinzu kommt, dass ich noch nie in meinem Leben auf einem Pferd gesessen bin! Was soll ich denn bitte schön jetzt machen? Die haben bei meinem Namen schon Lachkrämpfe bekommen, ganz zu schweigen davon, was sie machen, wenn sie sehen, dass ich nicht reiten kann!" Hrothgar war mit einem Male wie vor den Kopf gestoßen, daran hatte er nicht gedacht.

***

Er hatte improvisieren müssen und gegen jegliche Vernunft entschieden, seine Nichte um einiges früher als beabsichtigt in seine Welt zu bringen, um sie somit vor dem sicheren Tode zu bewahren. Bei all der Mühe, seine Nichte heil in seine Welt zu bringen, hatte er nicht bedacht, wie sie die restliche Reise begehen sollte. Er zog die Augenbrauen verärgert zusammen und war mit der Situation leicht überfordert. In den vergangenen Stunden war so viel Unerklärliches passiert, dass er derzeit nicht in der Lage war, seine Gedanken zu ordnen. Das Verschwinden seiner Nichte und ein plötzlicher Neffe hatten ihm den Rest gegeben und das Chaos perfekt gemacht. Er dachte fieberhaft nach, konnte aber keine Lösung finden. Sein Problem war es nicht, dass er kein weiteres Pferd hätte auftreiben können, sondern dass Rehan nicht reiten konnte. Er schaute seinen Neffen an und blickte in dessen Augen, in denen er, für einen kurzen Moment, seine Nichte ohne weiteres erkennen konnte. Er lächelte und strahlte mit einem Male so viel Ruhe und Gelassenheit aus, dass auch Rehan sich entspannte. „Papperlapapp, lass dich nicht aus der Ruhe bringen, du hast einen wunderschönen Namen! Ich bin zutiefst beeindruckt! Und um die Weiterreise mache dir keine Sorgen!", erwiderte Hrothgar und wusste schon im nächsten Moment, wie sie das Problem zu lösen hatten. Er zwinkerte Rehan zu und forderte ihn auf, ihm zu folgen. Während Hrothgar sein Schritttempo verdoppelte, beließ es Rehan bei normalem Gang und folgte ihm misstrauisch. „Hauptmann, ich werde heute nicht reiten. Lasst meine Kutsche holen", rief Hrothgar seinem Hauptmann zu, der umgehend einen der Männer beauftragte, den Befehl auszuführen. Zwischenzeitlich hatte Rehan seinen Onkel eingeholt und schaute ihn fragend an. „Die ist hier in der Nähe. Ich benutze sie manchmal, wenn ich vom Reisen zu sehr erschöpft bin", antwortete Hrothgar sachlich. Rehan war zutiefst dankbar, dass dieses Problem so schnell gelöst werden konnte. Es dauerte nur fünf Minuten, bis die Kutsche voll bespannt vor Hrothgar und Rehan stand. Rehan begutachtete das Gefährt und stellte fest, dass die Kutsche, zwar großzügig, aber dennoch nur für zwei ausgewachsene Männer Platz bot. Allerdings merkte er erst im nächsten Moment, dass die Kutsche offen war und wegen der fehlenden Überdachung keinen Schutz vor der Sonne, die zwischenzeitlich ihren Höchststand erreicht hatte und erbarmungslos ins Tal schien, bieten konnte. „Ein Kabrio mit Pferden", schoss es Rehan durch den Kopf, und er musste kurz schmunzeln. Hrothgar stieg ohne Umschweife in die Kutsche und nahm Platz. Als auch Rehan Anstalten machte, in die Kutsche zu steigen, konnte der Hauptmann nicht umhin, dazwischenzuge-hen und ihn daran zu hindern. „Euch wurde nicht gestattet, in die-ser Kutsche zu sitzen", konnte der Hauptmann gerade noch sagen, als Hrothgar ziemlich barsch eingriff. „Hauptmann, ich entscheide, wer mir in der Kutsche Gesellschaft leisten darf. Tretet zurück und gewährt meinem Freund Einlass, sofort!", entgegnete Hrothgar fast schon schreiend. Rehan konnte mit einem Male den Hass spüren, der ihm vom Hauptmann entgegenstrahlte. Er ging an ihm vorbei und stieg in die Kutsche. Währenddessen streifte er den Blick des Hauptmanns und dachte: „Wenn Blicke töten könnten, wäre ich nicht mehr am Leben." Er nahm neben seinem Onkel Platz. Re-han konnte regelrecht spüren, wie der Hauptmann versuchte, sich zusammenzureißen, vor seinen Männern das Gesicht zu wahren. Schließlich war es in keiner Weise angenehm, vor versammelter Mannschaft heruntergeputzt zu werden. Aber Rehan entschied für sich, dass es dem Hauptmann recht geschah. „Wer austeilt, muss auch einstecken können", schloss Rehan seinen Gedanken ab und lehnte sich genüsslich zurück. Gleichzeitig ließ der Hauptmann aufsitzen und wartete auf das Signal Hrothgars zum Aufbruch. Der Hauptmann brodelte innerlich und wusste von diesem Moment an, dass er diesem eigenartigen Fremden mit dem Frauennamen nur noch mit äußerstem Argwohn begegnen würde. Er vermutete, dass es nicht mit rechten Dingen zuging, wenn sein Herr im Nu mit ei-nem Fremden aufwartete und diesem zudem grenzenloses Vertrau-en entgegenbrachte. Nur einen Augenblick später nickte Hrothgar dem Hauptmann zu, und die ganze Schar setzte sich in Bewegung. Die eine Hälfte der Männer ebnete der Kutsche den Weg, die ande-re Hälfte bildete die Nachhut.

***

Anfangs trabten die Pferde auf der unbearbeiteten Strecke, sodass Rehan in der Kutsche leichte Probleme hatte, sein Gleichgewicht zu halten. Er hatte gehofft, sich mit seinem Onkel etwas unterhalten zu können, wurde aber sehr schnell eines Besseren belehrt. Die laute Geräuschkulisse machte es ihm unmöglich, sich mit gesenkter Stimme zu unterhalten, damit die anderen nichts mitbekamen. Er hätte schon schreien müssen, um sich verständlich zu machen. Aber nach nur zehn Minuten verlangsamten die Pferde und bewegten sich im Schritttempo, was vor allem Rehans Magen begrüßte. Mit einem Male war es um einiges leiser, und Rehan begann darüber nachzudenken, ob er mit seinem Onkel eine Unterhaltung anfangen sollte. Just in diesem Moment, als er sich von seinem rebellierenden Magen ablenken konnte, sah Rehan mit einem Male den Hauptmann an der Seite seines Onkels reiten und die Möglichkeit, sich mit seinem Onkel zu unterhalten, schwinden. Es beunruhigte ihn, dass er nicht wusste, warum sich eine Horde Ritter um seinen Onkel scharte, warum er diesen befehlen konnte, warum sie ihn beschützen wollten. Er erinnerte sich, dass er die Männer seine Freunde genannt hatte, aber er zweifelte daran, ob Freunde so reagieren würden. „Bestimmt ist er eine wichtige Person, ein VIP? Oder doch ihr Anführer", überlegte er. „Möglicherweise hat er doch militärische Erfahrungen und sie nicht bloß erfunden, um den Job in der Bank zu bekommen", fügte er in Gedanken hinzu. Urplötzlich hörten sie einen Milan in der Ferne. Die Männer schauten sich unsicher um und begannen in Formation zu reiten. Ein weiterer Schrei des Greifvogels, und die gesamte Ritterschar kreiste die Kutsche ein und nahm sie so in ihre sichere Mitte. Die Kutsche kam zum Stehen. Rehan konnte die Anspannung in den Gesichtern der Männer förmlich ablesen und war mit einem Male beunruhigt. Dann auf einmal spürte er eine Hand auf seiner und hörte die Stimme seines Onkels, die sagte: „Es ist alles in Ordnung!" Im nächsten Moment stand sein Onkel auf, stieg aus und spreizte gleichzeitig seinen rechten Arm von seinem Oberkörper. Rehan folgte ihm unverzüglich und verstand nicht, warum sein Onkel so reagierte. Er wollte ihn schon fragen, was denn los sei und was er da machen würde. Doch bevor er den Mund aufmachen konnte, sah er, wie ein schneeweißer Milan auf dem ausgestreckten Arm seines Onkels landete. Er konnte erkennen, dass der Greifvogel etwas an seinem rechten Fuß hatte, was Rehan sofort als Behältnis für Nachrichten identifizierte. Allerdings konnte er nicht glauben, dass immer noch auf solche Weise kommuniziert wurde, und ermahnte sich im nächsten Moment, daran zu denken, dass er nicht mehr in seiner vertrauten Welt war. Es dauerte nur wenige Sekunden, bis sein Onkel das schneeweiße Behältnis vom Fuß des Raubvogels entfernte, und diesen auf den Arm des Hauptmanns, der mittlerweile von seinem Pferd abgestiegen war, wechseln ließ. Die restlichen Ritter blieben auf ihren Pferden. Ein weiterer Moment verstrich, ehe Hrothgar den Inhalt herausfischen konnte. Während alle interessiert auf die Verkündung des Inhalts warteten, wunderte sich Rehan über das schneeweiße Gefieder des Tieres, das im Sonnenlicht glitzerte, als wäre es mit Diamantenstaub geschmückt. Plötzlich merkte er, dass auch der Falke ihn neugierig beobachtete, und wendete sich seinem Onkel zu. „Bestimmt kennt er alle, die um Onkel herum sind. Er kann mich als Fremden erkennen", begründete Rehan das Verhalten des Milan für sich. Der Greifvogel allerdings beobachtete ihn nicht aus diesem Grunde, was er aber erst später erfahren sollte. Rehan versuchte sich abzulenken und trat näher an Hrothgar heran, um zu erfahren, was in der Nachricht stand. Hrothgar anfangs noch leicht vertieft in die Nachricht, blickte im nächsten Augenblick hoch und schaute ernst. „Wir müssen sofort in die Hauptstadt, auf dem kürzesten Weg. Eilt euch, zur Küste!", rief er in die Menge und stieg ohne zu zögern wieder in die Kutsche. Rehan, noch verwirrter als zuvor, stieg ebenfalls wieder ein und schaute seinen Onkel fragend an. Doch dieser winkte ab und meinte nur: „Nicht jetzt, ich erkläre es später!" Rehan spürte wie seine Verwirrung Ärger Platz machte. Es ärgerte ihn, dass sein Onkel ihn im Unklaren ließ. Es dauerte einige Momente, bis sein Ärger Gesellschaft bekam und Rehan sich zudem auch noch beleidigt fühlte. „Der nimmt mich doch gar nicht ernst, der klärt mich über nichts auf. Erst werde ich mit Gewalt hierher geschleppt, und jetzt bin ich das Unwichtigste, was es in dieser Welt gibt", sprach Rehan zu sich in Gedanken und fing an, sich im Selbstmitleid zu suhlen. „Wenn er nicht reden will, nicht mein Problem. Soll mir recht sein. Was ich nicht weiß, macht mich nicht heiß!", dachte Rehan und entschied, künftig auf seinen Onkel distanziert zu reagieren. Er wollte abwarten und schauen, wohin sein Onkel ihn noch führen wollte. Seine anfänglichen Zweifel, ob der Mann, der neben ihm saß, wirklich sein Onkel war, verstärkten sich und ließen keinen klaren Gedanken mehr zu. Seine Gefühle brachten ihn durcheinander. Er war hin und hergerissen. Gegebenenfalls würde er sich fortstehlen und versuchen, einen Weg nach Hause zu finden. Er war auf keinen angewiesen und wusste, dass er, dank seiner Ausbildung bei der Spezialeinheit, auch alleine überleben würde. Gedankenversunken wie er war, hatte er gar nicht gemerkt, dass die Truppe sich erneut in Bewegung gesetzt hatte. Im Geiste hatte Rehan schon einen Fluchtplan ausgearbeitet und wusste genau, was er zu tun hatte. Mit den wenigen sogenannten Rittern würde er schon fertig werden, aber der Heimweg könnte sich seiner Meinung nach komplizierter gestalten. Schließlich musste er wieder in die Höhle zurück, in der er aufgewacht war, die er im unmittelbaren Zusammenhang mit dem Haus seiner Kindheit sah. Daher begann er damit, nach außergewöhnlichen Merkmalsausprägungen des ihn umgebenden Landes Ausschau zu halten, um diese später als Orientierungshilfe nehmen zu können. Er wollte und durfte sich auf dem Rückweg nicht verirren. Trotz seiner Konzentration nahm er die Schönheit der vorbeiziehenden Landschaft wahr und fragte sich, ob er jemals etwas Vergleichbares gesehen hatte. Seine Gedanken beherrschten ihn so sehr, dass er gar nicht mitbekam, dass die Gruppe ihr Tempo steigerte und fast schon im Galopp durch die Landschaft peitschte. Er bewunderte lediglich die Robustheit der Kutsche, die einiges auszuhalten schien. Rehan sog die Eindrücke der ihn umgebenden Landschaft in sich auf, als würde er einem Überlebenskampf gegenüberstehen. Er wollte nichts dem Zufall überlassen, sondern klar strukturiert vorgehen, er wollte im Ernstfall vorbereitet sein. Da das überhebliche Verhalten seines Onkels ihm inzwischen mächtig auf die Nerven ging, beschloss er nicht nur ihn, sondern auch die anderen Männer genauestens zu studieren. Egal was sie machen würden, er wollte jedes Detail ihres Verhaltens, ihrer Gestik oder Mimik kennen. Er wollte seine Feinde genauestens kennen, um ihnen erfolgreich entgegentreten zu können. Rehan hatte sich zwischenzeitlich so stark in seine Gedanken vertieft, dass er nicht merkte, was um ihn herum geschah. Er bekam noch nicht einmal mit, dass sein Onkel ihn angesprochen hatte. Erst als dieser ihn an seiner Schulter packte und leicht rüttelte, fand er wieder in die Realität zurück. Rehan blickte seinem Onkel verständnislos in die Augen und wartete geduldig. Dieser zeigte mit seiner rechten Hand in eine Richtung und meinte dann: „Wir sind gleich da!" Rehan blickte in die gezeigte Richtung und konnte das Meer sehen. Nur einen Augenblick später kam die ganze Reiterschar zum Stehen. „Das hätte ich nie gedacht, dass das Meer so nah am Gebirge ist. Habe ich von da oben gar nicht gesehen – merkwürdig!", kam es Rehan plötzlich in den Sinn, bevor er ruckartig nach vorne geschleudert wurde – die Kutsche war zum Stehen gekommen. Es dauerte nur einen weiteren Augenblick, und Hrothgar stieg aus, ohne sich nach dem Wohlbefinden seines Neffen zu erkundigen. Rehan allerdings versuchte Haltung zu bewahren und setzte sich wieder hin. Er wollte sich nicht fortbewegen, solange er nicht wusste, wohin die Reise ging und was sein Onkel ihm verschwieg. Es vergingen einige Sekunden, ehe Rehan sich wunderte, warum sein Onkel ihn noch nicht aufgefordert hatte, auszusteigen. Sogar der Kutscher war schon vom Kutschbock gesprungen und aus Rehans Blickwinkel verschwunden. Dann, unerwartet, stand sein Onkel an der Kutsche und schaute ihn fragend an. Rehan antwortete nicht und zuckte stattdessen nur mit den Schultern. „Wir müssen weiter. Wir dürfen keine Zeit verlieren", sagte Hrothgar dann ungeduldig. „Ich muss gar nichts", murmelte Rehan und schaute seinen Onkel leicht genervt an. Hrothgar bemerkte erst jetzt, welchen Fehler er gemacht hatte, und verstand, warum sein Neffe so beleidigt tat. Er beugte sich in die Kutsche und flüsterte: „Ich werde dir alles erklären. Bitte habe Geduld. Wir müssen los, es geht um Leben und Tod. Ich flehe dich an, mach keinen Fehler!" Rehan ärgerte sich immer mehr über die Geheimniskrämerei seines Onkels und fragte sich, warum er wie ein kleines Kind behandelt wurde. Allerdings empfand er den Zeitpunkt für eine mögliche Flucht noch als zu verfrüht und ließ sich von seiner Neugier, mehr über die neue Welt zu erfahren, überwältigen. Er stand ein wenig widerwillig auf und verließ nur eine Sekunde später die Kutsche. Er sah, dass die Reiter alle abgesessen waren und auf ihn warteten. Hrothgar machte eine Geste und gab ihnen zu verstehen, dass sie vorgehen sollten. Nachdem die Ritter ihre Umgebung gesichert hatten, setzten sie sich in Bewegung. Hrothgar bildete mit Rehan das Ende der Gruppe. Rehan sah, dass sie sich oberhalb der Brandung befanden, und konnte in einiger Entfernung zur Küste ein großes Holzschiff ausmachen. „Wir werden den Rest der Reise mit dem Schiff machen. Ungefähr einen halben Tag wird es dauern, bis wir an unserem Ziel sind. Den Rest erzähle ich dir auf dem Schiff, wenn wir unter uns sind", sagte Hrothgar und schaute seinen Neffen zuversichtlich an. Rehan behagte es überhaupt nicht, auf dem Wasser weiterzureisen, da er Bedenken hatte, die Höhle je wiederzufinden. Auch wurmte es ihn, wieder nur vertröstet worden zu sein, aber er sah ein, dass eine ungestörte Unterhaltung inmitten der Männer nicht möglich war, ohne sich verdächtig zu machen. Einen kurzen Augenblick war er hin und hergerissen und wusste nicht so recht, was er machen sollte. Doch der bohrende Blick seines Onkels drängte ihn zur Entscheidung. Er nickte, dass er verstanden hatte, und folgte seinem Onkel den Pfad zur Küste herunter, wo ein großes Ruderboot auf sie wartete. Rehan schaute um sich und fragte sich, wie die Ritter mit ihren Pferden auf das Schiff gelangen sollten. „Sie kommen nicht mit", sagte sein Onkel, als hätte er Rehans Gedanken lesen können. Rehan tat erstaunt, war aber innerlich glücklich, dass der unliebsame Hauptmann mitsamt seinen Gefolgsleuten nicht mitreisen würde. Hrothgar blieb am Strand kurz stehen und wendete sich an die Ritterschar. „Mein Freund und ich reisen mit dem Schiff weiter. Ihr macht euch unverzüglich zu Lande auf den Weg. Eile ist geboten!", rief er den Rittern zu und stieg umgehend in das Ruderboot. Rehan sah nur noch, dass die Ritter ohne Umschweife aufsaßen und sich in keiner Weise um ihn kümmerten. Es war ihm zwar recht, dass man ihm nicht so viel Beachtung schenkte, und er war um jeden Moment froh, den er nicht in der Gesellschaft der Männer verbringen musste. Aber es kratzte auch an seinem Ego, dermaßen ignoriert zu werden. Nur einen Augenblick später saß auch er im Ruderboot, und die Ruderer begannen, die Passagiere zu transportieren.

6

Es dauerte mehr als fünfzehn Minuten, bis sie das Schiff erreichten, das je näher sie kamen immer größer zu werden schien. Rehan wunderte sich über die Form des Schiffes, die er keiner ihm bekannten Epoche zuordnen konnte. Das Schiff schien die ihm bekannten Modelle von der Antike bis hin zur modernen Zeit auf eine ihm unbeschreiblichen Art und Weise miteinander zu verbinden. Vor allem der bauchige Rumpf des Schiffes hatte es ihm angetan. Auch wenn er zunächst glaubte, den Schiffstyp doch noch einordnen zu können, musste er sehr schnell einsehen, dass er auf dem Gebiet des Schiffbaus weniger bewandert war, als er zugeben wollte. Erst als Rehan die geflochtene Leiter hinaufkletterte, erkannte er, wie groß das Schiff in Wirklichkeit war. Er war überwältigt vom Aufbau des Schiffes und von der Verarbeitung des verwendeten Holzes, die teilweise sehr detailverliebt wirkte. Er schätzte die Länge des Schiffes nach Augenmaß auf mehr als zweihundert Meter und die Breite auf gut fünfundsiebzig Meter. Die Höhe des Schiffes bis zur Reling hatte er beim Hochklettern, von der Wasseroberfläche gerechnet, auf fünfunddreißig Meter bemessen. „Voll der Luxusliner, würde ich sagen! Wie lange die wohl daran gebaut haben?", dachte er, während er sich über die Reling schwang und an Deck wieder Fuß fasste. Der Anblick, der sich ihm bot, verschlug ihm die Sprache. Ein solches Schiff hatte er noch nie in seinem Leben gesehen. Er ging einige Schritte voller Bewunderung und schaute sich beeindruckt um. Es dauerte eine ganze Minute, bis Rehan merkte, dass die Schiffsmannschaft ihn angaffte. Nicht wenige der Männer tuschelten hier und da miteinander und lachten leise auf. Rehan war wieder in der Realität und fragte sich, was die Männer denn dieses Mal so amüsant an ihm fanden. Doch bevor er auf diese reagieren konnte, kam sein Onkel ihm zuvor und sagte etwas zu den Männern in einer Sprache, die ihm zwar vertraut klang, deren Worte er aber wieder nicht verstanden hatte. Schlagartig verbreitete sich eine Grabesstille um Rehan, was ihm etwas Unbehagen bereitete. Hrothgar griff seinem Neffen an den Oberarm und zog ihn mit sich. Noch ehe Rehan registrieren konnte, was mit ihm geschah, befand er sich schon auf dem Weg ins Innere des Schiffes. Vor einer aufwendig verarbeiteten Tür kam Hrothgar zum Stehen und schaute seinen Neffen kurz an, stieß einen tiefen Seufzer aus und öffnete die Tür. Er zog seinen Neffen in die Kabine und verriegelte die Tür. Rehan musste sich nicht umschauen, um zu wissen, dass sie sich in den Räumlichkeiten des Kapitäns befanden. Er schaute seinen Onkel neugierig an und konnte mit Bestimmtheit sagen, dass etwas seinen Onkel quälte. Hrothgar ging mit gesenktem Haupt zum großen Schreibtisch und setzte sich auf den pompösen Kapitänsstuhl. „Mein Kind, setz dich, ich habe dir einiges zu berichten!", sagte Hrothgar und wartete darauf, dass Rehan sich setzte. Dieser war aufgrund des ernsten Gesichtsausdrucks seines Onkels beunruhigt und setzte sich umgehend auf den freien Stuhl, der auf der anderen Seite des Schreibtischs stand. „Irgendwas stimmt nicht", schoss es Rehan durch den Kopf. Er schaute seinen Onkel erwartungsvoll, inzwischen aber auch schon leicht beängstigt an, was seinen Onkel zur Eile trieb. „Hör zu, es sind unerwartete Probleme aufgetreten. Schreckliche Umstände, mit denen keiner auch nur in seinen kühnsten Träumen gerechnet hätte. Was du noch nicht wissen solltest, aber nun erfahren musst ist … Na ja, wie soll ich es sagen? Ähm, nun Kangar befindet sich in turbulenten Zeiten. Der König hat mir eine Nachricht geschickt. Er braucht mich. Sprich, wir müssen einen kleinen Umweg machen, bevor wir zu deinen, ähm, Verwandten reisen können. Das ist eine sehr wichtige Angelegenheit, die ich leider nicht ignorieren kann. Bitte habe Verständnis", begann Hrothgar und hielt nur kurz inne, um Luft zu holen. Hrothgar hatte große Mühe, sich zusammenzureißen. „Vielleicht haben SIE sie und nicht ER", dachte er und merkte umgehend, dass ihm bei diesem Gedanken speiübel wurde. Rehan nutzte die kleine Pause, um seine Gedanken in Windeseile zu sortieren, und meinte nur: „Nun, auf einen Tag mehr oder weniger kommt es wohl nicht an, oder? König von, ähm, Kangar? Nach dir geschickt?" Hrothgar wusste, dass er sich nun auf dünnen Eis bewegte, aber er musste sein Spiel aufrechterhalten und seinem Neffen eine plausible Erklärung für die Verbindung zum König Kangars geben, damit dieser vorerst Ruhe gab. Er musste nicht lange nachdenken, bis er die richtige Antwort parat hatte. Und doch war er unsicher. „Für die ganze Wahrheit wäre es noch zu früh, sofern er doch sie sein sollte!", überlegte er, bevor er Rehan antwortete. „Du hast sicher schon gemerkt, dass es hier eine andere Herrschaftsform gibt. Kangar ist eine Monarchie. Ich genieße beim hiesigen Militär einen gewissen Rang, wegen meiner langjährigen Verdienste. Der König hat mir diesen Rang zuteil werden lassen, weil er großes Vertrauen in mich setzt. Vor allem in brenzligen Situationen war ich stets sein erster Ansprechpartner. Die Sache ist die: Der König hat Kinder, um genau zu sein, Zwillinge, ein Mädchen und ein Junge. Was natürlich wundervoll ist! Sie haben morgen Geburtstag ... Fünfzehn werden sie, Himmel, wie die Zeit vergeht. Aber das Schlimme ist, dass sie von den Widersachern Kangars entführt worden sind. Diese Rebellen wollen den König stürzen und die Herrschaft übernehmen. Es wurde eine riesige Lösegeldforderung gestellt. Das Gold soll an einem bestimmten Übergabeort an der Grenze ausgehändigt werden. Eine mittelgroße Heerschar begleitet den König. Du musst wissen, Räuber lauern auch hier überall. Die Übergabe ist zwei Stunden nach Sonnenaufgang, das bedeutet in wenigen Stunden. Wir sind jetzt mit dem Schiff auf dem Weg zum Übergabeort, und wir werden es auch zeitlich schaffen. Ich hoffe, die Kinder sind wohlauf! Herr im Himmel hilf, dass ihnen nichts passiert ist", erzählte Hrothgar hastig, wobei er mit jedem Satz immer leiser wurde. Er schaute dabei seinen Neffen aufmerksam an. Doch Rehan ließ sich äußerlich nichts anmerken, auch wenn er innerlich extrem durcheinander war und sich fragte, wo er denn gelandet sei. Warum es in der Realität, in der er sich gerade befand, Ritter gab und sein Onkel Verbindungen zum König eines Landes namens Kangar unterhielt. „20011 und wir schippern mit einem Holzschiff durch die Gegend. Anscheinend haben die hier noch nie etwas von industrieller Revolution gehört!", überlegte Rehan. Er saß ruhig da und versuchte seine Gedanken in Ordnung zu bringen. Es verging nahezu eine halbe Minute, in der keiner etwas sagte. „Warum lässt der König sich erpressen? Wieso verhandelt er mit Terroristen? Da richtet man doch eine Sonderkommission ein und versucht die Geiseln zu befreien, oder nicht?", fragte Rehan schließlich, als er merkte, dass sein Onkel ihn fast schon anstarrte. Hrothgar konnte sich nur über seinen Neffen wundern, aber er wollte es ihm auch nicht übel nehmen. „Sie, ähm, ER weiß es nicht besser!", kommentierte er die Aussage seines Neffen für sich und vergaß für einige Augenblicke seine Zweifel an der neuen Identität seiner Nichte. „Es sind seine Kinder. Soll er die auch noch verlieren?", rutschte es ihm heraus, bevor er abrupt innehielt. Rehan schaute ihn etwas misstrauisch an und wusste im ersten Moment nicht, warum sein Onkel so emotional reagierte. Er hob fragend die Augenbrauen, was seinen Onkel kurz nachdenken ließ. Hrothgar musste nun handeln, das wusste er, sonst wäre jegliche Mühe vergebens gewesen. Er holte tief Luft und fuhr fort: „Die Bedingung war, dass der König höchstpersönlich das Gold übergibt, wenn er seine Kinder lebend wiedersehen will. Und ich denke nicht, dass der König sich so einfach erpressen lässt oder gar das Lösegeld einfach übergeben wird. Er wird alle Optionen durchdacht haben und mit hundertprozentiger Sicherheit erst einmal versuchen, seine Kinder zu befreien. Das Dumme aber ist, dass wir nicht wissen, wer im Hintergrund die Fäden zieht. Wer die Entführung veranlasst hat. Kangar sieht sich in diesen Tagen sehr vielen Feinden gegenüber. Sind es geldgierige Bestien oder gar einer der Nachbarstaaten? Zu viele Unbekannte in der Gleichung. Endgültig werden wir es erst am Übergabeort erfahren", antwortete der Onkel und schaute äußerst be-

111

drückt drein. Rehan folgerte aus der Mimik seines Onkels, dass der König und dessen Kinder für seinen Onkel wohl einen unschätzbaren Stellenwert zu haben schienen und entschied vorerst, sich zurückzuhalten. „Na, das hört sich nicht gut an. Hoffen wir mal, das wir rechtzeitig ankommen", kommentierte Rehan die Geschichte seines Onkels und schaute äußerst gelassen drein. Hrothgar wendete seinen Blick sichtlich verwirrt ab und wunderte sich über Rehans Desinteresse. Rehan hingegen wollte seinen Onkel nicht unnötig zusätzlich belasten und erinnerte sich an seinen Grundsatz, nichts mehr infrage zu stellen. Daher fragte er mit fast schon teilnahmsloser Stimme: „Sag mal, du bist hier doch ein ziemliche hohes Tier, ein VIP sozusagen, oder?" Hrothgar, der im ersten Moment etwas verdutzt aufschaute, weil er Rehans Frage in keinem Zusammenhang mit der Entführung der Zwillinge sah, war sich mit einem Male nicht mehr so sicher, wie er reagieren sollte. Doch im nächsten Moment erkannte er die Tragweite von Rehans Frage. Er mahnte sich zur Vorsicht und antwortete: „Ich gehöre zum militärischen Beraterstab des Königs!" Rehan nickte verstehend und entgegnete: „Das habe ich vorhin auch so verstanden, was natürlich so einiges erklärt!" Rehans Blick wanderte zum Fenster, und er schaute auf das weite Meer hinaus. Er konnte sehen, dass es um einiges dunkler geworden war, und erinnerte sich an seinen Magen, der schon seit Stunden nichts zu essen bekommen hatte. „Kein Wunder, dass ich keinen Hunger verspürt habe, bei den Ereignissen der letzten Stunden!", schoss es ihm durch den Kopf. Er drehte seinen Kopf und blickte seinem Onkel direkt in die Augen. Hrothgar war verwirrt. Er war es gewohnt, von seiner Nichte mit Fragen bombardiert zu werden, und nun, da seine Nichte sich in einen Neffen verwandelt hatte, war die Wissbegierigkeit wie weggeblasen. Der Rehan, der nun vor ihm stand, war in seinen Augen zu sehr zurückgezogen, war in den vergangenen Stunden wortkarger geworden. Rehan unterbrach Hrothgar in seinen Gedanken, indem er ihn ansprach. „Was ich damit sagen will: Es ist ziemlich dunkel geworden, und ich habe ein wenig Hunger. Wo kann ich denn hier etwas zu essen bekommen? Und ich würde mich auch gerne etwas hinlegen, irgendwie war das heute etwas anstrengend", meinte Rehan. Hrothgar war überrascht, dass Rehan die Tatsache der Entführung so pragmatisch betrachtete, und brauchte einige Sekunden, um sich wieder zu sammeln. Nun war er sich sicher, dass etwas mit seiner Nichte geschehen war. „Auch wenn das Äußere eines Menschen verwandelt werden kann, ist der Charakter eines Menschen einzigartig und nicht austauschbar", sinnierte er und stand auf, eilte zur Tür und rief etwas, wiederum in der Sprache, die Rehan vormals vertraut vorgekommen war. Doch dieses Mal hatte Rehan jedes einzelne Wort verstanden. Er wunderte sich nur kurz darüber, entschied dann aber ganz schnell, dass er es nicht begreifen wollte, und nahm es als gegeben hin. Rehan hatte gerade noch rechtzeitig eine neutrale Mimik aufsetzen können, als sein Onkel sich wieder auf den pompösen Stuhl setzte. „Ist mir dir alles in Ordnung?", fragte Hrothgar vorsichtig und blickte seinem Neffen dabei so besorgt wie möglich in die Augen. Rehan zuckte nur leicht mit den Achseln und zog die Mundwinkel dabei gleichgültig herunter. Er holte tief Luft und antwortete ruhig: „Was erwartest du denn, wie ich reagieren soll? Ich erfahre, dass ich als Baby in eine andere Realität gebracht worden bin, weil jemand nach meinem Leben trachtete. Dann auf einmal erfahre ich, dass sämtliche meiner Verwandten wegen mir gestorben sind. Wieder werde ich aus meinem Leben herausgerissen und in eine Realität verschleppt, die mir so unwirklich vorkommt, dass es mich schaudert. Ich soll zu meinen noch lebenden Angehörigen, wie viele das auch sein mögen, weil wiederum irgendwer mich nicht mehr am Leben wissen will. Erst bin ich bei meinen Eltern nicht sicher, und nun kann ich nur bei meiner Sippe sicher sein? Das ist etwas verwirrend. Plötzlich erfahren wir, dass die königlichen Zwillinge entführt worden sind, die du, korrigiere mich bitte, wenn ich falsch liegen sollte, erst retten willst, bevor wir weiterreisen können. Sie scheinen dir, aus mir noch unbekannten Gründen, sehr wichtig zu sein. Ich respektiere das voll und ganz, daher halte ich mich zurück und poche nicht darauf, auf direktem Wege zu meinen Leuten zu reisen. Im Klartext heißt das, du setzt mir eine Tatsache nach der anderen vor, die ich als gegeben hinnehmen muss, da ich hier außer dir keine andere Seele kenne. Ich werde den weiteren Verlauf der Reise nicht bestimmen oder daran etwas verändern können, oder? Wie es aussieht, bin ich wohl an dich gebunden, vorerst! Also was erwartest du von mir?" „Ich erwarte gar nichts von dir! Es tut mir leid, dass ich dir keine ausführlichen Informationen geben kann, aber zurzeit geht es leider nicht. Es ist einfach zu riskant", konnte Hrothgar gerade noch sagen, als Rehan abwehrend die rechte Hand hob und ihm somit Einhalt gebot. „Ich will keine Entschuldigungen hören. Es interessiert mich nicht, aus welchen Gründen du mir irgendetwas erzählst oder nicht. Wenn ich etwas wissen muss, wirst du es mir wohl schon rechtzeitig sagen. Und wenn nicht, auch gut! Jetzt interessiert mich nur etwas zu essen und dann ein wenig Schlaf, um neue Energie zu tanken!", gab Rehan von sich, bevor es an der Tür klopfte und ein Servierwagen hereingeschoben wurde. Im Nu war der runde Tisch im Raum auch schon gedeckt und das Essen serviert. Rehan sah das köstliche Essen und begriff erst in diesem Moment, wie hungrig er wirklich war. Er setzte sich auch gleich an den runden Tisch, griff sich einen Teil des Brathähnchens und fing an zu essen. Normalerweise hätte er aus reiner Höflichkeit auf seinen Onkel gewartet, aber sein Hunger konnte nicht mehr warten. Während er die ersten Bissen sichtlich genoss, setzte sich Hrothgar zu ihm und wunderte sich über dessen Gebaren. Einerseits konnte er Rehans Reaktion natürlich verstehen, aber andererseits verstörte es ihn. Die Art und Weise, wie Rehan reagiert hatte, hatte ihn stark an das trotzige Verhalten seiner Nichte erinnert. Und wenn er sich doch irrte? Doch seine Nichte vor sich hatte? Nur einen Moment später entschied er für sich, seine Zweifel zu begraben und davon auszugehen, dass er seine verwandelte Nichte vor sich hatte. Er fragte sich, wie er an Rehans Stelle auf die ganzen Veränderungen reagiert hätte. Ob er mit der ganzen Situation auch so souverän umgegangen wäre? Er mochte sich nicht vorstellen, was in Rehans Kopf vorging, war aber heilfroh, dass bisher alles einigermaßen reibungslos abgelaufen war und Rehan keine großen Probleme bereitet hatte. Auch Hrothgar fing an zu essen und spürte, dass er hungrig wie ein Wolf war. „Im wahrsten Sinne des Wortes", überlegte Hrothgar und schmunzelte in sich hinein. Sie aßen schweigend. „Wo kann ich mich denn etwas frisch machen und mich hinlegen?", fragte Rehan, nachdem er mit dem Essen fertig war. Da Hrothgar zeitgleich mit ihm fertig gegessen hatte, stand er umgehend auf und bat Rehan, ihm zu folgen. Sie gingen nicht weit. Aus der Kabine heraus und keine drei Meter weiter wies Hrothgar seinem Neffen die nächstgelegene Kabine zu. Rehan ging durch die geöffnete Tür und konnte unschwer erkennen, dass es sich bei dieser Kabine um das Schlafgemach des Kapitäns handeln musste. Es war sehr geräumig und komfortabel eingerichtet. „Schlaf ein wenig und ruhe dich aus. Das Badezimmer ist hinter der Tür!", sagte Hrothgar und zeigte auf die gegenüberliegende Tür. „Die Suite für mich", dachte Rehan. „Weck mich, wenn wir da sind!", meinte Rehan zu Hrothgar und zog das Obergewand seiner Kleidung aus. Hrothgar schüttelte ungläubig den Kopf und wollte gerade gehen und die Tür hinter sich schließen, als Rehan sich abermals zu Wort meldete. „Verzeih, aber könntest du mir bitte normale Männerkleidung organisieren, so wie die Männer da draußen welche tragen. Keine Uniform oder so was, einfache Kleidung. Diese hier ist etwas unhandlich, besser gesagt, habe ich mich nicht daran gewöhnen können!", sagte Rehan. Hrothgar antwortete knapp: „Ich versuche mein Bestes, aber das wird nicht so einfach sein. Wir sind auf hoher See", und schloss die Tür hinter sich.

***

Rehan war heilfroh, dass er nun etwas Zeit für sich hatte. Er hatte sich in den vergangenen Stunden nicht wohl gefühlt. Das Gefühl, beobachtet zu werden, hatte ihm nicht gefallen. Seit er durch den Kamin gefallen war, war alles so unglaublich, so surreal gewesen, dass er sich zeitweilig hatte zwicken müssen, um sicher zu sein, dass er wach, bei vollem Bewusstsein war. Rehan war sich immer noch nicht sicher, ob er vielleicht doch nur alles träumte, in Wirklichkeit noch im Krankenhaus war und mit den Wirkungen der Medikamente zu kämpfen hatte. „Vielleicht bin ich auch schon tot und kann es nicht wahrhaben?", schoss es ihm durch den Kopf. Er hatte schon viele Geschichten über jene gehört, deren Seelen sich weigerten, die Erde zu verlassen und ins Jenseits aufzubrechen. „Warum sonst bin ich auf einmal ein Mann? Das ist doch nicht normal!", überlegte er, schüttelte sich und zwickte sich erneut in den Unterarm, wie schon so oft in den vergangenen Stunden. Doch er spürte einen leichten Schmerz, der ihn die Theorie vom frühzeitigen Ableben wieder verwerfen ließ. Rehan entschied einmal mehr, sich vorerst darüber keine Gedanken zu machen, da er der Ansicht war, dass egal was mit ihm passierte, ungeachtet dessen geschehen würde, was er dagegen tat. Und zwar nur aus einem Grunde, weil es für ihn vorgesehen war. Er wollte sich überraschen lassen, was noch auf ihn zukommen würde. Allerdings hatte das alles noch Zeit, wenigstens bis zum Morgengrauen. Dann würde er den König kennenlernen und die Zwillinge retten. Irgendwie hatte er in seinem tiefsten Innern das überwältigende Gefühl, dass er für die Rettung der Königskinder auserkoren war. Und dafür wollte er ausgeruht sein. Er ging ins Badezimmer und war überrascht, neben einer Badewanne auch ein Klosett vorzufinden. Er war heilfroh darüber und wollte die Toilette gleich austesten. Allerdings hatte er leichte Probleme damit, die Kleidung seines Onkels so zurechtzurücken, dass er sich ungehindert auf die Toilette setzen konnte. Kurzerhand zog er die Obergewänder aus und musste kurz über die langen Unterhosen schmunzeln, die er bis zu den Knien herunterzog, bevor er sich auf das Klosett setzte. Er wollte nicht im Stehen pinkeln, auch wenn ihn der Gedanke reizte, aber irgendetwas in seinem Innersten wehrte sich dagegen und pochte auf seine Weiblichkeit. Während er sich erleichterte, schaute er sich im Badezimmer um und war fasziniert von der Tatsache, dass es auf dem Schiff eine Toilette gab, die sich in keiner Weise von den ihm bekannten Toilettensystemen unterschied. Sogar Toilettenpapier war vorhanden. Nur wenige Momente später betätigte er die Spülung und wollte sich keine Gedanken darüber machen, wohin der Inhalt der Toilette gespült werden würde. Er trat ans Waschbecken, um sich die Hände zu waschen, und war verwirrt, weder Seife noch einen Abfluss vorzufinden. Er hatte den Eindruck, dass das Waschbecken aus der Wand herausgearbeitet war und vermutete den Abfluss hinter einer Verkleidung, da er ihn nicht sehen konnte. Er schaute in das Waschbecken und war verblüfft, keinerlei Öffnung vorzufinden, wo das benutzte Wasser hätte abfließen können. Er konnte lediglich einen Krug, ausmachen, der auf dem Rand des Waschbeckens stand und bis zum Rand mit klarem Wasser gefüllt war. „Merkwürdig, einerseits so fortgeschritten und andererseits so altertümlich", dachte er, während er das Waschbecken begutachtete und vergeblich nach einer Einrichtung suchte, in der er fließendes Wasser vermutete. Es dauerte nicht lange, und er gab die Suche auf. Er goss Wasser in das Waschbecken, das keinen Abfluss zu haben schien. Urplötzlich öffnete sich ein schmales Fach in der Wand, und ein Stück Seife wurde auf einer gläsernen Schale angeboten. Rehan erschrak im ersten Moment dermaßen, dass er fast rücklings hingefallen wäre. Er schüttelte sich und versuchte, einen klaren Kopf zu bewahren. Er nahm die Seife und wusch sich die Hände. Währenddessen entschied er, sich wenigstens auch das Gesicht und den Nacken zu waschen. „Ist bestimmt ganz dreckig von der Reise im Kabrio", murmelte er und dachte an die trockene Erde, die während der langen Fahrt aufgewirbelt worden war. Er bückte sich tiefer zum Waschbecken, seifte sich das Gesicht und den Nacken ein und spülte diese dann anschließend mit dem Was-

117

ser aus dem Waschbecken. Als er das Gefühl hatte, dass er keine Seife mehr an sich hatte, richtete er sich auf und erschrak wiederum. Über dem Waschbecken hing unverhofft ein stattlicher Spiegel mit goldenen Verzierungen. Rehan starrte die Person im Spiegel an und vergaß für einen Moment die Welt um sich herum. Er konnte seinen Blick nicht abwenden und war fasziniert von dem Bild, das sich ihm bot. Es dauerte fast eine Minute, ehe Rehan begriff, dass er sein Spiegelbild betrachtete. Wenige Momente später fing er an zu schmunzeln. „Also, wenn ich nicht ich wäre, würde ich mich nicht von der Bettkante schubsen oder so ähnlich", schoss es ihm durch den Kopf, und er musste lachen. Rehan sah an sich herunter und wieder zum Waschbecken und entdeckte, dass sich erneut ein Spalt in der Wand geöffnet hatte und ihm dieses Mal ein Handtuch angeboten wurde. Er nahm es ohne zu zögern und betrachtete kurz das königliche Wappen, das in der Mitte eingestickt war, bevor er sich damit abtrocknete. Er legte das Handtuch wieder auf die Halterung, drehte sich um und wollte das Badezimmer verlassen. Er war schon an der Tür angelangt, als er von dem Gefühl überwältigt wurde, wenigstens noch einmal in den Spiegel zu schauen, um das außerordentlich attraktive Gesicht zu sehen. Just in dem Moment, als er sich umdrehte, sah er, wie die Seife, das Handtuch und der Spiegel in der Wand verschwanden und ein zischendes Geräusch kurz den Augenblick beherrschte. Er eilte zum Waschbecken und konnte gerade noch sehen, wie die Öffnung in der Mitte des Waschbeckens verschwand, nachdem das Wasser abgesaugt worden war. „Doch nicht so antik", schoss es ihm durch den Kopf, ehe er seine Kleider aufsammelte und das Badezimmer endgültig verließ. Er legte seine Sachen fein säuberlich auf einen Stuhl, weil er für den Fall, dass sein Onkel nichts anderes besorgen konnte, wenigstens relativ knitterfreie Kleidung haben wollte. Er zog seine Schuhe und Strümpfe aus und ging zum Bett hinüber. Rehan war erfreut über die Größe des Bettes und hoffte auf eine geruhsame Nacht, da er in der Vergangenheit in fremden Betten stets Einschlafprobleme gehabt hatte. Er schlug die Tagesdecke zurück und bewunderte kurz den fein bestickten Bezug, bevor er sich hineinlegte. Gerade als er noch daran dachte, dass er vergessen hatte, das Licht auszumachen, wurde es stockdunkel. „Wahnsinn, alles automatisch", bemerkte er für sich. Seine Befürchtungen, nicht gut schlafen zu können, waren mit einem Male wie weggeblasen. Kaum hatte sein Kopf das Kissen berührt, hatte Rehan das Gefühl zu fallen. Sein Körper zuckte leicht, und doch konnte nichts den Fall aufhalten.

7

Rehan fiel ins schwarze Nichts hinein und erinnerte sich mit einem
Male an den schmerzvollen Fall durch den Kamin und wappnete sich
innerlich gegen einen möglichen Zusammenstoß mit einer Stein-
wand. Doch es kam nichts dergleichen. Stattdessen fiel er vornüber,
aber kerzengerade herunter, als würde weit unten eine Kraft ihn zu
sich ziehen. Er wusste nicht, wie ihm geschah, als der Sog von unten
sich verstärkte und er immer schneller fiel. Je schneller er fiel, desto
eher konnte er einen glitzernde Oberfläche ausmachen und hoffte
innerlich, dass es sich um einen Wasseroberfläche handelte. „Könnte sonst ein ziemlich harter Aufprall werden", folgerte er für sich. Er
hatte keine weitere Sekunde, um sich darüber Gedanken zu machen,
da die Oberfläche in einer beängstigenden Geschwindigkeit näherkam. Er schaute sich panisch um und versuchte sich zu orientieren.
Doch das Einzige, was er zu sehen bekam, war sehr verschwommen.
Trotz der widrigen Umstände konnte er drei große Gestalten, die sich
um eine kleinere schmächtige Gestalt scharten, ausmachen. Die vier
Personen befanden sich in einer Art Höhle. Sein scharfer Verstand
wollte sich schon mit dem gebotenen Bild auseinandersetzen, als er
einen sehr lauten und schrillen Schrei hörte, der von weit oben zu
kommen schien. Noch während Rehan nach oben schaute, um zu
sehen, woher der Schrei kam, wurde sein Oberkörper hochgerissen,
und er knallte mit voller Wucht auf die glitzernder Oberfläche, die
zu seinem Glück aus Wasser bestand. Er tauchte tief ein. Der einzige Gedanke, der ihn nun beschäftigte, war, so schnell wie möglich
wieder an die Wasseroberfläche zu gelangen, damit er Luft bekam.
Doch seine Anstrengungen blieben ohne jeglichen Erfolg, da er unerwartet in einen anderen Sog geriet, der ihn in eine komplett andere
Richtung beförderte. Das Wasser war mit einem Male verschwunden. Unverhofft war es um ihn herum hier und da etwas heller, sodass

er gezwungen war, mehrmals zu blinzeln, damit seine Augen sich an die Helligkeit gewöhnen konnten. Es dauerte einige Momente, bis er richtig sehen konnte, wo er sich befand. Er war nicht mehr im Wasser, sondern in einem Gebirge, dass kahl und bewohnt zugleich erschien. Rehan inzwischen nicht nur desorientiert, sondern auch verängstigt, hoffte innig, dass er träumte. Als er sich umblickte, bemerkte er, dass er am Fuße eines Riesenbaumes stand. Er warf den Kopf in den Nacken, um zu schauen, wie hoch der Baum war. Doch das Einzige, was er mit Bestimmtheit ausmachen konnte, war, dass er außer unzähligen riesigen Luftwurzeln nichts anderes sah. Irgendetwas huschte vorbei. Rehan erschrak derart, dass er rücklings fiel. Er kroch einige Meter zurück, ohne die Luftwurzeln des Baumes aus den Augen zu lassen, und hoffte so, einen besseren Überblick bekommen zu können. Er schalt sich, sich zu beruhigen, und atmete mehrmals tief durch. Er schaute sich erneut um und stand langsam auf, wobei er versuchte, seine Umgebung im Auge zu behalten. Er ging einige wenige Schritte rückwärts, ohne sich umzuschauen, und trat plötzlich ins Leere. Er strauchelte, verlor das Gleichgewicht und fiel. Sein Fall wurde immer schneller und schneller, je tiefer er fiel. Und das Fallen wollte kein Ende nehmen. Er ruderte so heftig mit den Armen und Beinen, dass es es schaffte, von der Rückenlage in die Bauchlage zu wechseln, was sein Glück war. So konnte er rechtzeitig erkennen, dass er in ein Netz aus Lianen, Zweigen und Ästen zu fallen drohte, und wappnete sich innerlich gegen die schmerzhafte Landung. Doch der Aufprall blieb auch dieses Mal aus. Er wusste nicht wie, sondern nur noch, dass er sich in einem Gestrüpp aus Lianen, Zweigen und Ästen verfangen hatte. Als er sah, dass sich unwirklich aussehende leichenblasse Kreaturen mit übergroßen spitzen Zähnen auf ihn zu bewegten, versuchte er panisch, sich aus dem Gestrüpp zu befreien, und verfing sich immer mehr. Gerade als der Erste der Kreaturen sich an ihm verköstigen wollte, schnellte etwas an seinem Ohr entlang und kickte das Tier von ihm weg. Urplötzlich hatte Rehan ein Schwert in der Hand und konnte somit den Knoten um sich herum durchschneiden. Kaum, dass er sich befreit hatte, merkte er zu spät, dass er wiederum ins Bodenlose zu fallen schien. Doch dieses Mal war kein Sog zu spüren. Das schwarze Nichts wurde heller und wechselte in ein dunkles Grau, bis es schließlich über ein helleres Grau in einem Weiß endete. Mit einem Male war es so schmerzhaft hell, dass Rehan seine Augen nicht nur schließen, sondern diese auch durch seine Hände abschirmen musste. Er hatte total vergessen, dass er sich immer noch im freien Fall befand. Seine einzige Sorge galt in diesem Moment nur seinen Augen. Ohne jegliche Vorwarnung fand sein Fall im nächsten Augenblick ein jähes Ende. Er prallte etwas härter auf, als ihm lieb war, zog instinktiv seinen Kopf ein, wobei er gleichzeitig seine Arme schützend um seinen Kopf legte. Er drehte sich mehrmals um die eigene Achse, ehe er zum Liegen kam. Sein ganzer Körper schmerzte, sein Kopf pochte, als er die Arme vorsichtig herunternahm und die Augen langsam öffnete. Aber es war so grell, dass er seine Augen erneut schließen musste. Sein nächster Versuch war erfolgreicher, und er konnte umgehend erkennen, dass er auf einer sonnendurchfluteten sommerlichen Wiese gelandet war. Voller Erleichterung blieb er ausgestreckt liegen und schloss, diesmal freiwillig, die Augen, um die wärmenden Sonnenstrahlen zu genießen. Mit einem Male verspürte er innere Ruhe und Glückseligkeit. „Nichts vermag mir dieses Gefühl streitig zu machen", dachte er, als sich sein Geist von jeglichem Ballast freimachte und im Raum zu schweben schien. Er tänzelte in der Luft und reihte Pirouetten aneinander. Der innere Frieden war fast perfekt. Fast! Denn plötzlich hörte Rehan aus der Ferne einen Laut, den er nicht ganz zuordnen konnte. Er wollte es auch nicht. Er wollte seine Ausgeglichenheit nicht aufgeben und sich um den störenden Laut kümmern. Aber er spitzte die Ohren! Nichts! Absolut nichts war zu hören. „Manche Probleme lösen sich von selbst", sprach Rehan zu sich, bevor der Laut wiederum seine Aufmerksamkeit forderte. Er horchte genauer hin, und da war es wieder.

**

Ein Klopfen! Irgendwo! Einmal. Zum zweiten Mal. Und noch ein drittes Mal. Allerdings lag Rehan so entspannt auf der Wiese, dass er das klopfende Geräusch trotz seiner Deutlichkeit nicht wahrnehmen wollte. Tief in seinem Innersten wusste er, dass seine Ausgewogenheit mit einem Male gestört wäre, wenn er darauf reagieren würde. Deswegen ignorierte er es. Dann, unverhofft, spürte er eine Hand, die seine Schulter nur leicht berührte. Rehans Unterbewusstsein schaltete sich augenblicklich ein und signalisierte ihm eine Gefahr, vor der er seine Augen nicht verschließen durfte. Instinktiv griff er nach der Hand und riss die Augen auf. Sein Verstand war urplötzlich glasklar und hellwach, und doch brauchte er mehrere Sekunden, um zu registrieren, dass es sich bei der vermeintlichen Gefahr um die Hand seines Onkels handelte. „Ganz ruhig, ich bin es nur", reagierte Hrothgar auf seinen Neffen. Rehan murmelte eine Entschuldigung und versuchte sich zu sammeln, was ihm äußerst schwerfiel. „Wir sind fast da. Zieh dich an und komm an Deck. Du musst frühstücken, um Kraft zu tanken. Mit leerem Magen sollte man den Tag nicht beginnen", sagte Hrothgar mit sanften Unterton, bevor er sich auf dem Weg zur Kabinentür machte. An der Tür hielt er kurz inne und meinte zu Rehan abschließend: „Es tut mir leid, ich konnte keine andere Kleidung organisieren, aber versprochen, wenn wir diese Krise überwunden haben, kaufe ich dir neue Sachen!" Er ging aus der Kabine heraus, ohne eine Antwort von Rehan abzuwarten, und schloss die Tür sanft hinter sich. Rehan, der erst jetzt einigermaßen wach war, starrte noch einige Sekunden auf die Tür und fragte sich, warum sein Onkel so geknickt ausgesehen hatte. „Der sah aus, als hätte er die Nacht nicht geschlafen", überlegte er und schüttelte verständnislos den Kopf. Er konnte nicht begreifen, warum sein Onkel sich so verhielt, was genau ihn betrübte. „Himmel, schließlich sind es ja nicht seine Kinder", schoss es ihm durch den Kopf. Er musste plötzlich an seine Zeit bei der Spezialeinheit für Verhaltensforschung denken, in der er so viele Male mit Entführungen und Geiselnahmen zu tun gehabt hatte. Recht häufig war eine Lösegeldforderung Mittelpunkt der Aktionen gewesen. Wie oft hatte es hoffnungslos ausgesehen, und doch hatten sie es meist, wenn auch hin und wieder im letzten Moment, deichseln können. Es hatte natürlich auch Verluste gegeben, zum Glück nur wenige. Und diese waren überwiegend die Täter selbst gewesen. Augenblicklich musste er an das kleine Mädchen denken, das sie nicht hatten retten können. Er hatte damals mehrere Monate gebraucht, um mit diesem Fehler umgehen zu können. Auch wenn er sich bis zum heutigen Tage nicht verzeihen konnte, in der damaligen Situation so versagt zu haben. „Wieso sorgt er sich so sehr um die Zwillinge?", murmelte er vor sich hin, als er sich aus dem Bett schwang und ins Bad verschwand, um sich frisch zu machen. „Vielleicht war er für sie verantwortlich? Ihr Bodyguard? Warum sonst hat der König so viel Vertrauen in ihn?", überlegte er, während er auf der Toilette saß. Rehan spürte einen Hauch Eifersucht in sich, tat diese aber im nächsten Moment als lächerlich ab. „Eifersüchtig auf Kinder – so ein Unsinn!", schloss er den Gedanken an seinen Onkel abrupt ab, indem er die Spülung betätigte. Aber Rehan hatte auch Angst, die Geheimniskrämerei seines Onkels könnte ihn dazu verleiten, seinem Onkel gegenüber ernsthaften Argwohn aufkeimen zu lassen. Er schaute sich im Badezimmer um und entdeckte mit einem Male eine Einrichtung, die hinter der Tür versteckt schien. Er schloss die Badezimmertür von innen und schaute auf etwas, was er unweigerlich mit einer Dusche in Verbindung brachte. „War das gestern auch schon da? War ich so groggy, dass ich dieses Riesenteil nicht gesehen habe?", fragte er sich und schaute verwundert auf die Dusche. Doch nur wenige Sekunden später entschied er, die Dusche auszuprobieren. Auch wenn es anfangs abenteuerlich aussah, erkannte Rehan sehr schnell, dass der Dusche der gleiche Mechanismus wie dem Waschbecken zugrunde lag. „Nur ein kleiner Unterschied, heißes Wasser", kommentierte Rehan laut und ließ sich beim Duschen Zeit. Er genoss die heiße Dusche und bemerkte zu seiner Freude, dass sich ein Mann morgens weniger stylen musste und somit weniger Zeit brauchte. Er rubbelte die nassen schulterlangen schwarzen Haare mit dem Handtuch trocken und ging mit einem Badetuch um die Hüften wieder zu seinem Bett zurück. Auf der Kommode entdeckte er eine Haarbürste und fragte sich nur einen kurzen Moment, wem die wohl gehören würde, und kämmte sich die Haare. Als er sich seiner Kleidung zuwendete, stellte er zu seiner Überraschung fest, dass sein Onkel ihm frische Unterwäsche hingelegt hatte. Eine Minute später war er fertig angezogen, schaute an sich herunter und verzog dabei leicht das Gesicht. Er konnte sich einfach nicht mit diesen Sachen anfreunden. „Daheim würde ich so etwas noch nicht einmal zu Fasching anziehen", überlegte er und fühlte sich wie eine billige Kopie seines Onkels. Er verließ die Kabine, um an Deck zu gehen. Der Weg zum Deck war zwar nicht lang, aber ihm begegneten so viele Männer der Schiffsmannschaft, die hinter seinem Rücken entweder zu tuscheln oder zu reden anfingen, dass er schon leicht aggressiv war, bevor er seinen Onkel an Deck entdecken und zu ihm stoßen konnte. Als hätte Hrothgar die Anwesenheit seines Neffen gespürt, drehte er sich soeben um und hielt Rehan eine Tasse Kaffee entgegen. „Wie grotesk!", kam es Rehan blitzartig in den Sinn, als er die edle Porzellantasse gefüllt mit Kaffee entgegennahm und daraus den ersten Schluck trank, während er dem frühmorgendlichen Treiben an Deck Aufmerksamkeit schenkte. Das Schiff faszinierte ihn immer mehr, da es trotz seiner fremdartigen Form sehr wendig und schnell wirkte. „Jedenfalls lässt der Fahrtwind das vermuten", dachte Rehan, als er die ersten Sonnenstrahlen wahrnahm. Er schaute zum Horizont. Die Sonne war gerade dabei aufzugehen und strahlte so viel Wärme aus, dass Rehans müde Knochen anfingen, Energie zu tanken. Das Gefühl, dass die Ereignisse der kommenden Stunden sein künftiges Leben erheblich beeinflussen würden, entstand in ihm und machte sich breit. Auf einmal war er sich dessen gewiss, dass er der Einzige war, der imstande sein würde, die Zwillinge zu retten. Er wusste, dass er sich im schlimmsten Fall nur einige Blessuren zuziehen würde. Eine innere

Stimme meldete sich zu Wort und sagte ihm, sein Leben wäre keine Sekunde auch nur irgendeiner Gefahr ausgesetzt, er solle tun, wozu er auserkoren sei, und keinerlei Angst haben. Rehan fühlte sich mit einem Male entspannt, frei von jeglichen Gedanken. „So muss man sich fühlen, wenn man high ist … Die Mir-ist-alles-scheißegal-Einstellung", war die erste Reflexion, die sich in Rehans freiem Gehirn durchsetzen konnte, als sein Onkel ihn antippte. Rehan schaute wie vom Donner gerührt, begriff aber im nächsten Moment, dass sein Onkel ihm nur etwas zum Frühstücken angeboten hatte. Rehan lächelte leicht verlegen, bediente sich daraufhin am Buffet und begann sein üppiges Frühstück im Stehen zu essen. Er hatte sich gegen die Reling gelehnt und blickte auf das Wasser hinaus, weil er keinem ins Antlitz schauen wollte. Er fühlte sich von den Männern nicht akzeptiert und auch leicht verschaukelt. Er wollte nichts mit ihnen zu tun haben. Es dauerte mehr als eine Minute, bis Hrothgar es nicht mehr aushielt und sich zu ihm gesellte. „Ich hoffe, es schmeckt dir?", fragte Hrothgar Rehan und bekam als Antwort nur ein Kopfnicken. „Wir sind gleich da!", gab Hrothgar von sich, um eine Konversation mit seinem Neffen zu beginnen, doch dieser blieb stumm und schaute weiter aufs Wasser. „Was ist nur mit diesem Kind los? Ich erkenne es nicht wieder! Nein, keine Bedenken mehr!", dachte Hrothgar und schaute seinen Neffen dabei dennoch zweifelnd an. Rehan aber ließ sich durch nichts stören und frühstückte zu Ende, trank noch eine Tasse Kaffee und genoss die warmen Sonnenstrahlen. Dann urplötzlich eine laute Stimme, die verkündete, dass man am Ziel angekommen sei. Rehan schaute in die Richtung, aus der die Stimme gekommen war, und war innerlich erfreut, dass er die Sprache, die gestern nur vertraut geklungen hatte, auch wirklich verstanden hatte. In der Kabine hatte er sich am Abend noch einzureden versucht, es wäre Zufall gewesen, dass er verstanden hatte, wie sein Onkel nach einem Abendmahl verlangt hatte. Auch auf dem Weg zum Deck hatte er gedacht, dass er nur glaubte, die Männer tuscheln gehört zu haben, weil seine Geisteskraft es ihm vorgetäuscht hätte. Er wusste zwar nicht wie, aber er war überzeugt, dass er in einer erschreckend kurzen Zeit eine Fremdsprache wenigstens verstehen gelernt hatte. Wie magisch angezogen drehte er seinen Kopf nach links und schaute auf eine felsige Küste, die relativ nah wirkte. Plötzlich spürte er den Blick der Männer auf sich, die sich in einer Traube um ihn versammelt hatten, und entschied, cool und lässig zu reagieren, so zu tun, als hätte er das Land schon lange vorher gesichtet. „Nur nicht die Blöße geben", dachte er, legte seine Tasse auf den Buffettisch und gesellte sich zu seinem Onkel. Äußerlich unbeeindruckt, fragte er sich, warum er das Ufer nicht gesehen hatte, obwohl er die ganze Zeit auf das Wasser und in die Ferne geschaut hatte. Er blickte zu seinem Onkel, der seinen Blick nur verlegen erwiderte. Doch Rehan hatte keinen weiteren Moment, den er dazu nutzen konnte, über das plötzlich aufgetretene Land nachzudenken, da sein Onkel seine Aufmerksamkeit forderte, indem er auf die Küste zeigte. Rehan schaute in die Richtung, die ihm sein Onkel vorgab, und konnte nicht umhin, sich zu wundern. Er blickte auf die Stelle, an der das Ufer unvermittelt erschienen war, und konnte ganz deutlich sehen, wie ein kleiner Wald im Hintergrund sichtbar wurde. Was vorher wie ein heller Horizont ausgesehen hatte, entpuppte sich als dichter Nebel, der sich aufzulösen schien. Anfangs lichtete sich der Nebel noch langsam, aber nach einer Minute vervielfachte sich das Tempo, und Rehan blickte unverhofft auf ein riesiges Gebirge, das jenseits dessen lag, was er sich je hätte vorstellen können. Seine Kinnlade klappte herunter, und er brauchte einige Sekunden, um sich wieder zu fangen. Er war wieder nicht in der Lage, die Höhe des Gebirges zu schätzen, da seine Gipfel in der Wolkendecke verschwanden. Sein einziger Gedanke war, dass es ziemlich knapp werden könnte, wenn sie noch weiter herumstehen würden. Als hätte sein Onkel seinen Gedanken gehört, legte er seinem Neffen die Hand auf die Schulter und meinte nur: „Wir müssen los!" Rehan folgte, ohne zu zögern, und begann sich innerlich auf seinen Auftrag vorzubereiten, den ihm eine innere Stimme gegeben hatte. Er sah, dass sich mehrere Männer an die Beiboote drängten, und folgerte daraus, dass sie wohl mit einer größeren Anzahl Männer an Land setzen würden. Er wurde nicht enttäuscht und saß nur einen kurzen Augenblick später hinter seinem Onkel im größten der Beiboote.

***

Rehan war sichtlich beruhigt, dass das Wasser ruhig war und keine Brise wehte. Eine unruhige See hätte er jetzt nach dem üppigen Frühstück nicht verkraftet. Die Männer allerdings verbreiteten eine Hektik, die Rehan nicht einordnen konnte. Sobald die Beiboote das Wasser berührten, legten sich die Ruderer so sehr in die Riemen, dass Rehan verunsichert wurde und sich zu seinem Onkel vorbeugte. „Ist alles in Ordnung? Ich meine, wir werden doch zeitig da sein, oder?", flüsterte er seinem Onkel ins Ohr. Dieser drehte sich zu ihm und schaute ihm in die Augen. Rehan konnte in den Augen seines Onkels ohne jegliche Zweifel erkennen, dass ihm etwas verschwiegen worden war. „Wir werden es ohne Verzögerung schaffen, aber die Ecke hier ist etwas tückisch. Also halte dich gut fest!", antwortete er, drehte sich wieder nach vorn und suchte festen Halt. Rehan mal wieder mit seinen Gedanken alleine gelassen, beherzigte trotz aufkeimenden Zorns, mit spärlichen Informationen abgespeist worden zu sein, den Ratschlag seines Onkels und hielt sich gerade noch rechtzeitig an der Sitzbank fest, auf der er saß. Nur eine Sekunde später, und er wäre kopfüber ins Wasser gefallen. Blitzartig durchbrachen mehrere Steinfelsen wie enorm breite spitze Pfähle die Wasseroberfläche, die vorher noch so ruhig gewesen war, und erschwerten den Beibooten die Überfahrt an Land. Zuhauf waren sie aus dem Wasser geschossen, sodass die Männer gezwungen waren, diesen wie bei einem Hindernislauf auszuweichen. Sie ruderten angestrengt und blickten sich immer wieder ängstlich um. „Was ist denn hier los?", fragte sich Rehan und war geneigt, sich seiner aufsteigenden Angst hinzugeben. Ihm war gar nicht aufgefallen, dass sein Onkel sich zu ihm umgedreht hatte und ihm etwas zurief. Erst als Hrothgar ihm an die Schulter fasste, konnte Rehan sich von dem unruhigen Wellengang ablenken. „Es ist gleich vorbei", war das Einzige, was Rehan aus den Worten seines Onkels heraushören konnte. Rehan war inzwischen wieder Herr seiner selbst und ärgerte sich zunehmend. Er konnte es nicht fassen, dass sein Onkel es nicht für wichtig erachtet hatte, ihn über die Verteidigungslinie des Landes, die sie gerade zu durchdringen versuchten, aufzuklären. „Denn warum sonst sollten so viele gefährliche Steinfelsen ohne jegliche Vorwarnung aus dem Wasser schießen? Die Dinger sehen aus wie scharfe Zähne", grübelte er und steigerte sich in seine Wut hinein. Rehan spürte, wie seine Rage ihn dazu verführte, seinem Onkel eins auswischen zu wollen. Rache für die vielen Male, in denen sein Onkel ihn im Unklaren gelassen hatte. Freilich würde er das aber erst machen, wenn sie festen Boden unter den Füßen haben würden. Wenige Sekunden später glättete sich die Wasseroberfläche wieder, sodass sie die verbleibende Strecke ohne jegliche Gefahr an Land rudern konnten. Rehan nutzte die ruhige Phase, um sich etwas zu sammeln. Just in dem Moment, als sie das seichte Wasser erreichten, leerten sich die Beiboote in einer Geschwindigkeit, dass es Rehan schwindlig wurde. „Warum diese Panik? Er hat doch gesagt, wir schaffen es rechtzeitig", überlegte Rehan, als er sich aus dem Beiboot schwang und seinem Onkel an Land folgte. Kaum, dass Rehan wieder festen Boden unter seinen Füßen spürte, schaute er sich um und stellte fest, dass alle Männer wohlbehalten am Ufer angekommen waren und auf etwas zu warten schienen. Dass er derjenige sein könnte, auf den die Mannschaft ungeduldig wartete, um weiterziehen zu können, kam ihm nicht in den Sinn. Deswegen schaute sich Rehan auch seelenruhig um und fragte sich, wo denn die Übergabe stattfinden würde. Wiederum spürte er die Hand seines Onkels auf der Schulter. Für den Bruchteil einer Sekunde hatte er den Zorn auf seinen Onkel vergessen. Lediglich ein Blick in die Augen seines Onkels reichte aus, und der ganze Ärger war wie weggeblasen. „Wir müssen weiter, die Zeit drängt", meinte Hrothgar knapp und bündig, drehte sich und ging schnellen Schrittes voran. Rehan schüttelte nur den Kopf und beschloss, irgendwann, wenn es wieder ruhiger geworden war, ein ernstes Wort mit seinem Onkel zu sprechen. „So kann ich nicht arbeiten, ich brauche mehr Details", dachte er und folgte seinem Onkel. Mit wenigen Schritten hatte Rehan Hrothgar eingeholt und ging mit ihm einige Meter Seite an Seite, ohne ein Wort zu sprechen. „Also, wo findet die Übergabe statt", wollte Rehan dann wissen. Hrothgar zeigte mit dem rechten Zeigefinger nach oben, ohne sein Tempo zu verlangsamen. Rehan leicht irritiert, blieb stehen, schaute nach oben und fragte sich, was sein Onkel denn damit meinen würde. Als er die mürrischen Stimmen der Männer hörte, die sich darüber ärgerten, dass er stehen geblieben war, setzte er sich wieder in Bewegung. Er beschleunigte seinen Schritt und holte seinen Onkel abermals ein. „Könntest du mich bitte mal aufklären?", fragte Rehan im strengen Ton. Erst jetzt wendete sich Hrothgar seinem Neffen zu, auch wenn er das Tempo beibehielt, und antwortete: „Wir müssen den Berg hoch, die Übergabe findet hundert Meter unterhalb des Gipfels statt, am Pass der Toten." Rehan, nun leicht aufgebracht, verdrehte die Augen und schaute hoch, um abzuschätzen, wie lange sie wohl brauchen würden. Schließlich hatten sie weniger als eine Stunde Zeit. Die Sonne war schon aufgegangen, bevor sie in die Beiboote gestiegen waren. „Also, ich will ja nicht pessimistisch sein, aber der Berg wirkt ziemlich hoch und der Aufstieg wird mit Sicherheit mehr als eine Stunde dauern. Mehrere Tage wären ein realistischer Ansatz, mindestens!", konterte Rehan, ging aber weiter, während er den Blick nach oben gerichtet ließ. Hrothgar war kurz stehen geblieben, was wiederum einen Zusammenstoß mit seinem Neffen zur Folge hatte. „Es gibt eine Abkürzung!", kommentierte Hrothgar die Aussage seines Neffen, drehte sich um und ging strammen Schrittes weiter. „Es gibt eine Abkürzung", äffte Rehan seinen Onkel nach und folgte ihm, ohne zu zögern. „Woher soll ich das denn wissen? Kriege ja nur das Nötigste erzählt, wenn überhaupt", murmelte er vor sich hin und bemerkte, als er den Blick auf seinen Onkel richtete, dass dieser auf eine Art Höhle zuging. Rehan vermutete umgehend eine Brandung in der Nähe, weil er das spezifische Donnern nur allzu deutlich hören konnte. Er beschleunigte seinen Schritt und war nach nur einem kurzen Augenblick mit seinem Onkel gleichauf und betrat mit ihm gleichzeitig den Eingang der Höhle.

*∗∗

Die Männer, die vorgegangen waren, hatten Fackeln vorbereitet, um im Dunkeln besser sehen zu können. Die Höhle, die anfangs noch einladend breit und tief ausgesehen hatte, brachte bei näherem Hinsehen mehrere Gänge zum Vorschein, die von der Höhle in das Innere des Berges zu führen schienen. Rehan mochte sich nicht vorstellen, welcher der Gänge der richtige sein konnte, und erinnerte sich mit einem Male an den Irrgarten, in den er als Kind geraten war. „Wäre Onkel Reinhold damals nicht gewesen, würde ich wahrscheinlich noch heute dort herumirren", schoss es ihm durch den Kopf. Doch nur eine Sekunde später merkte er, dass er sich auch darüber keine Gedanken machen musste, da die Männer zielgenau auf drei der Gänge, die in gegenläufiger Richtung lagen, zueilten und ihn in ihrer Mitte mit sich nahmen. Sie drangen nacheinander in den weniger verlockenden und sehr engen Gang ein. Es wurde immer dunkler und stickiger, je tiefer sie in den Berg hineinmarschierten. Rehan brauchte fast eine Minute, bis sich seine Augen an das spärliche Licht der Fackeln gewöhnen konnten. Dann, nur wenige Sekunden später, hatte er urplötzlich das Gefühl, dass ihm die Luft streitig gemacht wurde. Er glaubte zu spüren, wie starke Hände seine Kehle zudrückten. Mit einem Male fühlte er sich benommen und musste kurz innehalten. Gleichzeitig fühlte er sich so eingeengt, dass er eine leichte Panikattacke bekam. Er lehnte

131

sich gegen die Seitenwand und versuchte sich zu beruhigen. Seine Klaustrophobie, die er jahrelang hatte erfolgreich unterdrücken können, war mit einem Male wieder da. Die Männer hinter ihm waren notgedrungen ebenfalls stehen geblieben und schauten etwas besorgt drein. Doch ihre Sorge galt nicht Rehan. Sie schauten sich immer wieder um, und mit jeder weiteren Sekunde, die sie auf dieser Stelle verbrachten, wurde ihr Blick zunehmend nervöser. Sie wurden ungeduldig und drängten zur Weiterreise. Die Männer unmittelbar hinter Rehan blickten diesen fast schon zornig an. Der vorderste rüttelte etwas unsanft an Rehans Schulter, was ihn aufblicken ließ. Als Rehan ihrer Blicke gewahr wurde, zwang er sich dazu, sich zusammenzureißen. Er wollte den Männern keinen weiteren Nährboden für Hänseleien oder dergleichen geben. Er atmete mehrmals tief durch und richtete sich wieder auf. Er ging einige Schritte, auch wenn er sich keinen Deut besser fühlte, und hielt abermals inne. Er konnte und wollte nicht mehr. Just in dem Moment, als er sich seinem Unbehagen ergeben wollte, machte er einen, wenn auch leichten, Luftzug aus. Mit einem Male spürte er neuen Mut, der ihn dazu antrieb, weiterzugehen. Noch mehr überraschte es ihn, dass er nur wenige Schritte später den Pfad, auf dem sie ins Innere des Berges gingen, ganz deutlich sehen konnte. Es war, als hätten unzählige stark leuchtende Glühlampen seinen Weg, der nun um ein Vielfaches breiter wirkte, flankiert. Rehan war entzückt, seine Beklemmung verloren zu haben, und staunte, wie viel Fortschritt in den Gängen möglich schien. Er schaute sich um und fragte sich, warum die Männer trotz der plötzlichen Helligkeit weiterhin die hellen Fackeln vor sich hertrugen. Auch verwirrte es ihn, dass die Männer, obwohl der Pfad großzügig breit war, immer noch hintereinander marschierten. Aber auch darüber wollte er keinen weiteren Gedanken mehr verlieren. Sollten sie doch machen, was sie wollten; Hauptsache für ihn gab es keine Unannehmlichkeiten. Sie bewegten sich in einem ernormen Lauftempo und gingen fast eine Viertelstunde, bis sie in eine weitere Höhle kamen, die in ihrer Größe alles übertraf, was Rehan bisher gesehen hatte. In der Mitte der Höhle sah er eine riesige Anlage, die nur zu einem Zwecke aufgebaut worden war. Sie beantwortete mit ihrem Dasein Rehans Frage nach dem Aufstieg. Eine Aufzugsanlage! Unweit der Einrichtung konnte Rehan mehrere Riesenwasserräder sehen. Als er es den anderen gleichtat und auf die Aufzugsanlage zuging, konnte er gleich mehrere Aufzüge ausmachen, die nebeneinander installiert waren. Fasziniert von dem, was seinem Auge geboten worden war, folgerte er für sich, dass die Riesenwasserräder für den Auftrieb sorgen würden. Er musste sich eingestehen, dass ihn die neue Welt immer mehr erstaunte. „Auf den ersten Blick sieht es fast immer altertümlich aus, doch bei näherem Betrachten sieht man den Fortschritt – interessant", erkannte er für sich. Er wurde mit einem Male nach vorne geschoben, sodass auch er im nächsten Moment von der Hektik der Männer eingefangen wurde und zu seinem Onkel eilte, der an einem der Aufzüge schon etwas ungeduldig auf ihn wartete. Sie stiegen gleichzeitig in den Aufzug. Rehan schaute sich zutiefst beeindruckt in der offenen Liftkabine um und zählte fünfzehn Männer, die bequem Platz genommen hatten. Er wurde leicht ungeduldig. Darauf zu warten, dass der Aufzug betrieben wurde, zerrte an seinen Nerven. Es dauerte zwar nur wenige Sekunden, bis die Riesenwasserräder mit einem ohrenbetäubenden Lärm in Gang gesetzt wurden, aber Rehan kamen sie wie endlose Minuten vor. Die Aufzüge bewegten sich, mit einem kleinen Ruck, fast gleichzeitig aufwärts, was Rehan leicht straucheln ließ. Beinahe synchron wurden die offenen Aufzugskabinen schwach beleuchtet. „Wie lange werden wir brauchen, bis wir oben sind?", fragte Rehan Hrothgar fast schreiend. „Etwa zwanzig Minuten", bekam er als Antwort, aber nicht von seinem Onkel, sondern von einem der wenigen Männer, die noch auf den Beinen waren. Rehan hob verblüfft die Augenbrauen und dachte: „Die verstehen mich ja!" Sein Onkel wandte sich an ihn und meinte nur: „Wir werden rechtzeitig da sein", bevor auch er sich in einem Schneidersitz auf den Liftboden setzte. Nur einen Atemzug später saß auch der Rest der Mannschaft, nur Rehan stand noch. Die Stimme seines Onkels hatte so zuversichtlich geklungen, dass Rehan allmählich entspannte und anfing, sich etwas umzuschauen. Je höher sie kamen, desto angenehmer wurde es, da der ohrenbetäubende Lärm der Riesenwasserräder in der Ferne verhallte. Allerdings verschwanden die Aufzüge nacheinander in den dafür vorgesehenen Schächten, und es wurde wieder etwas dunkler. Rehan befürchtete schon das Schlimmste, weil die Enge ihn wieder einzufangen drohte. Doch er wurde eines Besseren belehrt und setzte sich befreit neben seinen Onkel. Er blickte dabei in die Runde und sah, dass die Männer allesamt besorgt dreinschauten. Keiner sagte auch nur irgendetwas. Rehan war sichtlich froh, dass es nun so ruhig war. Er wollte die Gunst des Augenblicks nutzen und Informationen einfordern. „Also, was muss ich wissen?", fragte er seinen Onkel und schaute ihn mit einem Ausdruck in seinen Augen an, der seinem Onkel signalisierte, dass er sich dieses Mal nicht auf ein späteres Gespräch vertrösten lassen würde. Hrothgar wusste, dass er nun mehr Auskünfte erteilen musste, da er sonst Rehans Vertrauen bis auf Weiteres verlieren würde. Er holte tief Luft und sagte: „Die Übergabe findet am Pass der Toten statt. Dieser liegt hundert Meter unter dem Gipfel. In wenigen Minuten werden wir die Höhe erreicht haben. Sobald wir aus dem Berg heraus sind, müssen wir auf dem Pfad der Sterbenden durch den Wald gehen, um zu der Stelle zu gelangen, an der wir endgültig auf den König treffen werden. Was dann passiert, liegt in der Hand des Königs!" „Soll das heißen, dass er im schlimmsten Fall bis zum Äußersten gehen wird", wollte Rehan wissen. Immerhin hatte er kein Interesse daran, als Folge fremder Fehde um sein Leben bangen zu müssen. „Bei der Spezialeinheit wurde ich dafür bezahlt", konnte er gerade noch denken, als die Antwort kam, doch wiederum von einem der Männer: „Wir sind bereit, für unseren König bis in den Tod zu gehen." „Schön für euch", rutschte es Rehan heraus. Kaum ausgesprochen, war mit einem Male ein kleiner Tumult im Lift auszumachen. Einige der Män-

134

ner waren beleidigt aufgesprungen und wollten Rehan an die Kehle. Doch Hrothgar griff rechtzeitig ein und gebot den Männern Einhalt. Er stand mit dem Rücken zu seinem Neffen, sodass er nicht sehen konnte, dass Rehan den Männern die Zunge herausstreckte und Fratzen schnitt. Als die Männer sich nicht mäßigen wollten, machte das Hrothgar stutzig, und er drehte sich unerwartet um. Rehan aber reagierte geistesgegenwärtig und setzte eine Unschuldsmiene auf. Allerdings merkte Rehan schnell, dass mit seinem Onkel in diesem Moment nicht gut Kirschen essen war, und setzte sich auf den Liftboden. Fast gleichzeitig waren die noch sitzenden Männer aus Solidarität zu ihren Kollegen aufgestanden und blickten zornig auf Rehan hinab. „Tja, mit denen habe ich es mir wohl auch voll versaut", erfasste Rehan für sich und verlor im nächsten Augenblick leicht das Gleichgewicht, weil der Aufzug wiederum mit einem kleinen Ruck zum Stehen gekommen war. Noch während Rehan aufstand, konnte er aus den Augenwinkeln erkennen, dass die Männer sich über ihn amüsierten. Doch er wollte sich nicht aus der Ruhe bringen und schluckte seinen aufkommenden Ärger herunter. Er stellte sich neben seinen Onkel und verließ mit ihm als Erster den Aufzug. Sie gingen gemeinsam in den Gang hinein, der sie aus der Höhle führen sollte. Rehan ignorierte die einzelnen Stimmen, die sich hinter seinem Rücken über ihn erbosten. „Wie unhöflich, so laut über jemanden herzuziehen!", staunte Rehan über die fehlende Diskretion der Männer. Was er aber nicht wusste, da er keinen Blick nach hinten warf, war, dass die Männer einigen Abstand zu ihm hatten und miteinander flüsterten. Direkt vor dem Ausgang der Höhle blieb Hrothgar stehen und wartete darauf, dass alle Männer die Höhle verließen. Rehan wusste nicht, warum sein Onkel stehen geblieben war, aber er wollte ihm nicht von der Seite weichen, da er nicht sicher war, was die Männer mit ihm anstellen würden, wenn sie ihn alleine zu fassen bekämen. Es schien, als hätten die Männer, die mit ihm in den Lift gestiegen waren, die anderen informiert, da er mit einem Male das Gefühl hatte, die Abneigung seitens der

Mannschaft ihm gegenüber wäre überproportional gestiegen. Kaum hatte auch der letzte Mann die Höhle verlassen, griff Hrothgar seinem Neffen an den Oberarm und meinte zu ihm: „Versuche dich ein wenig zurückzuhalten und provoziere die Männer nicht unnötig." Rehan rollte verständnislos mit den Augen, als er spürte, dass sein Onkel ihn mit sich aus der Höhle herauszog. Bloß einen Augenblick später war ein knirschendes Geräusch zu hören, und die Öffnung zur Höhle und somit zu den Aufzügen wurde automatisch mit einem Steinfelsen verschlossen. Rehan war beeindruckt, wie schnell der Eingang wie von Geisterhand getarnt wurde. Wenn er nicht selbst vor einigen Sekunden aus dem Berg herausgetreten wäre, würde er nun daran zweifeln, dass genau an dieser Stelle ein Durchlass existierte. Doch auch dieses Mal hatte er keine weitere Sekunde, sich über den Mechanismus Gedanken zu machen, da sein Onkel ihn mit sich zog.

***

„Ich kann auch alleine gehen", meinte Rehan nach einigen Schritten etwas ungehalten zu ihm. Hrothgar, derweil genervt von der Situation, in der er sich befand, gab ihn umgehend frei und beschleunigte seinen Schritt. Rehan kam sich mittlerweile vor, als wäre er ein kleines Kind, das von seinem Vater vor fremden Menschen gemaßregelt worden war. Er spürte, wie sein Schamgefühl anfing, die Oberhand zu gewinnen. Für eine kleine Weile wusste er nicht so recht, was er tun sollte. Er blieb kurz stehen und dachte geschwind nach. Als er sah, dass einige Männer absichtlich langsamer gingen und immer wieder zu ihm zurückschauten, wurde es ihm etwas mulmig, und er entschied vorerst, seinem Onkel zu folgen. Beizeiten, so schwor er sich, würde er von seinem Onkel, von Hrothgar, Rechenschaft fordern. Mit jedem weiteren Schritt, den er auf seinen Onkel zuging, verschlechterte sich die Laune der Männer, die er zweifelsohne an den griesgrämigen Gesichtern ablesen konnte. Rehan war entrüstet, dass die Männer keinen Hehl aus ihrer Aversion ihm gegenüber machten, dass sie eine eventuelle Verspätung ihm in die Schuhe schieben würden. „Die suchen nur nach einem Vorwand, mich fertigzumachen", kam es Rehan in den Sinn. Allerdings wollte er sich davon nicht einschüchtern lassen. „Du bist jetzt ein Kerl, auch wenn du nicht weißt, wie das passieren konnte. Also denke wie einer! Handle wie ein Mann!", redete Rehan sich ein. Er war zwar optimistisch, dass er es locker mit einer Vielzahl der Männer hätte aufnehmen können, wenn er gewollt hätte. Schließlich hatte er viele Jahre in die Erlernung mehrerer Kampfkünste investiert, und mit dem starken Körper des Mannes, in dem er nun steckte, sah er keinen Grund zum Zweifeln. Und dennoch war ihm etwas bang zumute. Auch schien ihm der gegenwärtige Zeitpunkt für eine Auseinandersetzung nicht richtig. Jetzt ging es ihm nur darum, alles zu vermeiden, was die Erfüllung seines Auftrages, die Zwillinge zu retten, gefährden könnte. Er beschleunigte seinen Schritt und war rasch mit seinem Onkel gleichauf. „Das gleicht ja eher einem Dauerlauf", dachte Rehan, wobei er versuchte, sich auf das Atmen zu konzentrieren. „Dies ist also der Pfad der Sterbenden", sprach Rehan in Gedanken mit sich selbst, da er in seiner momentanen Situation nicht vermochte, seinen Onkel anzusprechen, ohne eine weitere Eskalation zu befürchten. Rehan konzentrierte sich auf den Weg und wunderte sich über die Namensgebung. Er sah nichts anderes als einen unbefestigten, vor allem unebenen und steinigen Weg vor sich. Hin und wieder konnte er es nicht vermeiden und stolperte, wobei er sich aber immer noch, trotz seiner unpraktischen Kleidung, rechtzeitig fangen konnte. Was natürlich gelegentlich für einen kleinen Lacher in den hinteren Reihen reichte. Rehan versuchte sich zusammenzureißen und tat so, als würde er diese nicht hören. Er schimpfte innerlich wie ein Rohrspatz über die unangenehme Strecke und meinte zu sich selbst: „Wer hier noch nicht am Sterben ist, verreckt spätestens auf diesem Weg." Der Großteil des kurzen Marsches verlief nahezu schweigend, nur hier und da gab es das eine oder andere Flüstern, das Rehan vorkam, als würden sich die Männer laut neben ihm unterhalten. Doch Rehan wollte sich nicht mit den Männern beschäftigen und fing an, sich umzuschauen. Nur wenige Minuten später begann er sich zu langweilen. Trotz sämtlicher Zweifel, ob er denn auch das Richtige tun würde, entschied er sich im nächsten Moment dazu, mit seinem Onkel eine Unterhaltung anzufangen. „Warum heißt dieser Weg hier Pfad der Sterbenden?", wollte er von Hrothgar wissen. Hrothgar drehte seinen Kopf unerwartet schnell seinem Neffen zu und zog die Augenbrauen zusammen. Er sah so verärgert aus, dass Rehan schon mit einer Standpauke rechnete. Er wappnete sich innerlich und wartete auf das Donnerwetter. Doch es kam anders. Hrothgar wandt sich wieder dem Pfad zu und antwortete: „Der Pfad der Sterbenden wird so genannt, weil genau hier diejenigen wandeln, die zwar mit dem Totenmal gezeichnet sind, aber nicht auf dem direkten Weg ins Totenreich übersiedeln können." Er linste zu seinem Neffen hinüber und sah, dass dieser konfus schien. „Schwerkranke, Todkranke, Todgeweihte, wie immer du sie auch nennen magst", fügte er hinzu und sah, dass sein Neffe dieses Mal verstanden hatte. „Es wird Zeit, dass das Kind weiß, was auf es zukommt", überlegte Hrothgar und griff Rehan an den Oberarm. „Jetzt geht das schon wieder los", dachte Rehan, bevor er an seinen Onkel herangezogen wurde. „Hör zu, du musst einiges wissen, um zu verstehen, was jetzt gleich passieren wird", fing Hrothgar an und schaute seinem Neffen dabei ernst in die Augen, ohne sein Tempo zu verringern. Ein Blick Rehans auf seinen Oberarm reichte aus, um zu bewirken, dass Hrothgar ihn freigab. „Ich höre", forderte Rehan ihn auf. „Wie dir sicher nicht entgangen ist, gibt es in diesem Wald Urbäume, sogenannte Riesenbäume. Die Baumkronen, die du ab und an sehen kannst, sind von jenen, deren Wurzeln weit unten befestigt sind. Es gibt hier auch Bäume von kleinerem Wuchs. Der Pass der Toten ist überwiegend mit Urbäumen bewaldet. Was du wissen musst ist, der Pass ist zweigeteilt. Das bedeutet, der eine Teil ist auf dem Grund

und Boden Kangars und der andere auf dem Areal des Nachbarlandes Walon. Die beiden Passhälften sind durch eine Hängebrücke miteinander verbunden. Diese ist aber alles andere als stabil. Daher wird es wohl weniger zu Gefechten von Mann zu Mann kommen. Wenn überhaupt wird die Sache vorerst auf Distanz ausgetragen, da die Spalte zwischen den Passhälften um die hundert Meter breit ist. Und wie schon erwähnt, wissen wir nicht, was auf der anderen Passhälfte versammelt sein wird. Einige Männer? Soldaten? Eine Garnison? Wir werden gleich zum Heer des Königs stoßen und zu ihm an den Rand unserer Passhälfte gehen. Achte darauf, dass du nicht zu nahe an den Abgrund trittst. Solltest du stürzen, der Himmel möge es verhüten, erwartet dich unten weitaus Schlimmeres als der Tod …. Tief unten strömt ein reißender Fluss durch den Spalt, der Fluss der Toten. Er ist unbändig und unersättlich. Wer da hineinfällt, kann unter keinen Umständen gerettet werden. Je größer das Bestreben der Hineingefallenen ist, sich aus dem Fluss zu retten, desto mehr labt sich der Fluss an ihrer Angst", erzählte Hrothgar und hielt abrupt inne, dass sich Rehan schon fragte, was denn nun schon wieder sei. Doch ein Blick in die Richtung, in die sein Onkel schaute, reichte aus. Sie waren am Ziel angekommen.

8

Rehan erschrak im ersten Moment und konnte nicht glauben, was
seine Augen ihm zeigten. Das Heer war mit einem Male vor seinen Augen erschienen. Als wäre eine Art Schutzhülle vaporisiert
und hätte nur eine Sekunde später preisgegeben, was sie versteckt
gehalten hatte. „Langsam drehe ich durch", konnte Rehan gerade
noch denken, als er merkte, dass sich um ihn herum wieder eine
Hektik ausbreitete. Ohne jegliches Zögern gingen Hrothgars Männer voran und bahnten ihrem Herrn den Weg zum König Kangars.
Hrothgar zögerte keine Sekunde und eilte seinen Männern hinterher. „Das also ist mittelgroß", überlegte Rehan, als er den Blick über
die unüberschaubare Menge an Soldaten wandern ließ. Zeitgleich
begutachtete er die Uniformen der Soldaten und bemerkte, dass
diese an die Umgebung angepasst waren. Auch hatten sie alle das
gleiche Symbol auf ihren Brustpanzern, einen goldfarben schwach
schimmernden gekrönten Löwenkopf. Allerdings konnte Rehan
dem Zeichen nicht viel abgewinnen. Er empfand es als lächerlich,
dass jedes Land sich genötigt fühlte, ein Symbol für sich festzulegen,
das heroischer sein musste als alle anderen. Während er seinem Onkel hinterhereilte, konnte er sich dennoch nicht dagegen wehren,
hin und wieder auf einen der Brustpanzer zu linsen und das Symbol
etwas genauer zu betrachten. Auf eine ihm unverständliche Weise
kam ihm das Zeichen, je genauer er es betrachtete, immer weniger
fremd vor. Auch glaubte er weitaus mehr als einen gekrönten Löwenkopf erkennen zu können. Doch er tat den Gedanken schnell
wieder ab, schließlich musste er sich nun auf seine Mission konzentrieren und den König kennenlernen. Er fixierte seinen Onkel und
versuchte, die Distanz zwischen ihnen zu verringern. Er hob seine
bodenlange Kleidung etwas hoch und sprintete zu Hrothgar. Kaum
dass er seinen Onkel eingeholt hatte, verbeugte sich dieser auch

schon vor einem älteren Mann, der just in diesem Moment Rehan den Rücken zuwendete. Rehan ließ sich dadurch nicht beirren und tat so, als würde er seine Kleidung richten. Aber in Wahrheit hatte er leichte Probleme mit dem Atmen, da ihm zwischenzeitlich entfallen war, dass sie sich mehrere tausend Meter über dem Erdboden befanden. Der Sprint hatte ihn mehr Kraft gekostet, als ihm lieb war. Er versuchte sich zu akklimatisieren, obwohl sein Intellekt ihn fortwährend daran erinnerte, dass er normalerweise dazu weitaus mehr als einige wenige Minuten brauchen würde. Aber die hatte er nun mal nicht und musste das Beste aus der Situation machen. Tief in sich barg er die Gewissheit, dass er auch mit diesem Problem nicht lange würde kämpfen müssen. Und tatsächlich, es bedurfte nur weniger tiefer Atemzüge, und Rehan empfand, als wäre er nie woanders gewesen. Zutiefst erleichtert schaute er sich um. Er begriff zwar nicht, was mit ihm passierte, aber er fühlte, dass sich sein Körper veränderte. Einerseits jagte es ihm eine Heidenangst ein, aber andererseits war er begierig zu erfahren, wozu er noch imstande sein würde. Diese Feststellung ermöglichte ihm nun, nicht nur zu sehen, was seine Augen ihm zeigten, sondern auch zu begreifen, was er sah. Er konnte ohne Umschweife erkennen, dass sie sich in unmittelbarer Nähe zum Abgrund befanden. In Windeseile studierte er seine Umgebung und entdeckte sofort die vermeintliche Hängebrücke. Beim Anblick der Hängebrücke war Rehan sich sicher, dass sein Onkel hinsichtlich ihres Zustandes mehr als untertrieben hatte. Er musste sich nicht anstrengen, um zu sehen, dass die Hängebrücke lädiert war und die beiden Passhälften nur symbolisch miteinander verband. Auch mutmaßte er, dass diese noch nicht einmal dem Gewicht eines kleinen Kindes standhalten würde. Ebenso war er sich sicher, dass die beiden Passhälften weitaus mehr als hundert Meter auseinanderlagen. Er setzte sich in Bewegung und ging auf den Abgrund zu, der nur wenige Schritte entfernt lag. Er konnte es sich nicht verkneifen, wenigstens einmal hinunterzuschauen. Der Anblick, der seinen Augen geboten wurde, deprimierte ihn ein wenig. Er sah nichts! Nichts außer einer nebelähnlichen Substanz, die ihm die Sicht versperrte. Rehan wusste aus seiner Zeit in der Spezialeinheit, dass nichts schlimmer war als eine Situation, in der es zu viele unbekannte Variablen gab. „Wo sind die Kinder? Wie soll ich sie denn hier oben retten? Wo sind die Entführer?", schoss es ihm durch den Kopf, als er seine Umgebung unter die Lupe nahm. Er verzog unbefriedigt das Gesicht und wollte sich schon abwenden, als er etwas aus seinen Augenwinkeln heraus bemerkte. Er schaute noch mal etwas genauer hin und sah, wie ein heller Schatten in der Kluft verschwand. Rehan schüttelte verwirrt den Kopf und blickte abermals in den Abgrund. Es erstaunte ihn zu sehen, dass sich der Nebel in einem rasanten Tempo auflöste. Er zog sich instinktiv etwas zurück und atmete tief durch, bevor er nochmals einen Blick in die Tiefe riskierte. Urplötzlich wurde er an seinen Traum erinnert. Weit unten kam ein riesiges Geflecht aus Luftwurzeln und Lianen zum Vorschein. Er glaubte sogar hier und da einige Äste und Zweige erkennen zu können. Er konnte sich nicht dagegen wehren, aber mit einem Male hatte er das Bild eines Sicherheitsnetzes vor dem geistigen Auge. Außerdem verdutzte es ihn, wie weit er hinunterschauen konnte und doch keinen erbarmungslosen Fluss fand, der die Hineingefallenen mit sich reißen sollte. „Ammenmärchen", dachte er, hatte aber nochmals das Gefühl, mit den Augen etwas herangezoomt zu haben. Unerwartet wurde es blitzartig dunkler. Rehan nun in Alarmbereitschaft schaute umgehend hoch, um den Grund für die Verdunklung zu finden. Er wollte und konnte seinen Augen nicht trauen. Und dennoch passierte es genau vor ebendiesen. Er sah, wie die Riesenbäume sich aufeinander zubewegten und dem Sonnenlicht Einhalt geboten. Als würden sie sich vor dem Himmel verstecken wollen, was sich in ihrer Mitte in absehbarer Zeit abspielen würde. Teilweise konnte Rehan ihre Baumkronen sehen, aber hier und da, wenn auch versetzt, die Luftwurzeln anderer Riesenbäume ausmachen. Bald war das Blätterdach so dicht, dass kein Lichtstrahl mehr durchkam. Durch das plötzlich entstandene

Dämmerlicht wirkte alles so bedrückend, dass für den Bruchteil einer Sekunde totale Stille herrschte. Das Spektakel hatte Rehan so sehr fasziniert, dass er gar nicht gemerkt hatte, dass er einen weiteren Schritt an den Abgrund nähergetreten war. Er stand nun direkt am Abgrund, wobei seine Zehen schon keinen Boden mehr unter sich hatten. Den Blick noch nach oben gerichtet, war er sich dessen nicht bewusst, dass es nur einer leichten Gleichgewichtsstörung bedurfte, um ihn von all seinen Fragen zu erlösen. Mit einem Male spürte er eine Hand, die ihn am Oberarm fasste und ihn mit einem Ruck vom Abgrund wegzog. Rehan wurde schleunigst aus seiner Starre gerissen und blickte seinem Onkel in die Augen, der ihn vorwurfsvoll ansah. Rehan erwiderte den Blick leicht beschämt, weil er sich, trotz der warnenden Worte seines Onkels, so hatte gehen lassen. „Kein Wunder, dass die Ecke hier Pass der Toten heißt. Hier kann man ganz schnell hopsgehen, wenn man nicht aufpasst", dachte er, als er sich wieder gefangen hatte. Sein Onkel zerrte ihn vom Abgrund weg und hielt nach einigen Metern vor dem älteren Mann inne, der Rehan wiederum den Rücken zuwandte. Rehan nutzte die Möglichkeit und zupfte sich die Kleidung zurecht. Währenddessen räusperte sich Hrothgar leicht, woraufhin der ältere Mann sich umdrehte. Rehan noch immer mit sich beschäftigt, bekam gar nicht mit, dass der König sich bereits umgedreht hatte. Erst als er die Stimme des Königs vernahm, zuckte er leicht zusammen und blickte etwas verdattert in dessen Gesicht. Dieser lachte leicht auf und sah Rehan im nächsten Augenblick direkt in die Augen. Rehan stand wie versteinert da, unfähig, sich zu bewegen oder gar etwas zu sagen.

***

„Das ist der Typ aus meinem Traum", war der einzige Gedanke, den er zu diesem Zeitpunkt zulassen konnte. „Nun Hrothgar, ist dein junger Freund immer so gesprächig?", fragte der König und musterte

Rehan von oben bis unten. Hrothgar schüttelte den Kopf, aber er konnte seinem Neffen dessen Reaktion nicht verübeln. „Ihre … ähm … seine Welt ist in den vergangenen Stunden auf den Kopf gestellt worden, sofern er wirklich sie ist", dachte er noch, als er Rehan an die Schulter fasste und ihn somit aus seiner Apathie löste. „Das ist der König der freien Welt, der König Kangars", stellte Hrothgar den König vor. Rehan wusste nicht so recht, wie er agieren sollte. Er hielt weder etwas von Monarchen noch von gespielter Ehrerbietung. „Und überhaupt ist er nicht mein König. Ich kenne den Kerl noch nicht einmal!", dachte er noch, als er dem König schließlich kurz zunickte. Daraufhin blickte der König Rehan pikiert an und ärgerte sich über den mangelnden Respekt. Auch wenn es ihn wurmte, Hrothgars Freund nicht gleich bestrafen zu können, musste er sich wohl oder übel später damit beschäftigen. „Die Zwillinge sind um einiges wichtiger als ein dahergelaufener minderwertiger Mensch, dem nur aufgrund seiner Freundschaft zu Hrothgar die Ehre zuteil geworden war, mir, dem König der freien Welt, vorgestellt zu werden", dachte der König, während er seinen zornigen Blick auf Rehan gerichtet ließ. Doch Rehan erwiderte den Blick des Königs nahezu leidenschaftslos. Einige Sekunden der vollkommenen Stille später ertönte die Stimme eines unbeteiligten Dritten, der sich mit den Worten: „Mein Herr, es ist nun die vereinbarte Zeit", an den König wandte. Rehan fühlte sich angesprochen und schenkte dem Informanten seine Aufmerksamkeit, wobei er aber nicht merkte, dass er dem König den Weg versperrte. Der König, nunmehr im höchsten Maße ungehalten über Rehans Verhalten, stieß diesen etwas barsch zur Seite, um an ihm vorbeizukommen und sich näher an den Abgrund zu stellen. Rehan, daraufhin nicht minder aufgebracht, wollte vom König Rechenschaft über dessen Unhöflichkeit einfordern, als Hrothgar ihn zurückhielt. Ein Blick in die Augen seines Onkels reichte aus, um Rehan zu verdeutlichen, dass seine Forderung im Augenblick unangebracht war. Hrothgar stellte sich im nächsten Moment zu seinem König und lauerte gespannt auf die andere Passhälfte. Nach nur wenigen Augenblicken sprach der König mit gedämpfter Stimme zu Hrothgar: „Warum rührt sich nichts? Siehst du was? Wo sind die Kinder?" „Geduld", war das Einzige, was Hrothgar erwiderte. Eine unerträgliche Stille breitete sich aus. Auch Rehan wurde es unbehaglich zumute, und er wippte nervös von einem Bein auf das andere. Dann, nur wenige Sekunden später, hörte er ein leises Geräusch, dass er im ersten Moment nicht zuordnen konnte. Rehan schloss kurz die Augen und spitzte die Ohren. Dabei ging er instinktiv ein wenig vorwärts. Ohne es zu beabsichtigen kam er neben dem König zum Stehen. Keiner der Umstehenden bewegte sich. Die Situation war sehr angespannt, keiner wagte zu atmen. Rehan wusste zwar nicht warum, aber er konnte mit Bestimmtheit sagen, dass er auf der Hut sein musste. Nur einen Moment später hörte er einen kaum hörbaren zischenden Laut, der in Windeseile näherkam und immer lauter wurde. Zwei Sekunden später machte er erneut einen Schritt nach vorne und schnellte mit der rechten Hand hoch und krallte nach etwas, dass ihm die Handinnenfläche etwas einriss. Als hätte diese Aktion die Starre der Anwesenden gelöst, ging mit einem Male einen Raunen durch die Menge. Mehrere Männer warfen sich gleichzeitig auf den König, um ihn zu schützen. Rehan riss die Augen auf und wunderte sich über das Gebaren der Männer. „Schlecht ausgebildete Bodyguards", war sein einziger Gedanke, um das Geschehene zu kommentieren, bis er merkte, dass nicht nur der König, sondern auch sein Onkel ihn nahezu ungläubig anstarrte. „Na ja, für irgendetwas muss ich ja gut sein", erwiderte Rehan achselzuckend und versuchte dabei einen scherzhaften Unterton beizubehalten. Rehan ging einen Schritt auf den König zu und übergab ihm, was er gefangen hatte, einen Pfeil, der eine winzige Papyrusrolle transportiert hatte. Der König, der sich noch nicht hatte sammeln können, war unfähig, den Pfeil entgegenzunehmen, sodass Hrothgar gemütsruhig reagierte und Rehan seiner Last entledigte. Er machte sich sofort daran, die Botschaft aufzurollen, während Rehan sich dem König zuwendete. „Nichts zu

145

danken", meinte Rehan zum König und klopfte ihm auf die Schulter. Dieser, erst durch die Frechheit Rehans wachgerüttelt, war schlagartig über dessen Dreistigkeit indigniert. „Den werde ich schon zurechtstutzen", dachte der König noch, als er den besorgten Blick Hrothgars sah. „Was ist?", fragte er sogleich. „Nun, es sieht nicht gut aus! Sie wollen die Unterwerfung Kangars und die Anerkennung ihres Anführers als neuen Herrscher! Sonst würden sie die Kinder umbringen!", antwortete Hrothgar. Der König wirkte im ersten Moment etwas geistesabwesend, sodass nicht nur Hrothgar, sondern auch Rehan den Hauch einer Sorge zuließ. Aber nur wenige Sekunden später konnte sich der König aus der geistigen Starre lösen und brüskierte sich über die Nachricht. Er stieß jeden beiseite, der zwischen ihm und dem Abgrund stand und stellte sich direkt an den Rand seiner Passhälfte. Er schnippte energisch mit den Fingern, was Rehans Neugier weckte. Es dauerte nicht lange, und Rehan sah, wonach der König verlangt hatte. Auch wenn ihm die Form etwas fremd vorkam, erkannte Rehan, das dem König ein Art Megaphon übergeben worden war. Nur einen Wimpernschlag später hatte der König das Megaphon an die Lippen gesetzt und richtete diese auf die andere Passhälfte. „Du elender Feigling willst meine Kinder als Schutzschild benutzen, um dich auf meinen Thron zu setzen? Zeig dich, wenn du ein Mann bist, und fordere dein Anliegen von Angesicht zu Angesicht, statt mir einen Brief zu schicken", schrie der König der anderen Passhälfte zu. Rehan konnte nicht anders, als sich die Ohren zuzuhalten. Er verdrehte fast schon entnervt die Augen. „Wenn du ein Mann bist? Was soll denn der Schwachsinn?", schoss es Rehan durch den Kopf. „Ich komme mir vor, als wäre ich in einem drittklassigen Film voll gespickt mit abgedroschenen Dialogen. Und überhaupt, es war kein Brief, sondern ein Pfeil mit einer kurzen Nachricht", fuhr er in Gedanken fort und konnte nicht umhin, sich erneut umzuschauen. Die Männer in seiner unmittelbaren Nähe standen wie versteinert auf ihrem Platz und missachteten jegliche Vorsichtsmaßnahme. „Himmel, ein Para-

146

dies für Attentäter", dachte Rehan noch, als ihm etwas Merkwürdiges auffiel. Er schüttelte ungläubig den Kopf und spitzte die Ohren. Und tatsächlich, er hörte nichts, absolut nichts. Kein Mucks war zu hören. Weder ein Flüstern noch irgendwelche Tiergeräusche oder dergleichen. Keine Brise, die das Rascheln der Blätter hätte hervorrufen können. Es herrschte Grabesstille. Er hatte das Gefühl, dass jegliches Leben um ihn herum nicht mehr greifbar war. Aus den Augenwinkeln heraus nahm er immer wieder Schemen wahr, die in einem atemberaubenden Tempo vorbeihuschten. Er dachte abermals an eine Sinnestäuschung, da die Schatten, die er wahrnahm, teilweise schwarz, schmutzig grau, aber auch weiß bis transparent wirkten. Er wusste, dass er sich in diesem Moment zusammenreißen musste, um die Konzentration aufrechtzuerhalten, die für die Rettung der Zwillinge vonnöten war. Er ging kurz in sich und hatte den Bruchteil einer Sekunde später alles kristallklar vor Augen. Er wusste genau, was er zu tun hatte. Rehan schaute zu seinem Onkel und sah dessen besorgtes Gesicht nach oben blicken. Auch der König und die Menge um ihn herum schienen von dem angezogen zu sein, was oberhalb der Hängebrücke zu sehen war. Rehan musste seiner Neugier nachgeben und richtete ebenfalls den Blick auf das, was die Aufmerksamkeit aller Anwesenden auf sich gezogen hatte. Er staunte nicht schlecht, als er zweifelsfrei erkennen konnte, dass eine zierliche Person an einem der Äste eines Riesenbaumes, fast mittig, über dem Abgrund baumelte. Er musste sich nicht anstrengen, um zu begreifen, dass es sich bei der Person um ein junges Mädchen handelte. Er konnte klar sehen, dass ein Tau mehrmals um ihren Oberkörper gewickelt worden war und dessen längeres Ende mit dem Ast eines Riesenbaumes verbunden war. Rehan versuchte, ihre Höhe abzuschätzen, scheiterte aber nur wenige Sekunden später. Das Einzige, was er mit Gewissheit sagen konnte, war, dass sie noch am Leben war, auch wenn sie sehr mitgenommen wirkte. Dann unerwartet nahm Rehan Stimmen wahr, die er keinem zuordnen konnte, weil er die Worte nicht verstand, die gesprochen wurden. Er schaute sich um und war sichtlich verwirrt, da keiner der Männer, die um ihn herumstanden, auch nur im Ansatz die Lippen bewegte. Und doch waren die Stimmen laut und deutlich zu hören, auch wenn ein donnerndes Geräusch diese zu übertönen versuchte. Er sammelte sich erneut und konzentrierte sich auf die fremden Stimmen und machte unbewusst drei Schritte auf den Rand des Passes zu. Er stand nun direkt am Abgrund und wäre dem Tode geweiht gewesen, hätte er auch nur einen weiteren halben Schritt getan. Er schloss die Augen und konnte die Stimmen deutlich hören, als würden sie sich direkt neben ihm unterhalten. Unverhofft erschien vor seinem geistigen Auge ein Bild, das ihn unweigerlich an seinen Traum erinnerte. Drei Männer standen um einen zierlichen männlichen Körper. Zwei der Männer stützen den jungen Mann, der zusammengesackt zwischen den beiden auf den Beinen gehalten wurde. Der Dritte hatte eine keulenartige Waffe in seiner Hand, die er auf bedrohliche Art und Weise vor sich hin- und herschwang. Blitzartig öffnete Rehan die Augen und blickte in den Abgrund. Nun wusste er, wo sich der junge Mann befand. Als hätten seine Augen einen Thermoscan durchgeführt und die Lokalisierung vollständig gemacht. Er musste schnell handeln und die Zwillinge retten, wenn sie keinen ernsthaften Schaden davontragen sollten. Er überblickte die Situation und war sicher, dass die Entführer erst das Mädchen anbieten und den Jungen als letzten Trumpf ausspielen würden. „Die Männer in der Höhle warten auf den Befehl, falls der Zug mit dem Mädchen fehlschlägt!", folgerte Rehan für sich und beschloss, erst das Mädchen zu retten. Urplötzlich spürte er wiederum eine Hand, die ihn vom Abgrund wegzog. Als er den Kopf nach rechts drehte, blickte er direkt in Hrothgars Augen. Schlagartig war Rehan wieder in der Realität und schaute seinen Onkel fragend an. „Du solltest dich nicht so nah an den Rand stellen. Der Himmel bewahre! Der König bezweifelt, dass die Person da oben seine Tochter ist, und weigert sich auch nur ein weiteres Wort mit dem Feind zu wechseln, ehe er nicht seine Kinder gesehen hat", sagte Hrothgar, wobei seine Stimme ruhig und beherrscht klang. „Und was, wenn sie es ist?", entgegnete Rehan, woraufhin Hrothgar zwar mit den Achseln zuckte, aber plötzlich besorgt dreinschaute. Rehan schüttelte verständnislos den Kopf. „Wir können sie nicht erkennen, ihr Gesicht ist mit einem Tuch bedeckt", antwortete Hrothgar leise und wendete sich dem König zu. Dieser war inzwischen umringt von seinen Männern und blickte immer wieder nervös zur anderen Passhälfte hinüber. „Als würde er auf etwas warten", schoss es Rehan durch den Kopf. Nur einen Moment später gab es wieder einen zischenden Laut, und ein Pfeil traf die Mitte eines der Schutzschilde, die vom äußeren Ring der Männer, die den König vorsichtshalber in ihre Mitte genommen hatten, aufgestellt worden waren. Auf Geheiß des Königs wurde ihm der Pfeil, der eine weitere Nachricht enthielt, gereicht. Noch während der König die kleine Papyrusrolle öffnete, wurde er blasser und blasser. Beim Lesen der Nachricht wich dem König sämtliche verbliebene Farbe aus dem Gesicht, sodass Rehan das Gefühl hatte, auf ein schneeweißes Laken zu schauen. Er fragte sich, was wohl dieses Mal in der Nachricht stand, und schaute zu seinem Onkel hinüber. Dieser, inzwischen auch erheblich unruhig, nahm dem König die Papyrusrolle aus der Hand und las die Nachricht. Er räusperte sich und verkündete: „Wenn wir nicht auf die Forderung eingehen und ihnen das Land überlassen, werden sie die Prinzessin in Brand stecken und dem Fluss überlassen." „Wo um alles in der Welt ist denn hier ein Fluss?", überlegte Rehan. Es dauerte nicht lange, und der König nahm abermals das Megaphon in die Hand und schrie: „Ihr Feiglinge, warum versteckt ihr euch? Seid ihr nicht Manns genug, mir entgegenzutreten? Sperrt eure Ohren auf: Ihr seid noch nicht einmal den Schmutz unter meinen Schuhen wert. Ich werde mich Euch nicht beugen, ich werde vor keinem auf die Knie gehen und mich bezwingen lassen. Eher sterbe ich, bevor ich mein Land in die Hände von Gewaltverbrechern gebe. Und wenn ich dafür meine Kinder opfern muss!" Rehan, etwas verdutzt über die Wortwahl des Königs, schaute zu die-

149

sem hinüber und sah, dass der König mit sich im Einklang war, das Richtige getan zu haben. Er konnte und wollte für die Position des Königs keine Sympathie aufbringen, auch wenn der König in seiner abstrakten Denkweise vom Erfolg seiner Verhandlungsstrategie überzeugt schien. „Wie kann man denn nur so undiplomatisch sein?", fragte sich Rehan im nächsten Moment. Er gönnte sich noch einige Sekunden, um über das Verhalten des Königs nachzudenken, und kam zu dem Entschluss, dass er so etwas noch nicht erlebt hatte. Plötzlich fiel ihm eine Kindesentführung ein, deren Zeuge er während seiner Zeit in der Spezialeinheit für Verhaltensforschung gewesen war. Dieser Fall hatte ihn damals ebenfalls verwirrt, da er außerhalb der Norm verlaufen war. „Der Sohn eines Milliardärs wurde entführt. Im Austausch hatten die Geiselnehmer eine horrende Lösegeldsumme gefordert", rief Rehan sich ins Gedächtnis. Er konnte sich noch gut erinnern, dass zwei Geldübergaben gescheitert waren und die Entführer daraufhin mit dem Tod des Kindes gedroht hatten. Der Vater hatte daraufhin die Beherrschung verloren und entgegen der Empfehlung der Spezialeinheit ein Kopfgeld auf die Entführer gesetzt. „Wäre beinahe schiefgegangen", dachte er gerade noch, als er mit einem Male den Geruch von Feuer wahrnahm. Außerdem hörte er ein Geräusch, das sich wie das Spannen einer Bogensehne anhörte. Nur einen Augenblick später vernahm er wieder das zischende Geräusch und schaute instinktiv nach oben. Der Pfeil traf fast gleichzeitig mit seinem Blick das längere Ende des Taus und setzte es immediat in Brand. Ein lautes „Nein" zerschellte am Pass der Toten und riss die Kangaren aus ihrer Bewegungslosigkeit. Die Männer schauten verwirrt zu ihrem Oberhaupt hinüber und warteten auf dessen Befehl. Die Untätigkeit, in der sie gefangen waren, schien sie regelrecht aufzufressen. Rehan blickte ebenfalls zum König und sah, dass dieser sich vom Anblick der Gefangenen abgewendet hatte. Aber sein Onkel verzweifelte schier vor Rehans Augen und wusste nicht, was er tun sollte. Er blickte immer wieder abwechselnd zu seinem König und dem jungen Mädchen, das im Be-

griff war, in den Abgrund zu stürzen. Rehan hörte ein leises Knacken und war sich sicher, dass das Tau anfing, unter dem Feuer zu
reißen. Er hatte nicht mehr viel Zeit und überlegte, ob er die Obergewänder ausziehen sollte. Aber er entschied sich in der nächsten
Sekunde dagegen, hob diese bis zu den Knien hoch und hoffte auf
das Beste, als er just in dem Moment auf den Abgrund eilte, als das
Tau riss und das Mädchen mit gefesseltem Oberkörper in die Tiefe
stürzte. Rehan zögerte keine Sekunde und sprang kopfüber in den
Abgrund.

9

Rehan konnte es sich nicht leisten, auch nur einen Augenblick darüber nachzudenken, was ihn unten erwarten würde. Er musste schnell handeln und ließ sofort nach dem Sprung seine Obergewänder los und presste die Hände an seine Hüften. Gleichzeitig streckte er seine Beine und Füße durch und drückte diese aneinander. Seinen Kopf positionierte er so, dass eine gerade Linie zum Hals entstand, um möglichst wenig Widerstand zu bieten. Rehan, der nunmehr wie ein abgeschossener Pfeil wirkte, nahm mit jeder Sekunde an Geschwindigkeit zu und erreichte in Windeseile die Mitte zwischen den Passhälften. Er riskierte einen Blick in die Tiefe und bekam eine flüchtige Panikattacke, da er unter sich nichts als dichten Nebel sah. „Scheiße", rutschte es ihm heraus, als sich eine innere Stimme meldete und ihn mit den Worten „Es ist alles in Ordnung" besänftigte. Er erinnerte sich kurz an den Moment, als er das Bild eines Sicherheitsnetzes vor dem geistigen Auge hatte, und beruhigte sich. „Fange erst das Mädchen, dann kümmere dich um den Rest. Wird schon tief genug sein – und wenn nicht, hat sich's eh erledigt!", murmelte er vor sich hin. Just in dem Moment, als er die Mitte erreicht hatte, änderte er seine Position und kam in die Horizontale. Augenblicklich öffnete er seine Arme und Beine und winkelte diese ab, wie er es bei den Fallschirmspringern gelernt hatte. Seine bodenlangen Obergewänder bremsten ein wenig die Geschwindigkeit ab, sodass er die Möglichkeit hatte, einen kurzen Blick nach oben zu riskieren, um zu schauen, wo genau sich das Mädchen befand. Zu seiner Erleichterung befand sie sich fast in einer Linie mit ihm, wenn auch noch einige Meter über ihm. Er wusste, dass er sie schnappen musste, bevor sie in den Nebel eintauchten, sonst würde er für nichts mehr garantieren können. Wieder änderte er seine Position und riss seinen Oberkörper hoch. Er streckte seine Beine wiederum durch, spreizte diese aber gleichzeitig mit seinen Armen von seinem Körper ab, sodass die Luft, die unter seine Obergewänder kam, ihm ermöglichte, die Geschwindigkeit, wenn auch nur minimal, zu drosseln. Aber es reichte für ihn, um das näherkommende Mädchen rechtzeitig zu fassen und es festzuhalten. Er schlang den linken Arm und sein linkes Bein um sie, damit sie nicht so herumzappelte. Mit der freien Hand riss er ihr das Tuch vom Kopf und sah, dass sie geknebelt war. „Kein Wunder, dass kein Ton von ihr zu hören war", dachte er. Als er ihre weit aufgerissenen Augen sah, schrie er ihr zu: „Keine Angst, ich werde dich retten. Vertraue mir!" Und im nächsten Moment hatte Rehan erneut die Position gewechselt und raste mit seiner Last kopfüber, aber kerzengerade in die Tiefe, in der Hoffnung, unter dem Nebel das Sicherheitsnetz vorzufinden, das er von oben glaubte, gesehen zu haben. Nur einen Augenblick später tauchten sie in den dichten Nebel ein.

***

Rehan hatte nicht gemerkt, dass das Mädchen vor lauter Furcht ohnmächtig geworden war. Es interessierte ihn auch nicht, Hauptsache, sie gab Ruhe und erschwerte seine Mission nicht. Er wusste nur, dass er besonders wachsam sein musste, wenn sie beide heil aus der Sache herauskommen sollten. Er schloss kurz die Augen, konzentrierte sich und öffnete sie erneut. Er kniff die Augen leicht zusammen und versuchte durch den Nebel zu schauen. Seine Logik schimpfte ihn im nächsten Moment für seinen Versuch aus, aber Rehan blieb aufmerksam. Nur wenige Sekunden später war der Nebel mit einem Male verschwunden, und Rehan raste mit dem Mädchen auf ein Geflecht von Lianen und Luftwurzeln zu. Erleichtert über das, was seine Augen sahen, machte er sich im nächsten Moment Sorgen, wie er mit seiner Last die Liane ergreifen sollte, ohne dass ihm der Arm abgerissen würde. Allerdings wusste er auch, dass er negative Gedanken in seiner Situation nicht zulassen durfte. „Wie war das? Nur Blessuren", kam es ihm in den Sinn, und er entschied, sein Bestes zu versuchen. Er musste sich nicht mehr lange mit seinen Gedanken beschäftigen, da er eine einzelne Liane ausmachen konnte, die er für sich beanspruchen wollte. Er klammerte seine Beine um ihre Beine und festigte den Griff des linken Armes, um mit der rechten Hand besser nach den Lianen greifen zu können. Nur wenige Momente später versuchte er nach der ersten Liane zu greifen, scheiterte aber, weil diese ihm die Handinnenfläche nicht nur grob einriss, sondern durch die entstandene Reibung auch noch überhitzte, sodass er instinktiv losließ. Er brauchte den Bruchteil einer Sekunde, bis er die bestialischen Schmerzen an seiner Hand fühlte. Sein Verstand begann umgehend, das Mädchen und alle anderen, denen er in den vergangenen Stunden begegnet war, seinen Onkel nicht zu vergessen, zu verfluchen und ihnen die Pest an den Hals zu wünschen. Allerdings konnte er sich seiner Emotion nicht weiter hingeben, da seine Augen schon nach der nächsten Liane Ausschau hielten. Auch wollte er sich nicht entmutigen lassen und gewann dem ersten Fehlversuch etwas Gutes ab. Ihre Fallgeschwindigkeit war erneut etwas abgebremst worden. Sein Ehrgeiz, es richtig zu machen, war geweckt, und er überlegte, was er beim Fassen der Liane falsch gemacht hatte, doch es wollte ihm nicht einleuchten. Er verwarf den Gedanken, nach der richtigen Technik zu suchen, sehr schnell und entschied, sich auf seinen Instinkt zu verlassen. Er konnte eine weitere Liane ausmachen und in absehbarer Tiefe unter ihr ein riesiges Geflecht, das wie ein einladendes Sicherungsnetz aussah. Er schüttelte seine schmerzende rechte Hand kurz durch und schnappte im nächsten Moment nach der Schlingpflanze. Dieses Mal war der Griff nach der Liane angenehmer und nicht so qualvoll. „Als hätte ich Schutzhandschuhe an", schoss es Rehan durch den Kopf. Er nutzte die Fallgeschwindigkeit und verwandelte sie in eine Gleitgeschwindigkeit und ließ sich einige Meter an der Liane heruntergleiten. Kurzerhand packte er mit der linken

Hand ebenfalls zu und hielt das Mädchen nun mit seinen Armen in der Luft, während er mit den Füßen versuchte, die Liane um diese zu wickeln, um so zum Stehen zu kommen. Es dauerte fast eine Minute, bis Rehan ihr Fallen so abfedern konnte, dass die Rettungsaktion endlich zum Stillstand kam. Er hing mit einem jungen Mädchen in seinen Armen an einer Liane über dem Abgrund und realisierte erst zu diesem Zeitpunkt, dass sie nicht bei Bewusstsein war. „Ist vielleicht auch besser so!", dachte Rehan, als er seinen rebellierenden Körper spürte, der sich mit den neuen Schmerzen nicht auseinandersetzen wollte. Er riss sich zusammen und versuchte, seine Schmerzen zu verdrängen, und blickte sich nach einem sicheren Plätzchen um, wo er die junge Frau vorübergehend lassen konnte, um ihren Bruder zu retten. Es dauerte nicht lange, als er eine geeignete Stelle fand, wo sie beide kurz ausruhen konnten. Er fing an, sich hin- und herzuschwingen, damit die Liane wieder in Bewegung kam. Rehan spürte jede Faser seines Körpers so deutlich, als würde jede einzelne wie bei einem Zitherspiel gezupft werden. Kurz bevor er die richtige Geschwindigkeit für das Wechseln der Liane erreicht hatte, legte er seinen linken Arm fest um ihre Hüfte und löste die Füße von der Liane. Dabei fiel sein Blick auf seinen rechten Unterarm und versetzte ihm einen gehörigen Schock, sodass er die erste gute Möglichkeit, die nächste Liane greifen zu können, vorbeiziehen ließ. Er dachte erneut an eine Sinnestäuschung, denn das, was er sah, konnte einfach nicht der Wahrheit entsprechen. Er blinzelte mehrmals und schaute erneut auf seine rechte Hand. Doch das Bild war dasselbe wie vor einigen Sekunden. Er sah anstelle seiner Hand die eines großen Berggorillas. „Kein Wunder, dass es nicht wehgetan hat", dachte er und beschloss gleichzeitig, sich später darüber Gedanken zu machen. Die Rettung war nun wichtiger! „Und überhaupt, was würde es bringen, sich ausgerechnet jetzt, in dieser Höhe, darüber Gedanken zu machen?", brütete er. Zwischenzeitlich kam sie zu sich und schaute ihn abermals mit ihren großen verängstigten Augen an. „Ganz ruhig, es ist gleich vorbei", rief er ihr zu, woraufhin sie ihr Gesicht an seine Brust presste und die Augen schloss. Rehan versuchte, einen kühlen Kopf zu bewahren, und wechselte von Liane zu Liane, bis er sich auf eine Luftwurzel schwingen konnte. Er hielt sie noch so lange fest, bis sie beide festen Halt unter den Füßen hatten, und ließ die Liane los. Das Mädchen strauchelte leicht, sodass Rehan sie festhalten musste, damit sie nicht von der Luftwurzel fiel. Ihm war es recht, da sie so seine rechte Gorillahand nicht sehen konnte. Nur einen Augenblick später sah Rehan, dass er sich darüber keine Gedanken mehr machen musste. Seine Gorillahand hatte sich in Windeseile wieder in seine Hand zurückverwandelt. „Bin ich jetzt ein bisschen gaga oder was", dachte er und merkte gar nicht, dass sich das Mädchen aus seinem Halt befreien wollte. Es dauerte eine kurze Weile, bis das Mädchen die Geduld verlor und ihm leicht gegen sein Schienbein trat. Wieder in der Realität, ließ Rehan sie sofort los. Sie schaute zu ihm hoch und er schaute ihr direkt in die Augen und sagte mit sanfter Stimme: „Wir haben es fast geschafft! Keine Angst!", bevor er sich erneut umblickte, um die nächste Eventualität, auf kangarischen Boden zu kommen, zu finden. Das Mädchen verdrehte leicht genervt die Augen und trat ihm erneut gegen das Schienbein, dieses Mal aber etwas härter. Rehan inzwischen verwirrt über ihr Gebaren, wollte sie schon zur Rechenschaft ziehen, ob man denn so mit seinem Retter umgehen würde, als er merkte, warum sie so handelte. Er machte sich umgehend daran, sie von ihrem Mundknebel zu befreien. Sie atmete mehrmals durch den Mund ein und aus und brachte ein krächzendes „Danke" hervor. Rehan achtete nicht darauf und begann sie von ihrem fesselnden Tau zu befreien. Kaum dass er auch dieses Hindernis überwunden hatte, sah er, dass ihre Hände mit einem feinen Seil auf dem Rücken zusammengebunden waren, das in einer engen Schlinge um ihren Hals endete. „Himmel, die wollten aber sichergehen, dass die Kleine draufgeht", dachte er, als er überlegte, wie er sie denn von dieser Fesselung befreien konnte. Er schaute sie an und sah ihre Augen, die sie vor lauter Verzweifelung weit aufgerissen hatte. "Kannst du mich verstehen?" Sie nickte. „Wie du sicher schon bemerkt hast, haben wir ein kleines, fein gestricktes, aber nicht unlösbares Problem. Ich werde dich hier kurz alleine lassen und nach etwas suchen, um dich von dieser, ähm, Konstruktion zu befreien. Keine Angst, ich bin gleich wieder da", sagte Rehan und wollte sich schon auf den Weg machen und nach etwas suchen, was ihm seine Arbeit erleichtern würde. Aber irgendwas hielt ihn zurück. Vielleicht war es nur eine Ahnung oder die Gewissheit, dass mit dem Mädchen etwas nicht stimmte und er sie nicht alleine lassen durfte. Er wurde etwas unruhig, weil er nicht wusste, was er tun sollte. Er drehte sich um und musterte sie. Nun, da das Tau nicht mehr um ihren Oberkörper gewickelt war, merkte Rehan sofort, dass die junge Frau, die ihm gegenüberstand, in der falschen Kleidung zu stecken schien. Auch wenn das Kleid teuer aussah, wirkte es, als würde es einer anderen gehören. Die Maße schienen nicht zu stimmen. Es wirkte ein bisschen zu kurz und ein wenig zu knapp. „Vielleicht ist das ja nur ein Zufall? Aber andererseits würde eine Prinzessin niemals in Kleidern aus ihrem Zimmer gehen, die nicht ihrer Konfektionsgröße entsprechen", wunderte er sich. „Jedenfalls würde ich das nicht machen", dachte er und blickte sie einige Sekunden zweiflerisch an. „Egal, wer sie ist, ich habe sie gerettet, und nun trage ich die Verantwortung für sie, bis sie in Sicherheit ist", schloss er seine Gedanken ab. Allerdings fragte er sich im nächsten Moment, wo sich die echte Prinzessin befand. Mit jedem verstreichenden Augenblick konnte Rehan beobachten, dass die junge Frau zunehmend nervöser wurde. Was sollte er machen? Sie mitnehmen oder auf der Luftwurzel ihrem Schicksal überlassen? Sie mitzuschleppen würde seine Suche nach einem spitzen Gegenstand allemal erschweren, da war er sich gewiss. Allerdings konnte er sie auch nicht auf der Luftwurzel zurücklassen, da er keine Garantie hatte, dass sie brav auf ihn warten würde. Er wusste aus Erfahrung, dass Geiseln oftmals zu Übersprungshandlungen neigten, wenn sie eine Chance auf Freiheit witterten. Und da ihm nicht ent-

157

gangen war, dass sie immer wieder einen flüchtigen Blick in den Abgrund unter ihnen riskierte, schien es ihm gefahrloser, sie mitzunehmen. Zudem hatte er Bedenken, dass sie ihm genug vertraute, um auf ihn zu warten. Eher beschlich ihn das Gefühl, dass sie sich freiwillig in den Abgrund stürzen würde, sei es, um ihm zu entkommen, weil sie womöglich Angst hätte, dass er sich an ihr vergreifen oder Schlimmeres mit ihr anstellen würde, oder sei es darum, um auf eine Überlebenschance zu hoffen. Er schaute sie eindringlich an und meinte: „Am besten, du kommst mit. Man weiß ja nie!" Als er einen Schritt auf sie zu machte, drückte sie sich angsterfüllt an die Abseite der Luftwurzel. Rehan fühlte sich in seinen Bedenken bestätigt und schaute genervt drein. Allerdings wollte er auch nicht zu viel Zeit mit dem Mädchen verplempern und entschied, sie notfalls auch gegen ihren Willen mitzunehmen, und wenn er sie dafür k. o. schlagen müsste. „Hör zu, entweder du kommst freiwillig mit, oder ich helfe etwas nach. So oder so, du kommst mit mir. Hier ist es zu gefährlich", fing Rehan an, wobei er sie nicht aus den Augen ließ. Sie schaute ungläubig zu ihm auf, brachte aber keinen Ton heraus. Rehan fühlte sich leicht überlegen und schmunzelte leicht, während er sich flüchtig umschaute. Gerade als sie den Hauch einer Gelegenheit witterte, ihrem vermeintlichen Retter zu entfliehen, griff er fest nach ihrem rechten Oberarm, dass sie schlagartig Schmerzen verspürte. Ihr verzerrtes Gesicht hinderte ihn nicht daran, ihr mit der freien Hand an die Gurgel zu gehen. Er drückte nur leicht zu, damit er ihre vollkommene Aufmerksamkeit hatte. „Glaubst du im Ernst, dass ich dir ins Ungewisse hinterherspringe, um darauf zu hoffen, dass wir beide überleben, damit ich über dich herfallen kann? Wie blöd bist du denn?", fragte Rehan entnervt. Sie wusste nicht, wie sie mit der Situation umgehen sollte, ob sie ihm glauben konnte oder er nur ihr Vertrauen erschleichen wollte. Sie kannte ihn nicht und war verwirrt. Von ihren Eltern hatte sie stets gehört, dass sie keiner Menschenseele außer ihrer engsten Familie trauen durfte. Und nun stand ein gut aussehender Mann, wenn auch in für ihn unpassender Kleidung, vor ihr und rettete ihr angeblich das Leben. „Kann es sein, dass er meinen Weg durch eine göttliche Fügung gekreuzt hat?", überlegte sie in einem Anflug von Romantik. Sie schüttelte leicht ihren Kopf, um ihre Gedanken wieder ordnen zu können. Sie wusste, dass sie sich in ihrer momentanen Situation nicht von verträumten Hirngespinsten ablenken lassen durfte. „Vielleicht wollen diese Barbaren auf diesem Wege versuchen, die Herrin zu finden?", schoss es ihr durch den Kopf. Mit einem Male wusste sie, dass nur diese Erklärung mit hundertprozentiger Sicherheit in Betracht kommen würde. Sie hatte in den vergangenen zwei Tagen, trotz etlicher schmerzhafter Schläge, erfolgreich geschwiegen. Und sie war fest entschlossen, auch weiterhin keine Informationen preiszugeben. Sie zitterte am ganzen Körper und merkte es nicht, aber ihr kullerten einige Tränen die Wangen hinunter. Rehan hatte mit einem Male Gewissensbisse, besann sich auf seine Erscheinung und fragte sich, wie er an ihrer Stelle reagiert hätte. Er gab ihren Hals wieder frei, lockerte den Griff an ihrem Oberarm und meinte: „Auf denn, ich helfe dir auf die Gebirgshälfte deiner Leute. Vielleicht finden wir ja dort etwas, womit ich die Fesseln lösen kann." Kaum hatte er die Worte ausgesprochen, hörten sie beide einen schrillen Laut, den nur ein Raubvogel von sich geben konnte. Rehan schaute nach oben, um den Vogel zu finden, dessen Laut sie soeben vernommen hatten. Das Mädchen dachte eilends nach, ob sie die Chance nutzen wollte, ihren vermeintlichen Retter von der Luftwurzel zu schubsen und sich somit zu befreien. Sie wusste durch den Schrei des Raubvogels, dass ihre Leute nicht weit waren. Andererseits, wenn er zu den anderen gehören würde, würde ihr König sicherlich darauf bestehen, dass dieser heil bleibt, damit er verhört werden konnte. Sie machte unbewusst einen Schritt auf Rehan zu, der just in dem Moment ganz gelassen „daran würde ich noch nicht mal im Traum denken" von sich gab. Sie fühlte sich ertappt und schämte sich. Nur einen Moment später blickte auch sie nach oben, um nach dem Raubvogel Ausschau zu halten.

Es dauerte nur wenige Sekunden, bis sie den Falken ausmachen konnte. Sie war außer sich vor Freude, was auch Rehan nicht entging. „Das scheint einer von ihren Vögeln zu sein", dachte er und beobachtete dabei das Mädchen und den Falken abwechselnd. Auf einmal schrie sie etwas in den Himmel, und der Falke verschwand flugs. „Warum hat sie den Vogel verschreckt?", überlegte er, als er sich von Neuem der Gebirgswand zuwendete, um abzuschätzen, wie weit sie klettern müssten, um wieder festen Boden unter den Füßen zu haben. Es dauerte nur einen kleinen Moment, bis Rehan einen Rettungsplan hatte und dem Mädchen Aufmerksamkeit schenkte, die sich zwischenzeitlich, zu seiner Überraschung, auf die Luftwurzel gesetzt hatte und geduldig abzuwarten schien. Rehan, kurzerhand in Alarmbereitschaft versetzt, gab ihr mit einer Geste zu verstehen, dass sie nun weitergehen würden und wartete ab, ob sie alleine aufstehen konnte. Zu seinem Wohlwollen meisterte sie das Aufstehen und schaute dabei immer wieder hoch, als würde sie hoffen, den Vogel wieder sehen zu können. Gleichzeitig hörte Rehan erneut den schrillen Laut des Raubvogels und schaute ebenfalls nach oben. Nur eine Sekunde später schnellte etwas Blitzendes vom Himmel runter und landete direkt vor Rehan mit der Spitze auf der Luftwurzel. Rehan schaute sich augenblicklich um und erwartete die blassen Kreaturen aus seinem Traum. Doch es kam nichts. Vorsichtig, ständig seine Umgebung im Auge behaltend, nahm er das übergroße Messer und schaute es prüfend an. Es erinnerte ihn an eine Machete, und er war heilfroh, wenigstens ein Problem damit lösen zu können. „Eigenartig", dachte er und schaute das Mädchen an, das das Messer voller Hoffnung beäugte. „Vielleicht wollte der Vogel mich damit treffen und hat danebengezielt", kam es ihm schlagartig in den Sinn, und er mahnte sich zur äußersten Vorsicht. Rasch ging er auf das Mädchen zu und schnitt ihre Fesseln stracks durch. Sie war im ersten Moment so perplex, dass sie wie erstarrt erst einmal dastand. Sie hatte nicht erwartet, dass er wirklich ihre Fesseln lösen würde. Im Gegenteil, sie war davon ausgegangen, dass er versuchen würde, mithilfe des Messers Informationen aus ihr zu bekommen. Es dauerte einige Augenblicke, bis sie unerträgliche Schmerzen an ihren Handgelenke und ihrem Hals verspürte. Doch sie wollte nicht als Mimose dastehen und blickte etwas ängstlich, aber auch leicht trotzig zu ihrem Befreier. Rehan konnte es nicht fassen, dass sie ihm trotz seiner Hilfeleistungen, die in seinen Augen weit über das Heroische hinausgingen, immer noch so misstraute. „Versteh einer die Frauen!", dachte er plötzlich und war über sich selbst im höchsten Maße schockiert. „Himmel, ich fange an, wie ein Kerl zu denken", folgerte er und war für einige Sekunden ziemlich baff. Erst als das Mädchen sich mit lautem Räuspern zu Wort meldete, fand er wieder in die Realität zurück. Er schüttelte seinen letzten Gedanken von sich und beschloss, sobald er auf seinen Onkel treffen würde, darauf zu bestehen, dass er wieder in sein altes Ich zurückverwandelt würde. Umgehend wendete er sich dem Mädchen zu und übergab ihr das Messer, damit sie sich sicherer fühlen konnte. „Dann kannst du ja jetzt auch alleine klettern, oder?", fragte er sie. Sie schaut ihn verwirrt an. Rehan fühlte sich leicht überfordert mit seiner jetzigen Situation. Er hatte in den vergangenen Minuten mal wieder zu viel erlebt. Erst der unüberlegte Sprung ins Nebelhafte, dann eine rechte Gorillahand und zu guter Letzt ein Raubvogel, der ihn mit einer Machete erstechen wollte. Nicht zu vergessen eine junge Frau, die vorgab, die Prinzessin zu sein. „Ich bin genauso weit wie vorher, nur ein Stück tiefer", überlegte er, als er mit einem Male das leise Geräusch von Pferdehufen und klappernden Rüstungen hörte, die mit jedem verstreichenden Augenblick lauter wurden. „Na also, da ist auch schon das Sondereinsatzkommando. Immer eine Spur zu spät!", stellte er fest und packte das Mädchen am Oberarm, die sich widerspenstig ihrem Los fügte. Er schob sie vor und blieb nach wenigen Schritten stehen. „Hier dürfte das Klettern am leichtesten fallen", sprach er zu ihr, als er ihren konsternierten Blick wahrnahm. „Deine Leute sind bereits auf dem Weg. Du kletterst jetzt herauf, ich komme hinterher", meinte er schon etwas erschöpft zu ihr. Doch ihr

161

Blick sprach Bände. Er hatte noch nie in seinem Leben einen solch argwöhnischen Blick gesehen. Dann, urplötzlich, fiel es ihm wie Schuppen von den Augen. „Himmel, ich werde schon keinen Blick unter deinen Rock riskieren, keine Bange!", raunzte er sie an und zwang sie, mit dem Aufstieg entlang der Luftwurzel zu beginnen. Während sie versuchte, an einer geeigneten Stelle nach festem Halt zu suchen, fiel Rehans Blick unweigerlich auf ihre Rückenpartie. Die falsche Konfektionsgröße des Kleides zeigte viel zu viel freien Rücken, was ihm im ersten Moment den Atem raubte. Urplötzlich war er voller Mitleid für das Mädchen, das vor ihm versuchte, an der Gebirgswand Halt zu finden. Ihr Rücken war blutverschmiert und übersät mit großen blauen Flecken und verkrusteten schmalen Linien, die er sofort mit feinen Lederpeitschen assoziierte. Rehan mochte sich nicht ausmalen, welcher Misshandlung das Mädchen zum Opfer gefallen war, aber was er sah, machte ihn wütend. Kurzerhand fasste er sie an der Hüfte und sicherte sie, bis sie festen Halt gefunden hatte. Sie mussten fast zehn Meter klettern, bis sie endlich Boden unter ihren Füßen hatten. Rehan bemühte sich, das Mädchen beim Klettern so gut es ging zu sichern, sodass sie teilweise eher unfreiwillig auf seiner Schulter hockte und von Rehan nach oben getragen wurde. „Zum Glück ist es gleich vorbei, dann bin ich sie los, und die Kavallerie kann sich um sie kümmern", dachte er, während er die letzten zwei Meter aufwärtskletterte. Oben angekommen fühlte er sich mit einem Mal so federleicht, als hätte er einen tonnenschweren Ballast abgeworfen. Er atmete mehrmals tief durch und schaute sich etwas um. Rehan hoffte, einen sicheren Unterschlupf für das Mädchen finden zu können, bis die Kangaren kommen würden. Aber er scheiterte und kam zu dem Entschluss, dass ihm die Luftwurzel um ein Vielfaches ungefährlicher schien. Er hatte noch nie eine weniger einladende Umgebung zu Gesicht bekommen. „Wahrscheinlich ist das die Ebene der Zombies", mutmaßte er und lachte in sich hinein. Im nächsten Moment mahnte er sich zur Vernunft und schaute das Mädchen an. Rehan hatte keine Lust, das Mädchen gegen ihren Willen wieder auf die Luftwurzel zu verfrachten. „Andererseits hat sie vorhin darüber nachgedacht, selbst herunterzuspringen, um mir zu entkommen. Ganz zu schweigen davon, dass sie bestimmt auch darüber nachgedacht hat, mich herunterzuschubsen, da bin ich mir sicher. Dieser Blick war ziemlich gemein. Dann kann ich sie genauso gut auch hier ihrer Bestimmung überlassen", sinnierte er vor sich hin, verwarf den Gedanken aber wieder in Windeseile. Auch wenn er das Gefühl hatte, dass sie ihm keine Sympathie entgegenbrachte, fühlte er sich für sie verantwortlich. Schließlich hatte er ihrem Schicksal die Wende gegeben und sie gerettet. „Sie hat ja nicht darum gebeten", dachte er, als er zu ihr blickte und sehen konnte, dass sie sich hingesetzt hatte und recht zufrieden aussah. Er schmunzelte leicht, als er erkennen konnte, wie sie das Messer fest umschlossen hielt. Dann auf einmal erforderte ein Geräusch seine Aufmerksamkeit. Der Raubvogel war wieder da und hatte sich auf einem der Äste eines normalwüchsigen Baumes niedergelassen. Er schenkte dem Mädchen keinerlei Beachtung, betrachtete dafür aber Rehan mit großem Interesse. Rehan hielt dem Blick des Raubvogels stand und glaubte einen wundersamen Ausdruck in dessen Augen erkennen zu können. Ihm wurde unbehaglich zumute. Mit einem Male erinnerte er sich an den schneeweißen Milan, der seinem Onkel die Nachricht vom König überbracht hatte. „Aber der da oben ist braun gesprenkelt, und es ist ein Falke. Vielleicht sind die Falken in diesem Land ja von der neugierigen Sorte? Oder er überlegt, wie er seinen Fehler von vorhin beheben kann, bevor die Verstärkung da ist?", schloss Rehan den Gedanken für sich ab. Er schaute zu dem Mädchen, das immer noch in aller Seelenruhe dasaß, und überlegte, ob er sie fragen sollte, wo die Prinzessin war. Aber schon im nächsten Moment entschied er sich dagegen. Er würde es zur gegebenen Zeit schon herausfinden. Die Rettung des Jungen war für Rehan derzeit vorrangig. Er wurde das Gefühl nicht los, dass sich der gesundheitliche Zustand des Jungen stetig verschlechterte. Es dauerte keinen weiteren Moment, bis er das Pferdegetrappel ganz deutlich und laut wahrnahm. Nunmehr wusste er, dass er das Mädchen alleine lassen konnte, ohne es einer weiteren Gefahr aussetzen zu müssen. „Und im Falle eines Falles hat sie ja das Messer", beruhigte sich Rehan murmelnd. Sie blickte etwas irritiert zu ihm und wartete ab. Mit einem Male hatte Rehan keine Zweifel, dass die Reiter nur noch wenige Minuten entfernt waren. Er sagte zu ihr: „Sie sind gleich da. Ich muss jetzt den Jungen befreien", drehte sich um und schaute kurz in den Abgrund, dessen Tiefe er immer noch nicht abschätzen konnte. Er ging einige Schritte zurück, nahm Anlauf und sprang.

10

Er landete direkt auf der Luftwurzel, die er nur wenige Minuten zuvor verlassen hatte, und musste kurz um sein Gleichgewicht kämpfen. Er blickte um sich und suchte nach einer passenden Liane, mit der er sich auf die andere Passhälfte schwingen konnte. Er wusste genau, wo der Junge war. Auch wenn er nicht verstand, wie es möglich war, dass seine Augen einen Thermoscan durch dickes Gestein durchführen konnten, war er heilfroh darüber, dass er dazu imstande war, und wenn es nur von begrenzter Dauer sein mochte. Rehan fing allmählich an, seine neuen Fähigkeiten nicht mehr zu hinterfragen, sondern als willkommen hinzunehmen, da sie ihm außerordentlich nützlich vorkamen. Er brauchte nicht lange, bis er einen geeigneten Übergang ausmachen konnte, und hüpfte von der Luftwurzel. Er ließ sich einige Meter fallen und griff nach der nächsthängenden Liane. Er schaute augenblicklich zu seiner Hand, ob sie sich wieder verwandeln würde, und glaubte, abermals Opfer einer Wahrnehmungsstörung geworden zu sein. Seine Augen zeigten ihm, dass seine Hand zwar die Liane umschlossen hatte, aber auch dass immer wieder die Umrisse einer Gorillahand sichtbar wurden. „Das alles kann nur ein Traum sein – zwar der interessanteste, den ich je hatte, aber eben nur ein Traum", dachte er und erspähte die nächste Liane, die er mit einem erheblichen Schwung greifen würde. Er wechselte mehrere Schlingpflanzen und ließ sich dabei mehr als fünfzig Meter in die Tiefe fallen, bis er die letzte Liane greifen konnte, die ihn direkt zu seinem Ziel führen sollte. Noch bevor er die letzte Liane gefangen hatte, hatte er den Felsvorsprung auf der anderen Gebirgshälfte ausmachen können, der ihn auf dem direkten Wege zu dem Jungen führen würde. „Fragt sich nur, wo die Prinzessin ist", kam es ihm erneut in den Sinn. Doch er musste diesen Gedanken, wenn auch vorerst, verwerfen und sich nun auf den Jungen konzentrieren. „Vielleicht", so hoffte er, „führt der Junge zu dem Mädchen, sind ja schließlich Zwillinge." Während des Anflugs auf den Felsvorsprung schloss er für den Bruchteil einer Sekunde die Augen, um seine Aufmerksamkeit zu sammeln, so wie er es bereits auf dem Pass der Toten getan hatte. Beim Öffnen führten seinen Augen automatisch einen Thermoscan durch, und Rehan wusste, dass er es nicht mehr weit hatte. Die Landung auf dem Felsvorsprung verlief etwas kunstfertiger als das Aufsetzen auf der Luftwurzel. Während er sich auf dem schmalen Felsvorsprung entlanghangelte, schaute er auf die gegenüberliegende kangarische Seite und war sichtlich überrascht, dass sich die Schlucht zwischen den Passhälften nach unten hin zu verengen schien. „Interessant", murmelte er und wendete sich wieder der Gebirgswand zu. Es bedurfte nur noch weniger Meter, bis er die gesuchte Stelle fand und vorsichtig den Eingang ins Innere des Berges überprüfte. Rehan musste zu seinem Bedauern feststellen, dass die Öffnung recht schmal und nicht sehr hoch war, sodass er selbst nur durchkommen würde, wenn er breitbeinig etwas in die Hocke ging und seitwärts in die Höhle eintreten würde. Er stellte sich direkt neben den Eingang und spitzte die Ohren, ob jemand im Inneren des Berges, unmittelbar nach Eintritt, seinen Weg kreuzen würde. Er hörte zwar Stimmen, aber diese waren so leise, dass Rehan sich gewiss war, dass sie in angemessener Entfernung zum Eingang waren. Er hatte somit vorerst kein Hindernis zu überwinden und huschte durch den Spalt. Im Inneren des Berges musste er seinen Augen einige Augenblicke zugestehen, bis sie sich einigermaßen an die Dunkelheit gewöhnen konnten. Er schloss abermals die Augen und konzentrierte sich. Was er im nächsten Moment ausmachen konnte, verwirrte ihn dermaßen, dass er fest davon überzeugt war, immer noch im Krankenhaus zu liegen und den Nebenwirkungen der Narkose ausgeliefert zu sein. Nicht nur, dass er genau vor Augen hatte, wie viele sich in der Höhle vor ihm befanden und wie sie aussahen, konnte er zweifelsfrei erkennen, dass sich noch eine weitere zierliche Person in der Nähe zur Höhle, auf der andere Seite, positioniert hatte. Auch konnte er die verschiedensten Gerüche wahrnehmen, unter anderem gebratenes Fleisch, aber auch den Hauch von Rosenwasser. Rehan schlussfolgerte, dass es sich bei der anderen zierlichen Person nur um die Zwillingsschwester handeln konnte und war innerlich erleichtert, sich über das Mädchen keine weiteren Gedanken mehr machen zu müssen. Vor seinem geistigen Auge fokussierte er das Mädchen und sah deutlich, dass sie in Lauerstellung auf eine günstige Gelegenheit zu warten schien. Er schmunzelte in sich hinein und bewunderte sie für ihren Mut, für ihren Bruder bis zum Äußersten gehen zu wollen. Er atmete tief durch, öffnete die Augen und setzte sich in Bewegung. Rehan versuchte so leise wie möglich zu sein und merkte gar nicht, dass er dieses nicht zu machen brauchte. Unbewusst bewegte er sich wie eine Raubkatze auf der Pirsch. Mit jedem Schritt, den er machte, mahnte er sich dennoch zur höchsten Vorsicht. Noch bevor er auf dem Felsvorsprung gelandet war, hatte er für sich beschlossen, die Rettung des Jungen ohne große Umschweife durchführen zu wollen. Er hatte schließlich keine Zeit gehabt, einen exorbitanten Plan auszuhecken. Daher war er zu dem Entschluss gekommen, aus der Situation heraus zu improvisieren. Nach wenigen Minuten gelangte er zum Eingang der Höhle, die ihm außerordentlich gastfreundlich vorkam. Er überblickte den großen gewölbten Raum in Windeseile und war beruhigt, dass er es wirklich nur mit drei Geiselnehmern zu tun hatte. Den Jungen sah er auf dem Boden liegen, während seine Peiniger sich, unweit von ihm, um ein Lagerfeuer gesammelt hatten. Aus den Abfallresten um sie herum schloss Rehan, dass sie gerade ein üppiges, proteinhaltiges Frühstück zu sich genommen und ihn noch nicht bemerkt hatten. Er betrat die Höhle, ging einige Schritte auf die Männer zu, blieb stehen, räusperte sich und sagte gelassen: „Guten Morgen.“ Die Männer fuhren zusammen und blickten soeben zu ihm auf. Sie wirkten so verblüfft, dass Rehan unweigerlich lächeln musste. Dies bewirkte bei den Männern allerdings, dass sie schnell wie der Blitz von ihren Plätzen aufsprangen und zugleich ihre Waffen zogen. Rehan schaute immer noch leicht amüsiert und musterte dabei die Waffen. „Wer bist du und wie bist du hier hereingekommen?", fragte einer der Männer verwirrt. „Wer ich bin, ist irrelevant, und wie ich hier hereingekommen bin, ist mein Geheimnis! Ihr solltet lieber fragen, was ich hier will", antwortete Rehan entzückt. Er merkte sofort, dass die Männer zunehmend aggressiver wurden, je gelassener er tat. Trotz ihres aufkeimenden Zorns schauten die Männer einander verstört an. Es vergingen einige Sekunden, bis sich einer der Männer wieder unter Kontrolle hatte und einen Schritt auf Rehan zuging. „Also, was willst du hier", fragte er schnippisch, wobei er versuchte, so bedrohlich wie möglich auszusehen. „Den da!", antwortete Rehan knapp und bündig und zeigte dabei auf den leblos wirkenden Körper des Jungen und lächelte dabei. Als hätte dieser nur auf diese Worte gewartet, bewegte er sich als Zeichen dafür, dass er noch am Leben war. Rehans übertrieben heitere Stimmung verärgerte die Geiselnehmer. Sie tauschten untereinander unsichere Blicke aus und nur einen Moment später lachten sie los und verstummten wenige Sekunden später auf Kommando. „Nun, meine Herren, entweder ihr gebt ihn mir freiwillig und ich lasse euch unversehrt ziehen, oder ich garantiere für nichts", sprach Rehan in die Runde und behielt sein Lächeln auf den Lippen. „Bist du von allen guten Geistern verlassen, uns eine solche Forderung zu stellen?", fragte einer der Männer. „Was meinst du damit?", wollte ein weiterer Geiselnehmer wissen, ohne Rehan die Möglichkeit zu geben, auf die erste Frage zu antworten. „Im Klartext heißt das, ich nehme den Jungen mit, ob mit oder ohne eure Einwilligung", entgegnete Rehan nach außen hin ruhig, aber innerlich aufs Höchste aufmerksam. Er wusste, dass nun der Wendepunkt des Gesprächs erreicht war, und er ab sofort mit einem Angriff seitens der Geiselnehmer zu rechnen hatte. Und Rehan wurde nicht enttäuscht. Die drei Männer waren fast gleichzeitig auf ihn zugestürmt und fackelten nicht lange mit ihren Waffen. Es bedurfte einige Sekunden eines geschickten Ausweichmanövers,

168

bis Rehan sicher war, dass er von den drei Geiselnehmern nichts zu befürchten hatte. Er stufte sie zwar als erfahrene Kämpfer ein, aber sie würden ihm nie und nimmer das Wasser reichen können, dessen war er sich gewiss. Rehan brauchte nur wenige Minuten, bis er die Männer kampfunfähig gemacht hatte. Er hatte bewusst darauf verzichtet, die Männer umzubringen, weil er der Ansicht war, dass er keinem das Leben nehmen durfte, so lange seines nicht ernsthaft bedroht sein würde. So konnte er sich wenigstens guten Gewissens ein wenig von den Serienkillern abgrenzen, denen er während seiner Dienstjahre zuhauf begegnet war. Im Nu hatte er den Jungen erreicht und befreite ihn von seinen Fesseln. Er prüfte den Gesundheitszustand des Jungen und sah zu seiner Erleichterung, dass der Junge noch so weit bei Bewusstsein war, dass er ihn ohne größere Probleme würde transportieren können. Rehan achtete gar nicht darauf, dass der Befreite Anstalten machte, etwas zu sagen und hievte ihn auf die Beine. Er wollte keinerlei Reden oder eine Danksagung hören, sondern so schnell wie möglich aus dem Berg heraus. Erst als der Junge im nächsten Augenblick in sich zusammensackte, musste Rehan sich eingestehen, dass er dem Jungen ein wenig Zeit geben musste, damit er sich auf die neue Situation einstellen konnte. Die ehemalige Geisel saß vornübergebeugt und atmete schwer. Rehan schaute sich zwischenzeitlich in Windeseile um und erinnerte sich mit einem Male an die zierliche Person, die sich im Hintergrund versteckt hatte. Schlagartig wurde ihm klar, dass die Unbekannte nicht mehr auf ihrem Posten war, sondern sich in ihre Richtung fortbewegte. „Sie ist ganz nahe", dachte er und spürte regelrecht ihren Atem und ihren Herzschlag. Er wusste nicht warum, aber er konnte sie mit jeder Faser seines Körpers spüren. Rehan glaubte sogar, ihren nächsten Gedanken hören zu können, so wie er es bei dem Mädchen auf der Luftwurzel gemacht hatte. Auch entging ihm nicht, dass es dem Jungen mit einem Male besser zu gehen schien. Er wirkte um ein Vielfaches lebendiger und lebensfroher. „Als hätte auch er ihre Anwesenheit gespürt", dachte er und hoffte, wenigstens dieses Mal die richtigen Personen gerettet zu haben. Er entschied kurzerhand, in die Offensive zu gehen, und bastelte sich eine provisorische Fackel. „Wir müssen hier endlich heraus, bevor die wieder zu sich kommen", sagte er zu dem Jungen und spähte immer wieder zu den bewusstlosen Geiselnehmern hinüber. Der Junge nickte und ließ sich von Rehan auf die Beine helfen. Rehan stützte den Jungen, während sie aus der Höhle herausgingen, und beleuchtete mit der Fackel in seiner freien Hand den Weg. Just in dem Moment, als sie den schmalen Gang betraten, durch den sie zum Spalt aus dem Berg gelangen würden, hörte Rehan die zierliche Person auf ihn zueilen, wobei ihre elfenhaften Schritte sich in seinen Ohren wie trampelnde Elefantenfüße anhörten. Er stellte sich bewusst hinter den Jungen, nur für den Fall, dass die Person doch feindlicher Gesinnung sein würde, und meinte gelassen: „Na, na, na! Dein Selbstbewusstsein in Ehren, aber das wäre nur Zeitverschwendung! Wir müssen hier endlich raus." Der Junge drehte sich um und schaute ihn verwirrt an. „Nicht du, ich meine die Kleine hinter uns", sagte Rehan zu dem Jungen und hörte ganz deutlich, wie das Mädchen hinter ihm überrascht die Luft anhielt. Rehan drehte sich um und sah das Mädchen trotz des spärlichen Lichts deutlich vor sich. Doch diese brauchte nicht lange, um sich wieder zu fangen, und trat ihm voller Wucht gegen das Schienbein. Rehan, der nicht damit gerechnet hatte, strauchelte leicht und ließ die Fackel fallen. Im nächsten Moment erst spürte er den Schmerz und überlegte ernsthaft, ob er ihr den Hintern versohlen sollte. Doch ehe er eine ernsthafte Lösung in Betracht ziehen konnte, hörte er, wie ein Schwert aus einer Scheide gezogen wurde. Trotz der ihn umgebenden Dunkelheit konnte er auf einmal ihr Gesicht ganz deutlich vor sich sehen, als hätte jemand das Licht eingeschaltet. Den Jungen, den zu retten er als oberste Priorität angesehen hatte, hatte er vollkommen vergessen. Er war überwältigt vom Gefühl, in das Spiegelbild seines früheren, sehr viel jüngeren, Ichs zu sehen. Er schüttelte den Kopf und zwang sich, einen klaren Kopf zu bekommen. „Deine Augen haben dir einen Streich gespielt, nichts weiter. In dem Alter ähneln sich viele Mädchen", versuchte er sich einzureden. In der Zwischenzeit sagte das Mädchen etwas zu dem Jungen, das Rehan nicht verstanden hatte. „Wieder eine andere Sprache", erfasste er für sich und fragte sich, was sie ihm wohl mitgeteilt hatte. Aber auch dieses Mal ließ die Antwort nicht lange auf sich warten. Im nächsten Moment spürte Rehan, dass sein Rücken überdurchschnittlich stark belastet wurde. Der Junge war ihm auf den Rücken gesprungen und nahm ihn gleich in den Würgegriff. „So was habe ich ja noch nicht erlebt – komme her, um diese Gören zu befreien, und die haben nichts anderes im Sinn, als mich für ihre Unannehmlichkeiten zu bestrafen. Undankbares Volk!", empörte Rehan sich lautstark. Das Mädchen war zwischenzeitlich ebenfalls nähergetreten und hatte angefangen, Rehan zu kratzen und zu beißen. Rehan, unterdessen verärgert über das Verhalten der Zwillinge, entschied, den Heranwachsenden einen Strich durch die Rechnung zu machen. „Die Teenies hier sind ja genauso schlimm wie in meiner Welt", dachte Rehan, während er den Würgegriff des Jungen lockerte und ihn gekonnt über die Schulter auf seine Schwester warf. Die Zwillinge fielen rücklings auf den Boden und stöhnten vor Schmerzen. Den Schutz der Dunkelheit um sie wissend, schauten sie ihren vermeintlichen Peiniger hasserfüllt an und murmelten dabei etwas in der fremden Sprache, denr Rehan keinen Sinn zuordnen konnte, obwohl er jedes einzelne Wort verstanden hatte. Auch dieses Mal hatte er die Sprache innerhalb kürzester Zeit verstehen gelernt. „Mit dieser Fähigkeit wäre ich in meiner Welt unbezahlbar", überlegte Rehan und wollte am liebsten laut loslachen, da er die Situation, in der er steckte, einfach nur verschroben fand. „Entweder ist das alles hier nur ein schlechter Scherz oder doch die Nebenwirkung von sehr sehr sehr starken Medikamenten", beendete er seinen Gedanken und schaute die Geschwister an. Er sah sie genau vor sich, einander an den Händen haltend im, für ihn, hell erleuchteten Gang sitzen, und beobachtete sie einige Sekunden. Sie

171

wirkten sehr mitgenommen, was Rehan nicht nur an ihrer Kleidung erkennen konnte – ihre Mienen sprachen Bände. Er wurde das Gefühl nicht los, dass nur er in den Genuss des Lichts kam, da die Zwillinge immer wieder verängstigt um sich blickten, als wüssten sie nicht genau, wo Rehan sich befand. Er begann für die beiden Mitleid zu empfinden und entschied den beiden entgegenzukommen, damit sie ihm seine Mission nicht unnötig erschwerten. Urplötzlich erforderte wiederum ein Geräusch Rehans Aufmerksamkeit. Er hörte ein leises Stöhnen und nahm umgehend an, dass einer der Männer dabei war, zu sich zu kommen. „Hört zu, ihr beiden, ich will euch nichts tun, sondern euch nur rausholen und zu eurem Vater bringen, der auf der anderen Seite auf euch wartet. Die Männer in der Höhle werden langsam zu sich kommen, und dann könnte es unter Umständen unangenehm werden. Daher schlage ich vor, ihr lasst euch helfen, und sobald wir auf der anderen Passhälfte sind, gehen wir getrennte Wege. Einverstanden?", sprach er zu ihnen und beobachtete sie. Er konnte zweifelsfrei erkennen, dass die Zwillinge, jeder für sich, mit sich rangen. Es dauerte einige Sekunden, bis sie die Köpfe zusammentaten und miteinander tuschelten. Dann standen sie gleichzeitig auf, und das Mädchen antwortete, „Einverstanden!". „Haltet euch an den Händen, und du, Junge, gibst mir die Hand", sagte Rehan zu den Zwillingen und griff im nächsten Augenblick nach der Hand des Jungen. Er führte sie den Gang entlang zum Spaltausgang und aus dem Berg hinaus. Rehan ließ erst das Mädchen aus dem Berg heraustreten, dann den Jungen und trat letztendlich selbst aus dem Berg.

***

Die Zwillinge hatten sich sogleich nebeneinander in kurzer Entfernung zum Eingang gestellt und blickten um sich. An ihren Gesichtern konnte Rehan ablesen, dass sie über ihren Standort alles andere als erfreut aussahen. Und er war erstaunt darüber, dass seine Augen ihm im Inneren des Berges doch keinen Streich gespielt hatten. Das Mädchen sah ihm, als Kristin im Alter von 15 Jahren, sehr ähnlich. Auch die Gesichtszüge des Jungen wiesen eine enorme Vertrautheit auf, auch wenn er nicht recht wusste, an wen er ihn erinnerte. Er atmete tief durch und legte diese Erkenntnis als Zufall ad acta. Im nächsten Augenblick spitzte er kurz die Ohren und hörte die Männer im Inneren des Berges, deren Stimmen immer leiser wurden. Rehan derweil beruhigt, dass von den Männern keine Gefahr mehr ausging, wendete sich den Zwillingen zu und fragte gelassen: „Was ist? Habt ihr etwa Höhenangst?" Erst jetzt drehten sich die beiden zu ihrem Retter und schauten ihm erstmalig ins Gesicht. Ihre Mimik veränderte sich schlagartig, und sie sahen Rehan fassungslos an. „Was ist los?", wollte Rehan wissen. Doch die Zwillinge schüttelten gleichzeitig den Kopf, als Zeichen dafür, dass nichts wäre. Doch der Blick, den die beiden austauschten, verstörte Rehan ein wenig. Aber es war ihm nicht wichtig genug, es sofort zu erörtern. Innerlich schimpfte er mit sich, da er vergessen hatte, die Liane am Felsvorsprung festzumachen. Stattdessen tat er einen Schritt auf die Geschwister zu und meinte: „Wir werden mithilfe der Lianen auf die andere Seite wechseln. Während ich eine von den Lianen da drüben hole, macht ihr untereinander aus, wer zuerst mit mir auf die andere Passhälfte will." Ohne eine Antwort abzuwarten machte er einen Satz und sprang abermals in die Tiefe. Es dauerte nicht lange, bis er weiter unten eine Liane zu fassen bekam, und er beschleunigte seinen Schwung in dem Maße, dass er die Schlingpflanzen so greifen konnte, dass er sich aufwärtsbewegte. Es dauert noch nicht mal ein Minute, bis er auf der richtigen Höhe eine weitere Liane zu fassen bekam, mit der er abermals auf den Felsvorsprung landen wollte. Er wechselte die Liane und ließ sich auf dem Felsvorsprung nieder. Die Zwillinge schauten ihn mit großen ungläubigen Augen an und wussten nicht so recht, wie sie die neue Situation einschätzen sollten. Mit der Liane in der Hand wartete Rehan anfangs noch ruhig auf einen der Zwillinge. Doch mit jeder verstrei-

173

chenden Sekunde wurde er ungeduldiger und fragte sich, was die beiden wohl dieses Mal auszusetzen hätten. Noch bevor er zum Aufbruch drängen musste, sah er, dass das Mädchen auf ihren Bruder zuging, der sich indessen an die Gebirgswand gelehnt hatte, und ihm etwas zuflüsterte. Rehan beobachtete den Jungen, der mit dem Gesagten des Mädchens nicht einverstanden schien, und konnte zweifellos erkennen, dass die Geschwister sich in großen Schritten auf einen Streit hinbewegten. Trotz der zeitlichen Verzögerung wollte Rehan den beiden noch einige Sekunden zugestehen, um ihre Entscheidung selbstständig zu treffen. Für ihn war es unwichtig, mit wem er zuerst auf die kangarische Seite übersetzen würde. Nur einen Moment später sah er seine Annahme bestätigt, da die Zwillinge lauter geworden waren. Er atmete tief durch und wappnete sich für sein Einschreiten. Als hätten die Geschwister nur auf dieses Zeichen gewartet, setzten sie sich in Bewegung und gingen auf Rehan zu. Während das Mädchen den Jungen beim Gehen stützte, hatte Rehan für einige Sekunden die Möglichkeit, die beiden etwas aufmerksamer zu betrachten. Trotz ihres unterschiedlichen Geschlechts und der ungleichen Haarfarbe hatten sie große Ähnlichkeit miteinander. Nur einen Moment standen die beiden vor Rehan und blickten zu ihm auf. Rehan im ersten Moment verwirrt darüber, wer denn nun zuerst mit ihm übersetzen würde, wurde im nächsten Augenblick überrascht, als das Mädchen einen Schritt zurücksetzte. „Ich bin gleich wieder da, keine Bange", sagte Rehan zu dem Mädchen und umfasste die Taille des Jungen. „Halt dich gut fest", sprach er ihm ins Ohr und sprang, die Liane fest umgeklammert, herunter. Trotz seines erschöpften Körpers fing der Junge umgehend an, so laut zu schreien, dass Rehan Ohrenschmerzen bekam. Rehan wechselte nur zweimal die Lianen und landete mit seinem Passagier unversehrt auf einer der üppigen Luftwurzeln. Dieses Mal befestigte er die Liane und half dem Burschen auf kangarischen Boden zu kommen, was ihm durchaus mühsamer vorkam als seine Kletterpartie mit dem Mädchen. Nur einen Atemzug später hörte Rehan wieder-

174

um den Falken in der Luft und schaute soeben zu dem Jungen. Auch dieses Mal konnte er einen erleichterten Blick ausmachen. „Komische Menschen, die erleichtert sind, wenn sie einen Raubvogel sehen, aber den verprügeln wollen, der sie gerettet hat", überlegte er und schaute sich um. Er konnte sich nicht helfen, aber er fand wiederum keinen Gefallen an der Stelle, an der er seinen Schützling alleine zurücklassen wollte. Trotzdem hoffte er darauf, dass die Kangaren nicht mehr weit waren. „Schließlich hat der Vogel uns gesehen", dachte er, als er, ohne dem Jungen irgendeine Beachtung zu schenken, auf die Luftwurzel hüpfte, sich die Liane schnappte und in die Tiefe sprang. Im Nu war er bei der Prinzessin, die unterdessen in sich zusammengesackt auf dem Felsvorsprung saß, wobei ihre Unterschenkel über dem Rand baumelten. „Himmel, das Mädel fällt gleich runter", dachte Rehan und machte sich ernsthafte Sorgen. Er befestigte die Liane und eilte zu ihr. Er schimpfte mit sich, dass er fälschlicherweise angenommen hatte, ihr Gesundheitszustand wäre in Ordnung. „Sie hat wohl vorhin ihre letzten Kraftreserven mobilisiert, um vor ihrem Bruder nicht schwach zu erscheinen. Wer weiß, wann sie das letzte Mal etwas gegessen hat", kam es ihm in den Sinn. Rehan wusste, dass er nun schnell handeln musste, wenn er sich mit seiner Last einigermaßen ohne Komplikationen auf die andere Seite schwingen wollte. Er kniete sich zu ihr und half ihr in eine aufrechte Position. „Meinst du, du schaffst es mit mir auf die andere Seite?", fragte Rehan das Mädchen und schaute sie zweifelnd an. Das Mädchen hob seinen Kopf und hatte Mühe, die Augen aufzuhalten. Sie brachte zwar keinen Ton heraus, konnte aber so weit mit dem Kopf nicken, dass Rehan dieses als Zustimmung wertete und sie auf die Beine hievte. Rehan umfasste ihre Taille mit dem linken Arm und griff mit der rechten Hand nach der Liane. Just in dem Moment, als er vom Felsvorsprung springen wollte, hörten beide ein donnerndes Geräusch. Rehan wunderte sich leicht über das geräuschvolle Grollen, besann sich aber im nächsten Moment auf das Phänomen, dass sich Gewitter im Gebirge im Allge-

175

meinen stets lauter anhörten. Plötzlich spürte er, wie sie zu zittern und zu winseln anfing. „Was ist los?", wollte Rehan wissen und senkte seinen Kopf, um das Mädchen anzuschauen. Doch er bekam keine Antwort. Aber der Ausdruck in ihren Augen war voller Angst. Sie bebte am ganzen Körper. Rehan rollte leicht mit den Augen und war über die Furcht des Mädchens vor einem aufkommenden Gewitter erstaunt. „Hab keine Angst. Dir kann nichts geschehen. Ich bin bei dir", sprach Rehan zu ihr und versuchte sie somit zu beruhigen. Doch die Angst des Mädchens wollte nicht abebben. „Na dann eben nicht – sie wird es schon überstehen", murmelte Rehan und war entschieden, keine weitere Sekunde mehr vergeuden zu wollen. Er zog sie näher an sich heran und sprang mit der Liane in die Tiefe. Umgehend schlang das Mädchen die Arme um Rehans Hals und schloss angsterfüllt die Augen. Gerade als er das erste Mal die Liane wechseln wollte, bemerkte Rehan, dass es erneut donnerte. Aber dieses Mal schien es ihm um ein Mehrfaches lauter zu sein. Diese Erkenntnis lenkte ihn so sehr ab, dass er die nächste Liane verfehlte und wieder Richtung Felsvorsprung oszillierte. Nur einen Wimpernschlag später spürte Rehan eine Vibration, die das ganze Umfeld eingenommen zu haben schien. Der ohrenbetäubende Lärm vernebelte ihm einige Sekunden seine Sinne und er glaubte, ein Erdbeben zu erleben. Erstmals verspürte er leichte Angst und schimpfte mit sich, dass er nicht schneller gehandelt hatte. Er pendelte mit dem Mädchen auf der Liane hin und her und merkte nicht, dass sie fast schon keinen Schwung mehr hatten. Dann auf einmal wurden das Donnern und das Beben überproportional lauter, und Rehan kam von dem Gedanken ab, es könnte sich hierbei um ein Erdbeben handeln. Er vermochte nicht zu sagen, warum, aber er war sich sicher, dass sich ein Erdbeben anders anhören würde. Rehan wusste, dass er so schnell wie möglich auf die kangarische Seite wechseln musste, wenn sie beide lebend aus der Zwangslage herauskommen wollten. Schlagartig erinnerte er sich an die Worte seines Onkels, sich vor dem Fluss in Acht zu nehmen. „Welcher

Fluss", fluchte er innerlich. Doch das ohrenbetäubende Geräusch überzeugte ihn, nicht mehr an der Existenz des Flusses zu zweifeln. Nunmehr assoziierte er das Gebrumm mit dem Lärm, den nur riesige Wassermassen machen konnten. „Keine Ahnung, was hier gerade passiert. Aber wir müssen schleunigst weg!", dachte er und versuchte den letzten Schwung des Pendelns auszunutzen, um so ihr eigenes Tempo zu beschleunigen. Er brauchte zwar mehrere Sekunden, aber es gelang ihm, wieder einigermaßen Schwung zu bekommen, um die nächste Liane anpeilen zu können – gerade noch rechtzeitig genug. Ehe er die nächste Liane greifen konnte, riskierte er instinktiv einen Blick nach hinten und sah zu seinem Entsetzen gigantische Wassermassen, zwar noch in der Ferne, aber in atemberaubender Schnelligkeit auf sie zukommen. „Scheiße", rutschte es ihm heraus, während er die Liane wechselte. „Der Fluss fordert seinen Tribut!", wimmerte das Mädchen noch, bevor sie das Bewusstsein verlor. „Na toll", gab Rehan schon leicht verärgert von sich. Fast schon panikartig versuchte Rehan, ihre Geschwindigkeit zu erhöhen, um rechtzeitig auf sicheren Boden zu gelangen. Er wechselte die Liane und landete mit seiner bewusstlosen Last auf der Luftwurzel dreißig Meter unterhalb der Stelle, an der er den Jungen zurückgelassen hatte. Kurzerhand schulterte er das Mädchen und begann an der erdigen Gebirgswand mit dem Aufstieg. Nur wenige Sekunden später sah Rehan, dass ihm eine Hand entgegengestreckt wurde, die ihm seine Last abnehmen wollte. Er war heilfroh, dass die Männer des Königs zwischenzeitlich eingetroffen und die Zwillinge nun in Sicherheit waren. Zutiefst erleichtert kletterte er zwei Meter hoch, bevor er das Mädchen aufrichtete und nur eine Sekunde später von ihrem Gewicht erlöst wurde. Er hielt kurz inne, um sich zu sammeln, um die verbleibenden dreieinhalb Meter zu klettern. Ein Fehler, den Rehan dennoch nicht bereuen sollte. Die Wucht der Wassermassen war blitzartig so gewaltig geworden, dass das Gebirge regelrecht zu beben angefangen hatte. Die Vibrationen wurden mit jedem verstreichenden Augenblick um ein Vielfaches stärker, sodass

177

Rehan umgehend das Gleichgewicht verlor und auf die Luftwurzel knallte. Er hatte keine Möglichkeit, seine Balance zu finden, und rutschte nur eine Sekunde später von dieser herunter.

***

Er fiel einige Meter, konnte dann aber eine Liane greifen, mit der er sich nach vorne schwingen konnte. Mit den monströsen Wassermassen im Rücken schwang er sich von Liane zu Liane nicht nur vorwärts, sondern auch immer tiefer in den Abgrund. Er traute sich nicht, einen Blick nach hinten zu riskieren. Und dennoch wusste er, dass er es tun musste, wenn er auf eine Überlebenschance hoffen wollte. Er versuchte, sich zusammenzureißen, und schaute nach hinten. „Das könnte schiefgehen", schoss es ihm durch den Kopf, als er das gigantische Wasser erblickte, das in besorgniserregender Geschwindigkeit näherkam. Er versuchte umgehend, seine Geschwindigkeit zu erhöhen, und spähte nach unten, um nach den nächsten Schlingpflanzen Ausschau zu halten. Doch was er sah, war nicht ganz in seinem Sinne. Er sichtete nur noch einige wenige Lianen, die weiter unten in der Tiefe waren. „Hätte mich auch gewundert", murmelte Rehan und ließ die Liane los. Er schnellte wie ein Pfeil mehr als hundert Meter in den Abgrund und wechselte dabei in einer atemberaubenden Schnelligkeit die Lianen. Mit den meterhohen Wassermassen hinter sich und dem Ungewissen unter sich wusste er nicht, was er machen sollte. Zu allem Überfluss konnte er nur noch eine weitere Liane ausmachen, die über sein Schicksal zu entscheiden hatte. Doch was war das? Nur etwas tiefer als die letzte Liane? Ein reißender Fluss voller Stromschnellen. „Bin ja ein richtiger Glückspilz – ich habe den Fluss gefunden, vor dem ich mich in Acht nehmen sollte. Und einen Tsunami direkt hinter mir", dachte er noch, als er mit enormer Geschwindigkeit in die Tiefe raste, wobei er in der Luft mehrmals nach hinten schaute. Die Wassermassen waren nur noch wenige Meter von ihm entfernt, und Rehan hatte plötzlich das Gefühl, eine Halluzination zu haben. Er glaubte, ganz deutlich sehen zu können, wie mehrere Hände aus der gigantischen Welle herausragten und versuchten, nach ihm zu greifen. Unzählige hagere Hände und schmerzverzerrte Gesichter, die er glaubte, im Wasser zu sehen. Die schaumigen Kronen des Wassers ließen bei ihm den Trugschluss zu, dass blutgierige Bestien nach ihm schnappen wollten. Er wendete seinen Blick ganz erschrocken wieder dem Fluss unter ihm zu und konnte eindeutig geistförmige Gestalten erkennen, die mit dem Strom des Flusses schwammen und immer wieder verzweifelt zu ihm aufschauten. Rehan wusste mit einem Male, dass unter ihm die Toten den reißenden Fluss bildeten und darauf warteten, dass er endlich zu ihnen stoßen würde. Ein letzter Blick nach hinten machte ihm deutlich, dass die Jäger in der riesigen Welle waren und ihn für den Fluss fangen wollten. Er blickte fast aussichtslos um sich und wollte sich schon mit seinem Schicksal abfinden, als ein kleiner Hoffnungsschimmer ihn dazu verleitete, nach der letzten Liane zu greifen, um wenigstens nichts unversucht zu lassen. Nur eine Sekunde später griff er nach der letzten Liane über dem Fluss und konnte deutlich erkennen, dass der Fluss auf die Fallkante zueilte. Er nutzte den Schwung der Liane, ließ sich einige Meter fallen, ohne den Griff zu sehr zu lockern und konnte so ein wenig Distanz zu den Jägern gewinnen, was aber nur den Bruchteil einer Sekunde Bestand hatte. Rehan war verwirrt und wusste nicht, was er machen sollte. Er blickte geschwind nach rechts und links und musste zu seinem Entsetzen feststellen, dass an den Passhälften keinerlei Gelegenheiten geboten wurden, sich auf festen Boden zu schwingen. Somit sah er seine Möglichkeiten schwinden, dem Fluss der Toten zu entkommen, und entschied instinktiv, sich seinem Schicksal zu stellen. Er drehte sich im Schwung um und eilte auf die Jäger zu. Rehan hatte nie daran geglaubt, dass sich in den letzten Sekunden eines Lebens die wichtigsten Stationen nochmals vor dem geistigen Auge im Schnelldurchlauf abspielen würden. Viele hatten ihm davon erzählt, aber irgendwie hatte er diesen Aussagen nichts abgewinnen können. Und nun, in der brenzligsten Lage seines Lebens, kurz vor dem Tode, hoffte er darauf, doch wie die anderen zu sein und war innerlich miauf dentm Kurzfilm vorbereitet. Aber es kam nichts! Stattdessen rasten Rehan und die Welle aufeinander zu und drohten einen Augenblick später zu kollidieren. In diesem Moment war er unfähig, seine Augen zu schließen, weil er dem Tod nicht gönnen wollte, Überhand zu bekommen. Und dann geschah etwas, womit Rehan niemals gerechnet hätte.

11

Die kolossale Welle aus Jägern fiel blitzschnell in sich zusammen und verebbte im Nu mit dem Fluss der Toten. Rehan baumelte ins Leere und konnte im ersten Moment sein Glück nicht fassen. „Was ist denn passiert?", fragte er sich. „Ich denke, der Fluss verschont keinen", überlegte er und war so sehr in seine Gedanken versunken, dass er gar nicht merkte, dass die Liane auspendelte und zum Stillstand kam. Er suchte nach logischen Lösungen, die seine jüngsten Erfahrungen hätten erklären können. Doch er scheiterte. Die Erlebnisse der vergangenen Stunden, vor allem die der letzten Minuten, überstiegen seine Vorstellungskraft. „Und wenn ich drei Tage darüber nachgedacht hätte, hätte ich niemals so viel Action aneinanderreihen können, ohne dass es an Glaubwürdigkeit verlieren könnte. Ich habe einen Sturz in die vernebelte Tiefe überlebt, dabei drei Menschen gerettet und bin einer Monsterwelle entkommen. Nicht zu vergessen, dass jetzt kein Wasser mehr weit und breit ist. Das Flussbett sieht aus, als wäre es schon vor Jahren ausgetrocknet", grübelte er und blickte immer wieder ungläubig um sich. „Und das schrägste aller Dinge ist, dass ich jetzt ein Mann bin", murmelte er schon fast überspannt vor sich hin. Er schüttelte den Kopf mehrmals, um ihn freizubekommen, und schloss dabei die Augen. Er fragte sich erneut, warum er nicht einfach aufwachte und somit die Gewissheit erlangte, dass die vergangenen Stunden nur seiner Fantasie entsprungen waren. „So viel kann doch ein Einzelner nicht erleben und schon gar nicht überleben", wisperte er vor sich hin. Er wusste, dass er sich nun zusammenreißen musste, wenn er seiner bizarren Situation entkommen wollte. Rehan atmete mehrmals tief ein und aus und öffnete die Augen und hoffte, endlich aus einem Traum oder traumähnlichen Zustand zu erwachen und zu erkennen, dass das Erlebte wirklich nur ein Produkt seiner konfusen Gedanken war. Aber dem war nicht so. Er hing immer noch am unteren Ende der Liane, zwischen dem kangarischen Ufer und der Mitte des Flussbettes, in etwa dreißig Meter Höhe. Er überlegte kurzfristig, ob er sich auf die Passhälften schwingen sollte, als ihm wieder einfiel, dass er nur gegen kahle Steilwände stoßen würde. Er schaute abermals nach unten und schätzte seine Höhe als überwindbar ein. „Ich könnte mir zwar das Genick brechen, aber wenn ich mich richtig fallen lasse, komme ich eventuell mit wenigen Knochenbrüchen davon, die Onkel heilen könnte", überlegte er. Nur einen Augenblick später blickte er nach oben, um zu schauen, wie weit er hochklettern müsste, damit er wieder auf die kangarische Seite gelangen konnte. Doch der Weg nach oben schien um ein Vielfaches länger zu sein, da die Liane im Nebel verschwand. Er wunderte sich über den plötzlich aufgekommenen Nebel und bildete sich im nächsten Moment ein, dass sich dieser rasant nach unten ausbreitete. Zudem kam ihm der Weg nach oben etwas eigenartig vor, da der Nebel alles andere als gastfreundlich wirkte. Er schüttelte abermals ungläubig den Kopf und blickte nochmals nach unten. Er konnte sich nicht entscheiden, ob er klettern oder springen sollte. So hing er einige Minuten in der Luft und blickte abwechselnd nach oben und unten, wobei er den Nebel beobachtete. Bis plötzlich ein zischendes Geräusch zu hören war, das immer lauter wurde. Rehan ahnte, dass dieses Geräusch kein gutes Omen war und wappnete sich im nächsten Moment für das Schlimmste. Nur einen Augenblick später zog er intuitiv seinen Kopf nach hinten und entging so dem Pfeil, der haarscharf an ihm vorbeischoss. Umgehend blickte er um sich und konnte nichts Verdächtiges erkennen. Allerdings wurde er das Gefühl nicht los, dass die Liane von dem Pfeil in Mitleidenschaft gezogen worden war und schaute sie prüfend an. Rehan konnte doch keine Beschädigung feststellen, befürchtete dennoch, nicht mehr lange in der Luft hängen zu bleiben. Sein Problem, in welche Richtung er sich begeben sollte, hatte sich mit einem Male von alleine gelöst. Hinzu kam, dass der Nebel dabei war, ihn zu umhüllen. Noch ehe er den nächsten Gedanken zulassen konnte, hörte er einen ohrenbetäubenden Lärm, der Menschen und Tieren gleichermaßen zuzuordnen war. In ihm stieg eine kleine Freude auf, dass sein Onkel auf dem Weg war, um ihn zu retten. Was ihn allerdings verwirrte war, dass der Lärm von der walonischen Passhälfte ausging. Und dass das Getöse äußerst negative Schwingungen hatte. „Mir schwant nichts Gutes", dachte er gerade noch, als er sah, dass zwei Männer, einer in seinem Alter und einer um einiges älter, auf zwei Pferden von der walonischen Passhälfte auf das Flussbett ritten und plötzlich von merkwürdigen menschenähnlichen Kreaturen, die so blass waren, dass es Rehan gruselte, verfolgt wurden. Zeitgleich beherrschten unzählige Pfeile und Speere den Raum um Rehan herum, und er hatte Mühe, seinen Körper heil aus der Sache zu manövrieren. Dann, unerwartet, nahm das Treiben unter ihm ein jähes Ende, als die beiden Männer von ihren Gegnern eingekreist und überwältigt worden waren. Rehan nutzte die kleine Atempause, um sich einen Überblick über seine neue Situation zu verschaffen und kam zu dem Entschluss, dass die Wesen ihn noch nicht wahrgenommen hatten und er nur zufällig Beinah-Opfer der Wurfgeschosse geworden war. Er konnte nicht umhin, die Kreaturen direkt unter ihm etwas genauer zu betrachten. Im Nu überkam ihn ein Ekel, den er in seinem Leben so noch nicht kennengelernt hatte. Er sah ganz deutlich, dass diese Geschöpfe sich die Zähne bleckten, als würden sie ihre beiden Gefangenen in Kürze verzehren wollen. Noch bevor er eine Entscheidung treffen konnte, ob er sich einmischen wollte oder nicht, hörte er ein Knacken und schaute instinktiv nach oben. Umgehend konnte er erkennen, dass eines der Wurfgeschosse der Wesen seine Liane erwischt hatte und er nun drohte, in die Tiefe zu fallen. Er reagierte geistesgegenwärtig und glitt im nächsten Moment die letzten Meter an der Liane runter, bis er das Ende der Liane zu fassen bekam, was seine Höhe auf fünfzehn Meter reduzierte. Die Menge, direkt unter ihm hatte ihn noch immer nicht bemerkt. Die blassen Kreaturen hatten ihre beiden Gefangenen, die Rücken an Rücken standen, enger eingekreist und freuten sich sichtlich auf ihr Mahl. Rehan atmete einmal tief durch und wappnete sich für den bevorstehenden Sturz in die absehbare Tiefe. Kurzerhand ließ er die Schlingpflanze los und erwartete einen harten Aufprall.

***

Aber er konnte trotz der Höhe seinen Sturz so gut abfedern, dass die Landung ihn zwar schmerzte, er sich aber keinerlei schwerwiegende Verletzungen zuzog. Augenblicklich wichen die Kreaturen erschrocken zurück und verschafften ihm somit etwas Zeit, sich von seinem Sturz zu erholen. Er wusste nicht, was er tun sollte, und verhielt sich etwas deplatziert, indem er die beiden Gefangenen grüßte. Diese allerdings waren so verdattert, dass sie wie angewurzelt dastanden. Rehan sah sofort, dass er keinen weiteren Aufschub mehr hatte, da er ohne Probleme aus den Augenwinkeln heraus erkennen konnte, dass zwei der Kreaturen sich auf ihn zu bewegten. „Das würde ich mir gut überlegen. Nach alledem kann ich für nichts mehr garantieren", brüllte Rehan die Kreaturen an, die ihn daraufhin verständnislos angafften. Erst jetzt konnte Rehan sehen, wie blass sie wirklich waren. Er konnte sämtliche ihrer Venen ohne große Anstrengung erkennen. Ihre Zähne sahen aus wie kleine spitze Pfeile. Nur wenige Sekunden später hörte er ein lautes Horn und blickte sofort zur walonischen Seite. Dort sah er eine der Kreaturen am Ufer auf einer riesigen dunklen reptilienähnlichen Bestie sitzen, mit den Zügeln in der Hand. Nur einen Moment später wurden die drei ungewollt zu Verbündeten im Kampf gegen die blassen Unmenschen. Rehan musste ein aufwendiges Ausweichmanöver anwenden, um herauszufinden, womit er es zu tun hatte. Immer wieder musste er den Kreaturen ausweichen, die nur daran interessiert schienen, ihm ihre Zähne in den Körper einzurammen. Er konnte den Kampfstil der Wesen zwar nicht einordnen, war sich aber sicher, dass er es mit Leichtigkeit mit ihnen aufnehmen konnte, wenn er nur einen der Speere in die Hände bekommen könnte. Allerdings hatte er nicht damit gerechnet, dass es ihm so schwer fallen würde, eines der Wurfgeschosse zu erhaschen. Seine Kleidung tat ihr Übriges dazu, ihm dieses Vorhaben zu erschweren. Es dauerte mehr als eine Minute, bis ihm das vermeintlich Unmögliche gelang und er eines der Wesen überrumpeln und dessen Speer an sich reißen konnte. Mit nur wenigen taktischen Bewegungen hatte er im Nu eine Handvoll der Wesen ausgeschaltet und sich somit einen gehörigen Respekt verschaffen können. Seine unfreiwilligen Alliierten hingegen hatten sich zwar tapfer geschlagen, waren aber innerhalb kürzester Zeit erneut überwältigt worden. Rehan, der von vornherein damit gerechnet hatte, da ihm ihr erschöpfter Zustand nicht entgangen war, sah es als seine Pflicht an, umgehend mit der Befreiung der beiden zu starten, weil er sie ihrem unglücklichen Los nicht überlassen wollte. Unerwartet hielt er inne und schrie ganz laut: „Aufhören, sofort aufhören." Die Kreaturen, vom plötzlichen Sinneswandel ihres Gegenübers überrascht, unterbrachen kurz ihre Kampfbemühungen und starrten Rehan an. Rehan, nun sicher, dass sein Plan funktionieren könnte, meinte behutsam zu den Wesen: „Hört mal, ich habe mit denen nichts zu tun. Ich hing hier zufällig herum, als ihr meine Ruhe gestört habt", und zeigte auf die beiden Männer. Die menschenähnlichen blassen Kreaturen waren sichtlich verwirrt und wussten im ersten Moment nicht, was sie zu tun hatten. Erst als das Horn erneut zu hören war, lösten sie sich aus der Starrheit und gingen blutrünstig auf Rehan zu. Dieser hob seine Hände, als Geste, dass er nicht gegen sie kämpfen wolle und hoffte somit die Wesen beruhigen zu können. Er sagte langsam: „Ich gehe am besten meines Weges, und ihr könnt mit denen machen, was ihr wollt." Doch je ruhiger er wurde, desto aggressiver entwickelte sich der Gemütszustand seiner Gegner. Er wappnete sich innerlich für den Kampf gegen eine Überzahl und hoffte auf das Beste. Es dauerte keine weitere Sekunde, bis der Erste seiner Widersacher auf ihn losstürmte. Rehan konnte ihn unbeschwert abwehren und nahm sich zwei weitere vor. Dann auf einmal spürte er, wie der Boden unter ihm heftig bebte. Es dauerte keinen weiteren Moment, als wiederum ein ohrenbetäubendes Donnern zu hören war. Alle hatte sie innegehalten und starrten verängstigt in die Schlucht hinter ihnen. Das Beben wurde schlagartig um ein Mehrfaches stärker, was bei den blassen Kreaturen Panik auslöste. „Jetzt geht das schon wieder los", murmelte Rehan leicht genervt. Nur einen Augenblick später flüchteten die Wesen auf die walonische Seite und versuchten, ihre Beute mitzunehmen. Rehan reagierte blitzschnell und konnte rechtzeitig verhindern, dass die Kreaturen die Männer und die Pferde mitreißen konnten. Rehan half dem jüngeren Mann auf das Pferd und sah, dass der ältere Mann Probleme damit hatte, sein Pferd unter Kontrolle zu halten. Es büchste aus, und der ältere Mann stand verwirrt da. „Hey du, reite mit dem hier ans Ufer", schrie Rehan dem Älteren zu und sah dem Pferd hinterher, dass sich auf die kangarische Seite rettete. Der Ältere stieg ohne Rehans Hilfe auf und schaute ihn schlechten Gewissens an. Noch ehe er etwas sagen konnte, winkte Rehan ab und meinte: „Ich komme schon zurecht." Im nächsten Moment schlug er dem Pferd auf die Flanke, dass es so schnell wie möglich auf die kangarische Seite gelangen sollte. Der ältere Mann schaute immer wieder nach hinten und hatte schwer mit sich zu kämpfen, ob er dem Fremden, der sie gerettet hatte, nicht doch noch eine helfende Hand entgegenstrecken sollte. „Soll der Fluss mich statt seiner nehmen. Er ist noch so jung", überlegte er, als sein Mitreiter seine Aufmerksamkeit forderte und vor lauter Schmerzen stöhnte. Der Ältere entschied, erst seinen Herren ans sichere Ufer zu bringen und dann ihrem Retter entgegenzureiten. Er wollte und konnte ihn nicht dem Fluss überlassen. Das Donnern wurde wieder lauter, und Rehan spürte, dass das Wasser schon ganz nahe war. Innerhalb weniger Sekunden würde er es wieder sehen können. Der ältere Mann gab dem Pferd die Sporen und galoppierte auf das Ufer zu. Rehan packte seine Kleidung, die inzwischen recht verschlissen aussah, hob sie hoch und sprintete zum Ufer. Er wusste sein Glück zu schätzen, dass sein Weg ans Ufer um ein Drittel kürzer war als der seiner Gegner. Auch beruhigte es ihn, tief in seinem Innersten zu wissen, dass der Fluss ihn nicht wollte, auch wenn er nicht wusste, warum das so war. Er schaute dennoch automatisch nach links und sah wieder die gigantische Wassermasse, die in atemberaubender Geschwindigkeit auf die Fallkante zuraste. „Von hier sieht das Ganze irgendwie krasser aus", schoss es ihm durch den Kopf. Auch hatte er mit einem Male leichte Probleme mit dem Sprinten, da er immer häufiger in den plötzlich aufgetretenen Matsch trat. „Der Fluss", kam es ihm in den Sinn, und er legte einen Zahn zu. Kaum war er am Ufer angekommen und in Sicherheit, peitschte der Fluss der Toten erneut an ihm vorbei und riss einige der Wesen, die es aus unerfindlichen Gründen nicht ans Ufer geschafft hatten, mit über die Fallkante in den Toskessel. „Vielleicht durften sie nicht ans Ufer, als Bestrafung", überlegte Rehan, der sich nun sicher war, dass er an der Liane keine Halluzinationen gehabt hatte. Er sah die Jäger und die Toten ganz deutlich vor sich. Und er hatte das Gefühl, dass diese ihn mit ihren Blicken fixiert hatten. Er glaubte in ihren Gesichtern lesen zu können, dass sie nicht verstanden, warum er ihnen zum zweiten Male innerhalb kürzester Zeit entkommen war. Er schüttelte sich und entfernte sich vom Ufer. Er konnte die beiden Männer weit und breit nicht sehen und ärgerte sich leicht, dass sie ihn zurückgelassen hatten. „Himmel, die Leute hier sind wirklich undankbar", dachte er leicht beleidigt, als er nach einem Plätzchen Ausschau hielt, an dem er sich etwas ausruhen wollte. „Für heute habe ich mein Soll an Gutem getan, fünf Menschen habe ich gerettet, das reicht – ich brauche jetzt erst mal ein paar Tage Urlaub", dachte Rehan, als er sich in sicherer Entfernung zum Fluss auf eine breite Aussichtsplattform hinsetzte und sich zum ersten Mal an diesem Morgen etwas Ruhe gönnte. Was allerdings nicht lange währte.

***

Er ließ den Blick kurz in die Ferne schweifen und blieb dann beim riesigen Wasserfall zu seiner Rechten hängen und war erleichtert, dass er nicht mit dem Toskessel hatte Bekanntschaft schließen müssen. Gerade als er nach einem Regenbogen Ausschau halten wollte, hörte er ein leises Knacken und wusste, dass er auf der Hut sein musste. Just in dem Moment, als er sich umdrehte, traten die beiden Männer aus dem Gebüsch hervor und blickten ihn verwundert an. Der Jüngere, von dem Älteren gestützt, hielt sich nur schwerlich auf den Beinen. Rehan war überrascht, dass die beiden doch nicht über alle Berge waren, stand flink auf und ging im nächsten Moment auf die Männer zu. Kaum, dass er die beiden Männer erreicht hatte, sackte der Jüngere in sich zusammen. Rehan half dem Älteren den Jüngeren hinzulegen und bemerkte, dass beide Männer verlegen wirkten. „Ach, stimmt ja, es ist unmännlich, Schwäche zu zeigen", begriff Rehan noch, als der Jüngere ihm an den Unterarm griff. „Du hast uns das Leben gerettet. Das werden wir dir niemals vergessen", stammelte er und hatte sichtliche Atemprobleme. Rehan nickte nur kurz und meinte dann: „Ich werde euch bei jeder Gelegenheit daran erinnern, keine Bange. Für gewöhnlich mische ich mich nicht in fremde Angelegenheiten, aber dieses Mal konnte ich es nicht verhindern." Er versuchte zu lächeln, aber schaffte es nicht ganz. Als er den jüngeren Mann etwas genauer betrachtete, erfüllte ihn eine Vertrautheit, die er nicht verstand. Er hatte mit einem Male das Gefühl, dass er diesem Mann schon mal begegnet war, dass er ihn kannte. „Seltsam", dachte er, als der ältere Mann sich räusperte. Rehan blickte zu ihm und sah Tränen in seinen Augen. „Alles in Ordnung", fragte er ihn. Der ältere Mann nickte nur. Ein unerträgliches Schweigen breitete sich aus, und Rehan wusste nicht, was er machen sollte. Deswegen tat er so, als würde er den Gesundheitszustand des jüngeren Mannes überprüfen, der zwischenzeitlich bewusstlos geworden war. Nach wenigen Sekunden resignierte er und meinte, „der wird schon wieder", auch wenn er der Ansicht war, dass er keinen blassen Schimmer hatte, wie es um den Verletzten

wirklich stand. „Ja, um ihn mache ich mir vorerst keine Sorgen",
erwiderte der Ältere und träufelte ein wenig Wasser aus einer Feldflasche auf das Gesicht des Jüngeren, das diesen wieder etwas beleb-
te. „Wir, ich meine, ich muss ihn nur rechtzeitig zum König der frei-
en Welt bringen, dann wird wieder alles gut", fuhr der Ältere fort
und machte ein besorgtes Gesicht. Gerade als Rehan darauf etwas
erwidern wollte, hörte er erneut den Falken, den er schon zweimal
an diesem Morgen gesehen hatte. Rehans Blick schnellte nach oben
und vergewisserte sich, dass der Raubvogel wirklich in der Nähe
war. Auch der ältere Mann tat es ihm gleich und wirkte mit einem
Male etwas verängstigt. Rehan, dem der Ausdruck des Mannes
nicht entgangen war, meinte nur gelassen: „Das ist der Vogel vom
König, der ist hier ganz in der Nähe." Eine Welle der Entspannung
machte sich breit, nicht nur bei den beiden fremden Männern, sondern auch bei Rehan, der innerlich hocherfreut war, seinen Onkel
wieder sehen zu können. „Das ist sehr gut. Dann kann ich den jungen Herrn zur Festung bringen und dort auf den König warten",
sagte der Ältere zu Rehan und schaute ihn dankend an. „Hier gibt
es eine Festung in der Nähe?", fragte Rehan und schaute sich um. Er
brauchte zwar einige Sekunden, aber schließlich entdeckte er die
Festung, als der Ältere ihm die Richtung deutete, die er ins Auge zu
fassen hatte. „Wie lange dauert es bis zur Festung?", wollte Rehan
wissen, drehte sich augenblicklich zu dem Verletzten um und blickte ihn zweifelnd an. „Querfeldein keine halbe Stunde zu Fuß, aber
der Stieg ist sehr abschüssig, zu gefährlich für meinen Herrn", antwortete der Ältere voller Tatendrang und pfiff so unerwartet, dass
Rehan leicht zusammenzuckte. Einen Moment später traten die
beiden Pferde aus dem Dickicht und kamen vor ihren Besitzern zum
Stehen. Rehan half dem Jüngeren auf die Beine. Unterdessen
schwang sich der Ältere ohne Umschweife auf eines der Pferde und
kam neben Rehan zu stehen. Während Rehan half, den Jüngeren
auf das Pferd zu hieven, meinte der Ältere zu ihm: „Nehmt das andere Pferd und folgt dem breiten Pfad links von euch. Wir sehen uns

in der Festung." Noch bevor Rehan darauf reagieren konnte, waren die beiden Männer auch schon verschwunden. Rehan seufzte und schaute das Pferd an, das geduldig wartete. „Tja, wenn es denn so einfach wäre", murmelte er und betrachtete das Pferd voller Skepsis. „Wie lange würde der Umweg denn zu Fuß dauern? Irgendwie halten die Leute hier nichts davon, wichtige Informationen detaillierter weiterzugeben. Andererseits gibt es ja die halbstündige Abkürzung", redete er mit sich selbst und verzog dabei die Mundwinkel. „Nun Pferd, ich gehe jetzt zur Festung, und wenn du magst, kannst du ja mitkommen", sprach er zu dem Mustang, der ihn höchst interessiert musterte. Rehan wendete sich dem Pfad zu und begann seinen Marsch zur Festung, wo er hoffte, seinen Onkel wieder treffen zu können. Nach einigen Schritten merkte er, dass die Bewegung ihm guttat und er sich wohl keine größeren Verletzungen zugezogen hatte. Er betrachtete seine Hand, deren Innenseite an der Liane eingerissen worden war, und war überrascht, keinerlei sichtbare Abschürfungen zu sehen. Auch die Verletzung, die er sich zugezogen hatte, als er den Nachrichtenpfeil gefangen hatte, war nicht mehr zu erahnen. Er zuckte mit den Schultern, war konform mit dem, was seine Augen ihm zeigten, und kam wiederum zur Erkenntnis, sich über nichts mehr wundern zu wollen. „Akzeptiere es einfach", sprach er mit sich selbst und fing an, sich für seine Umgebung zu interessieren. Sein Umfeld wirkte normal, wie er sich einen Gebirgspfad vorgestellt hatte. Ein kleiner Impuls verleitete ihn, wenigstens einmal nach hinten zu schauen, ob das Pferd ihm folgen würde oder nicht. Zu seiner Überraschung sah er, wie das Pferd hinter ihm hertrottete, wenn auch in einiger Entfernung zu ihm. Rehan schüttelte schmunzelnd den Kopf und fragte sich im nächsten Moment, warum er die Schritte des Mustangs nicht hörte. Er erinnerte sich an die leisen zischenden Geräusche, die er aus weit größerer Entfernung hatte wahrnehmen können „Wahrscheinlich habe ich nur zufällig zur richtigen Zeit richtig reagiert oder ich bin jetzt so erschöpft, dass meine Sinne nicht reagieren", erörterte er für sich die Antwort. Er wendete sich wieder seinem Bergweg zu und stutzte im ersten Moment. „Ich hätte schwören können, da war nur ein breiter Pfad", murmelte er, als er auf die Gabelung starrte, die sich vor ihm aufgetan hatte. Umso mehr erstaunte es ihn, dass beide schmaleren Pfade in einem Wald verschwanden. Rehan blickte auf den Pfad rechts von ihm, dann auf den links von ihm und wusste nicht recht, welchen er wählen musste, um zur Festung zu gelangen. Allerdings erleichterte ihm die Tatsache, dass der rechte Pfad bergab ging, die Entscheidung. Er setzte seinen Weg fort und gelangte nach einer Minute in den Wald, der bis dahin einladend wirkte. Rehan ging einige Minuten gedankenfrei auf dem Pfad durch den Wald und betrachtete sein Umfeld mit großem Interesse. Doch sein Interesse ließ abrupt nach und wich einer Besorgnis, als er merkte, dass er keinerlei Tiere gesehen hatte. Er hörte nichts. Eine unerträgliche Stille lag wieder in der Luft. Keinerlei Vogelgezwitscher oder gar das typische Knacken im Unterholz, verursacht durch das Niederwild. Nicht einmal seine Schritte verursachten Geräusche. Er drehte sich plötzlich, um sich zu vergewissern, dass keiner hinter ihm war. Aber er sah nur das Pferd und weit und breit kein anderes Lebewesen. Rehan war verwirrt und überlegte ernsthaft, ob er zwischenzeitlich taub geworden war. Um sein Gehör zu testen, schnippte er mit dem Daumenden Fingern und freute sich im ersten Moment, dass mit seinem Gehör alles in Ordnung war. Es dauerte mehrere Sekunden, bis Rehan wieder misstrauisch wurde und seine Umgebung etwas genauer unter die Lupe nahm. Er versuchte sich nichts anmerken zu lassen, aber seine Nerven waren mit einem Male zum Bersten gespannt. Seit seinem Aufbruch von der Aussichtsplattform war keine Viertelstunde vergangen, als er merkte, dass sich die Atmosphäre um ihn herum veränderte. Er hatte zeitweilig ein mulmiges Gefühl. Der ruhige Bergpfad entwickelte sich immer mehr zu einer Zone voller Anspannung. „Irgendetwas passiert schon wieder", dachte Rehan zaghaft, als er kurz in sich ging und die Augen dabei schloss. Als er einen Augenblick später die

Augen wieder öffnete, war er sich dessen gewiss, dass er mit dem Mustang nicht mehr alleine war. Er drehte sich unverhofft zu dem Pferd hinter sich und stellte fest, dass auch dieses die negativen Schwingungen ihrer Umgebung gespürt hatte. Auch sah Rehan, dass der Mustang deutlich näher an ihn herangetreten war. Rehan konnte mit einem Male ganz klar spüren, dass das Pferd zunehmend ängstlicher wurde. Der Mustang hatte seine Augen aufgerissen und schaute immer wieder nervös um sich. Es dauerte nur einige wenige Sekunden, als es sich entschied, sich in die Obhut seines neuen Herrn zu geben. Rehan beobachtete, wie der Mustang neben ihm zu stehen kam und sich fast schon an ihn drängte. Er fühlte sich in seiner Annahme bestärkt und inspizierte seine Umgebung etwas genauer. Doch er konnte nichts Auffälliges entdecken. Jedenfalls im erstem Moment nicht. Er nahm die Zügel des Pferdes und setzte seinen Weg fort. Es dauerte keine Minute, als Rehan aus den Augenwinkeln heraus Schemen wahrnahm, die so geschwind vorbeihuschten, dass jeder in seiner Situation geglaubt hätte, einer Sinnestäuschung zum Opfer gefallen zu sein. Doch Rehan wusste, dass seine Augen sich nicht vertan hatten. Er sah sie nun ganz deutlich vor sich, so wie er sie auf dem trockenen Flussbett gesehen hatte. Extrem blass, übersäht mit sichtbaren Venen und spitzen, zum Töten geschliffenen Zähnen. Das Pferd riss panikartig die Augen auf und schnaufte laut. Rehan spürte, dass er das Pferd nicht mehr lange an den Zügeln halten konnte, und überlegte, was er machen sollte. Einerseits wollte er das Tier nicht länger quälen, indem er es festhielt und es somit hinderte, im Falle eines Falles in sichere Gefilde zu flüchten. Er wusste mit Bestimmtheit zu sagen, dass er ohne Weiteres imstande war, sich zu wehren, egal wie der Gegner aussah oder ob er in der Überzahl war. Andererseits hatte er aber obendrein keine Lust mehr, sich erneut mit feindlich gesinnten Wesen auseinanderzusetzen. Er beschloss, es wenigstens zu versuchen, und atmete tief durch. „Bei den anderen sieht es so einfach aus. Papperlapapp, schließlich habe ich gelernt, PS-starke Motorräder zu fahren.

Dann wird das ja auch zu schaffen sein, oder?", dachte er noch, als er den rechten Fuß in den Steigbügel setzte. Sein erster Versuch scheiterte, weil der den Aufschwung unterschätzt hatte, den er für das Aufsitzen auf das Pferd benötigt hätte. Der Mustang wurde zunehmend unruhiger, was es Rehan nicht gerade einfach machte, einen neuen Versuch zu starten. Dann auf einmal hörte Rehan ein Knacken, gefolgt von dem Geräusch, das von einer gespannten Bogensehne verursacht worden war. Er wusste, dass er nicht mehr viel Zeit hatte, bis die Unwesen ihn umzingeln würden. Daher gab er sich einen Ruck und schwang sich gekonnt auf den Mustang. Der Mustang fackelte nicht lange und versuchte aus dem Stand in den Galopp zu wechseln, was Rehan beinahe wieder aus dem Sattel geworfen hätte. Doch er konnte sich wieder sammeln und suchte festen Halt. Sie kamen keine zwanzig Meter weit, als die menschenähnlichen Kreaturen sich ihnen in den Weg stellten und sie gierig angafften. Das Pferd, nun in Todesängsten, schlug wild mit dem Hufen um sich und versuchte sich die herannahenden Unwesen vom Hals zu schaffen. Rehan, der mit der Reaktion des Pferdes nicht gerechnet hatte, fiel aus dem Sattel und landete unsanft in der Nähe der Böschung. Der Mustang, nun von seiner Last befreit, konnte sich etwas Freiraum verschaffen und galoppierte einige Meter, bevor es wieder eingekesselt wurde. Anfangs noch wie erstarrt vom plötzlich aufgetretenen Schmerz, musste Rehan nur wenige Augenblicke später mit anhören, wie das Pferd laut wieherte, als würde es um Hilfe rufen. Es zerriss Rehan fast das Herz, als er die Verzweifelung des Mustangs hörte. Ohne zu zögern raffte er im nächsten Moment seine Kleidung und eilte dem Pferd zur Hilfe. Auf dem Weg hob er hier und da immer wieder größere Steine auf und schleuderte sie gegen die Kreaturen, die daraufhin schmerzhaft zusammenzuckten und auf ihn aufmerksam wurden. Sie hatten ihm bisher keine Beachtung geschenkt, weil sie davon ausgegangen waren, dass er bewusstlos war. Aber das sollte sich jetzt ändern. Rehan zählte mehr als zwanzig, die ihm dem Weg zu seinem temporären

Gefährten versperrten. Er hatte noch einige große Steine in der Hand und wartete geduldig auf den nächsten Schritt seiner Gegner. Währenddessen versuchte er in Erfahrung zu bringen, ob sich noch einige Kreaturen um ihn herum befanden. Er schaute vorsichtig nach links und rechts und schloss daraufhin intuitiv die Augen. Beim Öffnen der Augen hoffte er darauf, einen Thermoscan durchführen zu können, aber er konnte nur den Mustang ausmachen, obwohl er die Wesen deutlich vor sich sah. „Unheimlich", schoss es ihm durch den Kopf. Diese Erkenntnis ließ ihm einen kalten Schauer über den Rücken laufen. Nach wenigen Sekunden war ihm klar, dass er gegen die Unwesen nicht viel ausrichten würde, und kam zum Entschluss, dass es das Beste wäre, wenn sie so schnell wie möglich aus dem Wald herauskämen, der die Kreaturen schützend beherbergte. Er hatte keinerlei Interesse daran, mehr über diese Wesen zu erfahren, und wollte auch kein weiteres Risiko eingehen. Er ging in die Offensive und feuerte die Steine schnell hintereinander auf seine Gegner, die daraufhin geschlossen auf ihn zugingen. Er musste immer wieder nach neuen Steinen suchen, um die Kreaturen wenigstens so lange in Schach zu halten, bis das Pferd in Sicherheit war. Der Mustang, nun frei, nutzte die Chance und galoppierte davon. Rehan konnte gerade noch sehen, dass zwei der Kreaturen versuchten, das Pferd wieder einzuholen, aber kläglich scheiterten. Ihm allerdings gingen die Steine langsam aus, und er wusste im ersten Moment nicht so recht, was er tun sollte. Er spähte immer wieder zur Böschung und versuchte abzuschätzen, was ihm im schlimmsten Fall passieren könnte. Nach wenigen Sekunden entschied er, dass er auf keinen Fall nähere Bekanntschaft mit den menschenähnlichen Wesen schließen wollte und dafür alles in Kauf nehmen würde. Er atmete einmal tief durch und sprang in dem Moment den Abhang runter, als diese ihm bis auf wenige Meter auf die Pelle gerückt waren. Rehan schlitterte die steile Böschung runter und hatte eher das Gefühl, sich im freien Fall zu befinden, mit dem Unterschied, dass ihm immer wieder niedere Äste und Zweige auf den

194

Körper peitschten. Er fiel fast hundert Meter, als er unerwartet mit den Füßen gegen etwas Hartes stieß und sich daraufhin einige Male überschlug, bis er auf einer flacheren und waldfreien Ebene ausrollte und zum Liegen kam. Er war zwar noch bei vollem Bewusstsein, konnte und wollte sich aber für eine kurze Weile nicht mehr bewegen. Rehan hatte höllische Schmerzen und fragte sich, womit er das verdient hätte.

12

Er lag nur wenige Minuten auf der saftig grünen Grasfläche, umgeben von vereinzelten Bergblumen, als er urplötzlich eine Horde Reiter hörte, deren Pferde einen unermesslich lauten Lärm machten, dass Rehan sich die Ohren zuhalten musste. Unterbewusst hoffte er, dass sein Onkel unter den Reitern sein würde. Er hatte keine Lust mehr auf weitere Kämpfe oder gar Befreiungsaktionen. „Andererseits, wir haben noch nicht einmal Mittag, sprich der Tag ist noch lang", dachte er zynisch, als er sich mühsam aufrichtete und die ersten Reiter ausmachen konnte. „Meine Rettung", schloss er den Gedanken sichtlich zufrieden für sich ab und konnte zu seiner Freude seinen Onkel sofort aus der Menge herausfiltern. Rehan war froh, dass Hrothgar ihn nicht vergessen hatte, und freute sich schon auf eine nette Begrüßung. Doch mit jedem Meter, den Hrothgar näherkam, konnte Rehan erkennen, dass dessen Sorge sich in Grenzen halten würde. Hrothgars Mimik verwandelte sich binnen Sekunden von großer Erleichterung in tiefe Rage. Daher wappnete Rehan sich schon innerlich gegen ein nicht enden wollendes Wortgewitter und mahnte sich zur Ruhe, keine Widerworte zu leisten und seinen Onkel seine Wut abreagieren zu lassen. Auch musste er sich eingestehen, dass er keine Energie mehr hatte, auch nur irgendetwas zu seiner Verteidigung vorzubringen. Noch ehe Rehan einen weiteren Gedanken zulassen konnte, sah er seinen Onkel in wenigen Metern Entfernung von ihm absteigen und auf ihn zueilen. Hrothgar sah im ersten Moment so verärgert aus, dass Rehan sich augenblicklich in seine Kindheit versetzt fühlte und aus diesem Grunde instinktiv mit seinem Oberkörper leicht zurückwich. Hrothgar, dem Rehans Reaktion nicht verborgen geblieben war, ermahnte sich, seiner Gefühle Herr zu werden und seinen Zorn über die Unachtsamkeit seines Schützlings herunterzuschlucken. Für ihn zählte im Moment nur, dass seinem Neffen nichts weiter geschehen war und dass er ihn lebend vor sich hatte. „Die Standpauke wird nachher genauso viel Effekt haben wie …", nahm er sich vor, als er abrupt innehalten musste. Er starrte Rehan entsetzt an. „Himmel, ich muss ja schrecklich aussehen, wenn es ihm die Sprache derart verschlägt", dachte Rehan und versuchte so entspannt wie möglich auszusehen. Aber er zweifelte daran, dass sein Onkel ebenso gelöst agieren würde. Beide hatten die Männer um sie herum vergessen, die Rehan leicht verwirrt und tief beeindruckt, auch ein wenig ehrfürchtig, anvisiert hatten. Hrothgar wusste im ersten Moment nicht, ob er seinem ersten Impuls, Rehan zu umarmen, nachgeben sollte. Er hatte große Mühe, seinen aufkommenden Tränen zu unterdrücken. Und wenn der unbedachte junge Mann doch seine Nichte war? Und was hätte er getan, wenn der junge Mann nicht überlebt hätte? Hätte er seine Nichte je wiedergesehen? So vieles war vom Handeln des jungen Mannes abhängig. Alles, was sie geplant hatten, hing von der Existenz seiner Nichte ab. Hätte Hrothgar es nicht mit seinen eigenen Augen gesehen, würde er nicht glauben, was der junge Mann zu tun in der Lage war. „Und der Einzige, der etwas über ihren Verbleib wissen könnte, stürzt sich vor meinen Augen, fast schon lebensmüde, und das regelmäßig, in die riskantesten Situationen", dachte er und entschied kurzerhand, Rehan wenigstens anerkennend auf die Schulter zu klopfen und eine Aussprache auf einen späteren Augenblick zu verschieben. Rehan wusste zwar nicht viel mit Hrothgars Geste anzufangen, war aber auch nicht erpicht darauf zu erfahren, was dahinterstecken könnte. Einer der Männer entfernte sich abrupt von der Gruppe und ritt dem Mustang entgegen, der aus dem Wald galoppierte, als ginge es um Leben und Tod. Der Reiter fing das Pferd mehr oder minder ein und führte es umgehend zu Rehan. Rehan war sichtlich erleichtert, dass das Pferd wohlauf war und keine Kratzer abbekommen hatte. Instinktiv schloss er die Augen und führte nach dem Öffnen einen Thermoscan durch. Er wusste nicht, warum er das machte, aber er hatte einen aufkeimenden Verdacht, dass die Kreaturen dem Tier eventuell doch was zugefügt haben könnten. Rehans Blick verharrte für einige Sekunden auf dem Tier, bis er sicher war, dass keine Bedrohung von ihm ausging. Er ließ den Blick durch die Menge wandern und war innerlich erleichtert, dass er keine Unwesen vor sich hatte. Den Bruchteil einer Sekunde dachte er darüber nach, ob er auf den Mustang sauer sein sollte, weil dieser ihn abgeworfen und alleine zurückgelassen hatte und er somit den schmerzvollen Abstieg hatte wählen müssen. Aber nur einen Augenblick später verzieh er dem Mustang und war dennoch sichtlich verwirrt, warum der Mustang kaum länger für den Umweg gebraucht hatte, als er für seine unfreiwillige Abkürzung. Hrothgar betrachtete das Pferd und konnte sich ein fragendes Zwinkern nicht verkneifen. „Das ist, ähm, das Pferd der beiden Männern, die es recht eilig hatten, zum König in die Festung zu gelangen", antwortete Rehan gelassen und stand auf, wobei er leicht strauchelte. „Warum seid ihr nicht auf dem Mustang zur Festung geritten? Das hätte euch einige Zeit eingespart", wollte einer der Männer wissen, den Rehan bis dahin noch nicht kennengelernt hatte. Doch seine warme Stimme hatte seine Aufmerksamkeit erregt, sodass er sich zu diesem umdrehte und für den Bruchteil einer Sekunde wie erstarrt war. Seine Augen waren von dem fasziniert, was ihnen geboten wurde. Rehan konnte seinen Blick von dem Mittdreißiger nicht abwenden. Die einzige Bemerkung, die sein Gehirn zu diesem Zeitpunkt zuließ war: „Da kriegt man ja einen Herzstillstand." Noch ehe es für Rehan peinlich werden konnte, legte sein Onkel ihm die Hand auf die Schulter und holte ihn so in die Realität zurück. Wieder seiner Sinne Herr, antwortete Rehan: „Wir wurden etwas unsanft getrennt. Sie waren in der Überzahl und sahen aus wie Menschen, aber irgendwie auch nicht. Sie waren kalkweiß, hatten aschblondes Haar, das strähnig herunterhing. Also alles andere als attraktiv. Und erst die Augen, unheimlich! Außerdem trugen sie kaum Kleidung, also nur um die Hüften herum. Und sie hatten ganz spitze Zähne. Sie hatten eher Pranken und Krallen als Hände. Echt merkwürdige

Proportionen. Die haben ständig versucht, uns zu beißen. Ich glaube, das sind Kannibalen! Außerdem konnte man überall an ihrem superblassen Körper lauter Venen sehen. Igittigitt! Lange Rede, kurzer Sinn, das Pferd ist dem Pfad gefolgt, und ich habe die Abkürzung genommen." „Wir sollten schleunigst zur Festung zurück", sagte der Mittdreißiger, von dem Rehan für den Bruchteil einer Sekunde abgelenkt worden war. Rehan unterdrückte seinen Drang, ihn anzuschauen, und murmelte: „So viel dazu, ist aber auch wirklich eine unglaubwürdige Story." Er spürte wiederum die Hand seines Onkels auf seiner Schulter. „Nein, das ist sie nicht. Diese Kreaturen, die du gesehen hast, gehören zu den Tahten. Ein brutales Volk, das nur ihresgleichen meidet, aber über den Rest herfällt, als wären sie alle Freiwild, Mensch wie Tier. Und da sie keine Menschen oder Tiere sind, sind sie somit auch keine Kannibalen. Gleichwohl nähren sie sich an Andersartigen", entgegnete Hrothgar und hielt kurz inne. Er beobachtete seinen Neffen, dem seine Verwirrung anzusehen war, und wartete geduldig auf die entscheidende Frage. Doch Rehan fühlte sich nicht in der Lage, seine kombinatorischen Fähigkeiten einzusetzen, und glotzte seinen Onkel an.

***

„Sie trinken das Blut der Menschen und Tiere und saugen sie somit aus, bis nur noch Haut, Knochen und eingeschrumpfte Eingeweide übrig bleiben", sagte Hrothgar und hoffte darauf, dass Rehan seine Ausführungen nicht als Unsinn abtat. „Pfui", reagierte Rehan und blickte angeekelt zur Seite. „Wir sollten nun wirklich zurück", meldete sich der Mittdreißiger wieder und schaute immer wieder besorgt um sich. Rehan wendete sich demonstrativ seinem Onkel zu und meinte: „Ihr könnt ja schon mal vorreiten, ich komme zu Fuß nach." Doch Hrothgar schüttelte den Kopf und erwiderte: „Auch wenn noch ein Hauch von Gefahr besteht, haben wir nun keinen Grund mehr zur Eile. Ein wenig Bewegung tut mir auch ganz gut."

„Na ja, eigentlich tut mir alles weh, und Bewegung brauche ich heute auch nicht mehr, aber es ist besser, als sich in eine wackelnde Kutsche oder auf ein nervöses Pferd zu setzen", meinte Rehan, als er mit seinem Onkel, sehr zum Unmut der restlichen Männer, den kurzen Marsch zur Festung startete. Einige von Hrothgars Begleitern waren abgestiegen und leisteten ihnen Gesellschaft, die anderen flankierten sie. Onkel und Neffe waren anfangs gar nicht in der Lage, sich über die Geschehnisse zu unterhalten, sodass sich eine Stille ausbreitete, die mit jeder verstreichenden Sekunde unerträglicher wurde. Alle brannten darauf, von Rehan zu erfahren, was ihm seit dem Sprung in den Abgrund widerfahren war, aber keiner traute sich zu fragen, nicht einmal Hrothgar. Auch wenn Rehan anfangs noch die Ruhe genossen hatte, entschied er sich nur wenige Minuten nach Aufbruch, das Schweigen zu unterbrechen. „Weiß dein König, dass diese Tahten auf seinem Land herumirren?", fragte Rehan seinen Onkel. Wider Erwarten nickte dieser und antwortete: „Das heißt, wir haben es seit einer geraumen Zeit vermutet. Aber durch dich haben wir nun die Bestätigung. Das wird ein harter Kampf werden, denn es gibt so viele von ihnen – Tagwanderer, Nachtwanderer, Unreine, die Mutanten nicht zu vergessen!" Rehan zog die Augenbrauen verblüfft hoch und hatte das Gefühl, nichts verstanden zu haben. „Tagwanderer sind vom ersten bis zum letzten Tageslicht auf der Jagd. Nachtwanderer, sobald die Nacht eingebrochen ist, bis zum Morgengrauen. Die Unreinen sind ohne Einschränkung auf der Pirsch, das heißt Tag und Nacht. Zum Glück gibt es von diesen nur wenige, die aber gefährlich genug sind. Von den Mutanten wissen wir so gut wie nichts. Aber was du erzählt hast, deckt sich mit dem, was wir bisher über sie erfahren haben. Sie sind Ausgestoßene und werden aufgrund ihres verformten Äußeren von den Tahten verschmäht", erklärte Hrothgar und machte ein zerknittertes Gesicht beim Gedanken, dass ihre Feinde nun unter ihnen waren. Rehan musste unweigerlich an Vampire denken und wollte seinen Onkel schon nach den notwendigen Utensilien fragen, um sich diese vom

Hals zu halten. „Was, wenn diese Blutsauger in dieser Welt nicht vor Knoblauch zurückschrecken?", schoss es ihm im nächsten Moment durch den Kopf. Doch nur eine Sekunde später tat Rehan die Ausführungen seines Onkels als eine seiner Schauermärchen ab und hatte mit einem Male das Gefühl, seinen Onkel etwas ablenken zu müssen, und fragte im nächsten Moment: „Wie geht es den Zwillingen?" Er konnte förmlich spüren, wie alle um ihn herum aufatmeten und erleichterter aussahen. „Sie sind etwas erschöpft und leicht ausgehungert, aber schon auf dem Wege der Besserung", antwortete Hrothgar. „Das andere Mädchen", fragte Rehan zögerlich. „Ihr geht es auch gut, den Umständen entsprechend", entgegnete sein Onkel. Rehan spürte, wie ihm ein Stein vom Herzen fiel. Die Menge um ihn herum hatte mit einem Male alle Unterhaltungen eingestellt, keiner wagte auch nur etwas im Flüsterton zu sagen. Sie alle hofften nun auf die Geschichte Rehans nach seinem Sprung in die Tiefe. „Wer sind die beiden Typen? Feinde? Freunde? Die kamen von der anderen Seite über das trockene Flussbett", erkundigte sich Rehan stattdessen nach einer weiteren Schweigeminute. Als hätten sie sich abgesprochen, gaben die Männer des Königs einen kaum hörbaren enttäuschten Seufzer von sich. Hrothgar hingegen blickte seinen Neffen erstaunt an. „Was hatte der junge Mann in der kurzen Zeit nur gesehen?", grübelte Hrothgar kurz im Stillen vor sich hin. Noch bevor er antworten konnte, kam ihm die warme Stimme des Mittdreißigers zuvor und erklärte: „Das ist das Unfassbare an den ganzen Ereignissen – der rechtmäßige Thronfolger Kangars." Rehan blieb kurz stehen und meinte zu seinem Onkel: „Muss ich das jetzt verstehen? Ist das wichtig? Aber nein, ich will es gar nicht wissen. Wann gibt es etwas zu essen? Für den Fall, dass noch irgendwer gerettet werden muss, meine Energiereserve geht rapide zur Neige." „Sobald wir in der Festung sind", antwortete Hrothgar und bot Rehan eine gefüllte Feldflasche an, die dieser dankend entgegennahm. Er blieb stehen und trank einige Schlucke kaltes Wasser und schüttete sich auch ein wenig über seinen Kopf und sein Gesicht. Als

Rehan wieder einigermaßen klar denken konnte, wendete er sich seinem Onkel zu. „Soll das heißen, dass der Verletzte von vorhin der Sohn von deinem König ist?", fragte Rehan Horthgar so unverhofft, das dieser vorerst nicht in der Lage war zu antworten, sondern nur verlegen nickte. Rehan verstand die Reaktion seines Onkels nicht und konnte nicht umhin, ein hörbares Stöhnen von sich zu geben, bevor er sich in der Runde der ihn umgebenden Männer umschaute, in der Hoffnung, von einem der Anwesenden eine detaillierte Antwort zu erhalten. Doch sie schwiegen alle. „Nur um meine Neugier zu stillen. Hat dein König noch mehr Kinder? Irgendwie habe ich das Gefühl, dass das Glück dieser Familie nicht wohlgesinnt ist", meinte Rehan zu seinem Onkel, der sich daraufhin abwendete und jeglichen Augenkontakt zu seinem Neffen mied. Rehan, leicht verunsichert, blickte abermals in die Runde und ersehnte von einem der Männer eine Antwort. Aber sie schwiegen wiederum. Alle, bis auf den Mittdreißiger, der der Ansicht war, dass Rehan wegen seiner Verdienste innerhalb der letzten Stunden das Recht auf vollkommene Information hatte. „Er hatte noch eine Tochter, aber sie starb, noch bevor sie geboren wurde – eine sehr tragische Geschichte", setzte er gerade an und wollte seine Erzählung im nächsten Moment etwas ausführlicher gestalten, als er unerwartet unterbrochen wurde.

***

„Wir sind gleich da!", sagte Hrothgar laut und legte an Tempo zu. Rehan tat es ihm gleich, folgte ihm und hatte die neuen Informationen allerdings so schnell verdrängt, wie sie über ihn gekommen war. Gegenwärtig interessierte er sich nur dafür, wann und was er zum Essen bekam. Nur wenige Minuten strammen Schrittes reichten aus, um die Grasebene zu überqueren. Sie hielten kurz auf einer Anhöhe an und genossen im Kollektiv den Anblick auf die Festung. Rehan verschlug es fast die Sprache, als er die Festung sah. Er hatte in seinem Leben schon einige Burgen und Festungen gesehen, aber nur das, was davon übrig geblieben war, Ruinen. Um so mehr gefiel ihm, was er nun sah. Je näher sie an die Festung herantraten, desto mehr Einzelheiten konnte Rehan wahrnehmen. Seine Augen zoomten automatisch die Details heran, ohne dass er sich dessen bewusst war. Er konnte ohne Probleme erkennen, dass mit Zinnen bezogene Wehrgänge den Soldaten Schutz boten, die sich dennoch in der Kunst der Tarnung versuchten. Mit einem Male konnte er sehen, wie sich ihre Mienen erhellten und sie nur eine Sekunde später zu jubeln anfingen. Die Brücke wurde an ächzenden Eisenketten runtergelassen und hieß die Herannahenden willkommen. Rehan war etwas verwirrt, da er bis dahin weder einen Burggraben noch etwas Ähnliches gesehen hatte. Erst als sie auf der Brücke waren, sah er, dass sie einen sehr tiefen und sehr breiten Graben passierten. Er konnte nicht umhin, wenigstens einmal von der Brücke herunterzuschauen, um sich ein Bild von der Tiefe des Grabens zu machen. Aber auch dieses Mal reichte ein Blick in die Tiefe aus, um sein Vorhaben scheitern zu lassen. Er würde niemals abschätzen können, wie weit der Graben nach unten reichte, weil wiederum ein dichter Nebel seine Sicht behinderte. Es sei denn, er würde erneut herunterspringen. Und daran hatte er derzeit kein Interesse. Ihnen wurde ein herzlicher Empfang bereitet, wobei Rehan sich fühlte, als wäre er von einer riesigen Schlacht nach Hause gekehrt. Auch wenn der Beifall ihn etwas verunsicherte, musste er sich eingestehen, dass es ihm gefiel. Zum ersten Mal, seit er in dieser neuen Welt aufgewacht war, fühlte er sich akzeptiert. Hrothgar packte ihn am Oberarm und passierte mit seinem Neffen alle drei Sicherheitsringe, ehe sie in das Herz der Festung gelangen konnten. Überall wurde ihm anerkennend auf die Schulter geklopft. Hier und da sah er auch mehrere Soldaten, die sich ehrfürchtig vor ihm verbeugten. Seine Taten waren ihm vorausgeeilt und hatten ihm die Achtung der Männer eingebracht. Rehan wurde etwas unruhig. Daher war er auch ganz froh, als sie nach mehreren Minuten endlich in den Hauptflügel der Festung eintraten und in den Kreis der engsten Vertrauten des Königs aufgenommen wurden. Rehan konnte umgehend das Mädchen ausfindig machen, das sich um die schlafende Prinzessin zu kümmern schien. Sie schien sich nicht wohl zu fühlen und zupfte ständig an ihrem Kleid herum. Rehan erkannte es sofort als das, das sie auch bei ihrer Rettung angehabt hatte. Ihm krampfte der Magen zusammen, als er sehen konnte, dass ihr vernarbter Rücken für jedermann offen lag. „Keiner dieser Deppen ist auf die Idee gekommen, ihr einen Umhang oder dergleichen zu geben, damit sie sich etwas weniger beobachtet fühlen könnte", schoss es ihm durch den Kopf, als er sah, dass die Prinzessin frisch eingekleidet war. Das gute Gefühl, das in den vergangenen Minuten Oberhand gewonnen hatte, war mit einem Male verschwunden, und Rehan spürte, wie der Ärger in ihm aufkeimte. Umgehend wendete er sich seinem Onkel zu und forderte: „Ich will einen Umhang, sofort!" Hrothgar schaute leicht verdutzt, wollte aber zum jetzigen Zeitpunkt keine Diskussion mit seinem Neffen vom Zaun brechen und verlangte nach einem Umhang. Der Mittdreißiger reagierte sofort und übergab seinen Umhang. Rehan wartete nicht ab und riss seinem Onkel den Umhang aus der Hand. Noch ehe Hrothgar nachfragen konnte, hatte Rehan sich schon in Bewegung gesetzt. Nach einigen Schritten im Lauftempo kam er vor dem Mädchen zum Stehen und blickte in ihre aufgerissenen Augen. Ehe sie auch nur irgendetwas erwidern konnte, schlang er ihr den Umhang über die Schultern und verdeckte somit ihre freie Rückenpartie. Sie dankte ihm, doch er winkte ab und meinte nur: „Das hätte einer von diesen Menschen machen müssen, aber hier scheint der Anstand nur für eine gewisse Schicht zu gelten." „Ihr seid zu aufmerksam, Rehan, Freund meines Freundes", ertönte mit einem Male die Stimme des Königs hinter Rehan. „Ein junges Mädchen, mit einem zerrissenen Kleid, das zu viele Einblicke gewährt, inmitten einer Vielzahl von Männern, die nicht immer reine Gedanken hegen", konterte Rehan leicht gereizt und wunderte sich über die fehlende Diskretion der Anwesenden. Ein giererfülltes Lachen ertönte, sodass das Mädchen kompromittiert das Gesicht abwendete. „Es ist nur die Zofe meiner Tochter", entgegnete der König. Rehan platzte der Kragen. „In allererster Linie ist sie ein Mensch, der ebenso viel Respekt verdient wie jeder andere der Anwesenden. Diese Zofe hat deiner Tochter das Leben gerettet und widrige Umstände aushalten müssen, um den Aufenthaltsort deiner Tochter nicht preiszugeben. Darüber hinaus hat sie den Tod in Kauf genommen und keinen Ton von sich gegeben. Und wie dankst du König der freien Welt diese Loyalität? Ein simpler Umhang ist schon zu viel, oder was?", erwiderte Rehan und versuchte dabei, die Beherrschung nicht zu verlieren. „Dieser Umhang hat sehr viel mehr Wert als einiges andere auf dieser Welt", brüllte der König trotzig zurück. „Ein Stück Stoff? Er wird schon nicht daran verrecken, dass sein Umhang an ihr mehr Zweck erfüllt als zurzeit an ihm. Himmel, wofür gibt es denn Reinigungen", sagte Rehan mit bissigem Unterton und zeigte auf den Mittdreißiger, der sich ein Schmunzeln nur schwer verkneifen konnte. Dieser neue Freund seines Feldherrn beeindruckte ihn auf eine bestimmte Art und Weise, die er noch nicht deuten konnte. Die Männer um die beiden Streithähne waren hin und hergerissen und wussten nicht, ob sie einschreiten sollten oder nicht. Einerseits wollten sie ihren König dieser Respektlosigkeit nicht länger aussetzen, aber andererseits waren sie auch nicht gewillt, den Mann auszuschalten, der in den vergangenen Stunden sehr viel mehr Mut bewiesen hatte als sie alle zusammen. Das Vergehen, dessen er für schuldig befunden worden wäre, glich einer simplen Meinungsverschiedenheit. Und da ihre obersten Befehlshaber sich ebenfalls zurückhielten, entschieden sie alle unabhängig voneinander, mit der Hand am Schwert, abzuwarten. Noch ehe die Situation eskalierte, ging Hrothgar zwischen die beiden Männer und versuchte zu schlichten. Doch die Gemüter wollten sich nicht beruhigen, sodass Hrothgar sich gezwungen fühlte, Rehan aus der Menge herauszuführen und im Innenhof der Festung über die Umstände aufzuklären. Horthgar gewährte Rehan eine Minute, sich abzuregen, und wartete auf die erste hitzige Bemerkung seines Neffen. Doch als diese nicht kam, meinte Hrothgar in einem ruhigen Ton: „Du musst mit dem König etwas nachsichtig sein, er hat schwierige Tage erlebt und wusste nicht, wohin mit seinem aufgestauten Ärger. Und ja, du hast recht, wir hätten alle selbst daran denken können, dem armen Kind etwas Schützendes um die Schultern zu legen. Aber an mögliche sexuelle Übergriffe hat keiner gedacht", konnte Hrothgar gerade noch sagen, als er des ungläubigen Blickes seines Neffen gewahr wurde. „Du willst mir doch jetzt nicht wirklich erzählen, dass die ganze Festung aus Ehrenmännern besteht, die nur an die Verteidigung ihres Landes denken, fernab von fleischlichen Gelüsten. Was meinst du, wie sie sich halbnackt inmitten der sogenannten Ehrenmänner gefühlt hat? Hast du den alten Knacker gesehen, der sie lüstern angestiert hat?", rechtfertigte Rehan sein Verhalten und musste seinen aufkommenden Ekel überwinden, als er an den älteren Mann denken musste, dessen Lachen noch in seinen Ohren tönte. Hrothgar musste zugeben, dass sein Neffe recht hatte. Wie oft war er Zeuge von Gräueltaten jeglicher Art gewesen, die nicht nur kriegsähnlichen Zuständen, sondern auch anderen Ausnahmesituationen entsprungen waren. „Ich glaube nicht, dass der König gemeint hat, was er gesagt hat. Er ist es nicht gewohnt, Antworten zu bekommen, wenn er nicht ausdrücklich danach verlangt. Widerworte hat es bisher in der Form auch noch nicht gegeben. Aber du musst wissen, dass er dir im tiefsten Innern seines Herzens unendlich dankbar für die Rettung seiner Kinder ist. Er fühlte sich so ohnmächtig, als er nichts machen konnte und zusehen musste, wie seine Kinder beinahe gestorben wären", sagte Hrothgar und hielt kurz inne. Er sah, dass sein Neffe augenblicklich entspannte, und wechselte das Thema. „Ich habe fast einen Herzinfarkt bekommen, als du von der Passhälfte heruntergesprungen bist, und ich bin überglücklich, dass du mehr oder minder unversehrt unten angekommen bist, auch wenn ich nicht verstehe, wie so etwas möglich sein kann. Ich meine, der Fluss – wie bist du dem Fluss entkommen?", wollte er wissen. „Unversehrt ist etwas übertrieben", begann

Rehan und zeigte auf seine zerfetzten Kleidung und die unzähligen Kratzer an seinem Körper. Hrothgar musste lächeln. „Was mit dem Fluss war, verstehe ich auch nicht. Anscheinend ist meine Zeit auf Erden noch nicht abgelaufen", beendete Rehan seine Antwort. Er blickte seinem Onkel direkt in die Augen und konnte ohne Probleme von ihnen ablesen, dass diese Erklärung, wenn überhaupt, nur einen Bruchteil der Lösung ausmachen konnte. Rehan entschied ebenfalls, vom Thema abzulenken, und fragte: „Was meinte der Typ vorhin damit, dass es unfassbar wäre, dass der rechtmäßige Thronfolger im Nachbarland war? Ich meine, was hatte der Sohn vom König denn sonst auf der anderen Seite verloren? Wollte er seine Geschwister gar nicht retten?" Gerade als Hrothgar ansetzen wollte, hörte Rehan ein Räuspern hinter sich und drehte sich leicht erschrocken um. „Wieder habe ich nichts gehört! Was ist denn nur mit meinen Ohren los? Mal höre ich das leiseste Geräusch, mal kann ich ein Trampeln direkt hinter mir nicht wahrnehmen?", schoss es ihm durch den Kopf, und sah zu seinem Erstaunen den König, umringt von einer Vielzahl seiner Männer, vor sich stehen. „Himmel, der hat aber mächtig Angst vor mir, dass er so viele zu seinem Schutz mitgebracht hat", kam es ihm in den Sinn, als er sah, wie der König vor sich hindruckste und nach den richtigen Worten zu suchen schien. Es dauerte zwar nur einige Sekunden, die allen Beteiligten wie Stunden vorkamen, aber schließlich gab der König sich einen Ruck. „Der Typ, so wie Ihr ihn nennt, der euch den Umhang gegeben hat, ist einer meiner engsten Vertrauten, Graf Ardahan. Dass Ihr ihm die Information entlocken konntet, der junge Mann, den Ihr gerettet habt, sei mein eigen Fleisch und Blut, führe ich auf seine zeitweilige Euphorie, dass doch noch alles gut verlaufen ist, zurück. Aber Ihr habt meinen Sohn gerettet, ohne zu wissen, wer er ist. Das rechne ich euch hoch an. Ebenso stehe ich tief in Eurer Schuld, dass Ihr auch meinen Zwillingen zur Befreiung geeilt seid. Ihr habt an nur einem Vormittag den Bestand meines Geschlechts gesichert. Auch mir habt ihr oben auf dem Pass das Leben gerettet. Daher bitte ich Euch, zu vergessen, was in der Halle meiner Vorfahren passiert ist, und ersuche Euch um einen Neuanfang. Ihr seid ein Mann von Format, den ich in meiner Nähe wissen möchte und dieses als große Ehre ansehe", redete der König der freien Welt und ließ Rehan keinen Augenblick aus den Augen. Rehan nickte kurz als Antwort und wendete sich seinem Onkel zu. „Wann reisen wir weiter?", wollte er wissen. Hrothgar lächelte und meinte nur: „Wir haben den gleichen Weg wie der König und seine Mannen. Wir werden ihn zur Hauptstadt, nach Falkental, begleiten." Rehan gefiel der Gedanke nicht, dass er noch eine Zeit lang mit dem König und seinen Kriegern aushalten musste. Er hatte gehofft, mit seinem Onkel alleine weiterziehen zu können. Er hatte noch so viele Fragen, die er gerne detailliert erörtern wollte. Und dazu brauchte er die ungeteilte Aufmerksamkeit seines Onkels. Rehan hatte in den vergangenen Stunden viel zu viel Unerklärliches erlebt, dass er alleine nicht bewältigen konnte. Irgendetwas passierte mit ihm, und es machte ihm langsam, aber sicher Angst. Was, wenn das alles doch kein Traum und er nun im Körper eines Mannes gefangen war? War sein bisheriges weibliches Leben eine Farce gewesen? Oder war alles eine neue Erinnerung, die man ihm suggeriert hatte? Steckte er immer noch bei seinen Peinigern fest? Er wollte dieses schreckliche Szenario nicht weiterspinnen und hoffte auf eine spätere ungestörte spanneUnterhaltung mit seinem Onkel, um seine Situation besprechen zu können. „Wann gibt es was zu essen?", wollte Rehan im nächsten Moment wissen. Sowohl Hrothgar als auch der König lächelten daraufhin und machten Rehan fast gleichzeitig eine einladende Geste, ihnen in den Speisesaal zu folgen. Dieser versuchte sich zusammenzureißen und seinen Unmut herunterzuschlucken. Er setzte sich in Bewegung und ging mit dem König zu seiner Rechten und Hrothgar zu seiner Linken in den Speisesaal, der köstlich duftete. Rehan war erstaunt darüber, mit welcher Geschwindigkeit die Speisen zubereitet worden waren, und freute sich auf ein üppiges Mittagessen.

13

Sie aßen nahezu schweigend und waren mit ihren eigenen Gedanken beschäftigt. Rehan bemerkte, dass die Zwillinge und die Zofe nicht zugegen waren, und wunderte sich kurz darüber, bevor er den Blick durch die Runde der Anwesenden gleiten ließ. Die Anspannung der vergangenen Stunden wollte sich nicht so recht lösen und die Männer aufheitern lassen. Aber davon wollte er sich nicht anstecken lassen. Er war innerlich so erleichtert, sodass er sein Mittagessen sichtlich genießen konnte. „Sollen die doch machen, was sie wollen", dachte er und war überzeugt, dass es für ihn gegenwärtig nichts Wichtigeres gab, als neue Energie zu gewinnen, indem er ausreichend tafelte. Für ihn war der Vormittag gelaufen, und er war der Ansicht, dass er eine sorgenfreie Mittagspause verdient hatte. Erst nach der Pause wollte er sich über den möglichen Verlauf des Nachmittags Gedanken machen. Daher kam es ihm auch sehr gelegen, dass die Männer kaum redeten und ihm somit ein wenig Ruhe gönnten. Gerade als er sich an sein Dessert machen wollte, wurden die schweren Türen zum Speisesaal lautstark aufgemacht. Die Männer waren aus ihren Gedanken gerissen und augenblicklich im höchsten Maße aufmerksam. Rehan lehnte sich mit seinem Dessert in der Hand zurück und wartete gespannt darauf, wer eintreten würde. Es verstrichen mehrere Sekunden, doch keiner kam herein. Rehan rollte mit den Augen und wollte sich, wenn auch leicht enttäuscht, wieder seinem Dessert zuwenden, als er laute, fast schon trampelnde Schritte hörte, die er automatisch zwei Männern zuordnete. Er blickte wieder auf und war im nächsten Moment erstaunt, die beiden vom Flussufer durch die Tür eintreten zu sehen. Seine Verwunderung lag nicht darin begründet, die beiden wiederzusehen, schließlich hatten sie angekündigt, zur Festung zu reiten. Er war eher deswegen überrascht, weil sie bei allerbester Gesundheit schienen, als hätten sie keinerlei Strapazen hinter sich. Sie wirkten ausgeruht und voller Tatendrang. „Welch himmelweiter Unterschied", dachte Rehan, als er den Jüngeren der beiden Männer anschaute und nichts von alledem sah, was ihm vor kurzem noch Sorgen bereitet hatte. „Die haben echt gute Ärzte hier", führte er den Gedanken fort, als er beobachtete, wie der König auf seinen Sohn zueilte und ihn herzlich umarmte. Rehan empfand die gesamte Situation als zu kurios, um sie als gegeben hinnehmen zu können. Er hatte das Gefühl, dass etwas nicht stimmte. Der Prinz schien ihm weniger herzlich mit dem gegenwärtigen Stand der Dinge umzugehen, als es beim König der Fall war. Rehan hatte eher das Gefühl, dass der Prinz nicht recht wusste, wie er reagieren sollte; im Gegenteil, er wirkte verlegen. Er wendete sich Hrothgar zu und fragte ihn leise: „Haben die beiden ein kleines Problem miteinander?" Hrothgar schüttelte den Kopf und schwieg. Rehan schaute sich um und verstand nicht, warum die Anwesenden voller Emotionen waren. Sie wirkten eher wie jene, die Zeuge einer Zusammenkunft nach jahrelanger Trennung wurden. „Interessant", schoss es Rehan durch den Kopf, während er sich erneut zurücklehnte. Er löffelte sein Dessert und ließ dabei den König mit dessen Sohn nicht aus den Augen. Eine warme Stimme an seinem Ohr ließ ihn zusammenfahren und einen Teil seines Nachtischs auf seine Kleidung verschütten. Er drehte sich rasch zur Stimme und sah in die grün melierten Augen des Mittdreißigers, die von fast schwarzen Wimpern umringt eine eigene unvergleichliche Komposition darstellten. „Mich trifft gleich der Schlag", meldete sich ein Gedanke in Rehans Gehirn und ließ ihn für den Bruchteil einer Sekunde die Welt um sich herum vergessen. Wiederum bedurfte es der Hand seines Onkels auf seiner Schulter, um ihn in die Wirklichkeit zurückzuholen. „Bitte", war das Einzige, was er stammelnd von sich geben konnte. „Das ganze Land dachte, der Prinz wäre als Kind im Feuer umgekommen. Wer hätte gedacht, dass die Geschichte einen solchen Verlauf nehmen würde", antwortete Graf Ardahan und legte für wenige Sekunden seine

Hand anerkennend auf Rehans Schulter. Rehan hatte keinen Schimmer, was der Graf mit seinen Worten hatte ausdrücken wollen, und war sichtlich verwirrt, als er sich abrupt von ihm abwendete und auf den Prinzen zuging. Er schaute daraufhin seinen Onkel an und hob dabei fragend die Augenbraue. „Ich erkläre dir alles in einer ruhigen Minute. Bitte habe Geduld", antwortete Hrothgar und blickte auf den König, der seinen Sohn so fest umklammert hielt, als würde er ihn nicht mehr hergeben wollen. Rehan tat es ihm gleich und betrachtete Vater und Sohn für eine kurze Weile. „Kein Wunder, dass er mir so vertraut vorkam. Der sieht ja aus wie sein Vater, wie eine jüngere Kopie", überlegte Rehan und hörte ein Räuspern hinter sich. Er drehte sich augenblicklich um und war erstaunt, den Älteren vom Flussufer zu sehen. Rehan stand umgehend auf, reichte ihm die Hand zur Begrüßung und meinte: „Schön, dass es euch beiden besser geht." Dieser ergriff Rehans Hand, ging in die Knie und küsste sie demütig. Rehan wurde sofort unangenehm zumute und er zog seine Hand zurück. Der Mann stand auf und hatte Mühe damit, Rehan in die Augen zu schauen. Stattdessen blickte er auf Rehans Kleidung, was Rehan noch peinlicher war. Er fühlte sich zwar nicht wohl in seiner zerfetzten und dreckigen Kleidung, beschloss aber darüber hinwegzusehen und so zu tun, als hätte er den neuesten Modetrend an seinem Körper. „Wir hatten uns vorhin gar nicht vorgestellt, ich heiße Rehan. Wie ist dein Name?", wollte Rehan nur einen Wimpernschlag später wissen. Der ältere Mann lächelte leicht und antwortete: „Ihr seid weitaus mehr, als euer Name vermuten lässt. Mein Name ist Kulbert. Ich bin der Leibwächter des Prinzen." „Personenschützer? Interessant!", dachte Rehan und entgegnete: „Sehr erfreut." Im nächsten Moment ärgerte er sich leicht über dessen Bemerkung seinen Namen betreffend. „Ich weiß wirklich nicht, was die für ein Problem mit meinem Namen haben", vertiefte er sich in seinen Ärger und merkte gar nicht, dass er angesprochen wurde. Erst als die Stimme lauter wurde, merkte Rehan, dass er gemeint war. Er drehte sich um und sah dem

Prinzen ins Antlitz. Dieser musterte ihn von oben bis unten, schmunzelte dabei leicht und meinte: „Ihr seht furchtbar aus, Rehan, mein Freund." Rehan hatte irgendwie keinen Drang, die Aussage des Prinzen persönlich zu nehmen, und blickte an sich herunter. Als er wieder aufsah, meinte er gelassen: „Das ist der neueste Schrei und entstammt der Kreation *Wenn es mal wieder schnell gehen soll.*" Die Menge um ihn herum lachte und wirkte zum ersten Mal an diesem Tag etwas lockerer. Nur einen Moment später wurde der Prinz von seinem Vater am Arm aus dem Speisesaal geführt, mit ihren Gefolgsleuten im Schlepptau. Rehan hatte flüchtig das Gefühl, mit dem Prinzen auf einen Seelenverwandten gestoßen zu sein, mit dem er durch Dick und Dünn würde gehen können. „Wie heißt er eigentlich? Außer Prinz, meine ich", wollte er von seinem Onkel wissen. „Ashgar", antwortete Graf Ardahan statt seines Onkels und war wieder so schnell verschwunden, wie er aufgetaucht war. Rehan konnte nicht umhin, sich über das Verhalten des Grafen zu wundern. Irgendetwas an seiner Art störte ihn, doch er konnte im ersten Moment nicht sagen, was es war. Er schaute ihm noch kurz hinterher und musste sich eingestehen, dass er trotz allem eine leichte Sympathie für diesen Gefolgsmann des Königs verspürte. „Der Kerl sieht umwerfend aus, gut gebaut, hoch gewachsen, hübsches Gesicht, aber irgendwie leicht...", dachte er gerade noch, als er innehalten musste, um nach dem richtigen Wort zu suchen, was den besonderen Charakter des engen Vertrauten des Königs hätte ausmachen können. Doch er kam nicht darauf. Stattdessen drehte er sich zu seinem Onkel, der zu seiner Freude immer noch an seiner Seite stand, und meinte leise zu ihm: „Also dem würde ich keine Geheimnisse anvertrauen. Der erzählt ja alles von sich aus, eine richtige Plaudertasche. Der macht jede Folter überflüssig." Hrothgar musste unweigerlich laut auflachen. „Der ist schon in Ordnung, mach dir mal da keine Sorgen", sagte er zu seinem Neffen und musterte ihn von oben bis unten und verzog dabei sein Gesicht zu einer Grimasse. „Also diese Kreation gefällt mir nicht. Wieso hast du

212

denn bisher nicht nach einer neuen Kleidung verlangt, wie die letzten Male", wollte er daraufhin von Rehan wissen und schaute ihn dabei lächelnd an. „Du kannst mir frische Sachen besorgen?", fragte Rehan fast schon ungläubig. Hrothgar nickte lachend und antwortete: „Die liegen auf den Schiff bereit. Du hast richtig gehört, wir reisen mit dem Schiff weiter. Dort kannst du dich dann auch frisch machen und ausruhen. Vor dem Abendessen werde ich dir dann das eine oder andere erzählen, damit du verstehst, was hier vor sich geht. Außerdem müssen wir über die Begegnung mit deinen Verwandten sprechen. Die werden wir morgen Nachmittag spätestens treffen." Rehan war sprachlos und wusste wieder einmal nicht, was er von der ganzen Lage zu halten hatte. Die vergangenen Stunden hatte sich sein Onkel rar gemacht und kaum mit ihm geredet, war ihm fast schon ausgewichen. Und nun wollte er ihm von sich aus Erklärungen abgeben. Rehan nickte, dass er verstanden hätte, und folgte seinem Onkel nur einen Augenblick später in den Thronsaal der Festung, wo die übrigen Männer sich schon versammelt hatten. Er war um ein Vielfaches erleichterter, weil er nun die Zusage seines Onkels hatte, mehr Einzelheiten zu seinem eigentlichen Leben zu erhalten, und doch wagte er nicht zu hoffen, dass ihm alles erzählt werden würde. Aber hierum wollte er sich zunächst nicht kümmern. Die Tatsache, am nächsten Tag mit seinen noch lebenden Angehörigen zusammenzutreffen, machte ihn allerdings zunehmend unruhiger. Er fühlte jetzt schon eine leichte Nervosität in sich aufsteigen und spürte, wie sich die Vorfreude im Wechselspiel mit einer gewissen Angst breitmachte. Im Thronsaal angekommen verkündete der König, dass ihre Rückreise nun bevorstünde und sie in zwei Gruppen nach Falkental aufbrechen würden. Es bedurfte nur dieser wenigen Worte, um die Männer zum Abmarsch zu animieren, was Rehan fasziniert zur Kenntnis nahm.

***

213

Der Weg zum Strand war weniger beschwerlich, als Rehan sich ausgemalt hatte. An der Küste trennte sich ein Teil des Heeres ab und begann seine Rückreise auf dem Lande. Rehan wäre am liebsten mit dieser Hälfte aufgebrochen, da er keine Lust auf mögliche Hindernisse auf dem Wasser hatte. Er schaute ihnen schon fast wehmütig nach, als sein Onkel ihn zum Weitergehen drängen musste. „Sie werden mit uns zeitgleich ankommen, daher ist es eigentlich egal, auf welchem Wege wir nach Falkental kommen. Aber ich muss zugeben, dass das Schiff die weitaus angenehmere Variante ist", redete Hrothgar auf Rehan ein, während er ihn vor sich herschob. Auch wenn er anfangs voller Skepsis auf eine Überfahrt mit den Beibooten reagiert hatte, konnte Hrothgar ihn überzeugen, doch noch mit ihnen überzusetzen. Die Verteidigungslinie des Landes wurde auf der Strecke zum Schiff zur Rehans Freude nicht aktiviert, was aber daran lag, dass die Überfahrt nicht an der gleichen Stelle stattfand, wie Rehan es angenommen hatte. Erst als sie an Deck des Schiffes standen, wurde ihm bewusst, dass er sich auf einem anderen befand, auch wenn die beiden Schiffe sich bis ins Detail glichen. Das neue war weitaus größer als das auf der Hinfahrt. Auch entdeckte er erst an Deck, dass in unmittelbarer Nähe mehrere kleinere Schiffe auf ihre Personenfracht warteten. „Was ist das nur für eine Tarnvorrichtung", grübelte er, als er sich umschaute und immer mehr kleine Schiffe ausmachen konnte. „Komm, ich führe dich in deine Kabine", hörte er die Stimme seines Onkels sagen und war heilfroh, endlich seine zerschlissene Kleidung loswerden zu können. Er folgte seinem Onkel in die Kabine, die ihm doppelt so groß vorkam wie seine Kabine auf der Hinfahrt. „Mach dich etwas frisch und ruhe dich aus. Ich komme nachher noch mal, dann können wir uns vor dem Abendessen etwas unterhalten", sagte Hrothgar und ließ es sich nicht nehmen, wenigstens im Schutze der Kabine seinen Neffen inniglich zu umarmen. Hrothgar umfasste mit seinen Händen Rehans Gesicht und blickte ihn mit feuchten Augen an. „Wenn dir was passiert wäre, hätte ich das nicht überlebt", brachte er mit bebender Stimme hervor und küsste seinen Neffen auf die Stirn. Noch bevor Rehan darauf reagieren konnte, machte Hrothgar kehrt und verließ die Kabine. Rehan starrte noch einige Sekunden auf die Tür, bevor er sich zusammenreißen musste, um nicht zu viel Zeit zu vergeuden. Er wollte schnellstmöglich aus seiner dreckigen und zerrissenen Kleidung heraus und blickte sich in der Kabine um. Zu seiner Freude sah er saubere Kleidungsstücke auf dem Bett liegen, eilte ins Badezimmer und hoffte auf den gleichen Mechanismus wie auf dem anderen Schiff. Und dieses Mal wurde er nicht enttäuscht. Er duschte und fühlte sich unter dem prasselnden heißen Wasser so wohl, dass er augenblicklich entspannte und auch das Gefühl nicht loswurde, dass sein Körper einen Heilungsprozess durchmachte. Er ließ seinen Gedanken freien Lauf. Rehan konnte immer noch nicht fassen, was ihm in den vergangen Stunden zugestoßen war. Er fühlte sich wie im Delirium, als würde er fantasieren. Nach einigen Minuten kam er zum Entschluss, dass er bei der Bewältigung seiner Erlebnisse professionelle Hilfe benötigen würde. Allerdings hoffte er auch darauf, dass sein Onkel Wort halten und ihm nähere Informationen zukommen lassen würde. Nachdem er mit dem Duschen fertig war, wollte er es sich wenigstens nicht nehmen lassen, sich noch mal im Spiegel anzuschauen. Und bei der Gelegenheit wollte er die Kratzer begutachten, die er sich bei dem steilen Abstieg zugezogen hatte. „Zum Glück habe ich mir nichts gebrochen", stellte er für sich fest und riskierte einen Blick in den körpergroßen Spiegel. Er kam nicht mehr aus dem Staunen heraus. Rehan blickte in ein makelloses und unversehrtes Spiegelbild. Er hatte laut seinem Spiegelbild keinerlei Blessuren davongetragen. Ungläubig schaute er an sich herab und konnte wirklich nichts feststellen. „Vielleicht heilt in dieser Welt alles um einiges schneller?", überlegte er, als er starr in den Spiegel schaute und sich abermals wunderte, wie er bei dem Sturz die Böschung herunter von Knochenbrüchen verschont geblieben war. „Jeder andere wäre bei dem, was mir passiert ist, mindestens dreimal auf dem Weg nach unten gestorben", dachte er, während er sich von seinem Spiegelbild abwendete und zum Bett ging, um sich die frische Kleidung anzuschauen. „Na, wenigstens sehen die Sachen männlicher aus als die Kleider von Onkel", dachte er, während er seine frische Garderobe begutachtete und hocherfreut feststellte, dass sein Onkel ihm Hosen organisiert hatte. Er zog die shortsähnlichen Unterhosen an und schlüpfte in die Hose, die ihm zwar vom Schnitt her nicht gefiel, aber angenehmer war als die unzähligen Gewänder seines Onkels. Er überlegte einige Sekunden, ob er das Unterhemd ebenfalls anziehen sollte, entschied dann aber, es doch zu tun. Schließlich wusste er nicht, wie kühl es ohne die vielen Gewänder seines Onkels sein würde. Gerade als er sich das Hemd überziehen wollte, klopfte es an der Tür. Bevor Rehan reagieren konnte, trat Hrothgar mit einer Schale Obst ein.

***

„Oh gut, die Sachen passen", bemerkte er und setzte sich auf den Sessel. Er bat seinen Neffen, Platz zu nehmen. Rehan schnappte sich daraufhin die Socken und die Schuhe und setzte sich auf den Sessel gegenüber und zog diese an. Hrothgar nahm sich derweil eine Handvoll Weintrauben und wollte sein Versprechen, Rehan alles zu erklären, einlösen. Auch Rehan bediente sich an der Obstschale und lehnte sich zurück, um seinem Onkel zu lauschen. Hrothgar räusperte sich und erzählte: „Ich weiß nicht so recht, wie ich dir alles erklären soll, aber ich denke, dass an dieser Stelle eine offene Aussprache angebracht ist. Sprich, wenn du was nicht verstanden hast. Unterbrich mich einfach! Ich werde versuchen, so verständlich wie möglich zu sein. Nun, Ashgar ist der rechtmäßige Thronerbe Kangars, der Erstgeborene des Königs. Er war nicht auf der walonischen Seite, weil er seine Geschwister retten wollte, sondern weil er sein ganzes Leben dort verbracht hat. Er und auch wir wussten bis vor Kurzem gar nicht, dass er der Kronprinz Kangars ist. Er war total geplättet, als er hörte, dass er noch Geschwister hat. Als er ein kleines Kind war, hatte es ein großes Feuer gegeben. Wir hatten fälschlicherweise angenommen, dass der Junge darin umgekommen war. Aber in Wirklichkeit war es ein anderes Kleinkind, dessen verkohlten Körper wir gefunden hatten. Er war damals entführt worden und ist als walonischer Prinz aufgewachsen", bevor er unterbrochen wurde. „Ganz langsam, nur dass ich es richtig verstehe. Kindesentführung mit vorgetäuschtem Tod, damit ein anderer König den Sohn bekommt, den er nicht zeugen konnte?", fragte Rehan dazwischen. Hrothgar fühlte sich nicht wohl in seiner Haut, und dennoch wusste er, dass er seinem Neffen die Wahrheit sagen musste, wenn er sein Vertrauen nicht verlieren wollte. „Der König Walons, Delvent, war in seiner Jugend unsterblich in die junge Königin Kangars verliebt. Als sie diesen aber abwies und sich für, ähm, meinen König entschied, ist Delvent an seiner unerwiderten Liebe beinahe verzweifelt. Solange sie dem König keine Kinder gebären konnte, hatte sich Delvent immer wieder Hoffnung gemacht, sie doch noch für sich gewinnen zu können. Irgendwann heiratete er, um in seiner Angebeteten die Eifersucht zu schüren, die er als Beweis ihrer Liebe zu ihm gelten lassen würde. Doch als die Königin nicht so reagierte, wie er es erhofft hatte, wendete er sich endgültig von ihr ab und konzentrierte sich auf seine Ehe. Interessanterweise wurden beide Königinnen fast zeitgleich schwanger. Delvent hatte nun eigentlich auch alles, um glücklich werden zu können. Und doch ließ es ihm keine Ruhe, dass seine große Liebe das Kind eines anderen zur Welt bringen sollte. Wir haben erst sehr viel später erfahren, dass der walonische Prinz eine Totgeburt war. Die Königin starb nur kurz danach an den Folgen der Geburtsstrapazen. Delvent hat nie wieder geheiratet und auch keine weiteren Kinder gezeugt. Als Ashgar geboren wurde, hatte er sich geschworen, dem König Kangars das Glück streitig zu machen. Er bestach die Amme und ließ einen toten gleichaltrigen Jungen ins Kinderbettchen legen. Nachdem Ashgar außer Reichweite des Schlosses war, legten sie am helllichten Tage im Kinderzimmer ein Feuer und vertuschten so die Kindesentführung. Delvent wollte den Jungen mit seinen eigenen Händen töten. Doch als er den Jungen auf seinem Arm hatte, übermannte ihn das Gefühl, doch noch Vater sein zu können, so sehr, dass er entschied, den Jungen als seinen eigenen aufzuziehen. So dachte er, wenigstens etwas von seiner unerfüllten Liebe zu haben", berichtete er und hielt kurz inne, um einen wenig Wasser zu trinken. „Der König weiß von den ganzen Geschehnissen erst seit wenigen Tagen. Ich erst seit heute Morgen! Delvent lag im Sterben und hatte letzte Woche einen Abschiedsbrief an die Königin Kangars geschickt und in diesem alles gebeichtet. Er hatte gehofft, sie vor seinem Tode noch mal kurz sehen zu können. Aber die Nachricht hatte die kangarische Königin so niedergeschmettert, dass sie mehrere Tage benötigte, um die neuen Informationen zu verdauen. Der walonische König starb vor vier Tagen, ohne seine Angebetete gesehen zu haben. Nun wissen wir auch, dass Delvents Vetter, der Zweite in der Thronfolge, als er von allem erfahren hatte, die Regentschaft des Prinzen abgelehnt und ihn offiziell als Vogelfreien deklariert, sozusagen zum Abschuss freigegeben hatte. Sie waren tagelang auf der Flucht, als der Zufall wollte, dass ihr euch begegnet. Du hast ihm das Leben gerettet und uns von der Trauer um sein vermeintlich frühes Ableben erlöst", sagte er und stockte, als er des argwöhnischen Blicks seines Neffen gewahr wurde. In Rehans Kopf überschlugen sich die Gedanken. Sein Gehirn vermochte nicht so recht, die neuen Informationen einzuordnen. „Ein verkohltes Kleinkind am helllichten Tage – die Geschichte kommt mir bekannt vor", dachte er gerade noch, als er nur einen Wimpernschlag später: „Wieder ein Feuer? Löst man hierzulande die Probleme mit Brandstiftung?", fragte. Hrothgar musste schwer schlucken und wich im ersten Moment Rehans fragendem Blick aus. Doch er wusste, dass er sich zusammenreißen musste und seinem Gegenüber die Wahrheit nicht unterschlagen durfte, wenn er seine Nichte je wiedersehen wollte. Er war überzeugt, dass der junge Mann, sofern er nicht seine verwandelte Nichte war, ihn, früher oder später, zu seiner

218

Nichte führen würde. Er durfte es nicht weiter aufschieben. Wie sonst würde er die Begegnung mit Rehans letzten Verwandten durchziehen können? Deswegen zuckte er unwissend mit den Achseln und zwang sich, seinem Neffen in die Augen zu schauen. Rehan hatte das Gefühl, einen Kloß im Hals zu haben. Er spürte ganz deutlich, dass sein Onkel ihm etwas Wichtiges verschwieg. Rehans Blick wurde immer misstrauischer, bis Hrothgar es nicht mehr aushielt und den Blick abwendete. Rehan atmete im nächsten Moment tief durch und war der Ansicht, genug von der Geschichte des Prinzen gehört zu haben. „Nun sind sie ja wieder vereint und alle wohlauf. Du sagtest vorhin, dass wir morgen Nachmittag mit meiner Familie zusammentreffen würden? Wohnen sie in Falkental, oder sind sie nur zufällig da?", fragte er einen Augenblick später. Er hoffte darauf, dass sie nur zu Handelszwecken in der Hauptstadt waren, da er keinerlei Interesse daran hatte, mit dem König und seinen Mannen in der gleichen Stadt zu verweilen. Irgendwie hatte er sich für den König nicht erwärmen können. Unter seinen Gefolgsleuten konnte er noch nicht mal an einer Hand abzählen, wer ihm einigermaßen geheuer war. „Ähm ja, sie wohnen in Falkental", antwortete Hrothgar und war dankbar, nicht mehr über den Prinzen reden zu müssen. „Du hast gesagt, sie wissen nicht, dass ich lebe? Wie wollen wir ihnen jetzt erklären, dass ich quicklebendig bin? Ganz zu schweigen davon, dass ich wie ein Kerl aussehe?", wollte Rehan wissen und hatte damit den Nagel auf den Kopf getroffen. Hrothgar hatte sich in den vergangenen Stunden immer wieder das Gehirn zermartert, wie er den anderen beibringen sollte, dass ihr tot geglaubtes Mädchen nun ein leibhaftiger Mann war. „Ehrlich gesagt, ich weiß es nicht! Ich wollte erst einmal Mutter fragen, was passiert sein könnte beziehungsweise, wie wir die ganze Sache umkehrbar machen können", erwiderte Hrothgar und schaute gar verwirrt aus der Wäsche. Eine Stille breitete sich aus, die nach einer Minute fast schon unerträglich für Onkel und Neffe wurde. „Vielleicht sollten wir wie bisher verfahren und abwarten, wie sich alles entwickelt?", fragte Re-

219

han zögernd. Hrothgar schaute ihn an und war seinem Neffen dankbar dafür, dass er ihm die Entscheidung abgenommen hatte. „Es ist bestimmt besser so – dann kann man sich auch etwas kennenlernen, bevor man mit der Tür ins Haus fällt, oder?", erkundigte sich Rehan. „Ja, ist bestimmt besser so!", stimmte ihm sein Onkel zu und war erleichtert, die Wahrheit um Rehans Herkunft somit umgangen zu haben. Rehan war ebenfalls beruhigt, dass er ein wenig Zeit gewonnen hatte, sich seine Familienmitglieder erst einmal aus der Ferne anzuschauen und diese kennenzulernen, bevor es zu persönlich und somit ausgesprochen wurde, dass sie Blutsverwandte waren. Beide Männer nickten einander verstehend zu und erhoben sich fast gleichzeitig in dem Moment, als es an der Tür klopfte und jemand von der Schiffsmannschaft den Kopf zur Tür hereinsteckte und mitteilte, dass das Abendessen nun serviert werden würde. Rehan fuhr mit seinen Fingern durch seine Haare und merkte zu seiner Überraschung, dass diese schon trocken waren. „Hier funktioniert alles schneller", dachte er, als er die Tür hinter sich schloss und seinem Onkel folgte.

***

Sie gingen durch einige verschlungene Gänge, bis sie im Speisesaal ankamen, wo sie fast schon sehnsüchtig erwartet wurden. Die Tische waren in Hufeisenform aufgestellt worden, sodass die Speisenden jederzeit untereinander Blickkontakt aufnehmen konnten. Rehan sah zu seiner Freude die Zwillinge links neben dem König sitzen und den Prinzen zu dessen rechter Seite. „Wieder vereint! Fehlen nur die Mutter und das tote Mädchen", schoss es ihm durch den Kopf, als er seinem Onkel an seinen Platz folgte. Doch bevor er sich setzen konnte, sah er die Zwillinge aufstehen und auf ihn zukommen. Sie blieben vor ihm stehen und schauten zu ihrem Retter hoch. Die Prinzessin machte einen Hofknicks, während sich der Prinz verbeugte, und beide sprachen wie aus einem Mund: „Wir sind hocherfreut, Euch in unserer Mitte begrüßen zu dürfen." Rehan schmunzelte leicht und entgegnete: „Schön, euch beide gesund und munter wiederzusehen." Noch ehe er etwas hinzufügen konnte, hatten die beiden sich verschämt zurückgezogen und neben ihrem Vater Platz genommen. „Nun Rehan, Ihr seht gut erholt aus. Lasst uns speisen!", gab der König von sich und eröffnete das abendliche Mahl. Die Teilnehmer wirkten alle gelöster als noch Stunden zuvor. Rehan schaute sich in der Runde um und aß dabei schweigend. Er wurde das Gefühl nicht los, dass etwas nicht stimmte. Mit ihm nicht stimmte. Am Kopf der Tafel entdeckte er neben dem Prinzen Graf Ardahan, der ihm zuprostete, als hätte er nur auf den Blick von Rehan gewartet. „Der ist echt komisch", dachte Rehan, als er von einem der Männer, die auf der Gegenseite saßen, laut angesprochen wurde. „Rehan, Ihr seid der Held der Stunde. Wollt Ihr nicht endlich unsere Neugier stillen und erzählen, was auf Eurem ungewöhnlichen Weg nach unten passiert ist? Ich meine, nicht jeder überlebt einen Sprung in unermessliche Tiefen", fragte ein hagerer älterer Mann und schaute Rehan derart angriffslustig an, als würde er nur auf eine falsche Reaktion Rehans warten, um in Aktion treten zu können. Rehan seinerseits erkannte in dem hageren älteren Mann denjenigen, der die Zofe mit seinem Gelächter kompromittiert hatte, und musste seine plötzlich aufkeimende Aversion bekämpfen. Die Gespräche an Tisch wurden augenblicklich eingestellt, und alle warteten gespannt auf Rehans Antwort. Rehan blickte sich in der Runde um und entschied, sich nicht vorführen zu lassen. „Neugier ist nur im gewissen Rahmen gesund, an dieser Stelle aber unangebracht. Nehmt es als gegeben hin, dass ich hier vor euch allen sitze und alles seine Richtigkeit hat. Übrigens bitte nicht nachahmen, könnte schiefgehen", antwortete er und linste zu den Kindern des Königs, um zu sehen, wie sie darauf reagieren würden. Alle drei schmunzelten in sich hinein und warteten interessiert auf die Reaktion des Fragenden. „Verzeiht, ich wollte Euch nicht zu nahe treten, aber mein Verstand sagt mir immer wieder, ein Normalsterblicher kann solche Anstrengungen nicht alleine bewältigen. Es sei denn, er hatte Hilfe oder bediente sich anderer Methoden", erwiderte der hagere ältere Mann und versuchte mit seiner Mimik, Rehan aus der Reserve zu locken. Doch dieser verzog keine Miene, war innerlich aber stark damit beschäftigt, den unerwartet aufgetretenen Ärger abzuwenden. Rehan blickte sich im Kreise der Anwesenden um und entschied, dass er mit diesen Menschen nicht mehr verkehren wollte. Er stand auf, legte die Serviette auf seinen Teller und sagte zum König: „Vielen Dank für Speis und Trank, aber ich brauche jetzt ein wenig Ruhe." Noch bevor der König etwas erwidern konnte, ging Rehan leicht kopfschüttelnd aus dem Speisesaal. Er hatte keine Lust, mit wem auch immer über das zu reden, was er binnen eines Tages erlebt hatte. Das hatte keinen zu interessieren, nur ihn und seinen Onkel. Rehan sah es nicht ein, sich zu rechtfertigen, warum er den Sturz in den Abgrund überlebt hatte. Er war noch nicht mal selbst in der Lage zu begreifen, was geschehen war. „Und warum soll ich diesem alten Knacker Rechenschaft ablegen", grübelte er vor sich hin, als er merkte, dass er auf dem Deck angekommen war. Die frische Seeluft tat ihm gut, und er spürte, wie sein Gehirn gleich entspannte. Er lehnte sich an die Reling und beobachtete die Männer an Deck, die ihre Arbeit verrichteten. Hier fühlte er sich nicht fehl am Platz. Sein Wohlbefinden steigerte sich, und er wendete sich dem Wasser zu. Der Mondschein war so stark, als würde er ihren Weg nach Falkental beleuchten wollen. Rehan hatte das Gefühl, auf einer hell beleuchteten Avenue nach Hause zu fahren. Die Wasseroberfläche glitzerte, als wäre sie mit Abertausenden Diamanten besetzt. Hier und da sah er sogar Delfine, die es sich zur Aufgabe gemacht hatten, sie sicher durch die Gewässer zu geleiten. Rehan ließ den Blick schweifen und erkannte die Umrisse der kleineren Schiffe, die das Hauptschiff flankierten. „Wie sie wohl aussehen? Ob ich ihnen ähnele? Habe ich Geschwister? Einen Bruder hatte ich wohl, der ebenfalls im Feuer gestorben ist. Mutter ist tot, aber Vater scheint am Leben zu sein, schließlich hat Onkel hierzu nichts Gegenteiliges erwähnt. Und eine Großmutter habe ich auch. Na ja, sie scheinen es zu was gebracht zu haben, wenn sie erfolgreich Handel betreiben. Import, Export, nicht schlecht. Vielleicht kann ich ja bei ihnen im Controlling anfangen, wenn sie so was haben. Aber, wenn sie Handel betreiben, haben sie mindestens eine einfache Buchhaltung – das ginge auch! So wäre ich in ihrer Nähe und könnte sie etwas kennenlernen. Ich hoffe, dass Oma mich wieder zurückverwandeln kann oder Leute kennt, die das können", sinnierte Rehan bei dem Gedanken an das bevorstehende Treffen mit seinen Verwandten. Er war so sehr in seine Überlegungen vertieft, dass er Hrothgar nicht hörte, wie er sich räusperte. Erst als Hrothgar deutlich hörbarer hüstelte, befreite sich Rehan von seinen Fragen und lächelte ihn an. „Nimm den Umhang. Viele unterschätzen die frische Seeluft und wundern sich dann, wenn sie krank werden", meinte Hrothgar zu seinem Neffen und reichte ihm einen Umhang, der dem des Grafen glich. Rehan nahm diesen dankbar entgegen und wickelte sich in den Umhang ein und blickte weiterhin auf die ruhige See. Hrothgar stellte sich neben ihn und meinte nur: „Dem hast du es aber gegeben. Fürst Hilarius ist stinksauer", und kicherte in sich hinein. Rehan zuckte nur mit den Achseln und antwortete: „Stinkstiefel gibt es überall, leider." „Das ist wahr", fügte Hrothgar hinzu, ließ den Blick in die Ferne wandern und genoss für einen kurzen Augenblick die Seeluft an der Seite seines Neffen. Nur wenige Augenblicke später hörte Rehan mehrere Männer näherkommen und bedauerte, die Ruhe verloren zu haben. „So viel dazu", seufzte er, als er sich umdrehte und dem König samt seinen Gefolgsleuten gegenüberstand. Es entstand mit einem Male eine solch merkwürdige Atmosphäre, dass man trotz der frischen Seeluft das Gefühl hatte, ersticken zu müssen. „Ein wirklich beeindruckendes Schiff", sagte Rehan nach einigen Sekunden, um die unangenehme Situation zu entschärfen. Die Miene des Königs hellte soeben auf, und Rehan sah einen stolzen Mann vor sich, der eher einem kleinen Kind glich, das ein neues Superspielzeug geschenkt bekommen hatte und es nun jedermann vorführen durfte. Der König ließ es sich nicht nehmen, einige Fähigkeiten des Schiffes aufzuzeigen, sodass Rehan sehr bald das Gefühl hatte, bei einer Verkaufsvorführung dabei zu sein. „Fehlt nur noch ein Rabatt bei Barkauf und die super verständliche Bedienungsanleitung", fügte er ironisch in Gedanken hinzu, als der König nach einer knappen halben Stunde mit seinen Ausführungen zu Ende war. Rehan gab hin und wieder ein anerkennendes „Ah" und erstauntes „Oh" von sich und musste zum wiederholten Male an sein breites Bett denken. Der Gedanke an eine sorgenfreie Nacht ließ ihn dermaßen entspannen, dass es aussah, Rehan wäre hin und weg von dem, was das Schiff zu leisten imstande war. In Wirklichkeit aber lag er in Gedanken schon in seinem breiten und bequemen Bett. Just in dem Moment, als der König noch weiter ausholen wollte und ihn zur Besichtigung des Schiffrumpfes einladen wollte, klinkte Rehan sich höflich aus und zog sich in seine Kabine zurück. Wieder in der Stille seiner Kabine gefangen, zog er sich aus und war überrascht, dass sein Onkel ebenfalls für eine Art Pyjama gesorgt hatte. Nur eine Minute später lag er in dem riesigen Bett und fragte sich im nächsten Moment, was der kommende Tag für ihn bereithalten würde. Anfangs hatte er große Bedenken, dass er beim Gedanken an das Treffen mit seiner Familie die ganze Nacht wach bleiben würde. Doch nur wenige Minuten, nachdem sein Kopf das Kissen berührt hatte, sank er in einen tiefen und traumlosen Schlaf.

14

Unzählige kreischende Möwen, urplötzlich auftretende Helligkeit, wärmende Strahlen, hier und da tiefe männliche Stimmen, die einander das eine oder andere erzählten. Die menschlichen Laute klangen vorerst noch weit entfernt, aber mit jeder verstreichenden Sekunde kamen die Stimmen näher und überlappten sich mit den schrägen Klängen der Vögel. Unerwartetes Flackern. Anfangs noch verschwommen, wurden die Bilder immer genauer, bis sie wenige Momente später haarscharf waren. Rehan war hellwach und genoss es, noch einige Minuten im Bett liegen zu bleiben. Er blickte zu seinem runden Kabinenfenster und realisierte erst am frühen Morgen, wie groß es war. Er streckte und reckte sich, bis jede Faser in seinem Körper wach war. Er duschte und zog sich in Windeseile an, weil er den Sonnenaufgang an Deck erleben wollte. Rehan brauchte trotz der immensen Größe des Schiffes nur wenige Augenblicke, um nach oben zu gelangen und sah zu seiner Überraschung die Zwillinge an der Reling stehen. Sie schienen miteinander zu tuscheln und schauten immer wieder besorgt um sich, in der Angst, jemand würde ihr Gespräch belauschen wollen. Rehan überlegte kurz, ob er ihnen Gesellschaft leisten sollte und wollte sich schon diskret abwenden, als die Prinzessin auf ihn zueilte und ihn an der Hand zu ihrem Bruder führte. „Wir stehen unermesslich tief in Eurer Schuld und glaubt uns, wir wissen nicht, wie wir diese Schuld jemals begleichen könnten", sagte der Prinz mit niedergeschlagenen Augen. Rehan musste schmunzeln und meinte gelassen: „Ihr beiden könntet damit anfangen, Du zu mir zu sagen, und mir verraten, wie ihr eigentlich heißt." Die Mienen der Zwillinge erhellten sich soeben, was Rehan zu einem Lächeln veranlasste. „Ich bin Saarsgar, und meine Schwester heißt Imelin", antwortete der Prinz. Noch bevor Rehan etwas darauf antworten konnte, fragte Imelin unversehens: „Woher kennt

Ihr, ich meine, kennst du unseren Onkel?" Rehan hob verwirrt die Augenbraue und schaute die beiden fragend an. „Na, Onkel Hrothgar", fügte Saarsgar der Frage seiner Schwester hinzu. Rehan musste im ersten Moment schwer schlucken. Sein Gehirn wollte die Information, die seine Ohren aufgenommen hatten, nicht verarbeiten. Er hatte das Gefühl, von einer riesigen Welle überrascht worden zu sein. Doch er wusste, dass er sich zusammenreißen musste, wenn er von den Zwillingen mehr erfahren wollte. „Onkel Hrothgar?", entgegnete er deswegen etwas ungläubig. Die Prinzessin lachte verspielt auf und erwiderte: „Ja und nein, er ist der Vetter unserer Mutter, aber gleichzeitig auch unser Patenonkel." Rehan hatte mit einem Male das Gefühl, jemand hätte ihm mit voller Wucht in den Magen geboxt. Ihm war speiübel, sodass er sich von den Zwillingen abwenden musste. Er hatte Atemprobleme und war kurz davor zu hyperventilieren. Rehan blickte auf die See und versuchte in Windeseile, die neuen Mitteilungen zu verarbeiten. „Alles in Ordnung?", fragte der Prinz etwas besorgt. „Ja natürlich", stammelte Rehan und atmete tief durch. „Es ist wohl die ungewohnte Seeluft", begann er entschuldigend und blickte die Zwillinge lächelnd an. „Hrothgar hat gar nicht erwähnt, dass er euer Onkel ist. Er spricht nicht viel von sich. Auch wenn ich ihn schon mein Leben lang kenne, habe ich sehr oft das Gefühl, doch nicht zu wissen, mit wem ich es eigentlich zu tun habe", fuhr er fort und versuchte dabei Haltung zu bewahren. „Ja, das kennen wir nur zu gut!", erwiderten die Zwillinge. „Er war mein Lehrer, wie ein Vater für mich gewesen. Ich habe meine Eltern sehr früh verloren, müsst ihr wissen. Ich habe viel von ihm gelernt", beendete Rehan seine Ausführung und war innerlich stinksauer auf seinen Onkel, dass er ihm eine solch wichtige Information vorenthalten hatte. „Guten Morgen, Onkel", rief Imelin entzückt und fiel Hrothgar in der nächsten Sekunde um den Hals. Ihr Bruder tat es ihr gleich, und Rehan hatte für einen Moment ein harmonisches Bild vor Augen. Für Außenstehende sah es so aus, als würde er sich diskret abwenden, um die Familienidylle nicht stören zu wollen.

Aber Rehan wendete sich nur ab, um seine Wut zu verstecken. Der Blick aufs Wasser beruhigte ihn ein wenig. Die frische Morgenluft tat ihr übriges, sodass er nach wenigen Augenblicken einigermaßen beruhigt und imstande war, seinen Ärger runterzuschlucken. Er bekam gar nicht mit, dass sein Onkel die Zwillinge unter Deck geschickt hatte. Seine Gedanken kreisten immer wieder um die neu gewonnenen Informationen. Er merkte noch nicht einmal, dass Hrothgar sich neben ihn stellte und ihn besorgt von der Seite betrachtete. „Wie soll man so was denn auch erklären, ohne einen Koller zu riskieren", überlegte Rehan und kam nur eine Sekunde später zum Entschluss, seinem Onkel keine Vorhaltungen machen zu wollen. Einerseits hatte er Verständnis für die Handlungsweise seines Onkels, andererseits fühlte er sich verschaukelt. „Aber wie hätte ich an seiner Stelle reagiert? Oder ist er am Ende doch nicht mein Onkel?", fragte er sich im nächsten Moment voller Zweifel. „Es ist alles wahr, was ich dir erzählt habe! Na ja, fast alles", gab Hrothgar kleinlaut von sich, als hätte er die Gedanken seines Neffen gehört. „Dann sind sie so was wie meine Cousins?" konnte Rehan gerade noch sagen, als er innehalten musste, weil er mit aufkommenden Tränen zu kämpfen hatte. „Ja", war die knappe Antwort seines Onkels. Rehan atmete hörbar ein und aus, bevor er seinem Onkel in die Augen blickte, um herauszufinden, ob dieser ihm möglicherweise doch Unwahrheiten auftischte. Doch die Aufrichtigkeit in Hrothgars Augen überzeugte ihn und es fiel ihm wie Schuppen von den Augen. Erst jetzt, in diesem Moment, konnte er das Verhalten seines Onkels verstehen, nachvollziehen. Die übertriebene Sorge um die Königskinder, den ständig ausweichenden Blick, das wiederholte Verschieben einer Aussprache, die fehlenden Erklärungen. Rehan konnte und wollte seinem Onkel nicht böse sein, da er nicht wusste, ob er in dessen Lage nicht vielleicht genauso reagiert hätte. „Krass, ich habe an nur einem Tag einen Teil meiner, wenn auch entfernten, Verwandten gerettet. Deswegen also war ich der Überzeugung, die einzige Person zu sein, die die Zwillinge retten könnte. Ach du meine Güte, der Kerl von König ist eine Art Onkel. Das ist zu viel. Und ich dachte schon, es könne nicht mehr schlimmer werden – ich glaube, ich brauche einen Schnaps", dachte er und schüttelte überfordert seinen Kopf. Äußerte dann aber, wenn auch etwas ironisch: „Import, Export, hmh?" Hrothgar konnte nicht anders reagieren, als laut zu lachen. Dieses befreiende Lachen bewirkte, dass auch Rehan einstimmte und beide für einen kurzen Augenblick mit sich im Reinen waren. „Es tut mir leid, aber ich wusste nicht, wie ich es dir sagen sollte", stakste Hrothgar und schaute seinen Neffen entschuldigend an. „Ist ja auch eine Hammer-information", erwiderte Rehan und zuckte dabei mit den Achseln. „Eines noch, bevor wieder irgendwer dazwischenkommt: was meintest du mit fast?", wollte Rehan im nächsten Moment wissen. Hrothgar sah seinen Neffen an und hasste sich dafür, die Wahrheit etwas verdreht zu haben. „Es tut mir so leid, aber ich dachte, wenn es weniger dramatisch wäre, würdest du dich weigern mitzukommen", fing er flüsternd an. Doch der irritierte Blick seines Neffen drang ihn dazu, so schnell wie möglich auf den Punkt zu kommen. „Du bist das einzige Kind deiner Eltern, sprich, du hattest nie einen Bruder. Wenn ich gewusst hätte, dass der Junge dem Feuer nie ausgesetzt gewesen war, hätte ich seine Geschichte nie dazu verwendet, dich hierherzulocken, aber der Rest stimmt", fuhr er so leise fort, dass Rehan sich schon anstrengen musste, um jedes Wort zu verstehen. Der Neffe schaute seinen Onkel mit einem Male dermaßen zornig an, dass Hrothgar schon das Schlimmste befürchtete. Nur einen Moment später wurden die beiden von einem Matrosen abgelenkt, der verkündete, dass das Schiff eine Stunde nach dem Frühstück in den Heimathafen einlaufen würde. Rehan schluckte den Ärger herunter und packte seinen Onkel an der Schulter. „Wehe, ich warne dich, noch eine einzige Lüge, und ich kenne dich nicht mehr", zischte er und ging zum Frühstück unter Deck. Dort traf er auf die gleiche Konstellation wie beim Abendessen. Nur mit einem kleinen Unterschied, dass er jetzt wusste, wer er war und wer zumindest einen Teil seiner Familie darstellte. „Ich hoffe, Ihr habt einigermaßen gut geruht", wollte der König wissen, als er in den Raum getreten war. „Danke", war das Einzige, was Rehan von sich geben konnte, bevor er den Blick abwenden musste. „Himmel, mit dem soll ich verwandt sein", überlegte er und konnte den Umständen, in denen er sich gerade befand, nichts Gutes abgewinnen. Er merkte gerade noch, wie sein Onkel neben ihm Platz nahm, und widmete sich seinem üppigen Frühstück. Je mehr er zu sich nahm, desto mehr verflog der Ärger auf seinen Onkel und wich der Einsicht, dass er an seiner Stelle wohl auch mit einer Notlüge angefangen hätte. Rehan hielt sich in puncto Unterhaltungen zurück und beobachtete die Anwesenden. Zu seiner Überraschung musste er feststellen, dass Graf Ardahan nicht zugegen war. Auch bemerkte er, dass der Fürst, dessen Ehre er am Vorabend gekränkt hatte, ihn anstarrte, als wollte er ihm bei nächstbester Gelegenheit den Kopf abschlagen. Rehan ignorierte ihn, so gut es ging, und genoss sichtlich sein Frühstück. Kaum dass er damit fertig war, hörte er Fürst Hilarius: „Nun Rehan, Ihr wart gestern Abend so schnell verschwunden, dass ich dachte, Ihr hättet absichtlich so gehandelt. Aus diesem Grunde fühle ich mich gezwungen, Euch daran zu erinnern, dass Ihr mir noch einen Respons schuldig seid", sagen. Rehan rollte kaum merklich mit den Augen und fragte gelassen: „Wie war die Frage doch gleich noch mal?", bevor er an seinem Kaffee nippte. Jeder im Raum konnte die Empörung des Fürsten in dessen Gesicht ablesen. Er kochte vor Wut und wendete sich dem König zu. „Majestät, ich fasse es nicht, dass Ihr einem dahergekommenen Etwas so viel Wert beimesst, dass er sich an Eurer Tafel verköstigen kann und mich mit einer solchen Missetat diskreditieren darf", protestierte der Fürst und schaute dabei den König entrüstet an. „Ich glaube, Ihr vergesst, was dieses Etwas, wie Ihr diesen außergewöhnlichen Mann bezeichnet, geleistet hat. Contenance, mein Fürst, und akzeptiert, dass er Euch nicht alles erzählen will, was ihm widerfahren ist, nur weil Eure Neugier danach verlangt, gestillt zu werden", entgegnete der König leicht verärgert und wendete sich in der nächsten Sekunde entschuldigend an Rehan. „Verzeiht den Ausbruch des Fürsten. Ihr seid Gast in meinem Reich und auf meinem Schloss, so lange Euch danach ist. Was mein ist, ist auch Eures! Ich stehe tief in Eurer Schuld, Rehan, Freund meines Schwagers und hoffentlich auch mein Freund!", sagte er laut und deutlich, dass es auch jeder vernehmen konnte. Er wollte durch sein Handeln vermeintliche Missverständnisse ausräumen und den Retter seiner Familie im Kreise seiner engsten Vertrauten willkommen heißen. Rehan nickte ihm freundlich zu und erwiderte: „Ich danke dir, König der Freien Welt, für deine Gastfreundschaft. Gerne bleibe ich einige Tage in Falkental!" Die anfängliche Abneigung gegen den König begann zwar langsam, aber sicher zu bröckeln, und auch seinem Onkel konnte er wieder ein wenig zulächeln. „Vielleicht kann ich mich doch noch für ihn und den Rest erwärmen", überlegte Rehan und blickte zuversichtlicher in die Zukunft, als es noch vor Stunden der Fall gewesen war. Er trank seinen Kaffee aus und beobachtete, dass die Stimmung der Anwesenden immer heiterer wurde, je näher sie dem Heimathafen kamen. Wenige Minuten später standen alle fast gleichzeitig auf und gingen gemächlichen Schrittes an Deck, um die Einfahrt in den Hafen von Falkental zu genießen. Viele hatten Rehan erzählt, dass sie dieses spektakuläre Ereignis um keinen Preis versäumen wollten, sodass seine Neugier Überhand gewann und er sich den Männern anschloss. An Deck angekommen ging Rehan einige Schritte und beobachtete die Männer, die noch vor einem Tag ernst und finster ausgesehen hatten. Er hatte das Gefühl, ihnen das erste Mal zu begegnen. Sie waren so überschwänglich vor Freude, dass sie sich teilweise wie kleine Jungen verhielten statt wie ausgewachsene Männer.

✳✳✳

Just in dem Moment, als Rehan sich schmunzelnd gegen die Reling lehnte, gesellte sich Prinz Ashgar mit Graf Ardahan zu ihm. Rehan nickte ihnen nur zur Begrüßung zu und schaute auf das Wasser, dessen Oberfläche glitzerte, als wäre ein diamantener Teppich ausgelegt worden. „Ihr solltet Euch nicht von dem Wasser ablenken lassen, sondern ein wenig in die Ferne schauen", unterbrach der Graf die Stille und versuchte, Rehans Aufmerksamkeit auf sich zu ziehen. Doch Rehan wollte sich nicht ablenken lassen und ließ seinen Blick auf dem Wasser, das durch die Flotte des Königs regelrecht unruhig geworden war. „Ich bin bisher nur ein einziges Mal, als junger Bursche, auf diesem Weg in die Hauptstadt gereist. Himmel, war das ein Eklat. Mein Vater wusste nichts davon … ", begann Ashgar und hielt abrupt inne. Er senkte den Kopf und wirkte mit einem Male so traurig, dass Rehan nicht anders konnte, als sich ihm zuzuwenden. „Auch wenn er nicht dein leiblicher Vater war, so war er doch derjenige, von dem du alles gelernt hast, was du jetzt weißt, oder? Jedenfalls wirkst du wie einer, dem es in der Vergangenheit recht gut gegangen ist. Vergiss die Umstände, unter denen er zu deinem Erziehungsberechtigten wurde. Stattdessen solltest du froh sein, dass er vor seinem Tod die Wahrheit gesagt und dir somit die Möglichkeit eröffnet hat, deine wahren Eltern kennenlernen zu können. Natürlich war es nicht korrekt, was er getan hat, aber du musst immer wieder bedenken, wie verzweifelt er gewesen sein musste, wenn er nur noch diesen Weg als einzigen Ausweg hatte einschlagen können", sagte Rehan in einem tröstenden Ton und legte dem Prinzen die Hand auf die Schulter. „Er hat ihn um sein Leben am königlichen Hof Kangars gebracht", warf der Graf verärgert ein. „Stattdessen ist er am königlichen Hof Walons aufgewachsen, was ja auch nicht gerade schlecht war, oder?", entgegnete Rehan, ohne sich provozieren zu lassen. „Ihr mögt ein außergewöhnlicher Mann sein, aber Ihr verkennt die Situation", entgegnete Graf Ardahan bissig. Rehan wendete sich dem Grafen zu und schaute ihm in die Augen, was den Grafen umgehend irritierte. Unerwartet trat Rehan ihm gegen sein Schienbein und wartete darauf, wie der Graf reagieren würde. Dieser krümmte sich im ersten Moment vor Schmerzen und brauchte einige Augenblicke, bis er wieder aufrecht stehen konnte. „Was sollte das?" war das Einzige, was Graf Ardahan herausbrachte. „Im ersten Moment tut es sehr weh, aber der Schmerz vergeht mit der Zeit und ist irgendwann vergessen, weil er vergangen ist. Was nützt es, sich in der Vergangenheit aufzuhalten und sich die Nerven daran aufzureiben, wenn doch bekannt ist, dass man einerseits sowieso nichts mehr daran ändern kann und andererseits keiner mehr da ist, den man zur Rechenschaft ziehen könnte. Ich finde, man sollte die Gegenwart genießen und voller Zuversicht in die Zukunft schauen. Es ist nie zu spät, mit etwas Neuem anzufangen", erklärte Rehan seinen kleinen Angriff und versuchte dabei entschuldigend auszusehen. Er wunderte sich selbst noch über diese Einsicht und mahnte sich, diese Worte in Bezug auf seinen Onkel zu beherzigen. Warum sollten für ihn und seinen Onkel andere Weisheiten gelten? Waren sie nicht alle gleich? Menschen, deren hauptsächliches Dasein darin bestand, Erfahrungen jeglicher Art zu sammeln, um somit die Zeit bis zum Tod nicht mit der Angst vor dem Tod zu verschwenden. Doch die Reaktion des Grafen war nicht die Einsicht, die Rehan erwartet hatte. Dieser blickte nur genervt mit den Augen und wendete sich dem Wasser zu. Rehan allerdings hatte das befriedigende Gefühl, den Grafen in seine Schranken gewiesen zu haben. „Rehan hat recht, mein Sohn. Gib uns, deiner Familie, die Gelegenheit, Versäumtes nachzuholen. Vergrabe nicht von Anfang an die Hoffnung!", ertönte unverhofft die Stimme des Königs hinter Rehan. Die drei Männer drehten sich fast gleichzeitig um und sahen einen König mit offenen Armen warten. Ashgar zögerte nicht lange und ließ sich von seinem Vater umarmen, wobei Rehan dieses Mal das Gefühl hatte, dass auch Ashgar ein wenig herzlicher handelte. Während Rehan die beiden betrachtete, schoss ihm, „Und wenn sie jetzt noch von mir erfahren, brauchen wir eine Familientherapie", durch den Kopf. Plötzliche Jubelschreie unterbrachen die emotionale Stimmung. Rehan versuchte, herauszubekommen, warum die Männer so außer Rand und Band waren, und konnte im ersten Moment nichts mit der Freude der Männer anfangen. Hrothgar gesellte sich zu ihm und lenkte seine Aufmerksamkeit in die Fahrtrichtung. Rehan brauchte ein wenig länger, als ihm lieb war, aber letztendlich entdeckte er den Grund ihrer Freude. Sie hatten Kurs auf ein riesiges Tor genommen, das aus meterdicken Eisenstangen bestand, die aus dem Wasser ins Unermessliche emporragten. Rehan war wieder einmal erstaunt über die Technik, die sich die Kangaren zu eigen gemacht hatten. Er schaute nach rechts und links und konnte unschwer erkennen, dass die Eisenstangen sich in der Mitte von sehr hohen und steilen Bergausläufern befanden. Mit jedem Meter, den sie sich dem Tor näherten, konnte er besser erkennen, dass es nicht nur gewöhnliche Ausläufer waren, sondern meterhohe Steinfiguren herausgearbeitet worden waren, die ihn an die aufgerissenen Fratzen von reißenden Wildkatzen erinnerten. Sie wirkten so Furcht einflößend, dass Rehan für den Bruchteil einer Sekunde den Blick abwenden musste. Doch er konnte nicht umhin, die Steinfiguren noch einmal anzusehen. Es versetzte ihn regelrecht in Erstaunen, dass er nach wenigen Sekunden annehmen musste, seine Augen hätten ihm einen Streich gespielt. Die aufgerissenen Fratzen waren nicht mehr da! Er schüttelte leicht verwirrt den Kopf und meinte im Stillen: „Dieses Land ist echt merkwürdig. Erst sehe ich was, dann wieder nicht. Mir passieren Sachen, bei denen ich in meiner Welt schon einige Male mit meinem Leben bezahlt hätte." Die plötzlich entstandene Stille riss ihn aus seinen Überlegungen. Er schaute sich um und wunderte sich, warum keiner an Deck auch nur einen Mucks von sich gab. Während er seinen Blick wandern ließ, entdeckte er die Zwillinge und die Zofe der Prinzessin, die ergriffen neben dem König standen und auf das Tor starrten. Sie alle wirkten wie hypnotisiert. Rehan kreuzte seine Arme vor der Brust und tat es den Umstehenden gleich. Er blickte auf das Tor und fragte sich, was genau an dieser

233

Vorrichtung die Leute in seinen Bann gezogen hatte. Doch er musste nicht mehr lange grübeln. Nur einen Augenblick später beherrschte ein ohrenbetäubender Lärm den Moment. Vor seinen Augen öffnete sich das Tor langsam und gewährte der Vorhut den Einlass in den Hafen Falkentals. Derweil bewegten sie sich in einem beschleunigten Tempo auf das halb geöffnete Tor zu. Es dauerte nur wenige Minuten, bis sie das inzwischen vollkommen offene Tor erreicht hatten und es passierten. Rehan war mit einem Male voller Bewunderung für die Architektur des riesigen Tores. Er hatte noch nicht einmal ansatzweise etwas Derartiges in seinem Leben gesehen. Im nächsten Moment allerdings musste er sich eingestehen, dass ein solches Muss der Verteidigung besorgniserregend war. „Was hat dieses Land nur dazu bewogen, solche Sicherheitsvorkehrungen zu treffen?", fragte er sich, als sie das Tor hinter sich ließen. Er drehte sich um und sah, dass das Tor wieder anfing, sich zu schließen. Just in dem Moment, als das letzte Schiff der Nachhut das Tor passiert hatte, schloss es mit einem lauten Knall. Überwältigt von dem Spektakel, war Rehan der Ansicht, dass ihn nichts mehr so beeindrucken könnte. Doch er irrte sich, wieder einmal. Er sah keinen Hafen, sondern nur weite See. Er blickte fragend zu Hrothgar, der ihm mit einer Geste bedeutete, geduldig zu sein. Es verstrichen mehrere Minuten, ehe Rehan einen Horizont ausmachen konnte, den er mit einem Hafen in Verbindung brachte. Weitere unendlich lange Minuten vergingen, bevor er ein deutliches Bild vor Augen hatte. Er war froh, bald wieder festen Boden unter den Füßen zu haben. Sie steuerten direkt auf den Hafen zu, der anfangs noch überschaubar aussah. Doch je näher sie kamen, desto mehr wurde Rehan bewusst, welcher Größenordnung er gegenüberstand. Das Tor hatte ihn schon beeindruckt, aber verglichen mit dem Hafen war es nur ein Tor. Was ihn allerdings verwirrte, und das musste er für sich zugeben, war die Tatsache, dass nirgends ein Schloss zu sehen war. Das Einzige, was er sehen konnte, war eine Kleinstadt, am Fuße eines Berges. „Vielleicht ist das riesige Schiff und das Hammer-

tor nur eine Kompensation", begann er in Gedanken mit seinen
Ausführungen und musste sich aber schnell selbst unterbrechen. Er
wollte sich über den König keine weiteren Gedanken machen und
schüttelte sich fast unmerklich. Zwischenzeitlich waren sie schon so
nahe an den Hafen gekommen, dass Rehan ein großes Empfangsko-
mitee, zum großen Teil bestehend aus berittenen Soldaten, ausmachen konnte. Auch konnte er einige aufwendig verarbeitete Kutschen erkennen, die zum Transport der Wichtigen bereitstanden.
Sehr zum Leidwesen Rehans mussten sie erneut mit den Beibooten
übersetzen. Nur wenige Minuten später war er überglücklich, wieder Land unter den Füßen zu haben. Er versuchte seine Erleichterung nicht bemerkbar zu machen und schaute sich interessiert um.
Der Baustil der umliegenden Häuser unterschied sich kaum von
dem, was er in seiner Welt in älteren Häfen schon gesehen hatte.
„Wir müssen weiter", flüsterte Hrothgar in sein Ohr. „Ich dachte,
wir wären schon da?", gab Rehan leise zurück. Doch sein Onkel
schüttelte nur schmunzelnd den Kopf. „Es sind leider noch einige
Meilen über Land zu fahren", erklärte er und zog seinen Neffen mit
sich zu der Menschenansammlung in ihrer unmittelbaren Nähe.
Kaum hatten die Soldaten ein Spalier zur Mitte geöffnet, hörte Rehan eine weibliche Stimme, die ihm vertraut vorkam. Nur zehn Sekunden strammen Schrittes später stand Rehan der Königin aus
seinem Traum gegenüber, die ihn aufmerksam musterte. Er hatte
das Gefühl, mit voller Wucht gegen eine Mauer gerannt zu sein.
Unverhofft breitete sich ein tiefer Schmerz aus, der Rehans Herz
zusammenkrampfen ließ. Hrothgar hatte nicht mit der Reaktion
seines Neffen gerechnet und ihm umgehend den Arm um die Schulter gelegt. Er führte seinen Zögling gemach an die Königin heran
und sagte mit einem stolzen Unterton: „Das ist Rehan, dem wir den
glimpflichen Ausgang zu verdanken haben." Unterdessen hatte Rehan sich etwas sammeln können und lächelte leicht, weil er nicht
wusste, was er sonst machen sollte. „Rehan", fing die Königin an
und schaute ihn im ersten Moment voller Trauer an. Rehan konnte

sehen, dass sie mit aufkommenden Tränen zu kämpfen hatte, und fragte sich im nächsten Moment, ob die Königin ahnte, wer ihr gegenüberstand. Der König stellte sich neben sie und nahm sie in die Arme. „Unsere Familie ist wieder vereint", flüsterte er ihr ins Ohr. „Fast", sagte die Königin so leise, dass es außer Rehan keiner hörte. „Majestät, wir sind abfahrbereit", klang eine männliche Stimme aus dem Hintergrund, die Rehan sofort dem Hauptmann zuordnete, der ihn am Fuße des Gebirges wegen seinem Namen ausgelacht hatte. Just in dem Moment, als sich Rehan der Richtung zuwenden wollte, aus der er die Stimme vernommen hatte, kam der Hauptmann neben ihm zu stehen und verneigte sich vor ihm. „Meinen allerhöchsten Respekt, auch wenn ich bei unserer ersten Begegnung wegen Eures Namens leicht amüsiert war. Nicht der Name macht einen Mann aus, sondern das", sagte der Hauptmann und deutete sanft auf das Herz in seiner Brust. Noch bevor Rehan etwas erwidern konnte, machte er auf dem Absatz kehrt und wendete sich dem Königspaar zu. Rehan schüttelte nur leicht genervt den Kopf und fragte sich erneut, warum alle ein solches Problem mit seinem Namen hatten. „Es ist, weil Rehan hierzulande ein Mädchenname ist", wisperte Graf Ardahan an Rehans Ohr, als hätte er Rehans Gedanken gehört. Er war wieder so schnell verschwunden, wie er aufgetaucht war. „Es ist, weil Rehan hierzulande ein Mädchenname ist", äffte Rehan ihn nach und beschloss den Grafen künftig zu meiden. „Vielleicht liegt es ja daran, dass ich ein Mädchen bin, du Depp", dachte Rehan und beschloss, den Grafen trotz seines ansprechenden Äußeren auf die Negativliste zu setzen. Ein Blick seines Onkels reichte aus, um ihn zur Weiterreise zu motivieren. Er folgte Hrothgar zur Kutsche des Königs und hielt kurz inne.

***

Mit einem Male verspürte er einen Hauch von Gefahr. Irgendetwas stimmte nicht. Er schaute sich besorgt um. Es dauerte nicht lange, und die Menschen um ihn herum ließen sich von seiner Unruhe anstecken und wurden zunehmend nervöser. „Was ist los?", fragte Hrothgar leise. „Etwas ist nicht in Ordnung. Ich habe ein unheimlich schlechtes Gefühl!", erwiderte Rehan gedämpft. Er schloss umgehend die Augen, ging kurz in sich und führte beim Öffnen einen Thermoscan durch. Er blickte sich erneut um und blieb bei der Kutsche des Königs hängen. Er näherte sich ihr, fast wie in Trance, und entfernte die edlen Überwürfe, die zur Verschönerung der Sitzbänke aufgelegt worden waren. Der König wollte schon ansetzen, um Rehan zu fragen, was er denn da tue, als dieser ihn mit der Hand zu verstehen gab, dass er sich fernhalten solle. Nun, da die Überwürfe nichts mehr verdeckten und er die blanke, wenn auch gepolsterte Sitzbank vor sich hatte, sah Rehan ganz deutlich, was sich im Inneren der Sitzbank befand – eine mindestens zwei Meter lange giftige Kobra, die in Lauerstellung darauf zu warten schien, dass der König endlich Platz nahm. „Da ist was drin, ich glaube eine Schlange. Ich höre ein Zischen", flüsterte er Hrothgar zu und ärgerte sich über die kleine Notlüge, die er auftischen musste. Von seiner neuen Fähigkeit würde er zu einem späteren Zeitpunkt in vertrauter Zweisamkeit berichten, aber die Sicherheit des Königs hatte vorläufig Vorrang. Hrothgar blickte anfangs noch bestürzt, fing sich aber wieder schnell und drehte sich zu seinem Schwager. Der König, der in unmittelbarer Nähe stand, hatte jedes Wort verstanden und dem Hauptmann den sofortigen Befehl erteilt, die Sitzbank auseinanderzunehmen. Dieser zögerte keinen Augenblick, winkte zwei seiner Männer zu sich und legte selbst Hand an. Die drei zogen gleichzeitig ihre Schwerter und stemmten damit die gepolsterte Sitzfläche mit einem Ruck nach oben. Innerhalb eines Bruchteils einer Sekunde schnellte eine schwarze Kobra aus dem Kasten und biss einem der Männer in die Hand, bevor sie geschwind aus der Kutsche in die Menschenmenge verschwand, die daraufhin panisch versuchte, dieser auszuweichen. Die Soldaten des Königs hatten große Schwierigkeiten damit, die Schlange zu fangen, die sich im Schutz des aufgescheuchten Volkes davonschlängeln konnte. Doch Rehan ließ sie nicht aus den Augen und wunderte sich im ersten Moment, warum die Leute eine solche Hysterie durchlebten. Er verstand es schlichtweg nicht. Denn das Schauspiel, das sich ihm bot, hatte nichts mit der Reaktion von unerfahrenen Menschen auf Schlangen zu tun. Eher wirkte es, als würden sie etwas weitaus Schlimmeres erwarten. Er wollte gerade den Soldaten den Wink geben, dass die Schlange hinter einem breiten Stützbalken verschwunden war, als er Zeuge dessen wurde, was seine bisherigen Erlebnisse in den Schatten stellte. Rehans Augen hatten sich wieder automatisch auf Thermoscan eingestellt, um den Standort des Reptils nicht aus den Augen zu verlieren. Gerade noch rechtzeitig, um sehen zu können, wie sich die schwarze Kobra in weniger als einer Sekunde in einen hochgewachsenen, dürren älteren Mann mit eingefallenen Wangen verwandelte. Hätte er dies nicht mit seinen Augen gesehen, hätte er es nicht geglaubt. Der Schock saß so tief, dass er sich im ersten Moment nicht regen konnte. Erst als die verwandelte Person auf den König zueilte, wurde Rehan aus seiner Starre gelöst. Seine Sinne waren mit einem Male so konzentriert, dass er jederzeit einen Angriff auf den König hätte abwehren können. Aber dazu kam es nicht. Der dürre ältere Mann verneigte sich tief vor dem König und schaute ihn besorgt an. Rehan war verwirrt und wusste die neue Situation nicht zu deuten. Er merkte nur, dass die Hafenbewohner Falkentals mit einem Male ruhiger wirkten, als wäre ihr Retter zur Hilfe geeilt. „Verzeiht Majestät, aber wir konnten sie nicht finden", schnaufte der Hauptmann und verbeugte sich leicht vor der verwandelten Person. „Ist ja auch kein Wunder, die Schlange steht ja direkt vor dir", schoss es Rehan durch den Kopf. „Nun, dann soll es so sein. Seid auf der Hut und kontrolliert alle Kutschen", beurteilte der König die Situation und schaute den Neuen an seiner Seite ernst an. Rehan war zwar irritiert, aber clever genug, sein außergewöhnliches Erlebnis erst einmal für sich zu behalten. Alle um den König herum wirkten beeindruckt, dass Rehan die Gefahr erkannt und

238

ihrem König erneut das Leben gerettet hatte. Während alle Kutschen auf mögliche Risiken untersucht wurden, wurde der Schlangenmann als Hothan der Weise vorgestellt. Rehan entging nicht, dass Hothan das vollkommene Vertrauen des Königs genoss. Auch bemerkte er, dass sein Onkel nicht sehr angetan wirkte. „Entweder er kennt ihn schon länger und kann ihn nicht leiden oder er hat ihn erst jetzt kennengelernt", dachte Rehan noch, als Hothan ihn von oben bis unten musterte. „Ihr seid nicht aus Kangar und, wie ich höre, ein erstaunlich begabter Mensch. Ihr habt die Kobra gehört, trotz der geräuschvollen Kulisse. Das imponiert mir! Wie war doch gleich der Name? Ah ja, Rehan. Ungewöhnliche Namensgebung für einen Mann", zischelte Hothan und blickte, als würde er Rehan betören wollen. Rehan wendete sich leicht angeekelt ab und distanzierte sich von der Gruppe um den König herum. Ihm war es lieber, dem Schlangenmann nicht zu nahe zu sein. Auch wenn er in den vergangenen Jahren den richtigen Umgang mit Schlangen jeglicher Art gelernt hatte, waren ihm diese Reptilien nicht geheuer. Daher wollte er nicht in ihrer Nähe sein, wenn es sich vermeiden ließ. Und solange er nicht wusste, was es mit diesem Exemplar auf sich hatte, wollte er diese Distanz auch wahren. Rehan nahm sich vor, in einer ruhigen Minute mit seinem Onkel über die Verwandlung Hothans zu reden. Noch bevor er sich weitere Gedanken machen konnte, wurde verkündet, dass die Kutschen überprüft worden waren und keinerlei Gefahr mehr bestand. Wenn auch anfangs noch zögerlich, stiegen die ersten Fahrgäste ein und warteten geduldig auf den König. Dieser lud Rehan und Hrothgar ein, mit ihm, der Königin und den Zwillingen in der Kutsche zu fahren. Hrothgar setzte sich umgehend zu seiner Cousine und seiner Patentochter, die entgegen der Fahrtrichtung saßen und Rehan anlächelten. Rehan verzog leicht die Mundwinkel und war sich nicht sicher, ob er die Fahrt im Beisein seiner neuen Verwandten verkraften würde. „Andererseits bleibt mir ja nichts anderes übrig", dachte er, als er in die offene und geräumige Kutsche stieg. Saarsgar saß zwischen ihm und dem König und gewährte Rehan unwissentlich so die Möglichkeit, ein wenig Abstand zu wahren, um seine Gedanken zu ordnen. Ihm fiel auf, dass nur noch Ashgar fehlte, um die Familie zu komplettieren, und wollte schon nachfragen, als dieser auf dem Mustang neben ihnen zu stehen kam. Das Pferd erkannte Rehan sofort und schmiegte seinen Kopf an Rehans Schulter. „Na, du siehst aber gut erholt aus", meinte Rehan zu dem Mustang, tätschelte seine Wange und fragte Ashgar nach dessen Namen. „Er heißt Morgenröte", antwortete Ashgar und klopfte dem Mustang auf den Hals. „Und er scheint dich gerne zu haben, was bei ihm selten genug ist", fügte er schmunzelnd hinzu. „Kein Wunder bei dem, was wir erlebt haben", ergänzte Rehan in Gedanken. Im nächsten Moment schon setzte sich die Kutsche in Bewegung und reiste gen Hauptsitz des Königspaares von Kangar.

15

Rehan erlebte erneut ein unbeschreibliches Landschaftsgebilde und war überwältigt von der Natur, die sie auf der ganzen Fahrt umgab. Und dennoch kreisten seine Gedanken immer wieder um die Erlebnisse der vergangenen Stunden. Unaufhörlich musste er sich fragen, warum er seine Fähigkeiten nicht in gleicher Qualität abfragen konnte. Er erinnerte sich, dass er durch Gebirgswände hatte thermoscannen können, aber bei der Kutsche erst die Überwürfe entfernen musste, um sicher zu sein. Auch sein Gehör hatte ihm den Dienst teilweise verweigert. Er verstand es nicht und zermarterte sich so lange das Gehirn, bis er leichte Kopfschmerzen bekam. Nach einer halben Stunde gab er auf und verschob das Suchen nach einer Lösung auf ein späteres Gespräch mit seinem Onkel. Er konzentrierte sich wieder auf das Land und hörte den Zwillingen zu, die ihrer Mutter von der Zeit zwischen dem Überfall und ihrer Rettung erzählten. Sie waren fast zwei Stunden unterwegs, wobei sich Rehan größtenteils wortkarg gab. Er fühlte sich vor allem von der Königin beobachtet, die ihn auffällig oft musterte, was bei Rehan Unbehagen auslöste. Der König ließ sich von der leicht holprigen Fahrt nicht aus der Ruhe bringen und machte ein kleines Nickerchen. Hrothgar hingegen war seine Anspannung regelrecht anzumerken. Er tat zwar so, als würde er den Zwillingen lauschen, war aber innerlich mit der Situation beschäftigt, in der Rehan sich gerade befand. Er fragte sich immer wieder, ob und wie seine Nichte hätte verwandelt werden können. Hinzu kam, dass Hrothgar sich dessen hundertprozentig gewiss war, dass seine Nichte keine außergewöhnlichen Fähigkeiten hatte oder beim Übertritt in die Parallelwelt in solch kurzer Zeit hätte entwickeln können. Der Verdacht, doch eine andere, aber tatsächlich männliche, Person vor sich zu haben, erhärtete sich immer mehr. „Er muss einer von seinen Männern sein

– wie sonst hätte er die Kobra in der Holzverkleidung entdecken können?", fragte er sich im Stillen. Denn er war sich sicher, dass die Schlange keinen Laut von sich gegeben hatte, sonst hätte er sie selbst am ehesten hören können. Das neueste Erlebnis gab ihm einfach keine Ruhe. Er rutschte immer wieder nervös hin und her, beugte sich vor und wieder zurück, dass sogar Rehan kurz davor war, ihn zu fragen, ob alles in Ordnung wäre. Hrothgar beschloss, so schnell wie möglich mit dem jungen Mann über seine Vermutungen zu reden, und unterbrach kurzerhand das Geplapper der Zwillinge und erkundigte sich nach seiner Mutter, um sich etwas abzulenken. Rehan, der den anderen Insassen zugehört, aber seinen Onkel nicht aus den Augen gelassen hatte, wurde plötzlich wachsam. Er wartete gespannt auf eine Antwort, aber die Königin schwieg. Ihr Gesicht war mit einem Male so schmerzverzerrt, dass Rehan einen Moment lang annahm, seine Großmutter wäre nicht mehr am Leben. Er war verwirrt und fragte sich, was er machen würde, wenn sich seine Ahnung bestätigen würde. „Ihr geht es nicht sonderlich gut, und das schon seit ungefähr einer Woche", antwortete der König unverhofft und richtete sich auf, als wolle er eine tief greifende Rede halten. „Ja, seit einer Woche steht auch mein Leben auf dem Kopf", dachte Rehan und erinnerte sich unweigerlich an den Zusammenbruch im Museum, der ihn ins Krankenhaus gebracht hatte. Hrothgars plötzliche Besorgnis sprach Bände, was Rehan dazu ermahnte, gedanklich nicht abzuschweifen. So erfuhr er nur einige Sekunden später, dass sich seine Großmutter seit einigen Tagen in einem katatonischen Zustand befand. Es erschütterte ihn. „So nah am Ziel und doch so fern", dachte er, als die Kutsche unerwartet zum Stehen kam. Rehan musste sich an der Tür festhalten, um nicht auf seinen Onkel geschleudert zu werden. „Sitzgurte wären nicht schlecht", kam es ihm blitzartig in den Sinn. Nachdem er den ersten kleinen Schock überwunden hatte, schaute er sich neugierig um. Sie befanden sich auf einer Anhöhe und hatten freie Sicht in das Tal. Rehan verschlug es den Atem, als er das prachtvolle weiße Schloss, mit seinen unzähligen spitzen Türmen, in der Mitte der Stadt, sehen konnte. Er vermochte zum derzeitigen Zeitpunkt nicht zu sagen, wie groß das pompöse Gemäuer wirklich war, aber in seinen Augen wirkte es gigantisch und war mit nichts zu vergleichen, was er in seiner Welt an Schlössern und Ähnlichem gesehen hatte. „Und ich wollte in ihrem Controlling arbeiten", dachte er und musterte seine Verwandten, die ihn leicht amüsiert beobachteten. Sie waren es gewohnt, dass Fremde so auf ihr Stadtdomizil reagierten, und gaben dem Kutscher fast gleichzeitig den Befehl, weiterzufahren. Sie fuhren noch eine knappe Stunde, bis sie endlich die Tore nach Falkental passierten.

***

Meterhohe dicke Mauern umgaben die Hauptstadt mit ihrem titanischen Palast, sodass Rehan das Gefühl nicht loswurde, in einen goldenen Käfig eingetreten zu sein. „Andererseits, was bleibt ihnen denn übrig. Ihre Kinder sind einer ständigen Gefahr ausgesetzt. Immer gibt es einen, der einem der Kinder etwas Böses will", dachte Rehan, als sie durch das Hauptportal fuhren und nur noch wenige hundert Meter vom Palast entfernt waren. Als er beim Vorbeifahren einen Blick auf das eiserne Hauptportal werfen konnte, erkannte er auf den ersten Blick, dass res eine komplizierte hermetische Verriegelung besaß. Das Volk hatte sich zu Ehren der Rückkehr der Königsfamilie versammelt und jubelte augenblicklich laut und glücklich, als es die Kutsche der königlichen Familie sah. Rehan war mit einem Male so erleichtert, dass sie wohlbehalten angekommen waren, dass er sich zurücklehnte und das gebotene Schauspiel über sich ergehen ließ. Auch wenn ihm die Winkerei seiner Nächsten lächerlich vorkam und er solche Aktionen von Monarchen grundsätzlich ablehnte, wollte er zum momentanen Zeitpunkt keine Unstimmigkeiten vom Zaun brechen. Es schien, als würde die Fahrt nie enden wollen. Rehan wurde mit jeder verstreichenden Minute ungeduldiger und sehnte sich ein Ende der Fahrt herbei. Erst auf der Mitte der Strecke registrierte er, wie viele Menschen gekommen waren, um die Königsfamilie zu begrüßen. Auch wenn unzählige Wachen eine Sicherheitslinie bildeten, um die Monarchen vor ungewollten Kontakten zu schützen, hatte Rehan das Gefühl, dass die Masse immer näher kam und ihn zu erdrücken drohte. Eine leichte Panik stieg in ihm auf, und er musste sich gut zureden, die Nerven zu bewahren. Rehan hatte schon seit Kindheitstagen ein Problem, inmitten von Menschenmassen Ruhe zu bewahren. Eine gewisse Platzangst hatte ihm das Leben bisher alles andere als erträglich gestaltet. „Wie oft habe ich auf Konzertbesuche oder Ähnliches verzichten müssen", schoss es ihm durch den Kopf, als er an seine Lieblingsbands während seiner Teenagerjahre denken musste. Er fühlte, dass seine Platzangst drohte, wieder an die Oberfläche zu kommen und war im ersten Moment irritiert, wie er sich verhalten sollte. Im nächsten Augenblick spürte er eine Hand auf seinem linken Knie und wurde so aus seinen Gedanken gerissen. Sein Onkel schaute ihn voller Ruhe an, was Rehans aufkommende Panik sofort abkühlte. Es dauerte nur noch wenige Minuten, bis sie das Volk hinter sich ließen und endgültig auf den Palast zusteuerten. Sie passierten einen weiteren Sicherheitsring, dessen Einfahrt ebenfalls aus schweren Eisenflügeln bestand und zudem auch noch doppelt so schwer bewacht wurde. „Himmel, das Schloss ist ja so stark gesichert wie die Zentralbank, die tonnenweise Gold im Keller gebunkert hat", dachte er, als er endlich aus der Kutsche aussteigen und seine müden Glieder strecken konnte. Er schaute sich sofort um und war zutiefst beeindruckt. Ein Blick nach oben und zu den Seiten reichte aus, ihn davon zu überzeugen, dass die Behausung des Königspaares noch gewaltiger war, als es anfangs aus der Ferne ausgesehen hatte. Er freute sich riesig darauf, das gesamte Gebäude zu erforschen. „Ich möchte erst meine Mutter sehen", flüsterte Hrothgar ihm zu und hoffte darauf, dass Rehan ihn begleiten würde. Rehan lächelte ihm zu und wies ihn mit einer Geste, vorzugehen. Sie gingen fast fünfzehn Minuten strammen Schrittes, bevor sie an die Treppe gelangten, die sie letztendlich zur Großmutter führen sollte. Rehan konnte nicht umhin, von dem fasziniert zu sein, was das Innere des Palastes ausmachte. Auch wenn ein ernstzunehmender Krankenbesuch anstand, konnte er nicht anders, als sich imponiert umzuschauen. Natürlich entging es ihm nicht, dass das Gefolge des Königspaares ihn kopfschüttelnd beäugte. Freilich, ihm war es egal. Er wusste zwar, dass es sich bei der Kranken um seine Großmutter handelte, aber er hatte keinerlei emotionale Bindung zu seiner biologischen Familie. Und da er nun mal kein Heuchler war, wollte er sich so natürlich wie möglich geben. Er spähte zu Ashgar und stellte erleichtert fest, dass es diesem nicht anders ging. „Der weicht ihm aber auch nicht von der Seite", überlegte Rehan, als er Graf Ardahan neben Ashgar entdeckte. Nach drei Stockwerken waren sie endlich an der Tür zum Schlafgemach von Rehans Großmutter und baten um Einlass. Hrothgar war in seiner Sorge um seine Mutter gedanklich so abwesend gewesen, dass Rehan sich ermahnen musste, im Hinblick auf eine spätere Aussprache rücksichtsvoller zu sein. Die beiden Flügeltüren wurden aufgemacht, und Rehan gewährte den anderen den Vortritt. Eine unerträgliche Melancholie trat ein. Im Schlafzimmer herrschte eine derart bedrückende Stimmung, dass Rehan kurz das Gefühl hatte, den Boden unter den Füßen zu verlieren. Hrothgar eilte zu seiner Mutter, die fast aufrecht in ihrem Bett saß. Die Königin setzte sich auf die andere Seite und sprach zu ihr: „Die Zwillinge sind gerettet und wohlauf. Und, es ist was Unglaubliches passiert .... Stell dir vor, Ragnar hat sogar Ashgar mitgebracht. Ach Tantchen, nun endlich sind wir wieder vereint." Rehan, der sich noch dezent im Hintergrund gehalten hatte, wurde zunehmend interessierter und arbeitete sich Schritt für Schritt vor. Noch während er darüber nachdachte, ob er einen seiner Nachbarn fragen sollte, wer Ragnar war, fiel ihm auf, dass auffällig viele männliche Namen die gleiche Endung hatten. „Hrothgar, Ashgar, Saarsgar, Ragnar ... Vielleicht hätte ich mir auch etwas Ähnliches ausdenken sollen, statt an zierliche Rehe zu denken", überlegte er und beobachtete, wie die Zwillinge und Ashgar sich an das Ende des Bettes stellten. Sie blickten besorgt auf ihre Großtante, als würden sie mit dem Schlimmsten rechnen. Rehan allerdings wurde das Gefühl nicht los, dass der katatonische Zustand nur ein vorübergehender war. Er schaute sich aufmerksam im Kreise der Anwesenden um und musste zu seiner Überraschung feststellen, dass alle im höchsten Maße ergriffen schienen. „Schwiegermutter, du wirst es sicher nicht glauben, aber wir haben die Rettung deiner Enkelkinder nur einem einzigen Mann zu verdanken", fing der König an und blickte sich um, weil er Rehan im ersten Moment nicht ausmachen konnte. Doch schon im nächsten Augenblick griff er nach dessen Arm und zog ihn an sich heran. „Das ist der junge Mann, der unsere drei gerettet hat", fuhr er fort und sah die Patientin mit Tränen in den Augen an. Just in dem Moment, als Rehan die alte Frau das erste Mal richtig sah, krampfte sich sein Herz zusammen. Weg waren die logischen Gedanken, dass er keine emotionale Bindung zu seiner biologischen Familie hatte. Hinfort die Idee, sich alles erst einmal aus der Ferne anzuschauen. Die Katatonie der alten Frau berührte ihn dermaßen, dass ihm schlagartig auffiel, dass diese nicht natürlichen Ursprungs war. Er wusste nicht, was er tun sollte, und tat das, was ihn sein Onkel an Umgangsformen gelehrt hatte. „Mein Name ist Rehan", stellte er sich vor. Keinerlei Reaktion. Niemand regte sich oder wagte zu atmen. Und dennoch fragten sich viele Anwesende, warum ein gut aussehender Mann von stattlicher Figur seitens seiner Eltern mit einem weiblichen Namen bedacht worden war. Doch im nächsten Moment konzentrierten sie sich wieder auf den Zustand der alten Dame. Keiner wollte durch irgendeine Reaktion auch nur das Geringste verpassen. Endlos wirkende Sekunden vergingen. Alle warteten gespannt, aber es passierte nichts. Noch während die Anwesenden sich schon leicht enttäuscht abwenden wollten, regte sich in der alten Frau der Lebensgeist und drängte an die Oberfläche. Hatte sie richtig gehört? War das Kind am Ende doch noch nach Hause gekommen?

***

„Rehan", krächzte sie leise vor sich hin. Doch es war laut genug, um ihre nächsten Verwandten, die auf ihrem Bett saßen, vor Überraschung aufstehen zu lassen. Auch der König war perplex, da er mit einer Reaktion nicht mehr gerechnet hatte. „Ja, Tantchen! Er heißt Rehan und hat meine Kinder gerettet!", gab die Königin unter Tränen von sich. Noch ehe Rehan registrieren konnte, was mit ihm geschah, wurde er vom König in Richtung seiner Großmutter geschoben. Die Königin machte ihm umgehend Platz und wirkte fasziniert von dem, was der junge Mann in ihrer Tante ausgelöst hatte. Rehan wurde unweigerlich auf das Bett gesetzt und sah seinen Onkel an, der ihn voller Optimismus anschaute. Hrothgar schien als Einziger der Anwesenden zu begreifen, dass Rehan imstande war, seiner Großmutter aus ihrem Zustand herauszuhelfen, in den sie gewaltsam gedrängt worden war. Wie auch Rehan hatte er den aufkeimenden Verdacht, dass sie durch ein Fremdverschulden in die Katatonie gefallen war. „Rehan", murmelte die alte Dame immer wieder, sodass Rehan intuitiv ihre Hand in seine nahm und mit angenehmer wohlklingender Stimme, „Ja, Rehan", entgegnete. Es dauerte keine Sekunde, bis die alte Frau ihren aufgestauten Emotionen freien Lauf ließ und anfing zu weinen. Rehan konnte nicht anders, als sie tröstend in den Arm zu nehmen. „Rehan, mein Enkelkind, ist zurückgekehrt", sagte sie immer wieder, wobei die Tränen nicht versiegen wollten. Rehan blickte verwirrt zu Hrothgar, der im ersten Moment nicht recht wusste, was er tun sollte. Er war mal wieder überfordert. Seine Mutter glaubte die Enkeltochter an ihrer Seite, aber die anderen sahen, wie er, nur einen ansehnlichen und gut gebauten Mann vor sich, der einen weiblichen Namen trug. Es dauerte nur wenige Augenblicke, bis die Großmutter sich wieder beruhigte, Rehans Gesicht in ihre Hände nahm und ihn anlächelte. „Ich habe es all die Jahre gewusst – es war nur eine Frage der Zeit", sagte sie mit klarer Stimme und lehnte sich zufrieden in ihre Kissen zurück. Die Anwesenden hatten zeitweilig das Gefühl, dass die Tante ihrer Königin erneut in ihre Katatonie gefallen war, weil sie lächelnd auf den dunkelroten Baldachin ihres Bettes starrte. Rehan hingegen war mit einem Male wieder voller Hoffnung, in seinen alten Körper zurückkehren zu können, aber irritiert, wie er den Anwesenden die Lage erklären sollte. Er stand auf und sah der Königin verlegen in die Augen. Doch diese reagierte nicht und blickte nur ihre Tante an. Die Verlegenheit war mit einem Male wie weggeblasen, und Rehan hatte für den Bruchteil einer Sekunde ein Gefühl, das er zu diesem Zeitpunkt noch nicht einordnen konnte. Sein Verstand versuchte ihm klarzumachen, dass er vor der Königin auf der Hut sein musste, aber er wollte es für den Moment nicht wahrhaben. Jetzt, da er zum ersten Mal in seinem Leben eine Art Familie um sich hatte, wollte er seinem misstrauenden Unterbewusstsein keinen Platz einräumen. „Ihr müsst verzeihen, aber meine Schwiegermutter behauptet nun schon seit Jahren, dass ihre einzige wirkliche Enkelin nicht tot sei und eines Tages wieder nach Hause heimkehren würde. Sie hätte Rehan heißen sollen, ist aber keine zwei Monate alt geworden. Hrothgars weit jüngere und einzige Schwester hatte den Mann, der für sie ausgesucht worden war, verschmäht und ist eine, wie soll ich sagen, unsittliche Liebschaft eingegangen, aus der dieses Kind entstanden ist. Dieses dumme junge Ding! Ihr Vater hat den Kindsvater von dannen gejagt, wollte und konnte diesen, was auch immer er war, nicht akzeptieren. Ein solch unwichtiger Kauz, dass ich mich noch nicht einmal an seinen Namen, geschweige denn an sein Aussehen erinnern kann. Doch dessen Beharrlichkeit und seine tiefe Liebe zu Hrothgars Schwester hatten den alten Herrn am Ende wohl milde gestimmt. Vielleicht auch die Aussicht, nach langen Jahren des Wartens ein Enkelkind in den Armen zu halten. Wir werden es nie erfahren. Er starb in dem Moment, als er von dem Hinterhalt und dem Ableben seiner Enkelin erfuhr. Jedenfalls, nur wenige Monate vor diesem unglückseligen Ereignis durfte Hrothgars Schwester ihren Liebsten doch noch ehelichen. Wir alle waren damals außerordentlich irritiert. Sind es eigentlich immer noch. Es war kaum jemand bei den Feierlichkeiten. Und noch heute tolerieren viele diese Entscheidung nicht. Es war ein großer Fehler, und das ist nicht nur meine Meinung. Die Kleine wurde zwar geboren, aber hatte Glück, dass sie nicht älter geworden ist. Es gibt wohl immer eine Art Gerechtigkeit; dem Mädchen blieb die Schande erspart, mit ihrem Vater in Verbindung gebracht zu werden", erklärte der König geistesgegenwärtig, als würde er seinen Kindern ein langweilige Geschichte vor dem Einschlafen erzählen. Die Teilnahmslosigkeit in seiner Stimme wurmte Rehan. Der König dachte gar nicht daran, dass er durch seine herablassende Art die beleidigen könnte, die Teil der Erzählung und vor allem im Raum anwesend waren. Als er Rehans verwirrten Blick sah, fügte er noch hinzu: „Das Mädchen war, wie bereits erwähnt, gerade mal zwei Monate alt, als sie auf dem Weg nach Bryant in einen Hinterhalt gerieten und alle, bis auf meine Gemahlin und Hrothgar, niedergemetzelt wurden."

✳✳✳

„Also hat er doch die Wahrheit gesagt", dachte Rehan und schaute zu seinem Onkel hinüber, der recht verdattert wirkte. Hrothgar war überrascht, dass der König so frei von Geschehnissen erzählte, die mehrere Jahrzehnte wie ein Staatsgeheimnis gehütet worden waren. Seine Schwester und sein Schwager hatten den Namen für ihre Tochter weitaus vor ihrem ersten Geburtstag bestimmt, zu einem Zeitpunkt, da das Mädchen noch ein Fötus war. Seine Schwester hatte das Geheimnis mit ins Grab genommen. Erst vor wenigen Monaten hatte er seinen Schwager das erste Mal darüber reden hören. Und nun das. Er fragte sich, woher der König seine Kenntnisse hatte. „Interessant", dachte er und blickte seinen vermeintlichen Neffen an. Als er Rehans fragenden Blick wahrnahm, zuckte er leicht mit den Achseln, um anzudeuten, dass er nicht wüsste, was sie tun sollten. Nun war es an Rehan, einen geeigneten Spielzug zu machen, ohne zu viel Blöße zu riskieren. Es störte ihn, dass der König so abfällig von seinen Eltern sprach, und er versuchte den Wunsch zu unterdrücken, etwas Gemeines zu sagen. Spontan fällte er eine Entscheidung. Er stellte sich neben das Bett und ließ den Blick im Raum wandern. „Nun König, gestatte mir eine Frage? Wieso nennst du Meister Hrothgars Mutter Schwiegermutter und redest im gleichen Atemzug so schlecht über ihre einzige Tochter?", wollte Rehan wissen. Schließlich hatte der König erzählt, dass sein Onkel nur eine Schwester hatte. „Sie ist die Schwester meiner Mutter und hat mich zu sich genommen, als ich zehn wurde. Meine Mutter war damals schwer krank und starb kurz vor meinem elften Jahrestag. Sie hat mich wie ihr eigenes Kind großgezogen", antwortete die Königin mit beherrschter Stimme und hielt ihren Gatten davon ab, seinem plötzlich aufgekommenen Zorn nachzugeben. Rehan hatte mit einem Male ein schlechtes Gefühl, weil er eigentlich den König hatte vor den Kopf stoßen wollen. Auch wenn es ihn ein wenig befriedigte, dass der König beinahe seine Beherrschung verloren hatte, fühlte er sich dennoch nicht zufrieden. Auch die neue gewonnene Information, dass die Blutsverwandtschaft zur königlichen Familie einige Ecken hatte, machte ihn nicht versöhnlicher. Er war schlicht beleidigt, weil er als Produkt zweier nicht zusammenpassender Menschen bezeichnet worden war. „Hat man den Leichnam des Kindes gefunden? Wo ich herkomme, glaubt man erst an den Tod eines Menschen, wenn man seine körperliche Hülle gesehen hat", gab er von sich und schaute provozierend abwechselnd den König und die Königin an. Ein lautes Raunen ging durch die Reihen. Die allgemeine Verwirrung gemischt mit dem Überraschungseffekt beherrschte den Moment. „Vielleicht ist deine Schwiegermutter deshalb davon überzeugt, dass die Enkeltochter noch am Leben ist? Und noch eines zum Abschluss, und das ist nicht nur meine Meinung. Das Gedankengut, dass Menschen nur diejenigen heiraten sollten, die standesgemäß zu ihnen passen, ist mehr als überholt", fügte er hinzu und ließ die Gruppe im Raum nicht aus den Augen. „Wie oft haben wir unlösbare Fälle gelöst? Tot geglaubte wieder gefunden, auferstehen lassen?", überlegte er voller Tatendrang und warf einen kurzen Blick zu seinem Onkel, der ihn anerkennend ansah. Allerdings fiel ihm nur eine Sekunde später ein, dass es in diesem Fall nichts zu recherchieren gab – er war das Opfer und wusste genau, was geschehen war. „Was soll das heißen? Solche Unverschämtheiten dulde ich nicht, egal, wer sie geäußert hat", stammelte der König und ärgerte sich darüber, dass Rehan seine Meinung hinterfragte. Er starrte Hrothgar erwartungsvoll an. Dieser holte tief Luft und antwortete: „Er könnte doch recht haben. Vielleicht lebt meine Nichte wirklich noch? Als ich damals wieder auf das Schlachtfeld zurückgegangen war, um nach Mutter und den anderen zu suchen, habe ich die Kleine nicht gefunden. Auch wenn die Überlebenschance nur eine minimale war, ist es dennoch möglich, dass die kleine Rehan das Massaker überlebt hat. Schließlich haben wir Ashgar auch nach Jahren wieder gefunden." Doch weiter kam er nicht. Die Königin brach weinend zusammen. „Ich werde es euch beweisen – irgendwann wird Rehan vor euch stehen, und ihr werdet euch auf die Zunge beißen, dass ihr mich die ganze Zeit verspottet habt. So wahr ich hier stehe, wenn auch zurzeit eher liege, das Mädchen ist am Leben, ich weiß es!", fügte die Großmutter hinzu und wirkte mit einem Male so normal, als wäre nie etwas gewesen.

***

Unvermutet entstand eine unkontrollierbare Unruhe im Schlafgemach der alten Dame. Noch ehe irgendeiner seine Gedanken ordnen konnte, erteilte sie den Befehl, dass alle bis auf die Familie ihr Schlafgemach verlassen sollten. Gerade als der Letzte den Raum verlassen hatte, fragte der König: „Was sollte dieses Schauspiel, Hrothgar?" Doch dieser zuckte nur mit den Achseln und schaute verwirrt. „Nun, ich habe Eure Kinder gefunden, wenn auch Ashgar mir zufällig über den Weg gelaufen ist. Ich verspreche Euch, wenn die Enkeltochter und somit, im weitesten Sinne, auch Eure Nichte am Leben ist, werde ich sie finden und sie sicher nach Hause bringen", antwortete Rehan ernst und dachte, dass er mit diesem Ablenkungsmanöver Erfolg haben könnte. Doch im nächsten Moment sah er den König drohend auf ihn zukommen. „Wer glaubt Ihr zu sein? Der Allmächtige? Ihr wollt die Überreste eines toten Säuglings finden und sicher nach Hause geleiten – nur zu Eurer Kenntnis, werter Rehan: Ihr solltet froh sein, dass Ihr ein Freund Hrothgars seid und ich Euch die Ehre zuteil werden lasse, Euch in meiner Nähe aufzuhalten. Auch wenn Ihr Glück hattet und meine Familie gerettet habt, fordert von mir keine Dankbarkeit, die Ihr bis zum Äußersten strapazieren könnt", zischte der König und fuchtelte mit einem mit Edelsteinen verzierten Dolch vor Rehans Nase rum. Hrothgar, nun in Alarmbereitschaft, zögerte noch einzugreifen, weil er Rehans Spiel nicht zugrunde richten wollte. „Ich bin erst seit zwei Tagen in deinem Reich und ich muss sagen, es gibt hier unheimlich viel kriminelle Energie. Was mir nicht alles passiert ist! Und das alles nur, weil ich wildfremden Menschen aus der Misere helfen wollte. Du solltest froh sein, dass ihr entfernte Verwandte meines Meisters seid und er euch so viel Wert beimisst, dass ich ohne meine eigene Sicherheit bedenkend euch wildfremden Menschen zur Hilfe geeilt bin, damit deine Linie erhalten bleiben kann. Du verkennst die Situation, also erzähl mir nichts von Dankbarkeit!", konterte Rehan und blickte verärgert in die Gesichter seiner Verwandten. Im nächsten Moment schon riss er sich zusammen und mahnte sich zur Vorsicht, nichts Unbedachtes von sich zu geben. „Ich frage mich, warum der Gedanke an die Überlebenschance eines Kindes soviel Trubel verursacht. Habt ihr etwas zu befürchten?", meinte Rehan und fragte sich im gleichen Moment, ob er richtig gehandelt hatte. Doch ein Blick zu seinem Onkel reichte aus, um ihn in seiner Vorgehensweise zu bekräftigen. „Ein ganzes Heer war nicht in der Lage, dieses Mädchen zu finden! Warum glaubt Ihr, hier im Vorteil zu sein und fast dreißig Jahre nach dem Gemetzel das Unmögliche schaffen zu können", fragte die Königin so unverhofft, dass Rehan anfangs aus seinem geistigen Gleichgewicht fiel und nicht wusste, wie er antworten sollte. Einige Sekunden vergingen, für den wortgewandten Rehan eine Qual ohnegleichen. Die Ausstrahlung der Königin verwirrte ihn. Einerseits glaubte er, den Schmerz des Verlustes in ihren Augen ablesen zu können, doch andererseits hatte er das Gefühl, dass sie etwas zu vertuschen versuchte. Irgendetwas stimmte nicht. Er mahnte sich zur Vorsicht. „Nun Königin, warum begräbst du die Hoffnung, ehe du Gewissheit hast? Sie ist doch deine Nichte. Ihr habt bisher nur vage Vermutungen, was mit dem Kind passiert sein könnte, keinerlei Fakten! Wo ich herkomme, sind wir sogar in der Lage, einen Mord, der mehrere Jahrzehnte zurückliegt, aufzuklären, auch wenn die Beweislage dürftig erscheint. Es geht nur darum, die Hinweise, die Beweise richtig zu deuten. Möglicherweise könnte ich ja doch Erfolg haben, auch wenn die Aussicht auf einen Erfolg weniger als minimal ist. Meister Hrothgar hatte mir erzählt, dass seine Schwester schwer verletzt mit ihrer Tochter in einen reißenden Fluss gesprungen ist. Aber nur seine Schwester ist gefunden worden. Ja, es ist möglich, sogar sehr wahrscheinlich, dass das Mädchen im Fluss ertrunken oder an den Folgen von Unterkühlung gestorben ist. Vielleicht aber wurde sie auch rechtzeitig aus dem Wasser gefischt und ist irgendwo fernab von eurem prachtvollen Leben aufgewachsen? Ist verheiratet, hat eventuell auch Kinder? Kurzum, es ist alles möglich. Warum habt ihr die Suche aufgegeben, ohne sicher zu sein? Warum habt ihr eine solche Angst, eine andere Sichtweise anzunehmen? Außerdem brauchst du nur deine Zwillinge und die Zofe zu fragen, was alles möglich ist, wenn jemand in die Tiefe springt. Und Meister Hrothgar hat recht, jahrzehntelang habt ihr schließlich auch angenommen, dass euer ältester Sohn bei einem Brand ums Leben gekommen ist, und in dem Fall hattet ihr einen Leichnam. Und nun steht er gesund und munter vor euch. Also gestattet mir, nachzufragen, zu ermitteln, mich umzuschauen. Was kann schon im schlimmsten Fall passieren? Dass ich ein wenig Hoffnung geschürt und mich letztendlich geirrt habe", antwortete Rehan und hatte große Mühe, sich zusammenzureißen und nicht

253

laut herauszuschreien, dass die Totgeglaubte vor ihnen stehen würde. Der König und die Königin tauschten Blicke aus und wirkten leicht irritiert. Sie sahen fast gleichzeitig zu ihren drei Kindern, in der Hoffnung, in ihren Gesichtern etwas ablesen zu können, was ihre Entscheidung erleichtern würde. Es schien, dass alleine der Anblick Ashgars das Königspaar ungehend überzeugte, und sie gaben zögerlich ihre Zustimmung, was Rehan innerlich freute. Nun hatte er einige Tage gewonnen, in denen er mit seinem Onkel und seiner Großmutter seine Rückkehr als Enkelin vorbereiten konnte. „Ah das ist wunderbar. Holt mir was zu essen, ich habe einen Mordshunger", jauchzte die Großmutter so unverhofft, dass die Anspannung der Anwesenden augenblicklich bröckelte.

16

Hrothgar hatte darauf bestanden, dass Rehan in einem Gästezimmer in seiner Nähe untergebracht wurde, und begründete sein Anliegen damit, diesem in seinen Ermittlungen behilflich sein zu wollen. Dem Königspaar war es recht, da sie nun wussten, dass der Fremde unter ständiger Beobachtung stehen und nicht unnötig in alten Wunden herumstochern würde. „Und wer wäre besser geeignet als dein naiver Vetter", flüsterte der König seiner Gemahlin zu. „Ach übrigens, wir veranstalten zu Ehren der Rettung der Kinder und Ashgars Rückkehr ein Bankett mit anschließendem Tanz. In drei Tagen zur Abendstunde. Sorgt für passende Kleidung", sagte der König zu Rehan und Hrothgar und verließ mit seiner Gemahlin, Ashgar und den Zwillingen das Schlafgemach seiner Schwiegermutter. Sie hatten kaum den geräumigen Raum verlassen, da wurde auch schon das Essen serviert, nach dem die alte Dame verlangt hatte. Hrothgar und Rehan leisteten der Großmutter, die zwischenzeitlich einen Morgenrock übergezogen hatte, Gesellschaft und aßen zu Mittag. Nachdem alle gestärkt waren und das schmutzige Geschirr abgeräumt worden war, bestand sie darauf, mit ihrem Sohn und dem Gast alleine gelassen zu werden. „So, nun sind wir unter uns! Lasse dich mal anschauen!", flüsterte sie und begutachtete ihr Enkelkind. Sie schaute ihn voller Bewunderung an und fasste ihm immer wieder an die gut ausgeprägten Muskeln, als könne sie nicht fassen, was ihre Augen ihr zeigten. „Ich hätte nie gedacht, dass du so gut geraten würdest", murmelte sie stolz vor sich hin. „Also bin ich doch ein Mann? Keine Enkeltochter? Irgendwie verstehe ich gar nichts mehr!" meinte Rehan ungläubig. Diese schüttelte kichernd den Kopf. Sie hatte Spaß an der neuen Entwicklung. Auch wenn Sie ihre Enkeltochter noch nicht leibhaftig vor sich hatte, wusste sie dennoch, dass sie nicht weit war. Und bis dahin wollte sie das Theater mitspielen. „Dann warst du es doch?", rutschte es Hrothgar raus. „Ich kann zwar einiges, aber das übersteigt auch mein Können – dein Vertrauen in Ehren, mein Junge! Aber ich hatte eine Ahnung. Warum sonst hätte ich denn darauf bestehen sollen, dass du sie, ich meine, ihn die Kleidung anziehen lässt, die ich dir mitgegeben habe? Wo sind die Sachen überhaupt?", konterte sie und zwinkerte ihrem Sohn zu. „Die Sachen waren etwas zu knapp", antwortete Rehan verlegen, was Hrothgars Mutter auflachen ließ. „Was ist passiert?", wollte sie im nächsten Augenblick wissen und konnte ihre Neugier kaum noch unterdrücken. „So kenne ich sie", dachte Hrothgar und gab ihr einen Abriss der letzten Tage. Je mehr er erzählte, desto ernster wurde seine Mutter, was Rehan in der Annahme bestärkte, dass sich die Ereignisse wider ihre Erwartungen entwickelt hatten. Er konnte nicht anders und fragte umgehend: „Kannst du mich wieder zurückverwandeln?" Als seine Großmutter wiederum den Kopf schüttelte, brach für ihn den Bruchteil einer Sekunde lang die Welt zusammen. „Die Wirkung vergeht bestimmt mit der nächsten Mondfinsternis", begann sie und wirkte sehr überzeugend. So sehr, dass auch ihr Sohn keinen Zweifel an ihrer Aussage hatte. „Und die ist wann? Auch wieder in dreißig Jahren?", unterbrach Rehan sie geschockt. „Nein, in einigen Tagen, wann genau, ist etwas schwer zu sagen. In unserer Welt ist nicht alles auf die Minute vorherzusagen. Aber sie ist auf alle Fälle noch ein gutes Stück vor der Sonnenfinsternis", beendete sie ihre Antwort. Erst jetzt dämmerte es Hrothgar, warum seine Mutter darauf bestanden hatte, dass der Übergang in ihre Welt nur zu einem bestimmten Zeitpunkt geschehen durfte. Er erinnerte sich, dass für den gewählten Zeitpunkt in der Parallelwelt eine partielle Mondfinsternis vorhergesagt worden war. Ihm fiel es wie Schuppen von den Augen. „Wie habe ich nicht daran denken können? Wie konnte ich das arme Kind in der Höhle nur so angehen?", haderte er mit sich und ärgerte sich darüber, dass er im Bezug auf seine Mutter immer so kurzsichtig reagierte. „Wenn alles so ist, wie ich annehme, sollte die Verwandlung nur von kurzer Dauer sein, um deiner Herkunft sicher zu sein und dich darauf vorzubereiten", erklärte sie ihr Vorgehen und wies die beiden Männer darauf hin, dass sie leise sprechen sollten. Rehan hatte keinen blassen Schimmer, was sie meinte, und blickte fragend zu seinem Onkel. Doch dieser hatte mit ähnlichen Problemen zu kämpfen. Daher blieb Rehan nichts anderes übrig, als sich wieder der alten Dame zu widmen. Und es dauerte auch keine weitere Sekunde, bis er sich erneut fragte, wie es sein konnte, dass er von einer Frau in einen Mann verwandelt werden konnte. Er kam sich vor, als würde er in einem schlecht gemachten Fantasyfilm voller Magie und merkwürdiger Wesen mitspielen. Er ermahnte sich, seinen Onkel in einer ruhigen Minute nach den Fähigkeiten seiner Großmutter zu fragen, und versuchte sich auf das zu konzentrieren, was sein Onkel erzählte. Hrothgar erzählte von den abtrünnigen Tahten, sodass Rehan erneut zur Einsicht kam, dass es sich dabei nur um eine Art Vampire handeln konnte. Die Miene seiner Großmutter bestärkte seinen Verdacht, und er fragte frei heraus: „Ihr seht beide aus, als wären diese Blutsauger überall?" „Das sind sie … Sie sind schon weit ins Landesinnere gedrungen. Vielleicht sind sie auch schon in Falkental, wer weiß? Es gibt so viele Arten von ihnen, welche sollen wir bekämpfen? Sie sind ja auch schon in der Lage, bei Tage umherzustreifen. Höchste Vorsicht ist geboten!", antwortete sie geheimnisvoll und schaute ihren angeblichen Enkel fasziniert an. Dieser fühlte sich nicht sehr wohl in seiner Haut und wollte den Fokus seiner Großmutter auf etwas anderes lenken und fragte seinen Onkel im nächsten Moment: „Warum haben die Leute am Hafen so auf die Kobra reagiert?"

∗∗∗

Der erstaunte Blick seiner Mutter zwang Hrothgar dazu, diese erst einmal über das Geschehen am Hafen aufzuklären. Die Faszination in ihren Augen wich der Bewunderung, die sie Rehan nun ent-

257

gegenbrachte. Sie hatte keinen Augenblick Zweifel daran gehabt, dass er ihr einen seiner besten Männer schicken würde, aber das Exemplar vor ihr übertraf all ihre Erwartungen um Längen. „Die zweite Plage, gegen die Kangar kämpfen muss! Ein nicht unbeachtlicher Teil dieser Schlangen ist in der Lage, sich in Menschen zu verwandeln, wenn auch nur für begrenzte Zeit. Einige können über mehrere Tage Menschen sein, andere nur wenige Stunden. Sie haben Kangar den Krieg erklärt und verlangen eine Kapitulation. Ragnar hat schon einige Sicherheitsvorkehrungen getroffen, aber ob das ausreicht, wage ich zu bezweifeln", erklärte sie, wohl wissend, dass sie mit diesen Erklärungen unnötig Atem verschwendete. Sie war sich dessen gewiss, dass der junge Mann seine Unkenntnis nur vortäuschte, und schaute theatralisch angeekelt auf den Boden, um sich nichts anmerken zu lassen. „Wer genau noch mal ist Ragnar?", fragte Rehan seinen Onkel leise. Mutter und Sohn schauten einander irritiert an. „Der König", antwortete Hrothgar knapp und bündig. „Deine Mutter heißt Iolén, dein Vater Eoghan, und mein Name ist Idora", sagte die Großmutter und schaute ihren Sohn leicht vorwurfsvoll an. „Habe ich in dem Trubel vergessen", murmelte er und küsste sie auf die Wange. Es klopfte an der Tür. Die Großmutter gewährte Einlass, und ein Lakai verkündete, dass das Königspaar eine Versammlung anberaumt hätte, die am späten Nachmittag stattfinden sollte. „Geht nur und ruht euch ein wenig aus. Wir sehen uns nachher", wies Idora an und wollte die beiden Männer aus ihren Gemächern schicken. Sie brauchte etwas Ruhe, um ihre Gedanken ordnen zu können. „Eines noch", begann Rehan und schaute kurz seinen Onkel an, bevor er sich an seine Großmutter wendete. Mutter und Sohn sahen ihn an und hatten Mühe damit, zu ahnen, was Rehan auf der Seele liegen könnte. „Wie bist du in den Zustand geraten, in dem du bei unserer Ankunft warst? Du hast dich erstaunlich schnell erholt", wollte er nur einen Moment später von Idora wissen. Rehans skeptischer Blick ließ auch Hrothgar seine Mutter fragend ansehen. Sie schüttelte immer wieder den Kopf und schaute sie nur wirr und abwesend an. Nach einigen, endlos erscheinenden, Minuten sagte sie: „Ich weiß es nicht. Ich kann mich noch erinnern, dass ich vor knapp einer Woche starke Unterleibschmerzen hatte. Doch urplötzlich drehte sich alles um mich herum, und es wurde dunkel, immer dunkler, bis ich nichts mehr sehen konnte. Die ersten hellen Flecken sah ich erst, als ich Rehans Stimme hörte. Dann explodierte es in meinem Kopf regelrecht, und ich sah euch alle vor mir." Rehan schaute daraufhin seinen Onkel an und fragte sich, ob auch er den gleichen Gedanken hegte. „Ein merkwürdiger Zufall", murmelte dieser vor sich hin. Es schien, dass auch sein Onkel an seinen Zusammenbruch im Museum gedacht hatte. „Wir sollten nun gehen. Ruhe dich aus, Mutter. Wir sehen uns später!", meinte Hrothgar daraufhin und zog seinen Neffen mit sich hinaus. Kaum, dass Hrothgar die Tür hinter sich geschlossen hatte, musste Rehan unweigerlich schmunzeln. „Die ist schräg, scheint aber in Ordnung zu sein", rutschte es ihm heraus. „Ja, das ist sie", stimmte Hrothgar ihm zu und führte seinen Schützling in das vorbereitete Gästezimmer, das fünf Etagen über dem der Großmutter lag. „Willst du dich noch ein wenig ausruhen? Ich muss dringend mit dir reden", wollte Rehan von seinem Onkel wissen. Da auch Hrothgar das dringende Bedürfnis hatte, sich mit seinem scheinbaren Neffen auszutauschen, hatte er nichts dagegen und betrat nach Rehan das Gästezimmer.

***

Rehan war im ersten Moment überwältigt von der Größe seines Zimmers und entdeckte zu seiner Überraschung ein eigenes Bad. „Ist ja wie die königliche Suite in einem Fünf-Sterne-Hotel", bemerkte er, als er sich auf das Bett plumpsen ließ und sich die sieben Meter hohe Decke anschaute. Hrothgar nahm auf dem Sessel neben dem Bett Platz und wollte ohne Umschweife seine Vermutung anbringen, bevor Rehan ihn mit Fragen über die Familie bombardieren würde. Vorerst aber lobte er Rehan für seinen außergewöhnlichen Einfall und die somit gewonnene Zeit, nach einer plausiblen Antwort für dessen Rückkehr als Enkeltochter zu suchen. Hrothgar glaubte, dass er vor allem Rehans Vater behutsam auf das Wiedersehen mit seiner Tochter vorbereiten musste. „Sofern dieser nicht schon lange Wind davon bekommen hat", fiel es ihm plötzlich ein. Hrothgar wurde das Gefühl nicht los, dass Eoghan seine Tochter schon längst bei sich hatte. Und dennoch war er froh, dass sie einige Tage gewonnen hatten. „Hast du das Gefühl, dass du dich irgendwie verändert hast? Ich meine nicht, dass du jetzt ein Mann bist, sondern eher, ob du plötzlich Sachen machen kannst, die du vorher nicht konntest?", wollte er nur einen Moment später von seinem Neffen wissen. Rehan wusste sofort, worauf sein Onkel anspielte, entschied aber vorerst noch hinsichtlich seiner neuen Fähigkeiten zu schweigen, für den Fall, dass sein Onkel doch auf etwas anderes hinauswollte. „Woher wusstest du, dass in der Sitzbank eine Kobra war?", wollte er konkret wissen. Rehan kam auf dem Bett in den Schneidersitz und kratzte sich nachdenklich am Kopf. Er wollte die Worte richtig auswählen, um Missverständnisse zu vermeiden. „Ehrlich gesagt, ich weiß es nicht! Das hört sich vielleicht auch etwas unglaublich an, aber seitdem wir auf dem Pass der Toten waren, kann ich, oder ich bilde mir ein, dass ich es kann, also was ich meine ist, dass ich so was wie Infrarotsensoren in den Augen habe. Ich kann thermo-scannen", antwortete er und erwartete, dass sein Onkel dies als Schaumschlägerei abtun würde. „Du hast die Schlange gesehen?", fragte dieser leicht zögernd, um sicherzugehen, Rehans Fachausdrücke nicht missverstanden zu haben. Als dieser nickte, war Hrothgars Verwunderung um ein Vielfaches übertroffen worden. „Wie konnte ich nur so dumm sein? Anzunehmen, dass mein hübsches Kind in einen Mann verwandelt worden ist und übernatürliche Fähigkeiten entwickelt hätte?", schimpfte er mit sich selbst. Seine innere Stimme war so laut, dass er gar nicht hörte, dass Rehan weitererzählte. „Ich kann es aber nicht steuern. Das heißt, die Zwillinge habe ich durch dicke Bergwände ohne Probleme gesehen, diese abtrünnigen Tahten habe ich gar nicht wahrgenommen, und die Kobra konnte ich erst sehen, als ich den Überwurf weggezogen hatte", versuchte Rehan seine neue Fähigkeit zu erklären und starrte seinen Onkel an, neugierig darauf, wie dieser reagieren würde. Doch dieser blieb einen Moment lang stumm und bewegte seinen Kopf leicht andächtig hin und her. „Der ist gut, wirklich sehr gut ausgebildet! Aber wie hat Er es geschafft, einen seiner Männer in so kurzer Zeit vorzubereiten?" überlegte Hrothgar und vermutete, dass der junge Mann ihn testen wollte. „Wie heißt es so schön, Übung macht den Meister. Mit der Zeit wird es dir ins Blut übergehen. Zugegeben, eine eindrucksvolle Fähigkeit! Übrigens, die Tahten kann man nicht sehen, es sei denn, sie stehen direkt vor dir. Sie sind untot, musst du wissen. Deswegen müssen sie auch das Blut von anderen trinken, um bestehen zu können. Was ich mich eher frage ist, ob deine neue Fähigkeit mit dem Körper zusammenhängt, in dem du gerade steckst, oder es deine ureigene Begabung ist, die in unserer Welt zur Entfaltung gekommen ist. Das müssen wir mit Mutter besprechen, bis dahin kein Wort zu irgendwem", erwiderte Hrothgar und schaute seinen Neffen eindringlich an, nicht zu viel von sich preiszugeben. „Als wäre ich ein Plappermaul und würde jedem von mir und meinem Können erzählen", dachte Rehan und blickte leicht genervt um sich. „Hast du schon mal eine Verwandlung von diesen Schlangenmenschen gesehen", wollte er nur wenige Sekunden später von seinem Onkel wissen. Als dieser den Kopf schüttelte, war Rehan leicht enttäuscht und zauderte, ob er seinem Onkel von dem Ereignis erzählen sollte, dessen Augenzeuge er geworden war. „Wieso bist du vom Pass der Toten gesprungen? Hattest du keine Angst, dass du es nicht überleben würdest?", wollte Hrothgar im nächsten Moment wissen. Der Themenwechsel brachte Rehan leicht aus der Balance, und er überlegte, was er darauf antworten sollte. „Als ich runtergeschaut hatte, hatte ich durch den Nebel ein Netz von Lianen gesehen und war optimistisch, dass es schon gut gehen würde", antwortete er wahrheitsgetreu. Hrothgar konnte nicht anders, als verständnislos mit dem Kopf zu wackeln. „Ich habe fast einen halben

Herzinfarkt bekommen – mache so was nie wieder!", sagte er einen Moment später in einem gekonnt vorwurfsvollen Ton. „Nur einen halben?", entgegnete Rehan mit gespielter Schockiertheit und hatte Mühe, einem Klaps seines Onkels zu entwischen. „Ganz schön flink, der alte Mann", dachte er, als er sich lächelnd ergab. „Sag mir, wie kann es sein, dass deine Mutter Zaubertränke brauen kann, um das Alter von Menschen zu verändern? Das ist doch nicht normal, oder? Und überhaupt wäre das bei uns daheim eine willkommene Alternative zu Botox und Schönheitsoperationen. Vielleicht sollte sie mit uns rüberkommen, dann machen wir uns selbstständig – an der Marktlücke könnten wir reich werden", meinte Rehan frei heraus. Hrothgar konnte zwar die für seinen mutmaßlichen Neffen absurde Situation nachvollziehen, aber er mahnte sich auch zur Vorsicht, nicht auf dessen Wissen aus der anderen Welt, die seiner Nichte ein Leben lang Heimat gewesen war, hereinzufallen. Hrothgar war sich dessen sicher, dass von dem jungen Mann keine Gefahr ausging. Und wer seiner Meinung nach solche Fähigkeiten besaß, würde auch über die Begabung seiner Mutter ausreichende Kenntnisse haben. Daher beschloss er, ihm ehrlich zu antworten. „Wie soll ich es nur sagen? Sie ist nicht wie andere Frauen. In ihrer Familie ist es von Anbeginn so, dass die Mutter eine besondere Begabung an das erstgeborene weibliche Kind mit ihren Genen weitervererbt. Das bedeutet auch die Fähigkeit der Heilkunst. Deine Mutter hatte diese Begabung, und ich bin mir sicher, dass sie dir diese in einer gewissen Art und Weise weitervererbt hat. Ich denke, das werden wir mit der Zeit noch feststellen können. Ich habe von alledem auch nur erfahren, weil ich damals mit dir rübergewechselt bin. Bis dahin wusste ich nur aus der Pergamentrolle, dass es eine Parallelwelt gibt. Und das Pergament habe ich wahrlich nicht für bare Münze genommen. Mutter hat mir auch ermöglicht, dass ich drüben anders aussehe, für den Fall, dass noch Andere zwischen den Welten hin und herwechseln", antwortete Hrothgar und wartete auf Rehans Reaktion. Doch sie blieb aus. Eher wirkte er, als hätte er mit nichts anderem gerechnet. „Ist dieses

Schriftstück hier im Schloss? Kann ich mal einen Blick darauf werfen?", wollte er daraufhin wissen. Hrothgar konnte nicht umhin, zu schmunzeln. „Das also ist SEIN eigentliches Ziel! Clever eingefädelt, lieber Schwager, sehr geschickt, mein lieber Eoghan!", begriff er und vermisste mit einem Male seine wissbegierige Nichte. „Welche Beweggründe Eoghan auch haben mag, ich hoffe, dass ich bald mein Kind wieder in die Arme schließen kann", dachte Hrothgar und antwortete: „Später, nach der Versammlung, wenn wir mehr Zeit haben." Rehan setzte umgehend an, eine weitere Frage zu stellen, hielt sich aber im nächsten Moment zurück. „Nun, was liegt dir denn auf der Zunge? Raus damit", forderte Hrothgar. Rehan atmete tief durch und fragte: „Was hast du damals gesehen, als du durch das silberne Tor gegangen bist?" „Das erzähle ich dir heute Abend, spätestens morgen, denn dafür brauche ich mehr Zeit, um es so verständlich wie möglich zu machen", erwiderte er und stand auf. Er gab das Signal, dass er für den Moment genug Unterhaltung hatte und nun etwas Ruhe brauchte. Gerade als er sich dem Gehen zuwenden wollte, riskierte Rehan einen letzten Versuch, eine Frage zu stellen. „Sag mal, kannst du mir Geld leihen? Ich will ein wenig shoppen gehen. Schließlich hast du meine ganzen Klamotten entsorgt! Was zieht man hier denn bei einem Tanzabend an?", wollte Rehan so unverhofft wissen, dass Hrothgar sich in alte Zeiten versetzt fühlte. Er schüttelte lachend den Kopf und meinte dann: „Ich lasse meinen Schneider vorbeikommen. Der näht dir alles zusammen." „Der kann doch auch normale Sachen nähen, oder?", unterbrach Rehan ihn und musste unweigerlich an die unzähligen Gewänder denken, die er in der Höhle hatte anziehen müssen. Als Hrothgar leicht verärgert die Mundwinkel verzog, beschloss Rehan, dass er seinen Onkel für den Moment genug geärgert hatte. „Ruhe dich ein wenig aus. Ich hole dich in einer Stunde zur Versammlung ab", sagte Hrothgar mit warmer Stimme und verließ den Raum.

***

263

Rehan, nun mit seinen Gedanken alleine gelassen, schlenderte zu einem der Fenster, die den Raum auf angenehme Art und Weise erhellten, und begutachtete die Rundbögen, in denen die Scheiben steckten. Hier und da bewunderte er die filigrane Arbeit, die größtenteils in Buntglas ausgeführt worden war. Er musste sich eingestehen, dass die Mischung aus altem und neuem Baumaterial ihn faszinierte. Der anschließende Blick aus dem Fenster verschlug ihm den Atem. Erst jetzt wurde ihm bewusst, dass sein Schlafzimmer in der obersten Etage untergebracht war und er somit einen wunderbar freien Blick in die Ferne genießen konnte. Seine Augen konnten so weit sehen, dass es ihn leicht schauderte. Der weitläufige Park wirkte aus dem achten Stock um einiges kleiner, als er in Wirklichkeit war, da dieser zusätzlich von etlichen Stufen der Hauptterrasse und einer nicht unbeachtlichen Freifläche vom Schloss getrennt wurde. Auch konnte Rehan ohne Mühe erkennen, dass ein riesiger See den Park einrahmte. „Kein Wunder, dass Onkel in einer Stunde vorbeikommen will. Wir müssen zeitig aufbrechen, damit wir pünktlich zur Versammlung erscheinen können", grübelte er, als er den Blick schweifen ließ und sich die Menschen im Park anschaute, die von seinem Standpunkt aus wie kleine Figuren in einem Puppenhaus aussahen. Seine Gedanken schweiften ab und er zoomte unbewusst den einen oder anderen Menschen aus dem Park heran, um sich mit der aktuellen Mode Kangars auseinanderzusetzen. Nach zehn Minuten war er sich sicher, dass es mehr als nur eine Stilrichtung gab, was ihn verwirrte. Die Kleidung der Herren hatte ihm nicht sonderlich zugesagt, aber das eine oder andere Kleid der Damen hatte ihm gefallen, obwohl er kleine Korrekturen vornehmen lassen würde, um sie seinem Geschmack anzupassen. In der nächsten Sekunde bereits fragte er sich, wie viele Personen im gesamten Schloss untergebracht waren. Allerdings wurde der Gedanke sehr schnell wieder von der Überlegung verdrängt, wie viele Einladungen ausgesprochen worden waren. Schließlich war die Feier schon bald. „Das arme Küchenpersonal rotiert bestimmt schon", dachte er noch, als

264

er sich unterbewusst schon mit dem Schneider seines Onkels aus-
einandersetzte und sich fragte, ob dieser ihm in so kurzer Zeit ein
Ballkleid würde zusammennähen können. Doch nur eine Sekunde
später fiel ihm ein, dass er eher etwas Ähnliches wie einen Anzug,
aber mindestens ein Hemd und eine Bundfaltenhose brauchen würde. „Im Zweifelsfall muss ich ihm das aufmalen", schloss er für sich
den Gedanken ab und wendete sich wieder seinem Bett zu. Er legte
sich hin und starrte die Decke an. „Wenn ich bedenke, wo ich noch
vor zwei, drei Tagen war. Was zwischenzeitlich alles passiert ist?",
überlegte er und musste urplötzlich an den Rest dessen denken, was
sein Onkel ihm noch erzählt hatte. Die Drahtzieher aus seiner Welt,
die beiden Tore, die Sonnenfinsternis, alles schwirrte in seinem Kopf
herum und ließ ihm keine Ruhe. Er beschloss, sich nicht mehr vertrösten zu lassen, sondern darauf zu bestehen, noch am Abend zu
erfahren, was sein Onkel während seines Einsatzes gesehen hatte.
Rehan schloss kurz die Augen, um diese zu entspannen, und wunderte sich, als jemand leicht an seiner Schulter rüttelte.

∗∗∗

Er war kurz eingeschlafen und wie versprochen von seinem Onkel
geweckt worden. Es war an der Zeit, sich zur Versammlung zu begeben. Wenn auch anfangs widerwillig, weil er aus dem Schlaf gerissen worden war, folgte Rehan seinem Onkel aus dem Zimmer und
fragte sich, ob er überhaupt daran teilnehmen müsste. Nach einigen
Minuten hatte Rehan das Gefühl, dass der Weg zum Versammlungs-
ort nicht enden wollte. Nachdem sie fast eine halbe Stunde unterwegs waren, riskierte Rehan eine Unterbrechung der Stille und
fragte: „Sind wir bald da?" Hätte er nur einige Sekunden gewartet,
wäre ihm der missbilligende Blick seines Onkels erspart geblieben.
Sie waren vor einer riesigen Holztür, die aus zwei Flügeln bestand,
stehen geblieben. Hrothgar merkte, dass sie noch keine Erlaubnis
zum Eintreten hatten, und nutzte die Gelegenheit, um Rehan von

der Beschaffenheit der Tür zu erzählen. „Die älteste Kastanie aus Bryant, edelste Handarbeit", sagte Hrothgar bewundernd zu Rehan. „Mehr als zwei Jahre aufwendigster Schnitzarbeit stecken in dieser Tür", schloss Hrothgar ab. „Kein Wunder, so protzig wie das Ding aussieht. Aber es passt zum riesigen Schloss. Warum müssen Menschen immer jedem zeigen, was sie besitzen, wie viel Reichtum sie ihr eigen nennen dürfen. Wer weiß, wie viel Steuergelder, Abgaben für diese Tür oder gar für das gesamte Gemäuer verschwendet worden sind", dachte Rehan noch, als der Groschen fiel. „Ihr habt einen uralten Baum gefällt, um zwei Türen daraus zu fertigen?", fragte er vorwurfsvoll, weil er an die sinnlose Waldrodungen in seiner Welt denken musste. Rehan schüttelte verständnislos den Kopf und provozierte einen Versuch der Rechtfertigung seitens seines Onkels. Gerade als Hrothgar ansetzen wollte, war von der anderen Seite ein Klopfen gegen die Tür zu vernehmen, für die Wachleute das Zeichen, die Tür für die Eingeladenen zu öffnen, um diese in den Audienzsaal einzulassen. Erst als Rehan sah, welche Kraft die Wachleute aufwenden mussten, um die Flügel der riesigen Holztür zu öffnen, fiel ihm auf, dass eine unzählige Menge an überwiegend männlichen Teilnehmern sich hinter ihnen angesammelt hatte. „Himmel, wann sind die denn dazugekommen?", überlegte er und fragte sich, warum er ihre Schritte und Stimmen nicht gehört hatte.

17

Es dauerte fast eine Minute, bis die Tür vollständig geöffnet war. Rehan trat mit seinem Onkel als einer der Ersten ein, verschwand aber sehr schnell an die breite Fensterfront, um die Aussicht auf den angrenzenden Park auf sich wirken zu lassen. Hrothgar nahm es seinem Neffen nicht übel und ließ ihn gewähren. Er würde früh genug in das Gespräch eingebunden werden. Was Hrothgar aber nicht wusste war, dass Rehan absichtlich so handelte, um die Teilnehmer in Ruhe unter die Lupe nehmen zu können. Als die Türen nach einigen Minuten wieder geschlossen wurden, begnügte sich Rehan wohlwollend mit der Rolle des Schlusslichts der Menge. Er wollte sich in Ruhe einen Überblick über den Hofstaat des Königreichs machen und diesen, ohne selbst Aufmerksamkeit auf sich zu ziehen, begutachten. Während Rehan mit den Letzten, die eingetreten waren, auf das Königspaar zusteuerte, musste er sich eingestehen, dass er beeindruckt war, beeindruckt von der immensen Breite und Tiefe des Saales. Einer der Männer, der vor ihm in Richtung Thron schritt, schaute sich kurz um und sah die Verwunderung in Rehans Gesicht. „Dies ist zugleich auch ein Ballsaal", flüsterte er Rehan zu, der verstehend nickte. „Ja, das wäre auch meine Vermutung gewesen", dachte sich Rehan. Er hatte das Gefühl, dass der Weg zum Thron nicht enden wollte, und fing in Gedanken an, den Saal auszumessen. Er schaute von links nach rechts und schätzte großzügig die Breite des Raumes auf hundert Meter. Die Tiefe des Raumes schätzte er auf knapp zweihundert Meter. „Ich war im Schätzen noch nie ein Ass, aber das müsste hinkommen", sprach er in Gedanken zu sich und schaute dabei hoch zur Decke, die ihm ebenfalls extrem hoch vorkam. „Mindestens fünfundzwanzig Meter zu den Balkonen", grübelte er und bemerkte, dass der Großteil mit dunkelroten Samtvorhängen verschlossen war. Er war so tief in Gedanken mit der Räumlichkeit beschäftigt, dass er gar nicht gemerkt hatte, dass die Menschen vor ihm stehen geblieben waren. Und so passierte, was unausweichlich schien. Er stieß mit einem Mann zusammen, der unmittelbar vor ihm stand. Besagter Mann drehte sich um und schaute Rehan fragend, aber auch leicht genervt in die Augen, der sogleich sein Gesicht leicht beschämt verzog. Die Reihen vor ihm hatten sich leicht gelichtet, sodass er einen Blick auf das Königspaar werfen konnte, die beide nicht sonderlich erfreut schienen. Rehan kämpfte sich bis zu seinem Onkel vor und stellte sich selbstbewusst neben ihn. Nun hatte er sie alle direkt vor sich und konnte ihre Gesichter besser studieren. Und was er sah, gefiel ihm. Vor allem die Männer seines Alters hatten es ihm angetan. „Das ist ja wie im Paradies. Die werden doch wohl nicht alle schon vergeben sein, oder?", fragte er sich im Stillen und hoffte darauf, sobald wie möglich wieder in seinem weiblichen Körper zurückverwandelt zu werden, damit er sich den angenehmen Seiten des Lebens zuwenden konnte. Hrothgar merkte, dass Rehan vollkommen abgelenkt war, und musste seinen Neffen in den Arm zwicken, um ihn wieder in die Realität zurückzuholen. Dieser schaute ihn sofort verärgert an und rieb sich die schmerzhafte Stelle an seinem Arm. Als der König ihn im nächsten Moment vorstellte, begrüßte Rehan die Menge mit einem kurzen Handzeichen und beließ es dabei. Er wollte sich nicht übermäßig in den Vordergrund stellen und wartete geduldig darauf, was der König dringend zu verkünden hatte. Es dauerte nur wenige Momente, bis Rehan begriff, warum der König eine außerordentliche Sitzung anberaumt hatte. Die neuen Sicherheitsvorkehrungen gegen die Schlangenmenschen und Tahten wurde vorgeführt. Rehan, der mit dem Studium der Kangaren beschäftigt gewesen war, hatte gar nicht wahrgenommen, dass die gemauerte Wand, bis zu einer Höhe von drei Metern, mit schwerem schwarzem Stoff behangen war. Nun war seine Neugier geweckt, und er wurde ungeduldig. Er schaute seinen Onkel an, doch auch dieser wirkte, als wüsste er nicht, was ihnen in den kommenden Sekunden geboten werden würde. König Ragnar erteilte den Befehl, und mehrere Soldaten enthüllten, was sich unter dem dunklen Stoff verbarg. Rehans Verwunderung war überdimensional, als er die hohe Spiegelwand vor sich sah. „Ein Traum für alle Tänzer", dachte er, als er seine Aufmerksamkeit wieder auf den König richtete. „Kangaren, dies ist unser Schutz. Diese Spiegel sind im gesamten Schloss verarbeitet, sodass wir immer sicher sein können, dass unsere andersartigen Feinde nicht unter uns sind", erklärte Ragnar und schaute voller Stolz in die Runde. Ein lautes Raunen ging durch die Reihen, und Rehan konnte den Anwesenden ansehen, dass sie um ein Vielfaches erleichterter wirkten. Doch er verstand nicht, warum es so war. „Auch auf die Gefahr hin, dass ich mich jetzt blamiere", dachte er noch und fragte im nächsten Augenblick, „Verzeih, aber wie sollen diese Spiegel denn schützen? Dieser Raum ist riesig, und die Spiegel sind nur an der Wand angebracht?" Als hätte der König nur auf sein Stichwort gewartet, erklärte er umgehend: „Das, mein verehrter Freund, sind besondere Spiegel. Jeder, der andersartig ist, wird in diesem Spiegel in seiner wahren Gestalt gezeigt. Sie mögen zwar aussehen wie Menschen, aber wenn wir ihre Spiegelbilder sehen, werden wir wissen, ob wir es mit Freund oder Feind zu tun haben." Rehan war mit einem Male alarmiert, sodass er verunsichert auf sein Spiegelbild schaute, um sich zu vergewissern, dass er nicht als Frau darin wiedergegeben wurde. Seine Erleichterung konnte er nicht so recht verbergen, doch die Stimme des Königs lenkte in der nächsten Sekunde von ihm ab, sodass nur Hrothgar auf Rehans Reaktion aufmerksam geworden war. „Und außerdem ist vor allem in diesem sogenannten riesigen Raum die Decke mit dem gleichen Spiegelmaterial verkleidet. Somit rundum sicher!", fügte Ragnar noch hinzu und hatte mit einem Male eine Ausstrahlung, als hätte er siegessicher für die nächste Schlacht aufgerufen. Unerwartet verlangte eine Stimme aus dem Publikum nach Gehör. „Nun werden wir ja sehen, ob unser hochverehrter Retter der königlichen Nachkommenschaft ein normaler Mensch ist oder von anderen Mächten geleitet wird", grunzte Hilarius und trat aus der Menschenmenge hervor, um sich Rehans Spiegelbild genauer anzuschauen. Sein gehässiger Gesichtsausdruck musste einer tief enttäuschten Miene weichen. „Seid nicht närrisch, mein Fürst! Selbstredend ist er ein Mensch! Kangaren, jeder mag zwar in der Lage sein, diejenigen unserer Feinde zu erkennen, deren Tarnung weniger komplex ist, aber denkt daran, es sind auch solche darunter, die so gut sind, dass wir in ihren Spiegelbildern weiterhin Menschen sehen werden. Und um diese bloßstellen zu können, bedürfen wir der Hilfe von Auserwählten. Und ihr wisst, wen ich meine", erwiderte König Ragnar leicht angenervt vom Getue des Fürsten und klatschte zweimal in die Hände. Rehan hörte noch, wie eine der beiden Flügeltüren geöffnet wurde und jemand eintrat. „Und wer kann so was?", flüsterte er Hrothgar zu. „Formwandler und Shah-Kahs", klärte Hrothgar seinen Neffen auf und fügte hinzu, „erkläre ich dir später", als er Rehans verwirrten Blick sah. Rehan überlegte kurz, ob er augenblicklich auf eine Erklärung pochen sollte, entschied dann aber abzuwarten, wer derjenige war, der auf Zeichen des Königs zur Versammlung hinzugekommen war. Er konnte im nächsten Moment seine Überraschung nicht verbergen, als er Hothan auf den König zuschreiten sah. „So sagt mir, Hothan, ist dieser Rehan der, der er vorgibt zu sein", wollte Fürst Hilarius sofort von dem hochgewachsenen hageren Mann wissen. Dieser ließ sich nicht zweimal bitten und blickte in den Spiegel. Was er sah, verärgerte ihn, da auch er angenommen hatte, dass Rehan kein gewöhnlicher Mensch war. Er drehte sich um, blickte den Fürsten in die Augen und schüttelte enttäuscht den Kopf. „Der alte Knacker hat mich auf dem Kicker", stellte Rehan für sich fest und betrachtete Hilarius. „Vor dem muss ich mich hüten", dachte er gerade noch, als der König seine Aufmerksamkeit forderte. „Genug dieser Kindereien. Hothan, tretet näher und berichtet von den neuesten Ereignissen an der Front", verlangte der König und ließ seinen zornigen Blick auf dem Fürsten ruhen, bis es diesem unangenehm wurde und er wieder in die Menge zurücktrat. Doch

Rehan kümmerte sich nicht mehr um die Belange des Fürsten, sondern war von dem erschrocken, was er im Spiegel gesehen hatte.

***

Er sah anstelle Hothans Menschenbild dessen wahre Gestalt, eine schwarze Königskobra, die sich zu ihrer Verteidigung aufgebäumt hatte und immer wieder die gespaltene Zunge aus ihrem Maul streckte. Aber das hatte ihn nicht sonderlich überrascht. Schließlich hatte er mit eigenen Augen gesehen, wie sich dieser verwandelt hatte. Rehans Verwirrung galt dem Menschen, der sein Leben lang immer für ihn da gewesen war. Er sah im Spiegel seinen Onkel zwar neben sich stehen, doch wurde dieser schnell von einer silberfarbenen Wolfssilhouette umrahmt, die sich ebenso flink auflöste und seinen Onkel verschwinden ließ. Nur eine Sekunde später sah er einen grauen Wolf im Spiegel, gegenüber jener Stelle, auf der Hrothgar neben Rehan im Audienzsaal stand. Rehan musste seinen Blick kurz abwenden, um seine Gedanken zu ordnen. Als er wieder in den Spiegel schaute, sah er gerade noch rechtzeitig die Verwandlung des Wolfes in seinen Onkel. „Bin ich jetzt komplett kirre? Ich dachte, ich hätte nur ein sehr gutes Gehör und die Fähigkeit des Thermoscannens. Dabei habe ich mir das alles nur eingebildet. Warum sonst bin ich nicht in der Lage, jederzeit die Fähigkeiten einsetzen zu können. Das hat nichts mit Übung zu tun. Ich bin nur kurz davor, durchzudrehen. Ja, das ist es. Garantiert. Warum sonst sehe ich anstelle meines Onkels immer wieder einen grauen Wolf. Und dieser Hothan ist am Ende doch keine Kobra, und ich sehe nur die Schlange in ihm, weil ich sie sehen will", grübelte Rehan und begutachtete die Spiegelbilder der anwesenden Kangaren und war beruhigt, dass sonst keiner von ihnen etwas anderes widerspiegelte. Er distanzierte sich unbewusst von seinem Onkel. Seine Zweifel hatten schlagartig wieder Überhand gewonnen. Wieder einmal fragte er sich, ob er mit den starken Nebenwirkungen der Narkose oder der Medikamenten zu kämpfen hatte. „Was ist los mit dir?", hörte er die besorgte Stimme seines Onkels aus der Ferne. Doch er konnte nicht darauf antworten oder in irgendeiner Weise reagieren. Er stand wie angewurzelt auf seinem Platz und starrte ungläubig in den Spiegel. Mit einem Male waren mehrere Tiere im Spiegel zu sehen, die sich direkt vor dem Königspaar auf den Stufen niedergelassen hatten und die Menge vor sich begutachteten. Rehan konnte die Tiere keiner ihm bekannten Rasse zuordnen, aber von einem dieser Wesen war er von der ersten Sekunde an fasziniert. Es erinnerte ihn an einen sandfarbenen Berglöwen mit äußerst langen und spitzen Eckzähnen. Er musste kurz die Augen schließen, um seine Gedanken ordnen zu können. Als er sie wieder öffnete, hatte er die Hoffnung, dass seine Augen ihm mal wieder einen Streich gespielt hatten. Doch dem war nicht so. Die Spiegelbilder der Tiere waren noch immer da, obwohl er kein Ebenbild zu ihnen auf der realen Seite entdecken konnte. Es schien, als existierten diese nur jenseits, als Spiegelbild. Seine Gedanken rasten, und er wusste im ersten Moment nicht, was er tun sollte. Er war hin und hergerissen, ob er seinem Onkel von seiner Entdeckung erzählen sollte oder nicht. Noch während er mit sich rang, nahm Hothan ihm die Entscheidung ab. Nur wenige Augenblicke nach seiner Entdeckung hörte er Hothans Stimme sagen: „Was ich zu berichten habe, wird Euch nicht gefallen. Majestät, hochverehrte Kangaren. Die Schlangenmenschen haben Falkental infiltriert. Ich habe sie mit eigenen Augen gesehen!" Schlagartig war er aus seiner Starre erlöst und entschieden, das Spiegelbild seines Onkels und das der Tiere zu einem späteren Zeitpunkt zum Thema zu machen. Ihm ging es vorrangig erst einmal darum, Hothan das Handwerk zu legen. Er lenkte seine komplette Aufmerksamkeit auf den Schlangenmenschen und ließ weder den Mann, den er vor ihnen verkörperte, noch die Schlange, die sein Spiegelbild darstellte, aus den Augen. Der König hatte große Mühe, die entstandene Unruhe wieder unter Kontrolle zu bringen. „Wir müssen sehr vorsichtig sein! Vereint werden wir das Problem beheben können", verkündete der König plötzlich laut und deutlich. Doch die Anwesenden wollten sich nicht recht beruhigen. „Aber wenn nicht jeder den Feind im Spiegel erkennen kann, was nützen die uns dann? Wie sollen wir uns schützen können? Ich habe keinen Formwandler oder Shah-Kah zu Hause, sofern sie wirklich noch existent sind", wollte Hilarius im nächsten Moment wissen und nutzte somit die Möglichkeit, die Meute etwas anzustacheln. Rehan musste ihm einerseits recht geben, andererseits verachtete er ihn umgehend für die billige Art der Machtuntergrabung. „Fürst Hilarius, diese Auserwählten sind doch keine Haustiere! Mäßigt Euer Gemüt und denkt nach, bevor Ihr eine Äußerung macht!", maßregelte die Königin den Fürsten im nächsten Moment, was bei Rehan ein Schmunzeln hervorrief. Doch der schiefe Blick des Fürsten zwang ihn, sich nicht gehen zu lassen. Er zügelte sich und blickte im nächsten Moment ernst drein. Doch der Fürst hatte nur auf eine Gelegenheit gewartet, um sich mit Rehan messen zu können, und sah in dessen Reaktion eine Einladung, seine gekränkte Ehre wiederherstellen zu können. Er stampfte auf Rehan zu, was augenblicklich dazu führte, dass alle Anwesenden verstummten, um das folgende Ereignis nicht zu verpassen. Der Fürst zog beim Gehen einen ledernen schwarzen Handschuh und blieb mit verärgerter Miene vor Rehan stehen. Noch ehe Rehan sich versah, ohrfeigte der Fürst ihn mit dem Handschuh und ließ ihn vor seine Füße fallen. Er trat mehrere Schritte zurück und blickte Rehan herausfordernd an. „Sag mal, hast du sie noch alle, oder was?", fragte Rehan leicht angesäuselt und wollte schon auf den Fürsten zugehen, als sein Onkel ihn zurückhielt und ihn flehend anstarrte, sich nicht zu bewegen. „Fürst Hilarius, erklärt Euch", forderte der König mit erboster Stimme und ließ dabei Rehan nicht aus seinen Augen. „Majestät, auch wenn ich voller Ehrerbietung hinsichtlich der Rettung Eurer Kinder bin, so muss ich dennoch zugeben, dass ich mich durch die respektlose Art dieses Mannes in meiner Ehre gekränkt sehe und hierfür Vergeltung verlange, hier und jetzt, Schwertkampf", erwiderte Hilarius und strotzte voller Selbstsicherheit. Der König sah Rehans verwirrten Blick und kämpfte mit sich, wie er der Forderung des Fürsten entgegenkommen konnte,

273

ohne zu großes Misstrauen in seiner Gefolgschaft zu schüren. „Mir missfällt seine Art ebenso, aber er ist doch der Retter meiner Kinder", dachte er gerade noch, als er das Raunen im Audienzsaal hörte, das immer lauter wurde. Rehan hatte sich zwischenzeitlich an Hrothgar gewandt und verlangte von ihm eine Erklärung, was passiert sei. „Er hat dich zum Duell gefordert, um seine Ehre wiederherstellen zu können", flüsterte Hrothgar und überlegte fieberhaft, wie er seinen angeblichen Neffen aus dieser prekären Situation manövrieren könnte. „Wann habe ich ihn denn beleidigt?", wollte Rehan wissen. Die Großmutter hingegen konnte sich nicht mehr zurückhalten und schrie den Fürsten an: „Was erlaubt Ihr Euch? Welche Ehre soll er denn verletzt haben? Dann müsste ja jedermann, der Euch über den Weg läuft, das gleiche von Euch verlangen dürfen." Rehan sah noch, wie die Königin versuchte, ihre Tante zu beruhigen, als der König sich einschaltete. „Nun Rehan, ich weiß zwar nicht, welche Respektlosigkeit Ihr dem Fürsten entgegengebracht habt, aber in unserem Land gibt es Reglements, denen sich Edelleute verpflichtet fühlen", begann er und wurde prompt von Rehan unterbrochen. „Ich habe keine Ahnung, was dieser Mensch von mir will. An dieser Stelle sei gesagt, dass ich Konflikten, egal welcher Art sie sind, nicht aus dem Weg gehe, aber ich kämpfe nicht gegen alte Männer. Und außerdem bin ich kein Edelmann, der sich irgendwelchen Reglements unterordnen müsste", sagte Rehan ruhig und ließ dabei den Fürsten nicht aus dem Auge. Als dieser lauthals loslachte, fügte Rehan mit lauter Stimme hinzu: „Ich werde mich aber auch nicht zurückhalten, wenn er mich ernsthaft bedrohen sollte. Im Klartext heißt das, ich haue zurück, ob adliger Herkunft oder nicht, alt oder jung, das ist mir schnuppe." Das Lachen des Fürsten verstummte soeben. „Ihr Narr! An einem Einfachen mache ich mir doch nicht die Finger schmutzig. Selbstredend wird mein bester Mann, Eurer würdig, gegen Euch antreten", entgegnete der Fürst hämisch. Rehan konnte nicht anders, als das Gesicht zu verziehen. „Also ich kann mich nicht erinnern, den Fürsten beleidigt zu haben. Ich habe ihm lediglich eine Auskunft verweigert, mehr nicht. Aber er hat mich vor allen einen Narren genannt, und ich muss gestehen, ich fühle mich nicht angegriffen. Ich verstehe nicht so recht, warum ich gegen ihn kämpfen soll", flüsterte Rehan Hrothgar zu. „Er ist ein Edelmann", antwortete Hrothgar knapp. „Was ist denn das für ein Quatsch?", rutschte es Rehan heraus, bevor er dessen gewahr wurde, dass er dem Duell nicht mehr würde ausweichen können. Mit einem Male war er sauer auf seinen Onkel, der ihn ins offene Messer laufen ließ, statt ihm den Rücken zu stärken und ihn vor dem Fürsten zu verteidigen. „Schließlich habe ich seine Patenkinder gerettet", dachte er, als er sah, dass sich ein hochgewachsener gut aussehender Mann mit blonder wallender Mähne neben den Fürsten stellte. Rehan schätzte ihn auf Ende Dreißig und musste sich eingestehen, dass er ihn auf Anhieb sympathisch fand. Und doch musste er sich zur Räson bringen, die Tatsache, dass er in wenigen Sekunden gegen ihn würde kämpfen müssen, nicht aus den Augen zu verlieren. Rehan glaubte in den Augen seines vermeintlichen Gegners eine Abneigung gegen den Willen des Fürsten zu erkennen und hoffte darauf, dem Duell doch aus dem Weg gehen zu können. Aber tief in seinem Innern wusste er, dass der gut gebaute Blonde die Forderung des Fürsten erfüllen würde. „Tja, wenn das so ist, bleibt mir ja wohl nichts anderes übrig, als mich zu wehren. Ich sage es noch mal, ich nehme dieses Duell nicht an, weil ich nicht weiß, was es rechtfertigt. Auch auf die Gefahr hin, dass ich mich wiederhole: Ich werde mich verteidigen, und im schlimmsten Fall heißt das, ich schlage jede Hand ab, die mir an die Kehle will. Zu guter Letzt möchte ich an dieser Stelle anmerken, dass meinem negativen Bild von Kangar durch solche Aktionen nicht gerade abgeholfen wird", meinte Rehan und schaute in die Menge. Aber die Hoffnung, dass sich einer für ihn einsetzen würde, verflog im Nu. Nicht einmal sein Onkel und seine Großmutter, die seine wahre Identität kannten, mischten sich ein. Diese Tatsache irritierte ihn sehr. Er schaute seinem Gegner in die Augen und fragte ihn ganz sachlich: „Bist du krankenversichert?"

18

Der verwirrte Blick des blonden Mannes sprach Bände. „Übernimmt jemand die Arztkosten, solltest du verletzt werden und einen Arzt benötigen?", präzisierte er seine Frage. „Nonsens. Sollte
Gombert diesen Kampf entgegen meinem Wunsche verlieren, wird
er den nächsten Moment nicht erleben", gab Hilarius schon fast
kreischend von sich. „Bitte was?", erwiderte Rehan und schaute den
König fragend an. Dieser schämte sich, dem Retter seiner Kinder
in die Augen zu schauen. Aber er antwortete mit fester Stimme:
„So sind die Bedingungen. Nur der Sieger überlebt und erhält im
Gegenzug das gesamte Hab und Gut des anderen. Zudem kann nur
der Besitzer des Unfreien bestimmen, was mit diesem danach passiert." „Was heißt denn hier Unfreier?", fragte Rehan ungläubig, sich
fast schon sicher, sich verhört zu haben. Er konnte und wollte nicht
glauben, dass seine Verwandten Sklaverei im eigenen Land duldeten oder gar guthießen. Auch ein Blick auf seinen vermeintlichen
Gegner zeigte ihm, dass er etwas missverstanden haben musste.
Denn dieser wirkte keineswegs wie ein Sklave. „Du schleppst mich
in ein Land, in dem es Sklaverei gibt?", schrie Rehan seinen Onkel
erbost an. Noch ehe dieser antworten konnte, fügte er laut hinzu: „Ich werde keine Minute länger in einem so rückschrittlichen
Land bleiben. Ich gehe, und wage es ja nicht, mich zurückzuhalten." Rehan war mit einem Male zutiefst enttäuscht und hätte am
liebsten voller Wucht auf einen Sandsack eingeschlagen, um seinen
Ärger etwas Luft zu machen. „Welcher Feigling in den ehrwürdigen Hallen! Einen Groll gegen die Sklaverei vorzuspielen, um im
Zweikampf nicht zu unterliegen", verhöhnte Hilarius Rehan vor
dem König und seiner Gefolgschaft. Das konnte Rehan nicht auf
sich sitzen lassen. Er spürte, wie der Drang, den Fürsten krankenhausreif zu schlagen, stärker wurde. Und immer wieder musste er

sich ermahnen, dass ein alter Mann vor ihm stand und eine Chancengleichheit nicht gewährleistet wäre. „Wer nennt einen anderen feige, der einen fadenscheinigen Grund heranzieht, um putative Macht zu demonstrieren? Und nicht zu vergessen, hierzu einen unbeteiligten Dritten benutzen will. Fürst, du erinnerst mich an ein kleines trotziges Kind, das sein Ziel mit allen Mitteln erreichen will. Aber denke daran, der Schuss kann auch nach hinten losgehen!", konterte Rehan ruhig und ließ dabei Hilarius nicht aus den Augen. Seine Worte hatten ihre Wirkung nicht verfehlt. Sein Widersacher war mittlerweile ins Grübeln geraten und kämpfte sichtlich mit sich, was er tun sollte. Eine unerträgliche Stille entstand mit einem Male. Es verging mehr als eine Minute, bis sich Hilarius regte und verächtlich auf den Boden spuckte. Rehan hatte ihm eine Möglichkeit des Rückzugs gegeben, die der Fürst mit seiner Reaktion verworfen hatte. Für Rehan nun Zeichen genug, diesem eine Lektion zu erteilen. Er wusste instinktiv, dass er den Zweikampf für sich entscheiden und somit dessen Besitz aneignen würde. Daher wendete er sich letztmalig mahnend an den Fürsten und meinte ernst: „Fürst, du machst einen großen Fehler! In wenigen Minuten, wenn es überhaupt so lange dauert, wird dein gesamter Besitz mein sein. So sind eure Regeln, aber bedenke, sollte ich unterliegen, was nicht sein wird, wirst du nur mein Leben bekommen haben, da ich nichts mein eigen nenne. So frage ich dich, willst du dennoch Genugtuung für eine verweigerte Antwort?" Es herrschte Totenstille. Keiner wagte zu atmen, aus Furcht, dass sie etwas verpassen könnten. Der Fürst stockte. Er überlegte erneut, ob er den Fremden eventuell unterschätzt hatte. „Gewiss, Gombert ist der beste Kämpfer des Landes, und er ist mein Eigentum. Es war ein Leichtes, seinen Vater übers Ohr zu hauen. Aber was, wenn er verliert. Dann ist alles verloren. Mein Leben wäre nicht mehr lebenswert", dachte er und schaute argwöhnisch drein. Rehan war sich sicher, den wunden Punkt des Fürsten getroffen zu haben, wappnete sich innerlich dennoch gegen einen Zweikampf. „Pah, Ihr seid ein Blender", fauchte der Fürst und gab seinem Sklaven die Order zum Zweikampf. Rehan hatte mit nichts anderem gerechnet, war aber immer noch perplex, dass keiner der Anwesenden Anstalten machte, für ihn Partei zu ergreifen. Nicht einmal jetzt machte sein Onkel sich die Mühe, dazwischenzugehen und den Fürsten in die Schranken zu weisen. Rehan wendete sich enttäuscht von diesem ab und weigerte sich, ein angebotenes Schwert in die Hand zu nehmen. Die Menge hatte sich weitläufig zurückgezogen, um den beiden Kämpfern nicht im Wege zu stehen beziehungsweise diesen nicht in die Quere zu kommen. Gombert fühlte sich nicht wohl in seiner Haut. Er hatte viel Positives von dem Fremden gehört und fragte sich ebenfalls, warum keiner der höherrangigen Adligen sich für ihn einsetzte. Er wusste, dass viele der Anwesenden den Fürsten verabscheuten, aber auch dass keiner sich freiwillig mit ihm anlegte. Aus eigener Erfahrung wusste er, dass der Fürst mit unlauteren Mitteln arbeitete, um das zu bekommen, was er wollte. Er sammelte sich und konzentrierte sich auf den bevorstehenden Kampf, da viel von diesem abhing. Der Fürst hatte ihm im Vorfeld über sein Vorhaben informiert, dass er Rehan in ein Duell verwickeln wolle, um ihn auszuschalten, weil er in ihm eine große Bedrohung sähe, seine Ziele verwirklichen zu können. Zudem war sich Gombert sicher, dass der Fürst seine Drohung, im Falle einer Niederlage, Gomberts Mutter und Schwestern, ohne mit der Wimper zu zucken, qualvoll umbringen zu lassen, wahr machen würde. Doch davon wusste Rehan nichts. Auch dieser konzentrierte sich auf den bevorstehenden Kampf und hatte für sich beschlossen, in keinem Fall, dem unglücklichen Dritten das Leben nehmen zu wollen. Sollte Hilarius nach der Niederlage seines Sklaven auf Rehan zugehen, würde er nicht zögern, den Fürsten umzubringen. „Solche Menschen müssen nicht am Leben erhalten werden, um anderen das Leben schwer zu machen", dachte Rehan und ließ seinen Gegner nicht aus den Augen. Außerdem hatte Rehan tief in sich das Gefühl, dass der Fürst nur Schlechtes im Sinn hatte, und entschied kurzfristig, diesem so oder so ein Ende setzen zu wollen. Gombert startete den Kampf und hatte von der ersten Sekunde an Schwierigkeiten damit, seinen Gegner einzuschätzen. Rehan hingegen verfuhr so, wie er es stets tat. Er wich immer wieder geschickt aus, um somit ein Gefühl für den Kampfstil seines Gegners zu bekommen. Sein teilweise schon akrobatisches Ausweichmanöver beeindruckte nicht nur Gombert, sondern auch die Zuschauer. Die Anwesenden waren binnen weniger Augenblicke voller Bewunderung für Rehans Körperbeherrschung. Und dennoch war keiner gewillt einzugreifen und dem Ganzen ein Ende zu setzen. Es schien, als wollte keiner das spannende Schauspiel unterbrechen, ohne das Finale gesehen zu haben. Auch Hrothgar schaute interessiert zu und fragte sich, wie lange der junge Mann, der vorgab, die männliche Version seiner Nichte zu sein, das gekonnte Spiel eines Duells aufrechterhalten würde. Hrothgar hatte für sich entschieden, nur dann einzugreifen, wenn Rehans Leben ernsthaft in Gefahr sein sollte.

***

Es dauerte nur wenige Minuten, bis Rehan Gombert durch eine gekonnte Kombination seiner asiatischen Kampfkünste das Schwert aus der Hand schlagen und geschickt auffangen konnte. Ein anerkennendes Echo beherrschte im Nu den großen Saal. Einige klatschten sogar, was Rehan richtig in Rage brachte. Er konnte nicht begreifen, dass Menschen aufgrund unbedeutender Äußerungen das Leben von anderen forderten, nur um ihren eigenen Unterhaltungswillen durchzusetzen. Rehan stand mit dem Schwert an Gomberts Kehle inmitten der Zuschauer und fragte sich, warum er überhaupt noch in einem Land wie Kangar verweilen sollte. Die Ansichten seiner betuchten Sippe und die scheinbar fehlende demokratische Sichtweise beunruhigten ihn. Erst der verzweifelte Blick seines Zweikampfgegners zwang ihn dazu, den nächsten Schritt zu machen und sein Recht auf Hab und Gut des Fürsten einzufordern. „Nun Fürst, wie du siehst, habe ich Wort gehalten. Alles was dein war, ist nun mein", gab Rehan schon fast amüsiert von sich und warf das Schwert zu des Königs Füßen. „Niemals", kreischte Fürst Hilarius und zog ein Kurzschwert, das er in Gomberts Herz stoßen wollte. Rehan hatte keine Mühe, ihn daran zu hindern und ihm dieses aus der Hand zu nehmen. Er warf den Fürsten zu Boden und drohte ihm: „Schon vergessen, Hab und Gut geht an den Sieger! Solltest du ihm oder einem seiner Nächsten etwas antun, bringe ich dich ohne zu zögern um. Hast du mich verstanden?" „Nein, das lasse ich nicht zu! Dieser nichtsnutzige Sklave hat ihn gewinnen lassen. Mein König, ich verlange Genugtuung. Ihr wisst, dass ich eine lange Ahnenreihe nachweisen kann. Ihr könnt doch nicht zulassen, dass ein Einfacher solch kostbaren Boden sein eigen nennen kann, nur weil er denkt, ein Duell gewonnen zu haben. Ich wage sogar zu behaupten, dass die beiden gemeinsame Sache gemacht haben, um mich um das Erbe meiner Vorväter zu erleichtern", wendete sich der Fürst empört an den König, der seinerseits die Bedingungen des Zweikampfes nicht gutheißen wollte. „Nun Hilarius, Ihr habt übermütig gehandelt und Euren Besitz beinahe leichtfertig aufs Spiel gesetzt. Aber ich muss gestehen, dass der Kampf von vornherein nicht von angemessenem Niveau gekennzeichnet war. Wie sieht es denn aus, wenn Gemeine darüber entscheiden, welcher Adlige seinen Besitz behalten darf oder nicht. Natürlich wird Euer Vermögen nicht den Besitzer wechseln", antwortete der König arrogant und wurde von einem lauten Raunen der Menge unterbrochen. Rehan schaute sich um und war erleichtert, dass die Anwesenden endlich reagierten und für ihn Partei zu ergreifen schienen. Natürlich rechnete er nicht damit, dass sie es wirklich taten, aber allein die Tatsache, dass sie der Ansicht waren, dass ihm Unrecht getan wurde, beruhigte ihn. Auch sein Onkel schien sich wieder für ihn zu interessieren. Hrothgar starrte seinen Schwager ungläubig an, nicht verstehend, was er mit der Aktion bewirken wollte. Als Rehan den schadenfrohen Blick des Fürsten sah, konnte er nicht umhin, wenigstens seine Meinung zu äußern. „So viel dazu. Edelleute haben Reglements, denen sie sich verpflichtet fühlen. Eines davon ist die Vergnügungssucht dieser auserkorenen Schicht. Meine Damen, meine Herren, das Unterhaltungsprogramm ist an dieser Stelle beendet, und wir können uns wieder den wichtigen Dingen des Lebens zuwenden. Vielen Dank für Ihre Aufmerksamkeit!", gab Rehan von sich und erntete den missbilligenden Blick des Königs. Just in dem Moment, als dieser Rehan in seine Schranken weisen wollte, ertönte ein lauter und disharmonischer Laut, der an ein gepeinigtes Schreien erinnerte.

***

Noch ehe Rehan wusste, was er da gehört hatte, sah er den Ursprung des Lautes vor dem König landen. Er traute seinen Augen nicht, als diese ihm einen riesiges, an einen Greifvogel erinnerndes Wesen zeigten. „Was ist das?", fragte Rehan seinen Onkel. „Hyldgaard", war die kurze Antwort. Rehan wollte sich mit der unzureichenden Aussage nicht zufriedengeben. Nur eine Sekunde später packte er seinen Onkel an den Schultern und drehte ihn zu sich. Der bohrende Blick seines Neffen signalisierte ihm, dass er etwas ausführlicher werden musste. „Eine Harpyie, die einzige ihrer Art", fügt er hinzu und starrte gebannt auf das Wesen, das Rehan anvisiert hatte. Rehan wendete sich wieder der Harpyie zu und fragte sich im nächsten Moment, warum er im Spiegel die Silhouette einer uralten Frau anstelle der Harpyie sah. Auch sah er im Spiegel, dass die Tiere, die sich auf der Treppe vor dem König niedergelassen hatten, sich im nächsten Moment um die Harpyie versammelten. „Was läuft hier denn nur?", dachte Rehan noch, als er mit eigenen Augen mit ansehen konnte, wie die Harpyie sich vor jedermann in die uralte Frau verwandelte, die er schon im Spiegel gesehen hatte. Rehan hörte, wie die Menge angsterfüllt einatmete und einige Schritte nach hinten drängte. Als wollte sie so viel Distanz wie möglich zwischen sich und dem Furcht einflößenden Wesen schaffen. Die ural-

281

te Frau hingegen konnte ihren Blick nicht von Rehan wenden. Sie war fasziniert von dem, was sie wahrnehmen konnte. Von jenem Moment an, da sie Rehan zum ersten Mal gesehen hatte, war sie davon überzeugt, endlich den gefunden zu haben, nachdem sie ihr Leben lang gesucht hatte. „Ehrwürdige Hyldgaard, Ihr beehrt uns mit Eurer unvergleichlichen Anwesenheit?", stammelte der König und wartete auf die Reaktion der Uralten. Doch diese ließ auf sich warten. Sie ignorierte den König und ging stattdessen schnurstracks auf Rehan zu. Je näher sie kam, desto unruhiger wurde er und überlegte den Bruchteil einer Sekunde, ob sie ihm gefährlich werden konnte. Doch es dauerte nur einen Moment, bis er davon überzeugt war, dass sie ihm nichts anhaben konnte. Und auch nicht willens war, ihn anzugreifen. „Man nennt mich Hyldgaard, ehrwürdiger Rehan", sagte sie mit weicher, wenn auch leicht krächzender Stimme. „Sehr erfreut", entgegnete Rehan und schaute sie hochinteressiert an. Sie ließ ihren Blick abermals über seinen Körper wandern und wendete sich abrupt von ihm ab, sodass Rehan sie leicht verwirrt anschaute. „Steht die Alte etwa auf mich?", schoss es ihm durch den Kopf, ohne sie aus den Augen zu lassen. Hyldgaard schritt geradewegs auf den König zu und schaute ihn kritisch an. „König, Eure Vorgehensweise hat mich etwas verwirrt. Ihr seid ein weiser und gerechter Herrscher. Und dennoch verweigert Ihr einem aufrechten Mann den ehrlichen Sieg? Wenigstens solltet Ihr ihm einen Trostpreis lassen, um Eurem Ansehen keinen Schaden zukommen zu lassen", sprach sie zu ihm und schaute ihn eindringlich an. Der König rutschte unruhig auf seinem Thron hin und her und schluckte im ersten Moment schwer. Es ärgerte ihn, dass die uralte Frau ihm Vorschriften machen wollte, wie er sein Amt auszuüben hatte. Andererseits hatte er selbst schon an der Reaktion seiner adligen Gefolgschaft vernommen, dass er Versöhnendes einzuleiten hatte, um die Gunst seiner Unterstützer aufrechterhalten zu können. „Nun, ich wollte gerade dem Sieger dieses zugestehen, als ich von Eurer Ankunft abgelenkt worden bin", erwiderte er und versuchte dabei so charmant wie möglich auszusehen. Die Mensch gewordene Harpyie trat einen Schritt zurück und gab dem König mit einer Geste zu verstehen, dass sie ihm diesbezüglich nicht im Wege stehen wollte. Der König fühlte sich im Zugzwang und war in keiner Weise darüber erfreut, Rehan gegenüber Zugeständnisse machen zu müssen. „Auch wenn er meine Kinder gerettet hat, ist er es nicht wert. Jedermann, der in Kangar weilt, ist verpflichtet, sein Leben für die königliche Familie zu riskieren. Seine Respektlosigkeit soll ich auch noch belohnen. Sei froh, du anmaßendes Etwas, dass die Obere für dich spricht. Bei der nächsten Gelegenheit werde ich Hrothgar dazu zwingen, dich von meinem Hof zu entfernen", dachte der König noch, als er aufstand und an Rehan gewandt verkündete: „Ihr seid als Sieger in diesem Zweikampf hervorgegangen! Auch wenn der Fürst Euch zu diesem Duell aufgefordert und großzügig sein Hab und Gut als Gewinn eingesetzt hat, seid Ihr als Nichtadliger nicht berechtigt, die gesamte Beute einzufordern. An dieser Stelle muss ich aber auch zugeben, dass die Worte hinsichtlich eines möglichen Paktes mich nachdenklich gestimmt haben. Da ich aber keinen Beweis für des Fürsten Vermutung habe, will ich Euch wenigstens einen partiellen Gewinn von seinem Vermögen zugestehen, um ihn an dieser Stelle daran zu erinnern, nicht unbedacht mit dem Erbe seiner Vorväter umzugehen. Nun Rehan, nennt Euren Preis." Rehan war im ersten Moment erstaunt über die Worte des Königs, aber nur eine Sekunde später schon davon überzeugt, dass er kein Wort ernst gemeint hatte. Er war sich sicher, dass der König nur so reagierte, weil die Harpyie ihn unmittelbar vor allen Anwesenden dazu gezwungen hatte. Er riskierte einen Blick auf den Fürsten und sah dessen entsetzten Blick. Er musste nicht lange nachdenken, bis er sich hundertprozentig sicher war, auf den Teilgewinn aus dem fürstlichen Hab und Gut verzichten zu müssen. Auch wenn er der Ansicht war, dass Hilarius einer Belehrung bedurfte, wusste Rehan, dass er mit einer Forderung nach dem Besitz des Fürsten nur noch mehr Hass und Missgunst, wenn nicht sogar eine blutrünstige Fehde auf sich ziehen würde. Plötzlich hatte er eine Idee, an dessen Realisierung er keinen Zweifel hatte. „Der einzige Preis, der als Ausgleich für den entgangenen Gewinn würdig erscheint, ist die Gesamtzahl der unfreien Gefolgschaft des Fürsten, somit die komplette Anzahl ihrer Angehörigen, also alle vom Neugeborenen bis hin zum Greis. Allen voran Gombert und seine Familie", antwortete Rehan und schaute zu dem hoch gewachsenen Blonden, der die Augen weit aufgerissen hatte und seinen Ohren nicht zu trauen schien. „Niemals meine Sklaven, das wären ja Hunderte, die auf den Feldern fehlen würden", schrie der Fürst aus voller Kehle und verstummte im nächsten Moment, als er Hyldgaards Blick auf sich spürte. „Wieso denn, ich will ja nichts von seinem Geld, das er ebenfalls eingesetzt hatte? Und außerdem hatte ich ihm mehrmals die Option eingeräumt, sich von seinem Vorhaben zurückzuziehen. Das können hier alle bezeugen. Nun Fürst, zu feige, zum eigenen Wort zu stehen?", brachte sich Rehan ein und ließ den Fürsten nicht aus den Augen. Er spähte kurz zu Gombert hinüber und hatte mit einem Male das Gefühl, wenigstens zum Teil Gerechtigkeit errungen zu haben, wenn auch nicht für sich, dafür aber für Menschen wie Gombert. „Nun, das ist ein interessanter Wunsch! Was wollt Ihr mit so vielen Mäulern machen, wie sie ernähren?", meinte der König zu Rehan und wartete gespannt auf seine Reaktion. „Zerbrecht Euch nicht meinen Kopf", antwortete Rehan gelassen und beobachtete seinen Onkel aus den Augenwinkeln, der seinem Neffen sofort zustimmend zuzwinkerte. „Der ganze Hofstaat und das ganze Land sollen wissen, alle Unfreien des Fürsten, egal welcher Generation sie angehören mögen, wandern in den Besitz unseres Gastes Rehan, dem ich die Rettung meiner Kinder verdanke. Auch wenn ich Rehans Wunsch etwas erstaunlich finde, muss ich gestehen, Ihr, mein Fürst, seid noch einmal mit einem blauen Auge davongekommen. Ebenso muss ich an dieser Stelle zugeben, dass ich es nicht zugelassen hätte, dass auch nur ein Zentimeter kangarischen Bodens an einen Ausländer übergeht. Ungeachtet dessen, dass der Fürst seinen Grund und Boden vor unser allen Augen so leichtfertig aufs Spiel gesetzt hat. Das Andenken seiner, unserer aller Ahnen darf und will ich nicht verunreinigen, daher entscheide ich, dass es von nun an verboten ist, bei einer Fehde mit einem Ausländer das eigene Hab und Gut als Gewinn einzusetzen", erklärte der König und versuchte dabei tunlichst, Rehan nicht anzuschauen. Ein Raunen machte sich breit und der König blickte selbstzufrieden drein. „Aber woher soll ich jetzt die ganzen Arbeiter kriegen, die mir das Land bestellen sollen. Ich protestiere gegen Eure Entscheidung. Ich will meine Sklaven zurück", gab der Fürst flehentlich von sich, bevor ihn der zornige Blick des Königs traf und er klein beigab. Der König blickte unversehens zu Rehan und wartete auf dessen Reaktion, ob er mit der Entscheidung leben konnte. „Was für ein Arsch!", dachte Rehan und nickte ihm, als Zeichen seiner Akzeptanz, kurz zu und schaute zu der Menge der Anwesenden, die zum Teil befriedigt wirkten. „So soll es sein! Minister setzt unverzüglich die Dokumente auf!", gab der König laut und deutlich von sich und machte dem Fürsten gleichzeitig mit den Augen unmissverständlich klar, dass er in Zukunft bedachter agieren sollte und mit der gegenwärtigen Lösung noch gut bedient sei. Der König wendete sich wieder der uralten Frau zu und bat sie auf dem Stuhl neben ihm Platz zu nehmen und von den neuesten Ereignissen zu berichten. Gombert fühlte sich wie in Trance, als Rehan währenddessen auf ihn zuging. Seine Gedanken kreisten eben noch um die Worte des Königs, als sein neuer junger Herr auf ihn zukam, statt ihn zu sich zu rufen. „Hör zu. Beeil dich und stelle mit dem Minister eine Liste derjenigen zusammen, die Hilarius als Unfreie gebrandmarkt hat. Ich traue diesem Kerl nicht. Des Weiteren will ich, dass du alle zusammentrommelst und vor den Toren der Hauptstadt versammelst. Gib mir Bescheid, sobald ihr vollzählig seid. Von hier aus werden wir alles Weitere veranlassen", sprach Rehan leise zu Gombert und wollte ihn schon wegschicken, als dieser Anstalten machte, etwas zu sagen. „Was wird mit uns geschehen?", wollte Gombert wissen und hoffte darauf, dass die Empörtheit Rehans dem Sklaventum gegenüber nicht gespielt war. „Das lass mal meine Sorge sein. Was ihr wissen müsst ist, dass ich nichts von Sklaverei halte – von nun an seid ihr alle frei. Ich werde eure Papiere fertigstellen lassen. Wer gegen Bezahlung arbeiten will, kann mit mir gehen. Wer sich anderweitig versorgen kann, auch gut! Wir finden schon einen Weg, der euch alles erleichtern wird", antwortete er und drängte ihn, endlich aufzubrechen. Gombert, von der Aussicht auf ein freies Leben beflügelt, eilte sich, um aus dem Audienzsaal zu kommen. Rehan sah den Blick des Fürsten, den er Gombert folgen ließ, und konnte in Hilarius Miene ohne Schwierigkeiten lesen, dass ihm ein schlechter Gedanke durch den Kopf schwirrte. Als er ein hinterhältiges Schmunzeln ausmachen konnte, ging Rehan auf den Fürsten zu und reichte ihm zur Versöhnung die Hand, die dieser vorerst ablehnte. Doch ein Blick des Königs, aber auch der der Harpyie zwangen ihn dazu, wenn auch widerwillig, die versöhnlich gereichte Hand entgegenzunehmen. Rehan nutzte die Möglichkeit und flüsterte dem Fürsten mit einem Lächeln auf den Lippen zu: „Sollte Gombert oder einem der anderen Unfreien etwas zustoßen, das unnatürlichen Ursprungs ist, ein zufälliger Unfall oder offensichtlicher Mord, bringe ich dich um, ohne zu fragen, ob du deine Finger im Spiel hattest – hast du mich verstanden?" Der Fürst schaute im ersten Moment so überrascht, als wäre er bei seinem Gedanken erwischt worden, dass er glaubte, sich verhört zu haben. Doch der eiskalte Blick, den er in Rehans Augen sah, mahnte ihn, künftig mehr Vorsicht walten zu lassen. Erst jetzt, in diesem Moment, merkte Fürst Hilarius, dass er Rehan vollends unterschätzt hatte und sich vor ihm in Acht nehmen musste. „Der einzige Weg, der jetzt noch gangbar erscheint, um diesen Rehan aus dem Weg zu räumen, ist ein Bündnis mit den Abtrünnigen. Irgendwann wird alles mein sein! Irgendwann wird das ganze Land mir gehören! Irgendwann wird jeder vor mir zittern und alles tun, um es mir so angenehm wie möglich zu machen! Irgendwann werden sie alle meine Sklaven, meine Untertanen sein und mir zu

Füßen liegen!", dachte der Fürst, der auf einmal seinerseits lächelte und Rehan zunickte. Doch nicht nur Rehan war alarmiert und davon überzeugt, dass der Fürst bereits seinen nächsten Plan geschmiedet hatte. Auch Hrothgar, die königliche Familie und auch der Großteil der Anwesenden waren sich sicher, in Bezug auf den Fürsten in Zukunft wachsamer sein zu müssen.

19

„Nun, es scheint alles geklärt zu sein, womit wir uns den wirklich wichtigen Tatbeständen widmen können. Ehrwürdige Hyldgaard, was verschafft uns die Ehre Eurer Anwesenheit?", wollte der König von der Harpyie im nächsten Moment wissen. Diese atmete tief durch und zog nur einen Wimpernschlag später eine Pergamentrolle aus ihren Gewändern. Als sie diese vorsichtig aufrollte, war sich Rehan mit einem Male sicher, das sagenumwobene Schriftstück vor sich zu haben. Urplötzlich war er erleichtert, nicht erst zu einem späteren Zeitpunkt über den Inhalt aufgeklärt zu werden. Vielmehr versetzte es ihn in Aufregung, dass er nun die Möglichkeit hatte, einen Blick in dieses zu werfen. Und diese Chance wollte er sich nicht entgehen lassen. Er machte unbewusst einen Schritt auf den Thron zu. Doch Hrothgar hielt ihn zurück und bat ihn, sich etwas zu gedulden. „Ich habe dieses Pergament tagelang studiert und versucht, dem Entzifferten einen Sinn beizumessen. Ich habe unzählige Jahre hinter mir und kenne fast jede Mundart, die in diesem Universum zu Hause ist. Aber mein König, ich muss zu meiner Schande gestehen, dass in dieser Rolle zu vieles in einer Sprache festgehalten worden ist, die ich trotz ausgiebiger Studien nicht handhaben kann. Und das Wenige, das ich übersetzen konnte, ist zu vage, um etwas darauf aufbauen zu können. Ich bin gekommen, weil ich gehört habe, Hothan der Weise verweile derzeit hier. Vielleicht gelingt uns gemeinsam, was mir alleine misslungen ist", bekannte die Harpyie und schaute hoffnungsvoll zu Hothan, der sich nicht zweimal bitten ließ. Rehan war innerlich schockiert, konnte es aber sehr gut verbergen. Es war noch nicht einmal seinem Onkel aufgefallen, dass Rehan die Aktion der Uralten missbilligte. Rehan überlegte, ob Hyldgaard nur vorgab, auf Hilfe angewiesen zu sein, oder ob sie wirklich unterlegen war. Doch bevor er darauf eine Antwort finden konnte, beendete der

König die unplanmäßige Sitzung und schickte den Großteil der Anwesenden hinaus, mit dem Hinweis, diese unverzüglich informieren zu wollen, wenn sie Fortschritte erkennen würden. Rehan war sich zwar sicher, dass seine Anwesenheit erwünscht war, wollte es aber aus dem Munde des Königs hören und machte aus diesem Grunde Anstalten, den Audienzsaal zu verlassen. Nicht nur die Hand seines Onkels, die ihn am Oberarm festhielt und somit am Gehen hinderte, sondern auch der unverzüglich geäußerte Wunsch der Harpyie, er müsse bleiben, zwangen den König dazu, Rehan zu bitten, dem Kreis der Privilegierten beizutreten. Einerseits war Rehan froh darüber, dass er bleiben durfte, um einen Blick auf das Schriftstück zu werfen, andererseits wurmte es ihn, dass der König ihn nicht aus freien Stücken aufgefordert hatte, sondern hierzu genötigt worden war. Rehan spürte sofort, dass sein erster Eindruck wieder Oberhand gewonnen hatte und die Tatsache, dass er mit dem König, wenn auch nur entfernt, blutsverwandt war, nichts ändern würde: Rehan mochte ihn einfach nicht. Doch in diesem Moment waren seine Empfindungen für ihn zweitrangig. Zum jetzigen Zeitpunkt wollte er nur wissen, welcher Inhalt auf der Pergamentrolle verfasst worden war. Tief in seinem Innersten wusste er, dass sein künftiges Dasein mit dem Schriftstück in Verbindung stand. „In welcher Form, vermag ich noch nicht zu sagen, dazu müsste ich das Ding erst einmal in die Hände bekommen", dachte er und war davon überzeugt, die Rolle lesen zu können. „Schließlich habe ich seit Neuestem ein riesiges Talent für neue Sprachen entwickelt", beendete er seinen Gedanken und beobachtete, wie Hyldgaard Hothan die Rolle übergab. Erst als die Türen erneut geschlossen worden waren, bat der König die Verbliebenen näherzutreten, um die entstandene Problematik in näheren Kreis erörtern zu können. Hothan setzte sich auf die Treppe zum Thron, zu Füßen des Königs und Hyldgaard, die auf dem Thronsessel der Königin Platz genommen hatte. Er strich die Pergamentrolle auf dem Boden ganz vorsichtig glatt und atmete tief ein. Das Ausatmen war nach Rehans Ansicht mehr als bühnenreif, dass es schon fast übertrieben wirkte. Daher konnte Rehan nicht anders, als leicht genervt mit den Augen zu rollen. „Ich werde natürlich einige Zeit brauchen, um mich dem ausführlichen Studium dieser Rolle widmen zu können. Aber gegenwärtig müsste es reichen, darüberzulesen und zu versuchen, so viel wie möglich zu entziffern", gab Hothan von sich und beugte sich über das Schriftstück. Eine unerträgliche Stille des Wartens trat ein. Die Anwesenden wurden mit jeder Sekunde, die Hothan länger brauchte, ungeduldiger. Sogar die Harpyie fing an, auf ihrem Sitz unruhig zu werden. Rehan war fasziniert von dem Schauspiel, das ihm geboten wurde. Er hatte vom ersten Moment an, da Hothan die Pergamentrolle überflogen hatte, sicher gewusst, dass dieser nicht mehr von sich geben würde, als das, was allgemein bekannt war. Und daher wartete er geduldig darauf, dass der Weise erste Reaktionen zeigte. „Nach der ersten kurzzeitigen Betrachtung kann ich nur sagen, dass ich einiges dechiffrieren konnte", begann er, hielt kurz inne und schaute den König so theatralisch an, dass Rehan beinahe lauthals losgelacht hätte. Rehan riss sich gerade noch rechtzeitig zusammen und tat so, als würde er sich auf Hothan konzentrieren, ließ dabei aber die Harpyie nicht aus den Augen. Diese hatte sich interessiert nach vorne gebeugt, um den Worten des Weisen zu lauschen. Hothan schien in seiner Rolle regelrecht aufzugehen, sodass Rehan schon beinahe etwas Mitleid mit ihm bekam. „Wenn jemand so etwas nötig hat, hat er wohl in seinem bisherigen Leben nicht viel Aufmerksamkeit bekommen", überlegte er noch, bevor er sich erneut dazu zwingen musste, sich zu konzentrieren und seine Gedanken nicht abschweifen zu lassen.

***

„Soweit ich das in der Kürze der Zeit entziffern konnte, steht hier, dass es zwei parallele Welten gibt und zwischen ihnen ein künstlicher Übergang geschaffen werden kann. Außerdem habe ich hier und da Teile der Anweisungen enträtseln können, wie die Wanderung in die andere Welt vollzogen werden kann. Ferner steht hier, dass der Übergang zeitlich begrenzt ist und besonderer Energieformen bedarf. Auch ist von gewissen Auserwählten die Sprache, die ohne zusätzliche Vorkehrungen durch das goldene Tor gehen könnten. Am Ende ist noch die Rede von Lebewesen, die während der Sonnenfinsternis geboren worden sind und das Schicksal beeinflussen werden", erzählte Hothan und wirkte mit einem Male, als wäre er außer Puste. Ein Schweigen trat ein, das aber nicht lange währte. „Aber das ist uns allen schon bekannt. Ist denn nichts Neues dabei, was ihr habt entschlüsseln können?", wollte der König enttäuscht wissen. Hothan der Weise tat unverhofft so beleidigt, dass der König sich gezwungen fühlte, sich bei ihm für seine ungeduldige Äußerung zu entschuldigen. Rehan schaute sich im Kreise der Vertrauten um und sah eine Vielzahl desillusionierter Gesichter. Als er den Blick des Grafen Ardahan in der Menge traf, wendete sich dieser so abrupt ab, dass Rehan das Gefühl hatte, von diesem die ganze Zeit beobachtet worden zu sein. „Merkwürdiger Vogel", schoss es ihm durch den Kopf, als er den Blick noch eine kurze Zeit auf dem Grafen verweilen ließ und sich dann urplötzlich an den König wandte. „Verzeiht meine aufdringliche Art, verehrter König, verehrte Hyldgaard, aber wäre es zu vermessen, darum zu bitten, ebenfalls einen Blick auf das Schriftstück werfen zu dürfen. Ihr müsst wissen, ich habe ein gewisses Talent für Sprachen. Vielleicht kann ich Euch allen etwas dienlich sein. Schließlich habt Ihr Euch vorhin auch für mein Recht eingesetzt", meinte Rehan und bedauerte den schleimigen Unterton in seiner Stimme. Aber er wusste sich nicht anders zu behelfen, als den Entscheidungsträgern Honig ums Maul zu schmieren. „Glaubt Ihr mehr lesen zu können? Ihr, ein einfacher Mann mit unpassendem Namen", rutschte es Hothan heraus. „Na, Na, Na! Kein Grund beleidigend zu werden. Ich habe nur gefragt, ob ich mal darüberlesen kann. Hin und wieder kann ein Außenstehender hilfreicher sein als mancher Involvierte!", konterte Rehan und war innerlich gerüstet, den nächsten Kampf austragen zu müssen. „Das ist eine wunderbare Idee", befürwortete die Harpyie und stieß Hothan beiseite. Sie bat Rehan zu sich, der anfangs noch zögerte, da er das Einverständnis des Königs noch nicht hatte. Doch als dieser ihm zunickte, eilte er auf die Uralte zu und nahm ihr das Pergament aus der Hand. Er las umgehend quer und war sich sicher, dass Hothan kein Wort auf dem Schriftstück gelesen oder gar verstanden hatte. Um sicher zu sein, las er den Inhalt erneut, dieses Mal aber langsamer und aufmerksamer. Er hob den Kopf und schaute der gespannten Menge ins Antlitz. Rehan blickte die Harpyie und den König an und verzog dabei das Gesicht. „Na, haben wir uns etwa zu weit aus dem Fenster gelehnt", wollte Hothan wissen und fing an zu lachen. Hilarius ließ es sich nicht nehmen, in das Gelächter einzufallen. Doch Rehan ließ sich von der Schadenfreude der beiden Männer nicht aus der Ruhe bringen und atmete tief durch. „Tja, wie soll ich es nur sagen? König, Hyldgaard, hier stehen einige Sachen drin, die meines Erachtens recht brisant erscheinen. Daher bin ich mir nicht sicher, ob es erwünscht ist, dass alle Anwesenden hiervon erfahren", gab Rehan gelassen von sich und wartete ab, wie vor allem der König reagieren würde. Am Blick der Harpyie hatte er bereits erkannt, dass sie Hothan nur Teil eines Schauspiels hatte werden lassen, um seinen Kenntnisstand zu testen. Und doch war er sich nicht sicher, ob sie über den Inhalt der Rolle Bescheid wusste. Die beiden lachenden Männer hatten urplötzlich eingehalten und schauten einander irritiert an. „Was soll das heißen?" stammelte Fürst Hilarius. „Ihr habt alles verstanden, was da niedergeschrieben ist?", wollte Hothan der Weise wissen, ohne Rehan die Möglichkeit zu geben, auf den Fürsten reagieren zu können. Der ungläubige Blick des vermeintlich Weisen hätte Rehan beinahe schmunzeln lassen. Bereits im nächsten Moment besann er sich auf das augenblicklich Wichtige und entschied, gelassen zu reagieren. „Warum sonst sollte ein hochangesehener Mann wie Meister Hrothgar mit einem Mann wie mir durch die Lande streifen, wenn er keinen Nutzen von meinen Fähigkeiten hätte. Ich bin vieler Sprachen kundig und somit sein

292

Sprachrohr in fremden Ländern", antwortete Rehan und verneigte sich leicht vor seinem vermeintlichen Herren. Hrothgar war im ersten Moment baff, mit welcher Dreistigkeit sein Neffe sich aus der prekären Lage zu manövrieren schien, aber schon im nächsten Augenblick stolz auf Rehans Schlagfertigkeit. Der König hingegen war verwirrt und war sich nicht sicher, was er tun sollte. Er blickte fragend zu der Uralten und wartete auf ihre Antwort. „Nun, mein König, der ehrwürdige Rehan hat recht. Auch ich bin zu der Einsicht gelangt, dass der Inhalt nicht für jedermanns Ohren bestimmt ist, und ersuche Euch, den Kreis der Vertrauten enger zu ziehen. Solltet Ihr aber davon überzeugt sein, dass alle Anwesenden in Kenntnis gesetzt werden müssen, so denke ich, ist die Verantwortung von meinen und auch von Rehans Schultern genommen, und wir können gemeinsam Bericht erstatten", sagte Hyldgaard bedächtig und mahnte den König mit ihren Augen auf ihren Vorschlag einzugehen und sich von den überflüssigen Vertrauten zu trennen. „Dann habt Ihr alles entziffern können?", wollte König Ragnar von der Harpyie wissen. Diese nickte selbstzufrieden und erwiderte: „Wenn auch nicht so schnell wie der ehrwürdige Rehan, aber ja, ich kenne den Inhalt des Schriftstücks." „Was heißt denn hier ehrwürdig?", warf Hothan der Weise scharf dazwischen und war verärgert, von der Uralten so vorgeführt worden zu sein. „Ihr kennt ihn doch gar nicht! Und sein Wort hat mehr Gewicht als meines? Hyldgaard, ich bin entrüstet, das Ihr Eure Unkenntnis so verleumdet. Ihr habt noch vor wenigen Minuten selbst geäußert, dass die Sprache der Rolle Euch fremd ist und Ihr meine Hilfe benötigen würdet. Was soll ich von diesem Spiel halten? Ihr wollt alle rausschicken, um dem König Flausen in den Kopf zu setzen. Dagegen wehre ich mich entschieden! Vielleicht ist jenes Sprachgenie ein Magier, der Euch alle in seinen Bann genommen hat? Möglicherweise gelüstet es ihn nach der Herrschaft in Kangar, und er ebnet sich so seinen Weg an die Spitze?", gab Hothan fast schon kreischend von sich. „Du solltest nicht von dir auf andere schließen", konterte Rehan und bedauerte schon in der nächsten Sekunde, wieder einen Streit vom Zaun ge-brochen zu haben. Und es schien, als hätte Hothan nur darauf ge-wartet. „Ich verlange Genugtuung", meinte Hothan so unverhofft, dass Rehan schon aufstöhnte. „Das war ja klar! Mann, hier kann man aber auch keinem einen Hauch seiner Meinung sagen, ohne irgendein Duell austragen zu müssen", dachte er, als er den fast schon wilden Blick des Weisen sah. „Ich kämpfe nur, wenn ein or-dentlicher Gewinn in Aussicht ist. Sonst ist die Sache nicht die Mühe wert", erwiderte Rehan gelassen, fast schon mit einem Lä-cheln auf den Lippen. Hrothgar konnte nicht umhin, seinem Neffen seinen Ellbogen in die Rippen zu stoßen, damit sich dieser endlich am Riemen riss. „Was denn, er hat doch angefangen! Die Menschen hier sind extrem dünnhäutig, muss ich sagen", entgegnete Rehan und wappnete sich innerlich gegen den nächsten Kampf. Nicht nur der König, auch die restlichen Anwesenden wussten nicht so recht, was sie von der neuen Lage halten sollten. War der Fremde zu toll-kühn oder einfach nur lebensmüde, da er sich ständig lebensbe-drohlichen Situationen aussetzte? Der König brauchte zwar einige Momente, um sich wieder fangen zu können, konnte aber auch nicht leugnen, dass er verwirrt war und nicht wusste, was er von Hothans Reaktion halten sollte. „Einerseits hatte er bisher immer Weisheit ausgestrahlt, aber andererseits, ihn in einer solchen Situa-tion zu erleben, in der er sich offensichtlich bedroht fühlt, ist äu-ßerst untypisch. Irgendetwas stimmt nicht", überlegte er, während er Hothan kritisch ansah. „Aber wenn ich zulasse, dass Rehan er-neut ein Duell austrägt, laufe ich Gefahr, sein Wissen zu verlieren. Dennoch habe ich die Harpyie, die den Inhalt ebenfalls zu kennen scheint. Doch kann ich ihren Worten glauben? Vielleicht gibt sie nur vor, den Inhalt zu kennen, um vor Rehan das Gesicht zu wah-ren. Allerdings besteht auch die Option, dass Rehan lügt und uns nur glauben lassen will, dass er etwas Wichtiges weiß", fuhr er in Gedanken fort und entschied sich nur einen Augenblick später, dem Duell stattzugeben. „Nun Hothan, es ist Euer Recht, Genugtuung zu verlangen. So soll es sein!", gab der König zur Überraschung der Anwesenden von sich. Selbst Hyldgaard blickte verdattert drein. Doch Rehan hatte es nicht anders erwartet und dachte: „Der Alte will mich loswerden, das ist klar. Wenn der wüsste, wen er vor sich hat, würde er vielleicht anders reagieren? Vielleicht? Vielleicht auch nicht! Dem werde ich einen Strich durch die Rechnung machen", schoss es Rehan durch den Kopf, und er blickte leicht enttäuscht zu seinem Onkel, der die Hände über dem Kopf zusammengeschlagen hatte. Rehan übergab die Rolle der Harpyie und meinte zu Hothan, in einem übertrieben ruhigen Ton: „Was ich vorhin an den Fürsten richtete, gilt auch für dich. Ich kämpfe nicht gegen alte Männer, aber ich hacke dir die Hand ab, solltest du nach meinem Leben trachten!" „Im Gegensatz zum Fürsten bin ich freilich bestens in der Lage, mich selbst zu verteidigen. Ich bin ein hoher Meister des Schwertkampfes. Meine Gegner winselten stets binnen wenigster Sekunden, dass ich sie schneller tödlich verwundete, als das Gift einer Kobra Wirkung zeigte", protzte Hothan der Weise und stolzierte einige Meter vom Thron weg. Rehan konnte nicht mehr anders, als seinem aufgestauten Lachreiz nachzugeben und laut loszulachen. Er setzte sich auf die Treppe und meinte dann gelöst: „Na, da kommt es ja auf die Kobra an, oder? Es gibt ja bekanntlich einige Arten, bei denen das Gift schon nach einigen Sekunden wirkt. Bei anderen dauert es Stunden. Einige sind noch nicht mal tödlich. Der Vergleich hinkt etwas! Wenn, dann muss es heißen, ich verwunde meinen Gegner schneller, als eine Kobra zubeißen kann! Damit kann man versuchen, den Gegner zu beeindrucken."

***

Augenblicklich hatte Hothan ein schmales und scharfes Schwert gezogen und fuchtelte damit vor Rehan herum. Dieser stand langsam auf und schaute den König fragend an. Dieser war irritiert, von Rehans fragendem Blick so durchbohrt zu werden, schaute über ihn hinweg und wies Hothan an, darauf zu warten, bis auch Rehan eine vergleichbare Waffe bekommen würde. „Wenn ich diesen Kampf in wenigen Minuten beendet haben werde, werde ich ohne ein weiteres Wort zu verlieren gehen. Im Klartext heißt das, der Inhalt der Pergamentrolle wird nicht über meine Zunge verkündet werden", sagte Rehan und ließ dabei den König nicht aus den Augen. Dieser schluckte im ersten Moment schwer und überlegte, ob er falsch gehandelt hatte, kam aber schon in der nächsten Sekunde zu der Überzeugung, dass er sich nichts vorzuwerfen hatte. „Es ist Euer loses Mundwerk, das Euch in solche Duelle schlittern lässt. Vielleicht solltet ihr Euch künftig etwas zurückhalten und nachdenken, bevor Ihr den Mund aufmacht, anstatt mich unter Druck setzen zu wollen", erwiderte der König und trotzte dem Widerstand, der sich aus den Reihen der Anwesenden entwickelte. Er winkte alles ab und befahl Ruhe, um das bevorstehende Duell stattfinden zu lassen. Rehan schüttelte verständnislos den Kopf und wunderte sich ein weiteres Mal über die Tatsache, mit dem König verwandt zu sein. Doch mit diesem Gedanken wollte er sich nicht auseinandersetzen, nicht zum jetzigen Zeitpunkt. Jetzt galt es für ihn erst einmal, Hothan außer Gefecht zu setzen. Von diesem vermeintlichen Weisen ging ihm zu viel Gefahr aus, als das er ihn weiterleben lassen würde. Daher hatte er für sich, vom ersten Moment an, da er ihm zum ersten Mal begegnet war, beschlossen, ihn auszuschalten. Er konnte das Böse um Hothan herum förmlich spüren, seine schlechte Aura nahezu sehen. Daher würde er auch kein schlechtes Gewissen haben, wenn er ihn zur Strecke gebracht hätte. Rehan hatte darauf bestanden, statt einem Schwert den mit Edelsteinen besetzten Dolch des Königs zu erhalten, mit dem der König ihn im Schlafgemach der Königinmutter bedroht hatte. Wenn auch anfangs widerstrebend, willigte der König nach einigen Sekunden ein und ließ das Duell beginnen. Wie bereits bei Gombert ließ Rehan sich Zeit, den Kampfstil seines Gegners zu eruieren. Auch wenn Hothan etwas wendiger und kampferprobter mit dem Schwert umging, hatte Rehan ihn eine knappe Minute später so unter Kontrolle, dass er ihm mit Leichtigkeit das Schwert aus der Hand schlagen konnte. Die Menge war höchst erstaunt über die Fähigkeiten des Fremden, und nicht wenige fragten sich, ob es überhaupt irgendwer irgendwann mit ihm würde aufnehmen können. Rehan wendete sich von dem entwaffneten Hothan ab und ging auf den König zu, um ihm dessen Dolch wieder zurückzugeben. Gerade als der König das Duell für beendet erklären wollte, warf Hilarius Hothan ein Kurzschwert zu, der es ohne zu zögern auffing und damit auf Rehan zueilte, um es ihm in den Rücken zu stoßen. Doch sein Ziel war ein anderes. Noch ehe irgendeiner reagieren und somit Rehan warnen konnte, drehte sich dieser flugs um und stieß dem Weisen den Dolch in die Hauptschlagader, tief in den Hals. Hothan strauchelte nach hinten und fiel dann auf die Knie, wo er letztmalig Rehan einen fassungslosen Blick zuwarf. Erst im Angesicht des Todes erkannte Hothan, dass Rehan von seiner wahren Existenz wusste. Nur einen Augenblick später fiel er vornüber und war tot. Rehan zuckte mit den Schultern, als ihn der König entsetzt anstarrte, und ging wortlos zu Hilarius hinüber, der zusammenzuckte, als dieser vor ihm zu stehen kam. „Wenn du jemals wieder eine solch linke Nummer abziehst, bringe ich dich um. Du siehst die Liste mit den Sachen, die du um deiner Gesundheit willen nicht tun solltest, wird immer länger. Also wenn du noch etwas leben willst, bleibe mir fern", zischte Rehan den Fürsten an und wendete sich wieder dem Thron zu. „Ihr habt ihn getötet", gab der König in einem Ton von sich, als würde er seinen Augen nicht trauen wollen. Rehan, der vorher noch gesagt hatte, dass er ohne einen Ton zu verlieren gehen würde, wollte den Moment nicht so verstreichen lassen. Er hatte das Gefühl, seinem Ärger etwas freien Lauf lassen zu müssen. „Oh, galten für dieses Duell etwa andere Regeln?" meinte er mit gespielter Verwunderung. Als er die Gesichter der Anwesenden sah, erkannte er, dass er sich auf sehr dünnem Eis befand und seine weiteren Worte bedacht wählen musste. „Weißt du was, König, du hast keinen blassen Schimmer, mit wem du dich verbündet hast! Menschen, die dir nichts Böses wollen, bestrafst du mit Verachtung und lässt andere die Arbeit erledigen, die du am liebsten selbst tun würdest, aber wegen deines Amtes nicht machen darfst – wenigstens nicht so offensichtlich machen darfst. Ich weiß, dass du mich nicht leiden kannst und dass ich hier nur geduldet bin, weil dein Schwager mich mitgeschleppt hat und ja, weil ich auch zufällig deine Kinder gerettet habe. An dieser Stelle sei gesagt, dass ich in wenigen Minuten nicht mehr unter deinem Dach weilen werde. Aber eines noch, bevor ich gehe. Dieser Hothan wollte primär nicht meinen Tod, sondern deinen. Es ist dir wohl entgangen, dass er ständig versucht hat, mich in deine Richtung zu drängen, um es wie einen Unfall aussehen zu lassen. Hätte er dich erwischt, wäre meine Hinrichtung nur eine Frage der Zeit gewesen. Er trachtet schon länger nach deinem Leben. Woher ich das weiß? Dieser Kerl ist in Wahrheit kein Weiser, der in einem besonderen Spiegel Feinde erkennen will, sondern eine Schlange! Eine Kobra, die sich in einen Menschen verwandeln kann. Woher ich das weiß? Ich habe seine Verwandlung im Hafen gesehen, während ihr alle blind nach einer schwarzen Kobra gesucht habt. Er war die Kobra, die sich in der Sitzbank versteckt hatte", sagte er in einem fast schon vorwurfsvollen Ton und blickte zu Hothan, der sich just in diesem Moment in eine schwarze Kobra verwandelte.

20

Der Schock saß tief. Keiner regte sich. Es war, als wären allen mit einem Male die Augen geöffnet worden. Rehan schaute sich kopfschüttelnd in der Menge um und setzte sich bereits in der nächsten Sekunde in Richtung Ausgang in Bewegung. „Wohin gehst du?", fragte Hrothgar und stellte sich ihm in den Weg. „Ich habe doch gesagt, dass ich gehen werde. Ich bleibe nicht in einem rückschrittlichen Land, in dem Sklaverei geduldet und im regelmäßigen Rhythmus mein Dasein in Frage gestellt wird", antwortete Rehan und trat einen Schritt zur Seite, um an seinem Onkel vorbeigehen zu können. „Du kannst nicht gehen", konterte Hrothgar und überlegte fieberhaft, wie er den jungen Mann zum Bleiben überreden konnte. Er war sich zwar sicher, dass er kein Glück haben würde, aber er musste es wenigstens versuchen, um seiner Nichte willen. Geringstenfalls hoffte Hrothgar, ein wenig Zeit gewinnen zu können. Zeit, die er brauchen würde, um einen seiner Männer so zu instruieren, dass dieser seinem vermeintlichen Neffen wie ein unauffälliger Schatten folgen konnte. In der Hoffnung, so den Aufenthaltsort seiner Nichte zu finden. Hrothgar konnte es sich nicht erklären, aber er war sich seit jener Sekunde, in der der junge Mann die Schriftrolle in die Hände genommen hatte, mehr als sicher, dass er nicht die männliche Version seiner Nichte vor sich hatte. Er konnte mit Bestimmtheit sagen, dass kein lebendes Wesen imstande wäre, den Inhalt des altehrwürdigen Pergaments zu lesen. Schließlich hatte auch er es versucht, erfolglos. Es erzürnte ihn, dass er nicht aufmerksamer gewesen war und sich nicht gewundert hatte, dass sein vermeintlicher Neffe ohne jegliche Verständigungsprobleme bis in die Hauptstadt Kangars gelangt war. Noch ehe er einen weiteren Gedanken verschwenden konnte, hörte er die Stimme seines Königs. „Bitte bleibt", hörte auch Rehan die Stimme des

Königs, die fast schon flehentlich wirkte. Rehan war sich dessen gewiss, dass der König nicht darum bat, weil er ihn gerne um sich gehabt hätte, sondern weil er Rehans Wissen und Können nicht gehen lassen wollte. Rehan drehte sich um und meinte gelassen: „Zu spät, daran hättest du vorhin denken müssen." „Dann geh doch dahin, wo der Pfeffer wächst", erwiderte der König erbost. Rehan konnte nicht umhin, den Kopf zu schütteln, und wendete sich dem Ausgang zu. Während er das tat, streifte sein Blick den des Fürsten, der in sich hineinzuschmunzeln schien. „Ich komme nicht wieder", rief er dem König noch zu und ging auf die Ausgangstür zu. „Ich lasse dich nicht gehen", kreischte die Großmutter ihm hinterher, die bis dahin stille Beobachterin gewesen war. Mit einem Male ruhten alle Augenpaare auf ihr. Doch Rehan interessierte sich nicht dafür. Er wollte sich nicht bevormunden und wie ein kleines Kind behandeln lassen. „Er muss doch noch Erkundigungen einziehen, wo meine Enkelin ist. Warum sonst hätte ich Hrothgar ausgesendet, nach ihm zu suchen und ihn mitzubringen? Interessiert euch denn nicht, was mit der kleinen Rehan passiert ist?", hörte Rehan seine Großmutter im nächsten Moment sagen und blieb irritiert stehen. Er drehte sich langsam um und schaute seinen Onkel fragend an. Doch dieser zuckte nur mit den Achseln, um ihm zu bedeuten, dass er nicht wusste, wie er der unangenehmen Situation abhelfen könnte. Doch innerlich war er heilfroh, dass auch seine Mutter zum gleichen Ergebnis gekommen war. Ein Blick in ihre Augen hatte dies bestätigt. „Nachforschungen – was soll das heißen? Das Mädchen ist tot, und das seit fast dreißig Jahren! Idora, lass die Vergangenheit endlich ruhen und gewährt meinen Kindern endlich ihr Erbe. Ich werde den Minister anspornen, die Papiere für die Sklaven so schnell wie möglich fertigzumachen. Diesen Flegel will ich hier nicht mehr sehen! Der ist den Aufwand, den du um seine Person machst, nicht wert, so glaube mir", meinte der König und ließ seine Königin nicht aus den Augen, die vor lauter Erinnerungsschmerz an die damaligen Ereignisse zusammengebrochen war. Als Idora merkte, dass sie ihrem Ziel, den jungen Mann, ihre einzige Verbindung zu ihrer Enkelin, weiterhin in ihrer Nähe zu wissen, keinen Schritt nähergekommen war, gewahrte sie mit Sorge, dass er fast schon an der Tür angekommen war. Als ihr Sohn von dem fehlgeschlagenen Übertritt in ihre Welt berichtet hatte, hatte sie das Gefühl gehabt, jeglichen Halt verloren zu haben. Ihre anfängliche Euphorie war einer Angst gewichen, die sie ihr Leben lang nie gespürt hatte. Der Gedanke, die einzige Verbindung zu ihrer Enkelin zu verlieren, ließ ihr Herz so schnell rasen, dass sie fürchtete, die nächsten Momente nicht mehr erleben zu können. Ihr blieb nichts anderes übrig, als ihren Sohn flehentlich anzusehen und darauf zu hoffen, dass er ihn würde zurückhalten können. Hrothgar, der dem flehentlichen Blick seiner Mutter nicht mehr widerstehen konnte und zudem der verworrenen Situation überdrüssig war, sagte mit lauter und fester Stimme: „Er ist jeden Aufwand wert, der um seine Person gemacht wird. Du bist nur zu blind, um das zu sehen. Ich habe meine Nichte fernab vom Schlachtfeld in den Armen meiner Mutter gefunden. Sie war sehr schwach, aber noch am Leben. Mutter hatte mich gebeten, das Mädchen in die Parallelwelt zu bringen und dort großzuziehen, damit sie eine Überlebenschance hat. Er ist der Einzige, der weiß, wo sie wirklich ist. So, wie es aussieht, hat er sie zu ihrem Schutz versteckt. Warum sonst nimmt ein solch stattlicher Mann den Namen einer Frau an und lässt sich alle Naselang verhöhnen. Doch nur um zu prüfen, ob ihr mit dem Namen etwas verbindet und es nun sicher genug ist, damit sie zurückkehren kann." Rehan war schon in Reichweite der Tür, als er die letzten Worte seines Onkels hörte. Er glaubte sich verhört zu haben. Er drehte sich abrupt um und verfluchte die Initiative seines Onkels, ihn am Weggehen zu hindern. „Du elender Missgünstiger", hörte Rehan den König noch schreien und sah fast im Zeitlupentempo, wie der König auf seinen Schwager losging, mit dem Dolch in der Hand. Rehan schnappte sich in Windeseile einen Speer von den Wachleuten, die an der Ausgangstür standen, und warf ihn, noch während er lossprintete, um seinen Onkel vor dem Angriff retten zu können. Der Speer flog dicht am König vorbei, hielt ihn so am Weiterlaufen ab und verhinderte den somit größtmöglichen Fehler, den er hätte machen können. „Solltest du ihm auch nur ein Haar krümmen, kann ich für nichts mehr garantieren", schrie Rehan noch und gab dem König und seinen Mannen zu verstehen, dass er nicht spaßte.

***

Einige Sekunde der Unruhe verstrichen, bis die Königin alle anwies, sich wieder zu beruhigen. Die erhitzten Gemüter standen einander gegenüber und schauten verwirrt drein. Prinz Ashgar und Graf Ardahan hatten große Mühe damit, den König wieder auf seinen Thron zu setzen und ihn ruhigzustellen. Just in dem Moment, als die beiden Männer das Gefühl hatten, der König hätte sich wieder beruhigt, sprang dieser auf und zog seinen Dolch, den er Hrothgar wütend entgegenschleuderte. Doch noch ehe jemand reagieren konnte, wies die Königin ihn in seine Schranken, er möge doch daran denken, wer er sei. Die zarte Stimme der Königin bewirkte, woran starke Arme gescheitert waren. Der König setzte sich besänftigt hin und blickte seiner Frau in die Augen. Diese wendete sich ab und fixierte ihren Vetter, der irritiert auf und ab lief. „Du hast das Mädchen in einer Parallelwelt großgezogen – sie lebt?", wollte sie von ihm wissen, obwohl sie innerlich nicht glauben konnte, was ihr Gehör vernommen hatte. Hrothgar nickte und versuchte mit Gewalt, den Blickkontakt mit Rehan zu vermeiden. Er wusste, dass er in dem Moment, in dem er Rehan anblickte, die Beherrschung verlieren würde. „Und er weiß, wo sie ist?", fragte sie, wobei sie mit dem Kopf auf Rehan zeigte. Hrothgar nickte abermals. Die Königin war zutiefst erschüttert und musste sich setzen. „Es wird doch nicht alles umsonst gewesen sein?", schoss es ihr durch den Kopf. Im nächsten Moment schon ermahnte sie sich, besonnen zu reagieren und mögliche Überlegungen auf später zu vertagen. Sie konnte für den Bruchteil einer Sekunde ihren Gemütszustand nicht verbergen, sodass Hrothgar und Idora ein kalter Schauer über den Rücken lief. Mutter und Sohn dachten beide anfangs, sie hätten sich geirrt. Sie blickten einander unbemerkt an. Dieser kurze Kontakt aber bestärkte sie in ihrem Erlebnis – beide hatten die eisige Unbarmherzigkeit in den Augen der Königin gesehen und begriffen erst in dem Moment, dass die über Jahre mühevoll aufgebaute vertrauensvolle Basis eine Farce ohnegleichen war. Beide wussten in diesem Moment, dass weder der König noch die Königin daran interessiert waren, die tot geglaubte, aber rechtmäßige Thronerbin in ihrer Mitte willkommen zu heißen. „Politischer Antrieb! Zusätzliche geografische Größe, wenn das Land an die Base als letzte lebende Blutsverwandte vererbt wird. Und wenn sie es nicht erleben sollte, dann die Zwillinge – daher das Flehen, die Patenschaft zu übernehmen. Von wegen, ich sei die einzige vertrauensvolle Person! Was habe ich nur getan?", überdachte Hrothgar in Windeseile und fasste umgehend den Entschluss, Rehans Vater aufzusuchen. „Er hält sie somit versteckt, um von uns alles verlangen zu können?", warf der König dazwischen und riss Hrothgar aus seinen Gedanken. „Ach Quatsch, Mann! Ich versuche nur herauszufinden, ob sie hier in Sicherheit sein könnte, aber den Eindruck habe ich leider nicht", antwortete Rehan schon fast genervt, nicht auch nur im Geringsten ahnend, welche niederträchtigen Gedanken seine Verwandten hegten. „Ich will sie sehen, sofort", befahl die Königin und forderte von Rehan seine gesamte Aufmerksamkeit. „In dem Ton schon mal gar nicht", dachte Rehan und wollte gerade antworten, als der König sich wiederum einmischte. „Ich will sie sehen und sprechen – ich glaube Euch kein Wort. Auch Eoghan sollte noch am Leben sein, und es fehlt bis heute noch jeder Nachweis. Hrothgar, ich bin tief enttäuscht, dass ihr beide nun ein solches Trugbild aufbaut und meinen rechtmäßigen Anspruch immer noch anzweifelt. Nach alledem … es gibt kein Wort, das beschreiben könnte, was in diesem Moment in mir vorgeht. Und doch will ich Milde walten lassen, da mich meine Neugier und die Lust an Schauspielen überwältigt haben. Ich gewähre euch die Möglichkeit, mir das Mädchen zu präsentieren", sagte der König und blickte genüsslich in die Runde. Rehan stand wie angewurzelt da und wusste im ersten Moment das Verhalten des Königspaares nicht einzuschätzen. Er hatte das Gefühl, Teil eines perfiden Spiels geworden zu sein, und beschloss, das Schloss und das Land so schnell wie möglich zu verlassen. Er wollte wieder nach Hause, wieder in seine Welt, die trotz ihrer abstrusen Geschehnisse für ihn greifbarer war. Sollte sein Onkel doch in einer Welt voller Irrungen und Wirrungen verweilen, ihn interessierte es nicht mehr. Plötzlich hatte er eine Idee. „Nicht zum jetzigen Zeitpunkt! Ich werde mit ihr über eine Familienzusammenkunft reden, und sie selbst wird die Entscheidung treffen müssen, ob sie euch kennenlernen will oder nicht! Das liegt nicht in meiner Hand." „Ihr werdet dieses Schloss nicht verlassen, ehe ich nicht weiß, wo sie ist!", drohte ihm die Königin und provozierte Rehan dermaßen, dass er sich kaum noch zurückhalten konnte. „Sonst was? Wollt ihr mich einsperren? Dann seht ihr sie nie wieder! Ich habe doch eben gesagt, SIE wird darüber entscheiden, ob sie euch sehen will oder nicht!", erwiderte Rehan und blickte zu seinem Onkel hinüber. „Ich werde mich einige Tage umsehen, um sicherzugehen, dass ich dieses Land nicht falsch eingeschätzt habe. Du könntest mir derweilen einen Gefallen tun: Bitte achte darauf, dass für mein sogenanntes neues Gefolge unverzüglich Dokumente ausgestellt werden, die sie aus ihrem Unfreien-Dasein erlösen. Von nun an sind wenigstens sie frei", sagte Rehan zu Hrothgar und bat ihn mit den Augen inständig, kein weiteres Wort zu verlieren. „Keine Bange, wir sehen uns wieder", flüsterte Rehan ihm noch zu, und glaubte am entspannten Gesichtsausdruck seines Onkels Akzeptanz erkennen zu können, auch wenn er seine Vorgehensweise nicht zu befürworten schien. Hrothgar war mit einem Male erleichtert, warum, vermochte er nicht zu sagen. Aber er war sich sicher, dass er seine Nichte wiedersehen würde. „Ich werde dich nicht gehen lassen, ehe du mir nicht gesagt hast, wo sich das

Mädchen befindet", gab der König mit lauter und fester Stimme von sich. Rehan drehte sich um und blickte die Anwesenden nacheinander an und schmunzelte dabei, verbeugte sich leicht, drehte sich auf dem Absatz um und verließ strammen Schrittes den großen Audienzsaal. Die beiden Wachen, die sich anfangs noch trauten, sich ihm in den Weg zu stellen, wichen flugs beiseite und verbeugten sich leicht, als er an ihnen vorbeiging. Rehan trat aus dem riesigen Saal und fühlte sich mit einem Male befreit, als wären ihm riesige Gesteinsbrocken von den Schultern genommen worden.

***

Er war reinen Gewissens, als er sich Richtung Ausgang in Bewegung setzte, und hatte keinerlei Bedenken, seinen Onkel zurückgelassen zu haben. Er wusste, dass sein Onkel sich im Zweifelsfall aus jeder Situation retten konnte. Und er hatte nun etwas Zeit, bis die anderen ihm auf die Schliche kommen würden. Rehan hatte nicht die Absicht wiederzukehren. Er wollte auf dem kürzesten Weg nach Hause und seinen Auftrag beenden. Er war fest davon überzeugt, bis zum Äußersten zu gehen, um den Fall zu lösen. Es trennten ihn nur noch wenige Schritte vom Ausgang des Schlosses, als Rehan eine Stimme hörte, die sich etwas außer Atem anhörte, aber vehement seine Aufmerksamkeit forderte. Er blieb stehen, drehte sich um und sah Gombert vor ihm zum Stehen kommen. „Ich habe alles mit Meister Hrothgar geklärt. Sobald Eure Freilassungsbriefe fertig sind, werden sie Euch ausgehändigt", hatte Rehan begonnen, als er von Gombert unterbrochen wurde. „Verzeiht, mein Herr, aber ich will Euch begleiten. Ich habe gehört, dass Ihr Euch etwas umschauen wollt. Ich kenne die Umgebung, dieses Land in- und auswendig, sprich, wie meine Person selbst. Ich könnte Euch eine große Hilfe sein", meinte Gombert und schaute Rehan dabei fast schon eindringlich an, ihm diese Bitte nicht abzuschlagen. Rehan brauchte nicht lange darüber nachzudenken, um zur Überzeugung zu kommen, dass er sich mit Gombert als erfahrenem Reiseführer schneller einen Überblick würde verschaffen können. Je weniger er herumirrte, desto schneller käme er nach Hause, da war er sich sicher. Aber andererseits wusste er nicht, was er machen sollte, wenn er auf seiner Reise mit Gombert wieder zu seinem alten Ich zurückfinden würde. Wie würde er Gombert erklären, dass er eigentlich eine Frau war, die in einen Mann verwandelt worden war? Und wenn dies nicht eintreffen würde, wie wollte er ihn beizeiten loswerden? „Darüber denke ich nach, wenn es soweit ist", dachte er. „Bevor ich es vergesse, mein Herr Hrothgar hat mir dies für Euch mitgegeben", sagte Gombert und riss Rehan somit aus seinen Gedanken. Rehan nahm den ihm entgegengestreckten Beutel aus schwarzem Leder an sich und war seinem Onkel dankbar dafür, etwas Geld für die kurze Reise mitbekommen zu haben. „Na dann, lass uns mal aufbrechen", meinte Rehan zu ihm und setzte sich in Bewegung. „Ich weiß gar nicht, wie ich Euch danken kann, dass Ihr uns aus den Fängen des Fürsten befreit habt", stammelte Gombert etwas vor sich hin und versuchte mit Rehan Schritt zu halten. Rehan blieb abrupt stehen, sodass Gombert beinahe mit ihm zusammengestoßen wäre. „Ganz einfach: Erstens sei mir ein guter Reiseführer, zweitens lass die Ansprache in der dritten Person, sonst denke ich irgendwann noch, ich wäre zu zweit unterwegs, sprich, sag du zu mir, und drittens, erzähl mir alles von Kangar und seinen Leuten, alles was du weißt, damit ich das Ganze hier verstehe", erwiderte Rehan und gab Gombert mit einer Geste zu verstehen, dass sie nun weitermüssten. Sie passierten fast schweigend die Sicherheitsringe, da das Stimmengewirr um sie herum sie sonst dazu gezwungen hätte, sich zwecks einer Unterhaltung anzuschreien. Gombert führte Rehan durch die alten Gassen der Innenstadt und erzählte ihm das eine oder andere, das die Stadt an Veränderungen mitgemacht hatte. Rehan hatte mit jedem Schritt, den er über das Kopfsteinpflaster machte, ein immer stärker werdendes Gefühl, zur richtigen Zeit in Falkental angekommen zu sein. Er konnte sich des Eindrucks nicht erwehren, dass diese Stadt auf eine riesige Katastrophe zuschlitterte. Eine gewisse Unruhe machte sich in ihm breit, und er hatte mit einem Male das dringende Bedürfnis, sich zu setzen. Er schaute sich immer wieder um, was Gombert anfangs noch als Interesse wertete. Aber nach wenigen Augenblicken merkte er, dass mit seinem neuen Herrn etwas nicht stimmte. Gerade als er nachfragen wollte, winkte Rehan ab und bat ihn, mit seiner Stadtführung weiterzumachen. Er brauchte Gomberts Ausführungen nicht weiter zu hören, um zu wissen, was die Stadt ausmachte. Wie bereits beim Abstieg, kurz nach seinem Wechsel in die Parallelwelt, hatte Rehan urplötzlich das überwältigende Gefühl der Vertrautheit, als wäre er nie woanders gewesen. Dann vollkommen unerwartet zog etwas seine ganze Aufmerksamkeit auf sich – ein Schaufenster. Die Kleidung, die es präsentierte, zog ihn in seinen Bann. Rehan steuerte mit einem Male darauf zu, sodass Gombert etwas verwirrt aus der Wäsche blickte. Gombert musste sein Tempo fast schon verdoppeln, um mit Rehan mithalten zu können. Just in dem Moment, als Rehan die Ladentür öffnete, hatte Gombert ihn eingeholt und trat nach ihm in das Kleidungsgeschäft für Damen ein. Eine etwas mollige junge Frau mit dunklem Haar, das sich an verschiedenen Stellen seinen Weg aus der zusammengesteckten Frisur suchte, blickte die beiden Männer etwas verunsichert an. Rehan aber ließ sich davon nicht aus der Ruhe bringen und schaute sich interessiert um. Nach einigen Augenblicken missbilligender Beobachtung wagte die junge Frau einen Schritt nach vorne und sprach die beiden Männer an. Doch nur Gombert reagierte, in dem er sie entschuldigend anblickte. Er zeigte auf Rehan, als wolle er ihm die ganze Schuld zuschieben, dass sie überhaupt in den Damenbekleidungsladen eingetreten waren. Doch statt Rehan zu fragen, ob sie ihm helfen könnte, drehte sie sich auf dem Absatz um und rannte in das Hinterzimmer. Es dauerte keinen weiteren Moment, als ein älterer dicklicher Mann den Verkaufsraum betrat. „Meine Herren, was kann ich für Euch tun?", sagte dessen tiefe Stimme, die Rehan dazu bewog, sich zu ihm zu drehen.

„Ich möchte gern etwas kaufen", begann Rehan, als er von dem älteren dicklichen Mann unterbrochen wurde. „Mein Herr, mein Name ist Wigald, und ich bin der Inhaber und muss leider darauf bestehen, zu bedenken, dass in diesen Salon nur Damen eintreten dürfen. Gerne suchen wir Euch auch in Eurem Domizil auf, wenn Eure werte Frau verhindert ist", fing der Inhaber an, als er von Rehan etwas grob unterbrochen wurde. „Pass auf, ich bin nicht verheiratet, nur dass das klar ist. Ich habe mir ein paar Kleider angesehen, die mir zwar ein wenig gefallen, aber nicht so recht das sind, was ich mir vorstelle", sagte Rehan und musste wegen des Gesichtsausdrucks des Inhabers kurz innehalten. „Wir stellen nur Damenbekleidung her", gab dieser etwas zweifelnd von sich. Er konnte und wollte nicht glauben, dass der stattliche und gut aussehende Mann, der vor ihm stand, für sich untypische Kleider kaufen wollte. „Mann, doch nicht für mich, sondern für eine Frau", konterte Rehan und rollte mit den Augen. Zeitgleich hörte er den Ladeninhaber und auch Gombert leicht aufatmen. „Kauft ihr diese Ware hier ein oder verkauft ihr eigene Ware?", wollte Rehan wissen. Doch als er den Blick des Inhabers sah, wusste er, dass er seine Frage zu präzisieren hatte. „Kannst du mir alles zusammenschneidern, was ich dir vorzeichne?", fragte Rehan und sah nur einen Augenblick später einen empörten Ladenbesitzer, der sich zu der jungen Frau stellte, die sie immer noch mit skeptischem Blick musterte. „Selbstverständlich! Meine Tochter Enika ist die begnadetste Schneiderin in Falkental. Ja, ich wage sogar zu sagen, in ganz Kangar", antwortete Wigald und blickte mit stolzgeschwellter Brust auf seine Tochter, die sich in dem Moment beschämt wegdrehte. „Na wunderbar", gab Rehan von sich und verlangte nach Papier und Stift, um das gewünschte Design aufzeichnen zu können. Rehan zeichnete auf mehreren Bögen etwas auf, was Gombert aus der Entfernung nicht recht einordnen konnte. Doch der Blick Inhabers und ein immer wiederkehrendes „Ah" und „Oh" ließen Gombert zu dem Schluss kommen, dass Rehan genau wusste, was er wollte. Gombert verfolgte das ganze Geschehen einigermaßen gefasst und konnte nicht umhin, sich über Rehan zu wundern. „Wie kann es sein, dass ein Mann so viel über Frauenbekleidung weiß und einem Schneider genau aufzeichnen kann, welches Kleid er haben möchte. Vor allem, für wen sind die Sachen gedacht?", überlegte er und merkte gar nicht, dass Rehan sich zu ihm gesellt hatte. „Es ist alles geklärt. Wir sollten weiter", meinte Rehan zu Gombert und riss ihn somit aus seinen Gedanken. „Wigald, Enika, wie besprochen – ich freue mich schon darauf", gab Rehan zum Abschied von sich, bevor er die Boutique verließ, die er nie wieder betreten sollte. „Schließlich soll alles so real wie möglich aussehen", dachte er und grinste vor sich hin. Jeder sollte glauben, dass er sich umschauen würde. Rehan war sich hundertprozentig sicher, dass nicht nur Gombert auf ihn angesetzt war. Auch andere, die glaubten, ihn unauffällig verfolgen und beobachten und somit dem König regelmäßig Bericht erstatten zu können, waren ihm an der einen oder anderen Ecke schon lange vorher aufgefallen. Observationen waren ihm nicht fremd, aber im Gegensatz zu den anderen wusste er, wie er sich zu verhalten hatte.

***

Erst als sie draußen und einige Schritte gegangen waren, fiel Gombert das große Paket auf, das Rehan in der rechten Hand hielt. „Sie muss eine besondere Frau sein, wenn du ihr so viele Kleider in Auftrag gegeben hast", äußerte Gombert und war neugierig auf Rehans Antwort. Doch diese fiel knapper aus, als er erwartet hatte. Statt einer Aussage bekam er von Rehan nur ein Kopfnicken. Er überlegte den Bruchteil einer Sekunde noch, ob er mit einer weiteren Frage eventuell doch noch eine zufriedenstellende Antwort bekommen würde, entschied sich dann aber dagegen. „Schließlich kennen wir uns erst seit wenigen Stunden – da wird er dir nicht gleich seine ganze Geschichte auftischen", beendete Gombert seinen Gedanken und erschrak, als er Rehan „So ist es" sagen hörte. Gombert fühlte sich mit einem Male ertappt und musste sich beschämt abwenden. „Ich habe etwas Hunger. Gibt es hier in der Nähe ein gutes Gasthaus?", meldete sich Rehan wieder zu Wort und zwang Gombert somit dazu, sich auf seine Reiseführertätigkeit zu besinnen. Es dauerte keine weiteren fünf Minuten, bis sie in einer gemütlichen Nische saßen und auf ihre Bestellung warteten. Während des Essens erzählte Gombert immer mehr von der Geschichte Kangars, sodass Rehan das Gefühl hatte, in einem Geschichtsbuch zu lesen. Es interessierte ihn zwar nicht, auch nur irgendetwas Weiteres über das Land zu erfahren, aber um den Schein wahren zu können, zwang er sich, wenigstens hin und wieder so zu tun, als würde er zuhören. Vielmehr brannte in ihm die Neugier im Hinblick auf Gomberts Geschichte. Doch wollte er dieses brisante Thema nicht inmitten von fremden Menschen ansprechen und Gefahr laufen, dass doch der eine oder andere ihnen zuhören und somit unnötig Informationen erhalten würde. So begnügte er sich damit, Interesse vorzuheucheln, und spähte nach dem Essen kurz aus dem Fenster. Bestürzt musste er feststellen, dass der Abend schon lange angebrochen und die tiefschwarze Nacht nicht mehr weit war. Glücklicherweise konnten sie sich im gleichen Gasthaus einquartieren und zogen sich nur eine Stunde später in ihre Zimmer, die nebeneinander lagen, zurück. Rehan war froh, endlich etwas Privatsphäre gefunden zu haben. Er wollte die Zeit etwas nutzen, sich über die weitere Vorgehensweise Gedanken zu machen. Die Eindrücke, die er in so kurzer Zeit von der Hauptstadt bekommen hatte, hatten ihn aufgewühlt. Das Verhalten seiner Verwandten, seiner Familie, das Rechtsystem des Landes und vor allem auch der Umgang mit Menschen hatten ihn beunruhigt. In den vergangenen Stunden war er aufgrund der sich überschlagenden Ereignisse nicht in der Lage gewesen, mit bedachter Sicht das Erlebte zu überdenken. Und nun, in der Tiefe der Nacht, brach alles über ihn herein. Er konnte nicht anders, als seinen Tränen freien Lauf zu lassen. Es dauerte einige Minuten, bis er wieder annähernd klar denken konnte. „Er war ziemlich schnell dabei, mich mit jedem ein Duell austragen zu lassen. Der wollte mich loswerden, und Onkel hat nichts dagegen getan. Was sind denn das für Menschen? Die zusehen können, wie zwei bewaffnet aufeinander losgehen, dem Risiko entgegensehend, dass einer dabei stirbt? Und ist denn nicht einer gestorben? Auch wenn Hothan ein sehr schlechter Mensch war oder eine böse Kobra, was auch immer – habe ich vielleicht überreagiert? Hätte er sterben müssen? Du hast dich nur verteidigt, vor allem hast du deinem entfernten Onkel das Leben gerettet! Auch wenn er anders tickt als du, ist er trotzdem von deiner Sippe. Vielleicht muss ich ihm als Frau gegenüberstehen, und er verhält sich anders? Was wenn nicht? Aber wieso hat er so gereizt reagiert, als Onkel ihm von mir erzählte? Ist doch klar, Erbstreitigkeiten. Und was ist mit meinem Vater? Keiner hat mir bisher von seiner Geschichte berichtet. Ob er wirklich noch am Leben ist? Gegenteiliges habe ich bisher nicht herausgehört. Vielleicht will Onkel nicht über ihn reden, schließlich hat der König erzählt, dass er meiner Mutter nicht würdig war. Genug damit!", beendete Rehan sein gedankliches Zwiegespräch und konzentrierte sich auf das, was auf der Pergamentrolle stand. Er konnte sich noch gut daran erinnern, wie ihm ein kalter Schauer über den Rücken gelaufen war, als er das Pergament zum ersten Mal gelesen hatte. Er hatte nicht glauben wollen, was darauf gestanden hatte. Wie sollte er jemals auch nur einem Menschen davon erzählen, ohne eine Panik heraufzubeschwören. Nichts von dem, was in aller Munde war, was allgemein bekannt war, stand auf dieser Rolle. Nichts! Rehan schloss die Augen und hatte mit einem Male den gesamten Inhalt der Pergamentrolle vor seinem geistigen Auge. Unzählige Parallelwelten mit unterschiedlichem Zeitraumkontinuum. Die aufkeimende Finsternis, die sich in Windeseile über die Welt verbreiten und alles Lebende auslöschen wird. Neue, bisher nicht gekannte, teilweise von Menschenhand geschaffene Krankheiten, die mitunter das Ende der Menschheit bestimmen würden. Kriege, die nur angezettelt werden, um Macht zu demonstrieren. Hungersnot beim Großteil der Erdbevölkerung, während eine kleine Elite sich an der Ausbeutung jeglicher Rohstoffe beteiligt, ohne Rücksicht auf Verluste. „Ist das denn nicht sowieso schon Stand der Dinge, bis auf den Tatbestand der Parallelwelten, die bisher immer nur in Science-Fiction-Filmen thematisiert wurden. Jedenfalls in meiner Welt? Warum sonst war ich auf den Fall angesetzt, wenn sich diese sogenannte Elite nicht bereichern wollte beziehungsweise es macht? Sogar die weltgrößten Banken haben Dreck am Stecken! Zentralbanken, deren primäres Ziel die Sicherung des Geldwertes, die Gewährleistung der Preisstabilität scheint, sind unter den Drahtziehern. In der Öffentlichkeit bestehen sie stets auf ihre Weisungsunabhängigkeit, agieren aber im Hintergrund, ob mit oder ohne Wissen der Regierungen, als Marionettenspieler, um die Weltmärkte zu beherrschen. Und nicht zu vergessen, in vielen Ländern haben sie die Bankenaufsicht inne. Noch leichter kann man es ihnen nicht machen, oder? Sie beherrschen, kontrollieren und manipulieren den weltweiten Finanzmarkt. Es werden spezielle Viren entwickelt, die als biologische Waffe gegen den vermeintlichen Feind eingesetzt werden können. Chemische Waffen werden in entlegenen Forschungsstätten kreiert und in mehr oder minder zivilisierten Gegenden ausprobiert und lösen schwere Erdbeben, Seebeben oder Vulkanausbrüche aus. Dies alles geschieht unter dem Deckmantel der Naturkatastrophen. Warum sonst treten diese Ereignisse so häufig auf, wenn nicht eine vermeintliche Elite bis zum Äußersten gehen will. Die Entwicklungskosten werden von den Notenbanken übernommen, warum auch auch nicht? Die Notendruckmaschine ist in ihren Kellern. Himmel, die Bestie Mensch ist bereits auf der Überholspur, die eigene Spezies auszurotten. Nur eine kleine auserwählte Gruppe darf leben, am besten noch reinen Blutes sein. Reinrassiges Blut, uniformes Aussehen, kontrollierbare Wesen, und immer wieder nur eine Handvoll Menschen, die sich an ihrem Werk ergötzen können. Hatten wir das nicht schon alles? Ist die Geschichte denn nicht voll mit solchen Beispielen? Völkermord, Ausrottung, Endlösung, Holocaust, ethnische Säuberung, wie auch immer diese abscheulichen Taten bezeichnet worden sind. Und doch lernt der Mensch nichts aus der Vergangenheit? Im Gegenteil, er versucht es zu perfektionieren. Bis die Versuchsreihe abgeschlossen worden ist. Wurden denn bisher nicht stets fadenscheinige Gründe vorgeschoben, um irgendwo in der Welt einen Krieg anzuzetteln? Und das in der heutigen Zeit, in der die Menschen angeblich aufgeklärter sind und, wenigstens dem Papier nach, auf internationalen Frieden hinarbeiten? Trotzdem ist der Grund, einen Krieg anzufangen, immer der gleiche geblieben – Macht! Neue Waffen auszuprobieren und den eigenen Rang in der Weltordnung Richtung Spitze zu schieben sind, zum globalen Sport geworden. Ich müsste erfahren, was Onkel erlebt hat, als er durch das silberne Tor gegangen ist! Familie ist zurzeit zweitrangig. Wenn alles gut geht, habe ich dafür noch Zeit genug, aber dazu müsste ich wieder zurück. Das will ich nicht! Ich habe einen Auftrag, den ich in den vergangenen Tagen aus den Augen verloren habe. Ich muss wissen, was die Vier ausgeheckt haben, welchen Plan sie verfolgen", grübelte Rehan und öffnete kurz die Augen. Er atmete tief durch, drehte sich auf die Seite und seufzte. „Und das alles kann nur verhindert werden, wenn die Möglichkeit, in parallele Welten zu reisen, vernichtet wird. So kann wenigstens eine Welt überleben, ohne durch Dritte unaufhörlich vergiftet zu werden. Vor allem, wer entscheidet, welche Welt im Zweifelsfall überleben soll? Doch um überhaupt diese Entscheidung treffen zu können, muss ja erst einmal gewährleistet werden, dass alle notwendigen Sachen zur Vernichtung dieser Übergänge zusammengetragen werden. So viele Einzelstücke und alle im Universum gut versteckt. Wie soll ich die denn alle finden? Wie soll ich das denn alles machen? Muss ich denn überhaupt irgendetwas machen? Möglicherweise gibt es ein Haupttor, das man ausschalten kann? Vielleicht war es ja nur Zufall, dass ich den Inhalt der Rolle lesen konnte? Und zum Kleingedruckten bin ich ja noch nicht einmal gekommen. Schließlich habe ich das Ganze nur überflogen. Okay, das zweite

Mal habe ich ein wenig sorgfältiger gelesen. Trotzdem, ich müsste die Rolle genau analysieren, um sicher zu sein, was zu machen ist. Auch wäre nicht schlecht, wenn ich Onkels Meinung dazu hören könnte. Dem Rest traue ich nicht über den Weg! Aber kann ich Onkel überhaupt noch trauen? Und überhaupt will ich ihn nicht sehen – der hat sich viel zu viel geleistet! Warum soll nur ich die Verantwortung schultern? Ich muss ja keinem erzählen, was ich gelesen habe. Wahrscheinlich hat nur irgendwer irgendwann ein wenig Zeit gehabt und hat sich die ganze Sache ausgedacht? Möglicherweise liege ich ja immer noch in der Narkose und meine Gedanken sind frei und spielen mit mir? Und doch war da noch ein Zusatz, weit unten auf dem Pergament. Wie war der Wortlaut noch mal? Prüfe die heilige Stätte jener Welt, in der dies Zeugnis gefunden worden ist oder so ähnlich. Woher soll ich denn wissen, wo diese heilige Stätte ist? Und woraufhin soll ich die denn checken? Ob sie noch steht oder was? Himmel, ist das alles verwirrend! Nein, so wird das nichts – so finde ich keine klare Linie!", grübelte Rehan und schwang sich aus seinem Bett. Er wurde das Gefühl nicht los, dass er eine Fälschung in den Händen gehalten hatte. „Irgendwie passt die ganze Sache nicht", überlegte er und versuchte sich zu konzentrieren. Er stand am Fenster und schaute hinaus. Auf der Straße war nichts, was ihn auch nur im entfernten Sinne hätte ablenken können. Daher übernahmen seine Gedanken wieder die Führung. Nach wenigen Minuten war er der Ansicht, dass er die Theorie, dass Menschen, die während einer Sonnenfinsternis geboren waren, Auserwählte wären, eventuell noch unterstützen könnte. Aber die Tatsache, dass irgendwelche Utensilien benötigt werden würden, um die Tore zu vernichten, stempelte er als Humbug ab. Mit einem Male war er davon überzeugt, dass jeder diese Tore unschädlich machen konnte. „Sie müssen nur eines vor sich haben. Mit Waffengewalt wurde schon manches Problem gelöst", sinnierte er. „Ich muss in die Zentralbank und das Tor untauglich machen", beschloss er spontan und verließ auf leisen Sohlen sein Zimmer. Er entschied, ein wenig an die frische Luft zu gehen. Unten angekommen fragte der Wirt, ob er noch was trinken wolle, da er sonst die Theke schließen würde. Rehan winkte dankend ab und meinte nur: „Ich will ein wenig spazieren gehen, um den Kopf freizukriegen." „Hier nehmt den Schlüssel, dann kann ich mich auch gleich hinlegen", entgegnete der Wirt und hatte Mühe, sich auf den Beinen zu halten. Rehan wünschte ihm eine geruhsame Nacht und atmete nur einen Moment später die klare Nachtluft ein.

***

Es war zwar ein wenig kühl für seine Verhältnisse, aber das machte ihm nichts aus. Sein einziges Anliegen war nur, die verwirrenden Gedanken aus seinem Kopf zu bekommen, um in Ruhe die weitere Vorgehensweise zu überdenken. Rehan hatte kurz darüber nachgedacht, mitten in der Nacht weiterzureisen, aber das Risiko, im Dunkeln in die falsche Richtung zu laufen, war ihm zu groß. Daher vertagte er den Aufbruch auf einen unbestimmten Zeitpunkt nach dem Frühstück und ging einige Minuten gedankenverloren spazieren. Er bewunderte hier und da die Architektur Falkentals und merkte gar nicht, dass er sich immer mehr von seinem Nachtquartier entfernte. Es vergingen mehr als zwanzig Minuten, bis seine frisch gefundene Ruhe durch einen hellen Aufschrei gestört wurde. Zunächst dachte er sich nichts dabei und wollte seinen Weg fortsetzen. Doch plötzlich hörte sich die helle Stimme an, als wäre sie arg in Bedrängnis, und das gefiel Rehan in keiner Weise. Mit einem Male war er hellhörig und versuchte zu erörtern, woher der Schrei gekommen war. Seine Schritte wurden immer schneller. Nur wenige Sekunden später rannte er fast, da die Stimme unaufhörlich nach Hilfe schrie. Plötzlich verstummte der Hilfeschrei, und er musste sein Tempo verlangsamen, um sich auf sein Gehör konzentrieren zu können. Doch er hörte nichts, sodass er gezwungen war, stehen zu bleiben und es erneut zu versuchen. Er stand ganz ruhig da, und trotz aller

Bemühungen hörte er nichts. Als er nach einer unendlich langen Minute immer noch nichts hörte, hatte er bereits das schlimmste aller Szenarien vor dem Auge. Er mochte nicht wahrhaben, dass sein Gehör versagt hatte. Er war verwirrt. War es eine Frau oder ein Mann gewesen? Ein Kind oder ein Teenager? Welche Richtung sollte er einschlagen? Er entschied, geradeaus weiterzugehen, und musste nach weiteren fünfzehn Sekunden innehalten. Vor ihm ragte eine mehr als drei Meter hohe Mauer auf, die er vorher nicht wahrgenommen hatte. Er schüttelte irritiert den Kopf und fragte sich, was mit ihm nicht stimmte. „Erst höre ich keinen Mucks mehr, und die riesige Mauer habe ich auch nicht gesehen", dachte er gerade noch, als er sich fast schon resignierend auf den Rückweg machen wollte. Sehr zu seiner Überraschung hörte er mit einem Male wieder die hilfebedürftige Stimme – sie befand sich jenseits der Mauer. Doch dieses Mal schrie sie nicht nach Hilfe, sondern schimpfte und bedrohte ihre Gegner. Rehan, einerseits leicht amüsiert, andererseits von seiner Neugier überwältigt, ging einige Schritte zurück, nahm Anlauf und sprang hoch. Er bekam das obere Ende der Mauer sofort zu greifen und zog sich an dieser hoch. Just in dem Moment, als er sich über diese schwingen wollte, um doch noch zur Hilfe zu eilen, musste er feststellen, dass ein anderer Mann schneller gewesen war. Rehan versuchte das Beste aus der Situation zu machen und setzte sich auf die Mauer. Das Schauspiel, das ihm geboten wurde, faszinierte ihn von der ersten Sekunde an. Er sah eine edle Kutsche, die angehalten worden war, mehrere Banditen, die sich im Raubüberfall beweisen wollten. Eine junge Dame, die fast ohnmächtig in den Armen einer älteren dicken Frau lag, und vor ihnen ein untersetzter Mann, mittleren Alters, der sich schützend vor die beiden Frauen gestellt hatte. Der Kutscher lag bewusstlos neben der Kutsche. Doch was Rehan in seinen Bann zog, war der gut gebaute Mann, der inkognito zur Hilfe geeilt war. Er parierte mit seinem Schwert so gut, dass fünf der sechs Banditen große Mühe hatten, sich zu behaupten. Je länger Rehan ihn beobachtete, desto vertrauter kam er ihm vor.

Rehan war sich mit jeder verstreichenden Sekunde sicherer, dass er es hier mit dem Grafen zu tun hatte, auch wenn er nachtschwarze Kleidung trug und eine Maske aus schwarzem, weichem Leder über sein Gesicht gespannt hatte, damit er unerkannt blieb. „Aber warum ist er maskiert", fragte sich Rehan im nächsten Moment. „Interessant", dachte Rehan noch, als er sah, dass die Banditen aufgegeben hatten und sich in alle Winde zerstreuten. Aus einem für Rehan unerklärlichen Reflex begann er zu klatschen. Der Maskierte blickte unversehens zu Rehan und kniff die Augen dabei zusammen. Rehan zoomte unbewusst die Augen des Maskierten ran und musste im ersten Moment zugeben, dass er sich getäuscht hatte. Den Beweis konnte er nicht übersehen – die Augen des Maskierten waren rehbraun. Aber als er diese noch ein wenig mehr heranzoomte, sah er, dass der Maskierte seine Augen entspannte und ihn ansah, als hätte er jemanden getroffen, den er gerne um sich hatte. Dann passierte etwas mit den Augen des Maskierten, was Rehan erneut verwirrte. Rehan hatte schlagartig das Gefühl, dass seine Augen ihm wieder einen Streich gespielt hatten. Er konnte nicht glauben, was er gesehen hatte, zumal nur eine Sekunde später alles wieder beim Alten war. Rehan hatte für den Bruchteil einer Sekunde das Gefühl, gesehen zu haben, dass sich die Augen des Maskierten von Rehbraun in Grün gewandelt hatten. Und diese grünen Augen würde er überall erkennen, da war er sich sicher.

21

Noch ehe Rehan sich einen weiteren Gedanken zu dem Maskierten leisten konnte, war dieser auch schon verschwunden. „Mein Held", schoss es ihm durch den Kopf, bevor er sich von der Mauer schwang, um den Opfern zur Hilfe zu eilen. „Nachdem der Kollege schon dafür gesorgt hat, dass man euch nicht mehr belästigt, möchte ich wenigstens den unbedeutenden Rest übernehmen und euch wohlbehalten nach Hause geleiten", sagte Rehan, während er auf die kleine Gruppe von Menschen zuging, die sich um den Kutscher versammelt hatten. Dieser war zwischenzeitlich wieder zu sich gekommen und schaute etwas konfus drein. „Wer seid ihr, der uns wohlbehalten nach Hause geleiten will?", wollte der untersetzte Mann wissen, der mit einem Male misstrauisch wurde und sich wieder schützend vor die beiden Damen stellte. „Ich habe keine bösen Absichten und will nur sichergehen, dass euer weiterer Weg ohne jegliche negativen Vorkommnisse sein wird", erklärte Rehan, während er dem Kutscher wieder auf die Beine half. „Es ist nicht mehr weit. Wir brauchen Eure Hilfe nicht!", entgegnete die ältere Frau fast schon hochmütig und drückte die junge Frau so eng an sich, dass dieser unbehaglich zumute wurde. Rehan spürte, dass seine Anwesenheit mehr Missstimmung als Wohlbehagen verursachte, und verabschiedete sich mit den Worten, „Nun denn, ich will mich nicht aufdrängen und wünsche an dieser Stelle alles Gute für die Weiterfahrt." Er drehte sich um und ging die Straße hinunter. Keine halbe Minute später preschte die edle Kutsche samt Insassen an ihm vorbei. Noch während er ihr nachsah, bemerkte er aus den Augenwinkeln, dass sich jemand auf ihn zubewegte. Rehan hatte die Person sofort erkannt und blieb stehen. Nur eine Sekunde später standen der Maskierte und Rehan einander gegenüber und sahen sich aus kurzer Distanz an. Rehan musste sich eingestehen, dass er sich vor wenigen Minuten geirrt haben musste, zu glauben, die Augenfarbe des Maskierten hätte sich flüchtig verändert. Er sah in rehbraune Augen, die gefühlvolleinnehmend strahlten und fühlte sich mit einem Male so geborgen, dass er alles um sich herum vergaß. Unverhofft sprach der Maskierte zu ihm, dass Rehan im ersten Moment nicht wusste, wie ihm geschah. Als Rehan keine weitere Reaktion zeigte, stellte der Maskierte seine Frage erneut: „Was hast du hier zu suchen?" Wieder seiner Sinne Herr, antwortete er: „Ich habe Hilfeschreie gehört und wollte helfen. Aber du hattest ja die Situation gut unter Kontrolle, sodass ich keinen Sinn darin sah, mich einzumischen. Ich will keine Revierkämpfe austragen, ehrlich nicht, bin nur zufällig spazieren gewesen." Rehan versuchte, sich an die Stimme des Grafen zu erinnern, um einen Vergleich ziehen zu können, scheiterte aber nach wenigen Sekunden. Die Erkenntnis, dass er trotz der physischen Ähnlichkeiten von zwei verschiedenen Männern auszugehen hatte, breitete sich immer stärker in seinem Verstand aus. Er hatte sich den Grafen nicht so genau betrachtet, um den Gegenbeweis erbringen zu können. Jedenfalls nicht zum jetzigen Zeitpunkt. Aber bei der Stimme war er sicher, dass die des Grafen zarter war. „Sicher, Ardahan gefällt mir, aber trotzdem ist er ein komischer Typ. Irgendwie so, wie soll ich sagen, na ja, anders als dieser hier auf alle Fälle", dachte er gerade noch, als er sah, wie sich der Maskierte umdrehte und in der Tiefe der Nacht verschwand. Mit einem Male war Rehan zufrieden, wenigstens einen Menschen getroffen zu haben, der anderen selbstlos zu Hilfe eilte, auch wenn er sich hierfür noch hinter einer Maske verstecken musste. „Vielleicht ist dieses Land ja doch nicht so abweisend und rücksichtslos?", dachte er hoffnungsvoll, als er sich auf den Rückweg zum Gasthaus machte. Er ging fast eine halbe Stunde, wobei er den Grafen und den Maskierten in Gedanken immer wieder gegenüberstellte. Und doch kam er fortwährend zum gleichen Ergebnis – er war sich nicht sicher. Blitzartig kam ihm ein Gedanke, der ihn an seiner Theorie wieder zweifeln ließ. Die Art und Weise, wie ihn der Maskierte angesprochen hatte, irritierte ihn. „Er wollte nicht wissen, wer ich bin, sondern nur, was ich dort zu tun hatte. Merkwürdig, als hätte er gewusst, wer ich bin", dachte er und bog in die Gasse ein, in der sich seine Unterkunft befand. Als er an dem Gasthaus ankam, spürte er mit einem Male ganz stark, dass er beobachtet wurde. Das Gefühl, einen überlangen Schatten zu haben, hatte er schon den ganzen Rückweg gehabt. Doch hatten seine Gedanken ihn davon abgelenkt. Schließlich hatte er auf dem Rückweg zu keiner Zeit ein mulmiges Gefühl gehabt. Er schloss die Tür zum Gasthaus auf, verriegelte sie, sobald er drinnen war und schlich auf sein Zimmer. In Windeseile war er am Fenster und drückte sich an die Wand. Er spähte aus dem Fenster, vom Optimismus überwältigt, seinen Verfolger auf der Straße sehen zu können. Und tatsächlich bewegte sich ein Schatten, der nur wenige Sekunden später seinem Besitzer Platz machte. Rehan konnte seinen Augen nicht glauben. Damit hatte er nicht gerechnet. „Er ist mir gefolgt. Will er nun doch wissen, wer ich bin, wo ich wohne? Oder nur sichergehen, dass ich wohlbehalten daheim ankomme? Vielleicht hat er mich für einen anderen aufgespürt? Er war bestimmt auf mich angesetzt – der König lässt mich ja observieren", grübelte Rehan und konnte sich der Tatsache nicht entziehen, dass sich seine Gedanken überschlugen. Just in dem Moment, als Rehan von seinem Fenster zurücktreten wollte, entfernte sich der Maskierte und verschwand in den Gassen der Stadt. „Langsam werde ich paranoid", dachte er noch, als er sich kurzzeitig auf das Bett legte. Und doch wollte ihn der Gedanke nicht loslassen, dass er nicht nur von den Männern des Königs verfolgt wurde. Kurzerhand beschloss er, seinen Reiseführer noch vor dem Frühstück zurückzulassen und seinen Kurs alleine fortzusetzen. Mit einem Male hörte er Geräusche aus dem Erdgeschoss. Er horchte etwas genauer hin und war sich sofort sicher, den Wirt gehört zu haben. Er schwang sich vom Bett, schnappte sich sein Paket und verließ leise das Zimmer. Unten angekommen übergab er dem verdutzten Wirt den anvertrauten Schlüssel und bezahlte die

Zimmer, mit der Bitte, Gombert auszurichten, dass er seine Dienste nicht mehr benötigen würde. Rehan trat aus der Tür und stellte fest, dass der Morgen bereits graute. „Ich scheine zwischenzeitlich eingeschlafen zu sein", dachte er verwundert und machte sich auf den Weg in seine Welt, um seinen Auftrag zu beenden. Die Menschen in Kangar, das Land mit all seinen Problemen, sein Onkel und dessen Angelegenheiten interessierten ihn nicht länger. Er musste seiner Bestimmung folgen.

***

Auch wenn er zu diesem Zeitpunkt noch dachte, nicht zu wissen, welchen Kurs er einschlagen musste, übernahm sein Instinkt bereits sehr früh die Führung und lenkte ihn in die Richtung, die seine Meinung zu den jüngsten Ereignissen in seinem Leben maßgeblich beeinflussen sollte. Nach zwei Stunden strammen Schrittes war er endlich am Stadtrand angekommen und entschied, sich eine Frühstückspause zu gönnen. Er kehrte in einem nahe liegenden kleinen Café ein und genoss frischen Kaffee zu einem üppigen Frühstück. Sobald er sich gestärkt fühlte, trödelte er nicht lange und setzte seine Reise fort, die eine sehr kurze werden sollte. Nur wenige Minuten später verließ er die Hauptstadt und steuerte auf die freie Ebene zu, die sich vor den Stadttoren erstreckte. Die Ebene schien ihm nicht nur fremd, sondern auch endlos. Vor allem wirkte sie wegen ihrer hügeligen Beschaffenheit unübersichtlich und menschenleer. Rehan hatte auch nicht das Gefühl, dass er auf der Einreise nach Falkental diese durchquert hatte. So kam er zu dem Entschluss, dass er wohl einen anderen Stadtausgang gewählt hatte und spürte, wie die Neugier in ihm erwachte, fremdes Terrain zu erforschen. Die Sonnenstrahlen hatten es zwischenzeitlich geschafft, auch bis zu ihm durchzudringen, und erwärmten seinen Körper. Sein Paket unter seinem rechten Arm, wanderte er auf den Horizont der Ebene zu, über Stock und Stein, und jedes Mal, wenn er einen der Hügel erklommen hatte, merkte er, dass seine Enttäuschung größer wurde. Denn statt einer Ortschaft, auf die er nach jedem Hügel hoffte, zeigten ihm seine Augen nur die Strecke bis zum nächsten Hügel. Nach mehr als vier Stunden wurde er müde und entschied, eine kleine Rast zu machen. „Zum Glück habe ich daran gedacht, Proviant mitzunehmen. Aber wer hätte denn ahnen können, dass hier weit und breit keiner ist", dachte er und blickte sich etwas genauer in seiner Umgebung um. Ihm war aufgefallen, dass er keinerlei Tiere gehört oder gesehen hatte. Auch hatte sich das Aussehen der Ebene gewandelt. Hatte sie am Anfang seiner Reise noch grün ausgesehen, wirkte sie nun ungesund. Als wäre der Boden krank und könnte daher keiner Pflanze Lebensraum bieten. Rehans Instinkt meldete sich wieder zu Wort und mahnte ihn, nicht zu lange auf der Stelle zu verweilen, auf die er sich niedergelassen hatte, um etwas Nahrhaftes zu sich zu nehmen. Er stand unverzüglich auf und setzte seinen Weg fort, obwohl er den Bruchteil einer Sekunde darüber nachgedacht hatte, wieder in die Hauptstadt zurückzukehren. Er kletterte auf den nächsten Hügel, der weitaus höher schien als die unzähligen davor und konnte seiner Überraschung nicht Herr werden, die ihn übermannt hatte, als er den Blick in die Ebene warf, die sich zu seinen Füßen erstreckte. In nicht allzu weiter Ferne sah er einen Hain, der freundlich und einladend wirkte. Rehan hatte zwar Bedenken, schoss diese aber in den Wind und setzte sich in Bewegung, in der Hoffnung, das Wäldchen bald erreichen zu können. Er wollte die Ebene schnell hinter sich bringen. Aber mit jedem Schritt, den er auf den Hain zusteuerte, wurde er misstrauischer in Bezug auf das, was er dort vorfinden würde. So kam es, dass er zwar nach wenigen Minuten an seinem Ziel angekommen war, aber mehr als eine halbe Stunde darüber nachdenken musste, ob er diesen betreten wollte oder nicht. Nachdem er länger mit sich gerungen hatte, beschloss er, mutig zu sein und begab sich in das Innere des Wäldchens. Im Nu hatte er dieses durchquert und konnte nicht umhin, über sein anfängliches Zögern zu schmunzeln. Er schaute sich um und konnte

322

nichts Verdächtiges oder gar Gefährliches entdecken, außer einer Kate, die sich vor einer Anhöhe befand. Sie wirkte aufgrund ihres baufälligen Zustands alles andere als gastfreundlich, und doch fühlte sich Rehan von ihr angezogen und schritt auf diese zu. Auch wenn er keinen Bewohner erwartete, war er dennoch enttäuscht, dass er keinen vorfinden konnte. Schon leicht desillusioniert wollte er sich abwenden und seinen Weg fortsetzen, als er mehrere Stimmen hörte, die noch weit entfernt klangen. „Nun langsam scheint mein Gehör wieder mitzuspielen", schoss es ihm durch den Kopf, als er versuchte, den Inhalt des Gesagten zu verstehen. Und es dauerte tatsächlich keine Sekunde, bis er die Stimmen klar und deutlich vernehmen konnte, auch wenn er sie nicht verstand. Das Einzige, was ihm sofort an der neuen Sprache auffiel, war, dass diese unzählige Zischlaute beinhaltete. Rehan wusste aus seiner Welt, dass es Volksstämme gab, die bestimmte Klackgeräusche im Sprachgebrauch hatten, um sich untereinander verständigen zu können. „Warum also nicht auch Zischlaute?", fragte er sich und konzentrierte sich auf die Stimmen. Es dauerte nur wenige Sekunden, bis Rehan auch in der Lage war, den Inhalt des Gesprächs zu verstehen. Die Stimmen kamen immer näher. Zwei Männer berichteten abwechselnd von den Ereignissen am Hofe des Königs und dem Tode Hothans, der von den anderen Stimmen im Hintergrund zutiefst bedauert wurde. Rehan glaubte sogar seinen Namen gehört zu haben, und doch erzählten die Stimmen, dass es Hyldgaard gewesen war, die das Schicksal des Weisen letztendlich besiegelt hatte. Rehan glaubte sich verhört zu haben, als die eine männliche Stimme meinte: „Wir können froh sein, dass sie nur ihn bestraft hat. Immerhin hat er es am Hafen vermasselt. Und dann noch gewagt, sich ihr zu widersetzen. Und jeder weiß, dass sie so etwas nicht duldet." „Ja, er hätte beinahe alles verdorben. Wie konnte er nur so dumm sein und sich vor den Augen des Fremden verwandeln?", fügte eine andere Stimme hinzu, deren Zischlaute Rehan beinahe dazu gezwungen hätte, sich die Ohren zuzuhalten. „Und wenn dieser Fremde nicht dazwischengekommen wäre, wären wir unserem Ziel schon so nahe wie nie zuvor", warf eine weitere zischende Stimme ein und bekam die Zustimmung seiner Gesprächspartner. „Haltet ein, und lenkt eure Gedanken wieder auf den richtigen Pfad. Die Herrin wird schon wissen, was zu machen ist. Opfer sind zu bringen, wenn man solch Großes erreichen will. Einzelschicksale sind nicht von Bedeutung! Es heißt, der Fremde habe den Inhalt der heiligen Rolle entziffert. Der Herrin gelüstet es nach seinem Wissen. Somit gilt es vorerst, ihn zu finden. Er wird uns an die Macht verhelfen, weil er den Schatz versteckt, den wir zu finden erhoffen, um den König zu stürzen. Am Ende sind wir sehr viel schneller am Ziel, als wir noch anfangs zu träumen wagten. Vor allem mit weniger Aufwand", sagte einer der Männer und zischte dabei so unangenehm, dass Rehan sich gefoltert fühlte. „Warum können wir den König nicht einfach töten? Warum dieser Umstand mit dem Fremden?", warf einer der anderen Stimmen ein und kassierte umgehend hierfür die Schelte. „Alles zu seiner Zeit", war der einzige Kommentar des Mannes mit dem unangenehmen Zischlaut. Die Stimmen hörten sich schon so nah an, dass Rehan verwirrt um sich blickte, in der Hoffnung, etwas zu finden, wo er sich verstecken konnte. Ohne groß zu zögern betrat er die Kate und schaute sich in Windeseile um. Doch die Baracke bestand nur aus einem großen Zimmer, mit einer lückenhaften Decke, die den Dachboden von dem Wohnraum trennte. Blitzartig schwang er sich auf den Speicher und versteckte sein Paket in der hintersten Ecke. Er selbst merkte sofort, dass er sich nicht viel bewegen durfte, da die brüchigen Bretter unter ihm sonst unverzüglich nachgegeben hätten. Gerade noch rechtzeitig hatte er sich ruhig positioniert, als die Besitzer der Stimmen in die Kate eintraten und sich angewidert umschauten. „Wenn ich nicht wüsste, dass dies der Eingang zum Paradies ist, würde ich hier keinen Fuß reinsetzen", kommentierte eine der Frauen den Zustand des Häuschens, während sie sich angewidert umschaute. „Ist alles sauber?", wollte der Mann mit dem unangenehmen Zischlaut wissen. „Ja, alles sicher, kein Mensch hier", war die Antwort eines anderen Mannes, der groß und schlank war. Rehan, der auf dem Dachboden lag, war etwas verwirrt und fragte sich, wie man sicher sein kann, dass keiner da ist, wenn man nicht alle Optionen eines Verstecks geprüft hatte. Doch die Aufklärung kam prompt. Durch eine kleine Lücke in den Deckenbrettern konnte Rehan sehen, wie sich die Gruppe fast gleichzeitig in unterschiedliche Schlangen verwandelte und eine nach der anderen in der Rückwand der Kate durch ein Loch verschwand, das sich sofort auflöste, als sich die letzte durchgeschlängelt hatte. Nun war Rehan noch irritierter als zuvor. „Schlangen haben doch bestimmte Sensoren oder so ähnlich, mit denen sie Schwingungen oder Wärmespeicher spüren können. Ich muss für sie doch wie ein brennendes Feuer gewesen sein. Wie kann es sein, dass sie mich nicht wahrgenommen haben? Ich meine, auch wenn ich ruhig auf dem Dachboden liege, müssen die doch irgendetwas wahrgenommen haben?", sprach er in Gedanken mit sich selbst und stand unbewusst auf, holte sich sein Paket und schwang sich in den Wohnraum herunter. Er konnte nicht anders, als die Rückwand zu inspizieren und nach dem Loch zu suchen, in das die Schlangen nacheinander verschwunden waren. Doch er fand nichts dergleichen. Langsam fing er an, an seinem Verstand zu zweifeln. Um nicht vollends durchzudrehen, eilte er aus der Kate und versuchte durch das Einatmen frischer Luft ein wenig Ordnung in seine Gedanken zu bekommen. Diese kreisten immer wieder um eine Person – Hyldgaard.

***

Sie war ihm zwar von Anfang an nicht geheuer gewesen, und doch hätte er nicht vermutet, dass sie im Hintergrund die Invasion koordinierte. Je mehr er über sie nachdachte, desto unruhiger wurde er. Rehan war bis zu jenem Zeitpunkt, als er auf die Schlangenmenschen gestoßen war, davon überzeugt gewesen, auf direktem Wege zu der Höhle zu reisen, von der er in seine Welt zurückkehren wollte. Doch was sollte er nun tun? Hin- und hergerissen zwischen seinem Stolz und seinem Pflichtgefühl, die gewonnene wichtige Information weiterzuleiten, verharrte er mehrere Minuten auf seiner Stelle. Er atmete mehrmals tief ein und aus und setzte sich in Richtung Hain in Bewegung, mit der Absicht, in kürzester Zeit zum Schloss zurückzukehren, um Bericht zu erstatten. Er konnte nicht ignorieren, dass die gegenwärtige Lage in Kangar zu brisant war, um es reinen Gewissens seinem Schicksal zu überlassen. Doch schon nach wenigen Schritten musste er innehalten, weil er mal wieder nicht glauben wollte, was seine Augen ihm zeigten. Das Wäldchen war auf einmal nicht mehr da. Stattdessen stand er vor einem Berg und verstand die Welt nicht mehr. Auch als er sich umschaute, fand er nichts anderes außer verschieden großen Gesteinsbrocken und der Anhöhe, die mit jedem verstreichenden Moment größer zu werden schien. Zudem konnte er die Kate nirgends entdecken. „Was um Himmels willen passiert denn hier? Erst ist alles da und dann wieder auch nicht", murmelte er vor sich hin und blickte immer wieder um sich. Rehan was sich dessen gewiss, dass er nicht zu lange zögern durfte und sich zeitig auf den Rückweg machen musste. Aber seine Verunsicherung hinderte ihn daran. Im ersten Moment konnte er nicht mehr klar denken und wünschte sich, sein Onkel wäre bei ihm. Schließlich konnte er sich nach einigen Minuten dazu durchringen, endlich aufzubrechen, in die einzige Richtung, die ihm vorgegeben wurde. „da Was auch immer kommen mag, ich werde es handhaben können", sprach er sich Mut zu und begann mit dem Aufstieg. Sein Paket fest unter dem Arm geklemmt, kletterte er ohne Mühe binnen einer Stunde auf die Spitze des Berges und blickte zufrieden in die Ferne. Es dauerte nur wenige Augenblicke, als der Boden unter ihm etwas nachgab und seine Aufmerksamkeit auf den steilen Abhang vor ihm lenkte. Er brauchte nur zwei Schritte, um den Rand zu erreichen. Voller Skepsis riskierte er einen Blick nach unten und schüttelte im Anschluss den Kopf. „Haben die hier denn keine normalen Berge, die auf der anderen Seite gleichmäßig abfallen?", fragte er sich im nächsten Moment, als er sah, wie urplötzlich Nebel aufkam und sich im Nu verdichtete. „Das ist echt ein merkwürdiges Land", rutschte es ihm heraus, bevor er um sich blickte, in der Hoffnung, irgendeinen Anhaltspunkt für irgendetwas finden zu können. Doch er sah nichts. Nur Nebel. Nichts als Nebel. Er überlegte kurz, was er als Nächstes machen sollte, und beschloss im nächsten Moment, sich hinzusetzen und ein wenig abzuwarten. „Vielleicht verzieht sich der Nebel ja", dachte er gerade noch, als dieser sich so abrupt auflöste, dass Rehan alarmiert aufsprang und sich aufs Höchste konzentriert umschaute. Doch er sah nichts. Wiederum nicht. Keine Seele weit und breit. Als er sich dem steilen Abstieg widmen wollte, konnte er seine Überraschung nicht mehr verbergen. „OHA", kommentierte er, was seine Augen ihm offenbarten. Verschwunden war alles, was er noch vor wenigen Minuten mit seinen eigenen Augen gesehen hatte. Er konnte nicht anders, als sich die Augen zu reiben, in der Erwartung, einer Sinnestäuschung zum Opfer gefallen zu sein. Aber das viele Reiben änderte nichts daran, was er sah. Er musste wiederholt mit dem Gefühl eines Déjàvu kämpfen und war nach wenigen Augenblicken davon überzeugt, das Zeitliche gesegnet zu haben. „Alles andere macht keinen Sinn", dachte er, als er das berauschende Panorama erneut auf sich wirken ließ. „Wahrscheinlich irrt meine arme Seele herum und weiß nicht, wo sie zur Ruhe kommen kann?", überlegte er, als er das überwältigende Gefühl hatte, sein Onkel hätte ihn am Arm festgehalten, um ihn vor dem Sturz in die Tiefe zu bewahren. Doch als er sich nach rechts wendete, war sein Onkel nicht da, der ihn davon hätte abhalten können, den vermeintlich letzten Schritt zu wagen. Aber der knapp zwei Meter lange Pfad, der nach unten führte, war da, auch wenn kein Höhlenausgang weit und breit zu sehen war. Rehan hatte das Gefühl, den gleichen, aus dem Berg herausgearbeiteten Pfad, hinunterzusteigen, auf dem er zuvor mit seinem Onkel gewandert war. Jedes einzelne Detail, das er sich hatte merken können, war ihm genau an der gleichen Stelle wieder aufgefallen. „Wie unheimlich", dachte er immer wieder und konnte seine aufkeimende Angst kaum im Zaum halten. Nach einer Viertelstunde bergab änderte sich alles schlagartig. Rehan spürte unerwartet einen heftigen Ruck und musste um sein Gleichgewicht kämpfen. Er hatte das Gefühl, Zeuge eines kurzen Erdbebens geworden zu sein. Instinktiv presste er sich an die Bergwand und verharrte so einige Sekunden, ohne zu atmen, bis das Beben nachließ. Dabei versuchte er seinen rasenden Puls wieder zu beruhigen. Auch wenn die Erschütterung nur wenige Sekunden dauerte, hatte Rehan das Gefühl, noch nie in seinem Leben etwas so Schreckliches erlebt zu haben. Da er kein Interesse daran hatte, darauf zu warten, ob es noch mal eine Erschütterung geben würde, presste er sein Paket fester unter seinen Arm und eilte den Pfad hinunter. Je weiter er nach unten kam, desto dichter wurde die Vegetation um ihn herum. Auch wenn er den Eindruck gehabt hatte, dass er das alles mit seinem Onkel schon einmal erlebt hatte, wurde er den Gedanken nicht los, dass es dieses Mal etwas anders war. Anfangs noch voller Zuversicht, dass er sich trotz der aufkommenden Zweifel geirrt haben musste, stellte er nur wenige Minuten danach fest, dass sein Misstrauen Oberhand gewonnen hatte. Er blieb stehen und blickte argwöhnisch um sich. Der ihn umgebende Wald wirkte plötzlich düster und stickig. Rehan hatte mit einem Male den Eindruck, nichts mehr sehen zu können. Auch wurde er die Empfindung nicht los, eine Hand an seinem Hals zu spüren, die mit jeder verstreichenden Sekunde immer fester zudrückte. Er drohte zum wiederholten Male innerhalb weniger Tage zu hyperventilieren und lehnte sich gegen einen der dicken Baumstämme. Es dauerte nur einen Moment, als Rehan glaubte, die Stimme seines Onkels zu hören, die ihm zurief, er möge sich beeilen, nach Hause zu kommen, er wäre schon zu lange weg gewesen. Von den Worten seines Onkels angespornt, mahnte Rehan sich, sich zusammenzureißen und seinen Weg fortzusetzen, um sobald wie möglich wieder bei seinem Onkel zu sein. Er presste sein Paket gegen seine Brust und ging den einzigen Pfad entlang, der ihn immer tiefer in den düsteren

Wald hineinführte. Auch wenn er sich mit jedem weiteren Schritt des beklemmenden Gefühls nicht entledigen konnte, es im Gegenteil immer stärker wurde, schwand dennoch mit jedem zusätzlichen Meter seine Angst vor dem Ungewissen, auf das er zusteuerte. Vollkommen auf seine Intuition vertrauend drang er zwar vorsichtig, aber immer tiefer in den düsteren Wald. Nach einem halbstündigen Marsch machte der Pfad, der bis dahin fast geradeaus führte, einen scharfen Knick nach rechts und mündete in einen Höhleneingang. Rehan wusste zwar nicht warum, war aber ganz sicher, dass er sich dieses Mal nicht mit unnötigen Pro- und Kontra-Überlegungen aufhalten durfte, und betrat nur einen Atemzug später beherzt den Eingang, wohl wissend, dass ihm nichts Schlimmes würde widerfahren können.

***

Das Paket noch an seine Brust gepresst, ging er einige Schritte und spitzte dabei die Ohren. Er reagierte beinahe euphorisch, als er nur wenige Sekunden später ein Stimmengewirr ausmachen konnte. „Auch wenn sie feindlich gesinnt sein sollten, sind es wenigstens Menschen in dieser trostlosen Ecke", dachte er und folgte den Schwingungen der Geräuschkulisse. Er marschierte keine zehn Minuten, bis er ausmachen konnte, dass er auf eine riesige Kuppelhöhle mit mehreren Ebenen zusteuerte. Er verlangsamte instinktiv sein Tempo und war im ersten Moment perplex, so viele Menschen und andere, ihm unbekannte Wesen sehen zu können. Egal, wohin er blickte, überall waren Zuschauer, die auf Logenplätzen oder auf Rängen saßen und immer wieder unterschiedliche Begriffe lauthals riefen, als würden sie jemanden anfeuern. Rehan hatte mit einem Male Bedenken, auffallen zu können, und wusste nicht, ob er noch nähertreten sollte, um zu sehen, worum sich die riesige Menge aus verschiedenen Wesen versammelt hatte. Trotz seiner anfänglichen Zweifel reagierte er naturgemäß von seiner Neugier getrieben und setzte sich auf einen der hinteren Plätze. Von dort aus hoffte er, wenig Aufmerksamkeit auf sich zu ziehen und ein Stück weit beobachten zu können, was in der Arena unter ihnen passieren würde. Im ersten Augenblick hatte er mal wieder das Gefühl, sich zu irren, aber je näher er sich die Arena betrachtete, desto sicherer war er, dass er anfangs richtig gelegen hatte. Maskierte Menschen, vor allem Männer jeglicher Rasse, kämpften wie Gladiatoren mal gegeneinander, mal gegen wilde Tiere. Doch musste Rehan zugeben, dass er solche Tiere in seinem Leben noch nicht gesehen hatte, auch wenn das eine oder andere mit denen, die er kannte, Ähnlichkeiten aufwies. Nach kurzer Zeit war er angewidert von der Unterhaltung, die dem Publikum geboten wurde. Es erinnerte ihn daran, wie sich die feine Gesellschaft am Hofe Kangars an seinem Duell ergötzt hatte. Er blickte in Zuschauerreihen und war nicht überrascht, als er einige, für seinen Geschmack viel zu viele teuer eingekleidete, wenn auch maskierte Zuschauer sah. Rehan zoomte den einen oder anderen unbewusst etwas näher heran und fragte sich immer wieder, ob er dieser Person am Hofe Kangars begegnet sein könnte. Auch wenn er weit weg vom Palast seiner Verwandten war, wurde er das Gefühl nicht los, dass er einen Teil der vermeintlichen Elite von Kangar in der Anhängerschar dieser Unterhaltungsart wieder finden würde. Er glaubte, sich verhört zu haben, als er verschiedene Stimmen aus der Geräuschkulisse herausfiltern konnte, die er eindeutig den Reichen, die in den Logenplätzen mit ihren edlen Masken saßen, zuordnete. Sie unterhielten sich im Flüsterton über die neuesten Geschehnisse am Hofe des Königs. So erfuhr Rehan, dass seine Großmutter alles Mögliche in Bewegung gesetzt hatte, um die Rückkehr ihrer tot geglaubten Enkeltochter so angenehm wie möglich zu gestalten und diese gebührend zu feiern. Auch wenn es Rehan schmeichelte, wusste er, dass er sich zum jetzigen Zeitpunkt auf seine gegenwärtige Situation konzentrieren musste, wenn er überhaupt noch an eine Rückkehr denken wollte. Er beschloss, die Betuchten etwas genauer zu betrachten. Als er dieses Mal ein wenig bewusster hinschaute, erkannte er, dass alle einen einheitlichen Umhang trugen. Auch ihre Masken waren gleich und unterschieden sich nur darin, dass die für die Damen der Gesellschaft gefertigten Masken feinere Züge hatten. Rehan konnte und wollte der Lage, in der er sich befand, nichts abgewinnen. Er beobachtete einige der hohen Gesellschaft und bekam mit, wie der Großteil fast schon gelangweilt vor jedem Kampf miteinander Wetten abschloss, ob der Gladiator überleben würde oder nicht. Nach einer knappen halben Stunde hatte er die Nase voll und stand angewidert auf. Er wollte sich etwas umsehen, vor allem den einen oder anderen etwas näher betrachten. Vielleicht würde er ja wirklich auf eine bekannte Person treffen und so noch das eine oder andere herausfinden. Er musste seine Recherchen gut durchführen, um ein möglichst ganzheitliches Bild von der Situation Kangars zu haben. Rehan irrte fast eine Stunde in der Menge umher und setzte sich immer wieder auf einen anderen Platz, um etwas von den Zuschauern mitzubekommen. So kam es, dass er durch sein Zufallsprinzip unverhofft einige Reihen hinter zwei Männern Platz nahm und anfangs noch um sich blickte. Doch es dauerte keine Minute, bis die beiden Männer seine Aufmerksamkeit für sich gewonnen hatten. Noch nicht einmal der brisante Inhalt ihres Gesprächs hatte Rehan hellhörig werden lassen. Einzig und allein die Stimmen hatten seine Aufmerksamkeit auf sich gelenkt. Er kannte sie beide, daran hatte er keinen Zweifel. Und doch konnte er nicht mit genauer Sicherheit sagen, woher er sie kannte. Er wusste nur, dass er mit diesen extrem negative Erinnerungen verband. Rehan musste fast eine Minute mithören, bis er wusste, mit wem er es zu tun hatte. „Wie konnte ich nur so lange brauchen?“, fragte er sich und tadelte sich dafür, als er erneut an die stundenlange Folter in den Kellerräumen denken musste, nachdem sie ihn am silbernen Tor geschnappt hatten. Nun von seiner Neugier getrieben, diesen Unmenschen ins Antlitz zu schauen, wechselte Rehan einige Reihen nach unten und blieb enttäuscht stehen, als er ihre übergroßen Masken sah, die nur einen begrenzten Blick auf ihre Augen zuließen. Er setzte sich in sicherer Entfernung zu ihnen auf einen der Balkonplätze und schaute immer wieder zu ihnen, in der Hoffnung, vielleicht doch noch etwas von ihren Gesichtern erspähen zu können. Doch seine Versuche blieben erfolglos, bis zu dem Moment, als er den Fürsten in der Menge ausmachen konnte, der unter den wenigen Edlen war, die ohne Verkleidung gekommen waren.

***

Rehan hatte sich schon die ganze Zeit gewundert, dass er noch nicht auf Hilarius gestoßen war, und war in keiner Weise überrascht, ihn nun endlich vor sich zu sehen. Er stand weniger als zwei Meter von ihm entfernt, und doch hatte Rehan das Gefühl, dass Hilarius sich keineswegs um ihn kümmerte. Fast so, als würde er ihn nicht sehen. „Merkwürdig", schoss es Rehan durch den Kopf, und im nächsten Moment musste er daran denken, dass bisher keiner von ihm auch nur ein Eintrittsticket oder dergleichen hatte sehen wollen. Doch ehe er sich darüber weitere Gedanken machen konnte, hörte er eine Stimme, die er nicht einmal in seinen kühnsten Träumen in einer solchen Umgebung vermutet hätte. Als er seinen Kopf nach rechts drehte, in der Hoffnung, sich geirrt zu haben, war er mit einem Male mit dem größten Schock seines Lebens konfrontiert. Er sah den König, in der Begleitung Ashgars und des Grafen Ardahan, die immer wieder interessiert in die Arena schauten. Rehan wusste mit einem Male nicht mehr, was er denken sollte, und stand so abrupt auf, dass seine Nachbarn irritiert dreinschauten. Doch das interessierte Rehan in keiner Weise. Er versuchte, nach links auszuweichen, doch die Leibgarde des Königs stand ihm im Weg. Als er sich flugs nach rechts wendete, sah er Ragnar auf sich zukommen und überlegte fieberhaft, wie er sich aus der Situation retten könnte. Es blieb ihm nichts anderes übrig, als sich wieder auf seinen Platz zu setzen und der Dinge zu harren, die auf ihn zueilten. Der König war nun keine drei Meter mehr von ihm entfernt und ging zu Rehans Überraschung nur wenige Sekunden später an ihm vorbei. Ragnar steuerte auf die beiden Maskierten zu, die sich angeregt mit Hilarius unterhielten und in dem Moment ihre Masken abnahmen, als der König auf sie zuging. Rehan war im ersten Moment perplex, als er sah, wer sich hinter den Masken versteckt hatte, dass er gar nicht mitbekam, dass Ashgar und der Graf nur wenige Sekunden nach dem König an ihm vorbeigingen, ohne ihn auch nur eines Blickes zu würdigen. Rehan fühlte sich mit einem Male hintergangen. Von jedem Menschen, den er bisher kennengelernt hatte. Er wusste nicht mehr, was er glauben sollte, ganz zu schweigen davon, wem er überhaupt noch würde vertrauen können. Sein ganzes Leben wirkte wie ein einziger Schwindel und stürzte ihn in schiere Verzweiflung. Er streifte einige Sekunden in seinen Gedanken umher, irritiert darüber, welchen Weg er nun einschlagen sollte. Der ganze Krach um ihn herum tangierte ihn in keiner Weise. Es dauerte fast eine ganze Minute, bis er das Bild seines Onkels vor seinen Augen hatte und urplötzlich glaubte, seine Stimme zu hören, die ihn ermahnte, sich nicht gehen zu lassen, sondern sich darauf zu konzentrieren, zu erfahren, was der König in einer solch fragwürdigen Gegend zu suchen hatte. Als hätte jemand mit einem Male den Schalter umgelegt, drangen die Stimmen von König Ragnar und seinen Begleitern zu ihm durch. Er hörte sie zwar, aber nahm sie dennoch nicht wahr. Erst als sich die Stimme des Mannes hinzugesellte, zu dem er großes Vertrauen gehabt hatte, löste sich seine geistige Starre, und er konnte sich wieder auf die Gruppe konzentrieren. Auch wenn ein Teil in ihm es nicht wahrhaben wollte, dass zwei seiner tot geglaubten direkten Vorgesetzten mit dem Monarchen plauderten, ärgerte sich der andere Teil darüber, dass er sich so leicht hatte hinters Licht führen lassen. Er riskierte einen Blick auf die Gruppe und sah, dass diese sich geschlossen in Bewegung gesetzt hatte. Rehan stand ebenfalls auf und folgte ihnen. Ihm war es egal, ob er erkannt werden würde oder nicht. Im Zweifelsfall würde er die Konfrontation suchen und eine Antwort einfordern. Und wenn er dafür mit seinem Leben bezahlen müsste. Mit jedem Schritt, den er tat, wurde er aggressiver und sann auf Rache. Rache für jede Lüge, die ihm bisher aufgetischt worden war. Vor allem der Vertrauensbruch seitens der Menschen, mit denen er eng zusammengearbeitet hatte, denen er jegliche Informationen hatte zukommen lassen, machte ihm schwer zu schaffen. Zumal er die vergangenen Tage immer wieder von seinem schlechten Gewissen eingeholt worden war. Die Kenntnis, dass sie seinetwegen gestorben waren, hatte ihn zwischenzeitlich schwer belastet. „Von wegen Code auf der Urlaubskarte", überlegte er und blieb stehen. Rehan musste unweigerlich an seinen Onkel denken. „Ob er doch Teil dieses perversen Spiels ist", grübelte er kurz und war schnell der Ansicht, dass er Hrothgar, bis auf die Tatsache, dass er ihm seine wahre Herkunft verschwiegen hatte, nichts vorwerfen konnte. „Aber der Rest", dachte er, fast schon hasserfüllt, und stand mit einem Male dem Inhalt des Pergaments nicht mehr so kritisch gegenüber. „Einer muss es ja schließlich machen", schoss es ihm durch den Kopf, fest entschlossen, seinen Widersachern so schnell wie möglich das Handwerk zu legen.

22

Nachdem er wieder halbwegs klar denken konnte, folgte er der Gruppe in Windeseile und holte sie wenige Minuten später ein. Sie waren stehen geblieben und schienen auf etwas zu warten. Schlagartig wurde ihm bewusst, dass sich ihm bisher keiner in den Weg gestellt hatte. „Entweder sind die hier mit den Sicherheitsvorkehrungen recht locker, oder irgendetwas stimmt nicht", dachte er noch, als er mit ansehen konnte, dass die Gruppe auf Waffen hin durchsucht wurde, bevor sie durch eine schwere Tür aus Granit verschwanden. Es dauerte keinen Augenblick, und zwei Wachen hatten sich vor der Tür postiert, die alles andere als vertrauenerweckend aussahen. Rehan zögerte keine Sekunde und eilte an die Granittür und tat so, als hätte er seine Gruppe verloren. Doch keiner nahm ihn zur Kenntnis. Sich über die Ignoranz der Wachen wundernd huschte er dennoch mit großer Sorgfalt an den Wachen vorbei und schaffte es gerade noch in den dahinter liegenden Raum, wobei ihm beinahe sein Paket aus der Hand geglitten wäre. Daher presste er es umso fester an seine Brust und folgte der Gruppe durch einen zweiten Raum, bis sie letztendlich in einem dritten Raum Halt machten. Während die Gruppe, bestehend aus dem König, dessen Sohn, dem Grafen, Fürst Hilarius und den zwei vermeintlich toten Vorgesetzten Platz nahm, schmiegte Rehan sich an die Wand und hielt dabei sein Paket fest in seinen Armen. Er hatte fast den Atem angehalten und fragte sich die ganze Zeit, warum ihn keiner bemerkte. Auch jetzt, da er nur wenige Meter von seinen Verwandten entfernt an der Wand lehnte, fiel er keinem auf. Er musste sich abermals ermahnen, seine Aufmerksamkeit auf die Gruppe zu lenken und die Begleitumstände als gegeben hinzunehmen. So bekam Rehan mit, dass sich der Fürst abermals über sein Verhalten aufregte und vom König forderte, die Entscheidung hinsichtlich seiner Sklaven rückgängig zu machen. „Himmel, das der nicht aufgibt", dachte Rehan gerade noch, als er sah, dass der König dem Fürsten einen wütenden Blick zuwarf und ihn somit zum Schweigen brachte. Auch konnte Rehan beobachten, dass der Prinz und der Graf fast gleichzeitig mit den Augen rollten. Es dauerte fast eine Minute, bis eine Tür geöffnet wurde und vier Männer sowie eine Frau den Raum betraten. Als Rehan die Gruppe sah, verschlug es ihm fast den Atem. Sein Zorn wuchs ins Unermessliche, und er drückte das Paket noch fester an sich, dass es, zwar kaum hörbar, aber dennoch raschelte. Von dem plötzlichen, wenn auch leisen Geräusch in Alarmbereitschaft versetzt, versuchte Rehan sich zu beruhigen. Die Fünf verkörperten eine Einheit, die so eiskalt nach außen wirkte, dass Rehan ihnen alles zutraute. Er fixierte sie und fragte sich, wer das Rascheln vernommen haben könnte. Es schien, als hätte es keiner gehört. Doch nur einen Moment später war Rehan sich sicher, dass der Graf etwas wahrgenommen hatte, da er sich als Einziger in seine Richtung gedreht hatte und verwirrt um sich blickte. „Ist der blind, ich stehe noch nicht einmal in einer dunklen Ecke", dachte er gerade noch, als er mitbekam, dass Hilarius einen der Männer ansprach, der seinem Chef aus dem Museum zum Verwechseln ähnlich sah. Rehan hatte mit einem Male das Gefühl, dass die Distanz zwischen ihm und der Gruppe um ein Vielfaches erhöht worden war. Urplötzlich war er so unsicher, ob er wirklich die gesehen hatte, die vor ihm standen oder nur Wunschbilder vor seinen Augen erschienen waren. Daher zoomte er den Gesprächspartner des Fürsten ran und war nun davon überzeugt, dass sein ehemaliger Chef ebenfalls in der Parallelwelt war. Von seinem inneren Instinkt getrieben zoomte er die restlichen drei heran und konnte diese ohne Zweifel als diejenigen identifizieren, die ihn in den Kellerräumen gefoltert hatten. Als er den Blick auf die Frau warf, musste er unweigerlich an ihr Laienspiel als Krankenschwester denken, und wendete seinen Blick angewidert ab. Doch bevor er sich noch einen weiteren Gedanken über das Quintett leisten konnte, hatte Fürst Hilarius das Gespräch eröffnet. Nachdem der Fürst alle vorgestellt hatte, kam er auf den eigentlichen Grund ihres Zusammentreffens. Rehan verstand zwar jedes Wort, das gesprochen wurde, konnte aber keiner Silbe einen Sinn beimessen. Erst als der Fürst endete, dämmerte es Rehan und ihm wurde speiübel. Er konnte nicht glauben, was ihm zu Ohren gekommen war. Er befand sich inmitten von Verhandlungen, die üblicherweise während eines Waffenstillstands stattfanden. „Entweder Ihr geht auf unsere Forderungen ein, oder wir können für nichts mehr garantieren", sagte der Mann, den Rehan als seinen ehemaligen Chef aus dem Controlling ausmachen konnte. „Wir werden nichts dergleichen tun. Solltet Ihr nicht mit dem einhalten, was ihr tut, werde ich jegliche Konventionen als nichtig erklären und wenn es sein muss, unter Gewaltanwendung agieren. Es ist mein Grund und Boden, auf dem ihr handelt", antwortete der König und stand abrupt auf. Er sah so verärgert aus, dass er jedem, der nur ein weiteres falsches Wort von sich gegeben hätte, den Hals umgedreht hätte. Unversehens hatte Rehan mit einem Male das Gefühl, dass ihm eine riesige Last von der Seele genommen worden war. Er hätte es niemals billigen können, wenn einer seiner Verwandten, auch wenn es nur ein entfernter wäre, mit dem Feind gemeinsame Sache gemacht hätte. „Und doch sieht es so aus", dachte er und zwang sich im nächsten Moment, wieder den anderen zuzuhören. „Wer seid Ihr schon, mir Forderungen zu stellen und zu denken, damit Erfolg haben zu können? Nur weil ihr das silberne Tor habt? Ihr Narren!", sagte König Ragnar. Doch statt irgendwelcher Widerworte erntete er von der Gegenseite nur schmieriges Schmunzeln. Rehan bemerkte, dass sich seine ehemaligen Vorgesetzten aus der Spezialeinheit zu seinen fünf Peinigern gesellten und den König herausfordernd angrinsten. „Sieben zu vier, eher zu drei. Auf Hilarius ist kein Verlass", schoss es Rehan durch den Kopf, und er wappnete sich schon innerlich für den nächsten Kampf. Er war hochkonzentriert und lauschte kampfbereit.

***

Wider Erwarten kam nichts. Kein weiterer Wortwechsel. Nichts. Nur wenige Augenblicke später drehte sich der König verärgert um und wollte den Raum verlassen. Fürst Hilarius schnitt ihm den Weg ab und meinte: „Verzeiht, mein König, aber vielleicht wäre es doch ganz sinnig, sich nochmals über das Angebot Gedanken zu machen. Schließlich hätten wir ja auch Vorteile aus dem Pakt." „Schweigt. Närrischer Fürst. Macht Euch keine Gedanken über Dinge, denen Ihr nicht gewachsen seid. Nur eigene Interessen zu verfolgen ist Eure Intention", entgegnete der König und schubste ihn beiseite. Er wollte nur noch so schnell wie möglich aus dieser zwielichtigen Gegend weg und sich auf die Feierlichkeiten zu Ehren seiner Kinder konzentrieren. „Wie habe ich nur so dumm sein können, mich auf dieses Gespräch einzulassen", dachte er verärgert, als er die Tür fast schon erreicht hatte. Sein Sohn und der Graf waren ihm ohne zu zögern gefolgt. „Ihr werdet es noch bereuen. Wenn wir unseren unvergleichlichen Erfolg haben werden, werdet ihr Euch den Vorwurf der Ignoranz machen. In naher Zukunft werden wir die Welt beherrschen, und dann werden wir ja sehen, wer am längeren Strang zieht, mein König", rief der Museumsleiter dem König hinterher, als dieser schon längst den Raum verlassen hatte. Nur Hilarius war im Raum geblieben und schaute verzweifelt drein. Rehan konnte ihm ohne Probleme ansehen, dass er sehr unter der Absage des Königs litt. Die Enttäuschung über ein entgangenes Geschäft machte dem Fürsten so sehr zu schaffen, dass sein Gesicht Bände sprach und Rehan ganz offen darin lesen konnte. Wie tief dieser Misserfolg in Wirklichkeit an Hilarius nagte, konnte Rehan zu diesem Zeitpunkt aber nicht erahnen. Doch sollte gerade diese Entscheidung des Königs der Auslöser für den schweren Schicksalsschlag sein, dem Rehan sich schon bald stellen sollte. „Mein Fürst, lasst den Kopf nicht hängen. Nur weil dieser Idiot von einem König auf dieses lukrative Geschäft verzichtet hat, müsst Ihr es ihm doch nicht gleichtun, oder?", gab die Frau säuselnd von sich und schmiegte sich an den Fürsten. „Wenn ich an Eurer Stelle wäre, würde ich mir diesen Deal nicht entgehen lassen", flüsterte sie ihm ins Ohr. Dieser beflügelt von der Zuwendung der Frau, grinste süßlich und antwortete: „Das habe ich auch nicht vorgehabt." „Das war ja klar", dachte Rehan und wartete geduldig darauf, dass einer der Anwesenden Details verriet. Doch es kam nichts weiter. Nur leere Phrasen, die das Thema in keiner Weise mehr berührten. Eine Minute später entschuldigte sich der Fürst mit der Ausrede, dass der König bestimmt auf ihn warten würde, und verließ den Raum. Gerade noch rechtzeitig, bevor es Rehan vom Getue des Fürsten schlecht wurde. Rehan hatte kurz überlegt, ob er dem Fürsten folgen sollte, entschied sich aber dann dagegen. Er konnte sich zwar nicht erklären, warum er nicht aufgeflogen war, aber er war der Ansicht, dass er die Situation ausnutzen sollte, um Näheres von dem Quintett zu erfahren. Er hatte ein mulmiges Gefühl, wenn er die sieben von seiner Position aus beobachtete, und betete inständig, dass ihn sein Gehör nicht im Stich lassen möge. Nachdem die Frau die Tür hinter Hilarius geschlossen hatte, fingen sie an zu lachen und kosteten den Moment aus. Rehan wurde mit jedem verstreichenden Moment wütender auf den Fürsten und auch auf den König, dass sie Teil dieses Spiels geworden waren. Nach einigen Minuten hatten sie sich alle beruhigt und fingen an, zu beratschlagen, wie sie künftig vorgehen wollten. „Es dauert nicht mehr lange, dann sind wir uns ganz sicher, was wir damit alles machen können", warf die Frau dazwischen, was die Männer aufhorchen ließ. „Die Versuche sind ein voller Erfolg, und dieses Mittel ist einfach nur superb. Ich bin ein Genie", fügte sie hinzu. „Ja, aber bei dieser Rosenzweig hat es nicht funktioniert", entgegnete der Museumsleiter. „Das war ein einmaliger Ausrutscher, ich korrigiere mich, sie war am Anfang der Versuchsreihe! Aber die dürfte uns nicht mehr in die Quere kommen. Die ist tot!", erwiderte die Frau. „Bist du dir da ganz sicher", fragte der dickliche Mann mit der Halbglatze. „Ja, sie haben sie nicht mehr aufspüren können. Sie ist so was von tot und auch dieser Narr, den wir auf sie angesetzt hatten. Wie auch immer er hieß?", antwortete die Frau und hielt kurz inne.

Sie blickte Rehans ehemaligen Vorgesetzten an und meinte: „Das war eine hervorragende Leistung, das Haus in die Luft zu jagen und es wie einen Unfall aussehen zu lassen. Gasherde sind aber auch wirklich sehr gefährlich", fügte sie hinzu und lachte so gehässig, das Rehan sich beinahe vergessen hätte. „Wie haben die das gemacht? Wir hatten doch keinen Gasherd, nie gehabt?", überlegte er kurz und mahnte sich, sich nicht ablenken zu lassen. „Der Fürst und diese Hyldgaard sind die Schlüssel zu unserem Erfolg. Und da beide sowieso zusammenarbeiten, wird es ein Leichtes sein, die Zielgerade alsbald wie möglich hinter uns zu lassen und den süßen Sieg zu kosten", meinte der Museumsleiter und schaute zu den beiden von der ehemaligen Spezialeinheit, die daraufhin nur zustimmend nickten. Rehan wurde mit jeder verstreichenden Sekunde unruhiger, sodass er schon darüber nachdachte, wie er aus diesem Raum kam, ohne große Aufmerksamkeit auf sich zu ziehen. Doch ehe er einen Plan schmieden konnte, beendeten die sieben ihre kurze Konferenz und verließen den Raum. Rehans frühere Kollegen verließen den Raum durch die Granittür, sodass Rehan ihnen nur zu folgen brauchte, ohne weiteren Aufwand zu betreiben, um den Raum verlassen zu können. Noch während Rehan sich in Bewegung setzte, um den Besprechungsraum zu verlassen, konnte er nicht umhin, sich erneut darüber zu wundern, warum keine Seele Notiz von ihm genommen hatte. Erst als er im Türrahmen kurz stehen blieb, sah er, dass genau gegenüber von diesem ein mannshoher Spiegel angebracht war, der jeden widerspiegelte, der aus der Tür kam. Nur ihn nicht. Auch wenn er nicht verstand, warum er sein Spiegelbild nicht sehen konnte, wollte er sich mit dieser Lappalie nicht beschäftigen und kam zu der Einsicht, dass es ihn zurzeit nicht interessierte, warum ihn bisher keiner wahrgenommen hatte. Er war laut Spiegel nicht existent und somit für andere unsichtbar. Urplötzlich hatte er das Gefühl, die Nerven zu verlieren, sollte er noch länger in der Gegend verweilen, in der er sich gerade befand, und machte sich auf den Weg, in der Hoffnung, die anderen finden zu können, um mit ihnen zum Schloss zu gehen. Doch seine Bemühungen waren vergebens, da er sie nirgends fand. Nicht einmal seine tot geglaubten Vorgesetzten konnte er irgendwo ausmachen, obwohl sie nur wenig Vorsprung gehabt hatten. Er orientierte sich an der Geräuschkulisse und landete wenige Minuten später in der Nähe der Arena, wo er den Gladiatoren direkt ins Antlitz schauen konnte. Als er einen der Eingänge zu den Tribünenplätzen passierte, bemerkte er die Spiegel, die seitlich angebracht waren, und war im ersten Moment erstaunt darüber, wieder auf einen Spiegel gestoßen zu sein. Er blickte hinein, obwohl er wusste, dass er sich selbst nicht würde sehen können, und war im nächsten Moment überrascht, doch ein Spiegelbild zu sehen. Doch es war nicht seines.

***

Stattdessen sah er einen unauffälligen, blonden, durchschnittlich großen Mann, der ein großes geschnürtes Paket in den Händen hielt. „Deswegen hat mich keiner erkannt", grübelte er und fragte sich im nächsten Moment, wann er sich verwandelt hatte. Mit einem Male wurde ihm ganz mulmig zumute, dass er sich hinsetzen musste. „Etwas stimmt nicht, ich bin ein anderer! Ich habe mich nicht in mein eigentliches Ich verwandelt", dachte er, als ein Nachbar ihn anrempelte, ob alles mit ihm in Ordnung wäre. Doch Rehan nickte nur und meinte: „Ich habe mein ganzes Geld auf den Falschen gesetzt." Als sich der Nachbar voller Verständnis wieder auf die Kämpfe in der Arena konzentrierte, überlegte Rehan fieberhaft, was mit ihm passierte. „Mal bin ich in keinem Spiegel zu sehen, mal bin ich ein anderer. Was ist nur los? Vielleicht hängt das alles mit meinen neuen Fähigkeiten zusammen? Der Gedanke ist zwar sehr abwegig, aber möglicherweise kann ich mich in andere Personen umwandeln, oder? Eventuell kann ich ja schon in mein normales Ich zurück und muss nicht auf die Mondfinsternis oder was auch immer warten? Vielleicht haben die mich auch nur verarscht und das mit der Mondfinsternis erfunden, um mich ruhigzustellen. Wäre ja nicht das erste Mal! Das muss ich unbedingt ausprobieren – schließlich habe ich es unbewusst ja schon hingekriegt. So eine Scheiße aber auch, ich glaube, ich bin ein Umformer, wenn es dieses Wort überhaupt gibt. Oder wie hat Onkel das genannt? Formwandler oder so ähnlich! Ich bin abartig, ein Freak – dabei war ich so ein nettes Mädel! Nur wie kann ich es steuern? Ich muss hier raus, und zwar schleunigst", sinnierte er und sprang auf. Mit seinem Paket dicht an sich gepresst verließ er die Arena der Gladiatoren und machte sich auf den Weg, einen Ausgang aus dem Berg zu finden. Es dauerte eine halbe Stunde verschlungener Wege, bis er einen unangenehm starken Geruch wahrnehmen konnte. Es roch nach menschlichen Ausdünstungen und Fäkalien, sodass Rehan sich schon nach wenigen Schritten die Nase zuhalten musste, um es einigermaßen erträglicher zu machen. Und doch war da noch eine Nuance in diesem Konglomerat der Düfte, das er nicht zuordnen konnte. Auch wenn er wusste, dass er sich nicht auf dem Weg zurück befand, den er eingangs benutzt hatte und somit auf der falschen Fährte war, konnte er seine Neugier nicht besänftigen und folgte der Duftspur, die mit jedem Meter unzumutbarer zu werden schien. Er versuchte durch den Mund zu atmen und ließ vor Überraschung fast sein Paket fallen, als er im nächsten Moment sehen konnte, wohin ihn der Gestank gelockt hatte. Er war in die Katakomben unterhalb der Arena geraten und starrte geschockt auf die Masse an menschlichen Leichen und Kadavern, deren Körper abstoßend entstellt waren. Sie waren ohne jegliche Ordnung aufeinander gestapelt. Verdrehte Gestalten, herausgerissene Eingeweide. Sie wirkten wie achtlos in die Ecke geworfen. Hier und da entdeckte er Köpfe, die ohne ihre Leiber in den Zwischenräumen der Leichen lagen. Auch konnte er erkennen, dass bei vielen der menschlichen Überreste die Glieder abgetrennt waren. Rehan war sich sicher, dass diese Prozedur nur von Menschenhand hätte durchgeführt werden können, weil die offenen Wunden an den Schultern und Hüften nicht auf Reißzähne schließen ließen. Er sah sich nicht in der Lage abzuschätzen, wie tief und wie breit die Grube war, die sich ihm zu Füßen erstreckte, aber er war sich dessen gewiss, dass unzählige tote Körper bereits mit Fäulnis überdeckt waren und somit einen Seuchenherd bildeten. „Das sind nur die von dieser Woche", kommentierte eine männliche Stimme hinter ihm die Grube voller Toten. Rehan zuckte erschrocken zusammen und drehte sich abrupt um. Er blickte einem übergewichtigen und dreckigen Mann, dessen Alter er nicht festlegen wollte, ins Antlitz und überlegte fieberhaft, wie er dieser Misere entfliehen könnte. „Ab und zu wird ein Teil an diese Bestien verfüttert, aber nicht zu viele, versteht der edle Herr? Die Viecher sollen ja noch hungrig genug sein – bringt mehr Geld, wenn's reißerisch zur Sache geht. Wohl verlaufen? Was habt Ihr da drin?", meinte er zu Rehan und zeigte auf das Paket, das Rehan an seine Brust gepresst hatte. „Nichts, was dich interessieren würde, glaube mir", antwortete er und sah umgehend in den Augen seines Gegenübers, dass dieser auch mit Gewalt einen Blick in das Paket riskieren würde. „Es ist nur ein Kleid für eine Frau", fügte Rehan beschwichtigend hinzu und versuchte zu lächeln. Der Mann stank so bestialisch, dass es ihm speiübel wurde und er sich nicht mehr sicher war, wie lange er noch standhaft bleiben könnte. „Will es sehen", forderte der Mann ihn auf und griff nach dem Paket, als Rehan instinktiv einen Schritt nach hinten machte. „Du kommst hier net raus, es sei denn …das Paket", drohte ihm der Mann und grinste hinterhältig. Rehan war kurz davor, vor lauter Gestank in Ohnmacht zu fallen, als der Mann sich schon so genähert hatte, dass er nur die Hand auszustrecken musste, um sich das Paket greifen zu können. Noch ehe Rehan einen weiteren Gedanken zulassen konnte, hatte dieser ihm schon das Paket aus den Armen gerissen. Rehan sah zu, wie der Mann das Papier auseinanderriss und erstaunt auf das Kleid blickte. Während er sanft über den Stoff strich, hätte Rehan

343

sich beinahe übergeben müssen. „Iiiih, das Kleid würde ich nie wieder auch nur anfassen wollen", dachte Rehan und nutzte die Unaufmerksamkeit des Mannes und wollte an ihm vorbeihuschen. Doch dieser, nicht auf den Kopf gefallen, reagierte blitzschnell und stellte sich Rehan in den Weg. „Gib mir deinen Beutel", zischte dieser mit einer Ernsthaftigkeit in seinen Augen, dass Rehan sicher war, dass der Mann nicht lange fackeln würde, um zu bekommen, was er begehrte. „Ich glaube es nicht, bin mal wieder voll in die Scheiße getreten", dachte Rehan noch, als er merkte, dass der Mann seine Drohung ernst machte. Rehan brauchte zwar nur einige Momente, um den übergewichtigen Mann auszutricksen und ihn in die Grube zu schubsen, aber in diesem Augenblick schwor er sich, nie wieder unachtsam zu sein oder sich von anderen Sachen vollkommen ablenken zu lassen. Der Anblick des Kleides, das nun leicht verdreckt auf dem Boden lag, schmerzte ihn zwar ein wenig, aber er war froh, so glimpflich davongekommen zu sein. Rehan steuerte schnurstracks auf den Weg zu, den er gegangen war, um in die Katakomben zu gelangen. Mit jedem Schritt, den er tat, ging es ihm ein wenig besser. Die Flüche des Mannes in der Grube voller Leichen ebbten zwar nicht ab, aber sie wurden immer leiser, je schneller Rehan wurde. Wiederum irrte er fast eine halbe Stunde herum, kam hier und da an verschiedenen Stellen heraus und war jedes Mal voller Hoffnung, nun endlich doch den Weg gefunden zu haben, der ihn überhaupt zu dieser Arena geführt hatte. Doch er brauchte eine weitere Stunde, bis er eine frische Brise ausmachen konnte, der er umgehend folgte. Er hatte das weitläufige Gang- und Tunnelsystem unterschätzt. Im Nu war er aus dem Berg. Er schloss die Augen und atmete mehrmals ein und aus und kostete den Moment der vollkommenen Stille aus. Als er die Augen wieder öffnete, verschlug es ihm abermals den Atem, da der Morgen bereits graute und er Umrisse dessen erkennen konnte, was sich nicht annähernd mit dem Panorama vergleichen ließ, das ihm nach dem Wechsel in die Parallelwelt zuteil geworden war.

Was seine Augen ihm zeigten, gefiel ihm nicht. Nicht nur die Tatsache, dass er nicht da herausgekommen war, wo er hineingegangen war, sondern auch das, was ihm zu Füßen lag, schauderte ihn. Das Hochgefühl war mit einem Schlag weg, eine bejammernswerte Einsicht beherrschte nun seine Gefühlswelt. Er würde nie wieder nach Hause zurückkehren.

***

Karge Wüstenlandschaft, so weit sein Auge blicken konnte, erstreckte sich seitlich von ihm. Trostlose Einöde, egal wo er hinsah. Kein einziger Baum, keine Pflanze. Kein Sand, nur grobes Gestein, in unterschiedlichster Form. Das Einzige, was ihm bekannt vorkam, war ein Bergpfad, der aus dem Berg herausgearbeitet war. Er wagte drei Schritte nach vorn und blickte in die Tiefe, die sich ihm zu Füßen erstreckte. Rehan konnte nichts erkennen, egal wie er sich anstrengte. Die Bodenlosigkeit jagte ihm eine Heidenangst ein. Das Blut in seinen Adern wirkte wie gefroren. Das Grau, das sich noch bis zu fünfzig Meter unter ihm erstreckte, ging ohne weitere Farbabstufung in eine tiefe Dunkelheit über, aufgrund derer er nichts weiter erkennen konnte. Er brauchte einige Augenblicke, um wieder klar denken zu können. Rehan spürte kein Bestreben, einen anderen Weg nach Falkental zu finden, als den zu nutzen, der ihn aus der Stadt geführt hatte. Alles andere interessierte ihn derzeit nicht. Das Einzige, was ihm auf der Seele brannte war, so bald wie möglich zu seinem Onkel zu gelangen, um mit ihm über seine Erlebnisse zu reden. Daher drehte er sich entschlossen um, um wieder in den Berg einzutreten, und staunte nicht schlecht, als vor ihm nur eine schroffe Bergwand aufragte. „Scheiße", rutschte es ihm heraus. Im nächsten Moment wusste er sich nicht anders zu helfen, als einen lauten Schrei loszuwerden und einige Sekunden lang gegen die Bergwand zu hämmern. Nachdem er erste Schmerzen an seinen Händen verspürte, sank er kapitulierend auf die Knie und setzte sich kurz darauf hin. Er lehnte sich gegen die Bergwand und schaute der Sonne zu, wie sie am Horizont auftauchte und langsam aufging. „Was ist denn das nur für ein eigenartiges Land?", überlegte er. Rehan saß fast eine Stunde regungslos auf seinem Platz und starrte stur geradeaus. Er wusste nicht, wo er war und welchen Weg er einschlagen musste, um zum Schloss zu gelangen. Schiere Verzweiflung machte sich in ihm breit. Er hatte sich verlaufen, und das nicht zu knapp. Und wie sollte er es anstellen, wieder nach Hause zu gelangen, wo auch immer das nach alledem, was er in Erfahrung hatte bringen können, künftig sein würde? Er ließ seinen Kopf auf die Brust sinken und war kurz davor, seinen aufgestauten Frust und Ärger mit den Tränen aus seinem Körper fließen zu lassen, als er unerwartet wiederum glaubte, die Stimme seines Onkels zu hören. „Wieso sitzt du so untätig rum? Kind, wir sind in Eile. Nun komm schon, wir müssen bergab. Sie sind so aufgeregt, dass sie dich nun endlich kennenlernen werden", meinte Hrothgars Stimme auffordernd zu ihm, sich nun endlich in Bewegung zu setzen. Durch die Worte seines Onkels aufgerüttelt, motivierte sich Rehan aufzustehen und seinen Weg fortzusetzen. „Mein Weg scheint vorgezeichnet – entweder ins Verderben oder in eine andere Katastrophe. Irgendwie finde ich jedes Fettnäpfchen, das irgendwo versteckt ist", dachte er, während er unbewusst seine Umgebung unter die Lupe nahm und mit dem Abstieg begann. So atemberaubend schön das Panorama gewesen war, als er erstmalig aus einem Berg getreten war, so unheimlich und Furcht einflößend empfand er nun sein Umfeld. Er konnte sich des Eindrucks nicht erwehren, dass nur Lebloses, Totes um ihn herum war. Während seines halbstündigen Abstiegs versuchte er sich immer wieder einzureden, dass er sich alles nur einbilden würde. Doch er musste sich wiederholt eingestehen, dass er sich nichts vorzumachen hatte. „Komme mir vor wie in einem billigen Horrorfilm, bei dem man genau weiß, das in der nächsten Szene irgendein Monster oder Zombies aus irgendeiner dunklen Ecke ins Bild springen und die Filmfigur zu Tode erschrecken wird", murmelte er vor sich hin, als er unerwartet ein lautes Geräusch wahrnahm, das ihn an Geröll erinnerte, das sich den Weg vom Berg herunterbahnte. Er spitzte die Ohren, um sicherzugehen, dass er sich nicht verhört hatte, und wurde nicht enttäuscht. Rehan, fast schon leicht panisch, wo er in seinem kargen Umfeld einen passenden Schutz finden könnte, presste sich in letzter Verzweiflung an die schroffe Bergwand und kniff die Augen zusammen, weil er die im rasanten Tempo nach unten fallenden Steine nicht sehen wollte, wenn er schon durch diese getötet werden würde. Es dauerte auch nur wenige Sekunden, bis die ersten kleineren Gesteinsbrocken an seinem Haupt vorbei nach unten donnerten. Der Boden unter ihm bebte vor lauter Erschütterung. Rehan versuchte sich abzulenken und überlegte krampfhaft, ob er in seinem ganzen Leben schon ein ähnliches Erlebnis gehabt hatte. „Also, wenn, dann muss man in einem solchen Moment doch an etwas Schönes denken", schimpfte er mit sich selbst und bekam gar nicht mit, dass das Unglück bereits in Riesenschritten auf ihn zueilte. Er wusste nicht, was er machen sollte, wog in Windeseile seine Position ab und rechnete sich seine Überlebenschancen aus. Im Bruchteil einer Sekunde entschied er, dass diese schwindend gering waren, was ihn dazu ermutigte, wenn er denn schon sterben musste, dieses wenigstens nach einem freien Fall zu tun. „Ob ich jetzt hier oben von Felsbrocken erschlagen werde oder erst unten einen hässlichen Fleck abgebe, ist Jacke wie Hose. Aber es besteht die Chance, während des Sturzflugs das Bewusstsein zu verlieren, dann merke ich den Aufprall nicht", schoss es ihm durch den Kopf. Gleichzeitig versuchte er immer wieder abzuschätzen, ob er den Pfad runtersprinten könnte. Noch während er kurz überlegte, ob er wirklich springen sollte oder nicht, merkte er, dass der Boden unter ihm noch heftiger bebte. Blitzartig schaute er nach rechts und links und sah voller Entsetzen, dass der Bergpfad der Erschütterung nicht mehr standhalten konnte und bereits angefangen hatte, zu bröckeln. Ihm blieb keine andere Wahl. „Beim ersten Mal hat es ja auch funktioniert", murmelte er, zögerte keine weitere Sekunde und sprang in die Tiefe. Er wagte es nicht einmal den Kopf zur Seite zu drehen, um einen Blick auf das Geröll zu werfen, das ihn zu diesem waghalsigen Schritt genötigt hatte. Doch was an ihm vorbeiflog und ihn um Haaresbreite erwischt hätte, beflügelte seine Fantasie so sehr, dass er sich dazu zwingen musste, die Augen zu schließen, sodass er gar nicht mitbekam, dass er nur einen Moment später in den dunklen Abschnitt der Tiefe eingetaucht war. Seine Fallgeschwindigkeit erhöhte sich mit jedem Meter um ein Vielfaches, sodass er schon gar nicht mehr abschätzen konnte, wie weit er bereits gefallen war. Nur wenige Sekunden später versuchte er trotz seiner immensen Angst, die Augen zu öffnen, in der Hoffnung, doch etwas erkennen zu können. Aber der Optimismus verschwand im Nu. Er konnte seine Augen zwar einen Spalt öffnen, aber es brachte ihm nichts, da er nichts sah. Außer tiefer Dunkelheit nichts weiter. Nur einen Moment später hatte Rehan das Gefühl, dass ihn irgendwas an der Brust getroffen hatte. Der plötzliche Schmerz war so intensiv, dass er kurz davor war, das Bewusstsein zu verlieren. Völlig unerwartet hatte er wieder einmal das Gefühl, dass sich seine Fallgeschwindigkeit in einen starken Sog gewandelt hatte, der ihn in einem rasanten Tempo in die Bodenlosigkeit zog. Er hatte keinerlei Antrieb mehr, sich zu wehren. Sein Überlebenswille löste sich mit einem Male und verschwand in der Dunkelheit. „Warum nur, Onkel, hast du mich alleine gelassen?", war das Letzte, was Rehan in den Sinn kam, bevor er endgültig das Bewusstsein verlor.

23

Klirrende Kälte. Eisiger Wind, der sich nicht entscheiden konnte, in welche Richtung er wollte. Extreme Witterungsbedingungen. Das Gefühl zu ertrinken war schlagartig weg. Probleme, die Balance zu halten. Gewissheit, dünner Luft ausgesetzt zu sein, machte sich breit. Rückenbeschwerden, Schmerzen im Oberkörper, Krämpfe in den oberen Extremitäten wechselten sich hin und wieder ab. Doch überwiegend existierten sie parallel zueinander. Aus frostiger Umgebung wurde gemächlich wohltuende Wärme. Entspannung, jedenfalls, so weit sie möglich war. Die Gefahr war vorüber.

***

Stille. Das Misstrauen wuchs. Höchste Zeit, sich mit eigenen Augen davon zu überzeugen. Ein weiterer Moment war nötig, und Rehan riss die Augen auf, als würde es um Leben und Tod gehen. Schnappatmung. Sein Herz raste. Er saß aufrecht und inspizierte seine Umgebung. Verwirrung. Er lehnte sich zurück, schloss die Augen dabei und verweilte eine kurze Dauer in einem riesigen Bett. Rehan streckte seine Gliedmaßen und wurde umgehend dafür bestraft. Nicht nur die Oberarme quälten ihn, als hätte jemand ein glühendes Eisen hineingerammt. Ihm tat alles weh, als hätte er ein stundenlanges Workout hinter sich. Er verstand nichts mehr, öffnete die Augen und schaute sich erneut um. Doch auch dieses Mal bekam er das gleiche Bild geboten. Er befand sich in einem übergroßen Zimmer, mitten in einem Bett überragenden Formats, in der Nähe eines wärmenden Kamins. „Du meine Güte", stöhnte er und dachte darüber nach, aus dem Bett zu steigen. Aber der innere Schweinehund überrumpelte ihn und ließ ihn abermals ins Kissen sinken. „Was ist denn nun schon wieder passiert?", fragte er sich. „Will ich das überhaupt wissen?", fügte er in Gedanken hinzu. Er schüttelte den Kopf und starrte minutenlang die hohe Decke an. Urplötzlich erinnerte er sich an das Gespräch, dessen Zeuge er geworden war. Rehan wusste, dass er schnell handeln musste. Er musste seinen Onkel finden, damit er ihm den Rückweg in seine Welt aufzeigte. Und wenn es sein müsste, würde er auch nicht davor zurückschrecken, Gewalt anzuwenden. Auch wenn er durch die letzten Tage wertvolle Zeit verloren hatte, weil er überrumpelt worden war und dadurch seinen Auftrag aus den Augen verloren hatte, wusste er nun, dass er nicht mehr trödeln durfte. Er wusste, was er zu tun hatte. Und dafür musste er wieder zurück in seine Welt, in die Untergeschosse der Zentralbank. Von dort aus ging die meiste Gefahr aus. Rehan richtete sich mit einem Male auf und schwang sich aus dem Bett. Eile war geboten. Es dauerte keine Sekunde, und er fing an zu frieren. Rehan stand splitterfasernackt im Zimmer und zitterte. Er blickte um sich, um nach geeigneter Kleidung zu suchen, und ärgerte sich mit jedem verstreichenden Moment mehr. Er konnte nicht ein einziges Kleidungsstück finden. Dafür fand er in einer Ecke des gigantischen Zimmers einen mannshohen Spiegel und wurde von seiner Neugier übermannt. Er wollte sich wenigstens einmal in voller Körpergröße im Spiegel sehen. Gespannt eilte er zum Spiegel, der in der Nähe der Zimmertür stand, und blickte auf sein Spiegelbild. Er erschrak im ersten Moment. „Oha", rutschte es ihm raus. Statt einem muskulösen und männlichen Körper sah er eine dunkelhaarige Frau. Anstelle von Penis und Hoden sah er nur dunkles Schamhaar, das die Weiblichkeit verdeckte. Rehan sah wohlgeformte Brüste, das Gesicht und die Narben am Knie. „Ja", jubelte sie und war glücklich, wieder in ihrem eigenen Körper zu stecken. Für den ersten Moment hatte sie die Welt um sich herum vergessen. Bis sie laute Schritte vor der Tür hörte. „Könnte peinlich werden", dachte sie und verschwand im angrenzenden Badezimmer. Sie konnte sich gerade noch rechtzeitig den Bademantel überstreifen, als die Tür geöffnet wurde. Umgehend versteckte sie sich hinter der Badezimmertür und versuchte durch den Spalt zu schauen, um zu sehen, wer eintreten würde. Die Tür stand sperrangelweit auf, aber es kam keiner herein.

***

Rehan hörte nur eine Sekunde später zwei Männer miteinander flüstern. Aber sie konnte die Stimmen nicht zuordnen. Erst als sie zur normalen Zimmerlautstärke übergingen, konnte Rehan die beiden Gesprächspartner identifizieren. „Man sollte ihn pfählen – borniert und leichtgläubig zugleich. Allein der Gedanke an sein Vorhaben lässt mein armes Haupt schmerzen", sagte Ashgar und schnaubte wütend. „Du solltest den Tenor deiner Worte überdenken. Du leistest dir ein wenig zu viel, wenn man bedenkt, dass du erst seit einigen Tagen zurück bist", entgegnete Ragnar und war nicht minder aufgebracht. Rehan war verwirrt und war sich nicht sicher, was sie machen sollte. „Warum? Der alte Narr macht uns alles streitig!", widersprach der Prinz nur einen Wimpernschlag später. Rehan konnte beobachten, wie der König ins Zimmer eintrat und seinen Sohn mit sich zog. Kaum hatte er die Tür hinter sich geschlossen, flüsterte er: „Um den brauchen wir uns keine Sorgen zu machen. Das war nicht mehr als ein mieses Schmierentheater. Idora, Hrothgar, beide durchgeknallt. Solange sie noch unter meinem Dach sind, können wir sie im Auge behalten. Und wenn sie bald nach Bryant sollten, kann ich für ihre sichere Reise nicht garantieren. So oder so, des Problems Lösung ist Geduld. Das ist, was wir derzeit brauchen. Mein Sohn, halte dich nicht mit Nichtigkeiten auf. Kümmere dich um deine Bestimmung." Ashgar zuckte gleichgültig mit den Schultern. „Es ginge auch einfacher", war das Einzige, was er erwiderte, bevor er sich umschaute. „Mir wird hier ganz übel – allein sein Zimmer ekelt mich schon an. Und dann auch noch diese Farce von einer Feier", fügte er im nächsten Moment aggressiv hinzu und verschwand aus demselben. Ragnar schüttelte

351

nur verständnislos den Kopf und folgte ihm kurzerhand. Kaum, dass sich die beiden Männer aus dem Zimmer entfernt hatten, arbeitete Rehans Hirn auf Hochtouren. Immer wieder kreisten ihre Gedanken um die eben gehörten Worte. Sie wollte nicht unnötig voreilige Schlüsse ziehen, aber es sah nicht gut aus. Sie fühlte, dass ihr Onkel und auch ihre Großmutter auf ein enormes Unglück zuschlitterten. „Wieder einmal, und das bestimmt nur wegen mir", dachte sie und ging unbewusst einige Schritte auf und ab. Sie konnte keinen klaren Gedanken mehr fassen und ließ sich nur einen Augenblick später von der Dusche im Badezimmer ablenken. „Warum nicht?", überlegte sie, schloss die Badezimmertür ab und entledigte sich ihren Bademantels. Sie duschte im Handumdrehen und wickelte sich in ein Badetuch ein. Sie spähte kurz aus dem Badezimmer und führte automatisch einen Thermoscan durch. Sie war froh, dass ihre Augen ihr den Dienst nicht versagten und war nur eine Sekunde später überzeugt, dass zwischenzeitlich kein weiterer Besucher in das Zimmer eingetreten war. Sie war immer noch inkognito – keine Seele hatte von ihr Notiz genommen. Rehan suchte mehr als eine Minute nach einem Kleiderschrank und wollte schon aufgeben, als sie ihn in einer anderen Ecke des großflächigen Raums entdeckte. Als sie diesen aufmachte, staunte sie nicht schlecht. Neben der Garderobe, die Rehan inzwischen für ihren Onkel als typisch erachtete, fand sie zudem arteigene Kleidung für Frauen. Sie hob rätselnd die Augenbraue und spekulierte, ob ihr Onkel Neigungen hatte, von denen sie bis heute noch nichts mitbekommen hatte. Doch sie vertrat sehr schnell die Meinung, dass sie, wenn überhaupt, erst darüber nachdenken wollte, wenn sie hierfür mehr Zeit haben würde. Sie stöberte kurz im Kleiderschrank und fand eine Kombination, die sie an die Kleidung der weiblichen Bediensteten erinnerte. Nur einen Moment später hatte sie die Sachen in der Hand und war geschwind angezogen. „Sogar passende Schuhe hat er", schoss es ihr durch den Kopf. Kaum waren ihre Füße beschuht, standen nur den Bruchteil einer Sekunde später zwei junge Frauen, begleitet von einem älteren Herrn, in der Tür. Rehan hatte gar nicht gehört, dass diese aufgemacht worden war. „Was soll das? Küchenpersonal in den Privatgemächern meines Herrn? Sprich Mädchen, was machst du hier?", wollte der Mann wissen, der wie ein Kammerdiener gekleidet war. „Ein Personal Assistant", dachte Rehan schmunzelnd und versuchte dabei etwas frivol zu wirken. Sie war sich zwar nicht sicher, ob sie sich in ihrer gegenwärtigen Situation einen Fehler leisten konnte oder durfte, aber es war ihr egal. Sollte der Kammerdiener doch denken, was er wollte. Mit ihm wollte sie sich nicht länger beschäftigten. Sie hatte schon viel zu viel Zeit verplempert. Doch dieser erinnerte sich schlagartig an die erste Regel, die sein Herr aufgestellt hatte – Diskretion. Er schaute sich in Windeseile um und rümpfte leicht die Nase, als er das benutzte Bett sah. Umgehend wies er die beiden jungen Frauen an, das Bett wieder herzurichten, und wendete sich erneut an Rehan. Diese hatte zwischenzeitlich nach einer plausiblen Erklärung gesucht, um die Richtigkeit ihrer Anwesenheit im Zimmer zu belegen. Schließlich wollte sie nicht wegen unbefugten Eintritts in Gewahrsam genommen werden. Sie grübelte, wie sie ohne großes Aufsehen das Zimmer verlassen könnte. Aber sie musste nicht länger darüber nachdenken, weil sich der Lakai, seiner eigenen Schlussfolgerung vertrauend, an sie wandte. „Wirst du unten nicht gebraucht? Die Feierlichkeiten haben bereits begonnen, und die Küche ist mal wieder unterbesetzt. Auch wenn gewisse Annehmlichkeiten absehbar scheinen, bist du immer noch Teil des Küchenpersonals. Also ab in die Küche, bevor ich Meldung machen muss. Und noch eines: Du bist nicht die Erste, und wirst bestimmt auch nicht die Letzte sein", meinte er hochnäsig und räusperte sich. Er winkte sie mit einer abwertenden Handbewegung aus dem Zimmer. Rehan konnte gerade noch die jungen Frauen kichern hören, als die Tür mit einem Ruck von innen geschlossen wurde.

***

353

Da stand sie nun, wie bestellt und nicht abgeholt. Wieder einmal wusste sie nicht, in welche Richtung sie musste. Als sie wiederum Schritte hörte, wurde sie plötzlich nervös. Schließlich hatte sich für sie einiges verändert. Nun war sie nicht mehr der große Mann, der alleine durch sein imposantes Auftreten einschüchterte. Sie war nur noch eine Frau, gekleidet wie das Küchenpersonal und somit in der Hierarchie weit unten angesiedelt. Nur wenige Sekunden später stand sie einer Patrouille gegenüber. „Na Schönheit? Verlaufen? Zur Küche geht es in die andere Richtung", sagte der Anführer und grinste dabei lüstern, als sein Blick an Rehans Brüste hängen blieb. Rehans Gesichtsausdruck sprach Bände, aber sie konnte sich zum jetzigen Zeitpunkt keine Auseinandersetzung mit den Soldaten leisten. Sie war unter Zeitdruck und drehte sich deswegen blitzartig von der Wache weg und eilte in die gegenläufige Richtung. Das dreckige Gelächter verfolgte sie noch einige Sekunden. Je länger sie in die Richtung marschierte, die sie eingeschlagen hatte, desto lauter wurde die Geräuschkulisse. Rehan zupfte beim Laufen noch ihre Kleidung zurecht, so dass sie zu schnell um die Ecke bog und dem Unausweichlichen begegnete. Sie war mit jemandem zusammengestoßen und verlor kurzweilig das Gleichgewicht. Doch ein Sturz blieb ihr erspart, da sie von starken Armen gestützt, im nächsten Moment wieder festen Boden unter den Füßen hatte. „Pass doch auf, du Trampel", hörte sie die Stimme des Prinzen Ashgar hinter sich und war urplötzlich zornig. „Eckspiegel zur Prävention von solchen Unfällen wären nicht schlecht", murmelte sie stattdessen und versuchte ihren Ärger herunterzuschlucken. „Ist ja noch mal gut gegangen", sagte der Mann, in dessen Armen sie sich noch befand. Rehan verfluchte die Situation, in die sie mal wieder gestolpert war. „Ausgerechnet", dachte sie und tat einen Schritt zurück. „Ich bitte um Verzeihung", sagte sie und versuchte den Blickkontakt mit den beiden Männern zu vermeiden. Noch ehe diese reagieren konnten, tat sie einen Schritt zur Seite und hastete davon. Sie hörte noch ein leises Lachen und schalt sich, künftig aufmerksamer durch die Welt zu gehen. „Eine Schönheit ist sie ja nicht gerade. Aber der werte Graf bestäubt jedes Frauenzimmer mit seinem unvergleichlichen Charme", hörte sie Ashgar sagen. „Das ist wahr; sie ist weit davon entfernt, mit dem Begriff Schönheit auch nur Verbindung gebracht zu werden. Aber auch für diese gibt es Interessenten. Und überhaupt war es nur ein freudloser Zusammenstoß", antwortete Graf Ardahan mit einem anmaßenden Unterton in der Stimme. Rehan kochte vor Wut, als sie seine Worte hörte. Sie war kurz stehen geblieben, um seine Antwort abzuwarten und marschierte nun umso schneller. „Arschloch", begann sie in Gedanken, als sie das Treppenhaus entdeckte. „Weit entfernt – pah! Zum Glück liegt Schönheit im Auge des Betrachters! Oh, welch Weltuntergang, ich bin nicht sein Typ. Ich stürze mich von der nächsten Brücke, wenn ich wieder etwas mehr Zeit habe. Keines weiteren Kommentars mehr würdig. Soll er doch mit seinen Schönheiten glücklich werden", brütete sie, als sie die ersten Stufen hinuntereilte. Auch wenn sie sich etwas anderes einzureden versuchte, erkannte sie die Ironie der Situation, in der sie steckte. Sie wollte den Worten des Grafen keinen Wert beimessen, aber sie war gekränkt. Es kratzte an ihrem Ego, dass so abwertend von ihrem Aussehen gesprochen worden war. Sie zwang sich dazu, die letzten Minuten ihres Lebens aus ihrer Erinnerung zu löschen, und konzentrierte sich auf die endlosen Stufen. Ein Unfall wäre das Letzte, was sie gegenwärtig gebrauchen könnte. Es dauerte fast eine Viertelstunde, bis sie den Küchentrakt erreichte. Erst dort angekommen, erkannte sie, wie viel Aufwand betrieben wurde, um die feine Gesellschaft zu verköstigen. Kaum, dass sie einen Fuß in die Küche gesetzt hatte, wurde sie auch schon eingespannt. Noch ehe sie sich versah, saß sie mit mehreren jungen Frauen um einen Berg voller Kartoffeln und schälte eine nach der anderen im Zeitakkord. Anfangs noch fasziniert von der Hektik in der Küche, erinnerte sie sich daran, weswegen sie aus dem Zimmer gegangen war. Sie musste ihren Onkel finden, damit dieser sie so schnell wie möglich dahin brachte, wo sie in ihre Welt wechseln konnte. Zu ihrem Glück neigte sich der Kartoffelvorrat nach wenigen Minuten dem Ende. Sie hätte zwischenzeitlich auch einfach aufstehen und gehen können, aber die Mädchen hatten ihr leidgetan. „Auf die paar Minuten kommt es jetzt auch nicht mehr an", überlegte sie noch und nutzte die unerwartet eingetretene Verschnaufpause, um aus der Küche zu fliehen.

***

Doch nur eine Minute später, auf dem Gang zur oberen Etage, wurde sie abermals abgefangen und harsch zurechtgewiesen. „Be-eil dich, eines der Mädchen ist umgefallen. Du übernimmst ihren Herrn", sagte ein Lakai um die fünfzig und schob sie in ein kleines Zimmer. Rehan rechnete schon mit einem Übergriff und schwor sich, ihm alle Knochen zu brechen, wenn er sie auch nur anfassen würde. „Zieh ihre Sachen an, sie müssten passen. In fünf Minuten, komplett angekleidet, vor der Tür", fügte er hinzu und wendete sich ab. Rehan blickte irritiert drein und blieb wie angewurzelt stehen. „Die Uhr läuft", sagte er noch und schaute sie ungeduldig an, bevor er die Tür hinter sich schloss. „Das artet ja in Arbeit aus", dachte sie gerade noch, als sie merkte, welch günstige Entwicklung ihre Suche nach ihrem Onkel genommen hatte. Ruckzuck war sie umgezogen und ließ sich, wenn auch widerwillig, eine Dienstmädchenhaube aufsetzen. Noch ehe sie ihre Strategie überdenken konnte, befand sie sich mitten im Trubel. Ihr wurde ein Mann gezeigt, zu dem sie gehen sollte, um zu erfahren, welchen der Gäste sie zu bedienen hatte. „Ein ziemlich gelackter Oberkellner", kam es ihr blitzartig in den Sinn, als sie ihn sah. Sie kämpfte sich bis zu ihm durch und brauchte noch nicht einmal zu sagen, warum sie vor ihm stand. Er teilte sie umgehend ein und platzierte sie direkt hinter einem prunkvollen Stuhl. Rehan konnte nicht umhin, wenigstens einen Blick auf ihren Gast zu werfen. Sie war heilfroh, dass es nicht der Graf war. Sie brauchte mehrere Augenblicke, bis sie merkte, dass sie ihren Onkel bedienen musste. Sie überblickte den Ballsaal in Windeseile und sah, dass die Speisetafel in Hufeisenform aufgestellt war, sodass jeder jeden beobachten konnte. Sie schätzte die Anzahl der Gäste auf mehr als dreihundert und wunderte sich gleichzeitig, warum der Ballsaal dennoch wirkte, als wäre er nur zur Hälfte gefüllt. „Mit der Königsfamilie verwandt muss man sein – dieser Glückspilz. Rassig und vollbusig, das Weibsbild, zum Anbeißen", hörte sie Fürst Hilarius unerwartet sagen. Rehan fühlte sich, als hätte sie etwas Ekliges angefasst. Es lief ihr eiskalt den Rücken hinunter. „Wein", hörte sie ihren Onkel auf einmal sagen. Sie sah nur seine ausgestreckte Hand, die einen silbernen Becher hielt. Nun wusste sie auch, was ihre Aufgabe war. Sie schaute sich schon um, um zu erfahren, wo sie den Wein bekommen könnte, als ihr eine Karaffe Rotwein von einem der Bediensteten gereicht wurde. Ohne zu zögern goss sie den Wein in den Becher ein. Kaum gefüllt, wurde dieser auch schon wieder zum Gedeck gestellt. Ihr Onkel hatte sich, ohne sie auch nur eines Blickes zu würdigen, kurzerhand seinem Nachbarn zugewendet und unterhielt sich angeregt mit ihm. Sie konnte nicht anders, als sich über die Geselligkeit ihres Onkels zu wundern. „Der vermisst mich noch nicht einmal, ganz zu schweigen davon, dass er sich noch nicht einmal Gedanken macht, wo ich abgeblieben bin, was mir passiert sein könnte. Erst überwacht er, wie eine Glucke, alles was ich mache, und nun juckt es ihn nicht im Geringsten, ob ich überhaupt noch am Leben bin. Trinkt Wein, isst üppig, hier und da mal ein Smalltalk", sinnierte sie und war sich nicht sicher, ob sie in Selbstmitleid versinken oder wütend auf ihren Ziehvater sein sollte. „Was für eine Ressourcenverschwendung", dachte sie plötzlich, als sie sah, dass jeder Arbeitsschritt von einem anderen Bediensteten ausgeführt wurde. Der Diener hinter ihr musste ihr das Getränk reichen, das der Gast haben wollte, und ihre Aufgabe war es, den Becher zu füllen. Sie hörte ein Räuspern und gab die Karaffe wieder nach hinten. Gleichzeitig überlegte sie, wie sie ihren Onkel ansprechen konnte, ohne dass er einen Herzinfarkt bekam. Schließ-

357

lich wusste er nicht, dass sie wieder im Schloss war. Auch wenn es nicht ihre Absicht gewesen war, an den Feierlichkeiten zu Ehren der Königskinder teilzunehmen, wollte sie diese gebotene Möglichkeit, ihren Onkel zu kontaktieren, nicht ungenutzt verstreichen lassen. Aber wie? Noch während sie tüftelte, ertönte jäh ein lauter Gong. Dies kam für Rehan so unerwartet, dass sie vor lauter Schreck zusammenzuckte. Sie hörte ein höhnisches Lachen und musste sich nicht groß anstrengen, um zu erfahren, wem das Lachen gehörte. „Dieser arschige Graf", dachte sie hasserfüllt und versuchte so unauffällig wie möglich zu Seite zu schauen, aus der das Lachen erklungen war. Sie wollte sich nur vergewissern. Nur einen Wimpernschlag später hatte sie mit Graf Ardahan Blickkontakt. Er zwinkerte ihr zu und vermittelte ihr das Gefühl, von ihrem Schwarm ertappt worden zu sein. Sie wendete ihren Blick abrupt ab und entschloss sich, Hrothgar endlich anzusprechen. Noch ehe sie einen weiteren Gedanken daran verschwenden konnte, waren die Feuerschlucker aus der Mitte der Hufeisentafel verschwunden. Stattdessen stand nun die nächste Attraktion des Unterhaltungsprogramms in der Mitte der freien Fläche und beanspruchte jegliche Aufmerksamkeit für sich. Die Beleuchtung wurde gedämpft. Vereinzelte Fackeln in der Mitte der Hufeisentafel spendeten Licht. Auch Rehans Onkel richtete sich interessiert auf. Es herrschte Totenstille im Raum.

***

Sie wollte die verdunkelte Atmosphäre für sich nutzen. Alle waren sie durch die geschaffene mystische Stimmung abgelenkt und warteten, jeder für sich, auf den Beginn der Tanzvorführung. Rehan trat einen Schritt nach vorne und wollte sich gerade zu Hrothgar herunterbeugen, um ihm ins Ohr zu flüstern. Doch der plötzlich brennende Scheiterhaufen, mitten auf der Tanzfläche, ließ die Menge vor Begeisterung toben. Rehan war plötzlich gereizt und dachte: „So wird es nie was." Nur einen Augenblick später ertönte eine Musik, die, auf ihre Art, die Anwesenden zu verzaubern schien. Rehan empfand die Klänge als ein wenig zu exotisch und fasste kurzfristig den Entschluss, direkt nach der Tanzeinlage ihren Onkel anzusprechen. Fast schon stoisch beobachtete sie die Tanzgruppe, die in ihrer Choreografie manchmal etwas disharmonisch wirkte. „Irgendwie passt das nicht. Auf der einen Seite exotische, fast schon laszive Leibesübungen. Sieht eher aus wie ein Softporno. Auf der anderen Seite die biedere, zugeknöpfte Gesellschaft. Aber, warum soll es hier anders sein als in meiner Welt", ging es Rehan durch den Kopf, als sie sah, dass sich eine der Tänzerinnen von der Gruppe absonderte und ein Solo präsentierte. Rehan schaute sich um und sah enthusiastische Gesichter. Nicht nur die Männer wurden von der Haupttänzerin in ihren Bann gezogen. Auch die Frauen schienen auf eine, für Rehan noch nicht greifbare, Art verzückt zu sein. Sie schüttelte verwirrt den Kopf und überlegte, was genau an der Tänzerin so anders war, dass keiner seinen Blick von ihr abwenden konnte. „Okay, sie ist ziemlich hübsch, hat auch einen mehr als schönen schlanken, aber an den richtigen Stellen gut geformten Körper. Aber sonst? Einverstanden, ihre Bewegungen lassen sich auch sehen – sie hat einen guten Rhythmus. Und dennoch?", fragte sie sich in Gedanken. Sie schaute nochmals genauer hin und hatte mit einem Male eine Assoziation. Sie konnte sich nicht dagegen wehren, aber ein Bild beherrschte ihr Sehfeld. Vielleicht sah sie es sogar wirklich vor sich – eine Schlange, die mit ihren Bewegungen versuchte, ihre Beute zu hypnotisieren. Rehan blinzelte und zwang sich, genauer hinzuschauen. Sie musste zugeben, dass auch sie streckenweise von der Tanzvorführung beeindruckt gewesen war, aber sie wollte nicht glauben, was ihr geistiges Auge unentwegt präsentierte. Erst als sich die Solokünstlerin Hrothgar näherte, war sie wieder hochkonzentiert. Trotz der betörenden, teilweise auch sehr flinken Bewegungen, konnte Rehan etwas beobachten. Der Verdacht wurde zur bitteren Gewissheit. Nur eine Sekunde später war die Vorführung überraschend beendet, und Rehan wurde das Gefühl nicht los, dass das Ende des Tanzes vorzeitig eingeläutet worden war. „Fast so, als hätten sie darauf gewartet, dass sie ihren Auftrag erledigt", dachte sie noch, als sie ihren Blick durch die Reihen wandern ließ. Keiner der Zuschauer wollte wahrhaben, dass der Tanz vorüber war. Und dennoch klatschen sie einen Moment später voller Begeisterung und verlangten eine Zugabe. „So toll waren sie auch wieder nicht", dachte Rehan gerade noch, als sie sich dazu entschloss, dem Treiben ein Ende zu bereiten. Wider Erwarten kam ihr der König zuvor. Er war aufgestanden und prostete seinen Gästen zu: „Auf meine Kinder." „Auf ihre königlichen Hoheiten", antwortete die Schar wie aus einem Munde. Just in dem Moment, als Hrothgar auch auf seine Patenkinder trinken wollte, reagierte Rehan gemütsruhig und verhinderte, dass ihr Onkel auch nur einen Tropfen von dem Wein kostete, der in seinem Becher darauf wartete, sein Werk zu vollbringen. Sie überlegte noch, ob sie ihm den Becher aus der Hand schlagen sollte, entschied sich aber im nächsten Augenblick dagegen. „Das solltest du nicht tun", meinte sie stattdessen gelassen, nahm dem verblüfften Hrothgar den silbernen Becher aus der Hand und stellte diesen auf den Tisch. Ihr Onkel, noch gar nicht dessen gewahr, wer ihm sein Getränk weggenommen hatte, erwog flüchtig, den Schuldigen zur Rechenschaft zu ziehen. Er wirkte nach außen hin, als wäre ihm nichts fremder als blinder Aktionismus, doch tief in ihm brodelte es dermaßen, dass es ihm egal war, wer hierfür würde Zeugnis ablegen müssen. Keiner durfte sich zwischen ihm und seinen Wein stellen – er war stinksauer und wollte jemanden dafür büßen lassen. Er wendete sich gefasst zu der Hand, die ihm sein Getränk entwendet hatte, und war mit einem Male mehr als konsterniert, als er das Gesicht dazu sah. „Die hat reingespuckt – ekelhaft! Oder stehst du seit Neuestem auf so was?", kommentierte Rehan ihre Handlung und blickte lässig in die Runde. „Seit wann bist du? Ich meine, wie kommst du? Ähm, wieso hast du diese Sachen an?", stammelte Hrothgar und musste sich setzen. Er konnte nicht glauben, dass seine Nichte wahrhaftig vor ihm stand.

***

360

„Es ist, wie es ist. Nimm es einfach hin. Aber wie gesagt, wenn dir auch nur ein wenig an deiner Gesundheit liegt, solltest du bei deinem Essen und Trinken etwas wählerischer sein", antwortete sie und zeigte auf die Haupttänzerin. „Sie lügt. Nichts dergleichen habe ich getan", versuchte diese, sich herauszureden. „Wer bist du, solche haltlosen Anschuldigungen zu machen?", wollte der König beim nächsten Atemzug wissen. „Rehan", kreischte Idora plötzlich, dass es dem einen oder anderen eiskalt den Rücken herunterrieselte. Kurz darauf fühlte Rehan sich eingeengt, fast schon wie gefesselt. Sie schaute an sich herunter und sah ihre Großmutter zu ihren Füßen. Sie hatte Rehans Beine fest umklammert und weinte vor Glück. „Onkel", war das Einzige, was Rehan sagen konnte. Und Hrothgar reagierte wie erhofft. „Komm Mutter, setz dich auf meinen Platz", meinte er nur eine Sekunde später und befreite seine Nichte von der Umklammerung. „Sie sieht aus wie ihr Vater, aber auf den zweiten Blick ist es, als würde Iolén vor mir stehen", äußerte sie unter Tränen, aber voller Freude. Ein Raunen ging durch die Reihen. Damit hatte keiner gerechnet. Alle Anwesenden hatten fast gleichzeitig das Gefühl, Zeugen eines einzigartigen Ereignisses geworden zu sein. Die Unruhe wurde lauter. Es dauerte keine Minute, bis die Leibgarde des Königs den Raum betreten hatte und die Feiernden nun mit ihrer Präsenz einzuschüchtern versuchte. Der Geräuschpegel wuchs ins Unermessliche. Inzwischen waren auch andere Soldaten in den Ballsaal eingetreten, in der Absicht, wieder Ruhe unter die Gäste zu bekommen. Zu Beginn sah es so aus, als würden sie scheitern. Aber nach einer kurzen Weile hatten sie es tatsächlich geschafft. Rehan verdrehte genervt die Augen. Noch ehe sie einen weiteren Gedanken zulassen konnte, wurde sie von einem ohrenbetäubenden Kreischen abgelenkt. „Die Schreckschraube hat gerade noch gefehlt", dachte Rehan, als Hyldgaard sich auch schon in ihre menschliche Gestalt verwandelte. „Es ist also wahr – kein haarsträubendes Gerücht. Die Totgeglaubte lebt. Die Rechtmäßige ist heimgekehrt", sagte sie gespielt ehrfürchtig und verneigte sich

361

vor Rehan. Diese sichtlich verwirrt, war nicht gewillt, dieses Spiel in die nächste Runde gehen zu lassen und machte einen Schritt auf ihren Onkel zu. Ihr fragender Blick nötigte Hrothgar zu Erklärungen. „Eoghan, dein Vater, ist der legitime König Kangars; Ragnar ist nur der Nächste in der Thronfolge und bis zur Rückkehr des Königs eine Art Stellvertreter", begann Hrothgar und wurde barsch von der Königin unterbrochen. „Eoghan ist tot, und das schon etliche Jahre. Wage es nicht noch einmal, die Rechtmäßigkeit deines Königs zu hinterfragen", zischte die Königin und blickte dabei Rehan missbilligend an. „Er ist nicht mein König, merke du dir das", fauchte Hrothgar zurück. „Ist mir zurzeit, in klaren und unmissverständlichen Worten ausgedrückt, scheissegal. Für solchen Schnickschnack habe ich gerade nichts übrig", rutschte es Rehan heraus. Sie wendete sich abermals ihrem Onkel zu und meinte ganz sachlich: „Ich muss auf dem schnellsten Weg zurück. Kein Wenn und Aber. Ich warne dich, notfalls unter Gewaltanwendung." Dieser schluckte schwer und nickte schließlich. Seine Nichte würde schon einen Grund haben, warum sie so reagierte. Und er wusste, er würde das Motiv ihres Handelns erst erfahren, wenn sie unter sich waren. „Was soll das heißen? Ich dulde keine Gossensprache in meinem Schloss", sagte der König im nächsten Moment provozierend. „Ich wusste gar nicht, dass wir ein solch eingeschränktes Vokabular haben. Noch mal, für die Langsamen und weniger Sprachgewandten. Ich bin etwas in Zeitnot. Für die Klärung historisch gewachsener Unstimmigkeiten habe ich derzeit keine Kapazitäten frei", antwortete Rehan ein wenig erschöpft. „Was wird aus Kangars Thron – Ragnar hat diesen wider alle gesetzlichen Regelungen bestiegen", warf Hyldgaard dazwischen. Rehan schaute diese im ersten Moment verwundert an und fragte sich, ob die Alte sie wirklich für so dämlich hielt, dass sie auf den Versuch, das Volk gegen Ragnar aufzuhetzen, eingehen würde. Sie brauchte nur wenige Sekunden, bis sie der menschgewordenen Harpyie gegenüberstand. „Und dieser Person hast du Vertrauen geschenkt. Bei der erstbesten Gelegenheit will sie dich ans Messer liefern. Hinter deinem Rücken hat sie sogar die Invasion koordiniert", sagte Rehan und schaute den König vorwurfsvoll an. Aber dann erinnerte sie sich plötzlich an die Gesprächsfetzen im Schlafzimmer ihres Onkels und hatte kein Mitleid mit dem Mann, der sich auf einen Thron gesetzt hatte, der ihm nicht rechtmäßig zustand. „Sie lügt. Sie ist nicht die einst verschwundene Erbin. Sie ist eine Hochstaplerin", kreischte die Alte und wollte auf Rehan losgehen. „Auch ich bin mir sicher, dass diese infame Person nicht meine Nichte ist. Jede Frau ihres Alters kann dies behaupten, sei es nur, um den innigsten Wunsch meiner Tante wahr werden zu lassen", fügte die Königin hinzu und schaute Rehan so angriffslustig an, dass sie gar nicht merkte, dass ihre Finger sich um das Fleischmesser gelegt hatten. Doch Rehan sah es nur allzu deutlich. Urplötzlich hob sich der Schleier vor Rehans Augen und offenbarte, was sie erfolglos zu verdrängen versucht hatte. Sie erinnerte sich mit einem Male an jede Einzelheit so deutlich. Alles, was ihr nach ihrem Sturz in die Dunkelheit passiert war, war wieder präsent. Die Bilder der Geschehnisse waren so lebendig und folgten so schnell aufeinander, dass es ihr beinahe schlecht wurde. Ihre Erinnerungen waren binnen Sekunden zum Leben erwacht und hatten Rehan kurzweilig in Beschlag genommen. Auch wenn sie bestimmt noch rechtzeitig reagiert hätte, sah sie im ersten Moment nicht die Gefahr, der sie nur Sekunden später ausgeliefert gewesen wäre.

24

Hyldgaard hatte sich ihr genähert und war nur eine Haaresbreite davon entfernt, Rehan das Zeitliche segnen zu lassen. Noch ehe Rehan darauf reagieren konnte, sah sie nur noch, wie die Alte vor ihr auf die Knie sank und tot umfiel. Rehan, nun aus ihrer geistigen Starre erlöst, versuchte sich zu verteidigen und bemerkte: „Ich habe nichts getan, ich schwöre es. Ich habe sie noch nicht einmal angefasst!" Grabesstille breitete sich aus. Ihr Onkel starrte sie mit aufgerissenen Augen an. „Aber ich", hörte Rehan eine männliche Stimme hinter sich und staunte nicht schlecht, als sie den Mann wiedersah, der ihr schon einmal aus der Misere geholfen hatte. „Ja, der fackelt nicht lang", schoss es Rehan durch den Kopf, als sie sich den Leichnam anschaute. „Sie ist, ich bitte um Vergebung, sie war einer der Anführer, wenn nicht sogar der Kopf unserer Opponenten, in dieser Welt jedenfalls. Sie befehligte die Schlangenmenschen und hatte die Tahten bei der Unterwanderung unterstützt. Sie wollte Kangar in den Ruin, in Verzweiflung stürzen, auslöschen, für die eigenen Zwecke umfunktionieren. Aber das ist ihr nicht gelungen. Dank meiner Tochter ist ihr Spiel aufgeflogen. Und wir konnten rechtzeitig eingreifen. Das Hauptquartier ist zerstört. Nun gilt es, die Abtrünnigen ausfindig zu machen und auszuschalten. Viel zu lange habe ich diesem abnormen Spiel zugeschaut. Doch ich bin nicht länger Späher. Ich werde mich wieder meiner Verantwortung stellen, Kangar leiten, von dieser Seuche befreien und das Blatt zum Guten wenden, das verspreche ich euch. Unser Land soll wieder so sein, wie es einst war – mächtig, florierend, Zentrum wirtschaflichen Handelns und vor allem friedlich, gefahrenfrei", gab er so heldenhaft von sich, dass fast alle im Ballsaal, mehr oder minder im Glückstaumel, Beifall klatschten. Bevor Rehan auch nur einen Blick zu ihrem Onkel riskieren konnte, nahm ihr Vater sie in seine Arme und drückte sie fest an sich. „Ist schon gut", konnte sie nur hervorbringen, als sie merkte, dass sie keine Luft mehr bekam. Eoghan gab seine Tochter so überraschend frei, wie er sie zuvor in die Arme genommen hatte. „Ist eine lange Geschichte", meinte Rehan nur, als ihr Onkel plötzlich neben ihr stand und sie fragend anschaute. „Ich habe Zeit", erwiderte Hrothgar etwas verärgert und schaute beharrlich. „Aber ich nicht", entgegnete Rehan und schüttelte den Kopf zur Unterstreichung ihrer Worte. „Mein Schwager, das hast du richtig gut gemacht. Ich hätte es nicht besser machen können. Auch wenn ich immer noch zutiefst verärgert bin, und, verehrte Schwiegermutter, Ihr seid davon nicht ausgenommen, bin ich überglücklich, mein Kind lebend vor mir zu sehen", sagte er und küsste Rehan auf die Stirn. Beim nächsten Versuch, seine Tochter in die Arme zu nehmen, wehrte sich diese und gab: „Da wir nun die Thronfrage geklärt hätten, sollten wir uns auf den Weg machen", von sich und schaute ihren Onkel eindringlich an.

***

„Ich muss sie noch obduzieren", bemerkte Eoghan und schnappte sich die Haare der Alten. „Ich glaube, die Todesursache ist eindeutig – Tod durch Genickbruch. Jedenfalls hast du hierfür eine Menge Zeugen", äußerte Rehan, die mit der Handlungsweise ihres Vaters im ersten Moment nichts anfangen konnte. Sie war nicht gewillt, noch länger zu warten. „Aber nicht doch, meine Tochter. Du erinnerst dich doch daran, was ich dir über die Fähigkeiten dieser Wesen erzählt hatte", entgegnete Eoghan leicht tadelnd. Er blickte sie an und wartete auf ihre Reaktion. Er wollte nur sichergehen, dass sie sich erinnerte. Ihr fiel es prompt ein, und sie nickte. Er gab sich zufrieden und zerrte die Harpyie an ihren Haaren aus dem Ballsaal. „Der hat inzwischen Übung darin", erklärte Rehan das Verhalten ihres Vaters und wollte ihm folgen. Doch ihr Onkel hielt sie zurück. „Was bedeutet das alles?", fragte er im nächsten Moment und schaute sie irritiert an. „Er hat eine Methode entwickelt, wie er sichergehen kann, dass solche Wesen auch wirklich tot sind. Auf irgendeine absonderliche Art sind sie in der Lage, sich zu reanimieren. Erst konnte ich es selbst nicht glauben, aber als ich Hothan wiedergesehen hatte, und glaube mir, er war mehr als putzmunter, war ich schnell bekehrt", erklärte Rehan und hoffte, dass ihre Ausführungen plausibel genug waren. Ein offensichtliches Tuscheln beherrschte mit einem Male den Ballsaal. Nicht nur eine, sondern massenhaft Stimmen im Flüsterton waren plötzlich zu hören. Mal waren es nur zwei Köpfe, mal mehr, die sich zusammentaten und sich über die neu gewonnenen Informationen austauschten. „Wie lange kennst du deinen Vater schon?", fragte Hrothgar im nächsten Augenblick so leise, dass nur noch Rehan ihn hören konnte. Die Vertrautheit zwischen Vater und Tochter war ihm nicht entgangen. „Ungefähr sechs Monate", antwortete sie daraufhin kaum hörbar, aber fast schon kleinlaut. „Du warst gerade mal ein paar Tage weg", widersprach ihr Onkel etwas lauter und blickte ungläubig drein. Er glaubte fest daran, dass die Zeitempfindung seiner Nichte mehr als gestört war. „Ich habe keine Erklärung dafür, jedenfalls jetzt noch nicht", konterte sie flüsternd und zuckte dabei mit den Schultern. Sie wendete sich ab und wollte ihrem Vater folgen, als ihr etwas einfiel. „Sag mal, hast du zufällig ein Päckchen bekommen?", wollte sie soeben wissen. Er nickte. „Na wunderbar! Kann ich mich in deinem Zimmer umziehen", fragte sie sogleich und bedeutete ihm mit einer Handbewegung, ohne seine Antwort abzuwarten, vorzugehen. Rehan verließ nur wenige Momente später mit ihrem Onkel den Ballsaal, ohne einen weiteren Gedanken an Ragnar, seine Familie oder an die Gäste zu verschwenden. Sie liefen einige Minuten schweigend nebeneinander, bis Hrothgar es nicht mehr aushielt. „Was ist denn passiert?", wollte er wissen. Rehan winkte ab und zog ihn zur Treppe. Sie wollte schon mit dem Aufstieg in den achten Stock beginnen, als ihr Onkel sie wiederum zurückhielt. „Es gibt einen Aufzug", war das Einzige, was er hervorbrachte. Das Verhalten und die Worte seiner Nichte hatten ihn irritiert. „Und das sagst du mir erst jetzt", rügte sie ihn und bestieg den offenen Fahrstuhl, den sie bis zum jetzigen Zeitpunkt nicht wahrgenommen hatte. „Irgendwie hat hier alles irgendeine Tarnvorrichtung", dachte sie, als sie, schon mehr als ungeduldig, ihr Gewicht von einem Fuß auf den anderen verlagerte. Er stieg ein und konnte nicht umhin, sich über seine Nichte zu wundern. „Was ist in diesen wenigen Tagen nur geschehen, dass sie so geheimnissvoll agiert? Wieso hat Eoghan nichts von der Begegnung mit seiner Tochter erzählt? Erst gestern haben wir uns getroffen, zusammen getrunken. Warum muss das Kind so schnell wie möglich weg? Ist es hier in Gefahr? Ich muss mit Eoghan sprechen. Vielleicht ist aus ihm mehr rauszubekommen", überlegte er, als er aus seinen Gedanken gerissen wurde. Der Aufzug war mit einem spürbaren Ruck an seinem Ziel angekommen. Nur wenige Minuten später standen sie in seinem Zimmer, und Rehan wartete nervös auf das Päckchen. Kaum hatte ihr Onkel dieses gereicht, riss sie es auch schon auf, als hätte sie ein Geburtstagsgeschenk erhalten. So freute sie sich auch wie ein kleines Kind, als sie genau das vorfand, was sie dem Schneider in Auftrag gegeben hatte. Sie war von der Arbeit des Schneiders begeistert. Er hatte nicht zu wenig versprochen. „Zum Weiterempfehlen", murmelte sie anerkennend. „War ja auch teuer genug", bemerkte ihr Onkel noch, als er von ihr unterbrochen wurde. „Ich hoffe, du erinnerst dich daran, dass du es warst, der meine komplette, fast noch neue Garderobe zur Kleiderspende gegeben hat", konterte sie und lächelte dabei süffisant. „Touché", sagte er nur noch und gab sich geschlagen.

***

Es dauerte nur wenige Minuten, bis sie vollständig umgezogen war. Sie zog gerade noch die Stiefel an, als sie die Schritte ihres Onkels hörte. Nur einen Moment später stand sie hinter ihrem Onkel, der sich zwischenzeitlich an das Fenster gestellt hatte und hinausstarrte.

Als er sie erblickte, wollte er von ihr wissen, woher sie die Dienstkleidung hatte. „Ach, das fing alles nach dem Kartoffelschälen an", begann sie und blickte ihn an, um abzuschätzen, ob er gewillt war, die ganze Geschichte zu hören. „Ich will es doch nicht wissen", sagte er und winkte ab. „Dachte ich mir. Dann sollten wir endlich los. Haben schon viel zu lange getrödelt", meinte sie daraufhin und hatte schon den Türknauf in der Hand. „Warum diese Eile? Wo genau willst du denn hin?", fragte er im nächsten Moment. „Erst nach Bryant. Dort gibt es etwas, was ich haben muss. Beziehungsweise, was ich recherchieren muss. Dann zur Zentralbank, zum Silbernen Tor", antwortete sie gelassen. „Aber das Tor ist nicht dort, freilich nicht mehr", wendete er ein und wartete gespannt auf ihre Reaktion. „Es ist nicht mehr, ähm, ja wo denn dann?", erkundigte sie sich ohne Umschweife. „Ich weiß es nicht", war seine Antwort, kurz und bündig. Hrothgar versuchte dabei aber, so unschuldig und unwissend zugleich auszusehen, dass sein Täuschungsmanöver nicht im Geringsten fruchtete. Rehan wusste nicht, ob sie seinen Versuch mit einem Lachen oder mit Ärger quittieren sollte. Sie wusste nur, dass er log, weil sie keiner Gefahr aussetzen wollte. Und er schien nicht zu wissen, was sie in Erfahrung gebracht hatte. Sonst würde er, so sicher war sie sich jedenfalls, an vorderster Front mitkämpfen. Auch wenn sie zwischenzeitlich erfahren hatte, dass einige Attentäter auf sie angesetzt waren, dass zudem noch ein mehr als üppiges Kopfgeld auf sie ausgestellt worden war, konnte und wollte sie die Augen nicht vor den Machenschaften der Elite verschließen. Sie war bereit die Konsequenzen ihres Handels zu tragen, und wenn sie dafür mit ihrem Leben würde bezahlen müssen. Nach alledem, was sie mit eigenen Augen gesehen hatte, konnte sie nicht anders vorgehen. Und wenn es nur darum ging, den Fünfer-Rat der sogenannte Elite auszuschalten. Um den Rest würde sie sich später kümmern. Vorrangig ging es um die Marionettenspieler, die Strohmänner. „Wie dem auch sei, ich werde es schon finden", meinte sie dann und schaute ihren Onkel zuversichtlich an. „Wir sollten nun endlich los.

Und es wäre ratsam, wenn wir Großmutter mitnehmen würden",
fügte sie hinzu, ohne ihrem Onkel die Möglichkeit zu geben, noch
irgendetwas zu äußern. Sie drehte umgehend den Türknauf und öffnete die Tür. „Die schon reisebereit ist", hörte sie Idora sagen, die
mit ihrem Körper den Weg aus dem Zimmer kurzweilig blockiert.
„Interessante Mode, praktisch, aber noch fein genug. Und diese fe-
minine Linie, oh, die Stiefel sind auch etwas für das Auge", sagte
ihre Großmutter noch, als sie zur Seite trat und ihrer Enkelin den
Weg nach Bryant freimachte.

***

Rehan hatte es vorgezogen, die Treppe hineunterzugehen. Sie hatte das dringende Bedürfnis nach Bewegung. In ihrem Kopf ging es
drunter und drüber. Hrothgar war ihr stillschweigend gefolgt. Als sie
unten angekommen waren, stieß Eoghan zu ihnen und strahlte eine
Zufriedenheit aus, die Rehan ein wenig beruhigte. Sie war erleichtert, dass von Hyldgaard keine Gefahr mehr ausgehen würde. Rehan
überflog mit den Augen die Menge, die auf sie wartete, und konnte
zu ihrer Freude erkennen, dass keiner aus Ragnars Familie anwesend
war. „In ihrer Haut würde ich jetzt auch nicht stecken wollen", dachte
sie noch, als sie Fürst Hilarius sah. Sie konnte ihn nicht übersehen,
weil er sich direkt vor sie gestellt hatte und sich ohne Vorwarnung
tief vor ihr verbeugte. Als er sich wieder aufrichtete und Rehan seinen geifernden Blick sah, wurde ihr speiübel. „Ihr nun seid die echte
Rehan. Bei Weitem ein schönerer Anblick als Euer männliches Ge-
genstück. Wo ist er eigentlich?", wendete er sich an sie und schaute
sie herausfordernd an. Mit einem Schlag verstummten alle. Wieder
einmal. „Wieso? Solltet Ihr auch nur den Hauch eines Hoffnungs-
schimmers in Euch tragen, dass die Liste der Sachen, die Ihr um Eurer
Gesundheit willen nicht tun solltet, verfallen würde, muss ich Euch
enttäuschen", erwiderte Rehan und blickte belästigt drein. Hilarius
ging einen Schritt auf sie zu und wollte ihre Hand ergreifen, als Re-

han diesem eine abwehrende Hand entgegenstreckte und angeekelt sagte: „Fasst mich nicht an, sonst breche ich Euch jeden einzelnen Finger Eurer Hand, der es auch nur in meine Nähe geschafft hat!" Dieser ging zwei Schritte rückwärts und tat erbost. „Voreingenommenheit! Ich bin mir sicher, dieser Rehan hat nur Falsches von mir berichtet", konnte er sich gerade noch verteidigen, als Rehan ihm das Wort abschnitt und: „Geh mir aus den Augen, sonst kann ich für nichts garantieren", erwiderte. Als sie sah, dass er keine Anstalten machte, wies sie zwei der Wachen an und ließ ihn aus ihrem Blickfeld entfernen. Sie blickte um sich, nur um die Gewissheit zu haben, dass nicht noch mehr ungebetene Gäste in ihrem Umfeld waren. Nur einen Augenblick später entdeckte sie Gombert, der zu ihrer Überraschung in der Nähe des Ausgangs stand und sie aufmerksam anblickte. „Denk an meine Worte, und auf bald, meine Tochter. Ich liebe dich!", sagte Eoghan im nächsten Moment leicht bekümmert und umarmte Rehan innig. Noch ehe Rehan wusste, wie ihr geschah, hatte er sie auch schon freigegeben, sich abrupt abgewendet und war in Richtung Thronsaal verschwunden. Rehan setzte sich, ohne auch nur ein weiteres Wort zu verlieren, in Bewegung, als ihr Onkel sich ihr abermals in den Weg stellte. „Kommt er nicht mit?", fragte er und wirkte konfus. „Nein, er hat hier noch einiges zu erledigen, geradezurücken oder Ähnliches zu tun", antwortete sie und setzte ihren Weg fort. Als sie fast schon aus dem Schloss getreten war, blieb sie kurz stehen und wendete sich Gombert zu. „Worauf wartet Ihr?", fragte sie geradeheraus. „Verzeihung", entgegnete Gombert verunsichert. „Sind die Papiere noch nicht fertig?", wollte sie umgehend wissen und schaute dabei ihren Onkel an. Sie war kurz vor einem Wutausbruch. Doch als dieser nickte, entspannte sie augenblicklich und meinte zu Gombert: „Also?" „Ich verstehe nicht", war das Einzige, was sie von Gombert zu hören bekam. Sie konnte nicht umhin, sich über seine Begriffsstutzigkeit zu wundern, als ihr klar wurde, dass der arme Gombert sie gar nicht kannte. „Wie konnte ich nur so doof sein?", dachte sie in der nächsten Sekunde. „Rehan hatte euch, also dir und deinen Angehörigen, angeboten, mit nach Bryant zu kommen. Die Papiere habt ihr schon. Ist der Rest deiner Sippe schon versammelt, sprich, kommt ihr mit?", sagte sie und schaute ihn abwartend an. Er stammelte einige Worte, die für sie keinen Sinn ergaben. Erst als er nickte, konnte sie davon ausgehen, dass alles nach Plan verlief. „Na dann", kommentierte sie Gomberts Versuch der Kommunikation und lächelte dabei. Just in dem Moment, als sie endlich aus dem Schloss wollte, hörte sie eine weibliche Stimme, in einem mehr als rühseligen Ton: „Wird Herr Rehan denn nicht mehr zurückkehren?", fragen. Sie drehte sich umgehend in die Richtung, aus der die Stimme erklungen war, und schaute der jungen Kammerzofe, der sie das Leben gerettet hatte, ins Antlitz. Sie schüttelte den Kopf und antwortete: „Sein Auftrag hier ist erfüllt. Aber warum stehst du hier noch herum?" Als die Kammerzofe sich enttäuscht abwendete, merkte Rehan, dass sie die Frage missverstanden hatte. „Ich hatte doch gesagt, wir brechen auf!", fügte sie hinzu und schmunzelte dabei. Als das Mädchen stehen blieb und sich ihr wieder zuwendete, konnte Rehan nicht anders, als einen tiefen Seufzer von sich zu geben. „Ich glaube, der genaue Wortlaut war, Gombert und alle seine Angehörigen, egal welcher Generation sie angehörten. Und du als seine Tochter bist auch von der Vereinbarung betroffen", stellte Rehan klar und ermahnte sich, solche Spielchen in Zukunft zu lassen. Sie schaute zu Gombert, der sein Glück nicht fassen konnte. Nur einen Augenblick später kniete er vor ihr nieder und küsste ihre Hand voller Dankbarkeit. „Nicht doch", reagierte Rehan und entzog ihm ihre Hand. „Auf denn, kein Aufschub mehr!", rief sie, als sie einen Moment später endlich aus dem Schloss treten konnte. Sie sah eine geschlossene Kutsche, die eigens für die Reise vorbereitet war, und bemerkte, dass ihre Großmutter und ihr Onkel bereits Platz genommen hatten. Nur eine Sekunde später saß sie neben ihrem Onkel, die Kammerzofe neben der Großmutter, und gab den Marschbefehl.

∗∗∗

371

Es dauerte nur knapp vier Stunden, bis sie Gomberts Sippe ausmachen und in ihrer Mitte willkommen heißen konnten. Gomberts Tochter entschuldigte sich umgehend und gesellte sich zu ihren Verwandten. Sehr zum Bedauern von Rehan. Durch die Anwesenheit der Kammerzofe hatte sie wenigstens für einige Zeit Ruhe vor den Fragen ihres Onkels gehabt. Und nun sah sie sich ihm völlig schutzlos ausgeliefert. Denn das Argument, in Zeitnot zu sein, konnte in einer Kutsche auf dem Weg nach Bryant nicht mehr greifen. Sie hatte sich in den vergangenen Stunden mehr als wortkarg gegeben und hatte die Zeit für sich genutzt, um in Ruhe nochmals ihre Strategie zu überdenken und zu verfeinern. Hrothgar hingegen verbrachte vier Stunden mit der Suche nach Anworten. Sein anfängliches Bestreben, seine Nichte in ein Gespräch zu verwickeln, scheiterte so schnell nach Aufbruch, dass er seine Taktik änderte und entschied, geduldig darauf zu warten, dass seine Nichte von sich aus auf ihn zukommen würde. „Vielleicht ist dies nur die Retourkutsche für mein Verhalten vor Aufbruch in unsere Welt", dachte er, als er sie beobachtete. Er seufzte tief und musste kurz lächeln, als er merkte, dass der Kopf seiner Mutter langsam, aber sicher seine Schulter fand und nun zufrieden an dieser verweilte. Idora schlief, trotz des holprigen Wegs, tief und glücklich. Ihr leises Schnarchen schien dies auch bestätigen zu wollen. Er ließ seinen Blick durch die Reihen wandern und wunderte sich, wie Eoghan es in so kurzer Zeit geschafft hatte, die bryantinische, hundert Mann starke Spezialtruppe zu mobilisieren. „Ungefähr sechs Monate", kam es ihm immer wieder in den Sinn. Egal, wie er es drehte und wendete, er verstand es einfach nicht. Seine Gedanken kreisten wiederholt um eine einzige Frage. Was hatte Rehan in der Zwischenzeit, die seiner Meinung nach nur wenige Tage gedauert hatte, erlebt? Er schüttelte erneut den Kopf und ließ seinen Blick abermals wandern. Nur wenige Sekunden später entdeckte er Graf Ardahan, der seinen Platz in der Spezialtruppe eingenommen hatte. Hrothgar nickte ihm kurz zu, als wollte er von ihm wissen, ob er Näheres wüsste. Doch dieser zog fast unmerklich die Schultern hoch. Er wusste nicht mehr und nicht weniger. Auch er hatte in der Zwischenzeit das Bestreben gehabt, seine Gedanken neu zu ordnen. Er versuchte, die kürzlich gewonnenen Informationen, die jüngsten Geschehnisse einzustufen, aber egal, was er machte, er scheiterte. Seine Überlegungen hatten sich fast schon verselbstständigt, sie überschlugen sich nahezu. Er konnte nicht fassen, was sich inzwischen zugetragen hatte. Erst war der rechtmäßige König zurückgekehrt, dann die Tochter. „Beide hätten tot sein müssen, bei alledem, nicht ein Hauch einer Überlebenschance war weit und breit zu sehen gewesen", beendete er sein inneres Zwiegespräch und zwang sich, sich wieder auf seinen Auftrag zu konzentrieren. Die Prinzessin und künftige Königin nicht mehr aus den Augen zu lassen, hatte Priorität. Während er sie anblickte, fast schon anstarrte, traf Rehans Blick ihn so unerwartet, dass er sich abrupt abwendete. Dieses Mal fühlte er sich ertappt und wünschte sich, sich im hintersten Winkel des Königreichs verstecken zu können. Rehan hingegen war mit einem Male verärgert. „Ich dachte, den wäre ich los", schoss es ihr durch den Kopf, und sie kniff dabei die Augen zusammen. Sie wollte ihren Onkel schon fragen, warum der Graf sie begleitete, als eine undefinierbare Unruhe entstand. Alle waren mit einem Male nervös. Die Nerven waren zum Bersten gespannt. Doch keiner wusste, warum? Nur wenige Sekunden später schrien die Frauen aus Gomberts Familie wie am Spieß.

***

Noch ehe die Spezialtruppe sich neu formieren konnte, um die Gefahrenquelle ausmachen zu können, waren unverhofft unzählige Unreine an der Kutsche und hatten sie umzingelt. Blitzschnell stellten sich die Spezialsoldaten auf die neue Situation ein und versperrten ihren Gegnern mit schweren Waffen den Fluchtweg. Die Kutsche mit der wertvollen Fracht befand sich nun inmitten eines Rings aus Unreinen, die wiederum von der Spezialtruppe eingekreist waren. Die Unreinen waren, jeder für sich, aufs Höchste gespannt, wer sich noch in der Kutsche verstecken würde. Die Bryantiner, sowie Gombert und seine Angehörigen, waren mehr als angespannt. Dieser Zustand hinderte sie daran, einen einigermaßen kühlen Kopf zu bewahren. Zu viele Geschichten hatten sie gehört, zu wenig wussten sie über den Feind. Aber es gab nur eine Direktive, und die war unmissverständlich. Jedenfalls für die Spezialeinheit. Das Wohlergehen der künftigen Königin galt es zu bewahren. Kaum einer wagte zu atmen. Noch ehe Hrothgar reagieren konnte, hatte Rehan schon die Tür geöffnet und war ausgestiegen. So stand sie mit einem Male vor den Unreinen und blickte irritiert drein. „Warum sind wir stehen geblieben? Ich hatte doch gesagt, keine weiteren Verzögerungen", meinte sie laut und versuchte in der tiefen Dunkelheit einen Schuldigen auszumachen. Nur eine Sekunde später stand Gombert schützend vor ihr. „Was wird das?", fragte sie ihn stirnrunzelnd. „Euer Gefährte hat meine Tochter gerettet, uns aus der Sklaverei befreit, und meine Absicht, euer Leben mit meinem zu beschützen, wäre das Mindeste, was ich überhaupt machen könnte, um auch nur dem gerecht zu werden, was Rehan für mich getan hat", antwortete er kühl und behielt seine Feinde noch konzentrierter im Auge. „Du hast einen Gefährten?", forderte eine männliche Stimme umgehend Rehans Aufmerksamkeit. „Ach, nein, das ist eine lange Geschichte", erwiderte Rehan und blickte um sich, um den zu sehen, dwem die angenehme tiefe Stimme gehörte. „So tretet beiseite, edle Herren, ich bitte euch. Ich möchte sie sehen. Sie, die nun im Zentrum der Aufmerksamkeit steht. Verehrt, gefürchtet, respektiert, geliebt, gehasst, und das alles in einer Frau vereint", sagte die gleiche Stimme und stand nur eine Sekunde später vor Rehan und verbeugte sich tief. „Also deine theatralische Ader in Ehren, aber wir verlieren wertvolle Zeit", konterte sie schon leicht genervt und musterte den Mann, der sich wieder aufrichtete und es sich nicht nehmen ließ, wenigstens einmal schneidig zu salutieren. Ein hochgewachsener durchtrainierter Mann, mit langen schwarzen glatten Haaren und eisblauen Augen grinste sie an und wartete auf ihre Reaktion. „Wenn er nur nicht einer von ihnen wäre", schoss es ihr blitzartig durch den Kopf, als ihr einfiel, dass ihre Spezialtruppe schweres Waffengeschütz auf ihren Freund gerichtet hatte. „Senkt die Waffen", befahl sie der bryantinischen Spezialtruppe im nächsten Moment und wurde langsam ungeduldig, als die Soldaten sich zuerst weigerten. Doch als die ersten kritischen Augenblicke verstrichen waren, senkten sie ihre Speere, Streitäxte, Rapiere und und Schwerter jeglicher Form, behielten sie aber kampfbereit in den Händen. „Na, das nenne ich mal ein Kleid. Sehr viel besser als das, was du bei unserem letzten Treffen am Leib getragen hattest", meinte der Unreine und lächelte dabei schelmisch. Rehan spürte die Anwesenheit ihres Onkels und hoffte, dass er keine Frage stellen würde. Doch nur eine Sekunde später stand Hrothgar neben ihr und räusperte sich. Mit jeder verstreichenden Sekunde wurde es für sie immer unangenehmer, seinen bohrenden Blick zu ignorieren, sodass sie sich geschlagen gab und erklärte: „Diese Geschichte ist zwar nicht so lang, aber dafür extrem verworren." Noch ehe Hrothgar irgendetwas darauf erwidern konnte, wendete Rehan sich wieder an den Unreinen und sagte zu ihm: „Kellen, ich hatte später mit Euch gerechnet." „Du hast ihm noch nichts von UNS erzählt?", wollte dieser umgehend von ihr wissen und versuchte dabei so empört wie möglich auszusehen. In seinen Augen leuchtete der Schalk. Rehan konnte nicht anders, als laut loszulachen, um die angespannte Situation zu entschärfen. „Es ist nicht so, wie es sich vielleicht anhören mag", sagte sie ihrem Onkel und meinte dann etwas bissig zu Kellen, „Und du, beherrsche dich und konzentriere dich auf die Vereinbarung." „Wir müssen weiter, keine weiteren Provokationen. Das sind Kellen und seine engsten Vertrauten. Sie werden uns auf einer Teilstrecke nach Bryant begleiten. Von hier aus werden wir eine Abkürzung nehmen, damit wir morgen früh an unserem Ziel, der Grenze, ankommen können. Wer nicht mit uns gehen will, trennt sich hier von uns und schlägt die gängige Reiseroute ein. Es ist keiner gezwungen, mit mir zu gehen. Spätestens am Pass des Ahern werden wir uns sowieso trennen", sagte Rehan laut und deutlich, sodass es jeder hören konnte. Alle, die Unreinen eingeschlossen, schauten einander verwirrt an. Keiner mochte glauben, was ihnen soeben zu Ohren gekommen war. „So ist es, keine weiteren Herausforderungen, Brüsikierungen oder Ähnliches. Zeit ist wirklich etwas, was wir nicht mehr in Hülle und Fülle zur Verfügung haben", fügte Kellen hinzu und wollte Rehan folgen. Rehan stand schon auf einer der Trittstufen der Kutsche, als sie sich ihrerseits an Kellen wendete. „Bitte, denke an die Abmachung", sprach sie und schaute ihn dabei eindringlich an. „Ach das, Nichtigkeiten", fing er an und hob dabei provozierend die Augenbrauen. Doch ein verärgerter Blick von Rehan stimmte ihn wieder ernst und er beendete seine Aussage mit: „Freunde denkt dran: keiner, egal wer aus dieser Gemeinschaft, wird angeknabbert. Niemand aus unserem Kreise, meine engsten Vertrauten, wird einem, wer auch immer das aus dieser Gemeinschaft sein sollte, eine blutende Wunde versorgen oder versuchen, die Blutung auf unsere ureigene Art zu stillen. Denkt an den Kontrakt des Waffenstillstands und an das, was mit der Achtung dieses Kontrakts verbunden ist." Rehan nickte ihm dankend zu und blickte durch die Reihen der Spezialtruppe. An den Blicken der Soldaten konnte sie ohne große Probleme erkennen, dass sie mehr als ungehalten waren. Aber auch, dass sie nicht gewillt waren, ihre neu gewonnene Prinzessin mit den Unreinen alleine weiterreisen zu lassen. Sie nickte dem Hauptman zu, der ehrfürchtig seinen Kopf nach vorne neigte. Sie konnte an seinem Gesicht ablesen, dass er ihre Entscheidung zwar missbilligte, aber auch akzeptierte und ihr bis in den Tod folgen würde. Sie stieg in die Kutsche. „Weiter, die Zeit drängt", riefen Rehan und Kellen, wie aus einem Munde, und mussten dabei schmunzeln. Kurzweilig hatten sie sich an ihre gemeinsamen Erlebnisse erinnert.

25

Kellen nahm neben Rehan Platz, sehr zum Unmut ihres Onkels, und tat so, als wäre er mit Rehan alleine. „Geht es inzwischen besser?", wollte er einen Moment später von ihr wissen. Rehan bemerkte aus ihren Augenwinkeln, dass ihr Onkel und ihre Großmutter das Schauspiel geschockt, aber auch mit einer stattlichen Portion Neugier verfolgten. Sie versuchte, ihren Blicken auszuweichen, und schaute betreten zu Boden. „Was meint er damit? Und komme mir jetzt nicht wieder mit der gleichen Ausrede, auch dies wäre eine lange Geschichte", meinte ihr Onkel schließlich, fast schon zornig. Er bebte und konnte sich kaum noch beherrschen. Idora schaute so erschrocken drein, dass Rehan entschied, wenigstens ein wenig auf ihre Verwandten einzugehen. Was blieb ihr denn auch anderes übrig. Letztendlich saß sie mit ihnen in einer geschlossenen Kutsche und sah keine Möglichkeit, sich herauszureden. Rehan erzählte: „Nach meinem Aufbruch, also vor knapp drei Tagen, war ich für kurze Zeit in der Altstadt, bevor ich am frühen Morgen durch die Stadttore in Richtung Landleben gewandert bin. Ich wollte zu der Höhle zurück, wo wir nach unserem, wie soll ich sagen, kurzen Trip, aufgeschlagen waren. Doch meine anfängliche Zuversicht verflüchtigte sich schnurstracks, denn es war weder das richtige Stadttor noch der richtige Weg. Es kam, wie es kommen musste. Ich habe mich verlaufen, und das nicht zu knapp. Nach einigen Stunden hügeliger Landschaft landete ich in einer Art Kampfarena, die sich gut verborgen in einem Berg befindet. Ich habe mir das Treiben ein wenig angeschaut, aber ich muss sagen, dass die Kämpfe mehr als menschenunwürdig sind. Es hat nicht lange gedauert, bis ich angewidert war und nach einem Ausgang suchte. Bei meinem Versuch, aus dem Berg herauszufinden, habe ich es noch nicht einmal geschafft, den Eingang wiederzufinden, durch den ich zu dieser Arena gelangt war.

Aber ich fand, nach einer wider Erwarten längeren Suche, einen anderen Ausgang. Doch als ich diesen benutzt hatte, fiel mir erst draußen auf, dass ich woanders gelandet war. Als ich wieder in den Gang zurücklaufen wollte, war die Öffnung nicht mehr da. Ich muss zugeben, dass ich im ersten Moment etwas irritiert war. Aber zu guter Letzt habe ich dann doch den einzigen Weg eingeschlagen, der mir vorgegeben wurde. Ich folgte dem Pfad bergab und hatte bereits einige Meter hinter mir, als die Erde plötzlich bebte. Ich denke, auf der Richterskala war das mindestens eine 7. Der ganze Berg vibrierte so heftig, dass alles um mich herum zu bröckeln anfing. Ich verlor den Halt, rechnete mir blitzschnell meine Überlebenschancen aus und beschloss kurzerhand in die Schlucht zu springen. Es hatte ja schließlich schon einmal funktioniert. Obwohl ich zugeben muss, dass die Tiefe dieses Mal furchteinflößender war. Die ersten vierzig, fünfzig Meter war es noch ein freier Fall. Aber danach hatte ich das Gefühl, ich würde heruntergezogen werden. Kellen und seine Leute hatten mich irgendwie angepeilt und so was wie angeschossen. Ich war nicht verletzt oder so. Ein hauchdünnes Stahlseil hatte mich plötzlich umwickelt, womit sie mich zu sich gezogen hatten. Irgendwie bin ich von einem der fallenden Steine am Kopf getroffen worden. Ich war sofort weg. Als ich wieder zu mir kam, waren Vater und Kellen an meiner Seite und ich glaube, auch leicht verdutzt, jemanden in dieser düsteren Ecke vorgefunden zu haben." Sie hielt kurz inne und lugte zu Kellen. Dieser war erstaunt, dass Rehan die Geschehnisse mehr als verharmloste, wusste sich aber zu beherrschen. Sie würde schon ihre Gründe haben, da war er sich sicher. Und überhaupt hatte sie ja nichts Falsches erzählt oder dazuerfunden, nur das eine oder andere weggelassen, somit streckenweise anders gewichtet, als er es vermutlich getan hätte. „Warum unnötig schlafende Hunde wecken", dachte er kurz und konzentrierte sich wieder auf die drei Blutsverwandten in der Kutsche. Er hatte den Onkel fixiert und war gespannt zu erfahren, ob dieser sich mit der Erklärung zufriedengab. Doch dessen misstrauischer Blick sprach

Bände und überzeugte Kellen schnell vom Gegenteil. Und es war die Großmutter, die die entscheidende Anspielung machte. „Bant", war das Einzige, was sie ehrfurchtsvoll flüsterte.

***

Nicht nur Rehan, auch Kellen war überrascht, ausgerechnet aus Idoras Mund dieses Wort zu hören. „So wurde es früher genannt", fügte Hrothgar noch hinzu, als er merkte, dass Rehan sich abwendete und aus dem Fenster schaute. „Territorium der Vergessenen wird es neuerdings betitelt", brachte Idora sich wieder ein. „Eine sehr zwielichtige Ecke, möchte man meinen. Doch den Sturz überlebt nicht jeder. Dann existiert es also wahrhaftig. Keine Zweifel mehr. Und die Anwesenheit des Unreinen beweist es", fuhr sie fort und musterte Kellen kritisch. Ihr fachkundiges Auge zeigte ihr auf den ersten Blick eine freundliche Schale, die aber, wenn man genauer hinschaute, einen kompromisslosen Mörder beheimatete. „Ich dachte zuerst, Eoghan hätte einen aus seinen Reihen statt deiner zu uns geschickt und entsprechend konstruiert. Wir dürfen nicht aus den Augen verlieren, dass dein Vater eine Vorliebe für solche Vorsichtsmaßnahmen hat. Daher hatte ich Hrothgar auch angewiesen, dich wie einen Mann zu kleiden, damit dein Vater nicht Wind von dir bekommt. Keiner sollte Verdacht schöpfen. Aber das ist, wie wir nun wissen, erheblich anders verlaufen. Dein Vater hat wohl diesen Wechsel in unsere Welt nicht zur Kenntnis genommen. Aus welchen Gründen auch immer er euch gewähren ließ. Das wird nur er uns erklären können. Bis zuletzt habe ich wirklich geglaubt, dein männliches Ich wäre ein anderer gewesen. Deswegen haben wir beide uns auch nicht eingemischt, sondern dich die Konflikte austragen lassen. Immer die Hoffnung in uns tragend, dass der junge Mann aufgeben würde", erklärte Idora und musste innerhalten, weil sie Kellens perplexen Gesichtsausdruck nicht deuten konnte. Auch Rehan hatte dies wahrgenommen und meinte dann nur: „Ist auch eine lange Geschichte." Nur eine Sekunde später fragte sie ihre Verwandten: „Ihr dachtet, ich wäre ein anderer?" Ihre Stimme bekam einen kalten Klang. Sie konnte ihre Fassungslosigkeit nicht bändigen. Und im nächsten Moment fiel es ihr wie Schuppen von den Augen. Erst jetzt verstand sie die reservierte Haltung ihres Onkels und warum er sich nicht eingemischt hatte, als Hothan und Hilarius sie bedroht hatten. „Du kannst dich in einen Mann verwandeln?", wollte Kellen soeben wissen und riss sie somit aus ihrer geistigen Starre. Sie winkte ab und blickte auf den Boden. Sie war verwirrt und schüttelte immer wieder ihren Kopf. „Aber Mutter, wie kann das sein? Sie ist doch nur zur Hälfte", fing Hrothgar an, als er durch den verärgerten Blick seiner Nichte gestoppt wurde. „Die Gene meines Vaters scheinen sich wohl stärker durchgesetzt zu haben", meinte sie dann schnippisch und wendete sich Kellen zu. „Entschuldige, dass ich nicht gleich geantwortet habe. Es geht inzwischen besser. Vor allem die Intervalle sind nicht mehr so ausgedehnt", sagte sie zu ihm und stöhnte kaum hörbar. Idora und auch Hrothgar lehnten sich devot zurück und blickten fast schon fasziniert auf ihr Gegenüber.

***

Den Rest der Reise verbrachten sie nahezu schweigend. Hrothgar und Idora, weil sie sich teilweise Vorwürfe machten, nicht besser auf Rehan aufgepasst zu haben. Kellen, weil er die brisanten Einzelheiten ihrer gemeinsamen Strategie nicht im Beisein von zwei Menschen besprechen wollte, denen er nicht auch nur im Geringsten vertraute. Und Rehan, weil sie ihre Gedanken ordnen musste. Was hatte sie nicht alles erlebt, immer auf Messers Schneide balancierend. Wie konnte sie nach alldem, was sie gehört hatte, jemals wieder Vertrauen zu einem ihrer Verwandten aufbauen. Außer ihrem Vater, der von vornherein mit offenen Karten gespielt hatte. Ungeachtet dessen, was ihr Onkel jahrzehntelang für ihr Wohlergehen geopfert haben mochte, konnte sie seine Vorgehensweise einfach nicht einstufen. Wie sollte sie ihm jemals wieder vertrauen? Dieses war bei ihm im günstigsten Fall doch eher flüchtig? „Die ganze Zeit haben sie gedacht, ich wäre ein echter Mann und keine Sekunde daran verschwendet, was mit mir passiert ist. Ich hätte verrecken können, und keiner hätte mich vermisst. Was sind das nur für Menschen? Wildfremde haben mich ohne Scheu in ihrer Mitte willkommen geheißen, mit mir ihre Speisen geteilt, mir geholfen, die Intervalle in den Griff zu bekommen. Diese scheiß Blackouts. Sie haben mir geholfen, das zu akzeptieren, was ich bin, und mich gelehrt, es zu handhaben. Damit umzugehen. Es zu meinen Gunsten zu gebrauchen", ging es ihr durch den Kopf. Minutenlang saß sie fast bewegungslos da und schaute gedankenleer aus dem Fenster. Zu guter Letzt fällte sie, zutiefst enttäuscht, eine Entscheidung. Aber sie würde die Beteiligten nicht darüber informieren. Sie hielt es für angebrachter, wenn weder ihr Onkel noch ihre Großmutter auch nur einen Hauch von ihrem Plan wüssten oder ahnten. So würde sie es einfacher haben, das zu tun, weswegen sie nach Bryant wollte. Die Kutsche hielt an. Sie waren an ihrer Raststätte angelangt. Am Saum des Waldes zu Bryant. Sie hatten die Grenze überschritten. Der Morgen graute endlich. Die Gefahr, den Nachtwanderen in die Fänge zu geraten, war nicht mehr existent, freilich nur vorübergehend. Eoghan hatte seine Tochter inständig gebeten, erst bei Tagesanbruch abzureisen, unterschwellig an die Nachtwanderer denkend. Doch Rehan hatte sich von ihrem Plan nicht abbringen lassen und darauf bestanden, so bald wie möglich zu starten. Auch seine ausführlichen Schilderungen hinsichtlich der Nachtwanderer hatten sie nicht abschrecken können. „Wen interessiert es, ob sie schlimmer und zahlenmäßig überlegen sind. So oder so, es wird nie einen richtigen Zeitpunkt geben", hatte sie ihm geantwortet und ihn somit letzten Endes überzeugen können. Aber das lag nun alles hinter ihr. Sie trat aus der Kutsche und atmete die frische Morgenluft ein. Sie hatte gar nicht gemerkt, dass es über Nacht deutlich abgekühlt war. Sie fröstelte etwas und nahm den Kaffee, der ihr umgehend angeboten wurde, gerne an. Sie waren nur noch wenige Minuten von der Stelle entfernt, an der sie sich vom Rest der Reise-truppe trennen würde. Doch zuerst wollte sie den frischen und hei-ßen Kaffee trinken. Vielleicht auch noch etwas frühstücken? Kellen war nach ihr ausgestiegen und verstand nicht, warum die Menschen das schwarze Getränk vergötterten. Auch er spürte ein wenig Hun-ger, doch musste er diesen unterdrücken. Das, was er brauchte, war zwar in seinem unmittelbaren Umfeld in Hülle und Fülle zu finden, aber er durfte nicht – das war Teil der Abmachung. Als Hrothgar und Idora in die Frische des Morgens traten, wendete sich Rehan ab und wanderte ein wenig durch die Reihen der Soldaten. Hier und da erkundigte sie sich, ob alles in Ordnung wäre. Sie vergaß auch nicht, bei den Unreinen nach dem Wohlbefinden zu fragen. Kellen beobachtete sie beeindruckt und fragte sich, warum er ihr nicht vor seiner Verwandlung hatte begegnen dürfen. Er schaute sich etwas um und betrachtete auch die Soldaten genauer, da er in der Nacht zuvor, als sie aufeinandergestoßen waren, nicht alle hatte ins Vi-sier nehmen können. Es dauerte keine Minute, bis er Graf Ardahan ausmachen konnte. Ihre Blicke trafen sich. Und nur eine Sekunde später war es klare Gewissheit – sie konnten einander nicht leiden. Und beide wussten, warum! Ohne auch nur irgendein Wort mit-einander gewechselt zu haben. Kellen drehte sich unverhofft weg und sah Gombert, wie er auf Rehan zuging. Er beobachtete, wie sie einige Minuten miteinander sprachen, und fragte sich, wie Rehan wohl als Mann ausgesehen haben mochte. Er war überwältigt von ihrer Fähigkeit. Nicht mal ihr Vater war in der Lage, sich in das andere Geschlecht zu verwandeln. Mit ihr, da war er sich sicher, würde ihnen die Mission leichter fallen, wenn nicht sogar glücken, ohne nennenswerten Verlust machen zu müssen. Als er sah, wie sie auf ihn zukam, verbannte er seine Gedanken und schaute sie erwar-tungsvoll an. Ungefähr eine Stunde war vergangen. Die Sonne ging gerade auf. Sie nickte ihm zu – dies war das Zeichen. Kellen stieß so unvermittelt einen gellenden Schrei aus, dass nicht wenige zusammenzuckten. „Was hat das zu bedeuten?", hörte Rehan die Stimme ihres Onkels hinter ihr. „Wir ziehen weiter", begann sie und hielt kurz inne, als sie sah, dass ihre Großmutter wieder einsteigen wollte. „Wir ziehen weiter, das heißt Kellen, seine Vertrauten und ich. Wir schlagen eine weitere Abkürzung ein. Ihr werdet von hier aus alleine weiterreisen. Der Rest der Strecke dürfte ohne bedeutende Vorkommnisse zu bewältigen sein. Keine weiteren Diskussionen. Die Kohorte ist zu eurem Wohle angefordert worden. Ich habe nur die Mitreisegelegenheit genutzt, weil ich keine Lust hatte, wieder alleine unterwegs zu sein. Mir passieren dann immer die merkwürdigsten Sachen. Und Vater wollte dieses Mal sichergehen, dass ich den richtigen Weg einschlage. Ihr braucht uns nicht zu folgen, das wird euch nichts bringen. Spätestens am Pass des Ahern würden wir uns trennen, das waren meine Worte. Und wir haben den Pass pünktlich erreichen können", erklärte sie und musste abermals aufhören, weil der Unmut der Spezialtruppe immer lauter zum Ausdruck gebracht wurde. „Kind, das kannst du nicht machen! Das sind Unreine, ihnen ist nicht zu trauen", meinte ihre Großmutter vorwurfsvoll und schubste ihren Sohn, auch etwas zu sagen. „Diese Gils, so heißt ihr Volk nämlich, sind meine Freunde, und ich vertraue ihnen voll und ganz. Was ich von euch nicht behaupten kann. Von dieser riesigen Masse an Menschen kenne ich nur euch beide näher und muss leider sagen, dass ich dachte, ich würde euch kennen. Dem ist nicht so. Aber das gehört nicht hierher. Und wir sollten auch nicht vergessen, dass es euch überhaupt nicht interessiert hat, was ich die ganze Zeit ohne euch gemacht habe. Mich hat keiner gesucht, um mich finden zu können. Also überlasst es mir, zu entscheiden, wem ich trauen kann und wem nicht. Vater hat zugesagt, morgen, kurz nach Sonnenaufgang im Schloss zu sein. Wenn alles gut geht, und davon gehen wir aus, werde auch ich zu dieser Zeit zugegen sein. Gehabt euch denn wohl, gute Weiterreise und bis morgen", sagte sie und eilte den Gils hinterher. Kellen war sogleich mit ihr auf einer Höhe und schielte zu ihr, um abschätzen zu können, in welcher emotionalen Lage sie sich befand. Er war heilfroh, dass sie stabil, wenn auch etwas verärgert war. Aber das konnte er ihr nicht verübeln und war sich sicher, dass er in ihrer Situation nicht anders gehandelt hätte. Rehan hörte noch, wie die Großmutter mit einem Wortgewitter anfing, als ihr Sohn etwas barsch dazwischenging und für jedermann gut hörbar sagte: „Ihr habt sie gehört. Wir sehen sie morgen früh wieder. Wir sollten uns auf die restliche Reise konzentrieren und Vorbereitungen für ihre Heimkehr treffen. Und da Eoghan auch kommt, sollten wir das gebührend feiern." Er drehte sich auf dem Absatz um und zog seine Mutter mit in die Kutsche. Rehan brauchte keinen Blick nach hinten zu riskieren, um zu wissen, dass er verstanden hatte.

✳✳✳

Rehan war am Rande des Passes angelangt und wunderte sich abermals, warum kein Berg in dieser für sie neuen Welt ein gleichmäßiges Gefälle hatte. Es schien, als bestünde die hiesige Gebirgslandschaft nur aus Bergen, mit mindestens einer steilen Bergwand, die sich ihrem Bezwinger erst in der Nähe des Gipfels präsentierten. Sie konnte gerade noch einen Blick nach unten riskieren und in Windeseile überblicken, dass ein ähnliches Geflecht aus Lianen und Baumkronen auf sie wartete wie beim ersten Sprung vom Pass der Toten. Just in dem Moment, als sie beschlossen hatte, doch ein wenig Anlauf zu nehmen, packte eine Hand ihren linken Oberarm und wollte nicht mehr loslassen. Es dauerte nur den Bruchteil einer Sekunde, bis sich innerlich kochte. Rehan hatte ihren Onkel in Verdacht, drehte sich verärgert zu ihrem Hindernis und richtete den Blick nach oben. Es war Gombert, der sie nicht weitergehen lassen wollte. „Mich interessiert nicht, welche Probleme Ihr mit Euren Älteren habt, aber ich lasse es nicht zu, dass Ihr mit einer Horde blutrünstiger Monster weiterreist. Mein Herr Rehan wird mir den Kopf abreißen, wenn er hiervon erfährt. Vor allem auch dann, wenn er Euch niemals in dem Kleid zu sehen bekommt, dass er eigens für Euch hat fertigen lassen", konnte er gerade noch sagen, als Kellen merkte, dass Rehan aufgehalten worden war. Er eilte die Schlucht wieder hoch und stellte sich schützend neben sie. Nur einen Augenblick später waren sie von der bryantinischen Spezialtruppe belagert. Rehan lächelte Kellen zu und schickte ihn mit einer Kopfbewegung wieder weg. Er zögerte zwar eine Sekunde, wusste aber, dass sie nur wenige Augenblicke später folgen würde. Rehan sah ihm noch kurz nach, wie er die steilen Bergwände hinabkletterte, und blickte zu Gombert. Sie wusste, dass er sie nicht so einfach freigeben würde und entfernte sich mit ihm einige Schritte vom Abgrund. Die Soldaten schienen gleichzeitig aufzuatmen. „Hätte mich auch gewundert", war ihr erster Gedanke. „Interessant, dass weder Onkel noch Großmutter es für nötig gehalten hatten", dachte sie danach. „Ausgerechnet Gombert", war ihr letzter Gedanke, als sie flüchtig an ihre erste Begegnung mit Gombert denken musste. „Hör zu. Ich weiß das zu schätzen, aber du wirst mich nicht aufhalten können. Und dein werter Herr Rehan auch nicht. Dieses Kleid habe ich in Auftrag gegeben, und er hat es schon lange vor dir gesehen", flüsterte sie ihm zu. Er hatte sich zwischenzeitlich etwas bücken müssen, damit er ihre leise Stimme verstehen konnte. Gerade als er hörte, dass sie das Kleid in Auftrag gegeben hatte, wurde er nachsichtig und lockerte den Griff an ihrem Oberarm. Rehan nutzte die Chance und befreite sich von seiner Hand. Sie schmunzelte leicht und sprintete zum Abgrund. Noch ehe Gombert und die anderen begriffen hatten, was geschehen war, befand sie sich im freien Fall.

✳✳✳

Sie schwang sich mithilfe einiger Lianen so weit nach unten, bis sie die kleine Stadt ausmachen konnte, die vor langer Zeit aus dem Ahern gemeißelt worden war. Rehan konnte schon aus der

Luft erkennen, dass sie erwartet wurde. Sie griff nach einer letzten Schlingpflanze und ließ sich so weit hinuntergleiten, bis sie in einem angenehmen Tempo wieder Boden unter die Füße bekam. „Guten Morgen zusammen", konnte sie gerade noch sagen, als sie Kellens Schritte hinter sich hörte. „Ich liebe deine Neigung zu Abkürzungen", meinte er, als er ihr eine Haarsträhne aus dem Gesicht fischte. Umgehend verbeugte er sich vor der Delegation, die schon ungeduldig auf Rehan gewartet hatte. „Wir sollten keine Zeit verlieren", sagte ihr Anführer und wies Rehan den Weg ins Innere der Bergstadt. Sie marschierten fast eine ganze Stunde, bis sie an der Stelle angelangt waren, die Rehan als ihr erstes Ziel definiert hatte. Keiner hatte auch nur ein Wort gesprochen. Viel zu schwer lag die Bürde auf jeder Schulter im Umkreis mehrerer Meilen. Sogar Kellen war schweigsam und ließ die Eindrücke der Stadt auf sich wirken. Weniger aus Gründen, die die anderen bewegten. Er war schon seit Jahrzehnten nicht mehr in seiner Geburtsstadt gewesen. Er hatte Rehan von den damaligen Ereignissen erzählt und seiner Angst, sich seiner Vergangenheit stellen zu müssen. Doch sie hatte nicht lange gebraucht, um ihn dafür zu gewinnen, diesen Schritt mit ihr zu gehen. Er schaute kurz zu ihr und konnte ohne Probleme erkennen, dass sie wie gebannt war. Freilich, Rehan war fasziniert von der Baukunst, die trotz der filigranen Arbeit und der Ornamente den praktischen Nutzen eines Hauses oder Gebäudes nicht aus den Augen verloren hatte. Aber sie wusste auch, dass sie sich nicht ablenken lassen durfte. Sie musste für das, was sie gleich zu sehen bekommen würde, gewappnet sein und für die Entscheidung, die sie daraufhin zu treffen hatte, einen klaren Kopf haben. Sie war hochkonzentriert, als sie endlich die Tore passierten, die sie zur Heiligen Stätte führen sollten. Es dauerte noch eine weitere Stunde und ein weiteres Tor, bis sich die Delegation mit Kellen von Rehan verabschiedete. Den Rest des Weges musste sie alleine zurücklegen. Nur ihr war es gestattet worden, den heiligen Tempel zu betreten. Sie zog umgehend ihre Stiefel aus und betrat barfüßig den heiligen

Ort. Nach wenigen Minuten voller Ehrfurcht zwang sie sich weiterzugehen. Doch sie brauchte nicht lange, um zu merken, dass es nichts in dem riesigen Raum gab, was sie hätte ansteuern können. Sie war verwirrt und fragte sich immer wieder, wie sie die nötigen Informationen bekommen sollte, wenn es keinen einzigen Hinweis im Tempel gab, wo sie hätte suchen können. Sie suchte den gesamten Innenraum ab, fand aber nichts. Nichts, außer acht Stelen, die für sie in keiner logischen Form angeordnet schienen. Sie konnte die Form weder einem Kreis noch einem Oktogon zuordnen. Es sah eher wie etwas aus, das dazwischenlag. Diese Erkenntnis brachte sie nicht weiter und ließ einen Hauch von Verzweiflung zu. Sie musste sich setzen und ihre Gedanken neu ordnen. Hatte sie irgendwo einen Fehler gemacht? Hatte sie etwa einen Denkfehler? Was sollte sie tun? Mit einem Male fühlte sich Rehan hundemüde. Sie hatte das Gefühl, eine gewaltige Last auf ihre Schultern geladen zu haben. Ihr wurde schwindlig, sodass sie es für besser hielt, wenn sie sich ein wenig hinlegen würde. Sie hatte noch ihren Blutdruck in Verdacht, der viel zu häufig zu niedrig war, als sie ihre Augen kurz schloss. Sie versuchte abermals ihre Gedankenstruktur zu überarbeiten. Doch nur eine Sekunde später war sie gefangen.

***

Gefangen im Sog der Energie, die von den Stelen ausging, die sich unverhofft miteinander verbunden hatten. Rehan wollte nicht wissen, was diesen Energieschub ausgelöst hatte. Ihr ging es nur darum, zu erfahren, was als Nächstes passieren würde. Doch es kam nichts. Absolut nichts. Außer dass Rehan die Augen vor der plötzlichen Helligkeit abschirmen musste, geschah nichts weiter. Vorerst. Gerade als Rehan aufgeben und wieder aufstehen wollte, brach es über sie hinein. Sie sah Bilder. Unheimlich viele. Lebendige Bilder voller Pein, die auf sie einprasselten wie ein eiskalter Platzregen. Bilder von entstellten Menschen, Deportationen misshandelter, zum Sterben verurteilter Menschen. Massengräber voller ausgemergelter Körper. Verkrüppelte Tiere, denen man ohne Mühe ansehen konnte, dass sie chemischen Versuchen zum Opfer gefallen waren. Reißerische Bestien, die jenseits natürlichen Ursprungs waren – ihre Züchtung wirkte perfektioniert, eigens zum Töten programmiert. Abgestorbene Natur, eine vergiftete Atmosphäre, das Ungleichgewicht des klimatischen Haushalts war nicht mehr aufzuhalten. Ungeachtet dessen, wie viele dieser Bilder vor ihrem Auge zum Leben erweckt wurden, war das Resultat stets das Gleiche. Ihr schossen die Tränen in die Augen. Sie hatte eine Heidenangst. Sie hatte das Gefühl zu ertrinken. Instinktiv schnappte sie nach Luft, wusste aber tief in ihrem Innern, dass die Bilder nur eine Projektion einer möglichen Zukunft waren. Doch sie war sich nicht sicher, wie viel von alledem die Fiktion hinter sich gelassen hatte und in Tatsachen übergegangen war. Noch während sie mit sich rang, die Fassung nicht vollends zu verlieren, einen klaren Kopf zu bewahren, klagte sie: „Was kann ich tun?". Wieder Bilder. Doch dieses Mal waren sie anders. Sie lösten keinerlei Emotionen in ihr aus. Nicht eine Regung. Es waren Bilder von Toren, Arkaden, unterschiedlicher Form und Farbe. Sie brauchte nicht lange darüber nachzudenken, um zu begreifen, was sie zu tun hatte. Schließlich war es von Anfang an ihre Absicht gewesen, wenigstens die beiden Tore, von denen sie wusste, zu zerstören. „Okay, das silberne habe ich gesehen, von dem goldenen nur gehört, aber dennoch, der Plan hatte von Beginn an nur ein Ziel: die Zerstörung der Möglichkeiten, in die andere Welt zu reisen", überlegte sie und murmelte: „Aber wie soll ich das machen?" Rehan fühlte sich mit einem Male einem orkanartigen Sturm ausgesetzt, der sich ebenso schnell beruhigte, wie er ohne Vorwarnung eingesetzt hatte. Sie schüttelte sich irritiert und versuchte aufzustehen. Sie konnte nicht fassen, dass sie keinen Schritt weitergekommen war. Sie war ein wenig frustiert und entsprechend abgelenkt. Daher hörte sie auch nicht die leisen Schritte, die sich ihr näherten. „Sprengstoff ist da ganz hilfreich, vor allem bei den älteren Modellen", sagte eine tiefe Stimme hinter ihr, die so unverhofft erklang, dass Rehan einen Satz nach hinten machte. Sie hatte sich dermaßen erschrocken, dass sie sich im ersten Moment nicht bewegen konnte. „Atme, Kind", war das Einzige, was sie noch hören konnte, als sie kurz ohnmächtig wurde.

***

Als sie wieder zu sich kam, blickte sie ihrem Vater in die Augen, der sie sanft anlächelte. „Was sollte das?", fauchte sie ihn an. „Ich musste sichergehen, dass du auch die Wichtigkeit und Dringlichkeit unserer Mission begreifst. Man sollte nicht leichtfertig an die Sache herantreten", antwortete er ruhig und behielt sein Lächeln auf den Lippen. „Dass du nach alledem überhaupt noch Zweifel hast", zischte sie und stand auf. „Ich habe fast einen Herzinfarkt bekommen", fügte sie noch hinzu, bevor sie sich wieder einigermaßen beruhigte. Sie atmete einige Male ein und aus. „Du musstest diese Prüfung absolvieren. Damit ich, wir alle, Gewissheit haben, dass du eine Formwandlerin bist, die der Aufgaben gewachsen ist", redete er und wurde von ihr unterbrochen. „Damit ich Sprengsätze detonieren lassen kann?", fragte sie ihn. „Nicht nur. Das Problem ist, dass die wenigsten Formwandler in der Lage sind, die echten Tore aufzuspüren. Nur diejenigen, die diese Fähigkeit auch wirklich innehaben, können die Stelen zum Leben erwecken", erklärte er seine Vorgehensweise. Sie nickte, dass sie verstanden hätte, und fragte sogleich: „Wie viele Formwandler gibt es denn?" Er druckste etwas herum und meinte dann schließlich: „Mit uns beiden wären das nach meinem Kenntnisstand eine Handvoll." Er konnte regelrecht sehen, wie seiner Tochter die Kinnlade herunterfiel. „Doch so viele", kommentierte sie die Worte ihres Vaters und war für einen Augenblick verwirrt. Nachdem sich der erste Schock gelegt hatte, konnte sie wieder etwas klarer denken und fragte Eoghan, fast schon sachlich: „Wie kann ich diese Tore finden? Brauche ich irgendetwas dafür oder muss ich irgendwohin? Vor allem, wie viele gibt es davon?" Seine Antwort war ein simples Kopfschütteln. Sie erwiderte nichts, machte dafür aber eine auffordernde Geste. „Ein Formwandler kann sich überall hinbefördern, von jeder Stelle aus, ohne sich irgendeines Hilfsmittels zu bedienen, außer in seine eigene Vergangenheit oder Zukunft", antwortete er. „Wie jetzt? Jederzeit, ohne irgendetwas in der Hand?" entgegnete sie und wollte nur sichergehen, dass sie sich nicht verhört hatte. Er nickte und sagte, „Du musst dich nur auf dein Ziel oder den Ort konzentrieren." „Das war es – das ist das Geheimnis?", murmelte sie vor sich hin und wollte sich schon Richtung Ausgang in Bewegung setzen. „Du musst eines bedenken: Jahrelang haben wir gedacht, die Tore müssten in einer bestimmten Reihenfolge ausgeschaltet werden", konnte er gerade noch äußern, als ihr misstrauischer Blick ihn stocken ließ. „Wir sind davon ausgegangen, dass an jedem dieser Tore ein Hinweis auf das nächste sei. Keiner von uns hatte Kenntnis darüber, wie viele es tatsächlich sind, und ehrlich gesagt, weiß ich es bis heute nicht. Ich habe Jahrzehnte damit verbracht, die auszuschalten, die ich auf diesem Wege ausfindig machen konnte. Aber das Ausbeuten und Plündern hörte nicht auf. Vor allem Kangar und Bryant sind diesem permanent ausgesetzt. Beide Länder sind reich, und zwar an allen Rohstoffen, die es auf der Welt gibt. Am Anfang ist es gar nicht aufgefallen, aber in den letzten Monaten hat es überhandgenommen, sodass wir fieberhaft nach dem Tor gesucht haben, das diese Unmenschen zu uns geführt hat. Du musst wissen, diese Tore öffnen sich nur in eine Richtung, in eine einzige Parallelwelt, in eine bestimmte Zeit. Und in welcher Zeit sich die Parallelwelt befindet, weiß man erst, wenn man das Portal passiert hat. Dein Onkel hat das silberne Tor gefunden und in den vergangenen Tagen am eigenen Leib erfahren, wohin es führt. Direkt nach Kangar in unsere Zeit. Als er von den ersten Auswirkungen erzählt hat, war mir speiübel zumute. Deswegen war mir schlagartig klar, dass ich mich vorerst um mein Land kümmern muss, schließlich habe ich meinen Untertanen gegenüber eine Verantwortung, eine Fürsorgepflicht. Viel zu lange habe ich mich um andere gesorgt, statt jene zu beschützen,

390

die mir von meinem Vater anvertraut worden sind. Hrothgar hat mir erzählt, dass auch du Kenntnis vom silbernen Tor hast. Daher habe ich größtes Vertrauen, dass du es auch wieder finden und letztendlich ausschalten kannst. Du bist mit dem Leben in jener Parallelwelt vertraut und somit gegen alles gewappnet. Aber bedenke, nicht jedes Tor kann mit Dynamit oder Ähnlichem zerstört werden. So einfach ist es leider nicht. Aber wenn du so weit sein solltest, wirst du wissen, wie du es auszuschalten hast", fuhr er fort und schaute sie an, um abschätzen zu können, ob sie noch Klärungsbedarf hätte. „Moment mal, ist Onkel auch ein Formwandler?", fragte sie etwas verwirrt. Eoghan schüttelte den Kopf. „Wie sind wir dann hierhergekommen, wenn er gar nicht wusste, wozu ich in der Lage bin?", wollte sie daraufhin von ihrem Vater wissen. Dieser zuckte kurz mit den Achseln, sodass Rehan schon dachte, dass er es nicht wüsste. „Deine Großmutter gab ihm ein Utensil mit, das deiner Mutter gehörte. Mit diesem konnte er durch ein vorher eingerichtetes Portal zwischen den Parallelwelten wechseln. Und überhaupt hast du deine Fähigkeiten erst in unserer Welt entfalten können. Wärest du dein Leben lang dort geblieben, hättest du vielleicht nie von deiner genetischen Anlage erfahren. Wir wissen es nicht und werden es nicht mehr in Kenntnis bringen können", erklärte er nur eine Sekunde später. „Eingerichtetes Portal?", unterbrach Rehan ihn irritiert. „Jedes Tor hat eine unbestimmte Anzahl an elektromagnetischen Ausläufern, die für das Auge nicht sichtbar sind. Bei jeder Betätigung werden auch diese mit Energie versorgt. Aber auch bei bestimmten Naturgegebenheiten, wie zum Beispiel einer Sonnenfinsternis oder Mondfinsternis, strahlt das Tor eine bestimmte Menge an Energie aus, die für einen Wechsel durch ein Nebenportal ausreicht. Dieses Nebenportal ist an einem der Ausläufer angeordnet, doch ob es das richtige ist, das einen an die Stelle verfrachtet, wo man hinwill, bekommt man nur durch Ausprobieren heraus. Meist ist eine kleine Abweichung einzukalkulieren", erläuterte er. „Wer richtet diese Portale ein?", wollte sie daraufhin wissen. „Keiner", antwortete er und hielt inne. Rehan konnte nicht anders, als verständnislos den Kopf zu schütteln. „Keiner von uns – sie sind schon vor langer Zeit eingerichtet worden. Daher wissen wir auch nicht, wie viele es von diesen Portalen gibt. Nur wenige können diese Nebenportale während solcher Naturereignisse sehen, sprich ausfindig machen. Und da die Zeit während dieser Ereignisse mehr als begrenzt ist, ist es umso schwieriger. Kurz gesagt, man muss zur richtigen Zeit am richtigen Ort sein, um das Glück zu haben, eines dieser Portale finden zu können. Deine Großmutter hatte das Glück und konnte die genaue Lage dieses Portals während der letzten Sonnenfinsternis in Erfahrung bringen. Wenn man schnell reagiert und dieses mit einem Utensil, ungeachtet seiner Form oder Beschaffenheit, kennzeichnet, kann dieses Portal auch nur damit geöffnet werden. Dein Onkel hat in der Parallelwelt genau an jener Stelle euer Domizil gebaut, damit jederzeit ein schneller Wechsel stattfinden konnte, ohne dass zu viele davon Kenntnis bekamen", fuhr er fort, wobei er seine Tochter nicht aus den Augen ließ. „Wie komme ich wieder zurück", fragte sie in einem Ton, als würde sie mit ihrem Einsatzleiter und nicht ihrem Vater sprechen. „Jederzeit, ohne Einschränkung. Auf dem gleichen Weg. Du musst dich nur darauf konzentrieren", antwortete er und wunderte sich, warum sie zum Ausgang eilte. Er eilte ihr hinterher und sah, wie sie ihre Stiefel anzog. „Wir sehen uns", sagte sie lächelnd und verschwand im nächsten Augenblick.

***

„Frau Rosenzweig, Sie hier?", stammelte der Museumsleiter, der vergeblich versuchte, seine Überraschung zu verbergen.

***

Fortsetzung folgt

www.ingramcontent.com/pod-product-compliance
Lightning Source LLC
Chambersburg PA
CBHW030935020726
47498CB00001B/242